约翰生
作品集

人的局限性

后浪

The Works
of
Samuel Johnson

［英］塞缪尔·约翰生 著

蔡田明 译

四川文艺出版社

目录

译者序 [1]

诗歌 [1]
  伦敦 | 3
  人类希望的幻灭 | 22
  悼念罗伯特·利弗特医生 | 48
  致思罗尔夫人 | 51

漫步者（1750—1752） [53]
  第 1 期 | 开场白：作者的荣耀与责任 | 55
  第 2 期 | 未来理想与现实 | 61
  第 4 期 | 新现实小说 | 67
  第 6 期 | 幸福来自他国 | 73
  第 14 期 | 文与人 | 78
  第 16 期 | 成名的苦恼 | 84
  第 17 期 | 幸福与死亡 | 89

第 18 期｜论婚姻（一）｜ 95

第 19 期｜及早选择职业｜ 101

第 21 期｜文人的命运｜ 107

第 23 期｜作者与批评｜ 112

第 31 期｜人性的弱点｜ 117

第 32 期｜斯多葛学派｜ 123

第 36 期｜田园诗（一）｜ 129

第 37 期｜田园诗（二）｜ 134

第 39 期｜论婚姻（二）｜ 140

第 41 期｜人类不幸的原因｜ 145

第 45 期｜论婚姻（三）｜ 151

第 47 期｜关于悲哀｜ 156

第 60 期｜人物传记｜ 162

第 106 期｜作家的虚荣心｜ 167

第 113 期｜论婚姻（四）｜ 172

第 114 期｜论死刑｜ 177

第 121 期｜文学的模仿｜ 183

第 129 期｜需要进取精神｜189

第 134 期｜反对拖延｜194

第 137 期｜论一般知识的必要｜199

第 142 期｜乡村的暴君｜204

第 144 期｜成名的困难｜210

第 148 期｜父母的专制｜215

第 156 期｜写作"规则"｜220

第 161 期｜租房记事｜226

第 170 期｜一个妓女的遭遇（一）｜231

第 171 期｜一个妓女的遭遇（二）｜236

第 172 期｜暴发户的行为｜242

第 180 期｜生活与学习｜247

第 183 期｜论妒忌｜252

第 208 期｜结束语：写作意图｜256

冒险者（1753—1754）[261]

　　第 67 期｜人类社会的福祉｜263

　　第 84 期｜马车上的空虚无聊｜269

　　第 85 期｜知识的作用｜275

　　第 99 期｜英雄：成功与失败｜281

懒散者（1758—1760）[287]

　　第 10 期｜不要过于自信｜289

　　第 22 期｜兀鹰怎么看人类｜293

　　第 23 期｜债务人的牢房（一）｜297

　　第 31 期｜论懒散｜301

　　第 38 期｜债务人的牢房（二）｜304

　　第 41 期｜友人的逝去｜308

　　第 60 期｜论批评家（一）｜312

　　第 61 期｜论批评家（二）｜317

　　第 81 期｜欧洲掠夺者｜321

第 84 期 | 传记写作 | 324

第 88 期 | 人的局限性 | 327

第 97 期 | 旅行作者应写什么 | 330

第 100 期 | 一个所谓的好妇人 | 333

第 103 期 | 最后的话 | 337

其他杂志文章 341

为中国茶辩护（评汉韦论茶的文章） | 343

再为中国茶辩护 | 350

英国普通士兵的勇敢 | 356

新闻记者的责任 | 359

爱国者：致大不列颠的竞选人 | 362

前言 373

《英文词典》前言 | 375

《莎士比亚戏剧集》前言 | 404

诗人评传（节选） 457

弥尔顿 | 459

考利 | 476

德莱顿 | 482

艾迪生 | 488

蒲柏 | 509

萨维奇 | 530

格雷 | 537

游记 545

苏格兰西部群岛旅行记（节选） | 547

书信、日记、祷词 557

致切斯特菲尔德伯爵 | 559

致詹姆斯·麦克弗森 | 561

致希尔·布思比 | 562

致乔治·斯特拉恩 | 563

致詹姆斯·鲍斯威尔 | 565

致鲍斯威尔夫人 | 567

致思罗尔夫人 | 568

日记 | 569

祷词 | 571

译后记 | 573

参考书目 | 579

约翰生年表 | 581

《约翰生全集》目录 | 584

译者序

约翰生是18世纪英国诗人、散文家、文学批评家和词典编纂家。他传奇的一生为鲍斯威尔《约翰生传》生动记载，以其独立之精神、自由之思想、善良之人格而为后人所景仰。

关于约翰生一生保守的政治态度和其写作的道德文章，以及新世纪如何对待他的文化思想传承问题，值得做一简单介绍，以便更好地理解和欣赏他的作品。

历史背景

约翰生是在英国两次政治大革命后出生的。在第一次革命中，由克伦威尔领导的议会军把查理一世（1625—1649年在位）处死，成立了"共和国"。尽管名称改变，但它基本是一个以清教徒严峻精神为标志的暴政。在不长的十年统治期间，英国剧院遭到关闭，出版物受到审查。在克伦威尔死后，1660年，查理一世的儿子继承王位，史称查理二世。在这个"复辟"时期，英国重开剧院，社会恢复秩序，确立法律，保证个人自由，禁止随意逮捕人。然而，詹姆斯二世（1685—1688年在位）掌权后，新国王开始反"复辟"，倾向专制与罗马天主教。1688年，詹姆斯二世的女婿威廉从荷兰被邀请回国，结束独裁。此后新时代开始，威廉三世（1689—1702年在位）接受议会通过的《权利法案》，使民众享有宗教信仰自由和出版自由，奠定至今未大变的"君主立宪"体制。史书称1688年英国发生的这场没有流血的变革为"第二次革命"或"光荣革命"。

1709年，约翰生出生。大不列颠与苏格兰已合并（1707）两年。这个"合并"是英国18世纪历史开始的标志。约翰生生活的时期，经历过四个王室：斯图亚特王室的安妮女王（1702—1714年在位）、德国汉诺威王室家族的乔治一世（1714—1727年在位）、乔治二世（1727—1760年在位）、乔治三世（1760—1820年在位）。他十二岁那年，代表辉格党的罗伯特·沃波尔出任英国第一财政大臣，行首相之实（1721）。他二十九岁到伦敦后开始以文为生，为杂志写文章或编词典。在他工作期间，英国侵略印度（1757），对法国开战（1756—1763），对北美殖民地征税（1765）。1776年，北美十三州宣布独立。八年后，约翰生去世（1784）。五年后（1789），巴黎发生推翻君主制的法国大革命。

保守思想

在查理二世统治期间，英国就有了两大党的崛起和竞争。倾向于保王的托利党代表土地贵族的利益，而激进的辉格党则代表金融工商业者的利益。由于得到乔治一世和乔治二世的支持，辉格党一直以占优势的姿态活跃于国会的政治舞台，而在沃波尔担任政府首脑到约翰生去世的六十三年中，托利党在国会只有两届共十三年的执政时期。一贯倾向于托利党的约翰生，在此起彼伏的两党斗争中，很多时候成了国内事务的异见者、流放者，晚年成为顽固保守的汉诺威王朝的捍卫者，尽管他一再表示自己是个愿意顺从、注重社会和谐的人。他效忠王室、尊重秩序，但他不是一律以王室为是。他认为他所捍卫的君主也有好坏之分，所以当王室决定给予他养老金时，他会为以前的抨击行为感到尴尬和无奈。与其说约翰生"保王"，不如说他要维护光荣革命后形成的一套君主立宪的政治体制，一种不管哪个政党执政都应遵循的这一 1688 年革命后形成的政治原则。对君主立宪制，即使比约翰生出生略早的同时代人和被后人推崇更革命更进步的法国启蒙思想家孟德斯鸠（1689—1755），也大加称赞，并总结提出他脍炙人口的"三权分立学说"。也许有感于历史上暴乱的残酷性和破坏性，凭着对人类的进步缓慢和人的局限性的深刻观察，约翰生主张社会和谐有序地进步，坚决反对战争，反对社会动乱。因为他相信，只有在一个秩序井然的社会里，人类才能更健康地生存发展，得到幸福。他应是和谐社会理论的大力提倡者。后人强调他"反对革命"的一面，看不到他拥护"革命"成果"君主立宪"的一面，如同"只知貌异不识心同"。

身处 18 世纪欧洲启蒙运动的时代，约翰生保守的政治态度使他远离思想激进的哲学家，对当时一些最流行的学说如不可知论或怀疑主义等保持距离。同时，他并不拒绝时代进步的思潮，保持开放的心胸。他相信科学，关注工业革命的发展进程，乐意接受启蒙时代对自然和理性的尊崇，主张"顺从自然而生活，服从宇宙的法则和不变的规律"。他的散文写作对当时欧洲思想界表现出的或乐观幻想或悲观失望的普遍狭隘心态，从人的自然性分析，做出冷静的判断。正是这些表述常人的行为方式、分析人心文心、坚持道德信仰的文章，在激进思潮或剧烈变革过后，反而具有超越时代的特色。正所谓人性本性始终一贯，"东海西海，心理攸同"。殊不知，当反宗教信仰成为一个时代潮流并具有革命性时，约翰生终要为他主张道德信仰的文章付出代价，被忽视，被不屑一顾，甚至人们不必读也能想当然地把他的文章当作批判的靶子。因此，我们有必要辨识他这些关于道德的内容，否则还会继续因"名"失"实"。

泛道德

约翰生这些以人生命运、人性心理为题材，宣传道德信仰的文章，主要发表在报纸副刊上，即《漫步者》《冒险者》《懒散者》。考虑到约翰生坚定的原则和明确的伦理行为，想来这些文章一定是陈述主观、判断坚定，甚至观点鲜明，绝不含糊其辞。可实际阅读约翰生作品，并没有给人这种印象。如霍金斯（Hawkins）所说："在约翰生的所有专题讨论中，无论争辩或批评，他的文笔都保持着一种平衡的判断，给人思想上留下奇怪的困惑。"约翰生这类"道德文章",这个"文不如其人"的现象,又该如何理解呢?

约翰生在《英文词典》前言中说过:"语词是大地的女儿,万物是天堂的儿子。语言只是科学的工具,语词是观念的标志。"根据洛克(Locke)语言学的看法,词语不仅表示"物",也表现"观念",即形成知识的渠道。人们表达观念有简单和复杂两种形式。"简单观念",如某个物体"山羊",是可以指明的。而"复杂观念",如某个观念"道德",则不能指明,却可以通过下定义来确定。约翰生认可这些观点并深受其影响,可又不认为"道德"可以通过下定义来确定。他强调这类给道德观念下的定义,不能在实际上帮助人们了解"道德"观念的实质。所以约翰生在词典里是这样给"美德"下定义的:"美德:好的道德;与罪恶相反。"他虽采用"复杂观念",却没有给"美德"一个确切的道德观念上的定义,反而让人们从反面发现真相。他的道德文章都体现了这个特点,如同他强调普遍性的美学原则:"诗人的任务是检验类型而不是个体。"

他在《漫步者》的第14期《文与人》中说:"在道德的讨论中,人们应记得,有许多障碍阻拦我们去实践,而这使人们很容易就让位于理论。"他承认,"道德理论"有时有它自身的力量来取代实践,可他却否认它本身的有用,主张让"知识脱离观念"。尤其在艺术创作或鉴赏中,他坚持认为,理论或规则一般总是在一出戏或一部作品之后才形成。在鲍斯威尔记载他的一次谈话中,约翰生强调,"人类的实践,尽管经常违背理论,却是真理最伟大的试金石"。

他重实践而不是理论，重本质而不是现象，重一般而不是个别，重生活而不是书本，重参与而不是旁观。因此，就像老子谈"道"，"道可道非常道"，约翰生对于美德、罪恶、信仰、理想这些概念，在文章里虽表明了倾向，却写得很抽象。信仰就是信仰，道德是泛道德，没有下定义的特指，只有了解他本人的经历后，才能知道他信哪个上帝。虽然他是个虔诚的基督信仰者，却很少引用《圣经》，根本有别于教徒说教。因此，普通读者读这些所谓"道德文章"，只能根据自己的生活经历体会其所指，参考自己心目中的"上帝"、自己理解的"自然"，做出选择，达到"平衡的判断"。

约翰生注重参与并分享人生，因为在他看来，人性有光辉和弱点两面。人的伟大与渺小终要在人的死亡面前消失。他似乎对人的伟大的概念过于蔑视，却对克服人的局限性鼓励有加。因此，在思想上，他讨厌站在人生边上，从旁观者的角度嘲讽挖苦，如小说《拉赛拉斯王子漫游记》不让好心办坏事的飞行工匠从悬岩跳下摔死，再如《懒散者》的第22期《兀鹰怎么看人类》，约翰生一时愤世嫉俗，写人类丑恶的本质，后来他考虑到这种语调太过分，便将其删除未收入自选集。尽管如此，他对罪恶丑行，特别是造假、欺骗或伪善，却始终敢于毫不留情地揭露，如他给麦克弗森的信中表明的，不怕恐吓，坚持捍卫真实。在行为上，他慷慨善良，关心照顾弱势人群，长期与几个老弱病残者租房同住。他与普通人相处融洽，分享生活的酸甜苦辣、悲喜哀愁，如他为长期同住屋檐下的老医生利弗特写出感人肺腑的诗歌。从介入人生这个角度来说，人们读他的"道德文章"时会感到亲切实在，尽管文章遣词造句深奥，不全是日常生活用语，却也能从中体会世界的变迁。

美文章

约翰生不给"道德"观念下什么定义，而是考虑到事物的复杂性，主张"文章"要推敲磨炼。他认为，作者描写事物，如同打磨钻石，要表现出真价值，给人以艺术感染力。在约翰生看来，作家要有个性，要坚持原创，要处理特殊和新颖的"事"，通过艺术表达来引人注目。作家不能就事论事，而是要借"事"传达"理"，也就是一种主题或观念。而那些普遍看法和为人熟悉的观念，需要反复加强或宣扬。两者分工合作，并不矛盾，正所谓"寓德于文"。

约翰生对鲍斯威尔提到，他少年时读到一本说教的书，受到宗教信仰的启蒙，并肯定道德文章，觉得可以用艺术力量唤醒人们的意识和觉悟。他试图这样做，如《漫步者》的第2期论述成名的偶然和必然，强调成名原因比一般预想的更复杂和捉摸不定。所有读者读到结尾模棱两可的结论，都会感到不安：不成名的人会不安，成名的人也会忧虑。如何成为有美德的人，留给读者去思索、去判断、去实践。他的小说《拉赛拉斯王子漫游记》中，怀疑主义色彩不可谓不浓厚，这与他主观上反对或不接受休谟的怀疑主义，初看十分矛盾，细想却十分统一。这类"文不如其人"，只能说明他尊重生活本身的逻辑事实，不为感情和理性所干扰，力求传达出事物真相的普遍意义。这原本就是为"文"的作用。所以作家墨菲（Murphy）在约翰生去世不久后说："约翰生（的文章）总是深奥的，当然让人们感到思想的疲倦。"同样，它也给人思想的愉快。鲍斯威尔称这类"矛盾精神"，容易令人误解他的人生，也自然成为后人评价他的一种思维智力上的挑战。如格林（Donald Greene）看他是"激进自由主义者"，而克拉克（J.C.D.Clark）认为他是保守的"托利党詹姆斯党人"（Tory Jacobite）。又好比约翰生突发奇想给散文专栏起名为"漫步者"，既可解读为漫步者沉思默想，又可认为漫游者不着边际。又如约翰生更愿看人类历史演变进化而非"革命暴力"，在翻译法文版的《特伦特历史》一书时，他多处硬把"革命"（revolution）一词翻译为"演变"（evolution），立场鲜明。

重在提醒

强调"知识脱离观念"的同时，重"提醒"是约翰生的另一个重要思想，因为他说过，人经常"需要提醒而不是教诲"。尽管约翰生的"道德文章"在他生前不算畅销，却独树一帜。如同任何风格都会受到模仿或嘲弄，有些读者狂热欣赏，如画家雷诺写的文章就有相似的文句；有些读者则感到困难，甚至反感。沃波尔那位以"书信大王"著称的儿子，就批评那本被麦考莱认为写得比较简朴的《苏格兰西部群岛旅行记》"用词太多，表达意义太少。尽管还不算累赘，但已远离轻松和自然"。他在另一封信中，更是直言不讳，称约翰生犯了"再三重复"的毛病，"用三种不同短语重复一个意思。若把一篇《漫步者》写成三篇，用词不一，目的和意义都一个样"。读一篇还有个好印象，读多几篇就发现只是"措辞"不同而已。这与诗人柯尔律治认为的"不能得到任何确定的意义"、黑尔（A.J.C.Hare）认为的"这些'大词'掩饰约翰生缺少能力和知识"以及麦考莱肯定的约翰生"谈话"胜于"文章"，几乎貌异心同，否定多于肯定，无视多于欣赏。而正如克拉克（Stephen Clark）所言，这些与他们的思想认知和道德看法有关而非与约翰生本人有关。正好比约翰生说踢贝克莱这块观念"石头"必得到反弹一般，而仅就约翰生"踢石"一举，有人称"英雄"，有人称"恶魔"，莫衷一是。

确实，约翰生的"道德文章"有批评者所指出的凝重艰涩的问题。不过，他重"提醒"这个概念却有着生活哲理。令人想到，有些民族的思想用一本书就能概括，是因为普遍真理或一般概念，尤其是道德信仰，其实很简单，人人皆知，甚至与生俱来。正是这个观念，加上他的信仰，让约翰生驱使读者去接触重复的内容，达到"提醒"的目的，正如同《管锥编》不厌其详地去说明"理一分殊"，又好比古谚说"条条大路通罗马"。反之，多样性可以在某些方面达成一致，或今人主张的多元文化也可以和而不同。当然，正是这个切入视角，同时可看出约翰生思想保守与深刻的两面，乐观与悲观的两端。同样，他有些固执的偏见也是思想的火花。学者如里德（Stuart J. Reid）认为，

"如果他的偏见是固执的,那么他的原则也是坚定的"。专家克鲁奇(Joseph Wood Krutch)评价其人格也十分到位:约翰生是位"对生活充满热情的悲观者",可谓看破红尘后的追求完美生活者。女作家林赛(Anne Lindsay)二十三岁时初见约翰生,除对其有外形"怪异"的看法外,对其内在的评价是"心地善良、思想纯粹"。

有人风趣地说,约翰生写《漫步者》是为《英文词典》,又用《英文词典》来解释《漫步者》。这些写在他重复单调的编纂词典工作期间的文章,确实多少反映了他当时的情绪。他想用学习整理词典的哲学词语,借散文形式释放他对日常生活判断的能力,表达工作中甜酸苦辣的声音,随时向读者传达他哲理思考的信息和反思。这种即使后来借讲"小故事"加点"轻松味"的"道德文章",最终还是免不了被打上"重复声音"的沉重印记。约翰生的"道德文章"为什么"重复",还可进一步探究。即如维姆塞特(W.K.Wimsatt)的研究指出,约翰生在文体上讲究"平行""对偶""措辞" 及形象比喻。这类"循环论证"的文体风格,实际上加强了"如圆之周而复始"般既重复又完美的感觉,"表示出人类思想和推理时一种实在的境界"(钱锺书《说"回家"》),令人直接想到读钱锺书《管锥编》的"圆说"和其"连珠文体"(参看译者《〈管锥编〉述说》)。约翰生作品同样是一种接近于诗的散文,让翻译几乎无法还原它们的神韵和趣味。

重"提醒"的观念,还体现在约翰生说过的关于作者命运的话中:"世上没有比对一个作者的忽视更可怕的事了。

被责备、憎恨和批判，比起被忽视来，还是令人愉快的名声。每个敢于写作的人，都有理由害怕这个最糟糕和最可怜的命运。"这无疑突出了作者与读者的联系之深，提醒作者任何时候都要接受读者的评判。他在《莎士比亚戏剧集》的前言中更是提倡一种可概括为"尊重他人，发展自己"的为人处事原则。在这些文选里，我们可以管窥约翰生这位博学多识的大家的通达人情，了解他对人、事、书的透彻观察和深刻认识，从而被提醒如何做人作文。

革命考验

值得一提的是，法国大革命改变了人们对约翰生的看法。这场大革命似乎把刚去世不久的约翰生，转变成一个具有抵抗外来影响力的英国绅士的化身，一个与法国对抗的、既能维护君主立宪制同时又能免遭革命暴力的牢不可破的堡垒。法国把他们的君主送上断头台不久，1793年，鲍斯威尔在第二版《约翰生传》的宣传语里说得很清楚："我相信，他强烈、清晰并具有活力的宗教道德，忠诚和顺从的精神，正提高人们的智慧和善良，必然会有效地抵制那些最近从法国引进的诡辩有害的东西。这些在'哲学'的虚假名义下的恶劣行为，正在破坏我们自由和繁荣国家形成的社会和平、良好秩序和幸福。感谢上帝，我们没有产生宣传者希望传播的那些有害影响。"在保守的英国人眼里，这样的约翰生似乎不再是从前那个生气勃勃、批评政府、讽刺王室、反对战争、挖苦人类的人。可在革命者眼里，他却成为地道的反革命。如牛津大学诗学教授利未（P. Levi）说，他读到过最激烈的抨击约翰生的言论，莫过于科贝特（W.Cobbett）发出的憎恨："这个老不死的家伙，如果他那些文章真能抓住众人，会夺走人们的灵魂。这些文章借华而不实的概念迷惑人，直到光明、理性和法国革命出现后，才被丢弃在那些让人羞愧的书架上。"从此以后，革命风云滚滚，约翰生只能平静安息，接受历史的审判。

如果说在19世纪风起云涌的革命风暴中，约翰生被冷落是必然的，那么，19世纪小说体裁兴盛，走向成熟高峰，也在掩埋只写过几篇小说传奇而主要贡献是散文和文学批评的约翰生。尽管他的书不断再版，他的生忌日逢年被纪念，他的作品爱好者从未消失，但失落的约翰生世界，几乎在20世纪初才重新被发现。20世纪三四十年代在爱尔兰古城堡中发现的鲍斯威尔《约翰生传》手稿，震动了文坛，引发新一轮热潮。手稿发现的直接意义，是对麦考莱等影响19世纪的一些偏激看法做了有力的纠偏。诗人艾略特提出重读约翰生作品，并对他重新做出评价，消除过去对约翰生消极评论的负面影响，无疑也表明20世纪对约翰生的正面肯定。研究专家希尔、鲍威尔、廷克、查普曼、巴特，藏书家亚当、牛顿、海德夫妇等都为此加大宣传，贡献复苏力量。

推动学习了解约翰生，鲍斯威尔沉睡在古城堡的《约翰生传》手稿重见天日固然是契机，而20世纪人们重新审视革命暴力价值观和重新欣赏18世纪古典主义更是催化剂。进入21世纪，人们关心人性、文化、妇女、生态环境诸问题，把作古的被忽视的约翰生又提到新的议题上，凸显他在这方面思想的前瞻性。世界早已形成学习约翰生的传统，而1949年耶鲁大学出版《约翰生世纪》，1984年哈佛大学出版《约翰生和他的时代》以及举办约翰生逝世200周年（1984）纪念、诞辰300周年（2009）纪念、约翰生编纂《莎士比亚戏剧集》出版250周年（2015）纪念等大型国际学术活动，都标志着这个研究传统的持续深入。其实，我们许多现代文学大家也有这种学习风气，他们曾经直接阅读原著，感受到这个文化热浪并参与其中，如范存忠于1945年在伦敦做《约翰生与中国》的演讲，又如林语堂、梁实秋、钱锺书、杨绛等对约翰生作品的喜爱和直接引用论述。然而，出于各种原因，如学习苏联的影响、大学教学对英美保守思想文学观念的抵制等，自1949年后，我们一直忽视了在西方世界和文学史上并不寂寞的约翰生。这种忽视他作品的现象，只能说明大家都受"革命"的深刻影响。直到近年，情形才开始有所改变。这些两百多年前写的文章，思想还依然没有落后，还依然超出当时或现在"人的局限性"。

文化传承

任何人的思想和创作成就，都要放到特定的时代背景下，才能给予恰当的判断。若用现代人的眼光，容易看到约翰生的保守，想到约翰生的不识时务，并且不难判断他的超前意识，因为他过早地看出并急切地提醒人们，那些反封建反宗教神学的启蒙思想，那些激进革命暴力本身，自有其不可避免的偏见或本身就是权宜之计。"医治人类绝大部分痛苦和不幸的药方，是缓和剂而不是急重药。"任何战争或革命过后，人还是要逐步生存，选择生活，追求幸福。

对于人类历史的曲折以及人类智慧进步的缓慢，约翰生不无感慨地说："当真理不再引起争议，那盛行一时的思想观念会被其他时代驳斥和反对，又会在另一个遥远的时代再次兴起并受到追捧。于是，保持在这种状态下的人类思想没有进步。有时对，有时错，因相互的入侵而占有彼此的位置。知识的洪水看似灌输了整个时代，可退潮后留下另一片干枯如荒漠的大地。突然闪耀的智慧星光给黑暗地区带来一时的灿烂光辉，可突然熄灭的光亮，又让人类继续摸索自己的道路。"

《约翰生传》手稿重现天日不过百年，我们亲历的历史便验证了革命带来的文化传统的变迁，如大海潮起潮落，如月亮阴晴圆缺。庆幸的是，在社会文明发展下，在文化价值观变化下，今天人们又可以以积极的态度、正面的视角，重新审视过去那些遥远时代的伟人，把约翰生和"脏水"（包括那些特定的时代环境和狂热情绪）分开，用他的"智慧星光"来丰富我们的生活和艺术，尽可能避免暗中摸索、走回头路、重蹈覆辙之类的愚昧无知的行为。就此而言，约翰生作品集值得一读。

对于革命的大浪淘沙和文化传统的卷土重来、人生的短促和智力进步的缓慢，每个时代的人们都会感到困惑或无奈。尽管约翰生总是看到社会生活的严峻，常常感到"人类希望的幻灭"，他还是坚持认为，唯有那些有道德信仰、持理想希望以及能顺应自然而不仅仅是具有名望、财富和权力的人，才能得到幸福。他相信，"人若没有智力，就不是社会人，只是群居者"。培养丰富的智慧要读书。可是，约翰生又强调，"书本若没有生活的知识也是无用的""除了生活的艺术，书籍还能教给人们什么呢""文章的目的，是让读者更好地欣赏生活或更好地渡过难关"。他教人们从书本走向生活，如《拉赛拉斯王子漫游记》中的王子那样做出自己"生活的选择"。他以"死亡"劝诫人们，正是因为人人都将不可避免地面对死亡，任何人都无理由不摆脱他暂时的个人得失或生老病死带来的一切烦恼悲伤，教人积极生活。这几乎是所有文化传承的目的和意义。就此而言，约翰生作品集也是非常值得一读的。

"我写诗／是为了看见我自己／让黑暗发出回声。"（《个人的诗源》）——爱尔兰诗人谢默斯·希尼这首诗，也可借用来看书读文。他在1995年获诺贝尔文学奖的获奖词中提到《漫步者》，称其"有耐久的吸引力"，他的思想一直长久地依靠约翰生自信声称的"真理的稳定性"。

《漫步者》及其他

约翰生从1750年起，每周二和周六，在《绅士杂志》的"漫步者"专栏（刊载时间为1750年3月20日至1752年3月14日）发表关于人生问题的讨论文章，专栏主题集中，内容广泛。每周两篇，稿酬为四个基尼[1]。每期字数在 1200—1700 字。专栏文章一共 208 篇，其中有 4 篇为其他人写作，另有 3 篇为与他人合作。在这些文章中，有 63 篇用读者给编者写信的形式阐述问题，31 篇谈文学及文学批评，12 篇传奇故事，其他是对道德信仰、生死痛苦、妒忌怜悯、悲伤快乐等抽象命题进行哲学思考和论述。有人曾统计，约翰生共使用了 380 个哲学术语。深奥晦涩与简明定义合为一体。每篇文章开头都引用一段语录，成为《漫步者》最引人注目的特征之一。这些语录大都从读书记忆中随手写出，如思罗尔夫人回忆，有些疏漏的引语，他当时就能补上。在 715 条引语中，406 条为古希腊文，302 条为古拉丁文，只有 7 条出自《圣经》。约翰生最常引用的作家是贺拉斯（103 条）、尤维纳利斯（37 条）、奥维德（29 条）、维吉尔（27 条）、荷马（25 条）。有 251 条出自文艺复兴开始后，37 条为 18 世纪作家的，如蒲柏（12 条）、斯威夫特（6 条）、艾迪生（5 条）。总体上，他给人一种不喜欢引用同时代人和本国人作品的印象。约翰生曾对 1752 年和 1756 年出版的合集做了修订。有人强调，这是约翰生思想和文体的代表作。尽管很多人喜爱《拉赛拉斯王子漫游记》，但约翰生本人更满意《漫步者》这部作品。他说："其他文章像酒掺了水，《漫步者》是纯酒。"

《冒险者》是约翰生帮助霍克斯沃思博士新创的同名期刊撰写的文章合辑（刊载时间为 1752 年 11 月 7 日至

---

1. 一种英国货币，1 基尼合 1.05 英镑或 21 先令。

1754年3月9日），收录有29篇，其中23篇用"T"作代号。它们在文笔风格方面继承了《漫步者》。

风格明显转变的是《懒散者》（刊载时间为1758年4月15日至1760年4月5日），发表在《宇宙期刊》，或称《周刊》（即周六出版的文艺副刊，与现在的报纸副刊类似）。兰顿先生回忆约翰生在牛津大学访问期间，有天晚上，他得知还有半个小时邮局停止送信，便匆忙写出稿件寄出，如此"神来之笔"可谓其写作常态。《懒散者》目录编号共为105篇，实际为104篇（有两个22期），其中12篇由他人代笔。比较以前的文章，它们的特点是，篇幅简短，很少用多音节词，风格简明。由于更多写当时感兴趣的话题，写作速度更快，给人缺乏集中分析、草率匆忙之感。同时，明显缺少或不用引语，似乎是为了与以前风格有所不同而故意"回避"。1761年出版了第一版，作者对1767年第二版做了校勘。

这部作品集，参考了格林《约翰生重要作品选》（牛津大学出版社，1984年版）、沃默斯利《约翰生文选》（企鹅出版社，2003年版）、布朗森《约翰生：小说、诗歌和散文说》（莱茵哈特公司，1952年版）、查普曼《约翰生：文选和批评》（牛津克拉登出版社，1922年版）、里德《约翰生散文选》（沃特·斯格特出版公司，出版年不详）、麦克亚当和米尔恩合编《约翰生的读者》（现代图书，1966年版）、马丁《约翰生文选》（哈佛大学出版社，2009年版）等选集本，选了约翰生部分的散文、前言、诗歌、书信，还节选了游记和诗人评传，本不应该缺少最具有代表性的

17

小说《拉赛拉斯王子漫游记》，因已有后浪出版公司出版的单行本，就不再选入。这里应提到，鲍斯威尔在其《约翰生传》中仅谈及《漫步者》中的14篇（第7、19、32、34、54、82、88、110、179、182、194、195、197、198期），笔者查看几个选本，第32篇为公认选文，第19篇部分入选，其余都未见入选，可见选文实受一时风气、一代潮流影响。原《周刊》的散文部分只有期刊号和日期，主题词为译者根据文本内容而添加。本应有以拉丁字母为序的人名、地名、书名译文对照表，便于对照和检索，在这里把它们作为脚注处理。释义力求简明扼要，还包括一些选文的背景内容提示。这些取舍都由译者主观安排，尽量客观上达到阅读理解的方便顺畅。但难免挂一漏万，顾此失彼。除此之外，还有约翰生这些有抗译性的散文，怎样在"直译""意译""模拟"（德莱顿的译文理论，见本书《诗人评传》的德莱顿部分）之间相互配合，尽力在译文与原文上减少错位，做到融合可信，敬请大家指教。若能为新世纪读者提供有用的生活艺术和知识，提高价值判断和重估文化的智力，那么故去近三百年的约翰生在当代也依然有他的价值。

"先生，我敢说，每个作者最光辉的一面，在他的书里都能找到。"

诗歌

伦敦[1]
模仿尤维纳利斯[2]第三首讽刺诗

谁能忍受这个城市,谁又能控制自己的意志?

——尤维纳利斯

当受伤的泰勒斯[3]与这座城市别离,

我胸中悲伤和喜悦交集。

沉思中对他选择以赞叹,

羡慕他的隐去,却又有朋友的遗憾。

终要与堕落的伦敦别离,

去呼吸那远方田野的清纯之气。

为不列颠人布道的圣大卫教堂

在坎布莱[4]孤岸屹立,

谁又愿离开这圣洁的爱尔兰土地,

---

1. 写于1738年5月12日,正值沃波尔在国会执政期,有反辉格党政府意味。——译者注。书中注释除另有标注外,均为译者注。
2. 古罗马哲学家、诗人,以"讽刺诗十五首"见长。
3. 尤维纳利斯诗里告别的朋友名叫Umbricius。约翰生以希腊天文学家和智者泰勒斯来加强其叙述的权威性。一般认为,他诗里这个人指代伦敦诗人萨维奇,可约翰生坚持说他写诗前不认识其朋友萨维奇。其经历只是巧合。借泰勒斯之口,抨击伦敦弥漫的恶劣生活环境,如化装舞会、无神论、消费税和外国有恃无恐地打击英国荣耀的势力。
4. 指威尔士。

犹如拿斯特德[1]去换取苏格兰的陡岩峭壁？

人们不可能全被突如其来的命运打击，
饥饿常伴随人衰老而死去，
其中有多少贪婪、意外、阴谋和恶意，
如今却是暴民的愤怒、暴民的火气。

无情的恶棍潜伏在这里，
失落的律师却为猎物在寻寻觅觅。
炸雷已在你头顶的房子响起，
不信神的女人却还在向你喋喋不休如何死去。

泰勒斯等着轮渡，
带着散而未尽的财富。

在泰晤士河畔，我们静思，站立，
格林尼治笑看着银色激流，
冲刷着伊丽莎白初生时的摇椅，
我们下跪，亲吻这神圣的大地。

---

1. 伦敦街名，离约翰生的住所不远。

4

愉悦的梦中寄望芳华又现，

将大不列颠的荣光召唤：

让女王十字旗[1]胜利地高高飘起，

捍卫贸易，让西班牙恐惧[2]。

放荡的化装舞会之前，消费税受到压抑，

英国的荣耀成了谈笑的话题。

欢快的场面只带来短暂的平静，

舒缓着悲伤的忧郁。

愤怒的泰勒斯凝视着邻近的城市，

他终于觉醒了，皱眉嗤之以鼻。

为这些颓废的日子，他在哭泣：

为着渴望过的虚名假誉，

为那些布满恶习和利益该诅咒的墙壁，

为付出而无回报的科学的努力，

为充满希望，实际却是双倍的垂头丧气，

---

1. 指英国皇家海军军旗。
2. 以当年伊丽莎白女王的魄力，暗讽现政府（指沃波尔政府，下同）的懦弱。面对西班牙卫队攻击英国商船、割去走私船长詹金斯的耳朵（1731），沃波尔一直息事宁人，受舆论谴责。他直到1739年才宣布英国开战，所谓"詹金斯耳朵之战"。

也为坚定的步伐无人响应,

任光阴白白地,一刻不停地逝去。

躁动的生命仍在血管里流淌,

仁慈的主啊!指引我发现那诚实

和意识不再被羞辱的欢乐之地。

爽心的河畔,葱郁的柳枝摇曳,

宁静的山谷,天然风景飘逸。

历经艰难困苦的英国人于此休憩,

以赤贫的安全去抵抗他的死敌。

在诡秘的牢里,有人极尽其权力,

让某某[1]生活在此,只为某某苟活而已。

优厚的养老金[2]当可推动理政,

用选票把弄臣[3]洗白,把爱国者[4]抹黑。

国家高贵的权力可以置之不理,

却每天去仰仗海盗们的鼻息。

---

1. 暗指一个公众的小丑,泛指政府的支持者。
2. 当时政府以给议员发"闲职金"或"养老金"的方式来拉拢其政策支持者。
3. 暗指支持政府的人。
4. 暗指反政府的人。

用盲从的教条毒害年轻人之心,

用谎言去遮掩真理的信义。

大兴土木,买庄园宅邸,

征税,把彩票如同种植业搞起。[1]

《好战的太监》[2]名正言顺地在舞台上嬉戏[3],

被奴役者悄无声息地进入一个无思想的时期。

勇士们,前进!有什么能限制你骄傲地前行?

什么考量能制约你渴求黄金,追求权力?

关注反叛者的德行、信念常常颠覆,

关注我们自己的名义、生命和财产。

如此,当一个呻吟的国家酝酿着放弃,

当公开的恶行燃起天怒之火,

我的朋友,我还有什么坚持不变的希冀?

谁一开始就偷盗,作伪证还有什么脸红之意?

---

1. 经营者管理政府资助的彩票业,维持假定得到的钱的数额和实际收到的钱的数额的不同。约翰生用"种植"庄稼的撒种和收获来比喻其经营方式。
2. 意大利歌剧,由英国爱国者演出,乔治二世赞助,免于被《戏剧审查法》审查。
3. 英国通过《戏剧审查法》(1737),戏剧经官方审查后才可上演。

谁缺乏自制,在不列颠法庭高调唱得好响,
　　像成名的诗人摘下了借来的翅膀。
　　政治家的逻辑谬不可言,
　　　　也敢把"日报"[1] 来催眠。

尽管蠢人以他半份养老金买服饰打扮自己,
　　竭尽全力嘲笑 H[2],却枉费心机。
　　另一些人面带温柔的微笑,玩弄巧妙的技艺,
　　　　能亵渎原则,玷污心理。
　　或者,像一个恋人的甜言蜜语,
　　　　可把处女的贞操夺去。

他们可崛起,而我,一个凡夫俗子,
　　绝不会将黑白对错混在一起。

若同乞丐般遭唾弃,间谍般被疑惧,
　　活着无人问津,死后无人惋惜。
　　犯有社会之罪,怎会有朋友的爱意,

---

1. 指政府官方报纸 *Gazetteer*。
2. 指演讲家亨利（John 'Orator' Henley, 1692—1759）,神职人员,自设教堂,吸引信众,祷词用粗俗笑话。其接受公款办亲政府报纸。

谁分享了奥吉利[1]的财富和罪恶，他的时运也不济。

虽然如此，不妨把邪恶的礼物尝试，

用光马尔伯勒公爵[2]的积蓄方能买光维利尔斯[3]的囤积。

把轻蔑的眼神从闪光的贿赂物上挪开，

不付出黄金的价格，怎可把黄金买去。

平静的睡眠，自我认可的一天，

清白的名声，良心得安。

看！受骗民族的幸福喜闻乐见，

谁对我关怀，谁对我眉头紧蹙，牢记心间。

伦敦！是贫穷恶棍之乡，

同共享一个海岸的巴黎和罗马一样。

奢望、渴求依赖愚昧和时运，

一国堕落的残汁也要吮吸。

请宽恕我转换到这样一个主题，

---

1. Orgilio，源自法语"傲慢"，为作者虚构的一个成功诈骗者的典型人物。其还出现在本诗第 194 行。
2. 马尔伯勒公爵（1650—1722），以贪婪出名。
3. 维利尔斯（1628—1687），第二代白金汉公爵，以挥霍出名。

因为我实在难以接受法国的都市区。

伟大的爱德华[1]！今日王国的大帝，
　　来自英雄和圣徒仰视的土地。

无望追踪到不列颠的气息，
　　那乡村的优雅与美丽。
粗鄙却执迷于空虚的展示和粗鄙的安逸，
　　瞩目的勇士饰成了花花公子。
理性、自由、虔诚、修养都抛弃，
　　法国的模仿秀、西班牙的掠夺却大行其道。

所有的在乡人[2]不再偷窃或行乞，
　　也许一个绞刑架要好过一个车轮子[3]。
从舞台发出嘘声，从法庭传出蔑视，
　　他们的空气、他们的服饰、他们的政治全都引进。
谄媚、矫情、话痨和同性之恋情，
　　他们夺走英国人的天真轻信。

---

1. 爱德华三世(1312—1377)，发动打击法国的百年战争。百年战争以克雷西战役(1346)和普瓦捷战役(1356)最为重要。
2. 指法国人。
3. 处罚死刑犯，英国用绞刑架，法国用车轮分尸。

他们的工业无法逃避无利的贸易,

他们唱歌、跳舞、清洁鞋子,或把性病医。

所有的科学都源自一位智者,

逼得他下地狱,到该去的地狱去。

哎!远离奴隶制,有何不利,

我从英国空气中得到生命的呼吸。

早年被教育珍视英国人的权利,

鹦鹉学舌知道了亨利式胜利[1]。

如果欺诈的统治者收获的是链子,

谄媚就被压制,无用武之地,

工于逗乐,准备屈膝,

恭顺的高卢人,天生的寄生之蛆。

为了切实的利益他到处走,

智慧、勇敢和价值出自他的大舌头。

每个脸面有千份恩典仁慈,

---

1. 亨利五世在位时期(1413—1422),有几次战争英国大胜法国,著名的有阿金库尔战役(1415)。

每个口舌流出和美的旨意。
这些艺术在我们粗犷乡村尝试白费力,
只不过与滥用结巴内心有鬼的谎言相联系,
令人尴尬的阿谀只会被一脚踢。

除此之外,这公正明辨的时期,
敬佩高超的才艺在舞台上演绎,
他们敢于冒险从事模仿秀。
谁从早到晚玩一个借来的把戏,
练习拥抱他们主人的技艺。
鹦鹉学舌,扮演模仿,
伴随每个狂妄荒谬的演技。

两只眼睛能看出不同的主角,
尚未听完便报以大笑,
一边又假惺惺地把泪抛。
全由他们赞助人暗示[1]冷嘲自调,
三伏天冷颤,数九天汗冒。

---

1. 尤维纳利斯的诗抱怨希腊戏垄断罗马剧场,而法国戏在伦敦并非如此。

当竞争如此执意,

粗暴的德行怎有希望把朋友维系?

厚颜无耻,奴颜婢膝,

说谎不脸红,还要嬉皮笑脸。

斤斤算计,恶行当道,

你的品位丧失,你的判断力和妓女有一拼,

能给那些口吃的雄辩演说鼓掌和发力,

他马裤放出的屁,伴有帝王的神气[1]。

工于此类偏好、艳羡和谄媚之技,

他们先把你的桌子侵占,然后把心胸攻陷。

用阴险潜伏的技巧窥探你的秘密,

盯住你虚弱的一刻,把你的真心剥夺。

很快你就要回报你病态的自信,

开始你伯爵的威权或者背弃。

如此之多,既无廉耻也把谴责逃避,

所有罪恶安然无恙,唯有对贫穷有恨意。

---

1. 指乔治二世若在国会议院表示自己的不满,便转身背着冒犯者,拉起后面垂下的大衣露出其腰背部,所谓"露屁股蛋子"。

为此，刻板的法律追逐的仅此而已，

为此，咆哮的缪斯激怒的仅此而已。

冷静的商家带着破烂的斗笠，

从梦中惊醒，为笑话劳役。

穿丝绸的侍臣凝视清新空气，

转化上千种花样翻新的把戏。

所有悲伤侵扰痛苦的压抑，

轻蔑的讥笑确实最痛苦伤人。

当蠢货的羞辱蒙对了目标，

命运从未如此深深地伤害慷慨仁慈之心。

天国已为穷人保留了怜悯，

没有发现不了的海滨，没有荒废无路之地，

在无边无际的大海中，还是否有神秘的岛屿？

在西班牙还未宣示的地方[1]是否还存在平静的沙漠之地？

让我们快崛起，去探取幸福之椅，

---

1. 1738年西班牙声称其占有英国在美国的部分领土。——作者注。

不再忍受压迫者的蛮横无理。
无论何地都要承认这个悲哀的真理：
被贫困压迫的尊严价值终会缓慢地展示。
可越是缓慢，所有人都越是黄金的奴隶，
买卖成功之处，微笑也得出售。
靠贿赂、乞求、奉承赢得大利，
马夫[1]零售了他主子的利益。

听着！惊恐的人群喧闹声起，
大街翻滚响声，空中雷惊天地。
财富和权力的美妙梦起，
在浮华宫殿或幸福的清凉地。
你开始恐惧，罕见一场痛苦揪心的情景：
蒙受大火团亮光的逼近，
你从追赶过来的恐惧中逃离，
火焰吞噬一切，留不下什么东西。

一个可怜的流浪汉随之漫步在人世间，

---

1. 泛指任何仆人。

贫穷饥饿的身躯,何处又可栖?[1]
当所有都被忽视,你倍感羞辱的悲哀是
你喋喋不休的痛诉无人搭理。

天堂的公正应把奥吉利该死的财富吞噬,
燃烧的火焰席卷其宫殿。
忧郁的谣言迅速地飞过大地,
众人的哀悼,使天空也静寂。

荣誉的部落必有恭维的诗句来勾兑,
圣战怎可与受迫害的命运相联系。
假惺惺的感激加些抚恤的喧嚣
去赔偿掠夺后的贫瘠土地。

看,当他投资建设,花哨的弄臣飘然而至,
暴富的凡夫俗子爆棚,人群围挤在突然暴富升起的穹顶下。
选区的价格[2]和魂灵重又修整。
他的财富比以前更多,
如今称颂的大物件原都不过是小玩意儿,

---

1. 有读者"公正评论",这是古代罗马的真实情况,而非18世纪伦敦的实际生活。——作者注
2. 指贿赂国会议员选举的价格。

抛光的大理石，闪光的银盘子。

看奥吉利金色堆成的奢望，

恨不得有一把大火来自愤怒的天堂。

隐退在田园，玩得心安，

在塞文河或特伦特[1]适宜的岸边，

你也许可以优雅地求其次。

找一些廉价议员[2]废弃的席位，

拓展你的宏图以成欢愉的土地。

以少于地牢的租金得到斯特德的利益，

整理你的步行小径，扶起你碰落的花。

引导你的小溪流，环绕你的树荫，

你的土地能负担的菜肴最便宜。

鄙视见利忘义公爵的娇柔情致，

每个丛林都有自然的悦耳之音响起。

健康的双翅带来轻风习习，

你应微笑所有时光平安无事，

祈福你晚间徜徉漫步和早上出勤劳作。

---

1. 离约翰生家乡利奇菲尔德南部不远的一条小河。
2. 指政府给予议员薪金，以确保其投支持政府的票。

若深夜你游荡闲逛，准备去死。

在你离家小饮前签下遗嘱，

那些喜怒无常的枪手[1]，拿到新任务也白费力。

他得困在黑莓灌木中，等待把目标击毙。

那些嬉闹醉汉，从聚会中踉跄走来。

被挑衅激怒，会为一句笑话把你刺死。

即使这些英雄，不过是在恶作剧，

大街上的贵族，也会有令人恐惧的举止。

当他们被愚昧、年轻气盛和醉酒冲击，

他们的谨慎被糟糕的限制欺辱。

不同于他们打着火把[2]赶路时，

或者封闭在显赫的车内及金色的车厢里。

徒费心机，危险过去，你的门也关闭，

希望温馨祈祷安息。

残酷的悔罪，绝望的勇气，

深夜凶手把无诚信的酒吧击破，

---

1. 拿到军队佣金的枪手。除非在决斗中杀死人以证明其英勇，否则他们不会停止执行其承诺完成的任务。
2. 富豪和有权势者夜骑上路，有无数仆人陪同，有仆人举火把在前面引路。

神圣安静的休息日被侵袭。

逃走，无人看见，一把匕首插入你的胸间。

我们从未这样聚集在泰伯尼[1]观看死刑执行，

用大麻和绞刑架、舰队来补给。

老议员给你的计划击鼓传音，

巧设"方式和手段"[2]岂能撑起沉沦的大地。

诱人弹跳之床终缺少紧绷的条带，

国王却装饰车队巡弋[3]。

在艾尔弗雷德[4]黄金时期，

一家监狱便把国内一半囚徒关起；

多么公平正义，没有强迫的崇敬，

利剑废弃，却维系了大地的稳定。

不出间谍经费，没有特别陪审团[5]知情；

神圣的时代！啊！与我们有多么大的差异！

出乎预料，船已临近，

---

1. 伦敦郊外刑场，现大理石拱门附近。
2. 指一个法案：*Way and Means Bills*，设政治献金为拉拢选票，支持政府。
3. 乔治二世也是德国汉诺威的亲王候选人。夏天他常到德国度假，因常不在英国而不受欢迎。
4. 艾尔弗雷德大帝（871—899年在位）编制法典，促进法律公正，据说他统治时期几乎没有罪犯。
5. 1731年，各方根据判罪需要，可请特别陪审团介入审判。

海潮退下，呼唤我的声音从大地传起，

再见！当青春、健康和财富都已失去，

你应飞回那庇护你的肯特[1]旷野大地。

如我般的愚蠢和罪孽都已疲惫，

成功之日，有无数愤激警告在提起。

你的朋友和你都不应拒绝他的助力，

仇恨一切恶行，直到全抛寒武纪阴气。

在追求美德的事业中，你可再次行使他的正义，

讽刺切入要点，文章充满活力。

---

1. 英国地名。

译者补充：本诗于1738年未署名出版，如天降"新星"引起文坛瞩目，大诗人蒲柏给予称赞并好奇作者的情况。通常，18世纪的批评家，对于翻译其他语言如希腊文和拉丁文的方式，认可德莱顿提出的三种类型翻译原则，即"直译""意译"或"模拟"。"模拟"可谓复述，字词及意义均可自由改动，只求表达出内在的意味。在这首诗中，约翰生的"模仿"，不是模拟翻译，而只是根据原文的结构和用语的形式，加入作者的思想和时代的内容，改写原作，类似旧瓶装新酒，如同中国文人依他人体裁韵脚作"和诗"。约翰生用"伦敦"代替尤维纳利斯的"罗马"，把精致卑鄙的"法国"等同于仅是文化主导意义上的"古希腊"。1730年，蒲柏以模仿贺拉斯的拉丁文讽刺诗，抨击沃波尔政府。同样是讽刺，在这首诗中却不易察觉，要特别加注提示。

约翰生的诗共263行，比尤维纳利斯322行的原诗少59行。考虑到尤维纳利斯的诗有些描述不适合当时的伦敦，约翰生选择适合的内容，而略去其他。如诗中奥吉利从大难的火灾中获救（194—209行），约翰生后来承认其情节不太适合18世纪的英国。

诗歌出版十年后，出版商多斯利编选的《诗歌选集》（1748）收录了约翰生此前已多次修改的一个版本。约翰生在其脚注中曾显示其模仿如何近似或接近原作。其例外是，不引用完整诗行，有四个地方用省略号来表示与之有关。因拉丁文被忽视和不流行，现代学者重内容而非如何贴近原诗的模仿形式，这个最能体现约翰生掌握拉丁精髓的才学。

标准文本参看耶鲁大学主编《约翰生全集》中的《诗歌》部分。本文注释参考贝尔德和格林等文本，特此致谢。特别感谢李冠煌博士审定并精心修改诗的译文，并以其创意提升诗歌精气神的韵味。

人类希望的幻灭[1]
模仿尤维纳利斯第十首讽刺诗

让我们开阔视野增长见识，

观察人类，从中国到秘鲁。[2]

留意每个忧虑的进取，每个欲望的争议，

关注充满生活的繁杂场景，

评判希望和恐惧、渴望与恨意

如何处处充满陷阱，如何把命运迷宫遮蔽。

那些彷徨者被傲慢狂妄之人背弃，

他踏上冷清郁闷的小路，却无人引领。

当薄雾中变幻莫测的鬼怪开始蛊惑人心，

他逃避空想的苦痛，或追赶海市蜃楼的幻觉。

理智难以支配选择的固执，

刚劲的双手被束缚，哀求的声音被驱离。

---

1. 可能写于1748年早秋，完成于同年11月25日。1749年1月9日出版。这是作者第一次在版权页上署名"约翰生"。
2. 这是当时的流行语。诗人柯尔律治、华兹华斯和丁尼生等对它提出过批评。

当复仇者被愚昧的任性操纵,
民族在蛊惑人心的图谋下沉迷。

携带希望之命运的双翅,如开弓的流矢,
每个自然的天赋,每个优雅的技艺,
散发着强烈的、致命的热气,
流露着演说家要命的温柔之力。
弹劾者制止了演说家强有力的呼吸,
无休止的火拼加速了死寂。

可是很少有人看透:
智者与莽夫都会为金钱的血腥屠杀倒地;
这些动辄发动暴乱而毁灭一切的害虫,
罪恶地堵塞了人类的进程。

为了金钱,雇用暴徒挥舞剑器,
为了金钱,收买法官曲解法律。
财富叠床架屋累积,既买不到安全也买不到真理,
财富越多,危险越近。

让历史叙说好战的国王如何指挥战役，

不伦不类的头衔怎样震颤了疯狂的大地。

当法令没收拒绝交出的剑器，

诸侯比君王又能有多少安逸。

潜伏者在暴虐的权力下藏匿，

留下活跃的叛国者[1]被关在塔楼里，

无人再接近他的小屋、打扰他的酣眠，

只有那些御用的秃鹰在周围游弋。

贫困的旅行者快乐平静，

走进深山丛林，高歌驱散辛劳。

妒忌揪住了你吗？责难碾碎了欢喜。

增加伊的财富，却摧毁了伊的安宁。

恐惧在可怕的兴衰变迁中突然降临，

丛林沙沙作响，抖动无数阴影。

痛苦不能消减，无论黑暗或光明，

有人公开抢劫，有人把盗贼藏匿。

公众的哭喊响彻天际，

1.1745年，詹姆斯二世党人参与复辟活动。国王的孙子查理带叛军攻打伦敦。在英国平定叛乱期间，有四个苏格兰伯爵被监禁，三个被处死，一个被宽恕。

满是污垢的飓风卷走了收获和壮丽。

无人知道当政者关心与恐惧中的辛苦,

那些阴险的对手和夺位的觊觎。

德谟克利特[1]再次出现在大地上,

充满着愉悦的智慧、启迪的欢喜。

看斑驳的生活溺于摩登装饰的诱惑,

没完没了的笑话填喂着各类傻货:

你的嘲笑怎抵人家痴迷的洒脱,

劳碌摧毁了自负,人乃沧海一粟,

没有哀悼者的死亡犹如不被喜爱的财富,

谄媚者怎可得自豪与托付?

可笑的争辩方式无人问津,

像看待一个新任市长愚笨的陈情;

那里喜好的变化不能改变法制,

议员们[2]参议在听证之前。

你怎么能摇动时髦的族群如不列颠

去奚落那飞快的标枪,嘲笑那刺骨的利剑?

---

1. 古希腊哲学家,以讽刺世人的愚昧为人所知。
2. 指乔治二世经常走访汉诺威王室,或到选区游说增税,以便扩充他的军队。此事臭名昭著。

留意真实，察看自然，

用哲学的眼光透视每一个场面。

快乐的礼服和悲伤的纱巾，

对你只是个冷酷的玩具或空虚的幻象：

所有一切助兴闹剧，或把嬉闹维持，

快乐只是偶然，悲哀亦无意义。

此类充满了圣人思想的鄙视，

在对人类的每一瞥后都会重新出现。

在探询各州、游说各位信众之前，你便高声宣布结果，

这样怎能公正客观。

无数恳求者簇拥在升迁者的大门，

渴望幸运，为伟人献身；

不断听从命运虚妄之音，

他们高攀，他们闪耀、蒸发、摔倒。

闹事者每一场都不缺席，

像愤恨的狗在打斗，被羞辱嘲笑是他们的结局。

爱在希望中结束，当政者的大门在沉寂，

晨拜者又蜂拥去了哪里？

周报的三流文人靠撒谎声名鹊起,

财富在积聚,献身殉道者却飞离。

每个房间都有褪色的画面,

那些悬挂过帕拉斯[1]的明亮之地,

已受厨房的烟气熏染,有些已被拍卖出去。

好画必须好框来配,

而从现在起,我们再也追踪不着一丝痕迹——

英雄的价值和神圣的仁义:

落败证实了形式的扭曲,

憎恨冲破了愤怒的墙壁。

然而,不列颠不会再听到这最后的呼唤,

宣判他敌人的死亡,或维护他拥护者的热念。

自由的儿子们,不再用抗议。[2]

削弱那些贵族,把王公们控制起来。

我们柔弱的族群也可把君主的喉舌压制,

不问其他,只关心选票价值;

伴同周刊的诽谤,七年的鲜啤[3],

---

1. 帕拉斯,希腊智慧女神,保护的象征。
2. 1641年通过的《大抗议书》规定,国王的顾问要得到国会认可方可委任。
3. 1716年英国国会通过《七年法案》,此后至1910年都沿用其规定进行大选。每当选举时,竞选者提供免费啤酒和其他物质给支持者。

他们的希望充斥着骚乱和怨气。

请看沃尔西[1]，尊严盛极一时，

声音就是法律，命运掌握在他手里：

教会、王国和他们都托付给他权力，

犒赏的光芒也需通过他来折射，

他的点头可把荣誉小河的流向转移，

光是他的微笑，就可把平安赐予。

他的塔楼要达到新的高度，愿望永无止境，

一个欲望接着一个欲望，权力独揽一切权力，

直到飞扬跋扈取悦自己的征服欲被停息，

权力被出让，没有什么留在他手里。

国家列车的主人——君主终于皱起眉头，

垂下锋利的一瞥，注视憎恨的信息。

从此无论到哪儿，他都碰到陌生的眼光，

谄媚他者嘲笑他，跟随他者早已逃离；

他很快就失去了国威带来的令人敬畏的傲气，

失去了金色的斗篷、闪光的盘子，

---

1. 第 99—120 行暗示，沃尔西与莎士比亚《亨利八世》中的描写有些相似。托马斯·沃尔西（1475—1530）是亨利八世的贴身大臣，因权力过大被捕，判卖国罪。

失去了帝王的宫殿、奢华的餐饮,
也失去了穿着制服的军队和地位低贱的仆役。

  他衰老、忧虑、受疾病困扰,
    在修道院寻求庇护安息。
悲伤加重疾病,回忆起锥心的愚蠢事,
他最后的叹息可是在责难国王的信义。

  说你这谦卑平凡之身也有心思抱怨,
莫非沃尔西的财富在其终结之时曾赠予你?
或者,活在平安、自负、满意之现在的你,
在想那最富有的地主已拥有特伦特的河岸?
可为什么沃尔西还要靠近命运的悬崖边,
  这虚弱的地基怎能承受巨大的重力?
  为什么地裂山崩的灾难要降临,
    巨响波及下面的湖也被毁弃?

  什么暗杀之刀置伟大的维利尔斯[1]于死地,

---

1. 乔治·维利尔斯,第一代白金汉公爵,1628年被谋杀。

什么样的顽疾结束了哈利[1]的生命，

什么让温特沃思[2]上断头台，什么又使海德[3]被流放，

而他们都受王的保护也是王的同盟？

他们的愿望只是沉湎于法庭的闪耀，

还有巨大到无法维持或辞去的权力吗？

当学院卷宗最早记下他的名字，[4]

年轻的狂热者为名誉不图安逸；

从"长袍"的强烈感染中点燃起

渴求名声之火焰，无法抗拒。

他未来功业在博德利图书馆[5]的穹顶延展，

培根知识大厦在他的头顶震颤[6]。

这些都是你的观念？杰出的年轻人，继续向前，

---

1. 罗伯特·哈利，牛津伯爵，在安妮女王的支持下，成为托利党的领导人，1714年因被弹劾失去权力，1715年因被怀疑参与反叛詹姆斯二世而被监禁在伦敦塔内两年。约翰生显然认为监禁损害了他的健康。他于1724年去世，有丰富的藏书。约翰生受委托，为其图书馆整编书目。
2. 托马斯·温特沃思，斯特拉福德伯爵，在查理一世的"保护"下，于1641年受到控告遭处决。
3. 爱华德·海德，克拉伦登伯爵，1667年被放逐，并终死在法国。他是詹姆斯二世的岳父，女王玛丽和安妮的祖父。
4. 第135—164行诗反映作者本人的一些经历。思罗尔夫人在回忆录中提到，约翰生读到这里，想到过去的坎坷，突然泪流满面。
5. 即牛津大学图书馆。
6. 有传说，学问大于培根的人，从桥上走过会使拱桥倒塌。

美德护佑你来到真理的王座！

而你的灵魂当执迷于这慷慨的热度，

直到在科学最后的领域获得硕果。

如果你能被理性的强光指引，

在困惑的日子你必能拨云见日，[1]

如果不是为了沽名钓誉，

你将不追求虚荣，也无所畏惧；

如果你的细胞抵制了新奇的诱惑，

懒惰烦闷之精神鸦片全都白费；

如果美丽在花花世界中锈蚀，

这又怎可是一个会心的胜利。

如果麻痹的血管没有疾病入侵，

忧郁的幻影也不会萦绕在大脑里。

然而，不要希望生活在无悲无险中，

也不要想有人能为你把命运扭转；

从过往世界的屈从中转移视线，

学而适停片刻，是为明智。

---

[1] 参考蒲柏《论批评》。

学者生涯,受人诟病,标记如下:

辛劳、妒忌、贫困、庇护人[1]和监押。

看民族慢慢变聪明,吝啬的是正义与公平,

掩盖真相反而抬高了迟来的半身铜像[2]。

如果梦不成真,就请再次

观察利迪亚特[3]的窘迫生活,伽利略的死亡时日。

有谁相信,当得知他被授予最后的奖励,

他的仇敌避开了这耀眼的光辉。

看,当世人流露出蔑视或给以犒赏,

尊贵如大主教劳德[4]也被反叛者的复仇魔爪包围。

薄情寡义者,蝇头小利即能使其满意,

抢夺宫殿,扣押租金。

构成了让他震惊的最危险的一隅,

---

1. 1755年,用"庇护人"一词代替"小楼阁",暗喻切斯特菲尔德伯爵。约翰生给伯爵的著名信,写于1755年2月。他同年3月中旬修改这行诗。
2. 特指诗人弥尔顿半身铜像,在其死后63年,于1737年安放在威斯敏斯特教堂。也泛指其他铜像,如德莱顿铜像(1720)、莎士比亚铜像(1741)。
3. 汤姆斯·利迪亚特(1572—1646),牛津数学家,《圣经》研究学者,被称为当时最伟大的学者。生前虽与培根齐名,可很贫穷,因付不起债被监禁。到1749年已不为人知,故《绅士杂志》刊发他的诗歌并给予生平介绍。
4. 威廉·劳德(1573—1645),英格兰坎特伯雷大主教,在查理一世与国会争斗中不识时务,固执己见,于1645年被处决。

致命的教训使他受阻于此。

  艺术家和天才围在他的墓前哭泣

可听说他的死讯,冥顽者听之任之,沉沉睡去。

  欢腾的火焰,胜利的宣示,

    抢夺军旗,俘虏死敌,

  议员的感谢,报纸华而不实的传奇,

  ——伴随着勇敢的胜利,所向无敌。

就像贿赂了迅猛的希腊人一样,旋风般征服亚洲[1],

  又如稳定的罗马令世界颤抖;

  大英帝国在如此遥远的土地上展示自己,

  多瑙河或莱茵河都流淌着斑斑血迹[2]。

  这些力量受到赞美,美德却缺少热气,

    直到名望提供了普世的魅力。

然而,理性却皱着眉对这不平等的战争游戏嗤之以鼻,

  废弃的国家间升起一个单一的名字。

  他们荣耀的祖先悔恨把家园出卖,

---

1. 指亚历山大大帝进攻亚洲。
2. 马尔伯勒公爵约翰·丘吉尔在奥地利和巴伐利亚指挥"布莱尼姆大战",击败法国和巴伐利亚军,从此结束法国的欧洲霸权。

一代又一代，没完没了地去还债。

高价买来的花圈传递了终极暗示，

直至勋章生锈、石头腐败。

什么样的基础建立了军阀的豪迈？

他的希望怎能让瑞典查理[1]来仲裁。

坚强的体魄，如火的心灵，

从不恐惧危险，也从不筋疲力尽。

超越爱、透支武力，延伸和扩展他的领地，

不可征服的公爵痛并快乐着。

平静的王权生涯焉能带来乐趣。

战斗听起来就要胜利，他冲向战火厮杀之地；

包围了集权力于一身的国王们，

一个投降[2]，一个退位[3]。

和平使他罢了手，却徒劳地传播着她的魅力；

"什么都没有得到。"他哭喊着，"一切都是零的回归，

"直到哥特式[4]的标准在莫斯科墙头流行，

---

1. 查理十二世（1682—1718）侵占丹麦、德国北部萨克森和波兰，终被俄国彼得大帝战败。伏尔泰1732年写《查理十二世》，即刻有英译本出版，为英国人熟悉。约翰生对此一直很感兴趣，1742年6月10日在给朋友泰勒的信中，提到要写一出关于查理十二世的戏剧。
2. 指丹麦弗雷德里克四世于1700年在北方大战中被查理十二世击败。
3. 指波兰奥古斯特二世于1704年被废黜，查理十二世提名斯坦尼斯瓦夫一世为继位者。
4. 指瑞典。

"而我所有的一切仍滞于极地的天陲。"

军事帝国已开始进军,

而民族在他眼里却是踌躇不前;

严峻的饥荒围困着孤独的海岸,

冬天为严寒的王国设下路障。

他来了,匮乏和寒冬不能推延其前进——

躲藏愧对于往昔的荣光,在波尔塔瓦[1]把身隐匿。

败阵的英雄留下他溃不成军的士兵,

在遥远的地方诉说他的不幸;

不名一文的哀求者在等待受刑,

然而,王妃们斡旋[2],奴仆们争辩。

可她最终没机会弥补自己的失算。

难道没被推翻的帝国表明要消亡?

难道敌对的君主给了他致命伤?

---

1. 指 1709 年,查理十二世在波尔塔瓦被彼得大帝击败,逃到土耳其境内。1714 年,查理十二世返回瑞典,1718 年在挪威围城中死去。
2. 指彼得大帝皇后可能为促成俄罗斯军队逃出土耳其免受惨败做说客。其中条约之一是,彼得大帝不能阻止查理十二世返回瑞典。

或者，数百万仇恨者把他踏在地上？

他注定要倒在荒僻之乡，

一个小城堡，一个可疑的人手上；[1]

他留下一个让世界感到苍白的名字，

指明了一种品行，成就了一段传奇。

从波斯暴君到巴伐利亚的爵士，

提供的从来都是夸张的悲哀场面。

快意恩仇，野蛮的骄傲，

只有一半的人性挣扎在其身边。

伟大的薛西斯[2]去抓获特定的猎物，

在筋疲力尽的战区，留下饿殍一路。

仆从谄媚历数他的巨大收获，

直数到再也无法平息他的傲骨。

新的奉承又欲燃起他心中的疯狂之火，

以铁链束缚大风，以鞭子击打海浪。

新的权力要宣示，新的权力要颁赠，

直到遭遇残暴抵抗，砍下正在布道的神。

---

1. 指查理十二世被其副官杀害。现代学者同意伏尔泰的看法，认为他是被敌方炮弹击中去世。
2. 波斯国王，入侵希腊，公元前480年在萨拉米斯被希腊海军击败。

大胆的希腊人,嘲笑其军事技艺,

把华而不实的敌军围困在山谷里。

卑微的念头遭遇了羞辱之海,

余下的是轻舟一叶快快离开;

受围困的木船,又怎能驶离这恐怖的海岸,

从紫色的巨浪和水上军队的包围中逃难。[1]

勇敢的巴伐利亚人,在不幸的时辰[2],

竟然要挑战恺撒权力的顶峰。

因为军队意想不到的急速溃散,

眼见无抵抗的王国接受了他的收编。

短暂摇摆!公正的奥地利散布她令人惋惜的魅力,

女王[3],一个美人,要把世界搂在她的臂弯里。

从一座山到另一座山,烽火台狼烟四起,

获取战利品的希望和荣誉。

---

1. 约翰生曾对思罗尔夫人说,这是他最喜欢的诗句。(The incumbered oar scarce leaves the dreaded coast/through purple billows and a floating host.)
2. 第241—254行,指查理·阿尔布雷希特(1697—1745),巴尔伐利亚的选民期望他领导罗马帝国圣战军。他虽于1742年被立为罗马皇帝,即查理七世,可很快就失去权力。
3. 指玛丽亚·特蕾莎(1717—1780),奥地利女大公。

凶悍的克罗地亚人，野蛮的匈牙利轻骑兵，
所有遭受蹂躏的儿子聚集起来投入战斗；
仓促获得的伟大功绩带来的奉承式荣耀使王子困于其中，
却遭到了致命的厄运。

敌人嘲笑，目标被责，
在痛苦和耻辱中苟且偷生。
在尽可能长的日子里，延缓我的生命，
无论健康还是患病，哀求者这样祈祷。

隐匿于国，不为人知，
这样延长的生命是谓苟活。
时间徘徊，急切摧毁着，
所有通向欢乐的通道都已闭合：
季节徒然倾注它们慷慨的馈赠之礼，
秋天的水果，春天的花枝。
带着冷漠的眼神和糊涂的见识，
他的展望、他的遐想都不再有欢娱。

食肉无味，饮酒难醉，

奢华叹去，他的奴仆也纷纷告去。

吟游诗人走来，试图缓和其紧张忧虑，

　　提供和谐温柔的止痛剂。

唉，没有声音能进入固执的耳朵里，

即便就在近处见证歌手俄耳甫斯如山般的舞蹈；

他孱弱的能力，既听不到鲁特琴[1]，也听不到七弦琴，

　　更听不到善良朋友的甜美声音。

他的口舌间充斥着无休止的乾纲独断，

　　要么倒行逆施，要么绝对错误。

故事反复叙述，插科打诨一再兴起，

娇宠的客人、擅长恭维的侄女也困惑不已。

然而，增长的希望不惧群嘲，

只有贿赂不多的遗产将耳边风吹去。

机警的客人给出最后必被冒犯的暗示，

　　女儿的任性，儿子的奢侈，

　　缓解他的恼怒，玩弄欺诈的把戏，

控制他的情绪，直到他们获得遗书上的签字。

---

1. 鲁特琴，一种西洋乐器，形似琵琶。

他全身关节都遭受着各种疾病的攻击,

导致可怕的瘫痪,生命垂危;

然而,难以泯灭的贪婪一如往昔,

害怕失去的恐惧加重他的痛苦。

他心思忧虑,双手颤抖,

翻着一堆债务簿和地契,

或者眼神疑惑地注视着保险柜,

又打开他的金子,算啊,算啊!直到死去。

但是赠予,这个重要的美德之一,[1]

护佑老者远离嘲讽和罪恶;

生命虽在不知不觉中消解,

却应在谦和天真中离去。

仁慈使谁的平安日得欢喜?

良知为谁的夜晚举杯庆幸?

普遍的爱就像普遍的朋友,

---

1. 第291—298行,思罗尔在回忆录中提到,约翰生在写作时,想到他母亲的形象。比起忙碌活着的一生,约翰生总是给平静恬淡的一生以更高的赞扬。

这样一个老人，谁会希望他的生命终止？
若能如此，他背负的厄运即被抛掷，
挤走厌烦的时刻、疲惫的双翅。

新的悲痛尾随到来的每日，
一个妹妹病，一个女儿死。
此刻珍贵的亲情塞满了黑色的棺底，
此时割断的友情导致泪珠涟涟。
年复一年，衰退追着衰退，
快乐早从枯萎的生命中离去。

新的种类出现，带来不同的观念，
多余的老手们拖了舞台表演的后腿，
直到祈求老天赐予最后的解脱，
愿痛苦的一生回归平静。

可是没有什么人能等到此时，
谁能让命运的渊薮没有乌云蔽日。
从吕底亚的国王[1]探询下场，

---

1. 指吕底亚国王克洛伊索斯（公元前 560—546 年在位），他极为富有。

被梭伦谨慎地告诫他的末日[1]。

在生命的最后场景,有什么才华予人惊奇:

是勇敢的怯懦还是明智的愚笨?

从马尔伯勒[2]注目流淌的昏暗小溪,

到斯威夫特[3]胡言乱语和表演的终止。

生育的母亲,为其后代尽力忧心,

祈求每个生命都有一张幸运的脸庞。

文恩[4]能知晓美丽的春天有什么病灶,

塞德利[5]诅咒那愉悦国王的花样翻新。

耶,玫瑰色嘴唇和发亮眼睛的天仙少女,

享乐使她们忙碌而无法伶俐。

受多样的温柔的快乐诱使,

---

1. 梭伦(雅典政治家,公元前638—558)告诫他,没有人活着会幸福。若非常富有,会不得好死。公元前6世纪,克洛伊索斯被居鲁士打败。
2. 指约翰·丘吉尔。
3. 乔纳森·斯威夫特(1667—1745),诗人,死前患有精神病,据说他的仆人收取费用让人观看他。
4. 威尔士王子弗雷德里克的情妇。
5. 即凯瑟琳·塞德利,约克公爵的情妇。约克公爵在1685年成为詹姆斯二世后,她失宠。其父查尔斯·塞德利爵士,曾支持光荣革命,推翻詹姆斯二世。

她们白天嬉戏，夜晚起舞。

她们青睐虚荣，她们的笑中有技艺，

对最新的时尚了然于心。

每个这样的美女你都去追求，每个青春都成为奴隶，

什么样的照顾、什么样的规矩可把你们掉以轻心的妩媚挽回？

爱恨交加损毁了你的名气，

竞争者要连连打击，爱人是要归我的。

道德的呼唤被忽略，声音已远离。

听到的越来越少，微弱的怨言也变得稀有。

厌倦了轻蔑，她放弃棘手的权势，

自豪和审慎对她再也不起作用。

一旦在人群里，不必去禁忌，

无害的自由和私密的友谊。

监护人的让步，靠更胜一筹的力量的使役，

靠利益，靠审慎，靠奉承，也靠傲气。

美人色衰后被人背叛，受人轻视，令人哀泣，

在嘘声中经历其余恶行。

从哪里能找到他们关注的希望和恐惧？[1]
忧郁的焦虑更会破坏思考能力？

无助之人，一定是丢了镇定之气，
在命运的洪流中黯然翻滚而去？
必定不曾有厌恶的警醒、希望的升起，
也没有求得上苍怜悯的哭泣？
探询者，停止，恳请不断继续，
上天也许在倾听，宗教信仰不会枉费心机。

虽依然呼唤美好的声音，
却留给上帝来做出选择和判定。
他有安全的力量，他有洞察的眼睛，
假的信众会在暗中得到严惩。
恳求他的帮助，其他由他来决定，
喜爱他给的一切，他会把最好的馈赠。
当令人惊骇的浴火场面出现时，
强烈的献身精神升向天际。
源源不断迸发你的激情，为了一个健康的心地，

---

1. 第 343—368 行，反映约翰生从斯多葛学派到基督信仰的主要变化。在《懒散者》第 41 期，他说："斯多葛学派灌输倔强，而基督信仰教人耐心。"

顺从你的热情，你的意志也会达成。
　　　为了那难以惠及普罗大众的爱，
　　　为了那在位之君改变病姿的耐心，
　　　为了冲击一个更幸福座椅的信念，
　　　把死亡认作自然退却的信息[1]：
　　这些给予人的财富，由天堂的法则制定。
　　他赋予了这些财富，并赋予得到的能力，
　　　要用这些上天智慧来安抚心境，
　　　那么她未曾发现的幸福就会降临。

---

1. 约翰生晚年并未表现出这种平静的死亡态度。尤维纳利斯的诗歌结尾不同于约翰生的结尾，这从德莱顿翻译他的诗句中可以明显感到："命运绝不会被智慧崇敬／愚昧独在高处／侵占太空。"约翰生心中也很熟悉尤维纳利斯诗的最后两行："如果智慧在／神性就在。"

译者补充：《人类希望的幻灭》（368行）写于1749年。它是约翰生继1738年《伦敦》（263行）长诗后所写的另一篇重要的诗歌代表作。诗作起始，以向世界开放的眼光，寻找人类的希望，将读者带进人类文明漫长的历史，同时又是人生短暂的旅途。诗作质疑几个闪烁梦想光环的英雄人物，既有瑞典国王查理十二世，又有罗马皇帝查理七世（阿尔布雷希特），还有政治家、富商大贾、有才气的诗人、美丽女人，观察他们的飞扬与沉沦、荣耀与毁灭，提示人们特别关注希望与恐惧、欲望与憎恨、生与死这些人类无奈的困惑、顺从的挣扎。当读者似乎满意地得到人类欲望必然导致人类毁灭的哲理，感觉到即使母亲希望女儿有美丽的脸庞也是无用的希望时，作者笔锋一转，最后以经历者的智慧告诫世人，只要保持对"上天智慧"的追求，不管希望如何幻灭，人类还是大有继续进步的希望。这个黑暗时空隧道里终于亮出光芒的结尾，达到了作者诗歌副标题"模仿尤维纳利斯第十首讽刺诗"的反讽效果。

美国当代诗学批评大家哈罗德·布鲁姆在其《西方正典》中介绍过约翰生，在他编选的《最优秀的英语诗歌》（*The Best Poems of the English Language*：*From Chaucer Through Robert Frost*）中选了这首诗。他认为，这是英语诗坛"最奇异的诗歌"。它很"难读"，因为约翰生用"特有的简约和隽智的用语"，把他思想的力量浓缩在这巨大篇幅的人类生存困惑的叙述中。"这首诗明显表现出约翰生的智慧，即他一贯恪守的中肯和谨慎的原则"。因此，布鲁姆认为，约翰生在同蒲柏、荷马、莎士比亚、弥尔顿诗歌的比较中，仍有同样的"奇异和困惑"这些最鲜明的诗性特质。诗人艾略特的《荒原》（433行），不妨说与约翰生这首诗有"互文性"的"美学搏斗"的痕迹，可这绝不是他不喜欢约翰生，因为艾略特说过这样的话，如果约翰生这首诗不是诗，那他不知道什么可以称之为诗。如果20世纪伟大诗人艾略特，尚且保持对约翰生借鉴传承之诗心，可见约翰生的经典诗歌，有其渊源且足可流传到未来的希望，凭此那些未曾发现的大诗人自然也会降临人间。

本诗经李冠煌博士精心修改审订，特此表示感谢。

悼念罗伯特·利弗特医生 [1]

人们日复一日地苦干,

谴责那希望的虚幻陷阱。

突然间震撼,或缓慢地衰弱,

我们的社交友人永别了。

历经岁月嬗变的考验,

我们目送利弗特下葬。

他勤劳、天真、真诚,

每个无依无靠的人都视他为朋友。

在感激他的人眼中,

他一直模糊而不失贤明,粗俗而不失友爱。

没有自豪的文字,

能够否定对你那天然价值的赞美。

---

1. 利弗特医生是约翰生多年的老朋友,长期寄宿在约翰生家里。他于1782年1月17日逝世,终年七十六岁。诗写于1783年4月18日,最早发表在1783年8月号《绅士杂志》,同年至少有五家刊物转载。

当虚弱寻求帮助,
徘徊的死神酝酿它的打击时,
他的神奇医术展示出
无须张扬炫耀的艺术力量。

在最黑暗最痛苦的深渊,
呻吟着无希望的苦恼
和默默死去的孤独,
他的亲切关怀就在你身边。

他从不冷酷嘲笑推延任何紧急的呼叫,
他从不傲慢鄙视拒绝任何微薄的付费。
从每天的辛苦中得到
每日适当的所需。

他谦卑地走在巡访患者的小路上,
没有一刻中止,在各处留下足迹。
万能的上帝一定会看到,
一个杰出天才发挥他的伟大作用。

繁忙的白日，宁静的夜晚，
不知不觉，不可计数，悄悄地消逝。
他身体强壮，力量辉煌，
现在已近八十年。

没有悸动而燥热的痛苦，
没有战栗而渐趋衰弱，
死亡很快就敲碎了生命的链条，
他的灵魂从此自由超脱。

致思罗尔夫人[1]
庆祝她三十五岁生日

我们在时常面临危险却幸存中,

迎来三十五;

漫长而更好的时光,

最好超过三十五!

假设哲学家

让生命停止在三十五,

时光驱使她的岁月

不会超出三十五;

不论接近多高,也不论下沉多深

自然给予她三十五;

夫人——照顾和关心你的巢房,

别小看三十五;

不论如何夸耀和努力

生命的衰退始于三十五;

---

1. 据思罗尔在回忆录中说,1777 年,当她告诉约翰生自己三十五岁生日时,约翰生即兴吟咏,她当场用笔记录。

要想坚强,

必须迈出三十五;

那些聪明地希望自己出嫁的人,

必须看看思罗尔人生的三十五。

漫步者

1750
—
1752

漫步者

1750 年 3 月 20 日
第 1 期

开场白：作者的荣耀与责任

> 为什么要在这战败的地方细说，
> 为什么我要挥舞的武器经常无用，
> 如果时间许可，终会得到正义，
> 这篇文章也能给人们带来某些满足。
> ——尤维纳利斯

凡是遇到新场合，每个欲涉世交流的人，无不感到开场白的困难。即使在各种语言里，早有致辞的范式和规则，开场白依然不容易。面对如此多的样式，人们又事先并无偏爱，要强迫自己从中做一判断，这个选择过程自是充满困惑和厌倦。若能建立一些简易的介绍方式，开场白就会变得方便，即便缺少新奇的诱惑，也能确保享受遵循规范的益处。

作者在公众面前亮相时，大都希望古人早已为自己准备好一套致辞的模式，使自己似可免于渴望被人喜欢时必会出现的尴尬。同时，也免去使用一些徒劳的权宜之计，比如，用道歉的方式来减轻公众对自己的指责，或用鲁莽的方式来唤起他们的关注。

史诗作者们发现，诗歌的开场白颇能为他们的创作增添色彩。因此，他们几乎不约而同地选用荷马，以其史诗中的重要句子作为诗歌的开场白。而读者只需了解诗题，便知道这些诗歌以何种方式开始。

迄今为止，这类庄重的"引述"方式，在那些英雄史诗中尤为突出。它不仅从未合理地扩大到其他文学形式中，而且还被认为是一种世袭的特权。只有那些声称具有荷马天才的人，才有资格享有。

在贺拉斯[1]看来，这种被不公正地使用的特权，其规则也可以为那些不太出名的作者直接借用。可所有人都应适当地记住，不应祈求别人对自己过高期望，因为他们要达到这个能满足读者的期望，并不在自己的控制范围之内。观看冒起的烟渐渐燃烧成火团，要比看火焰化成灰烬更令人愉快。

这个适用"概念"之所以一直受到人们的重视，因为它不但反映出人们对贺拉斯这个权威的尊重，而且也与一般世俗的观念相吻合。然而，总有一些人认为，向他人宣传自己的成就并不背离谦虚的美德。凭着这种无可争辩的成就，他们想象自己应能豁免一般的规则，从普通生活的限制中抬高自己。也许，他们相信，如修昔底德[2]那样，他们能给人类"留下永恒的遗产"。这也给他们向世人张扬自己的成就时，增加了特殊理由。

确实，在某种场合下，人们略微表示谦虚并不比过分炫耀自己而遭受攻击的危险少。然而，蛊惑人心的精神和大无畏的气度，使人们把它们看作不可抵抗的力量而经常屈服其下。可是，

---

1. 贺拉斯（Horace），古罗马诗人。
2. 修昔底德（Thucydides），古希腊史学家。

那些明显表现出自卑的人，是不能期待人们对他表现出适当的信赖的。

普鲁塔克[1]列举了人能够炫耀自己而不会遭到正义谴责的各种场合。可是，他忽视了写作者"初闯人世"这一场合。从他的总原则上说，这也是可以理解的。他认为，一个人在此情形下是可以理直气壮地夸耀自己的。除非自己亲口说出来，否则他的成就将不被人知道，例如那些身处陌生群体中的人，几无机会去表明自己的优秀。可是，一个作家面临的处境，与此还是有所不同，因为当他出现在公众面前接受"审判"时，他有必要向"法官"证明自己的"价值"。可是，人们应该想到，除非"法官"有意偏向他，否则没有"公众"会被劝说去听他的辩护理由。

一个作家炫耀自己的情形，可比作一个处于热恋中的人，心里充满某种炽热的激情。情场上有这样的箴言："爱要耐心含蓄，婚事才容易成全。"那些急于表白自己爱情的人，反而给自己的愿望设下了障碍，而那些从失恋中汲取经验教训的人，则竭力掩饰自己的热情，耐心等待，直到他们的情人愉快地流露真情。同样的方式如果对作家也适用的话，那它会使作者免受时代的许多苛责和反复无常的批评。如果一个作家能神不知鬼不觉地逐渐被公众喜爱，他自诩的文学荣誉又确实没有遭到人们的反对，那么他就开始成为一个很有希望的作家。尽管他从不会得到过多的赞扬，可一旦不幸失败，也能逃避世人的蔑视。

世人假设，每个作家都能写出令人赞誉的经典作品，就好像有些女孩子相信，每个表现出绅士风度的男子都打算向自己求爱。

---

1. 普鲁塔克（Plutarch），罗马帝国时代的希腊历史学家。

可是，作者这些求知的努力一旦出现失误，就会引起无穷无尽的指责，而当他的真诚战胜不公正的批评和过高的期待之后，他又会被许多人不加怀疑地一味赞扬吹捧。把自己置于这种冒险境地的人，他的技巧会根据恐惧与野心的比例而增大。尤其是，渴望美好和恐惧邪恶是人类思想的两大动机。他们一旦被渴望美好和恐惧邪恶的动机刺激后，就会更加明显地放纵自己。一方面因诱惑而孜孜追求，一方面因恐惧而害怕拒之。有些人会尽力通过行贿"法官"，找这些显然并不受他们尊重的人来赞美自己；有些人靠坦白自己并不真心承认的弱点来博得人们的同情；其他人则靠敞开思想和表现出宽宏大量，或者大胆地宣布自己应得的成就，或者公开地挑战他人的地位和荣耀，来取得世人瞩目。上述这些行为，并不值得大惊小怪。

为日报写作的作者将卖弄和傲慢作为自己惯常的借口。要判断他们的这种表现，人们可以说，他们所缺少的谨慎因他们的真诚得到弥补。如果他们的夸张炫耀欺骗了任何读报人，他们至少可以辩解，他们只不过占用了读者的一点时间罢了。

> 战斗打响，在关键的时刻，
> 战争在死亡或者胜利的征服中结束了。
> ——贺拉斯

关于日报的价值问题，很快就能做出判断，因为我们无须费时地浏览大半张报纸，就能确认作者是否背弃了自己的诺言。

我打算在每周的星期二和星期六发表简短的文章，写这些文章的其中一个理由是尽力使我们的同胞得到愉悦，我希望这不会使那些我并不想去取悦的人感到厌倦。如果我的文章达不到华丽的程度，至少请因其简洁而原谅它们。但至于我期望的究竟是请人原谅还是让人赞美，我觉得没有必要去细究，因为在准确权衡了我是出于屈服还是谦虚才去写作之后，我认为它们有着几乎一样的分量。以至于我急于尝试的这个第一次的写作任务，不会让我承受任何长时间的失去平衡的痛苦。

确实，无论作者是自信还是胆怯，这种特有的发表方式都有许多便利，可能使作者自命不凡。一个有广博知识或丰富想象力的人，能表达自己的看法，已经可以确保他会得到世界的赞扬。若他愿意利用这个能表现自己能力的发表作品的方式，这很快就会给他带来机会，使他听到赞美的声音。一想到正在写的东西将会在多少地方被人看到，第二天将被多少人痴迷地阅读，他有了更多写作的快乐。他想到这些，常会使自己感到欣慰：那些写大部头作品的作者，在写作中必定会顾虑重重，以免在完成写作任务之前，自己的想法就被公众关注的焦点改变；可是，那些写小文章的作者，无论出现什么舆论，都应适应各种变化，顺从国人的趣味，把握流行的气氛，跟上时髦的风潮。

在这种设想下，也许每篇有缺陷的简短文章都是一种强有力的鼓励，因为它有可能减少作者谨慎小心的疑虑和战战兢兢的恐惧。如果作者在一个宏大的主题中，感到处理不同问题的能力不足，或者担心对一个复杂体系把握不够，他还是有希望在没有困惑的情况下修改好这几页纸的文章。如果作者在自己记忆之库反复查找，发现自己收集的资料太少，难以写成鸿篇巨制，他也完全有能力去写好一篇短文章。如果作者担心自己把太多时间花在一个自己不熟悉的事件上，他可以劝慰自己，几天之后，便可通过自己的学习和天分了解清楚。如果作者认为自己的判断足以给人启示，他会注意每份报纸中的评论，进而修正自己的观点。如果作者事先多少知道自己被疑难问题所阻碍，他就能停止写它而无须承认自己的无知，再写一个风险较低的题目，或者写自己更容易驾驭的题材。如果作者用尽了所有的努力和所有的技艺，发现自己写出的作品不能也不值得得到人们的赞扬，他就应尽快放下自己的写作计划，免得伤害他人或自己，让自己退而去选择能给自己带来更多愉悦的娱乐活动，或者转而进行更有前景的研究。

漫步者

1750 年 3 月 24 日
第 2 期

未来理想与现实

> 狩猎者急躁不安,气喘吁吁,
> 费力地前行,似乎征服了辽阔的平原;
> 在他的行程之前,显然有人穿过了小山、丘谷、洪水,
> 而这些千里足迹早已消失得无影无踪。
> ——斯塔提乌斯[1]

人类的思考,从不满足于直接出现在眼前的事物。因此,人们总要与现状保持一定的距离,让自己迷失在对未来的幻想中,以至于人们为了那也许永远也得不到的理想,忘记在自己现有的能力下,适当地享受眼前的时光。这是一个人们经常谈论的话题。由于这是个可以轻松嘲笑同时又可以严肃雄辩的问题,它必会受到所有幽默俏皮话的奚落和所有修辞陈述的夸大。关于它的每个显得非常荒谬的例子,人们都认真地加以收集,给予蔑视的绰号,并使用所有比喻和形象来驳斥它。

---

1. 斯塔提乌斯(Statius),古罗马诗人。

谴责自然使人得到满足，因为谴责总是暗含着某种优越感：人们通常以想象来愉悦自己，认为自己比其他人有更深刻的了解或更广泛的调查，能发现一般观察所忽视的错误和愚昧。对作者而言，在这种一般题目上发泄快乐，本身就有很大的诱惑力，因此，他不会轻易地放过。因为借助一般的情绪，也能确保作者不必费力而扬名，无须争辩而获胜。嘲笑一个人愚昧，说他生活在自己的理想中，为了未来的快乐而拒绝接受现在的安逸，不去享受生活的赐福，却在准备欣赏时，忙碌地让生活悄然流逝，这并不难。举例说明人类不稳定的生活状态，让死亡把人们的梦想惊醒，告诫世人珍惜安静而稍纵即逝的时间，这些理由都为作者提供了令其欣喜的获胜机遇。因此，我们也许能做出判断：作者更愿意去传达而不是去检验一个如此便利有益的生活原则；作者愿意去追求一个如此平稳和顺畅的生活轨迹，而不去专门考虑它是否能带来真实。

"寻找未来"这一思考特性，看来是人类不可避免的状态，因为人类的行为是渐进的，人们的生活是逐步发展的。由于人类的能力有限，他们必须用各种手段达到自己的目的，而且事先便考虑他们所要达到的最终结果。要从最原始的生存状态上继续向前，人类便要不断地调整自己对未来的期望。因此，必须总是先去发现新的行为动机，新的恐惧、兴奋和新的欲望、诱惑。

因此，人们一旦实现目前需要努力争取的目标，就会发现那只是实现更远目标的一种途径。人类思想的自然发展过程，不是从一种满足到另一种满足，而是从一个希望到另一个希望。

一个人走到一定的阶段，总会经常回头看自己所努力达到的地方。他经历过辛苦劳作，总要想用他所能得到的回报来安慰自己。譬如农业生产，它是最简单和最必需的工作。尽管害虫会影响大丰收，洪水会冲走果实，死亡或灾难会妨碍收获，可是，若不是期望大丰收，没人要下地耕种。

确实，一些格言只有在其符合真实和顺应自然后，才能受到广泛的接受和长期的流传。可是，我们必须承认，那些反对人们太关切于美好的未来的警告并不是毫无用处，尽管它被过于轻浮地表达，或者被几乎不加区别地过分强调。因为这类事情确实经常发生：由于沉溺在过早成功的喜悦中，人们忘了用必要的措施去确保成功的实现，结果让想象承受痛苦，破坏了某些可能变好的成果，等到获得成功的时间已经悄然逝去后，才幡然醒悟。通常，人们渴望的热情，要在对与错的相互压力下，才能得到满足；而人们期待的焦虑，可以用对上帝不信任的理由，来对它做出公正的指责。这些问题对我目前的讨论来说都过于严肃了。

事实上，如果人们没有夸大自己优秀的能力，用这些能力劝慰自己，那么，人们就很难有进行伟大工作或从事探险的进取心。堂吉诃德骑士给他的同伴们严肃地讲述冒险的经历。在这个冒险中，他夸耀自己的伟绩，说他应该被传召去支持帝国，接受被他保护起来的国王的女继承人的求婚，还说他到处都享有名誉和财富，并给他忠诚的侍卫一个小岛。在他们欢乐或怜悯的故事中，很少有读者会否认，尽管期待的事件也许不全是那样奇特，或在形式上同样有缺陷，他们也已经接受了如他一样的看法。当我们怜悯他时，反映出我们自己的失望；当我们嘲笑他时，我们内心明白，除了他告诉我们已想到的事外，他并不比我们更荒唐可笑。

一个人的理解力、一个人自然的性情，不论对创造每个伟大的事件或优秀的成果有多么必要，确实很容易被奢侈而放纵的欲望所损害。就好比一些植物,由于过多地接触阳光而被晒死,尽管太阳给植物世界以生命和美丽。

也许那些渴望以写作成名的人,比起任何其他阶层的人,更需要谨慎地反对这类"幸福的期待"。一个有丰富幻想的人,一旦找到发展他思想的机会,就会直接涉足出版物,让自己走向世界。尽管只有很少一些奉承的鼓励,他也要把自己推向未来的时代,预言自己将来会得到荣耀。当嫉妒不存在、帮派被遗忘后,那些现在受偏见影响而不能扬名的人,将会让位于其他如他自己一样短暂存在的无名小人。

那些一直求助于将来对自己做出判断的人,不太可能医治自己愚昧的疾病。但是,他们应尽一切可能去防止疾病发生。这类疾病一旦达到严重的程度,无论何人自诩有唤醒心灵的疗法,有宣泄恶毒或缓解热情的镇静剂,也许在哲学的花园里,根本就找不到治疗它们的药方。

所以,虽然我只是轻微地触动作家的病症,我也应同时尽力增强自己抵抗感染的免疫力。不管存在多少有些渺茫的希望,我都应把保护剂的功效[1]传给其他人,因为他们的工作也同样有受到这类疾病感染的危险。

你热衷于求得名望吗?智慧有强大的魔力,
可如果重读三次,它的力量自会消失。
——贺拉斯

---

1. 功效(virtue),有美德之意。

爱比克泰德[1]有个很明智的忠告：一个人应让自己习惯于想到最惊人和最恐怖的事件。借助于这样的反思，他能使自己具有免疫力，既不会因为看到好事而过分想入非非，又不会因碰到真正的不幸而感到十分沮丧失望。

世上没有比对一个作家的忽视更令人害怕的事了。责备、憎恨和反对，比起忽视还是令人愉快的。然而，每个敢于写作的人，都有理由害怕这个最糟糕、最无情的命运。

往前走吧，做出你和谐的思考。
——贺拉斯

一个刚进入文学领域的人，因怀疑自己的能力而认为自己会被人们忽视，这是很正常的。可这个疑虑的本能，既不能使他增加知识，也不能让他具有规范其他人类行为的无可争辩的权威。尽管世界注定笼罩着无知的云雾，他却必定不能驱散云层，也不能闪耀出一束最灿烂的生命之光。正是因为这种疑虑，图书馆里每类编目都有其充分的理由。作者会发现，那些书堆里作者的名字，尽管现在已被人遗忘，可他们从前并不比自己缺少进取精神或自信心，他们同样为自己的作品被出版而高兴，同样受自己的赞助人关心，同样被朋友们赞扬。

尽管有可能发生这样的事：一个有优秀写作能力的作者，他的才华没有引起人们注意便消失了。他被各种繁杂事务困扰，只能常常在混乱中生活度日。可是，一旦因写作成名，他会尽力寻

---

1. 爱比克泰德（Epictetus），公元前1世纪时古罗马斯多葛派哲学家。

求各种各样的奖励来愉悦自己。或者，他沉浸在写作中，没有时间参加智力性的社交活动。或者，他被那些受热情驱使或因偏见形成的判断吸引，但这些判断却几乎排除了对任何新创作的认可。他知道，有些人过于懒惰，不读任何没有名气的书。其他人太妒忌，不愿意宣传别人的名声，因为这些日益增加的名望，只会给他们带来痛苦。那些新出现的作品，之所以受到反对，是因为大多数人不愿意被人教导。那些已出名的作品之所以遭到拒绝，是因为它们不再被人尊重。这些都表明，"人们经常需要的是提醒而不是教诲"。有学问的人，担心过早发表自己的观点使自己的名誉受到损害。无知愚昧的人，在拒绝获得精神满足时，也总是想象能给出一些证明自己敏锐的看法。那些通过所有障碍，走自己的道路获得名望的人，应该承认，除了他自己的勤奋、好学和聪明外，他也应感激其他的因素。

漫步者

1750 年 3 月 31 日
第 4 期

新现实小说

> 利益和愉快能融合为一体。
>
> ——贺拉斯

小说似乎是现代人特别喜欢的一种体裁，因为它展示了生活的真实状态，反映了世界每天偶然发生事件的多样性，表现了人类交往中真实可见的热情和品质及其影响力。

把这类写作称为浪漫喜剧并非不恰当，因为它虽依据喜剧诗的写作原则，采取极容易把握的方式，描写自然的事件，让人保持好奇，却无须借助于奇异的幻想。然而，这类小说还是与浪漫喜剧有别，排除其浪漫英雄的权宜之计和技巧手法，既不用巨人把新娘从婚礼仪式中抢走的果敢行动，也不用骑士把被劫的美人再抢回来的勇猛举止；既不让人物在沙漠中迷失路途，也不让角色局限在幻想城堡里自由生活。

我记得斯卡利格[1]对潘同勒[2]的作品有这样的评论：潘同勒

---

1. 斯卡利格（Scaliger，1484—1558），法国博学者。
2. 潘同勒（Pontanus，1426—1503），意大利诗人。

的所有作品都采用了相似的形象,如果你把他作品中的百合花和玫瑰扔掉,把好色之徒和森林女神拿走,剩下的就再也不能叫诗了。同样的方式,如果你把隐士和森林、搏斗和翻船情节拿掉,近代所有旧式小说几乎都会消失殆尽。

为什么这类荒诞不经的幻想形象,在一个有修养和有文化的时代,能流传这么长时间,这不容易解释清楚,可是,这也不奇怪,因为只要读者有需求,作者就愿意继续写下去。当一个人因写作实践获得某些流利的语言技巧后,他关起门来不再关心别的,让自己的创作漫无边际,让头脑充满幻想的热情,于是,一本本书,不惧怕批评,不努力研究,不了解自然,不熟悉生活,便制造出来了。

我们现在的作家则有不同的任务,不但需要他把难以从个人孤独奋斗中获得的经验和从书本中能够得到的知识结合起来,还要求他必须具有普遍的常识,能准确地观察活生生的世界。如贺拉斯所说,他们的创作"越缺少自我的任性,就会碰到越多的困难"。他们描写的是人人都知道的事物本原,人们能够从确切的同类中,发现其任何细微的偏差。其他写作,若不是学者恶意中伤,一般不会受到什么特别关注。然而,对普通读者来说,看这类写作,是不能让他们满意的。他们挑剔问题,如阿佩利斯[1]画维纳斯时,一个鞋匠在路上碰巧见到后,批评他把拖鞋画错了。

小说作者一般担心能否把人类生存方式如实地复制下来。可是,这种担心并不应作为最重要的问题来考虑,因为作者在其未创作之前就有这种忧虑。这些新小说主要是为年轻人、无知者

---

1. 阿佩利斯(Giovanni Apelles),古希腊宫廷画师。

和懒惰者写的，对他们起到品行教育和引导生活的作用。之所以要教导这些人，是因为他们欢乐的头脑里没有思想，很容易迷信自己的印象；因为他们没有固定的原则，很容易顺从流行的风气；因为他们没有亲身的经历，其后果是很容易接受每个虚伪的劝告和带有偏见的叙述。

要给予年轻人最崇高的尊重，不应让他们看和听任何不好的东西。从一位古代作家（尤维纳利斯）的作品中，可见其有尽力表现理智和美德的创作概念，尽管这绝不意味着他在思想纯洁方面表现出色。同样，就年轻人面对每件事而言，我们要求作家保持相同但程度上可有所不同的戒备，使年轻人避免接受不公平的偏见、不恰当的思想、不和谐的综合形象。

在过去的浪漫作品中，每个角色的情绪都与人们保持较远的距离，读者很少有让自己卷入角色、效仿人物的危险；作品所表现的美德和邪恶，都同样超出读者个人生活行为的范围。读者既喜欢英雄又欣赏叛徒，既爱好救助者又同情受害者。作品里这些另类人物，只受到他们自己行为动机的约束，他们的错误或优点都与读者个人无关。

可是，当冒险与世界其他事情有了直接的联系，并有许多人参与这个世界戏剧的演出角色时，年轻读者对这些写实的新小说，便全神贯注，希望通过观察角色的行为有效地约束自己的实践，为将来遇到同样的情景做好心理准备。

因为人们熟悉的这类生活故事，比严肃的道德说教更为人所喜闻乐见，比公式和定义更能有效地传播美德或邪恶的知识。作者应特别注意，人物榜样有时有非常强大的力量，容易给人留下极为深刻的印象，并且有几乎无法用意志力去控制的效果。若在对写什么没有限制的情况下，应尽力表现那些最优秀的榜样。若要把这种榜样表现得很强烈，应注意他们不会产生误导性的影响和不确定的效果。

新小说在表现真实的生活方面，最大的优势是作者自由地选择现实题材，尽管不必特意创造，却能从大量的人群里精选值得注意的个体。就像一颗钻石，尽管它不能被造出来，却能被艺术加工，在它尚未被埋在乱石堆之前，便被摆放到展览中心发出它的光彩。

公正地说，艺术最伟大和最优秀之处在于模仿自然。可是，人们还是有必要区分哪部分自然是最值得模仿的。人们总是要求作者特别关注如何去表现生活，因为生活经常因情绪而改变它的色彩，或者因邪恶而改变它的形状。若世界只是被杂乱无章地表现出来，我既看不出读这些描写有什么用，也感觉不到直接用自己的眼光去观察人生有什么不妥当，就像镜子能不加区别地照出所有的物象一样。

因此，以逼真的个性描写来判断人物，依据是不充分的，因为有许多人物并不值得描写；也不能以事件的叙述与观察和经验相一致来判断，因为这类所谓世界人生知识的观察，常让人变得机灵而非善良。新小说创作的目的，不仅要反映人类生存状况，而且要确保人们免受伤害，告诉人们避免落入陷阱的方法。这个陷阱，是"背信弃义者"为那些丧失了对优秀的追求的"无辜者"设置的，或者是为给这些年轻无知者灌输追求任何优秀的虚荣愿望而布置的。新小说要给予人们抵制错误的力量，避免人们受诱惑去做错事；要鼓励年轻人，在必要的防卫中去嘲笑对手，增强他们谨慎的意识而不损害美德。

许多作家为了追随自然,把好和坏的品德合在他们重要的典型人物里,并将两方面不分轻重地表现出来。我们陪作品中的人物一起快乐地去冒险,在一定程度上沉浸于对他们的同情,不再憎恨他们的错误。因为他们不妨碍我们的愉快,也许,我们还为他们身上集中了许多优点而感动。

有人确实外美内邪,凭他们的慷慨解囊,便遮掩了自己的罪恶。人们对他们的丑行,还没有完全地厌恶,那是因为他们的善行未能被完全否定。然而,这些古今邪恶堕落的特大腐败者,他们都有相似之处,我们不应再如那些杀人无痛苦的艺术那样,把他们不加区别地都保存下来。

有人指出,一些美德与错误相互联系,创作中突出表现任何一方,都会偏离事物的可能性。这个看法并没有适当地考虑这类观念所产生的后果。这类人如同斯威夫特所评论的那样,"感激程度与他们的怨恨是一样的"。按照这个原则和其他类似的规则,可以假设,人根据残酷的动机做出自己的行动,在追求某种倾向时会不择手段。此外,还应承认,尽管感激和怨恨来自相同的热情,但当人们理性思考后,就不会让两者导致同样放肆的后果。除非人们承认这个后果,这句精彩格言才不会成为与实际生活没有任何联系的一句空话。

没有证据表明,最初的动机与它们的效果总是成比例的。傲慢不但很容易产生怨恨,还会妨碍感激,因为傲慢的人不愿承认他们承担责任后所表现出的缺陷,同理,要那些没有得到过帮助的人去表示感激或给出回报也是不可能的。

对人类说来,最重要的是,人们应对这种"感激与怨恨共存"的思想倾向加以揭示或给予批驳。因为当人们把善良与邪恶看作一体加以判断时，如同弹簧弹跳的都是同一基础，他们就会想到顾此失彼。如果不为其他，至少为保护自己，人们都倾向于依据丑恶来衡量自己的美德。这个致命的错误，是那些黑白不分的人都不免要犯下的。他们不能帮助人们明确自己的界限，反而很有艺术技巧地把良莠混淆在一起，以致大众不能辨别它们。

在叙述中，历史的准确性是不存在的，可我不明白，为什么不能把最完美的道德观念表现出来。这最完美的道德观念很现实，既不是天使也没有超越现实的可能性。人们对那些他们认为不可信的事不会去模仿。人类所能达到的最崇高和最纯洁的美德，自会在各种事物变革的考验中表现出来。通过战胜某些灾难，忍受某些苦难，这些美德教导人们应该希望什么和应该如何行动。至于邪恶，人们有必要去暴露邪恶，永远厌弃它。不应把受到赞扬的荣耀或勇敢的名誉与邪恶混淆，使人们的思想顺从邪恶。无论邪恶以什么面貌出现，这些狠心的行为都应该引起憎恨，这类卑劣的计谋都应当受到蔑视。要知道，当邪恶得到物质或精神上的支持，人们就会在心理上减少对它的恐惧，正如罗马暴君除给大众制造恐惧外，不在乎被人憎恨，又如，要是小说把邪恶认作智慧，成千上万的浪漫读者就会被认为心甘情愿地接受邪恶。因此，当下的新小说应该有原则地向读者灌输这样的观念："美德"是最能得到认可的理解力，是崇高伟大的坚实基础；"邪恶"是狭隘思想的自然产物，始以错误出现，终以耻辱结束。

漫步者

1750年4月7日
第6期

幸福来自他国

> 我们懒散地漫游在国外，
> 寻找的幸福，家园里自有。
> 你终疲倦地发现追求的徒劳，
> 幸福在何地不能从同样的思想中得到。
>
> ——贺拉斯

斯多葛学派的主要原则是，人的幸福从不应受到外部环境的影响。这个高尚学派的原则，早已超出人类生活的基本条件。有些人似乎能完全排除所有肉体的痛苦和身心的愉悦。这个原则自然受到智者的关注和看重。

这个"疯狂的智慧"，本是贺拉斯给予那些主张奢侈的哲学学派的命名，对此，我们既不缺少权威，也不缺乏理由给予驳斥。每个小时的经历都可推翻它，每个天性的能力都能站起来反对它。然而，我们应适当地去探究，如何在我们的能力范围内接近这个升华自己的境界，如何能早些避免外在的干扰，确保我们的思想处在平静的状态。因为，仅仅自诩绝对独立是荒唐无用的。对每个冲动，可有一个灵活的应对；对临时事件的独断裁决，应有一个耐心的顺从。这只是一种较低级的思想上的尊严。因此，无论被剥夺还是被削弱，这类思想自诩来自上天的原始启示，希望把永恒的善良和不变的幸福联系在一起。

> 对束缚的邪恶，只有灵魂
> 抛弃它自己的原本。
> ——波爱修斯

人们有必要在某种程度上建立智力尊严、保留愉悦的智慧。这些不全来自偶然的宽恕，尤其当我们双眼盯着有些人，他们的幸运因自己的品行而丢失。那些未被条件束缚，能有规律地安排自己时间的人，有义务让自己忙于事务或变换兴趣。若在这方面努力后，还是不能愉悦或支配自己，他们只好被迫去尝试所有消磨时间的艺术了。

普通人有无数减轻生活负担的应急方式。比起那些在生意破产边缘的人，他们同样可耻，但也许没那么可怜。我看到，有人因为"纸牌派对"失望，忧郁情绪弥漫全家。突然间，世界发生了革命。当提出上千个计划，派人送去上百个建议后，人们郁闷无奈，承认倒霉，彼此交谈，计划度过这不幸的夜晚。不料，一个突如其来的访问者，给他们带来某些解脱，在接受对一个饥饿城市的规定条款后，他们能够维持到第二天。

对于那些不知是何原因引起不安的人，通常的药方是调换一个地方。他们宁愿想象他们的痛苦是有些不如人意导致的结果，因此，要尽力远走高飞，如同孩子们要离开他们阴影的随从者。

他们虽总是希望从每个新场景中得到更多满意、愉快,却又总是带着失望和抱怨返回家里。

谁能看着这些痴迷者,不去思考那些遭受可怕的狂犬病症、由医生诊断为"怕水"的人的痛苦?这些可悲的痛苦者,尽管喉咙如火烧,饥渴难耐却不能喝水。据说他们有时采取各种扭曲的姿势或折磨身体,甚至自夸可以在某种姿势下,吞下他们在另一种姿势下无法吞下的液体。

然而这类愚昧并非无思想和愚昧无知者所独有。通过学识、敏捷的穿透力或严肃的判断,它们有时能抓住那些似乎最能避免干扰的大脑。确实,智慧和知识的骄傲,常被发现受到抑制。他们对反对一般的错误不给予保证,而正是这些错误导致人类的脆弱和卑微。

当这些在我大脑里引起反思时,我记起了考利为其诗歌写的前言中有一段话:无论如何,因天才而伟大,靠学习而深入。他告诉我们,幸福的计划,如同一个女孩子几乎不会放弃想象初恋,可对这个幸福计划,她沉迷于其中,直到她完全忘了其痴心妄想的荒唐。如果只是被自己的理由阻碍,她完全有可能付诸实现。

考利说:"我的渴望已过去多年,尽管执行它已偶尔转向,激情却持续不减。让自己退休,到我们美国一些植物园定居。这不是为了寻找金矿,也不是为交易这些物质使自己变得富有——而这又正是大多数人到那里的目的。我要永远放弃这个世界,包括所有来自它的虚荣和忧虑。虽以某种朦胧隐退的方式埋头于此,却不会让自己没有文学和哲学的慰藉。"

考利在其思想里有这个空想的规则,为的是让他余年的生活安宁。他还推荐给后代,因为没有其他理由去公开它。确实,他没有给出强有力说服人的例子，只是指出，某些特别地区的居民是幸福的。人们应在顺风中，扬帆而去，把牵挂、包袱和灾难抛在其后。

如果他远行无其他目的，只是"以某种朦胧隐退的方式埋头于此"，他在自己家乡就能找到这样的地方，有无数黑暗的掩蔽处，可遮蔽考利的天才光辉。因为，无论他对自己被召唤回公众生活的不快有什么看法，一个简短的阅历就能说服他，"匮乏"比"获得"容易。所需要的不多，便能继续免受世界的干扰，人心的自傲足以阻止与他人相识的许多渴求。通常，与他人交往，其学术名誉还是美德也许能激起我们的好奇和尊重，却终会让我们确信自己被忽视。因而，喜欢隐退者无须担忧，不必害怕陌生人的尊敬访问会湮没了自己。即使一些他从前已认识的人，也会很耐心地支持他的隐退。当他们去体验一下没有他陪伴的生活时，他们还是能为那从前有他陪伴带来幸福快乐的片刻，找到新的消遣兴趣。

也许上天为限制我们彼此间的暴虐，早确立了个人的作用并不那么重要的法则。世界不会因个人的退场和死亡，产生任何大裂口。如果考利从未去评论，有用的朋友、欢乐的同伴、热恋的爱人，一旦离开我们视线，他们有多快就会被新任务的继承者接替，那么，考利这些与人类的交谈便无济于事。

因而，他隐居的隐私能确保安全感，足以避免受干扰。尽管他选择的地方，多少受其家乡范围的限制，他还是发现，它可以起到抵制世界的虚荣和预防个人的忧虑的作用，而且不比那些美国的森林和田野能提供给他的差多少。可是，一旦他承受厌恶的思想痛苦，他就会设想，家乡领地不足以让他摆脱引起忧虑不安的因素。他以一个胆小的远征者的身份宣布，为了没有往后看的冒险，他想敌人永远在他的脚下。

当他被同伴打扰，或因忙碌而疲倦时，他强烈想象自己有闲暇和隐居的幸福。他决定为未来欣赏这些幸福，不再受干扰，排除所有会夺去他的快乐的一切障碍。在渴望的热情下，他忘记孤独和安静能给予那些刻意回避痛苦的人的快乐。因为这个世界如此动荡不安，贯穿于它所有的部分，白天与黑夜、劳作与休息、匆忙与退休，彼此间互有亲密联系。这类变化却能保持思想的活跃。我们渴望，便去追求；我们得到，便感到满足。我们渴望其他，又开始新一轮追求。

如果他按计划进行，确定在新世界最愉快的地区定居，人们也会怀疑，他虽远离"虚荣"的生活，但能否使自己免于"忧虑"。对一个人来说，这很正常，他感到痛苦，想象自己换个其他地方，就能更好地承受它。考利知道特别环境下的烦恼和困惑，随时劝自己，不会再有什么糟糕的事发生了。因为每次改变都会带来一些进步。他从不怀疑引起不幸的是内在的原因，他没有充分地管束自己的热情，他为自己的没耐心而烦恼。这些不幸不会没有使他清醒，他愿陪伴其漂洋过海，找到去美国极乐世界的道路。经过实践，他很快就相信，幸福的泉水，要先在脑海里喷涌。他只有很少一点人性的知识，希望靠改变什么事来寻求幸福时，他应想到：若缺失个人的品德，他只会在无结果的努力中浪费生命，不断地增加他计划摆脱一切的痛苦。

漫步者

1750年5月5日
第14期

文与人

> 确实，对多变的动物，无人可以了解它。
> ——贺拉斯

人类思想存在着诸多不一致造成的矛盾，导致人们表现出愚昧的行为或承受懦弱的苦恼。其中经常被提到的是，作者的生活与作品之间有着明显而惊人的不一致。可是，弥尔顿在一封信中，对他只见过一面的陌生学者说，他有充分的理由庆贺自己在思想与人格方面达到的统一。弥尔顿在非公开和熟人的访谈中也表明，他保持写作带给他的名誉。

有些具有美德或才华的人，试图从已知作家的作品中，求得对作家本人最直接的了解，结果却经常为自己的好奇心而感到后悔。这就好比从水底冒起的水泡，一经碰触水面，与水已没有不同，原本有着奇光异彩的幻影，很快就沉入水里消失了。当人们看到那些似乎最有能力给人指点迷津的人徘徊山脚，或者害怕辛苦，或者患得患失，不论一时精神如何振奋，都会失去想象的愉快。也许人们将从此不再有攀登美德高峰的强烈志向。

自古以来就有这样的习俗，比如东方君主把自己隐蔽在花园宫殿里，避免与人直接对话，通过布告让人了解他的指令。这个策略适用于统治者，同样也非常适用于写作者。因为人们更有耐心接受一个与自己同样愚昧和不完美的人的统治而非教育。外来人突然闯入作者的密室，感觉上不会与独裁者萨丹纳帕路斯[1]的官员的愤怒不同：这位长期恳求觐见国王的官员之所以恼怒，是因为他发现国王不但没有依律执法，也没有去调查冤案或者指挥军队，而是耽于享乐，沉溺于美色。

然而，有许多理由很容易就让人相信，一个人所写的比他的实际生活要更好。例如，无须多加思索就能知道，"设计"总是比"施工"容易得多。一个人在抽象和脱离实际的状态下，提出来的生活计划不涉及愿望的诱惑、感情的倾诉、饮食的迫切或恐惧的威胁。这种情形就如同教师在地面上教授航海技术，那么海面总是平静的，风浪总是吉利的。

数学家很熟悉纯科学之间的差异。他们所处理的只是概念，把它的法则用于生活中。可是，在具体的生活中，他们受到限制后，只能屈从于事物的不完美，接受偶然事件的影响。同样，在道德的讨论中，人们应记得，有许多障碍阻拦我们去实践，而这使人们很容易就让位于理论。"思想者"只面对理论错误的危险，而在现实中的"生活者"，他有自己的热情，要接触其他人，会遇到极大的困难。这些来自各方的压力都使他困惑，使他遭受挫折或者碰到难题。他被迫在没有深思熟虑的情况下，就采取行动；在没来得及检验的情况下，就承担责任做出选择。他为事情的突然变化感到惊讶，根据表面的现象去改变自己的标准；他因为懒

---

1. 萨丹纳帕路斯（Sardanapalus），亚述帝国最后一位君主。

惰或者胆怯被人牵着走；更有甚者，他有时害怕知道什么是对的，有时发现朋友或敌人都在故意欺骗他。

因此，这并不奇怪，在很多喧闹、陷阱和危险之中，即使没有思想的偏见，可以毫无阻碍地自由行动，人们也不会服从那些既定的规则，反而会在孤独、安全和宁静中放弃它们。人类目前的情形是，人们能看到的比能得到的要多。人们即使保持最高度的警惕和戒心，也绝不能确保每一天过得纯洁无瑕；即使投入最团结一致的思想上的努力，也很少能到达深思熟虑的德行顶峰。

然而，人们提出"完美的观念"是很有必要的，这能使我们努力进行的工作有个指导方向。如果通过有益的警告和宣传自己的榜样，提醒其他人避免犯自己的错误，克服障碍，那么即使生活中最不负责的人，也能弥补自己的过失。

无论多么习以为常，人们都不应对那些对美德怀有热情而忽略实践它的人加以责备。世上没有比用"虚伪"这个词来谴责他更为不公正的了。既然他已真诚地相信有能力克服自己的情绪，他不必亲自取得胜利，如同一个人相信自己能去航海或旅行，他不必鼓起勇气或努力亲自为之，而可以真诚地推荐其他小觑自己能力的人去做。

利益使部分人堕落，迫使他们强硬地去反对每个可以加以修正的动机。这种利益也让他们自我矛盾，即他们能提出反对美德的理由，却不允许这些美德在任何方面表现其影响力。他们看见有些人违背自己的利益去行动，却没想到这些人并不知道自己的自相矛盾。有些人为情绪所左右，为微小的欢愉放弃了最重要的追求。这些人这样做，不一定是在改变自己的观念或认可他们自己的行为。就道德或宗教问题而言，他们以行动决定情绪，使每个人尽力承担影响世界的任务。这些人的作品，是不能根据他们的生活来证实的。这是因为，他们从不认为在每天的行动中他们有疏忽，他们做的事与自己确立的观点并不一致；他们也从未发现宣传美德的行为，能增加或减少多少他们服从指令的义务。只有通过论证，才能使论证失效。无论它是否能让被论证者信服，其本身都具有同样的力量。

这类偏见，不论多么不合理，总是能广泛流行。因此，每个人都有责任去注意这些偏见，以免让自己的思想受到干扰。当他渴望得到别人信任时，他应表明信念。以道理教人美德好处的人，应用自己的榜样去证明它的可行。这样去做，至少要求每个人不能因为写得好而做得比其他人差。他也不能凭自己天才的能力，就去想象自己可以自由放任，声称自己已超出低等阶级的道德水平，请人原谅他缺乏谨慎、忽视美德。

培根在他那本有影响的历史书（《自然历史》）中提供了一些令人渴望的假想之后，建议把比较薄弱的地方，作为人们可以去战胜它的理由。同样的方法，有时也适用于对道德的努力追求。因为在自然的探索中，这位哲人已观察到了这种追求的现象。在我们面前，由于一开始就设立了正面和绝对优秀的标准，尽管甘愿卑恭谦虚，不论做到与否，我们终会得到原谅，同时，我们要努力保持自己的观察，尽管达不到，也要避免止步不前。

据说，马修·黑尔爵士为履行严格的宗教义务，长期以来都隐姓埋名，避免他在做出些无耻和羞愧的事后，让自己的名誉扫地。出于同样的理由，作者的一个谨慎做法是，若意识到平时行为不能贯彻自己的箴言，他应隐瞒自己的名字，以免使这些箴言受到损害。

确实，有许多人因好奇而对成功的作家有更多的认识，可他们却没有多少热情以自己思想的能力去改良社会，期待自己不去进行反对邪恶的争论，或不去讨论适当节制或公平正义的问题，反而是去谈些智慧的发展和愉快的俏皮话，或者，至多谈些什么高深的评论、细微的区别、恰当的情绪和优美的措辞。

这种期待确实华而不实，然而这也是所有人希望的命运，常让人们感到挫败而灰心丧气。读作家的书的人，对作家产生敬爱之心，可与作家做伴又产生了厌恶之情。作家大多数时间都在安静的学习中度过，他的生活方式在季节的变化中一直随遇而安，变得微妙精致。一旦成名，得到足够多的尊敬后，他便忽视了自己从前感到愉快的那些微细精巧。当以作家身份进入社会后，如果他的性情温和胆怯，知道自己的弱点后，他会缺乏自信感到耻辱；如果他生来就意志果断，意识到自己的优点后，他会凶狠傲慢；或者他被敬畏的朋友捧场，失去自己的个性，不再记得自己的能力，不能做出自己的判断；或者他在对立问题上很激动，武断而顽强地捍卫自己，结果因自己的粗暴而失去能力，因急于求成而名望尽毁。

尽管一个人擅长一方面，也有可能同样在另一方面得到成功，然而，优秀的"写作与谈话"是两类不同的事。许多顺口说出来的趣话，不必用写作所要求的准确方法和付出完美的劳动，也是完全可以得到的。因此，一个完全习惯于研究工作的人，也许没有现成的想法、流畅的语言，他总是有必要去接受通俗娱乐。他们也许通过了解谈话提供的线索，来展现自己特别的成就，或者他们本身就没有太多事先准备好的普通问题能参与谈话。因为对于这些争辩的问题，若不把其研究概念掺和在谈话中，他们是不会从表面文字上轻易放过这些不同性质的问题的。

从作者的"作品"转换到他的"谈话"这一过程，就好像从远距离先观察一个大城市再进入它的内部。从远处，我们只看到寺庙的尖顶、宫殿的塔楼，想象它豪华、庄严、雄伟。可一旦进入城门，我们便发现混乱狭窄的通道、不雅观的破烂小屋、堵塞的障碍物和笼罩在上空的浓烟。

漫步者

1750年5月12日
第16期

成名的苦恼

> 那些雄辩口才如海一样深的人，
> 人们发现他淹死在不可通航的小溪里。
> ——尤维纳利斯

漫步者先生：

我是个安分谨慎的年轻人。你在最近的文章[1]中表明，你喜欢这类年轻人并给予他们忠告。我一点也不怀疑，你预见了我经历过的许多困难。我顺着你的思路，把我的状况向你公开，因为你的意见，不论意图如何纯真，已经把我卷入困惑中，而且你似乎确能把我从这些困惑中解放出来。

为安慰我，你告诉我，你认为一个作者很容易找到向世界介绍自己才能的道路，因为"英格兰的出版大门是敞开的"。我现在经历的不幸正与此有关。出版的大门确实在大敞大开：

---

1. 指第10期。

> 地狱的大门日夜开放,
> 下去的道路轻松容易。
> ——维吉尔

自我伤害的方法,真是唾手可得。我立即把小册子送给一个出版商,与他签订了印几千份的合同。在出版过程中,我常去印刷厂,给予印刷工关心、许诺和奖励,不断地催促他们加快出版。白天,我快乐地忙于校稿,其他娱乐活动都中止了。晚上幸福每时每刻接近,我几乎无法入眠。

书终于出版了。作为作者,我的心怦怦跳动。我挑战妒忌,驳斥批评,几近忘乎所以。我把名字写在书的封面上,没有充分考虑一旦书出版便会产生一种无可挽回的事实。也没去想想,出版书与下地狱可以适当地进行比较,进入容易,返回困难。然而,这两者确实也有不同,一个伟大的天才,会快乐地咽下那瓶喝了能使人"遗忘"的水,不再返回他以前的状态。

漫步者先生,我现在是一个公认的作家了。我要因为盛名之下的所有不幸遭受谴责——一种无法挽回的谴责。在书出版后的第一天早上,朋友们聚集在我身边,而我作为惯例送给每位朋友一本书。他们只看了第一页,就已十分敬佩,不再继续读下去。开篇第一页确实很见功夫:有些段落经过特别加工,比其他文字更耀眼生辉;有些句子笔调细腻饱含精华。我向朋友一一指出,而这些都是他们读时忽视的。我请求他们收敛些恭敬,邀请他们到酒店去吃饭,因为非这样做不足以表示庆贺。饭后,大家又开始评书了。他们的夸耀常使我失去谨慎。我不得不拿起另一杯酒痛饮。我经常没办法压制这些赞美的吵闹,在掌声中又兴奋地喝了一大杯。

第二天早上，我的另一帮朋友来家里祝贺。他们执着地赞扬，迫使我又一次请客来答谢他们的盛情。第三天，又有许多前来祝贺的熟人，我以同样的方式回敬他们的文雅客气。第四天，那些我第一天招待过的朋友又来了，因为他们在读完了其他章节后，发现许多深刻有力的句子和精巧的构思。这已让我无法再承受他们重复的恭贺。因此，我又一次劝他们到酒店相会，挑选别的题目，以便我能和他们一起交流。可是，他们却忍不住不去关心我的作品。当他们的思想完全受此支配时，我的恳求根本不能改变他们谈话主题的倾向，于是，我只好闷闷地喝着红葡萄酒。我清楚，他们的赞扬既不是我的谨慎可以阻止的，也不是我的不满所能压制的。

整周都在文学的狂欢中度过。我现在明白，除了与他们在一起，不满足地渴求赞扬，没有什么能比"才华"这个东西更昂贵了。他们夸耀我的名字足可排列在知识界那些最伟大的生者死者之上。为摆脱这炫耀的苦恼，我又破费买了两大桶波尔图葡萄酒、十五加仑的亚力酒、十二打干红葡萄酒、四十五瓶香槟。

鉴于此，我决心不再待在家里，起个大早躲进了咖啡店。可我发现，我现在太出名，已经不能像以前那样，与世界的其他人一起分享嘈杂的乐趣。一旦进入店里，我便看到一些人充满嫉妒的眼神。他们试图隐瞒这些，有时疯狂大笑，有时伴以蔑视。尽管这样虚伪，我也能看到他们心中充满敌意。由于嫉妒本身可以受到它自己的惩罚，我便经常放纵自己，用自己存在的炫耀来折磨他们。

尽管我也能从羞辱我的对手身上得到一点满足，可是，我的仁慈决不容忍我在朋友的恐惧中享受快乐。作品出版后，我一直很注意，不要给自己太多预先估计的优越感，要克制自己，做到最苛刻的谦卑。确实，这不是不可能，我有时能保持思想的沉默，用以表明我有能力控制自己的意识。或者，我抓住机会打断谈话，不让讲话者为难，花时间来开导他。确实，这些同伴开始表现得很荒谬，或者，我清楚，他们超出了自己擅长的讨论话题，为此，我有两天以敲打手指头的方式，发泄对他们的不满。可我通常还是表现出很尊重人的举止，即使对那些愚昧者，也只是在心里怜悯他们。然而，尽管我如此谨慎从事，为人榜样，人们对少有的天才仍普遍感到恐惧。人类是非常不愿意使自己变得更聪明的。我发现，现在这几天，所有熟悉的人都在回避我：我敲门，没有人在家；我进入咖啡店，别人和我隔开桌位。我生活在城镇，就像狮子在沙漠、老鹰在石林，太伟大以至于难以交朋友、难以进行社交活动。这种不幸福的高不可攀和令人恐惧的优势，使我感受到注定该谴责的孤独。

　　我的个性不仅使人感到害怕，还让自己背上负担。我天生爱说，不愿多加思考，喜欢无拘束地表达自己的情绪。我使用滑稽的评论和幻想的形象，让思想轻松活泼，可是，现在我的一言一行变得重要了。我有些害怕说出我的观点，至少担心话说得太匆忙，却成了格言警句，犯下伤害大半个民族的错误。想着人们对我成功寄予的厚望，演讲时我经常要停顿一下，反思所要讲的是否体现自己的水平。

　　先生，这足以构成我的不幸了，可还有更大的灾难在后头。你一定读过蒲柏和斯威夫特的作品，知道有些人为了从出版他们的书中谋利，如何在盗版书商的怂恿下，为了手稿掠夺他们的壁柜，打破他们的箱子。当然，还有许多书在店里销售，一些你从不怀疑的人正等着牟利。当一些人的名字具有可销售的纸面价值时，这些人的书同样可能被人盗窃。对这种顾虑，起初我很警惕。确实，我也有充足的理由保持警惕，因为我发现许多人在观察我的面部表情，他们的好奇心已表明他们决意要打我的主意。我马上离开这个地方，可在别处又发现同样可疑的行为。

有人可能受到惩罚，而我被人纠缠。我有充足的理由证明，有十一个画家正尾随我，因为每位画家都知道，谁先画出我的肖像谁就发财。我经常更换假发，戴帽遮挡双眼。我这样做，是希望能使他们分辨不清，因为你知道，卖我的肖像却不让我分享利润，这是不公平的。

然而，我保护文字的痛苦，并不亚于保护我的脸面。我既不敢携带这些纸稿，也不敢把它们留下。我确实采取过一些措施保护它们——把它们放进铁箱，用锁锁在壁柜里。每周我更换住所五次，总是在子夜时分暗中进行。

由于突出的天赋得到如此强烈的认可，我就像一个隐士那样，孤独地生活，既有守财奴的焦虑，又有逃犯的警觉。我害怕和人见面，以免被人复制；害怕演讲，以免有损我的名声；害怕写信，以免收信人发表我的信件。我总是坐卧不安，以免我的仆人偷我的文章去卖，或我朋友拿它去公开发表。这实在是一种高居于其他人之上的处境。这就是我要向你表达的情绪。也许你能告诉我，如何摘下这个戴起来惹麻烦的桂冠，如何回到平静的欢乐气氛中，找到那块一流作家命定被禁止去的净土。

读者 Misellus

漫步者

1750年5月15日
第17期

幸福与死亡

> 对那些心灵虚弱,生活在疑虑和恐惧中的人,
> 请变戏法的牧师为他们补习神谕;
> 直到最后死亡之时,
> 我的灵魂必定宁静安息。
> ——《卢坎[1]的警句》

据记载,有些东方君主,在宫中雇用专职官员,叫他每天早上在固定的时刻前来提醒国王:"陛下,别忘了您会死去。"雅典的梭伦把目前脆弱和不稳定的状态看得非常重要,为后世留下这样的训诫:"让你的双眼盯住生命的结束。"

经常严肃地思考那个终止我们的所有计划和剥夺我们的所有物的死亡时刻,确实能让我们以公平和理性来最有效地规范我们的日常生活。一个严肃地思考从生到死的问题并开始他每一天生活的人,将不会做出任何邪恶的坏事,也不会屡犯荒唐的错误。

---

1. 卢坎(Lucan),罗马诗人。

在这个世界上，人们的幸福之所以会受到干扰，是因为人们有欲望、悲哀和恐惧。面对这些欲望、悲哀和恐惧，对死亡的思考是一剂合适有效的救治良方。因此，爱比克泰德说过，经常想想贫穷、流放和死亡，你将不会沉溺于强烈的欲望，或者能放弃卑贱的想法。

人们在点燃起追求共同目标的火花，反思内心激荡着怎样兴奋的渴求时，就能很容易理解、认同爱比克泰德这句基于正确观察的格言。在人们完全实现他们想象的追求之前，他们会表达出自己未来拥有的喜悦，让自己的思想去承受思考它的痛苦。除非得到成功，他们不去幻想任何快乐，或者，除非失败，他们不去设想任何痛苦。与那些摆在面前的伟大目标相比，我们把上帝施舍于生命中的任何慷慨和其他种种满足，当作无关紧要而忽视不顾，当作妨碍行动而抛在一边，或者当作前进路上的拦路物而踩在脚下。

每个人都曾有过亲身经历，当一个患急性或慢性疾病的病人在其面前死去时，他会表现出多么强烈的情绪。在死亡临近的最后时刻，什么伟大的强烈影响，什么耀眼的财富，什么敬佩的赞美，什么众生对自己的哀求，所有这一切都显得幻灭和空洞。如果同样的思想一直支配我们，这类同样的情绪就会重复地表现出来。人们不难发现，这时谁要是不停地伸出双手，力图抓住那些不能保持的东西将是多么愚昧；谁要是耗费生命，尽力地增加新的塔楼来满足自己的野心会是多么荒唐，这就好比当地基在晃动时，建立在它上面的一切物体都会倒塌一样。

所有"嫉妒"与"欲望"都是成比例的。基于"制服他人才能获得满足"这一心理，我们胜过他人的同时，自会感到某种不安。因此，只要克制过分的欲望，就能让心灵摆脱嫉妒的腐蚀，免除这个比其他多数罪恶还要严重的邪恶。因为嫉妒会折磨我们，使我们憎恨世界，使用卑鄙的手段，玩弄肮脏的阴谋。那些想到自己很快就要死亡的人，他会把怎么才能完美结束自己的人生，作为最重要的事来考虑。因此，他会平静地想到，无论是哪种手段，只要达不到这个目的，都是无用的。经常思考自己生命短促的人都能发现，其他人的状态不会更长久，那些自己先得手并不会持久的东西，并不能使竞争对手状况得到多少改善，就如同一个从别人手里夺走奖品的人，不会让自己比其他人有更多优越感，况且这个奖品微不足道，不值得拼命地反对。

"忧伤"是善良和温柔之心所产生的特别情绪。忧伤同样可以因思考死亡得以消除或减轻。如果我们坚持以这个"拥有的事物难以确定"的永恒理性，来欣赏所有上天赐福于人类的状况，我们的悲哀自会消除。人们应当记住，无论我们手里占有什么事物都是很有限的，这有限能给我们最活跃的希望一些承诺，可成千上万的偶然事件，又使这有限的时间越来越少。因此，人们不应后悔自己的过失，因为我们无法估算这些过失的价值。可是，尽管我们对这些过失的价值，不能确定它的最小量是多少，却能充分肯定它的最大量是多少。为此，我们应当确信，即使是这最大量的损失，也不应为之有什么遗憾。

如果某种情绪极大地破坏了我们的理解力，但还没有伤害我们去欣赏由理性适当规范给我们带来的生活的优越性时，此刻虽然我们发现自己沉浸在悲哀中，为那些消失而无可挽回的事感到无比痛苦，但我们接受"思考死亡"这个药方还不算太迟。为此，我们应有效地思考人生不稳定的状态，注意避免忧伤所导致的荒唐行为，因为如果这种哀伤的情绪稍微持续下去，连我们自己也会被带走。

至于最痛苦最伤心的"悲痛"，它是由我们失去最亲爱的人引起的。可以这样说，人类在生死之间所建立的友情，不过是这样一种关系，即人们有时必须要为他人的死亡哀悼。这种死亡的悲哀，总是会使生者感到痛苦，而这些痛苦与受到安慰的程度成正比；生者可以感受到痛苦，但无论这痛苦有多么强烈，他死去的朋友都不必忍受了。

"恐惧"是人类所有热情中最强烈和最不可抗拒的情绪。人们同样可以用思考死亡这个普遍的思想药方来克服恐惧。人们要经常地思考死亡，因为它向人们揭示整个人类美好的幻灭，同样，它也能让人们意识到，大地上出现的所有邪恶都微不足道。这些邪恶不会比受难者更持久，因为根据古老的说法，"越暴力的事件，必定越短暂"。最残酷的灾难，因自然而导致的不幸必定很快就结束。灵魂不能长期被禁锢，它不但会飞走，还会把尸体留给怨恨的人们。

> 高高飞翔者嘲笑下面破碎的建筑物。
> ——卢坎

人类之间最能彼此相威胁的事，就是以"死亡"要挟。确实，我们会突然地死去，谁也无法阻止。然而，以牺牲美德为代价，去求得死亡缓期的人，不能成为高尚的人。尽管一个人不知道自己能买下的这部分时间有多长，但一定清楚，无论它长或短，回忆起获得这段生命的代价时，他会觉得这些代价的价值将越来越少。他清楚，他毁灭了自己的幸福，可不能肯定他能延长自己的生命。

"生命短暂"的事实，应能调和我们的情绪，同样地，也能适当地约束人们的计划。最伟大的天才和最积极的努力活动，都不能使其能力超出一定范围。征服世界的计划是暴君的疯狂，希望在所有科学上都达到优秀是文人英雄的愚昧，这两类人最终都会发现，他们努力追求的是一种人类被拒绝达到的最高峰。他们要得到某种荣耀的虚妄野心，超出了人类难以达到的上帝的永恒法则，他们因此丧失了许多使自己发挥作用的机会，失去了很多使自己幸福快乐的时光。

君主因设计伟大计划而失败的例子，早已记录在世界历史中，可对于大多数人，几乎没有什么用，因为他们对这些关于自己不会犯的错误的劝诫，毫无兴趣。然而，学者雄心壮志的命运，值得每个人去思考：在各种无止境的追求中，难道有些人一点也不为浪费自己伟大的才能而感到后悔吗？在提出一些目标上，因新奇而受诱惑，难道有些人一点也不哀怜雄伟计划突然夭折吗？难道有些人不是因太在意作品的错误，又因自己著作计划太宏大而留下未完成的遗憾吗？

思考一下，人们的思想能走多远而不是我们的体力能做多少事，这总是令人感兴趣的问题。然而，人们继续处在这种思想与实际不同的复杂矛盾状态下，我们的责任便是，"通过尊重他人来规范我们创造的部分能力"。我们不应纵容肉体享乐的欲望，因为它会伤害我们智力的元气。我们的思想也不应为计划而满足，因为我们知道，我们有限的生命在企图实现它时必定会失败。考虑到我们生存的不确定，应随时确定我们计划的范围，增加激发我们努力工作的动力。当我们发现自己倾向于庞大的计划，或者我们在努力工作中容易懒散迟缓时，我们也许应想到用医学之父[1]这句话来检讨自己或者激励自己："生命短促，艺术长存。"

---

1. 指希波克拉底，古希腊医师。

漫步者	论婚姻（一）
1750年5月19日 第18期	

> 无辜的继母知道
>
> 不应为孤儿草拟有害的计划；
>
> 有尊严的妻子不应支配她的丈夫，
>
> 也不应相信她诚实的爱人做出不守信的誓言：
>
> 　　两人相爱所求的嫁妆，
>
> 　　父亲的美德和贞洁的名声，
>
> 　　维系婚姻长久不断的纽带。
>
> 　　　　　　——贺拉斯

据我观察，在人类行为中，相比其他问题，婚姻是人们最常谈到的话题。尽管受自然的支配和上帝的安排，婚姻常常是痛苦的根源。那些深受其苦的人，他们不但很少能克制自己表达婚姻悔恨的情绪，而且也嫉妒一些因偶然或谨慎仍单身的人。

对于婚姻生活普遍不幸福的现象，许多严肃者说出其明智的格言，而不少嬉笑者提出其精明的劝诫。道德家和警句作家，同样在这方面表现出他们的聪明和睿智。有人为婚姻不幸唉声叹气，有人嘲笑奚落。由于写作能力主要为男性垄断，女人总是要背上使这个世界痛苦不幸的骂名并受到责怪。不论严肃者还是嬉笑者都认为，他们可用雄辩的抱怨或讽刺的谴责，任意地对女性做出判断。女人在他们眼中不是愚蠢就是浮躁，不是充满野心就是残酷，不是奢侈就是欲望之尤物。

鉴于诸多婚姻不幸的例子，感受到我分享这个共同利益后的启发，我有时冒昧地思考这些普遍存在的痛苦，竭力不让自己偏心，把自己放在两性之间的一种中立态度上。我本着所有强烈的忧虑情感，所有明显的坚信正义的信念，所有维护美德的义愤，就两性所引起的吵闹进行公正的评判，力求平等，不偏不倚。男人确实可借助他写作的优势，收集许多历史时期的事例，引用古代哲学家、历史学家和诗人的可靠材料，以自己的喜好提出充满偏见的看法。可是，女人的辩解比起那些受人尊敬的古人的说法，具有更强的情绪感染力。如果她们这边没有伟大作家的名字支持，她们自身便具有极强的争辩力。面对她们温柔的形体和美丽的眼神，就是苏格拉底或欧里庇得斯也没有什么反对她们的雄辩能力。即使最冷酷最无情的法官，最终也会站在两个平等力量之间左右摇摆，如同卢坎在裁决一个案件时，想到女神在一边，罗马将军伽图在另一边，他便犹豫不决了。

由于有过长期研究严格、抽象哲学的经历，我现在正处在冷静的成年期，能达到有效控制住自己热情的程度，例如，听到男女任何一方的争吵后，也不会去添油加醋。多年的经验使我注意到，男子确实在实际生活中被他管家的女人冒犯了，有时会对妻子怒吼，而女子在没有更坏的对手作为自己攻击的目标时，也会抱怨丈夫的残酷。我无法容忍一边是信誓旦旦，另一边是拳打脚踢这类折磨人的痛苦。当丈夫奔向酒馆,而妻子把自己关在房间时,我不敢总是肯定地说,他们双方因痛苦才这样做。有时我有理由相信,他们这些企图不能减轻多少自身的痛苦,反倒更加激起他们的怒火。尽管人们很少相信这些特殊的指责原因,可根据一般汇总起来的案件,却有很多事实表明,结婚的人常常没有得到婚姻生活的幸福。因此,检验一下在什么场合下,有这么多邪恶能打开道路进入这个世界,这是恰当的。为此,我要对我朋友们最不幸的婚姻生活加以评论,充分地分析他们结婚的动机和维系爱情的原则。

我最早认识的一个人是普鲁登修斯。他要摆脱不稳定的混沌度日的单身生活。他虽有些迟钝,但绝不是没有知识和判断能力的人。他在做出一个决定之前,总要花很长时间慢慢思考。无论什么时候我们在酒馆见到他,他总是帮我们安排好娱乐活动的计划,与厨师沟通菜谱,告诉我们什么时候添酒,为我们原来的计划增添新的节目。在经过反复考虑后,这个周密思考的人认为,尽管他满足于自己财富很少的现状,但是他也决不会因为过早结婚而使自己成为失落者。鉴于对养老金的实际价值做过估算,他认为,就算以后生活指数会不断下降,再加上利息所得到的收入可能会减少,但在二十二岁时就有一万英镑,跟到了三十岁后才有大量财富相比也不会很差。他说,这段期间,积累财富的机会随时都有,而男人错失时光以后就很难弥补了。

他眼睛一发亮,所有聚焦点既不在那些美丽或文雅的女子,也不在那些颇有尊严或理解能力强的妇女,而是集中在有一万英镑的女人身上。在一个富有的国家里,这种女人不难找。他很巧妙地说服了女子的父亲,而她父亲的愿望是希望自己女儿能成为一个文雅的女人，于是我的朋友得到了她。在结婚两天之后，他就自信地对我们夸耀，要不是他们愚昧，仅凭聪明机灵不可能达成这个婚姻协议。他因此每年能从他太太可得到的财富里多拿到七十三英镑，节省了他每年必须要花费的一笔钱。

这位为自己的精明而自豪、为增加自己财富而高兴的人，很快就把富利尔小姐接回家了。从那以后，他没有享受到片刻的幸福。因为这个女人是个智力低下的卑鄙小人。她脾气火暴，声音粗鲁，没受过什么教育。除了有兴趣吃喝和计算钱财之外，她没有其他快乐的情趣。富利尔是个恶婆。尽管他们在追求富有方面一致，可方法不同：普鲁登修斯靠钱生钱，而他太太富利尔却要节省用钱。普鲁登修斯更乐意根据有利于自己的机会用钱投资，而富利尔却聪明地想到，那些真正属于自己的钱才是财富。考虑其他门路都有极大风险，她只求低利息，确保有稳定收入。普鲁登修斯敢于冒险，以不合理的高价为一条船买保险，结果很不幸，赔光了钱。为此，他受到妻子吵闹的折磨，再也不敢尝试第二次。现在，他一切都听老婆的，卑躬屈膝地生活了四十七年。自他倒霉后，他的妻子除了提到"保险人"外，从未叫过他其他名字。

我们社会里另一种婚姻的状况，可举弗洛伦特斯为例。在赛马聚会上，他碰巧在一辆马车上见到小姐责皮勒塔，约她晚上一起跳舞，从而确认他这首次见面的恋情，等第二天一早，便宣布向她求婚。弗洛伦特斯不谙世事，既分不清卖弄风骚的激动与心智交流的愉快有什么不同，也分不清微笑中诱惑和感激的区别。不过，他还是很快就从痴迷中醒悟过来，而且意识到他的快乐只是一天的欢乐而已。在这二十四小时之内，责皮勒塔小姐巧妙应答，周旋左右，除了幼稚空虚之外，没有给他留下其他印象。而就她本人来说，她不过是用同样的技巧玩弄了一个新男人。

米利斯是个有责任感的男子，懂得享受娱乐，讲究提高生活的质量。他经历过各种欢乐场面，不轻易为之心动，对比他职位高或有名誉的人，他保持不卑不亢的态度。退休后，他到一个久违的乡村度假，在那儿度过夏季，碰巧与伊恩思女士住在同一栋楼，两人自然相熟起来。她的聪明和贤惠很快就征服了他。由于没有其他人陪伴，他们总是形影不离。由于他们彼此感激对方给自己带来的愉快，几乎忘了他们还有不用见面也能享有快乐这回事。米利斯在她的陪伴下很开心，一旦分开便感到心神不宁。他充分地相信，她有很强的理解能力。如同他所想象的那样，他们立誓相爱。他把她当作爱人后，更觉得他们性情相投。在求爱结婚不久后，他欢天喜地把妻子带回城里过冬。

不久他们的不幸发生了。米利斯见到妻子的情景千篇一律。双方谁也没有任何要变化的要求，谁也没有激起适当兴奋的激情，也没有对立的愿望。他们两人都喜欢孤独，喜欢沉思，除此之外没有其他爱好。在参加社交活动以后，伊恩思感到，迄今为止她的热情是偶然而非虚伪地隐蔽起来。确实，遇到快乐和辉煌的场景，她不是没有思想的能力，而是完全没有那种能力去发挥自己的想象。她为转变付出了很高代价。她不顾名誉受损，追求热烈的激情，渴望无止境不满足的欲望。无论谁向她表示殷勤，她都热烈迎合。这就是哲学家米利斯在他退休后找到的所谓"妻子"，这就是他期待退休后能帮他学习的助手和能给他美德的爱人。

普罗萨斯在弟弟死后，考虑到家族不能断代，就和他的女管家结了婚。自那以后，他便一直向朋友抱怨，他的孩子们不知不觉地过多受到他太太吝啬观念的影响。想到这一切，他坐在自己的桌前感到内疚,为家里没有合适的人做伴感到无聊。

阿未欧是一个大房地产管理商,经富有的叔叔引荐,娶了一个名声很坏的女人。他接受这个婚姻的条件,是将来要成为叔叔的财产继承人。面对他自己、他妻子和他叔叔的这些财产,阿未欧无奈地感慨,所有这些都不能带来只有与那些具有善良美德的妇女在一起时才能得到的幸福。

我打算就这个生活的重要问题写出更多的文章。我不会面面俱到,只涉及那些我已提到不能得到幸福的人的故事。这些人缺乏思考,殊不知,婚姻是系住长久关系的最牢不可破的纽带。若没有信任,就不会有友谊;若没有真诚,就不会有信任。为美貌、财富缔结的婚姻一定很不幸,而二人互相尊重的婚姻,只有依靠美德和虔诚才能得到。

漫步者

1750 年 5 月 22 日
第 19 期

及早选择职业

> 修辞学法则是如此不确定,
> 难以统一你那变化多端的思想。
> 普里阿摩斯和涅斯托耳的旧时代已经过去,
> 你,金牛座的人,还有什么犹豫。
> 来吧,看摇摆还要多长时间。
> 你也许疑虑:你现在什么也做不了。
> ——马丁

人们从来都不会缺少忧郁的思考。他们去观察失误或失败,知道什么人通过其理解力和或多或少的知识,能使自己豁免人性的普遍脆弱,得到免除生活不幸的荣幸。尽管世界充满灾难的场景,但我们看着普通大众,几乎不关注他们的悲伤,而是把两眼盯在特殊人物的状况上,因为他们的个性从大众中脱颖而出。我们很少思考那些被屠杀者的恐怖尸骨,却全神贯注地跟随英雄,目睹他所有幸运的通道,不再去想倒在他周围的成百上千人。

本着同样的忧虑和敬重,我这些年来一直观察波利菲尔的生活。在他出生后，所有认识他的人，都担心他的果敢判断力，敬佩他的各种成就，然而，他生活的进步、对人类的贡献，却被其丰富的知识和神圣的思想阻碍了。

在中学里波利菲尔就出类拔萃，未有任何可见的成就，就已让同学们惊讶不已。在大学，他同样优秀。他迈出成功的步子，顺利地穿过科学的荆棘迷宫，如同走在旖旎风光的文学花道上。他既无对学习时间的任何严格限制，也无对年轻人共同喜欢的娱乐显示出极大的耐心。

人们通常在成年时选择职业。当波利菲尔成年时，他准备成为一个服务公众的人物。每门学科的老师的目光都投向他，所有好奇的人都探究他，猜想这位大学的天之骄子，该如何选择他的职业。他无疑要做出决定——这个决定要让所有同代人落后于他，登上他应名列最高荣誉的班级榜单，没有那些因能力差而要忍受推延的苦恼。

波利菲尔绝非狂妄或自负，却受到极大的鼓励。因为不断的成功，他对自己的道路有极大的自信。在放纵的希望上，他不会输于他的同伴。他期待，当射出第一束光泽时，世界有被碰撞后的惊奇。他有时难以忍住，会参与到朋友的欢乐中。（谁能不被奉承迷惑呢？）有些朋友在闪亮登场后便突然消失。他们微弱的光芒或许曾吸引过大众目光，但现在注定要在他面前消失。

一个人要抓住有利的条件，这很自然。他与那些人的交流正努力进行。波利菲尔在伦敦漫步，偶然进入医师的群体中。看到能把知识转化为财富的前景，他十分愉快，想到新的"发烧理论"切中他的想象便非常高兴。在考虑了几个小时后，他发现，自己能坚持反对所有古代系统的主张。他决定申请读解剖、生物和化学,哪怕在动物和矿山甚至植物领域,也决不留下任何未触碰的学科。

他随后开始读专著,创建系统,进行实验。不巧的是,当他要去切尔西看鲜花盛开的新植物时,经过威斯敏斯特时想要喝杯水,在喝水时见到校长的马车。他好奇地跟随校长进入大厅,那里碰巧在辩论一个大案件。他发现自己有能力提出许多论点,能让双方的法官被忽视而靠边站。他决定放弃医学,追求这个他觉得很容易就出人头地的职业。这不但能确保得到巨大的荣誉和富贵,而且无须忧郁地关注痛苦、卑微耐心地顺从,休息和娱乐也不会随时受到打扰。

他立即到坦普的议院,买习惯法的书籍,规定几个月后熟读法规、年鉴、诉状。他一直去法庭旁听诉讼,开始以合理准确的思辨去审视案件。他很快就有新发现,职位升迁只靠律师的运气,不靠才思敏捷、学识和雄辩。他感到困惑,不仅大法官很荒谬,根据客户要求而对他们的案子做出虚假陈述,律师还经常在一个案子还没结束时,又不断地去接出现的另一个大案。他开始后悔让自己从事这个职业,认为它太狭隘了。尽管一个人不值得为金钱出卖他的灵魂,这个职业却无法把自己的名字带到其他任何国家。因同学都在无聊地学习,于是他在娱乐时间找其他同伴。在各种交谈后,他的好奇心又漫无边际了。在一个小酒馆里,他有机会与军队的情报官员一起交谈。一个有文化知识的人,很容易就被他们外表显示的欢快所迷惑,为他们说话的彬彬有礼而心肠柔软。他因此要培养自己的新相识。当看到他们无论在哪个地方哪个时间都受到接待、得到尊重,他们与每个阶层的人都很容易友好和谐相处时,他开始感到自己的心为军人"荣耀"而跳动,竟奇怪于大学的偏见，如何使他如此长期麻木于这个职业"雄心"，即使它在每个年龄段都已燃烧年轻人的心，自己却如此长期忽视这个召唤。这个荣耀和雄心优于其他，普遍而且总是杰出的，即使只是职业呈现的外貌，也给人带来其他人所不知道的自尊和自由。

这个喜好的印象，经过他与小姐们的谈话加深。若不是他希望自己成为这类最幸福博爱的人之一，他无法体会到小姐们对军人的尊重。他似乎总是沉溺于充满魅力和友善的女性世界。然而，获得知识始终是他的主要兴趣。那些冒险的行动和国外的叙述，足以让他感到满足，因而他断定，没有其他生活能像军人这个职业这样，让他把所有关注都完全集中。他认为，在战争中表现优秀并不困难。想到他的新朋友中也没有许多精通战略战术和要塞防御原则的，他因此发奋学习，博览古代和现代所有的军事作家的著作。在短时间内，他就能讲述每场战争的奇迹是如何发生的，并就那些有史以来失败的战例侃侃而谈。在书桌前，他常讲述亚历山大如何击退他的进攻者，什么是在法沙利亚战场发生的致命错误，瑞典国王查理如何在波尔塔瓦逃出生天，马尔伯勒为何应后悔其在布伦海姆的蛮勇。在片纸上，他加固其军队的战斗力，可以迫使大部队退却。在黏土上，他制造许多不可摧毁的要塞。似乎所有现代进攻的战术无不在这些要塞前消耗殆尽并完全失效。

波利菲尔在很短的时间内接到一个任务。在其要摆脱军人的严肃之前，他感受到真实的军事行动气氛。一场战争打响了，军队被派到欧洲大陆。波利菲尔到后不幸地发现，仅靠学习不能成为一名士兵。由于一直习惯于这种"纸上谈兵"的感觉，没有到实地参与战斗的思维,他让危险意识在大脑里完全熄灭。然而,这个死亡判决,带给他战争的真实恐怖。他见到他那些欢快的朋友不是去战胜恐惧,而是努力逃生。他的哲学训练控制他在这个问题上的想法,宁可让自己戴上脚镣而非武装自己。无论如何,他在沉默中压抑痛苦,虽经历了这场荣耀的战争,他却明确地感到,自己完全不能支持战争。

他又开始读书了,继续从一个学科到另一种学问。我常去看他,每月一次,不打招呼自来。我发现,他在这过去的半年里,正破译中国文字,创作闹剧,收集英国法律的无用术语,写一部探讨古代科斯林黄铜的书,形成制作各种指针的新计划。

这个伟大的天才能扩展任何科学的范围,以任何职业使世界受益,放荡在无边无际的各类职业中,却没有让其他人和自己得利!突然心血来潮的冲动使他闯入知识的领域,所有障碍在他面前都会消失。可是,他从未有足够长的停留时间,去完成他的征服任务,建立秩序,带走战利品。

愚昧的人常根据容易的原则,依靠其天性去获得技巧和知识,对有获得感的价值并无任何尊重。他们有资格去进行这个速成学习的飞跃,以为自己能自由地闲混在其中。他尝试每个新课题后便改变方向,像阿塔兰忒一般,输掉了比赛。因为那些比他更弱的对手,反而总是力往一处使,奋力向前。

我常想,有些人是幸运的。他们有依赖,选择了一位权威者的任性建议,因受其影响而偏向于支持他的看法,第一次思想冒出的曙光就决定了他们生活的状态。一般来说,征求天才的意见很少起作用,除非我们能被告知,天才如何能被人知道。如果只有靠不断的实验才能发现适合的职业,在决定做出立业之前,便会失去生活。如果任何其他预示能被发现，他们也许很早就能被辨认出来。至少，如果在企图证明天才的方向上失败后，人们显然很少因为尊敬自己而非他人受到欺骗，因此，没有人有更多的理由抱怨，他的生活是被他朋友计划的，也没有人可以肯定地说，即使没有自己幻想的运气，他也可以有更多的荣誉或幸福。

据说，博学的桑德森主教在准备其演讲时犹豫不决、自我否定，在演讲期间，迫使自己说出不是最好而是最合适的说法。这将是每个人的状况：他选择职业，平衡双方所有的看法。枝节是如此复杂，动机和争议是如此巨大，因此，有很多时候，人们在游戏中想象，有人把决定权留在他人手中。这些理由最后迫于中立持平，这些决定卷入机会之手。在大部分生命被消耗在不能解决的探索之后，其余人在追悔不必要的拖延时应做出改变——这些延误对其他目的没有什么益处，仅是"警告"其他人要反对类似行为的愚蠢，仅是证明生活中同样包含宗教和美德的两种状况，他越早做出选择就越好。

漫步者

1750 年 5 月 29 日
第 21 期

文人的命运

> 大地赋予我们同样的生与死，
> 玫瑰花靠近可厌的荨麻盛开。
> ——奥维德

每个人都会被自己嗜好的设想驱使。他在某个方面或某种程度上拥有的一些品德和擅长的事情，自会分享给其他人。无论有多么明显的不利，他都能承受与其他人比较的痛苦。他把有些尚未露出来的特征、有些迟来的优点，扔到天平上，借此平衡他将这些恩惠于自己的幻想。

人类出于好学和猜测，似乎总是考虑将博爱作为一个高地，与那些对公共事务增添骚乱的人对抗，使自己感到经历不同年龄段的愉快，庆幸自己幸运地拥有好的条件，讲述政治的困惑、成名的危险、雄心的顾虑和富有的不幸。

在许多课题中，他们已通过勤奋发现这个主题。他们被极大的努力所迫，或者他们要更详尽地确定他们的理性和想象。什么都无法与崇高地位的不稳定性和拥有的利益和名誉的不确定性相比较。这些"拥有"要从许多危险、警觉和辛劳中获得。

人们显然认为，"世事不确定"是个无可争议的论点，以此反对政治家和军阀的抉择，而那些自信胜利的膨胀，缪斯女神以从不会挫败的军队来支持，以致他们对手的力量和技艺无法躲避或抵抗。

经验已很好地证明，战争中使用大象的民族，尽管他们表现出十分恐怖和暴力的形象，常把敌人的队伍打得秩序大乱，然而，使用它们总是有危险的，而危险几乎等同于优势。如果他们最初的攻击得到支持，他们就很容易把同盟军击败。然后，他们突破其后的军队包围。比起他们暴怒的进攻，后退时因鲁莽所造成的破坏，也毫不逊色。

我不知道有些人，如此热衷于驱赶积极生活的困难和危险，他们是否还没有利用这个争论，任它被同等作用于他们的力量反驳。管理省区、指挥部队、主持议会、主宰内阁之人，都会面临某种不确定性。我不知道候选人为追求文学名誉的幸福，他们是否已受制于同样的不确定性。

如果没有辛劳付出是不可能获得学问的荣誉的，至少像所有伟大的功业，如果没有奋斗绝不可能得到。这些已得到那些希望自己具有学者品德的人的认可。因为他们不可能不知道，每个人的成就与获得它所要克服的困难成正比。那些人靠他们的知识和才能，得到世人的尊重和敬爱，绝不意味着能免除任何其他获得自尊的过程。他们会被人猜测，运用无数的手腕去毁灭一个优胜者，去压制一个对手，或去阻挡一个跟随者。他们的手腕如此粗鲁和卑鄙，以至于有证据证明，一个人即便可以在学问方面表现得非常优秀，可比起那些他怜悯和鄙视的无知者，他不会更有智慧和美德。

因此，问题已很清楚，除非人们赞扬他的荣耀是确定的，学者要实现他自己成名的渴望，应将其幸福建立在一个比他的对手更坚实的基础上。文学英雄得到的花环，与其他人接受的文明或胜利的花环，必须从同样难以攀登的高峰上摘得。他们必须为同样的妒忌而筋疲力尽，为同样的关心而谨慎守护，因为这些人总是用尽全力去撕裂他们。余下的愿望是，他们的翠绿之树更长久，很少因时间而变化，或很少因意外的疾风而遭人厌弃。

即便是这个愿望，从检验学问的历史、观察学者在目前时代的命运上，也不会得到什么鼓励。如果我们回顾过去的时代，我们会发现有无数作家的名字，曾有极高的荣誉，人们阅读他优美的作品，引用他智慧的思想，在墓地旁纪念他光辉的一生。可是，如今我们仅知其存在，那便只是一个过客而已。如果我们考虑到文学名声在我们这个时代的分布，我们会发现它的出名期限很不确定：有时，它被大众突然地任性赋予，很快又转到另一个新的受宠者身上，没有其他理由，仅仅因为他是新人；有时，人们拒绝长期的辛劳和寂寂无闻；有时，读者赞成微不足道的主张；有时，为求稳妥而失去；有时，因过于勤勉刻意保留它而毁灭。

成功的作家在保持名望方面有同样的危机，无论他继续写作还是停止写作，大众对他的敬佩除了因为他的贡献外都不会持久。对于以往功绩的记忆很快就会消失，除非靠持续写作去激活它。确实，每个新的尝试都有新的灾难。在不幸的时候，很少有人企图扩大他们的名誉而不伤害到自己的人格。

在许多可能引起不平等的原因中，人们经常看到，同样一个人的写作受到没有充分确保的能力或勤奋的影响，常常玷污天才的光辉，而那些智者以及获胜者，也许应适当保持警觉，不要因过早的胜利而太过沉迷于自己的骄傲，应力求把他预计的幸福的日子延长下去。

> 脆弱的人类，无论其伟大还是高尚，
> 没有人在其死前被断定完美无缺。
> ——奥维德

在许多动机中，最常被提到的一个是，作者被要求去从事会令其名誉受损的写作工作。这个不是因为他愚昧，而是因为他很不幸。这类事经常发生：有学问的著作和有智慧的文学常在一些人的指导下被写出，通过这些人他们能获得奖励；作家总是不先选择他的主题，而是被迫接受任何扔在他面前的任务，不去过多地考虑他自己是否方便，仅靠从前的知识写作，而没有时间充实自己。

这类与"伟人"高攀的错误结果，同样很常见，结识名人通常被认为是文学和天才的重要荣幸之一。有人一旦和那些"伟人"熟络了，便以为自己高高在上。这些"伟人"其实没有其他特长，仅仅是出生于富裕家庭，幸运拥有财富，很少因道德优秀而得到他们的荣耀地位。以他们为榜样，他用不了多长时间就会屈服于他们的行为。他会忍受他们去规定他的研究课程，运用他的能力，为他们多样的目的服务。他渴望取悦那些人，得到他们的恩宠——他软弱地认为这是必要的，因为这让他不再总是为增加著作合格的能力而承受反复修订文稿的苦恼。如此，他要么因虚荣心作祟，掩盖自己的不足；要么因消耗生命去陪伴比自己地位高的人，内心被怯懦侵蚀，失去主张选择自由的决心。

尽管我们假设，一个人能幸运地保持个性独立，通过他的精神驱除赞助者对他的占有。然而，他很容易因长期写作，不幸写得很糟。有些连续的事件，因周期性波动，导致相互的对立。辛劳和认真因成功得到奖励，而成功产生自信，自信让勤劳松懈，从而忽视进而毁了准确所带来的名誉。

他偶尔受到赞扬，虽不被赞扬麻痹，使自己进入懒散的状态，却可能会被赞扬激励去从事超出他能胜任的任务，或想象自己同样有能力进行各类创作，认为自己能够通过所有的改变去适应大众的趣味。根据有些类似的看法，许多人到了晚年，去尝试他们并无时间保证能完成的任务，在几周努力后，沉下墓地，忧虑地看着从地面站起来的新一代。最伟大的天才也常常不能免于这类失败。当被运用在其他人的作品中时，这个显然有穿透力的判断，往往会在兴趣或激情能够发挥力量的地方失误。我们在审视自己的作品时，会被无数偏见所蒙蔽。我们年轻时的创作让我们欣喜，因为它们让我们回想起年轻时的记忆；对后来的创作，我们要去尊重，因为我们不愿意自认没有进步；那些很容易从笔端流出来的文字让我们着迷，因为我们以愉快的心情读它，自诩表达了我们自己的能力；那些与伟大思想斗争而创作的东西，我们不容易拒绝它，因为我们不能忍受如此耗费精力的创作最后竟毫无用处。可是，读者并没有这些痴迷，反倒奇怪作者与自己不同，没有考虑这些同样的泥土能以不同的文化观提供不同的作品。

漫步者

1750年6月5日
第23期

作者与批评

> 我有三个客人不满意我的宴餐，
> 每个人都提出不同的要求，以满足他的口味。
>
> ——贺拉斯

任何人都应该根据自己的意识采取行动，不必计较世上其他人的看法，这是保持道德严谨的首要原则。从投票选举的理由看有必要，因为选举可以保证每个被上帝赋予天赋的人都有他们的价值；从民意来看也很有必要，因为这些声音很快就告诉我们，若依据其他人的赞扬或责备来规范和指导自己的行为，我们往往会被无数矛盾的判断迷惑，陷入永久的矛盾挣扎中而停滞不前，反复商量而做不出决定。

基于同样的理由——我不知道这是否正确——即在向公众发表文章之前，作者应经常把自己的作品交给人审查，或是尽力求得与各种意见和批评家的看法的一致，以保证创作成功，否则，他不应自信于自己的写作技巧，也不应自满于自己遵守了公认的写作原则。

事实上，人们很容易就能发现，征求意见和顺从规则无助于任何文学创作的完美。因为无论何人，只要怀疑自己的能力，导致听从他人的评论，那么他会为自己每天都有新问题而困惑，这会使他的思想受到干扰。结果，他徒劳地调和不同的意见，徒然地消化中立的暗示，就好像突然把不同的光线聚到一起，却让它们射向了相反的方向。

所有作者，尤其是为周刊写小文章谋生的作者，如果过分看重读者的责难和警告，他们的心里是最难受的。因为当他们的作品不能马上传遍世界时，他们只能逐步地得到成功。那些自认为有资格教导别人的人，总是想当然地认为：作者倾听较公正的批评，能弥补他过去的错误；借助批评家如此慷慨提供的帮助，他能完善自己计划的缺陷。

我曾有机会观察过，人在不同心情下读一本书和手稿，会有不同的情绪，有时忧虑，有时喜悦。一本书一旦到了大众手里，它就被认为是定型和不可更改的了。要是不带个人偏见，读者读它只是为了娱乐或接受教诲，不会再有别的目的。读者让自己的思想顺从作者的思路，乐于接受书中引起他愉悦的内容，绝不会用挑剔的眼光来破坏自己的平静，更不会去为已经生动的描写而再忧虑它怎么能表现得更好来破坏自己的满足感。不容否认，读者常有这类读书的感觉：对它很满意却觉得不够刺激，很喜欢又遗憾它不够完美。

要是上述所说的同样一个人，有资格去评价一部尚未出版的作品，他会发挥热烈的想象力，反对一本他从未听说过的段落。他要运用所有批评的能力，把记忆里那些"趣味"和"文雅"、"纯洁"和"精致"、"方式"和"完整"的概念都搬出来卖弄。即便那些曾经被人理解发出的声音，他也给予空洞无物的回应。他像一只公鸡咯咯叫来引起另一只叫那样引发连锁反应，继续干扰整个文坛。他有点能力便认为自己有义务去批评，自己言必有中。因此，他注意文中每个地方然后去拒绝它，寻找每个机会提出似是而非的修改意见。当然，他只能凭很有限的小聪明找到这样的机会，因为每一部想象的作品，其结构的布置、故事的穿插、修辞的使用，可以有上千种变化而不失其同等效果，就如同事物一样保持均衡，这些在每个写作者看来总是最好的。由于那些批评家的任务仅是动口提建议而不在乎如何写作，此时，他们从不缺乏十足的自信，认为自己能提出很重要的改进意见。他们也不乏用争论来加强自己建议的能力，因为当他们要表现得十分自信时，他们不是太仁慈，就是太自负，固执和纠缠不休地发表意见，一点也不怀疑他们有可能为偏向自己的意见而做出太草率的判断，或者，一点也不质疑他们提出新建议的优越之处，能否与创作实践形成恰当的协调。

　　古罗马学者小普林尼说过，演说家应发挥其所有的想象力，不应选他有理由认定最强的论点进行争辩。在辩论中，只有那些最具价值的理性可对评审者产生最大的影响。他还说，评审者总是为出人意料的结论深深触动。每个被要求对作品提意见的人，他所依据的都是同一个原则。他首先要为达成期待而承受思考的苦恼，随后为期待带来的失望感到情绪的恼怒。反之，他让自己的想象漫无边际，好奇于其他事，他同样会毫无拘束地陷入"可能性"的无边无际的海洋中，走上不同的道路。

　　尽管小普林尼提出了一个明智的原则，可它并不适用于作家的创作。因为人们评价作品，总会求助于从家庭式的批评到比较高的权威裁决。大众读者从不堕落,也不会经常上当受骗,他们必将对文学的价值做出最后的判断。

我这周开始构思写作时,想到许多能证明固有观念具有极其强大力量的例子。我的读者从前任专栏作者的文章中,对无连贯性的散文形成了一些概念。他们认为,未来所有参与写作的作者,都有必要保持与过去的一致,因此,他们不能容忍任何背离这体制连贯性上出现的最小失误。要是他们发现喜爱的文章被删除或被延期发表后,会做出诸多谴责。有些人愤怒地抗议,《漫步者》没有如《观察者》那样,作者通过介绍自己的出身学历、列举人生经历、描述个人喜好,让大众熟悉了解他。其他人很快就做出评论,"漫步者"是个庄重、严肃和武断的作者,没有温情和喜悦。这些人过分强烈地呼吁文章要轻松和幽默,另一些人则提醒作者,要有双特别的眼睛,盯住这个大城市中的各种俱乐部,并告诉他以前《观察者》中的活泼气氛都是从这些聚会中发掘出来的。有的读者责备他没有模仿前任作者的文雅风格,迄今一直都忽视对小姐们的保护,没有教给她们一些如何恰当搭配不同颜色,以适当尺度打褶边和在衣物上弄别针的规则。有一位读者还要求作者对家庭主妇玩纸牌丑相的特别揭露赔礼道歉。另有一位读者因每次读到需要思索的抽象概念时,为作者没有举出例证加以说明而恼羞成怒。

我并不轻视这些问题,因为所有劝告的本意都是为了帮我改进写作,给读者更多教益。可是,他们不了解或者说没有考虑到,作者应有自己特别选择的方式,以他学习或生活的经历,选取那些其最有能力去处理的题目。他们也不知道,作者有些让人愉悦的题目写得很成功,没人可以与之竞争。作者竭力想得到许多读者的拥护，有必要尝试各种有吸引力的艺术，描写每个欢乐的场面，要随时对自己的写作方式加以改变。

我不得不认为自己处在批评的喧闹风浪中，如同一条在诗意的暴风雨中行进的船——它同时被方向相反的狂风推动，又被四周的巨浪冲击，而最终由于矛盾的攻击挟持而能平安挺直；在一定程度上，又由于多样的险境中的磨难而安全无恙。如果批评我的意见是一致的，也许会动摇我的决心。可是，当发现这些批评意见是彼此矛盾的之后，我不再犹豫，决定忽视它们，顺从自己理性的指导，尽情地发挥自己想象的妙语，努力赢得大众读者的喜爱。

漫步者

1750年7月3日
第31期

人性的弱点

> 我从不为堕落的方式辩护,
> 也不以虚假的机智为我的错误争论。
>
> ——奥维德

尽管人们轻易地承认自己的判断错误和知识贫乏,然而,那些愿意承认人性弱点的人,他们的所作所为似乎让人察觉,这个"认可"不那么真诚,至少在多数情况下,是以心照不宣的方式来袒护自己。无论他们要放弃邻居的索赔是多么轻易,他们渴望的是让人想到,这样做能免除他们行为的错误,并消除他们看法的荒谬。

对那些明确和顽固的对立面,我们可观察他们并去争辩,不论是否清晰,责备如何温情,这都是一种不可置疑的争辩,有些潜在的特权被认为应受到攻击。因为没有人会失去他本就没拥有的东西,也不会去想象他自己拥有的,更不会被骗走他所没有权利拥有的东西,所以我们有理由假设,那些在最微弱的矛盾中或在最轻微的责备中爆发出狂怒的人,既然断定自己受到了伤害,便会幻想，一定是某些古代豁免权被剥夺，或者是某些自然特权被侵占。如果想到要对自己的错误负责，他犯下的错误就不应被视为可耻或光荣。他们不会接受如此充满感情的智力，因为这些智力仅告诉他们什么是其之前所知道的东西；他们也不会十分热情地反对一个攻击，因为这个攻击剥夺不了他们已被赋予的东西。

这里要谈及一位哲学家，当得知儿子的死讯后，他以其本能反应接受这个消息："我知道，我儿子死了。"如果他同样知道自己的缺陷，确信自己有错，不会去玩弄技巧、蓄谋恶毒，而仅会关注这个"过失"是人类的附属物，以他总是知道的"人是容易犯错的"这种看法来安慰自己。

如果我们多数情绪被事物的新奇所激发是真实的，那么几乎没有什么理由去怀疑，把合理化的错误或不完美的知识作为一个议题考虑，对人类是一个全新的伟大部分。因为人类不可能与其他动物为伍，动物没有什么规则，也不会建立什么顺从关系，更不会因某个事件闹情绪而产生愤怒或热情。双方对这些事件的争论，其利益所在，不过是他们彼此都不愿放弃有可能会让他们犯下可耻错误的任何思想观点。

我听说，有些人错误的哲学教条得以发展，是因为他们拒绝看那些批驳他们的实验。这些每天的日常观察给出了新的证据：有多少生动的托辞和逃避，被寻求去婉拒那些无抵抗争论的压力；有多少问题的陈述常被改变；对手如何被错误地虚假描述；在最明确的位置上，有多少困惑被那些他们碰巧反对的人所卷入。

在所有的凡人中，似乎没有谁比作家这个群体更容易受到虚荣的致命影响。作家的名誉完全来自于他们的理解，这使得他们对任何试图侵犯他们文学荣耀的行为都有一种非常微妙的情感。

评论一个能力得到认可的人，了解他靠什么得到关注，能尽力缓解荒谬与和谐的对立。这并非一件不愉快的任务。除了当他们用自负和荒唐急切地教育世界，认为他们很重要外，只有彻底消除那些暴露人类所有行为的批评，他们才不会承受痛苦。

德莱顿的幻想热情和创作冲动，经常让他的写作不够准确。因为在一出悲剧里写道："我跟随命运的脚步，却走得太快。"他听说有时自己遭到嘲笑。

一般认为，这个没有人很快跟随或被跟随的用词，太简单而不会引起长期的争论。事实是，德莱顿显然让"命运"这个有双重意义的词出了大错。在前一部分诗文中，他的"命运"附在"幸运"这个观念上，随后却有"死亡"，因而，他的意思是"尽管被'死亡'追赶，我却不会让自己退缩到绝望中；除非跟随'幸运'，去承受命定的痛苦"。然而，这个意思没有完全表达清楚。德莱顿表明自己决不屈从于他的批评者，从不承认他有朦胧不清的惊奇。可是，我们幸运地发现，在诗人维吉尔[1]的诗里有关于一个人循环走动的叙述："他说，这是我模仿写的一个段落，我的批评家很兴奋地指出这是句废话。可是，我有时写出废话，他们却没有幸运地发现它们。"

每个人看到这类刻薄的批评，自会加重逃离批评家的"追踪"。这首诗的读者，如果没有见到作者展示足以让自己显得优秀的意识，不足以抵制这类吹毛求疵；如果没有见到他承认有时被想象的骚动、观念的多样化而导致错误的方面，便不会对他表示伟大的敬重。

---

1. 应是诗人奥维德。

当发现这些弱点本身只表现在小事上时，这是幸运的。因为这样的对或错，没有对人类的美德和幸福产生多大的影响。看到一个人在坚持一个计划，他已发现很不实际；看到一个人生活在不便利的房子里，因为这是他自己设计的；或者看一个人穿一件特别缝制的衣服，他希望保存起来后，能恢复它原有的时髦。对此，我们仅是感到略为不安而已。确实，有些愚昧，只是愚昧罢了，无论多么野蛮或荒唐，都很少能够对其他人有影响。

然而，对这类骄傲的放任，更经常见于重大的问题上，人们不仅从中证实他们的错误，还有他们的邪恶。他们要坚持自己心灵受责的实践，仅是避免被人感觉他们受到责备，或被他人劝告他们变得聪明。他们要寻找诡辩，企图搅乱所有的原则，规避所有的责任，因而不会表现他们做那些自己不能够去捍卫的行动。

让每个人发现"虚荣"有如此强大的支配人的优势，当要把自己出卖给这最末等级的"堕落"危险时，停下来一会儿，思考这类恳求会有什么结果：即他恳求进行一个实践，他一开始就知道自己不会被理性带领，仅是被渴望的暴力所驱使，被热情的突发而惊讶，被诱惑的温柔接近而迷惑，被不可察觉的罪恶渐变而诱骗。让每个人考虑，他强迫自己了解赞助人的趣味能承担什么使命，而这些隐瞒和改革成为重要的任务。

美德的事业，几乎无须用什么技巧去捍卫。美与恶一旦呈现出来，便很容易区分。这类辩护人很少让那些改变宗教信仰者进入他们的党派，他们也很少有能力去欺骗任何人，除非那些人有蒙蔽自己辨别力的渴望。所有这些最好能力的运用，无非是要劝告听者，人是无希望的，让人只能想到邪恶。这类堕落已从他的方式传到他的原则。所有他要改过的努力，都没有成功的希望。

除非他能使自己避免成为被影响者，除非把他作为破坏者追捕，否则，所有都无济于事。

可是，如果能够假设，他会用部分结果的表现，对远古原因进行复杂推论，或者困惑地结合不同的观念，用它观察到的不同方面，得出显然不同的各种联系，来施加他的影响于听众，那么当他也许有时为虚弱和善良的意图所困惑，有时被人们对他的能力的敬佩所诱惑，一个年轻人的心就会在不确定的观念上摇摆，既不会被教导加强，也不会被经验启蒙。然而，这样取得胜利了，又会怎样呢？一个人不能把他的生命都消耗在娱乐上：衰老、疾病、孤独会给他带来一些严肃思考的时光，提供给他并不舒适的想法，即他已扩大邪恶的范围，他已名列于他人的罪恶中，却从不知道他自己的邪恶程度，从不准备弥补他引发的错误。也许在所有关于理想苦恼的储藏室里，没有一种想法比这类意识更痛苦：一是违背原则的宣传堕落；二是不仅不能从美德道路上拉起其他人，而且还堵塞他们往前的通道；三是除了给欢愉的画面外，还用美丽蒙骗他们，除听破坏者的警笛声外，让他们对每声呼叫都充耳不闻。

在这类实践中，还有另一个危险，即他们不能欺骗他人，却常常能成功地欺骗自己。他们交织诡辩的乱麻，直到他们的理性缠绕其中；他们重复自己的位置，直到他们自己信任自己。利用竞争，他们真诚地发展事业；通过热切期待，证实自己的争论；他们最终把自己带到一个被找到的幻想中。他们处在邪恶的边缘，他们那些自豪和顽固的思想已消失，也许他们在没有光亮能重新点燃他们的思想中死去。

一个人会因微小的失败受到指责，他通常随时准备让自己去尊重美德或能力，因为他不会驻足于那些严肃和恐惧地去考虑的事情上，如悔过者的人道、圣人的眼泪、以虔诚和清白闻名者的死亡恐惧。这些都是为人所知的事：恺撒写了自己在高卢战役中犯错误的历史；希波克拉底的名声在合理的评估后要比恺撒更伟大，而他警告后人，要反对他所犯下的错误。凯尔苏说过："有太多公开和坦白承认的错误，已深入人的意识，这足以让他支持其个性而活着。"

当所有错误都微不足道时，关注自己的尊严应是每个人的责任。一旦发现有错马上就改，不要害怕任何谴责，如同来自他自己内心的谴责一样。如同"正义"所要求的，若他已用错误的行为或者虚假的观念诱惑他人，所有伤害都应被弥补，这应是他的义务。当有人已接受他的错误，要尽力让他悔改。对那些通过他学习邪恶的人，要尽力通过他的榜样教育改正。

漫步者	
1750 年 7 月 7 日 第 32 期	**斯多葛学派**

> 悲哀负载所有死亡的痛苦,
> 不管你有怎样的悲伤,它都适度地符合你的命运;
> 如果你不能抵抗它,就放轻松点。
> ——毕达哥拉斯

人类生活的很大一部分是在一个违背我们自然渴望的状态中度过的。因此,道德教育最重要的原则之一是"忍受不幸"这门技艺。不幸无处不在,因此,每个人都有责任用这些能使自己举止得体和行为适当的原则,武装自己的思想。

古代有一派哲学家,自诩能使这个必要的行为科学达到最完美的境界。他们被称作斯多葛学派,或叫芝诺学派。他们这些人有些近乎野性的热情美德,自命能把未被启蒙的人类的感觉能力解放出来。这些人声称,依据他们学派的原则行事,就能提升自己,超越世上那些使生活痛苦的不幸。他们能从邪恶的名单中,勾去痛苦、贫穷、孤独、流放和暴力死亡这些名字。以傲视群雄的态度,通过一个不可更改的裁决,他们要求世人不为恐惧或忧虑所干扰,或者,不再给智者的宁静以任何打扰。

这类人的信条是,当一个人受到最严重的疾病折磨时,他应继续让痛苦伤害自己到极点,即使这样,病痛也绝不能迫使他考虑其他,而是选择以冷漠和中立的态度应对。可是,有些意志不坚强的芝诺派学生,在痛风发作引起剧痛时,他会坦白地承认,"疼痛就是一种邪恶"。所有人都不会愚笨地反对他有这种怕痛的感觉。因此,我认为,这类学派的原则,即使在信仰他们的子弟中,也没得到普遍的遵守。

然而,还是值得一问:在那些教人忍受的导师中,这些哲学家是不是非常合格的人选?因为如果痛苦不是邪恶,人们似乎就不需要接受怎么忍受痛苦的教训。因此,当他们竭尽全力劝同伴用"忍受原则"来应付痛苦时,他们也可以被认为放弃了产生这些原则和想法的初衷。然而,当他们努力使自己的个性变得坚强杰出,或运用他们的力量建立起一个反对自然的观念时,他们表现出如此矛盾的现象,只能期待人们能给予极大的理解。

关于外在邪恶的争论,现在已有定论。生活中有许多的不幸,而这些不幸中的痛苦,有时至少等同于所有坚韧能力加起来的总和。这些现象现在都得到了普遍的承认。因此,不仅仅要考虑我们如何逃避这些不幸,而且要进一步思考,我们面临自然事故或个人弱点时,采取什么方式去减轻痛苦和放松自己。我们怎样在一个现状不允许愉快松弛的环境下,让每个小时过得少点痛苦和悲伤。

医治人类绝大部分痛苦不幸的药方,是缓和剂而不是急重药。"痛苦"涉及肉体感觉,与人的自然本性交织在一起。所有企图全面否认痛苦的客观存在的说法都是无用和徒劳的。众多的痛苦如"箭"一样射向我们的前后左右,我们只能选择接受锐利还是平钝的箭头,或者接受染有剧毒还是微毒的箭头。受到理性支持的最强硬的"盔甲",只能把箭头挡住折钝,却不能避免它们出现。

"耐心"是上帝交到我们手里治疗痛苦的伟大药方。尽管我们不能减少身体的痛苦,但借助于耐心,我们在很大程度上却能保持心理平静,仅承受自然和体内实在的痛苦,不再使疼痛加剧或使其持续下去。

比起任何不幸事件来说,"愤怒"和"不安"确实是不适合人的自然本性的。人们有时不去考虑这与虔不虔诚有关,它们至少是冒犯,让人们更倾向于憎恨和蔑视,而不是怜悯和安慰。如果我们忍受的常是由我们自己内心造成的痛苦,这正如一位古代诗人所说,耐心是我们承担的最重要的责任,因为没有人会为一种自己应接受的情绪而感到愤怒。

> 痛苦应得,无须产生抱怨。
> ——奥维德

确实,如果我们能意识到我们没有再为自己承受的痛苦增加负担,如果处罚落在无辜者身上,或失望发生在勤奋和谨慎的人身上,那么不管多么必要或不必要,耐心都是比较容易做到的。如果有耐心,我们既不会加重痛苦,也不会因不幸加剧后再增加懊悔、难过。

在那些上帝指派给人类的不幸中,如畸形残疾、任何感官功能的丧失或年老体弱,人们总是应当记住,急躁没有现实的作用,只能把一些人赶走。我们本可以通过这些人的谈话和劝告得到愉悦或帮助，所以这还剥夺了我们接受现状时所需的安慰。同时还要记住，对于来世，人们很难做出恰当的判断。因此，急躁不但不会减少痛苦，反而切断了期待希望能得到的奖励，而这正是那些受痛苦折磨并能很好地忍受的人理应得到的奖励。

人们在接受所有的不幸的疗理时，应避免急躁，因为它耗费时间并让人把注意力集中在痛苦上，而这些痛苦，只要适当治疗，其根源是可以排除的。法国将军杜伦尼在致谢词里，说他在访谈中得益于那些记忆力强的人，这些人曾指导他学习战争的艺术。他极敬佩地提到一个人，这个人教他不要花时间为曾经犯过的任何失误后悔，而是赶快让自己抖擞精神改正错误。

人们要把"耐心"和"屈从"很小心地与"怯懦"和"懒散"区分开来。我们不去抱怨，可要有理有据地进行斗争。生活中的不幸便如同自然的困难，要求我们努力克服、勤奋工作。当感到任何悲痛的压力时，我们不可遽然下结论，认为一切只能在沮丧的境况中，服从上帝的意愿，禁止自己有任何其他的要求。道理如同我们感到口渴的痛苦时，自然会想到水，我们不能说这是多余的要求，而限制自己去喝水。由于一切源于上帝之手，人们无法确认不幸是一种恩宠还是处罚，可因为上帝安排的所有方式，都可以按照"事物有相似原理"加以解释，我们可以断言，我们有能力排除一种不便和困难。我们需要谨慎行事，以免图一时之快因犯错而内疚。上帝的意旨，不管是奖励还是惩罚，我们都要通过工作来给予他回报。工作是上帝交给我们的应尽的义务。

在任何情况下，这个"义务"莫过于我们的身体要承担疾病所引起的强烈痛苦。这些加剧的痛苦，确实让人忍无可忍，如同把生命的力量推到了尽头，不再给自己留下任何遵守规则或受他人责备的空间。在这种状况下，人的本性要求做出一些迁就。每次放纵，除了表明没有信仰外，都应很容易得到人们的同情和原谅。然而，为了避免太容易就得到痛苦不可抵抗的悲哀，并享有这种让人们同情悲哀的特权，我们要恰当地去认识，人类智慧能产生的最大痛苦或人类狠毒能形成的最大伤害，都被人类持久地承受下来。如果疾病是这类痛苦，我认为，它们有时比那些人为痛苦——如拷打——还要剧烈。因为人为的痛苦，在其本性上有持续时间较短的特点，重要的躯体器官很快被摧毁，灵与肉之间暂时失去知觉。在施加的痛苦太强烈以致难以忍受之后，人们很快就会失去痛苦的感觉。我认为，有理由提出这样的问题：我们身体与心灵的比例关系是否不恰当？若身体这方面能容忍一切，可这一切又使心灵的另一方面受到折磨，是否美德能和生命本身持久地共存于一体？是否具有原则性的灵魂能很快从被压制的躯体中分离出来？

在灾难和不幸中，如财富减少、失去朋友或意志衰退，人们受其影响的主要是情绪。"急躁"情绪的主要危害是，在受到最初打击后，许多可能想到的权宜之计，会被突然降临的不幸打击以致丧失。这是一个最普遍的原则，即对那些我们没有能力确保自己拥有的事，不要醉心于其欢娱之中。当人们仅考虑享受世间的愉快，并不经常和习惯地关切未来幸福时，这个劝诫无疑是公正的，因为它是由无可争辩的权威做出的。可是，它是否如同"不要行走，免得摔倒"，或者"不要看东西，避免眼睛变畸形"等诸如此类的劝诫呢？在我看来，这是合理的做法，自信地欣赏神赐的幸福，谦恭地放弃它，希望自己虔诚善良的性情能持久保持下去。我们变得虔诚后，既不傲慢自大也不沉溺淫乐，如同我们失去它要赔偿时,也不唉声叹气或私下埋怨。

重要而有效地去反对"急躁"情绪所引起的无益的痛苦,必须从大自然和上帝的智慧和仁慈中,经常地反省自己、提升自己,因为上帝之手掌握着富有和贫困、荣耀和耻辱、愉快和痛苦以及生存和死亡。一个坚定的信仰被正确地接受后,它会使每件事都更加接近美好;它让每种悲哀都有可能变成幸福;它使我们更加感激上帝,不管他是给予还是取走。

漫步者	
1750年7月21日 第36期	田园诗（一）

> 芦笛声飘扬。牧羊人赶着羊群，
> 既不恐惧伏击，也不忧虑敌人。
>
> ——荷马

  几乎没有哪种诗歌能比田园诗更能吸引读者，更能激发创作者。一般说来，田园诗是令人愉悦的。因为它表现的是人们熟悉的几乎每个想象中的场景，而且通过这些画面很容易就能判断出描写的好坏，所以它能使人们得到快乐。它表现的都是那些人们习以为常的与生活相关的宁静、舒适和纯洁，因此，人们总是乐意敞开心胸，接受它的美好形象。这些形象驱散烦恼、不安和我们忍受的苦恼，让我们毫无抗拒地来到古埃及大地，看到那里尽是欢乐、富饶和满足的景象：微风低诉快乐，树荫许诺安详。

  一些无知而喜欢自夸的人坚持认为，田园诗是最古老的诗歌。确实，这类诗几乎与人的本性一样古老。由于原始人的生活就在乡村，我们可以合理地猜测，如他们是从熟悉的景物中获得观念一样，他们的精神首先被随处可见的自然风光满足，而这些必然体现在最早的观察者眼里。他们写出来的就是田园赞美诗，如弥尔顿介绍过的原创双韵诗，这些是在纯朴的日子里称颂造物主的赞歌。

出于同样的理由，我们可以认为，田园诗最早表现了人类的想象力。一般来说，它是最早让人们心灵舒畅的文学。人们从睁开眼睛面对生活开始，便看到这世界的田野、草地和丛林，为鸟鸣、溪流和微风感到欣喜。这种喜悦要比人类后来卷入的其他行动和热情出现得更早。我们知道，在远古时期，人们喜欢乡村的诗歌，这是因为他们单纯的好奇心。他们从未见过宫廷，几乎不受宫廷文化的干扰；他们从未感受过这些热情，也不受其情绪的感染。

人们不仅很早就满意地欣赏这类田园诗，而且对它的喜好还持久不衰。当我们进入智力进步的社会以后，我们没有像对待其他幼稚的娱乐消遣物那样把它扔掉，而愿意在任何轻松悠闲的时候去重读它。真实的田园风光总是给人兴奋的力量，因为这些自然的艺术从自然中来，又总是保持同自然一样的美丽和秩序，继续启迪我们的思想。即使它们显然很少刻意雕琢，比起最强大的理性和最严肃的思考来，田园诗也更能让人心满意足。人们倾向于闲适和安宁，这类天性不会因为有足够的生存知识而减少，也不会因世界的局部动荡而受干预。在童年时，我们思念乡村，把它看作愉快的乐土；到老年时，我们重新回忆故土，把它看作安息的港湾。也许任何人看到这样的地方，都会产生某种间接得到的快乐和偶然碰到的喜悦，或会联想到年轻有朝气时的每件往事，把自己带回生活中最美好的时期，即世界充满新奇快乐之时，也是他身边不断有欢笑声语之日，他面前燃起希望火花之日。

田园诗这个普遍使人愉悦的特点，使数不胜数的诗人拿起笔来表现他们的写作技巧。在这些诗的创作中，诗人刚开始去模仿其他人也能获得普遍的成功，把相似的形象以同样的结合方式一个个传写下去；到后来，这类诗开始没落，因为读者看到诗的题目，便能猜出它全部的内容。即使人们在精读了上千首这类诗后，也不能在比读它之前增加任何一点大自然的知识，或者得到以表现道德为目的的任何新形式所带给人的想象中的快乐。

田园诗的范围确实很狭窄。尽管哲学家认为，自然界本身是无穷无尽的，可是，大自然作用于人们的眼睛和耳朵的方式是单一的，它没有更多的表现形式。诗人如果还是用简朴而充满想象的一些伟大形象和比喻，靠一种形式区别于另一种形式，就不能写出非常细腻而有特点的田园诗。同样地，如果还靠保留回顾它的概念，就能使人们的心灵得到满足的这样普遍的力量，诗人也不能分辨事物潜在的特性。然而，由于每个时代都有一些发现，加上新的文化种类和形式被逐步地介绍，一点点为人所知，田园诗的创作还是时不时在增加新的画面，表现类似过去时代那种多样性的场景。

遗憾的是，田园诗的创作，如其他题材一样，常常落入没资格写它们的人的手中。这些诗人面对自然，却不知道他们要用自己的想象去描写它、改变它的特征——只有那样，他们的描写才能有更多的内容，而不仅仅是对前人的卑劣模仿。

乡村生活的风景和乡村发生的事件，它们本身都是很有限和普通的。一个把自己局限在乡村的工作和享乐的人，不会有多样化的视野。他几乎看不到复杂的社会转型时期所发生的混乱、恐怖和惊奇的事物。他的处境使他只能看到那些不太引人好奇的事件。这些诗人有雄心却没有计谋，有喜爱却没有兴趣。除了承认对手比自己富有外，根本不去与对手竞争，也没有什么灾祸可悲叹，除了残酷的情人和坏收成。

坚信增加新的景象能给人带来必要的愉快，桑纳扎罗[1]把诗中的景色从"田园"换成"海洋"，用"渔民"代替"牧羊人"，从渔民的生活中得到诗情。因为这个转变，他受到后来批评家的攻击，理由是，海洋是恐怖的主题，绝不可能给人适当的心灵愉悦，让人情绪安静。根据早已存在的一个准则，即诗人有权选择自己的形象，人们可以为他辩护，反驳这些攻击。诗人没有义务必须展示海洋的风暴，而不是陆地的洪水。为掩盖海水的危险，他可以表现所有的愉悦，如让牧羊犬出现在阴凉的海滨而不感到寒冷，或者让它远离野兽攻击而任性自由。

然而，在田园牧歌里，描写海洋有两个难以克服的缺陷。尽管有桑纳扎罗一类的诗人，把热带国家的海岸看作愉悦和解闷的地方，海洋比陆地还是少了许多变化，其景象很快就会被擅长描写的诗人写完。那些海上日出和日落的美景、春风刮起的波澜、翻滚的海浪以及不断被微弱水势淹没的海岸线、清浅水中可数的鱼群，一旦被诗人写尽后，他便无计可施，只好求助于这类诗歌其他极为平常的形象，如小仙女因为溺水而死的情人的哀怨，渔民为无人要买其牡蛎激起的愤怒，以及《渔歌》[2]被人普遍地喜爱。

除景象有限外，要普遍接受这类海洋诗的另一个障碍是，即使有很大一部分人必须靠海为生，可人们对海洋的愉悦几乎一无所知。在每个地区的内陆居民看来，海洋仅是漫无边际的一片水

---

1. 桑纳扎罗（Sannazzaro），意大利诗人。
2. 《渔歌》，桑纳扎罗的一首捕鱼诗。

域。人们渡海从一个国家到另一个国家,很多人在海洋中丧生。因此,除了看一看航海图或狄奥尼修斯[1]的地理测量学外,人们不想也没有机会去回味那些关于环绕的海岸线和静谧的海湾的描写,也不会去读那些以海洋为题材的诗歌和其他有关的引人入胜的故事。

诗人桑纳扎罗以高雅的语言,为熟悉大自然一般特点的读者写作,使人看不出其海洋田园诗的缺陷。可是,如果企图用通俗的语言写海洋,诗人很快就能发现,他想尽力表现一种人们不能理解的热爱会多么徒劳。

我认为,要改进古老的田园诗,靠任何附加或变化了的景象是难以达到的。我们的描写确实不同于维吉尔时代的描写,就像英国的夏季不同于意大利的夏季。在某些方面,如同现代的生活不同于古代的生活,可是,这些国家的自然现象几乎没有不同,因此,诗歌有必要关注人类的普遍情绪,而不是那些可能在变化的风俗习惯,至于时间和地点所引起的变化的多样性则并不重要。在下一篇文章中,我会尽力表明,后世为改进田园诗的创作灵感做出了多少贡献。

---

1. 狄奥尼修斯(Dionysius),(古希腊)叙拉古的暴君。

漫步者	田园诗（二）
1750 年 7 月 24 日 第 37 期	

> 我唱着从前宙斯之子安菲翁的曲子，
> 羊群听着，服从那强有力的召唤。
>
> ——维吉尔

在创作和评论田园诗时，后世的作者和批评家对古人留给我们的独创性的事物都没有给予充分的认识。不仅如此，他们接受那些先进的理论，使自己陷入不必要的困惑中。这些理论没有以事物的本质为基础，完全背离那些仅视自然为上而其他为次的田园诗原则。

因此，清楚地认识田园诗的特点和它确切的含义很有必要。我认为，这些从维吉尔的田园诗里很容易找到，而背离他的这些观点显然是不适当的。我们应考虑维吉尔有如下几个特点：他顺其自然，加上运气和偶然的有利条件，碰巧完成其诗歌杰作；他天生记忆力准确，判断严谨，并受到其中一个最光辉灿烂时代的启蒙，能体现罗马宫廷的精致文雅；他致力于改进而非创新，尽力地弥补田园诗靠精确描写而缺少新奇的缺陷；他以忒奥克里托斯[1]为原点,发现其田园诗近乎完美,并想到面对这样一个伟大的竞争对手,所以,格外谨慎地进行写作。

如果我们在维吉尔的作品中找出田园诗的准确定义,那就是,"通过描写田园生活,表现其任何行为和热情所产生的美学效果"。无论如何,根据一般事物的发展,乡村发生的事都可以为田园诗人提供创作素材。

这个定义没有提到"黄金时代",只能使人立即想到那些在现代批评下写作的诗人。我确实很难理解,农村的情形为什么一定要放在远古时代的背景下加以描写。我也看不出来,作家为什么要在其作品里始终保持田园牧歌式的方式和情绪。我知道,现代批评之所以建立这个规则,唯一的理由是,根据现代人的生活习惯,牧羊人既不可能有能力表现和谐的韵诗,也不可能表现细腻的情绪。因此,现代读者必须让自己的思想返回古代,意识到那个时代最聪明和最伟大的人要做的事,就是关心照顾好羊群,只有这样,才能提升自己对田园诗里人物个性的认知与欣赏。

这些理由似乎导致批评家去假设,田园诗在通常情况下没有被看作是农村自然的表现,同时,也不被认为能表现在那里生活的村民的理想和情绪,不论这些村民是谁,也不论农村是否为他们提供了快乐和职业。在这些批评家看来,田园诗仅仅是一些对话和人物的描写,这些人实际上只是在照顾羊群,在最底层又最辛苦的工作中忙碌。因此,批评家很容易就得出结论,既然必须保留这些人物的身份个性,不是他们的情绪必须降低到说话者牧羊人的水平,就是这些说话者要提高自身的情绪。

---

1. 忒奥克里托斯(Theocritus),古希腊多利安诗人,被认为是田园诗之父。

上述这些原有错误的结果，导致成千上万的引起混淆和含糊不清的解说。有些人主张，应该全面保留"黄金时代"的想象方式，因此，他们认为，田园诗无非是描写百合花和玫瑰、岩石和小溪，写从它们中听到的高雅欢快的窃窃私语、爱情激动的轻声怨诉。除此之外，无田园诗可言。其实，田园诗如同其他创作一样，人们无疑应该观察其高雅的情绪，应该表现其纯正的风格。这不仅因为田园诗人要以"黄金时代"的形象为理想边界，还因为诗人有了自己选择的题材后，应该随时注意美德方面的影响。

那些倡导"黄金时代"的批评家，奠定了其他规则，却不能与自己主张的普遍原理相吻合。因为他们告诉我们，要支持牧羊人的个性，不仅应避开所有细腻的精致描写，还应点缀一些牧羊人无知的琐碎例子才算恰当。为此，他们假设，读维吉尔的牧羊诗，人们似应忘记阿那克西曼德这个名字；看蒲柏的诗，有"黄道带"的术语，人们便很难欣赏牧歌的质朴无华。可是，如果能在最原始的环境里表现牧羊人，那么，我们也能在他们的其他才干中给他们添加智慧的光芒；如果能使他们承受痛苦，去暗示所有未来出现的事情——通常来说，这不恰当也不可能，那么，我们即使让他们很精确地说出这些后世之事，也没有什么有害之处，因为他们已和上帝交流，把生活的艺术传给了后世。

由于牧羊人的生活环境简陋普通，其他作家便设想，有必要从古希腊多立克（Doric）方言中，采用那些无用的术语和语言，让田园诗的语言粗俗鄙陋。他们没有考虑，这样做的话，诗人成为把方言混淆后无人能说出它们的作者；他们没有想到，诗人能够提炼语言，突出牧羊人的情绪；他们也没有意识到，他们尽力避免的不一致，没有比他们主张把精致的思想和粗俗的语言混合在一起更矛盾的了。斯宾塞的一首田园诗故意以野蛮语言开头：

> 迪宫·戴维，我祝愿她幸福。
> 她也许是迪宫，要么我说错了。
> 注意看，她白天还是个人样，
> 　现在她是最不幸的人。
> ——《牧羊人的日历：九月》

　　读者对叙述角色在这个题材上表现出来的雄辩会怎么想？当读者发现这些语言集合在一起时，都在指责罗马教堂的腐败，难道不会感到有些失望吗？不可否认，一个牧羊人同时学习宗教，也许能对他的方言有更多的了解。

　　田园诗描写不同地位和职业的人，这些人都住在农村。因此，它不排除对人物个性的必要介绍，描写任何崇高和微妙的情绪。那些观念不恰当又不能与原始乡村描写有关的诗歌，不能算是田园诗。维吉尔是这样发出感叹的：

> 我知道你，亲爱的，你生在荒芜之地，
> 　养在野蛮的老虎窝里，
> 　生来特异，成为草原的霸主。

　　蒲柏竭力模仿它，却很不协调：

> 我知道你，亲爱的，野性如狂妄的大地，
> 　凶猛胜过利比亚平原的老虎。

> 你从埃特纳火山口奔出,
> 出生便伴随闪电,掀起暴风雨。

像这类情绪,由于没有以自然为依据,它在任何诗里的价值确实都不高。可在田园诗里,这种表现特别容易受到指责,因为田园诗要升华普通的生活,而在普通的生活里,悲剧和英雄的创作常使我们联想到勇敢的战斗和可爱的形象。

田园诗是"以农村生活为主题,表现其任何行为和热情所产生美学效果的诗歌",那么,它就必须限制在农村形象的范围内,才可能显出其特色。不表现农村景色,就不能算是田园诗。这就是田园诗的真正风格。它们不会因为表现出任何高雅的情绪和优美的语言而丧失本色。尽管遭到批评家反对,维吉尔的《波利奥》表现了所有的崇高,确实是真正的田园牧歌。因为它的形象不仅来自农村,而且来自所有大帝国都经历过的宗教时代。

《西勒诺斯》[1]确实是一篇很有争议的田园诗。尽管场景发生在农村,其诗词内容属于宗教和历史,却比较能为其他读者或其他地方接受。人们不能因为诗里引进"神",似乎就意味着"黄金时代",也不能因为它暗示许多随之而来的变化和提到一个诗人同行加勒斯,就为其辩护,把它看作虚构小说。

田园诗要达到完美,似乎很有必要做到这一点:它发生的场景至少不要与农村生活不符,或者,至少要让那些退隐到孤独和安静地方的人,与生活忙碌的人同样对其感兴趣。因此,一首仅提到羊群的诗,主旨是抱怨教会的错误和政府的腐败;一首哀悼

---

1. *Silenus*(意为"森林之神"),见维吉尔《田园诗集》。

英雄死亡的诗，尽管诗人说他是牧羊人，可他已不再动手劳作，甚至无须技艺或知识、才能或努力，也能让乌云哭泣、百合花凋谢、羊群死亡，若称这类诗为田园诗是不恰当的。

克劳狄安[1]田园诗的部分特点是，他记录自己的时代，依据的不是成功的执政者而是连续的大丰收日子。那些远离生意场退休度日的人，总是最不喜欢匆匆地把他们的幻想与公共事务联系在一起。

借助于田园范围内处理行动或事件的这个便利，激励了许多诗人，而人们却期待，这些诗人借达芙妮和色希斯之口，表达悲哀或欢乐的场景时，应有更多的理性判断。当期待一种荒谬会让位于另一种荒谬时，作者已完全不顾生活和自然去写作。自从宗教在整个世界体制内引起变化，作品早已充满神秘的幻想、难以置信的虚构，再也没有田园诗那种热情和理智的情绪了。

---

1. 克劳狄安（Claudian），古罗马诗人。

漫步者	
1750年7月31日 第39期	论婚姻（二）

> 不被祝福的婚姻注定不幸。
> ——奥索尼乌斯[1]

女性的生活状况是健康专栏作者常常热情讨论的话题，因为女性的身体结构使她们在成长的各个阶段都会患某种特别疾病。如一句格言所说，女人被置于斯库拉[2]和卡律布狄斯[3]之间，除了面对可怕的危险之外，没有其他选择。无论是结婚还是决意过单身生活，结果都摆脱不了疾病、痛苦和死亡。

人们希望，既然女人在很大程度上有这样诸多天然的不幸，那么她们的不幸不应再因为偶然和人为的痛苦增加了，她们的美丽不应不引起人们的敬佩瞩目，她们的文雅不应不赢得人们的同情关心。这些应能使她们容忍以便享受每次痛苦减轻带来的乐趣。然而，不管发生什么情况，尽管看来似乎没有明确说明，但

---

1. 奥索尼乌斯（Ausonius），古罗马诗人。
2. 斯库拉（Scylla），希腊神话中的女海妖。
3. 卡律布狄斯（Charybdis），希腊神话中海王波塞冬与大地女神该亚之女。

每个人对其确立似乎都负有均等的责任，那就是，这个世界似乎一直就存在着某种反对女性的习惯势力。无论谁最早开始，后来又经哪种权威人士的宣传，长期以来都流行着女人注定不幸的看法——不论情形如何，她们注定要这样度过一生。

如果女人拒绝男性社会，继续维持一种合理的假定，她们能在自己的权利范围内维持幸福的状态，那么，有这种独身主义的女人，却很少能为常去听她们谈话的人提供祈求自由幸福的崇高思想。无论何时，她们见到其他不惜身的女人未经思考就急于沦为奴隶，非常生气。见到婚后的女人荒谬地夸耀自身条件的改变，谴责那些尽力维护生来就有性别差异并引以为荣的女英雄，她们更是气愤。不管她们是否意识到，女人就如同荒凉的土地，有些人在那里得到自由，那是因为没有人认为这些土地有价值，值得不惜辛苦地去征服它；也不论她们是否预料到，当她们宣布蔑视男人时，人们总是对她们的真诚抱有怀疑。有一点可以肯定，在一般情况下，她们内心深处都有某些持久的忧虑和极大的不安，因此，她们中的很多人受到雄辩家的强力劝说后，最终还是要试一试她们长期蔑视的婚姻生活，即在她们不情愿的时候穿上了结婚礼服。

女人在处女时所表现出急躁不安的真实原因是什么呢？我也许会在其他时候举例给予说明。女人为了婚姻幸福不应受到嫉妒，她为此忧虑是可以避免的。从普遍流行的两性观念看，只要在有人邀请而她不放弃的情况下，没有女人会维持长期的单身生活；从生理倾向上看，世人很明显把老女人看作世间的垃圾；从这些最终放弃单身生活的人的意愿来看，正是她们的生活经历能使她们从容地做出判断，并坚定地做出决定。

然而，这就是生活，不管提出什么建议，找出拒绝的理由总比找出拥护的理由更容易。尽管在某种程度上，婚姻确实有一定的保障，避免那些古代处女忍受的责备和孤独，可确如它通常所表现出来的那样，还是有许多不利因素，如剥夺了妇女参与社会允许或提供给她们的娱乐活动。只有双方诚实地分享愉快和痛苦，婚姻中的双方才能相互信任，并将这种信任不可破坏地保持下去。

确实，许多妇女在婚姻烦恼的方面忍受着痛苦，而她们的痛苦令人怜悯，因为她们的丈夫经常不是友善地对待她们，而是用权威和暴力，或者用说服加强求去压迫她们。同样地，面对那些自己总是习惯于尊敬和服从的人的强求时，她们也无力抵抗。显然，那些专制地支配孩子们的人，几乎不会尊重并关心她们的家庭和个人的幸福，也不会好好地想想，问一问她们是否会愉快，如同去问她们是否会富有那样。

人们也许会争辩，父母根据他们的判断，把富有和幸福等同起来，经常犯下一些"罪恶"，可他们在任何方面都不能算作强盗和杀人犯，这些是可原谅的罪恶之一。他们度过自己的一生，别无他求，只是希望土地一亩一亩地增加，粮食一袋一袋地装满。他们想象，只要确保女儿有大量的嫁妆，给她生活在快乐中的合理期待，一种从父母身上能看到的互相安慰的幸福，便为女儿的未来做了充分的考虑。

在一个谨慎的世界里，常能听到一句简短的格言，规劝父亲"为女儿择婚，免得女儿自己做主"。据此，我认为，它的意思是，女孩子们只能听话，把她们自己做主的权利交给父母，并与这样的伴侣组成家庭，除此之外她们难得有自己的幸福。我不清楚，这句箴言的作者是谁，它最初针对什么而言，可是，我们能想象到，无论它表达多么严肃的意义，无论它蕴涵多么复杂的含义，也绝不能把它作为权威的依据，因为人性已否定它。如同绝不可为避免张三[1]的轻率，就授权给李四[2]做出不公正的判断，也绝不可为防止自由的滥用，就以合法名义压制生命。

那些最热心支持女性者承认，女人有时犯罪，自然会导致最不利于她们的律令。当父母的美德和爱心保护她们免受被强迫的婚姻，允许她们自由地在生活的迷宫里选择自己的道路时，我确实很少看到，她们能使自己得到极大的自由。她们通常利用独立的机会，浪费自己的青春，在匆忙娱乐中失去自己的年华，追求一切快速的成功，难得冷静地思考。她们虽见过世面，却没有得到生活的经验和教训，最终，她们被这样一些动机，如那些女孩的轻佻浮夸，或者如那些吝啬鬼的唯利是图，限制了自己的选择。

梅兰斯尔便是一个例子。她在父亲死后，来到一个城镇。她有很多钱，但比起钱来，她的名声更大。她身边不乏有许多不同职业和地位的男人追求她。有的人真正理解关心她，可她因为渴望愉快而无法得到满足，所以没有片刻闲着，到公园，看花园，进剧场，走访，集会，跳化装舞，对各种邀请都很严肃地考虑。结果，她还是为新的求爱者失去耐心，甚至忘记了她自己一直有的结婚权利。过了一段时间，她的仰慕者离开她：有的人厌倦了花费金钱，发现了她的愚蠢；有的人被她反复无常的性情冒犯。之后，她想去听音乐会，却没人邀请她。有许多次，因没有舞伴，她只好静坐在舞会大厅的一个角落里。在这倒霉的时刻，她的机会来了，菲尔泰普走近了她。他是个虚荣自负的男人，喜欢闪烁

---

1. 原文为 *Cata*，无特指。
2. 原文为 *Titius*，无特指。

其词，和她一样头脑简单。他花一笔小钱买了礼服装扮自己。那件最流行的服装看起来很奢华，是裁缝允许他赊账后才得到的。他一直希望尽力靠结婚获得奢侈的享受，因此，很快就向她求婚。几周前，在一个舞会上，她看他还不顺眼，现在却在他一分钟的表演下完全被征服了。于是，他们结婚了。然而，男人不会总是在表演，菲尔泰普没有其他娱乐的方式。总的说来，两人在很大程度上都还没有堕落，他们生活在一起，除了空虚的思想、乏味的情趣，没有什么不幸福的。这种空虚出自要满足自己年轻的快乐，出自完全没能力去应聘好工作来实现他们自己的目标。他们都了解时髦的世界，彼此心照不宣，知道自己该怎么说，却不能给对方增加任何新思想。他们都不喜欢交谈，可经常为了一个愿望在一起，即"他们可以睡得多，想得少"。

阿吉里斯在上百次拒绝求婚后，最后同意嫁给科帝勒斯。科帝勒斯是一位公爵的年轻弟弟，他没有高雅的风度，缺乏美德，理解能力很差。求爱时，他总是难以抑制地想到她的出身地位，提示她别买太贱的东西，因为这不适合他这样奢华的家族身份。自结婚一小时之后，科帝勒斯在行为上就表现出无法容忍的专断。他对她没有任何尊重，唯一的愿望是她在场时不要让他名誉扫地。根据这个原则，科帝勒斯总是要求她身穿艳服，令人惊艳地陪他出席各种场合。掺杂在她所有的耻辱中，最令她自豪的是，她终于取代了她大姐姐的位置。

漫步者

1750 年 8 月 7 日
第 41 期

人类不幸的原因

> 回想起每天时不应感到太惭愧,
> 希望不要忘记痛苦的时刻;
> 他们超出这个狭窄范围的限制,
> 幸福地又开始了从前的生活。
> ——马提亚尔[1]

在生活中,人们思想充实的时光不多,经常需要求得眼前欢乐或有事可做,因此,有必要回想过去或思考未来,以此来弥补自己不满意的时刻,用回忆从前的日子或预测将来可能发生的事件,打发自己当下空虚无聊的时光。

我没有其他办法,只能考虑,很有必要在各方面寻找可以让人们注意力集中的事情,以此作为人类的灵魂具有超凡天赋的证据。我们没理由确信,在保护自己或自己同类物种的要求中,其他动物会比人类具有更高的才智或更强的能力。动物似乎总是一

---

1. 马提亚尔(Martialis),罗马帝国时期的诗人。

直忙忙碌碌，或者完全轻松到无事可做，几乎没有智力方面的痛苦或快乐。它们在好奇或怪异面前，没有丰富的理解力，只能让大脑恰当地适应自己的身体；除了强加于它们的肉体痛苦或愉悦外，几乎全无思想。

记忆力是人类灵魂中最优秀的一部分，对人类其他能力有深刻的影响，可在动物世界里只有一小部分的动物才有这种能力。我们看不到母兽失去它的幼崽时的痛苦，这与它关心幼崽的心情，抚养的辛劳或保护它们的热情成正比。动物对待自己眼前后代的情感，显然不比人类的父母少，可是，当它们的幼崽被拿走后，动物很快就把它们忘了。过一会儿这些幼崽又被带回到身边时，它们可以完全弃置不顾。

动物一旦失去直接接触的能力，便几乎没有记忆力，也没有比较现在与过去的能力，不能从经验中调整它们的结果。从它们的这方面可以推断，它们的智力只表现在自身完美中。那些去年春天孵出来的麻雀，会确保自己在季节到来时造出第一个鸟巢——用同样的材料和同样的技艺，并且年复一年重复如此；母鸡以它所有的谨慎为第一次孵小鸡找好掩蔽的地方。

喜欢把简单事情复杂化的人，一直都想知道理性为何不同于本能。普赖尔不太恰当地迫使所罗门[1]宣称，把两者加以区别是"愚者的无知，学者的骄傲"。用人们不能完全理解的术语，是不可能对一个问题进行确切回答的。由于人们不知道理性或本能是由什么构成的，因此，不能确切地知道它们如何不同。可是，若思考如何建造一条船和一个鸟巢，确实不用花很长时间就能发

---

[1] 所罗门（Solomon），古以色列联合王国的君主。

现。本能的观念一旦形成，就会通过物种传承的方式继续下去，不再有变更或改进；而理性是实验与实验比较的结果，靠积累观察，能从很小的进步发展到很大，展现不同时代和各种职业的集体智慧。

记忆为理性服务。它是在思想做出判断之前再现形象的能力；它能把过去的判断珍藏起来，以此作为未来行动的规则或者随之而来结果的根据。

正是由于具有记忆的能力，人类才应归在有道德者的行列。如果人们只是根据某种直接本能的反应做出行动，没有内心选择动机的指导，就会被无法抵制的命运所驱使。面对两件同时发生的事，由于不能进行比较，人们在大多数情况下没有能力或足够的理性去选择一件事而放弃另一件事。

人类拥有记忆力，不仅增加我们的知识和促进我们在理性探索中的进步，而且带给我们其他智力上的愉快。确实，几乎所有我们能去欣赏的事物都是与"过去"或"未来"有关的，而"现在"在不停地运动着，只要一出现，就离开了我们。在它还没有很好地得到接受时，它就已不再是当下了。"当下"只是由于它留下了影响，它的存在才为人所知。因此，人们大多数的观念来源于我们的过去或未来，人们的幸福或悲哀受到自己对目前生活的理解或对未来前景的展望的影响。

至于"未来"，当事件与我们相距遥远时，我们不能把它与现在的看法全部联系在一起。人们通常有足够的能力把想象变成愉快的场面，许诺自己富有、荣耀和快乐，不受掺杂的烦恼和忧虑的干扰。因为这些烦恼和忧虑会使所有人的幸福受到影响。如果一方面发生了让人害怕的事，使人受到危险和失望的警告，那么人们还可以在另一方面祈求希望，用奖励、脱险和胜利来安慰自己；因此，我们通常采取减轻未来罪恶的方法。正是因为这种做法，即使我们受到任何有预兆的危险事情的攻击，也能得到宁静的抚慰。

我认为，比起对"过去"的回顾，人们更多在思考方面以未来的计划自娱，因为未来具有顺从和柔软的特性，很容易被强烈的幻想铸成各种样式，而记忆中再现的形象是固定的、难以驾驭的。那些回忆过去的主题已经存在，在人们思想中留下它们的印记，以便帮助人们抵制所有抹杀或改变它们的企图。

因此，满足感若是由记忆引起的，那它很少会有偏颇，会更加实在。它确实是我们可以称为自己得到的唯一快乐。如德莱顿所说，我们一旦处在"神圣的过去的宝地"，脱离了事故或暴力的危险后，就不会因为自己的虚弱或其他人的狠毒而使自己失落。

> 美好或污浊，阴雨或晴天，
> 不管命运如何，欢乐是属于我的。
> 天堂本身也没有掌控过去的能力，
> 无论发生了什么，我都有自己的时光。
> ——贺拉斯

比较而言，更大的幸福莫过于以既不惭愧也不悲哀的兴奋心情，回顾自己有用和善良的一生，寻找自己进步的足迹。如果一个人每天都无事可做或无痛苦可言地度过，那么这样度过的生命就像从来没有生活过一样；只有意识到自己在节俭地使用造物主给予的伟大宝藏方面做得太差，生命才有意义。生命由犯错保留下的记忆,或由各种邪恶贯穿于几个阶段的生活构成,它确实很容易被回想起来,而这些仅是厌恶和懊悔的回忆。

我们能否利用当下,最重要的考虑应是目前所产生的效果和它对我们的影响。不管是否能充分地利用当下,都要等时间过去后才能做出判断;尽管当下是无法想象的短暂,然而它导致的效果却是永久的。时间,哪怕是最少的时间,也会有延伸的结果——或者使我们伤害,或者使我们进步。在我们带着痛苦或喜悦经历整个人生的过程中,它给了我们理由永远记住它。

在整个生命过程中,我们在年老阶段的记忆力,似乎比其他思想的能力更占据主导地位。古代作家曾经说过,老人一般来说是叙述者,愿意讲述过去的经历,回忆他们年轻时认识的朋友。当我们接近坟墓时,这尤其真实。

> 生命的限度让你无法关心其他,
> 并将你的愿望超越你的岁月。
> ——贺拉斯

此时,不再有任何因我们的喜爱而发生大变化的可能。为满足我们的需要,世界必将发生的变化总是来得太迟。那些感到没有希望而正处于痛苦和烦恼中的人,有必要转变思想,试图回顾过去能给自己带来什么。因此,人们应该关心那些希望最后时刻能安详度过的人,应该放弃快乐理想这类"宝藏",正如同要支付那些时间的"费用",完全依赖于已经得到的"资金"。

啊,年轻人,寻找你思想的抛锚地

忍受成熟的痛苦，找到你未来的祝福。

——佩尔西乌斯[1]

  年轻时，不管多么不幸，我们都会用美好未来的希望安慰自己；不管多么邪恶，我们都会流露出决心悔改的意识。只是当最后的时间已到，生命不能再有更多的许诺，幸福只能从回忆中得到，这时，美德将是我们能愉快地回忆起来的一切。

---

1. 佩尔西乌斯（Persius），古罗马诗人。

漫步者

1750年8月21日
第45期

论婚姻（三）

> 微笑和谐地躺在婚姻的大床上，
> 　这是最快乐的生活；
> 可是现在一切都变成仇恨。
> 　　　　——欧里庇得斯[1]

漫步者先生：

你向我们论述了婚姻问题[2]，公正地分析引起普遍不幸的原因并提出警告，谆谆教导我们在这重要的选择问题上，有必要最先考虑美德。我虽不能把这个问题想得很透彻，可还是忍不住去思考你讨论这许多有意义的问题和值得特别重视的思想观念。

和你之前的许多作家一样，你似乎赞同这个无可争辩的原则，即"婚姻普遍来说是不幸的"。可我不知道，任何一个有这种想法并从自己的观察中得出这个结论的人，当他盲目地追随大众，不对它做新的检验就接受这种原则，特别当他处在一个大范围的

---

1. 欧里庇得斯（Euripides），古希腊悲剧诗人。
2. 指第18和39期。

社交生活中，包括各种各样的环境时，他是否会违背自己的个性。由于我同其他人一样有平等的权利，能就涉及我的这个问题发表意见，要比许多光说而无这方面经验的人，更有资格判断我所经历的这个状态。我不愿事先受到来自权威意见的限制，因此，我认为，确切地观察这个世界将会证明，婚姻没有通常所说的那么不幸，它和"生活是不幸的"没有什么不同。大多数抱怨婚姻不幸的人，都会有他们本性所承认的满足感，或者如他们在任何其他条件下行动就有成就感一样。

确实，生活中常能听到，男女双方抱怨他们自己的变化，叙说他们以前的幸福，责备自己选择得太愚昧和匆忙。他们要提醒那些正在走入婚姻生活的人，避免发生与他们自己一样的急躁和糊涂的失误。可是，人们千万要记住，他们一再希望要挽回的日子，不只是独身的日子，也是年轻的日子，是充满新奇和进步的日子，是充满热情和希望的日子，是身体健康和充满活力的日子，是心灵愉快和轻松的日子。一般来说，人在年轻时期，在任何情况下都总会有愉快的时光。我担心，不论结婚与否，人们都会发现，这件世俗的"礼服"越沉重和累赘，它穿的时间就越长。

责备自己不慎重做出选择的人，并无充分证据表明，他们做了错误的选择。因为我们能在其他的生活中看到同样的不满，我们无法改变这种不满。与任何一个人谈话，只要他从事一种职业度过一生，你就会感到，他为没进入不同的领域而后悔。在这些新职业中，他会假定，他要发挥自己的才能已经太迟了，或者他会觉得，财富和荣耀都更容易得到。贺拉斯说过："商人羡慕士兵，而士兵谈论商人的乐趣；律师受客人辱骂时，想到乡村人的宁静；乡村人因工作需要进城时，说城里人多、拥挤、不幸福。"

每个人都说自己的状态糟糕，觉得别人的情况更好，这是因为他不了解其他人。结婚的人，羡慕单身状态的轻松和自由，而单身的人想赶紧结婚来消除孤独寂寞的烦恼。从整个观察看，我们能肯定地说，很多人不幸，却不能在特别状态下从自身找到最能放松自己的办法；或者，在利用外部条件时，不知道这些外部条件是否会导致好的结果。

无论何人遭遇到巨大的痛苦，自然希望用改变状态来减轻它。他改变后，仍感到同样的痛苦：我们用同样的权宜之计，尽力排除或躲避这些痛苦不安，而这些不安又总是会受到死亡观念的支配。婚姻状态不可能非常不幸，因为我们可以看到很多人，在他们的伴侣死后从婚姻中得到了自由，可再次结婚。

妻子和丈夫之间经常确实互相抱怨。人们有理由想象，几乎每个小时都有不和谐感或压抑感，已超出人类所能容忍的程度。可我们不知道，琐碎的小事怎样使有些人产生极大的哀叹和责备；每个动物怎样为它们的痛苦，本能地向碰巧靠近它的人复仇，而根本不去细心地检查事情的原委。人总是愿意幻想自己非常幸运，可经过一再努力，若不能达到，就会劝说自己，这全是那个坏家伙在捣乱。因为人们如果发现有其他阻碍，即使是自己的错，也可以不去纠正它。

解剖学家经常评论道，尽管人们的很多疾病也很严重，然而，当进入身体内部结构时，体内有些部分是柔软的，有些部分是细腻的。人体的无限和多样的功能，使人们健康和具有活力地去行使自己的功能。显然，最让人好奇的问题不是我们很快就要死去，而是我们的生命为何能维持这么久；不是事故的暴力或时间的长短能破坏和妨碍我们的骨骼运作，而是我们的骨骼为何能无故障地正常支撑每一个小时或每一天。

我在观察了一般婚姻结合的方式后，有了同样的想法。我看到贪婪和狡诈的人，带他们的伴侣到餐桌、进卧室，没有别的可关心，只关心农庄和钱财；或者，一些轻佻和头脑简单的人，在舞会上，挑选那些只能借助蜡烛的昏暗灯光才能看清的人作为自己的生活伴侣；父母为孩子选亲而不征求孩子的同意；有些人为遗产结婚，引起兄弟的不满；有些人投入自己不爱的人的怀抱要求更热烈的爱时，才发现自己被拒绝；有些人结婚是受仆人的欺骗；有些人是要挥霍钱财；有些人是怕朋友在房间里纠缠；有些人因为生活要像其他人一样；有些人只是因为厌倦独居要结婚。在上述情况下，我并无特别倾向地质疑，婚姻有时是不幸的。尽管它似乎没有给人灾难性的负担，可我还是要做出这个结论，社会有些行为本身是与人类本性十分一致的。我认为，婚姻带来如此大的愉快，即使选错伴侣也难以否认它。

根据古代莫斯科人的风俗，男人和女人婚前不相见，直到婚后才在一起。人们怀疑，这种方法导致许多不合适的婚姻，引起很多糟糕的、让两人彼此不愉快的情绪。然而，也许在一些情感迟钝不太敏感的人中，只要有微小的感激和生活的协调，就不会给他们干预婚姻带来机会。反复无常的爱恨情绪对婚姻并无多大伤害。当人们感到不寒冷也不饥饿的时候，人们能相安无事地生活在一起，不去想彼此的任何缺点、毛病。

有些人的知识使他们爱挑剔，这些人确实需要注意约束自己，以确保婚后生活的安宁。然而，如果我们观察一些人的谈话方式，而这些人是自己选择对象结婚的，也许我们不会认为，古代莫斯科人因为受风俗限制而使他们的婚姻失去很多乐趣。在求爱的过程中，双方的全部努力就是隐瞒自己而不让对方了解，极尽伪善，在故意的顺从和不断的虚伪做作中，把他们真实的脾气和渴望都隐瞒起来。从他们承认恋爱开始，双方看到的也只是戴着面具的对方。大家开始在玩弄欺骗方面都表现得很有技巧，后来发现真相才觉得十分突然。因此，双方都有理由怀疑对方，结婚之夜他（她）必定发生了某些变化；彼此正是借助这种不同寻常的欺诈，一个得到了爱，另一个得到了婚姻。

　　漫步者先生，我真希望你调查一下所有来向你抱怨婚姻不幸的人，考虑他们在求爱过程中的举止，告诉他们既不应惊讶也不应后悔：一个从一开始就不诚实的婚姻，必会在失望中结束。

读者

漫步者

1750年8月28日
第47期

关于悲哀

尽管精神沮丧，受到同样的动机影响而导致精神失常，陷入这样的任性放纵中，可这个悲伤行为还是给予忧郁中的我一些安慰。无论如何，我绝不希望自己铁石心肠，失去温柔和关爱。我知道，有人认为这类不幸是很正常的损失。在这种感觉中，人们才能表明自己的伟大和聪明。我虽不能确定他们这类感觉是伟大还是聪明，我却敢断言，他们毫无仁慈。悲痛是人的本能之一。感觉痛苦的同时，也是在抵制痛苦并接受安慰。

——小普林尼

据观察，人类激发起来的思想热情，经一番煽动和鼓舞之后，很快就会在接近自己所达到的目的时平息下来。于是，恐惧促使人们逃亡，欲望鼓励人们冒险。有些人也许受到过分的纵容，便使自己不再对平静的生活感到满足。正如我们经常看到的贪婪和充满野心的人，他们的直接愿望，是要获得某种经过期望后才得到并真实存在的幸福。守财奴总是想，世上肯定还有一定数量的钱财，能使他的野心填满；每个胸怀大志的人，如皮洛士[1]国王，他想获取一切，确保他永不操劳，之后，便能以轻松或快乐、安静或虔诚的方式度过余生。

"悲哀"这种情绪也许不应以一般的看法来对待。有人假定，保持心智平衡是最困难的领域。对这个说法，我们应给予特别重视。其他情绪确实也是一种疾病，可我们有适当的方法去治疗它。如一个人一旦感到疼痛，就会想到用药。当受病痛严重折磨后，他会尽力最快地寻医求药，靠自然的本能，不失时机地治疗自己。如艾利斯[2]提到的，克利特岛受伤的牡鹿也会自己去寻找治伤口的草药。可是，"悲哀"很特别，大自然没有提供治疗它的药方。它经常是由一个不可避免的事故引起的。它存在于一件失去或改变了本来面目的事情上。它想要实现那根本无法兑现的希望：宇宙法则要废除，死者要复生，或者过去的事能召回到眼前，等等。

悲哀不是一种为自己的疏忽或错误而产生的后悔，因为这些疏忽或后悔能提醒人们今后小心谨慎或积极行动；悲哀也不是一种罪恶的惭愧，因为无论罪恶如何不可避免，我们的造物主已许诺接受它作为赎罪。因赎罪引起的悲哀和痛苦，自有它的益处，它每时每刻都得到弥补这些过失的原谅。恰当地说，悲哀是一种不考虑将来而渴望死守过去的思想状态；悲哀是一种持久的愿望，希望发生的事是其他而非它现在的状态；悲哀是在因为缺少欢乐或缺少占有已经失去的东西时，人们用尽所有努力也不可能得到它们的痛苦和折磨的情绪。每当个人财产突然减少，无法预料到的个人名誉受到抨击，或者失去孩子和朋友时，许多人都会

---

1. 皮洛士（Pyrrhus），古希腊伊庇鲁斯国王。
2. 艾利斯（C. Aelianus），杂文作家。

使自己沉溺于这样的悲哀苦恼之中。他们愉快的心情在一次打击后变得失落，导致抑郁不安；他们在悲伤的房间中情绪失控，放弃可用其他东西替代倾诉痛苦的任何希望；他们让生活听任抑郁沮丧的支配，让自己颓废于徒劳无益的不幸和痛苦中。

然而，悲哀也是一种从自然的爱和自然的亲密中产生的情绪。无论多么痛苦和无用，它在有些场合若不流露出来，便会受到人们的责备。有些国家通过立法，有些民族形成惯例，规定在有限的时间内，对友好联盟的解散或国内组织的消亡表示哀悼。这类哀悼总是一种广泛和常见的流行做法。

人类的共识似乎决定了悲哀在一定程度上的表达是值得称赞的，如对孩子的爱，或者至少对弱者的这种行为，是值得原谅的，但绝不应该承受沉湎其中而增加的痛苦，在过了特定的时间后，就要为社会责任和一般个人的业余生活放弃它。悲哀开始时是不可避免的，无论我们是否做出选择，都只能顺从。到后来，就应作为一种表现美好和真挚的仁慈与自尊而被人们所承认。世上有些事被"自然"强取，有些事要归还给世界。可所有过分爆发的情绪，或者过分严肃的方式，不仅无用，而且有害，因为人们没有理由，为求得虚荣的友爱而牺牲上帝给我们的任务和让我们去完成自己使命的时间。

然而，人们经常看到，悲伤以合理的面目出现，如此牢牢地占据人们的思想，以致后来它在人们心中很长时间都无法被消除。悲伤的观念起初给人留下强烈的印记，后来被人乐意接受。当它支配着人们的每个思想，使欢乐变得阴郁暗淡，使逻辑推理陷入困惑时，它便会如此独占人们的注意力。只要习惯性的悲伤抓住灵魂，只要我们的能力被束缚在单一的问题上，就只能处在无望的不安之中而不能做其他的思考。

在摆脱不了这种悲伤的状态下，人们很难有欢快和活跃的情趣，因此，许多提倡心智健全原则的人，认为预防要比治疗容易，规劝我们不要任由自己倾情于所爱之事，不要陶醉于溺爱，而尽力使我们的思想总是处在"冷漠"的怀疑中。如此，我们也许可以冷静地改变悲伤的情绪。

确切地按这个冷漠无情的原则去做，也许能让悲伤的人安静下来，可肯定不会让他们幸福快乐。那种即使失去亲人也不在乎的人，必定是生活在一种没有同情和信任的友好幸福的环境中。他肯定感觉不到热诚的慈爱、仁爱的温暖，也感觉不到任何真诚友谊的乐趣——这些都是自然赋予我们的欢乐的能力。当没有人愿意比他付出更多仁爱时，他的冷漠便会放弃分享那唯有从爱中才能表现出的关心和值得羡慕的友情，放弃那些只有爱才能让生活轻松的想法。此时，他又会被那些心里有更多热情的人轻视。对那些曾是他朋友的人，无论他如何苦苦地求助他们，无论他们又是如何尽力地为他服务，他的原则是绝不让自己为平等互利的回报而忍受痛苦。当你尽力表现出所有的善良意愿后，谁能在这样一个并非自己敌人的人面前逞强呢？

企图把生活维持在中立和冷漠中，既不合理，也是徒劳的。如果排斥快乐的方法，也能解除忧虑，那么，这种做法倒是值得我们重视。然而，尽管我们能堵住自己接近快乐幸福的路，却堵不住从各方面来的悲痛；尽管我们也许能在愉快时忍受悲伤，我们还是必须考虑痛苦的突然袭击。因此，我们有时应尽力把生活从冷漠这个中间点上加以提高，因为这个中间点在其他时候会不可避免地降到更低的位置。

尽管"怕失去幸福而不去争取它"是没有什么道理的,可是,我们要承认,根据拥有幸福的比例,我们有时为失去它而悲伤的程度是相同的。为此,道德家的任务,是探讨这类痛苦是否有必要尽快舒缓。有人认为,排除悲哀最可靠的方式就是强迫人进入一个快乐的环境中;有人认为,这样的转变过程太强烈,建议不如让心灵放松进而达到宁静的状态,让意识熟悉那些更为可怕和更折磨人的悲伤,把注意力转移到其他灾难上,因为人们都有意愿去结束自己身边的不幸。

有两类处理悲哀的药方是否有效,值得人们怀疑。一是"以乐去悲",这不容易达到效果;一是"以悲去悲",任忧伤放纵,但如果它未能起到化解悲哀的作用,便摧毁了精神意志。

"工作是战胜悲伤的安全和有效的方法。"据普遍的观察,战士和海员往往彼此十分友好,很少会有悲伤的情绪。他们看到自己的朋友倒下,也没有任何让自己纵情于对个人安危和无所事事的哀叹,因为他们为顾全自己而分不出多余的时间。如果谁能保持他自己的思想一刻不闲,他会同样地对那些无法挽回的损失保持情绪冷静。

一般说来,时间能消除悲哀。它的疗效无疑会因快速的更替和各种注意力的扩展而得到加强。

减轻你的悲伤需要很长的时间。
只要智慧展翅,它马上为你带来安慰。
——格劳修斯[1]

---

1. 格劳修斯(Grotius),荷兰政治家。

悲伤是灵魂的铁锈，每个新思想都有助于将它冲洗干净。悲伤是堵塞生活前进的废物，要靠工作和行动来清除。

漫步者

1750年10月13日
第60期

人物传记

> 谁的作品中包含着美丽和卑鄙,
> 它就会比所有学派中理智的圣人
> 给人更多罪恶和美德教诲的规则。
>
> ——贺拉斯

　　所有为其他人的幸运和灾难而表现出来的快乐和痛苦,都是被一种想象行为创造出来的。因此,人们虽然意识到,事件无论多么虚构或它离接近的事实多么遥远,把它放在我们面前,我们在一定的时间内会为在这种状态下的人物的幸运去思索;于是,当这种"欺骗"想象持续到最后之际,无论如何,我们都会因同样发生在自己身上的善良或罪恶的情绪而激动。

　　当我们把痛苦和愉快看作自己的遭遇,或者把它们当作生活中自然发生的事情时,在一定程度上,我们更容易接受这些向我们思想灌输的有关痛苦和愉快的描写,为此,我们的情绪更强烈地受到感动。对许多天才作家来说,写出人们从未感受过或从不了解的幸福或痛苦,并让人们感兴趣,这并不容易。读关于国王倒台和帝国革命的历史，人们比较心平气和。只有那些表现奢华场面和庄严思想的帝国悲剧才为普通观众喜爱。即便那些只有生意头脑的人，平时只有股市起伏会让他心跳加速的人，也会惊讶于自己的注意力和情感如何被一个爱的传奇故事所吸引或煽动。

那些同样的环境和类似的形象，是我们乐意从思想上与之相适应的，而在其他作品之上，这些只能在很特别的叙述个人生活的传记中找到。因此，似乎没有任何种类的创作和作品，比传记更有教育价值，更有趣或更有用，更能以不可拒绝的兴趣牢牢地抓住人心；同样，没有什么比传记更能在各种不同环境里广泛传播其有益的教诲。

一般行动的历史叙述，虽涉及日常生活里无穷变化的命运和大转变中无数复杂的故事，却很少能为个人的私生活提供经验教训，而通常个人只能从他们经常做出的关于正确或错误的判断中，得到安慰和感受悲哀。如小普林尼所言，个人生活在这些重大故事中没有位置，因为这些故事从不会把描写高端大气的国会议员的咨询、军队的行动和阴谋的策划，降到一个卑微生活之下的水平。

我经常想，公正和真实地叙述一个人罕见的一生经历不会没有用。因为，在这芸芸众生的世界里，不仅每个人身边都有许多与自己处于同样状态的人，而这些人的错误和失败、逃脱和躲避，对人们有直接和明显的用处，而且，考虑到除了偶然和可识辨的伪装外，在人群中有同一现象，人们几乎很难看出可能潜在的好或坏。人类生活中的普遍现象是，人们总是受到同样的动机鼓舞，受到同样愚昧的欺骗，受到希望的激励，受到危险的阻碍，受到渴望的纠缠，受到愉快的诱惑。因幸运或情绪，使自己远离人群的人，也不可避免地要以人类相同的方式度过大部分的时间。尽管我们满足于自然的平等主张，可对待意外的事件、人性的任性和虚荣，也会产生偏见。由于没有留神或者没有很敏锐，不能发现同样的原因，要等同样的效果出现后，才能制止同样的影响，尽管有时很快，有时很慢，或者受到各种因素的干扰。

人们经常拒绝个别人的故事，因为他们没有因任何惊人或奇迹般大起大落的人生事迹而与众不同。学者在书中度过一生、商人做生意、牧师布道，他们的活动都没有超出自己的责任范围。尽管他们在自己的职业上，无论在知识、能力和虔诚方面都表现得很出色，却不被看作是大众关心的适当主题。可是，这种以错误标准衡量优秀和荣誉而产生的观念，在考虑到"什么最有用什么就最有价值"这种值得重视的纯粹的理由之后，应被扫除。

确实，有人利用诚实来掩饰偏见，借用伟人的名字得到关注，这并非不恰当。可传记作者的任务，往往是要淡写伟大的成就和事件，引导人们思考日常的个人生活，表现日常行为的微小细节。因此，传记作者可忽视外在的风光表象，尽力表现一个人内在的谨慎和美德，关注这些超群品质。《图努斯[1]传》是一部极为公正的人物传。据这部传记的作者说，他把图努斯私下和公开的个性都毫无保留地展现给了子孙后代。这是因为图努斯生前所有的热情和天才，都被他以令人敬佩的描写保存了下来。

世上有许多被忽视的"细节"，无论我们读它是否为了解自然和求得道德知识，也无论我们是否打算扩展科学认知或者增加我们的美德，这些要比公共事件重要得多。如伟大的自然学家撒

---

1. 图努斯（Thuanus），法国政治家和历史学家。

路斯提乌斯[1]，在其喀提林[2]的传记中，没有忘记观察"他时而快步走，时而慢步"，以此表明，一个人如何受到强烈刺激而情绪不安。墨兰顿[3]的故事，为人们提供了一个关于时间非常重要的著名例子：他要与人面谈时，按确切的分钟而不是小时来预约，这样可确保有效地度过一天。德威特[4]的所有计划和事业，现在对世界已不重要，而他"关心健康却忽视生活"的个性，依然给人留下深刻的印象。

写传记的任务常分配给一些作家：他们几乎不熟悉自己所写对象的特质，或者很轻视这项工作；他们只收集公开的材料，很少能提供其他新情况；他们按日期罗列事件和行动，便想象自己写出了生活；他们几乎不关心主人公的行为方式和举止，不知道描写主人公与仆人的简短对话比从家世开始到葬礼结束的正经八百的叙述，更能表现一个人的真实性格。

如果传记作家偶尔要谦逊地向世界表现一些特殊的东西，那么他们并不总是很乐意选最重要的事实。蒂克尔[5]写艾迪生的"脉搏不正常"，强调其与别人不同。我不知道后人能从这个单纯的事实描写中得到什么益处。我会认为，没必要花太多时间读《马勒布[6]传》，因为那位有学问的传记作家，只让我们联想到马勒布的两个重要观点：一是，单身女性的放荡会毁灭她引以自豪的古老家族；二是，法国乞丐很不恰当和粗鲁地使用了短语"高贵

---

1. 撒路斯提乌斯（Sallust），古罗马史学家。
2. 喀提林（Catiline），古罗马政治家。
3. 墨兰顿（Melancthon），德国神学家。
4. 德威特（De Witt），荷兰政治家。
5. 蒂克尔（Tickell），英国诗人。
6. 马勒布（Malherbe），法国诗人。

的贵人"，因为"高贵"和"贵人"这两个词包含着同样的意思。

确实，这类描写常有其自然的道理，可这样的描写是不能提供多少教益和愉悦的。这也是大多数个人传记都很枯燥和无用的原因。如果个人的生活传记，直到最后的部分才表现出作者的兴趣和憎恨，人们也许能希望这部传记不带偏见，可不能期待它表现得有智慧。给人物传记带来优秀特色而写下的偶发事件，并不稳定，容易消失，所以很快就被遗忘，也很少能靠传统流传下来。我们知道，要不是一个人有突出的特性，有明显的思想特征，很少有人能写出他活生生的个性。人们不难想象，有多少这类小细节会在写作中消失，一个成功的模仿会多么快地失去原创所有的特点。

如果传记作者以个人的知识来写作，想尽快满足大众的好奇心，假使不是在虚构故事，那他让自己的兴趣、恐惧、感激或他的仁慈超过他的诚实，尽量隐瞒自己，这样做是有害的。许多人认为，即使他们的朋友摆脱了过错和被揭发的苦恼，他们替朋友的过错和失败掩饰也是一种虔诚之举。因此，人们看到，所有不同等级和类别的人物传，都用统一的颂词称赞颂扬，彼此的个性无人知道，只有在附带和偶然的情况下才会表现出来。黑尔[1]说："请记住，我有时对一个罪犯怀有同情心，这同样是出于对一个国家的同情心。"如果我们有义务纪念死者，那么我们也要对知识、美德和真实给予更多的尊敬。

---

1. 黑尔（Hale），英国法学家。

漫步者

1751 年 3 月 23 日
第 106 期

作家的虚荣心

> 时间抹去了分歧，
> 确认了大自然的决定。
> ——西塞罗[1]

奉承成功的谀辞是必要的，它需迎合特别的境况或个人。若要它进入心灵深处，需直击热情随时准备接受它之处。一位小姐很少会专心听任何赞美，除非是夸赞她的美丽；一个商人，总是期待听到他对银行的影响、他在交易所举足轻重的地位、他的诚信可靠、他贸易的继续扩大；一位作家，如果不对学问的忽视、反对天才的阴谋和功绩的缓慢进步表示哀叹，或对那些因求知而遭遇贫穷和蔑视的人的宽宏大量表示赞美，并相信他们的作品会得到后人的评判和感激，他很少会让自己满意。

一个确保常青的诗人桂冠，一个不朽的大家名望，全由和睦的作家之间的文明协商确定。"要竖立比黄铜更持久、比金字塔

---

1. 西塞罗（Cicero），古罗马著名政治家、哲学家和法学家。

更雄伟的纪念碑"（贺拉斯语），一直是对文学的共同夸赞。可是，在竖起大柱子的无数建筑中，绝大部分要么需要耐久的材料，要么缺少处理它们的技术，当这些高塔要完成时，眼看大厦也倒塌成废墟。那些为一时吸引人们眼球而造的建筑，一般因地基不牢固，很快因时光流逝而消失。

人类希望的虚荣信念，除公共图书馆外，没有任何一个地方能给人留下如此强烈的印象。谁能看到海量的书籍拥挤在每个角落，看到那些饱含勤劳的思考、准确的探究的作品，现在除了目录已很少有人能知道？这些保存的只是增加学问的华丽，没有什么人考虑有多少岁月消耗在这徒劳的努力中，"想象者"如何常去预测未来的赞扬，有多少铜像竖立在虚荣者的眼里，有多少见解转化为高涨的热情，"智慧者"如何常在他对手的永恒骂名中欢欣鼓舞。"教条主义者"高兴地看到他权威的逐步实施、他法令的不可更改、他权力的永久不变。

> 蔑视的时机从未大声喊出，
> 野心膨胀的凡人难以再骄傲。

有无数的作者，他的作品就这样被珍藏在华丽的默默无闻之中，他们中的大多数已被遗忘，因为他们从不值得被记住。他们曾获得的荣誉，并非归功于判断力或天赋，也不应归功于辛劳或艺术，而是来自文化圈子的偏见、阴谋的手腕、奴性的顺从。

最常见的，莫过于一些著作在当代被完全忽视的作者，却得到同代人的交相称赞，被称作时代的预言家和科学的立法者。好奇自然会激发兴奋。他们的书卷在热切的探究下被发现，却很少能回报搜索的辛劳。每个时代都会产生这些泡沫般的人为名声，在时髦的气息中保持一会儿，很快便中止而湮灭。学者常悲叹古代作家的逝去，尽管他们的人格已通过其作品存留。可是，如果现在能复活他们，我们只会发现他们不过是那个时代的格兰维尔、蒙塔古、斯特普尼、谢菲尔德[1]，好奇他们以什么痴迷或任性能引起人们的关注。

然而，不容否认的是，许多人已沉没、被遗忘，可把他们看作属于这个卑微阶层是不公正的。文学的各种名誉，似乎命定有衡量其耐久的各种尺度：有些因快速生长而变得茂盛，可很快就枯萎衰退；有些却慢慢地成长起来，长久而可持续。帕尔纳索斯高山[2]不仅有带着香气的鲜花、塔高的橡树，还有常绿的橄榄树。

在一些作家中，他们利用目前故事和人物的优势，设法以强烈情绪的兴趣，引起人们的普遍关注。他们的名誉在短期内被炫耀耗尽，不再充满光辉。当我们讨论每个人都想急于了解的问题时，这些在每个聚会中争论的问题，已把国家划分成不同党派，或者当我们展示其错误或美德时，他的公开行为几乎让每个人成为他的敌人或朋友，这些要获得读者关注并不困难。要迅速把这些在利益的动机和虚荣中产生的作品流传出去，在争鸣中扩充他的知识，狂热者鼓舞他的热情，每个人都渴望得到报道，关注那些充满热情激动的各种事物。

几乎不难想象，党派的热情通过多少利益上的顺从被分散，大众一时容易被每个渴望颂扬的名人影响。无论是谁，在任何时候趁机用称赞或责备的口吻提到他，无论是谁，对他的任何追随

---

1. 几位 17—18 世纪的英国诗人。
2. 希腊德尔菲北部高山，希腊神话中阿波罗和缪斯的住处。

者是爱是恨，如果他希望证实自己的看法，加强他的党派，都会勤奋地读每份报纸，希望从中得到和自己一样的情绪。不管一个题目本身多微小，如果能放到眼前，自会聚集所有目光；无论一个合约的交易量有多小，当它的表现立即受到我们的关注，就会变得重要。读过任何一本过去统治时期政治小册子的人都会惊奇，它们为何会被如此急切地阅读，如此大声地称赞。许多作品本有力量煽动派系斗争，用混乱来填补国家空虚，现在却对冰冷的批评家几乎没有任何影响。时间到来时，后来雇佣者写出的作品，只能被鄙视，无声地放在一边。在一定程度上，那些写当代题目的作家，最能一开始就提升他们的价值，其后才被压在底层。那些最灿烂文雅的措辞、最技巧微妙的理性，也不能希望得到那些人的多少尊重，因为他们不再被好奇或自豪激起这些尊敬。

确实，这些争论的命运就是很快便被搁置和轻视，即使他们辩论的是哲学或神学的真实。双方问题被决定，便无更多怀疑和反对的空间，又或者，人类对理解它感到绝望，变得厌倦动乱，满意于自己沉默的无知，拒绝被那些作品困扰，因为他们的作品根本没有用知识来补偿的希望。

新出现的作家，确实期待自己在成为著作得到认可的人中的一员，然而，一种学说被普遍接受后，遮掩了那些发表意见的书籍，这件事经常发生。当任何思想作为不受争议的原则被普遍接受和采用时，我们很少回头看它最早提出并引发的争议，也不能忍受演绎的乏味、证据的繁多。借此作者被强迫与它的偏见调和，在以新奇反对固执和羡慕的微弱声中巩固它。

众所周知，我们的哲学有不少是从波义耳对空气质量定律的发现中来的。那些现在接受或扩展其理论的人，很少有人去读他实验的细节报告。他的名字确实受到尊重,可他的作品被忽视。我们满足于知道他战胜了其对手,便不再去探究那些人会有什么痴心妄想要反对他,或者出于什么证据驳斥他。

有些作家让自己的学习无边无际和丰富多彩,如同进行自然哲学的实验一样。在持续的写作中,如同要进行新的征途,当以前的观察变得更熟悉,他们总会患得患失。其他作家耗费他们的生命去评论语言或解释古物,仅是提供材料给词典编纂家和评论者,这些人本身也被后来的收藏者压倒,同样地以放大、移调和精简的方式泯灭了他们先驱者的记忆。每个新出现的自然体系,自会产生一大批解释者。他们的任务是解释和说明这个保留创建者名誉的体系。毕竟,谁不希望比这个创建者能更长久地存在呢?

确实存在少数作品,作家可以希望从这些作品中获得一个持久的名声,无论是靠学问还是凭巧思。他小心地研究人性,很好地叙述描写,有更多的理由去实现他的雄心。在他所有自诩为后代的尊敬中,培根似乎能让自己满意的主要是他的散文,"这些给予男人职责和胸襟",正因如此,他宣称他的期待会"如书那样久远存在"。然而,尽管很少炫耀,这也会让一个有用的诚实和仁慈的心灵感到满意。尽管不抱很大希望得到较高的奖励,他也应有更多希望获得称赞,以便履行上天赋予他的责任。

漫步者

1751 年 4 月 16 日
第 113 期

论婚姻（四）

> 如你一样冷静的人，改变了自己的生活！
> 与妻子在一起，你还会有什么狂怒？
> ——尤维纳利斯

漫步者先生：

我不知道，总是以蔑视的态度对待批评和指责，是不是一种无知的表现。我们因尊重人类的智慧而得益很多，同样，我们恰当地希望，我们关于自我价值的看法能被其他人认可。由于悔恨和丧失名誉会以同样的效果影响聪明人，使人们不能看透那些超出外部的现象。由于这类影响通常靠例证而非概念，因此，我们有义务驳斥那些捏造的指责，避免我们鼓励一种自己从未犯过的罪恶。当然，以自负的沉默回避责备，同样是在他的能力之下。他可面对丑恶而更坚强，因为无辜而更精神振作。贺拉斯有意建立的理性铜墙，有时却被轻率或权力所把持，人为地被加高。人们总是希望用充满感激的方式尊重美德，保持它的荣耀，而这靠野蛮是无法做到的。

因为上述理由，我决定不再持着耐心或郁闷不乐的顺从态度，去忍受在我看来至少是对我的不公正的批评。我愿诚实地把我的情况摆在你面前，让你和你的读者做出最后的判断。

当你听到一半的女人世界把我当作敌人时，不知你能否保持你自诩的不偏不倚。尽管你能想象自己因年龄、学问、思维或美德而被赋予一种尊敬，但你必定会为这怀疑而原谅我。漫步者先生，你知道，美丽经常比集体的决定和智慧的理性更有力量：它让固执变得敏感，它使严厉受抑制而变得温柔。

在那些不幸福的人中，我被指责是个玩弄许多女性的丈夫，上百次地故意让婚姻濒于破裂。其实，我总是经常公开讨论所有关于婚姻的内容，一再重复地填表，让妻子确认她应得到的遗产继承权，保证供给她一笔小钱，为年幼的孩子提供生活保障。可是，我最终因基本同意永久独居而倒霉，因不可撤销的契约而被排除了所有婚姻幸福的希望。我被每个母亲当面斥责，说我是个见面就该骂的人。要是我能给人希望，只是使失望的人更加痛苦；要是我求爱，只是勾引女孩，浪费少女的青春，而这些人本来很有可能通过良好的婚姻而成为主妇和母亲。

当我告诉你下面的情况，我希望你会认为，应该公平地对待关于我的一些严厉责备并给予宽恕。我向每个女人求爱，总是抱着结婚的真诚目的。我的爱如果发生了变化，我不会继续哪怕一个小时的亲密无间的往来。离开她时，我会使她不会有突如其来的震惊或者受到蔑视的耻辱。我总是尽力给打算抛弃我的女人一个机会：除非我发现她与别人有不正常的关系，或者她思想堕落，我绝不会只为一大笔财产或者漂亮的女人就离开自己的爱人；除非她惹怒了我，否则我是不会迷上其他女人的。

很多年轻人为了恋爱浪费时间和金钱，我很早就厌恶了这类持续不断的娱乐活动。我希望得到宁静的家庭幸福，从未因为有丰富的遗产而炫耀自己。年轻人自然无忧无虑，精神焕发，热情饱满。因此，在这欢快的青春中，说说我第一次热恋的叹息。我爱上了光彩照人和充满活力的费罗尔。我想象碰到了一个让我永远幸福的源泉，她有层出不穷的智慧，有从不抑郁的精神。我以敬佩的眼神看着她：她处事随和，蔑视困难，重视承诺，及时应对。我考虑到她被一些自然的天赋豁免了女人应有的怯弱和胆小，并庆幸自己有这样一个伴侣，她在所有常见的困难和尴尬的状况面前都表现出色。确实，我也为她不妥协地坚持要求不合理的条件心感不安，可要不是一次偶然机会，我还是为与她能在一起度过一生感到满足的。由于好奇，我挤进了大街拥挤的人群中。我看到，费罗尔当着上百人的面，与一个会长为六个便士争吵不休。我看她几乎不需要任何帮助，即使这些帮助是为了避免冲突，也并不违背骑士精神。我还是忍住了自己因为认识她而产生的羞愧。在我们下次约会时，我忘了遵守某些礼节，马上激怒了她，从此她再也不让我和她见面。

我下一个追求对象，是一个在学问和哲学方面颇有造诣的女子。我常注意到，夫妻间的谈话有时是枯燥和单调的。因此，当我从众多拥有财富和美貌的人中挑选了会读书的米索时，我还特别想到自己的谨慎，佩服自己真有眼光。她声称自己是无知傲慢和轻浮幼稚的无情的敌人。除了语言学者、几何学者、天文学家或诗人，她从不屈尊为人倒一杯茶。高贵的亚马逊女王也只是在一次战斗中因为败给了征服她的英雄才跟从了英雄。米索心里只钦佩那些在争论中能强过她的学者。在最狂喜的求爱时期，她因为一些专业术语而求助；她用蔑视的态度对待每一个争论，即使鄙视，也还是没忘加强她那惯用的逻辑三段论法。你能很容易想象，我多么希望早日结束这种求爱。可当我希望她减少我的烦恼，确定我新的愉快日子时，结果是我们有了一次长时间的谈话。在谈话中，她竭力要向我证明，归属的选择和自我的定位对任何人来说都是荒唐的。不难看出，我承诺和她手挽手在一起生活该是多么危险，因为她命定的信仰，她在任何时候都会误解一个爱情的表现或求情的呼唤，或者她会考虑通奸在一般制度下的合理性，把它与维持长期婚姻成功的原因联系在一起。我因此告诉她，是命运让我们分手，除了这个无法逃避的魔爪，什么也不能把我与她分开。

之后，我又向莎菲求爱，她冷静、谨慎和俭朴。这是一位认为智慧很危险、知识很多余的小姐。我想到这个女人：她把家里打理得干干净净，把账目记得准确无误；保留付账的每一张收据，需要时马上就能找到；她耐心询问房客的需求；每周看一次股市行情；到高级商场购买每件物品；她从不缺少聪明人得到幸福的必要技巧。她极为严肃地谈起管理家庭需要的警惕和小心，时刻注意有什么东西被信任的仆人损坏。她对我说，她只信赖坚固的铁箱，从不相信诚实，最好的保管员是家庭主妇的一双眼睛。她说出许多诸如此类的慷慨警言，使她每天管理仆人的计划有所改进，并以此消磨她的时间。我确信，和她在一起，我可能要忍受她给我的许多痛苦，可我绝不会贫穷。于是，我们根据她"公平和谐"的原则，着手调整我们的婚姻协议。可是，有一天早上，她的仆人菲利达流着泪来见我，让我帮忙求得女主人的宽恕。她在夜里赶走仆人，只因为仆人折断了那把玳瑁梳子上的六根齿。

仆人是从远方一个省来照顾她的主人的，住的时间短，没挣很多钱，若被流放在陌生的人群里会极度贫困。尽管她出生在一个好家庭，可在大街上，她随时都有死亡的危险，或者因为饥饿被迫去做妓女，我毫不犹豫地答应帮助她。可我刚一开口，莎菲便神气地回答，要求我接受这个惩罚，称如果因为她真的忽视了职责，我才可以去质疑她忽视了我的意见。这把梳子在她看来值三个半克朗，也没有仆人会犯第二次错。她只是要趁着这最佳时机把菲利达赶走，因为尽管那仆人诚实，可身体不好，她觉得仆人很容易生大病。我已不需要告诉你，我们的谈话会有什么结果了。在这种情况下，我要是忘了平时的文明礼貌，你也应原谅我。

还有两位小姐，因为我发现她们同时彼此讨我的竞争对手的喜欢，充分利用我们之间比较自由的协议，做出有利于她们的选择，所以我离开了她们。另外一个小姐，我想我有理由不再和她交往，因为她贿赂我的法官，以便支持她讨价还价。还有一位听说我家庭里大多数人都年轻早死，我怎么也劝不了她柔软仁慈的心肠。另外一位因为盼望增加她的财富，她把她妹妹说成是萎靡不振和消费奢侈的女人。

我将在另一封信中继续谈我未说完的恋爱故事。如果不表达出我希望的爱应有的崇高价值，我肯定会伤害女性美德的庄严。

你的许墨奈俄斯[1]

---

1. 许墨奈俄斯（Hymenaeus），婚礼之神，酒神狄奥尼索斯与爱情女神阿佛洛狄忒之子。

漫步者

1751 年 4 月 20 日
第 114 期

论死刑

> 当一个人的生命有争议时，
> 法官不能有太长时间来仔细研究。
> ——尤维纳利斯

"权力"和"优越感"会让人着迷于奉承，使人得意。它们充满诱惑，暴露危险，让任何美德都变得如此小心，任何谨慎都显得如此胆怯，以至于绝不可能拒绝它们。尽管那些因享有法律权利而受到尊重的人，乐于表明这些并不可怕，可他们还是要审慎地规范自己的行为。这被认为是顺从而不是服从的问题。人们常常忽视那些自己不愿跨越的边界。如一位罗马讽刺家所说，他没有杀害别人之后再为手中有杀人的权力感到自豪的打算。

持同样的原则，有人倾向于堕落和腐败，渴望用"恐怖"去干扰合法的权威，用暴力而不是劝导的方式治理国家。"傲慢者"不愿相信除了他自己的愿望外还需要其他理由，他宁可用暴力和处罚来维持最为公正的申诉，也不愿让自己从一个掌握争议和劝诫的权力而带来的有尊严的位子上退下来。

我认为，很值得怀疑的是，这种政治的傲慢有时已找到进入立法议会的门路，与财产和生命的审议纠缠在一起。稍微认真地读一读这些以公正的名义建立在报复和武力措施上的法律，人们会发现，在定罪与判罚之间有许多不合理的地方。如任意地判决一项罪行，混淆玩忽职守和严重破坏的区别，以致人们简直难以相信，这些法律是依靠公众智慧制定的，这些法律是在真诚和理智地关注大众的幸福的。

博学、明智和虔诚的布尔哈夫[1]说过，他每看到一个罪犯被判死刑，总是要问自己："天知道这个人犯的罪是否比我的还轻？"有一天，当这个城里的罪犯都被清除埋入地下时，每个目睹这恐惧场面的人，都应在心里问问自己同样的问题。去围观这合法大屠杀的上千人中，面对人类这最丑陋的不幸场面，有的无动于衷，有的热烈高呼，可归来时，他们中几乎很少有人的心里没有恐惧和沮丧。因为，谁能庆幸自己度过的一生中，没有做过比偷钱更有害生活安宁和社会繁荣的其他事呢？

对那些特别猖獗的抢劫犯，用死刑来尽力压制他们，一直都是很普遍的做法。这样一来，一个时期的犯罪分子通常是被消灭了，他们的后继者被恐惧惊吓而采取新的对策。偷盗这门艺术，有各种备受争议的诡计，有可区分的高度灵活性，有隐蔽的传递方式。为平息人们愤怒的情绪，法律重新被制定，再次用死刑来镇压他们。通过这种做法，死刑的惩罚增加，罪行的严重程度各不相同，但同样受到人类有能力对人实施的最严厉的惩罚。

立法者无疑应考虑一个罪行的危害性，不仅是由这个个案导

---

1. 布尔哈夫（Boerhaave，1668—1738），荷兰医生。

致的损失和痛苦，而且应衡量惧怕它的危害和财产的不安全所引起的普遍的恐慌和忧虑：他要行使一种由每个生命构成又支配他们的社会权力，不仅仅是为了惩罚罪犯，还要维持秩序和保持安宁；在发生最具暴力的危险时，他用最严厉的方式实施法律，如同卫戍部队的司令员，下令在受敌人进攻威胁的边境加强兵力。

这类严刑峻法一直都在使用，可收效甚微，以致怨恨和暴力随时都在增加，可是很少有人愿意抛去这种刑罚有效性的念头。在如何解决当下人性堕落的思考中，有些人建议采用更可怕、更缓慢和更恐怖的处罚方式，有些人倾向于在时间上加快执行死刑，有些人反对宽恕。所有人都似乎认定，慈悲会纵容罪犯，我们只能用固执的严厉和"残暴的正义"才能从强盗的魔爪下得到解救。

然而，由于制定不确定和武断判决生命的法律一直引起争议，由于过去的经历带给人们改革的希望微乎其微，而任何改革都会导致人类同胞周期性大浩劫，因此，考虑一下在实施宽松法律后，采取更合理和更公平的处罚罪犯的方式会带来什么直接效果，也许并非毫无用处。

死亡，如同一个古代哲人所说，"在所有可怕的事中，它是最令人恐惧的"。人间的权力对这个死亡之罪再也没有任何威胁，或者说人们再也不必害怕来自这些人的敌意和报复。因此，这死亡的恐惧应保留作为最后求助的权利。只有在用了最强硬和最有效的制裁措施，人们还是不能阻止无法避免的侵犯后，才能让宝贵的生命结束。把谋杀与抢劫等同对待，是把谋杀罪减轻到抢劫罪，是在一般思想上混淆了不公正的等级，是刺激犯大罪来阻止发现较轻的罪恶。如果仅是谋杀犯被处以死刑，那么，极少的抢劫犯会让自己的双手沾上鲜血。可是，当新的危险不存在，安全也能得到很大的保证时，采取这最后的残酷手段，我们根据什么原则要求罪犯约束自己呢？

有人对一般抢劫犯的判决较轻有争议。这恰好表明，我们的法律只依据我们自己的看法是不合理的。据观察，除谋杀犯外，所有犯人在他们最后临刑时刻，人们确实都普遍对其有同情感而为其祈求怜悯。

从对冒犯者不公正的判决到执行死刑的过程中，人们经常恳求宽恕。有人见一个窃贼受到惩罚而高兴，可一旦想到要处死他却又感到十分震惊。此时，罪犯的痛苦与其所犯的罪恶相比，已不再有什么意义了。人们反而对犯人激起怜悯之心，严厉惩罚本身便失效了。

绞刑台确实杀死了一些扰乱公众秩序的人，可是，他们的死对他们同伙的改造，比起其他隔离的方法，似乎没起到多大作用。盗贼很少把时间用于回忆过去和预测未来上，仅是草率地从抢劫到暴乱，或者从暴乱到抢劫，即使面对同伙走近坟场后，他们除了再觅新伙伴外，也不会关心其他任何事。

死刑处罚的频繁使用，除了通常能让恶行不容易被发现外，几乎不能阻止任何犯罪活动。如果我们仅根据谨慎的原则来处理问题，那么这也就是应避免死刑的主要理由。不论诡辩家或政治家如何提倡，人类中的大多数人，由于他们从不认为一个偷窃钱包的人与一个刺穿别人心脏的人犯有同等的罪恶，他们也就根本不相信，两个如此不同罪行的犯罪分子被判以同样的处罚是公正的。他们也不认为，把自己的良心交给人定的法律时，有必要表白得如此直接，陈述得如此清晰，或者许诺得如此慷慨。除了虔诚、爱心和公正外，人们总是对要保持与政体在一个法案上的一致性表示疑虑，因为他们个人的意见在法案中是不被承认的。

　　有些人不知道，严格的法律经常会导致完全免除惩罚的结果；有些人不知道，只是因为害怕就把犯罪分子匆忙赶到一个并不会使人悔改的地方，结果有多少犯罪行为会因此被隐瞒和遗忘。可以说，这些人几乎不了解人类。无论被给予什么责备或蔑视的称号，那些把残酷与依法处死混淆起来的人，都会抱有同情心。我不知道，明智者是否希望这个同情心力量削弱，或这个怜悯心的范围缩小。

　　那些被我们智慧的法律已判为死刑的人，如果他们抢劫的苗头能早被发现，他们在适当的纪律和有用的劳动中便可以去掉他们的恶习，也可以避开后来犯罪的诱惑，在弥补过失和悔罪中度过他们的一生。假如检举人确定，犯罪者所有行为都能被一一发现，那就应把他们的生命保留下来。我相信，每个贼都会承认，他不止被抓、被放过一次。他有时还敢冒被判死罪的危险，因为他知道，那些受到伤害的人，宁可默许他逃生，也不愿让他被处死的恐怖笼罩自己的灵魂。

　　所有制止罪犯的法律，除非有人告发，有人被判决，否则都不会有效。直到对仅仅盗窃了别人财物的人的处罚给予减轻后，告发才不会一直被人憎恨，执法也不会一直令人恐惧。一个心地善良人的"心"，想到对一个轻微伤人的罪行判以死刑，会恐惧畏缩，尤其他想到，这个贼也许在别的杀人案中本可以"安全"脱身，他却靠残存的美德制止了自己去杀人。

　　人们协助执行公众正义的责任感，确实很强烈，可是，这种责任感应被怜悯生命的情感所替代。很少会有人注意到，严厉处罚与我们让人充分悔改的观念是多么背道而驰。大多数人在他们未被判死刑前，将要承受一个接一个犯罪活动的痛苦，因为如果他们很快就被处死，这些罪犯只需要忍受死亡之痛苦而未得到应有的惩罚。

这个主张宽松法律和以仁慈消除罪恶的计划，是如此背离目前普遍的做法。它要是仅仅得到我个人观察的支持，把它公布出来，我还真有理由感到害怕。因此，我应把这些看法归功于托马斯·莫尔[1]爵士。我会尽力引起人们对这件事的重视。我希望，在这个方面保持谨慎、公正和仁慈会产生益处。

---

1. 托马斯·莫尔（Thomas More, 1478—1535），1516 年发表著作《乌托邦》，主张废除严刑峻法，以消除贫困来减少犯罪行为。

漫步者	
1751年5月14日 第121期	**文学的模仿**

> 在路上，模仿者如同卑微顺从的羊群！
>
> ——贺拉斯

一封大学的来信中说，在年轻人中有一批崇尚理性的人：他们一会儿云集于理性，要学习哲学；一会儿又追逐美学，要聆听挽歌和十四行诗。许多人不是尽力通过书本和思考形成自己的观念，而是满足于在咖啡馆长椅上轻易便可得到的二手材料。他们对那些因成就或幸运变得有名有势的人服服帖帖，没有任何思考或不加区别就轻易接受其偶尔发表的批评和评论。

这些卑贱的知识"零售者"，我的来信人蔑视地称其为"应声虫"。他似乎希望这些人应为自己屈服于懒惰而感到羞愧，认为他们应该鼓励自己尝试新的发现，获得原创的观念。

对年轻人来说，他们热情奔放，冷嘲热讽和苛刻待人是很自然的。因为他们很少能立即理解一个立场所引发的全部后果，或者，他们很少能理解一些困难——这些困难即使对那些比较冷静和更有经验的理性者来说也会让他们失去自信。因此，年轻人都会在非常急躁的情况下做出自己的判断。年轻人看不到任何黑暗面或令人尴尬的疑虑，只想自己的观念能受到普遍的欢迎。他们倾向于把自己的不稳定和犹豫不决归咎于缺少真诚，而不是知识的贫乏。也许我这位年轻活跃的通信人，在知道我没有打算用严厉态度去批评那些得到偶然知识的人之后，要对我横加指责。然而，尽管我的年纪大，难以承受草率责备的痛苦，我还是不畏惧地要保护这些人。我认为，这些对他们的指责没有充分了解其原因。

一个人接受他人的思想并有理由认为这个人比自己聪明，这是无可非议的。只有当他声称的荣誉本属于他人而不属于自己，并竭力欺世盗名时，我们才应该加以指责。因为学习是年轻人的正当业务。无论读书或谈话，只要能增加我们的知识，我们就要同样感谢这些外来的帮助。

绝大多数的学生，生来并没有建立体系的能力，或者说具有先进的知识，他们也没有任何希望超越其他人。他们在艺术学院只不过是一个聪明的听众，能够理解他人的发现或记住所教过的知识。即使上帝赋予有些人极大的理解能力，他也只能期待在某个学科上有所建树。在别的科学领域，他必须满足于听从一些自己无法去检验的观点。即使在他声称特别擅长的领域，他也不过是对从古代发展过来并经过上千人集体智慧形成的这一传承的知识宝库，增加一些微薄的贡献而已。

科学领域有自身固定和有限的范围。它没有如销售市场的新方法和插图的新艺术那样变化多样，它有必要跟随前人的脚步走，这是无可争辩的事实。可是，要求想象的艺术也如科学一样受到限制，显然是没有道理的。可以设想，那些要放弃狭窄求真道路的人，每个人都会偏向不同的方向，如直线尽管是单一和固定的，使它成斜线后必能导致多样化。科学的道路相当狭窄，因此按这条路线行走的人，必须跟随他人，或彼此相遇。可是，虚构的王国可建立在那些无边际的可能性领域里。那里确实有成千条道路尚未开通，上万朵鲜花等待采摘，有无数清泉取之不尽，还有被想象却没有被观察到的综合景观，以及迄今还没有被描述过的理想居民的群体生活。

可是，无论追求什么希望，或者表明什么理由，很少有人能自诩他们的经验给古代传奇增添了新的东西。特洛伊战争和尤利西斯漫游，为后来几乎所有的诗人提供了故事、个性和情感。罗马人虽做了些尝试，也不过是用他们自己的语言来反映希腊人的创造。在他们所有的写作中，有一个永远重复出现的暗示，作者们会经常承认，写这些神话时代的传奇，需要那种让人愉快的新颖能力。我们不必惊讶，当我们认为他们很少有让自己去寻找新思想"内容"时，他们已在言语文雅"形式"方面表现得相当出色。

"伟大的曼图亚诗人"[1]的热烈崇拜者，所赞美的也不过是他表现出的一些技巧——他让英雄主角集旅行者和武士于一身，把《伊利亚特》和《奥德赛》的美汇合在一部作品里。然而，他也许有时因为过于贪恋荷马的财富而失去自己的判断能力，如同惧怕承受失去一个宝物的痛苦，他把闪亮的修饰物写进了一个不可能展现其原始耀眼光彩的地方。

当尤利西斯访问阴间时，他在特洛伊死去的英雄中发现了自己的对手大埃阿斯。当阿喀琉斯的武器被判给尤利西斯后，大埃

---

1. 指维吉尔。

阿斯在歇斯底里的失望中自杀。如同在人间，他一直表现出对自己失败和耻辱的不满。尽管尤利西斯尽力用赞扬和顺从来安慰他，可大埃阿斯什么也没说，一走了之。这段描写被认为是最具魅力的文字。因为大埃阿斯是个傲慢的将军，有着不可震撼的勇气和不可动摇的坚定，可他没有用雄辩炫耀自己美德的能力，或者说，除了用剑，他不能用其他方法来施展雄辩能力。除了郁郁寡欢，咬牙切齿，他没有其他发泄愤怒的方式。他恨这个人，只承认斗不过此人那流利的口舌，因此，只能以一走了之的沉默来表示其蔑视和痛恨，而这样处理，要比任何一个诡辩家能为他找到粗暴的语言更自然，也正因此，他拒绝了给对手施展其能言善辩这个唯一优势的机会。

当维吉尔把埃涅阿斯送到阴间，埃涅阿斯见到迦太基的女王狄多。因为他的背叛，女王匆忙走向了坟墓。他本着好心和请求原谅的态度要和她谈话，可女王不理睬他，也像大埃阿斯那样以沉默鄙视他。虽然她像大埃阿斯那样离去，可她并不具有大埃阿斯那样的个性，能保持一种高尚和恰当的沉默。她应本着自己个性的行为原则，如同其他受到伤害的女人那样，大声怒吼，埋怨责怪和强烈谴责埃涅阿斯的无情无义。可由于维吉尔心目中已有一个完整的大埃阿斯形象，他无法让自己在表现狄多女王时有其他愤怒不满的方式。

如果维吉尔都无法摆脱模仿的诱惑，那么有着普通才智的人，就几乎没有希望能逃脱效仿的套路。因此，我们发现，除了普遍和公开地照搬古人的做法，在每个时代都有一种特殊的虚构作品占上风。在一个时代，所有的真实都用寓言表达；而在另一个时代，只有视觉的艺术。在一个时期，所有诗人都跟着"羊"走，每件事都可以产生田园诗；在另一个时期，他们又全都忙于成为画家的引路人[1]。

我们确实不难了解，时尚为什么都会流行。在这种风气下，懒散者被人喜好，低能者被人帮助。然而，没有天赋的人会以重复述说读者已厌倦的传奇而特别炫耀自己。因为这些传奇，除了原创者外，没有什么人可以得到它的荣誉。

我认为，有两类写作观念，当代的勤劳智慧可以在这些写作中去发挥它们的能力。一是采纳有意味的押韵词。我们的语言能提供这些可以表现诗的叠句，尽管由于这些词只用在某种多愁善感的滑稽剧上，人们对其运用几乎没有更多讽刺性的谴责。二是模仿斯宾塞。在一些博学有天赋的人的影响下，这些模仿似乎能超越时代，因此它更值得关注和重视。

模仿斯宾塞的虚构和情绪不会招致责备，因为他的寓言体也许是最能愉快地启发人的一种表达手段。可是，我绝不会以同样的方式尊崇他的用词和韵律。在他的时代，他的风格是允许不纯洁的，所以会有晦涩的用词和怪异的句子，与日常用语大相径庭。我约翰生敢大胆地指责他的"写作没有语言"[2]。他的诗歌一眼看去很难理解，不能引起愉悦感。他诗歌的统一形式让人听起来耳烦；他诗歌的长度，让人看起来眼乏。他最开始靠模仿意大利诗歌取得成功，没有适当地去关注我们语言中的特别之处。意大利语的词尾很少有变化，所以迫使他们创造的诗歌能包容很多同韵的词语。而我们的词尾有太多的变化，这使我们不方便把两个

---

1. 指十七世纪的诗风，以沃勒、马维尔和夸尔斯等英国诗人为代表，诗歌一时成为"寓意画册"。
2. 此处约翰生借用本·琼森的说法来表达自己的看法。

以上同韵的词联系在一起。如果弥尔顿的观察是正确的,即"韵律迫使诗人用不恰当的术语表达自己的思想",那么,由于诗行的长度限制增加了韵律困难,这些"不恰当"总是会成倍地增加。

模仿斯宾塞的人,确实不会很苛刻地限制自己,因为他们似乎能断定,当他们用少数废弃无用词的音节损害诗行,使其变得生硬难读时,便已完成了创作构思。他们根本不去考虑,自己不仅要接受旧词,而且要避免新词。自斯宾塞时代以来,写入诗里的每一个新词都破坏了模仿的规则,如赫克托耳的个性,一经戏里引入亚里士多德的语言便被损害了。尽管捡拾古代的"遗珠"很容易使诗闪耀辉煌,可要让一首长诗排除所有现代的短语新词却是非常困难的。也许通过长时间的创作,斯宾塞的风格能被恰当地模仿,可是,比起仅是汇集我们祖先早已聪明地扔掉的东西,学习那些因为被遗忘而根本没有价值的东西,生活确实向我们的诗人提出了更高的要求。

漫步者	
1750 年 6 月 11 日 第 129 期	**需要进取精神**

> 现在，代达罗斯注视着命运的安排。
> 你强大的思想负有恰当的责任！
> 抵抗大地和海洋不可征服的障碍，
> 你拥有力量，你占有土地，米诺斯。
> 天空在开放，让我们努力到太空去。
> 伟大的朱庇特，请宽恕那些勇敢的进取心。
>
> ——奥维德

如其他作家一样，道德家没有把眼光放在宽广的现实世界上，尽力去形成实践的准则和新理论的启示，只是从书本上的二手知识中满足好奇心，只想到自己在对古代制度做出新的变更或者在对已确立的原则做出新的解释之后，理应值得人们的尊敬。然而，那些世界上最早教导人的寓智原则，从一个时代传到另一个时代几乎没有改变，可是，从一个作者到另一个作者的回应中，也许在每次的流转中都会失去其原有的影响力。

我不知道，是否有其他理由把模仿的懒惰确定为一种统一和持久的偏爱。在这种偏爱中,有些罪恶迄今还免于谴责,有些美德需要重新得到推崇。我也不能理解,为什么我们被要求警惕那些反对一部分的敌人,而其他敌人却被允许偷偷地袭击我们而没有引起注意;为什么我们的心,一边是加倍警觉,另一边却让错误发生,任罪恶横行。

在最热烈的道德雄辩中,讨论最多的话题要数"鲁莽大胆的失误"和"不自量力的愚蠢行为"。每个哲学家的每页纸上都列举着蛮勇的例子。蛮勇可以让人抛弃背上的负担,召唤敌人去战斗,自己却被消灭。

他们这类评论太过公正以至于难以争辩,太有益处以至于难以反对。然而,避免鲁莽却灌输胆小谨慎、故步自封的思想,同样有危害。因为在智慧受到冰冻的致命影响下,思想凝固在永恒的静止状态中,勇气和进取精神完全被压制。

每个人确实都应谨慎比较自己的能力与从事的工作。因为尽管我们不是为了自己的目的而生存,尽管我们不应仅仅为了自己面临不幸或耻辱就去回避危险或困难,然而,若能公正地评估自己的能力,我们也许会变得对人类更有用。因此,应恰当地向自己提出这样的要求,不要把生命浪费在不周全和无希望的计划里。

世间存在着对危险采取非理性蔑视的方式。如果它不是一种自杀的罪恶,也只能说十分接近自杀的愚蠢。在不切实际的计划里有些荒唐的固执,其必会受到公正处罚和谴责。可是在一个充满可能性的广大范围内,谨慎和选择有适当的空间,总会有与正直方向偏差的任何一边的余地,无须匆忙地与那些明显荒谬的偏移碰撞,这好比,根据自然的倾斜或概念的影响,"大胆"和"谨慎"可转移到不同的方向,不一定必然触碰"鲁莽"或"胆小"

的界限。

人家一致承认有可走的中间道路，因此，每个人都有责任去寻找和遵守这中间道路。可大家同样知道，这条中间道路是如此狭窄，不易找到。它几无行人足迹，没有确定的路标能够让人跟从。因此，要提醒那些替人找路的人注意，无论发现倾向于哪个角度，都应让他们走在安全的那边。

确实，蛮勇一般都会受到责备，无须引起惊讶。很少会有人受到蛮勇这个罪名的指控，而大多数人随时都对其谴责。蛮勇是心胸豪放、精力充沛、头脑发热、才智倾泻的罪行。因此，不会被温柔地对待。因为蛮勇从不以柔软和微弱的外表取悦人们，而温柔通常在安抚同情时才是必需的。可是，用同样的注意力去寻找证据，反对这些凡事都假设不可能的愚蠢和总是预期遭受挫败的心理，我不知道，在那些一直接受着混淆了谨慎和胆小的教育、绝不力求出色、以免万一不幸失败的人中，能否让许多人警醒而变得有用。

把自己的利益与其他人的利益区别开来是很有必要的。这种区别能帮助我们确定"警惕"和"冒险"的适当界限。如果卷入一个让许多人幸福或安全的事件中，我们肯定没有权利，超出那些愿意分担危险的人所许可的范围，去冒更大的风险。可是，除非我们能忍受失败，否则我们是不应把自己限制在如此狭窄的界限内的。当大多数人因成功得到好处，只有个别人因失败受到挫折时，必会有很少人去责备蛮勇。

人们一般都喜欢倾听训导，叫人安逸是最受人喜爱的。通常人类愚蠢的行为，即使在那些最明显嫉妒别人荣誉高于自己的人中，都不会引起愤怒和谴责。我们即便不情愿也要承认，那些虚荣的人会忽视自己的弱点，经常假设尝试自己绝不可能完成的使命。可是，同样要记住，那些很少忽视自己能力的人，也许能完成上千个因胆小和偏见限制他去尝试的计划。

毕达哥拉斯有一个金句："能力与危险如影随形。"当不再有任何怀疑和犹豫时，当胆怯被集中于危险的紧急关头时，或者当胆怯被不可抵挡的热情淹没时，人们会迅速地表现出急中生智的活跃思想。然后人们很快就会发现，困难是懒惰的"女儿"。在大多数情况下，这些似乎阻止我们前进的障碍只是幻影。我们之所以认为它是真的，是因为我们不敢走近并对它做认真的检查。我们知道，没有经验，是不可能知道需要多少毅力才能忍受痛苦的，或者需要多少坚持不懈的努力才能完成任务。

当技巧或勇气战胜了危难，不论在思考这些危难时会感到多么愉快，也很少有人会在被劝说后，去期待他们可以被需要或恐惧唤醒来证实自己的能力。每个人都应尽力用理性和反思来鼓励自己。在面临紧急关头的时候，冲动会迫使他变得勤奋，使他果断地运用自然赋予的潜在的能力。把力量简单地归于本能需要，是有失理性人类的尊严的，因为人们不应总是根据选择的要求做出行动，或者总是需要其他勤奋的动机而不是凭尽其责的愿望来行动。

对于那些考虑到现在的生活已超越了赤裸裸的、无纪律的、缺乏教养的自然状态的人来说，能驱除内心绝望的反思是必不可少的。无论便利或高雅的事有什么样的影响，在它们还不为人知时，要人相信是不可能的。因此，如果没有一些人比其他人更有进取心，敢于冲破偏见和蔑视责难，新事物就不会被尝试。人们也没有任何理由怀疑，同样的劳动必会得到同样的成功的奖励。

在自然界的产物中，有些品质尚未被发现；在艺术的力量里，有些组合有待去检验。我们每个人的责任是尽力通过自己的勤奋，去增加世代积累的知识和幸福。要增加很多，确实很少人能做到，可是，每个人都有希望做到增加一些。可以肯定地说，每一个最诚实的努力，不论成功与否，最终都会得到奖励。

漫步者

1751年6月29日
第134期

反对拖延

> 谁知天堂如果有无穷大的力量，
> 要把明日的光阴加入今日的时刻吗？
>
> ——贺拉斯

我昨天早上特意坐着，想象着各种题目，其中有一个应该可以作为今天的文章题目。在不能做出决定的短暂沉思后，我每个时刻都变得无法集中精神，我的想法从一开始就在犹豫。我希望能突然想到而非思考出任何确定的题目，直到最后，我从一个学习的梦中被出版的呼唤惊醒：时间迫近，我还一直忽视提出什么计划，尽管疑虑或迟缓，我现在却必须写了。

尽管作家的设想是细致和复杂的，他总是以每个生活场景的题目和自然的观察迁就自己，这不会加重他的任务，强迫他去接受一个突然的创作。然而，我无法克制要责备自己，我竟然长期忽视了那些必须要去做的事。这些每个时刻的懒散，增加了完成任务的难度。然而，在反思中总有些愉悦：我只不过是疏忽，知道有必要勤勉，我应鼓励自己做得更好。于是它们一直被忽视，直到勤勉徒劳无益。谁能因不进行什么活动或不下任何决心，就能恢复那失去的机会；又有谁为自己的粗心，谴责那些无助的灾难和贫困的悲伤呢？

允许拖延而知道最终不能逃出的这种愚蠢，是人类的一般弱点之一。尽管道德家的指示、理性的忠告在每个大脑里占有程度不同的优势，但即使是那些最稳定者，也难免屈从于它。即使拖延的热情不是最暴力的，却是最大胆的。它总能重新开始它的攻击，尽管常被征服，却从未毁灭。

确实，很自然地要关注时间的使用状况，以及时间近在咫尺时能给人留下的最强烈的印象。当有任何剧痛被承受后，或者任何可怕的危险要发生时，我们几乎无法免掉自己所有想象的诱惑。我们随时相信，另一天能带给我们一些想要的支持和优势；我们很容易就被劝说，这个我们渴望的必要时刻从不会到来，与我们尚有遥远的距离。

于是，生命在焦虑的忧郁中垂头丧气，生命力在第二天早上汇集后，就因决心涣散而耗费。它第二天懒散地安排一些没有什么希望能坚持的计划，以原谅和调剂我们的怯懦。当我们承认它时，我们就知道是荒谬的。我们的健康因继续沉思和每时每刻的痛苦而受损。每次我们顺从恐惧，都扩大了它的控制权。我们浪费了时间，在这个时间里我们害怕的邪恶，本可能已被我们承受和克服。不仅如此，即使在"拖延"并未完全增加我们的困难的情况下，我们也会因为习惯性的恐惧而无法战胜它。当邪恶无可避免时，理智的做法是设下期待的间隔期，去迎战错误。若我们逃逸，这些错误会战胜我们。我们承受的只是它们真正的恶意，不必有怀疑的冲突和预期的痛苦。

行动比承受来得更容易些。然而，我们每天看到生活的进步，却被"可见的惯性"所拖延，只是厌恶行动，而且发现大众抱怨什么也不缺少，只是出于懒散妨碍他们去欣赏。以坦塔罗斯为例子，即使他所受的惩罚颇为诗意，他怎么也应被怜悯，因为吊挂在他上面的水果永不能为他所及。可是，那些尽管也承受着坦塔罗斯的痛苦的人，却从不会为他们自己的解脱而抬起他们的手。这样的人，又能要求什么同情呢？

在麻木的一代人中，没有比诉苦和抱怨更经常被听到了。哭诉不安只是因为空虚和怀疑，这是他们暴露的感觉；抱怨苦恼，这是在自己的权利下能允许的。懒散通常与胆小联系在一起。两者的害怕，最初开始于思想被注入对成功的绝望而限制了自己的努力，或者，经常在踌躇不决的斗争中失败，经常渴望避免辛劳，这些在头脑中被虚假恐怖的某类等级所牢记。无论是自然出现的或是被迫的，当害怕一旦完全占据幻想后，人对灾难的看法就不会更勇武。如果他们不能靠有用的工作去平静自己，很快就会被恐惧所笼罩。所有人不仅被或多或少经历过的苦难所折磨，而且还被那些尚未存在的东西煎熬，这些只能被细致的洞察力发现。

在所有人中，那些以牺牲未来的优势迎合当下的人，能得到的东西必定很少，如同那些任自己困于懒散、慢慢僵硬的人一样。其他人的热情被或多或少的权力游戏满足而堕落。然而，忽视我们的责任，只是为了避免执行任务的劳动，而不知这类劳动成果总是会被准时奖励，那肯定会在微不足道的诱惑中沉沦。懒散从不能确保安静。理性和意识的召唤会穿过离懒人最近的亭子，尽管它没有力量驱赶他出来，但会以足够大的声音妨碍他酣睡。这些时刻，如果他不能下定决心让自己有用，从而致力于他们的伟大事业，那他自己处置问题的权利就会被侵占。悔恨和烦恼抓住权利，禁止他去享受那些他如此渴望得到的东西。

还有其他造成拖延的原因，是因为他有活跃的头脑和敏锐的洞察力。他追求许多同时出现的目标，会在不同的渴望中经常犹豫，直到对手排除他，或当新的吸引力占上风，困扰他无法进步时，才会改变他的进程。他看不同的道路有同样的目的，除非他认真检查自己的所作所为，他会放下太多可能性的比较，调整应急的手段，暂时停止选择他的道路，直到有些事阻止他的进程。他的穿透力能延伸到遥远的结果。无论什么时候，只要他把注意力放在设计上，他就会发现新的有利的前景和改进的可能，因此他不容易被劝说，觉得他的计划已成熟可行。但是，他可能会把一个计划加入另一个中，尽力集中各种目标到一个行动上，增加复杂性，使其精美，直到他在自己的计划中迷惑不解，在各种打算的困惑中进退两难。他决心在新购买物质的要求中，汇聚所有的有利信息，便必须浪费其生命在无目的的漫游中，从一个省到另一个省。他希望在同一个房间得到各种便利。他会写出计划，学习帕拉蒂奥[1]，可绝不会动手去砌一块砖石。他企图在一个重要问题上写篇论文，收集材料，征求专家作者的意见，研究所有专门和附属部分的知识，可绝不会肯定自己有写作的资格。他有能力构思完美，却又因无法拥有它而不容易满足。由于无法达到完美，在徒劳的希望和不可能取得优秀中，他会失去做到最好的机会。

这类人的生活状态肯定不会持久，比自然允许的可能更短。

---

1. 帕拉蒂奥（Palladio，1508—1580），意大利新古典主义建筑师。

因此，每个人都应该警醒，对自己渴望做的事采取行动。勤奋确实不能确保成功，死亡能阻止最快的速度，可是，若他在执行一个诚实的任务时被中止，他至少要有倒在他岗位上的荣耀——尽管错失胜利，他已为之战斗过。

漫步者	论一般知识的必要
1751年7月9日 第137期	

> 当恶习谴责愚昧时，
> 自会走到对立面的极端。
>
> ——贺拉斯

人们经常提到，惊讶是无知的结果。当我们有时间去了解事情的复杂性，调查因果关系时，那可怕的视而不见才会结束，思想伴随注意力延伸到最初看起来出乎意料的结果上。惊讶是理性的暂时停止，是思想过程的突然中断。只有当我们的知识确定在某些单一的观念上，它才结束。当人们恢复足够的精力去把物体分解成各个部分，或者，给最初的动机到后来的结果中间的过渡时期标上记号，惊讶也就结束了。

同样真实地说，无知通常是惊讶的结果。那些从不习惯让自己进行智力探索工作，而又不能靠克服困难激发自信的人，习惯于沉睡在安静阴暗的惊愕中，不做任何热情而努力的探索或驱散蒙昧，因为对他们来说无知是很正常的。那些他们不能立即理解的事情，是因为他们把它想得太高以致难以达到，想得太深以致难以理解。于是，他们便满足于愚蠢的现状，放弃尝试他们不抱希望的努力，把理性思考的愉悦交给更执着研究或更有活力的人。

在机械制造工艺品中，许多产品的外形已很不同于最初原材料的形式，许多构成部分被大量和巧妙地互相连接起来，因此，看到这些工艺不可能不引起人们的惊奇。可是，当我们进入加工厂，观察各种能被灵巧操作的工具，了解通过各种人参与的加工过程——人们彼此互相配合，使工序完美，我们很快就能发现，每个人只有一个很简单的任务。不管自然物的粗糙和人工的精美有多么大的差异，都能被有规律的连接引起的结果串联起来。在这工序中，每个人都被他前面的人引导，同时后面的人又跟随他。

脑力劳动和体力劳动也处于同样的状态。胆怯和没有经验的人，看一眼冗长的统计数字和复杂的图表就会感到可怕。如果有足够的技能，把它们分解为简单的规则，就会觉得这种害怕是毫无根据的。"区分和征服"是一种原则，它在科学上如同在策略上一样正确。复杂性是一种联合体。当事物继续处于联合体时，即使最活跃和最有生机的智者也对其困难束手无策。可是，当其每个成分都被分解后就变得虚弱，一旦联合体被拆开，困难很快就迎刃而解。

如洛克所说，学习的主要技巧在于每次少量地尝试。思想能达到的最宽阔视野是被经常重复的短途旅程构成的，正如最高级的科学结构是靠连续积累个别有待证明的定理构成的。

无论出于什么原因，那些理解能力杰出的人，经常败在工作的无耐心或担心失误上。那些有最多理由肯定自己能成功的人，是最不愿意去冒险的。这种自信的缺乏不仅因为注意力被好睡懒惰和沉溺欢乐干扰，还因为有困惑，如在匆忙中忽视了抓住时机，或者因为骄傲而不假思索，担心抱持的最初希望落空。有人认为，复杂的科学用偶然的一瞥就能看透，或者巨大的名声不经努力就能得到。这样的期待就好比在要求一个特权，一个否定其他人的权利。可是，如果持有这样的假定，勤奋难以解开迷津，坚持不能攀登高峰，那便是温顺地接受了"幻想的专制"，自愿地用链条拴住了自己的思想。

文学家通过发现和征服新的智力世界来扩大知识的领域，其雄心是适当的。要使这个任务获得成功，也许某种程度的幸运是必要的。因为没有人能许诺让自己成功，所以，在涉险未探索过的真实的深渊中，在试图找到一条穿过变化多端和互相矛盾的道路时，应该原谅有些人的怀疑和犹豫不决。可是，在追求的道路上已经有了人迹，脚下的障碍也已经被人清除，一切都现成的情况下，为什么还有人这样不相信自己的智力，还去想象自己没有足够的能力去尝试呢？

人们希望，那些奉献一生从事研究的人有敏锐的意识：没有什么事大到他们不能获知，也没有什么事件小到他们不应去关注。他们应同样扩大自己对科学和生活的注意力，把所获得的目前世界的一些知识与过去的时代及未来的事件联系在一起。

一个学者最受轻蔑和嘲笑的莫过于，他忽略和不知道的事，除他自己之外尽人皆知。那些受过教育并认为学校制度能给予人类最完美能力的人，会惊讶地看到，一些眉头紧皱刻苦读书的学者，他们恰在细微的礼节或在必要的日常交流方式上缺乏教育。人们若发现这种教育模式不能培养出高于一般人的能力，很快就会动摇他们对尊重的教育模式的信心。

培根说："书绝不能教人用书。"学生要从与人类交往中学习，以减少对实践的疑虑和达到把知识用于生活的目的。

对那些一直训练自己成为博学家的人，这是再普遍不过的现象了。他们把大部分时间花在学术研究上，仅仅为了得到学位荣誉，看不起其他职业。他们想当然地觉得人们甘愿对他们的知识表示敬意，聚集在他们身边接受教诲。因此，当他们从个人的书斋走出来，进入开放的世界后，他们有着所有权威的自信和高尚的荣耀，立即以蔑视和嘲笑的态度看待周围的人，但这些人同样不认识他们，同样轻视他们。可是，如果他们想要在这些人中度过愉快的时光，他们必须模仿这些人的方式，顺从他们的观念。

学者们为了减轻世人的轻视，应倾向于面向大众生活的世界，不再坚持他们卑躬屈膝学来而在任何关于人生观的体系里都找不到的知识。对他们来说，有必要想想，尽管深奥的研究和细微的发现能激起赞美，可他们得不到愉悦，也得不到友爱的安慰，只能靠比较温和的态度，他们才能更容易与周围人交流。一些人只是交流问题，而这些问题只有一小部分人有足够的兴趣和知识去了解，那他必定会在毫无社交的沉默中浪费自己的时间，生活在没人陪伴的群体中。那些本应在大事件中发挥作用的人，至死也没有发挥自己的能力，如同一个站立在周围却无所作为的旁观者，面对上千个不幸的烦恼束手无策，而要解决这些问题只需要采取一点灵活的办法和现成的权宜之计就能做到。

人们无论获得什么程度的知识，都不能使自己缺少随时便有的帮助，也不能使自己熄灭对温柔的感情和殷勤的慈爱的渴望。因此，任何人都不应该认为，我们没有必要去学习那些能增进友谊的交流技巧。仁慈在经常互相交换的好处中或在交换的乐趣中才能得以保持。然而这种好处，只有当其他人有能力接受时才能给予；这种乐趣，只有当其他人有资格欣赏时才能传授。

没有什么荣誉会因从学问和技艺的高峰走下来而丧失，因为谦虚的学习总是会被感激得到更多的补偿。一个高尚的天才做小事，借用朗吉努斯的明喻，就像在黄昏时渐渐西落的太阳——它失去了炙热的壮观却保留了晚霞的光彩，尽管它不那么耀眼，却更加温馨愉快。

漫步者

1751 年 7 月 27 日
第 142 期

乡村的暴君

> 伟大的牧羊人看管着他的羊群,
> 涉足遥远而安静孤独的地区。
> 可怕的阴影笼罩着凉棚,
> 他心中充满阴郁的忧伤。
> 这个巨大的形体!
> 不论身材或脸庞,
> 都很不像人。
>
> ——荷马

漫步者先生:

我退休后习惯了每年都离开城镇,最近接受了尤金尼的邀请到他家做客。他在偏远的地区有房产和别墅。为了避免旅途乏味单调,我们常绕开笔直的大路,以能看到自然和艺术景观使自己愉悦。我们检验每座野山和有治病作用的温泉;查看每座城堡,思考它的毁灭;把每个战斗的场景与历史学家的叙述做比较。由于采取这种连续不断的娱乐方式,我们为旅途见闻感到愉快,既没有疲劳的感觉,也没有任何后悔。这个过程中的一切都那么轻松和平静。我们有错过驿站轻马车的冒险,有因吵闹惊动村镇人的喜悦,还有以忙碌的身份来掩饰我们微贱地位的欢快。

到达尤金尼家之后的第一周,我们几乎在接待他左邻右舍的来访中度过。这些邻居友善热情地围住尤金尼,有人急于想知道法庭和城镇里发生的事情,因为有了这些真实的情报,在第二天的保龄球日,他们便有资格对那些农村政治家做宣传。有人希望借用他的兴趣来赢得争论,或者听他的劝告来解决财产的纷争和他们孩子的婚姻大事。

我们接受的文明礼遇,很快就得到了回报。我很满意自己在乡村漫游度过的这些时光,看看周围的别墅和遍布在各处的花园和植物。如果我能被允许单独漫步在公园或郊外,一定会更加愉快,可作为尤金尼的朋友来说,有些不能随心所欲的拘束是一种荣耀。每一个人对我的关心都是如此热情,以致我几乎无法离开人群,或者很少能偷出空闲,回避他们争先恐后的殷勤,或接受他们过分打量的怀疑目光。

在经过这些好邻居家的散步过程中,我们常路过一个不寻常的大别墅。我虽好奇,却被其他不同的新奇景观所迷惑,因此,它并没有吸引我做认真的观察。然而,没过多久,我还是无法抑制自己,以特别的注意力对它做了观察。有一个延伸的墙把花园围了起来,它被如波浪纹一样的树荫覆盖。从我们的窗口透过树林闪出的一缕光线,可看到一条小运河。这给了我更充分的理由期待,这应比我在这个地区所见的景色更加壮观和美丽。因此,当我们骑马经过它时,我问主人,对这个一看就雄伟和富裕的地方,我们为什么在漫游中从不花一个小时去看看。尤金尼告诉我,我如此景仰的这个乡村别墅，本地人通常叫它"闹鬼房"，没有任何一个我见过的绅士去参观过它。由于闹鬼，房子已经被遗弃荒废了。我很容易就做出判断，一定有什么事被隐瞒着。我告诉他，我猜里面不过是些小仙女，我们白天冒险闯入，应该不会有危险的。他说，危险确实只会出现在想接近的这个人身边。如果要谈起来，不可能不谈此人的丑行。此人处处表现出傲慢和狠毒，赶走过他和每个不依赖其生活的人。

我们的谈话偶然中断，可我的好奇现在变得更强烈。要是不能全面了解这个新发现的怪事，心里确实无法平静。很快就有人告诉我，这座豪华别墅和宽敞花园，受到乡绅布拉斯特的魂灵干扰。由于没人在意他，他也没有足够的能力去阻止村民讲他们的任何发现，这位乡绅的个性很容易就被人知道了。

乡绅布拉斯特是一个古老家族的后代。祖先从远古时代就拥有这处地产，到布拉斯特船长时，土地面积扩大。布拉斯特船长在伊丽莎白时代，在德雷克[1]手下做事。布拉斯特家族开始时微不足道，后来经常作为所在地区的代理人出席议会，被选为发言人，为狩猎比赛和赛马比赛制订过规则。他们从前非常好客，受人欢迎，直到他们的父亲在一次选举中死去。他们的母亲在丈夫死后不久也离开他们，留下当时只有十岁的继承人，委托祖母去照顾。祖母放任他的任性，无法忍受管教他的痛苦，因为她不愿听他大叫大喊。也从不送他到学校，因为没有他陪着，她不能自理。然而，她很早就教他检查管家的账目，跟踪管家到地窖，抓住大吃大喝的仆人。因此，他在十八岁时就完全掌握了所有家庭

---

1. 德雷克（Drake），环球航海家。

事务的基本技能，经常在路上探查出车夫和马夫之间的串通合谋。当发现女仆与佃农、杂工私下非正常交往后，他一下子就无情解雇了十九人。

靠着很少有人能做到的节俭，凭他正直的监护人有意识的改进工作，家里积攒了一大笔钱。当布拉斯特亲自接管工作后，他发现自己是这个区里最富有的人。长期以来，家族里有传统习惯，为满二十一岁的继承人举办庆祝活动。为此，房门大开，让所有感兴趣的人都进来。整个村的人都聚在一起，如同欢乐的节日一般。在这个场合下，年轻的布拉斯特表现出他未来闻名于世的最早象征。他在一位老人面前摇晃着钱包，下了一个超出他能力的大赌注。这个老人曾是他父亲的一个密友。这样的做法，他后来时不时用来欺负他周围十英里范围内的众人。

他后来冒犯众人的行为是在引起争议和怨恨的判决中，他致力于行使自己庄园主的特权，对每一个有可能冒犯他规则的人，给予严格和无情的处罚。在他独霸一方，没有其他地产商能平等地与他抗衡时，受他压迫的人害怕吃长期的官司，常常忍气吞声不敢抵抗，而他不论为多么小的官司都愿意拿出一大笔钱。因为他知道，一切都和荣耀的权力竞争有关。不论法律做出怎样的最后判决，贫穷的对手总是遭殃。

通过赢得一些争议，他变得更加傲慢。人们对他的普遍憎恨更激怒了他的罪恶本性。他一生都在盘算和制造罪恶。一个通常做法是故意在夜间破坏圈起土地的篱笆，指责邻居的牛踩踏他的田地，然后提出一个能满足要求的赔偿。布拉斯特利用一位老寡妇家人的不幸，派出代理人劝对方以低廉的价格卖掉这头牛，并下令把牛关在牛棚里。老寡妇头天请求尤金尼，帮助她要回仅有的这头奶牛。布拉斯特把一个做日间工作的人赶出他的小屋，因为他在树篱旁为自己的孩子采集黑莓。有位老妇人走进他的地盘，为家里的猪捡拾落在地上的橡子，他却以擅闯私人领地为由将其送入郡监狱。

金钱无论在谁手里都能转化成权力。穷困者会立即奔向避难所，不会过多考虑将来的后果。因此，那些曾受资助的家庭，被布拉斯特以专制的权力强迫支付一大笔钱，钱的数量早已超出他们所能轻松支付的范围。他唯一要去看的人，是那些不幸的家庭户主。他进去时，表现出颐指气使的傲慢，以看到对方家庭的恐惧为乐，强求他们屈从，粗暴地责备他们。在他最得意时，情形如同用威胁语气辱骂父亲，用淫秽言辞侮辱女儿。

后来他骄横跋扈的举止有些收敛。他的一个债务人在温和请求后，激起他的狂怒，他抓住债务人的袖口，把人拖到后院，在暴风雨之夜把人关了起来。第二天早上，他采取平时的报复行动，让法庭送传票，可是，由于尤金尼的帮助，债务人得以还清债务。

他的惯常做法，是让房客拖欠他租金，并为此受痛苦折磨。因为这样他能保证自己大权在手，无论什么时候，处处幸灾乐祸，满耳高兴地听到他们乞求和怜悯的声音。可是，有时候他反复无常地对那些他喜欢的人，给他们便宜的地租，以便他的农场不会长期空着无人照管。当一些人受其压迫遭难后，其他一些人被有可能拥有更好的命运诱惑，很快就去接替前人的空位。

这就是地主布拉斯特的生活。极大的幸运使他自由地享受幸福的生活方式，可是，他思想堕落，丧失了他一生所有的天赋。他虽富有却没有继承人，虽豪华却没有见证人，虽出身高贵却没有同盟，虽有影响却没有尊严。他的邻居挖苦他残暴，他的亲戚恐惧他这个压迫者。他唯一获得的安慰是，如果人们憎恨他，那同样也会惧怕他。

瓦格鲁斯

漫步者

1751年8月3日
第144期

成名的困难

> 你折断达佛涅斯弓箭的箭杆。
> 当美丽的男孩接受正义这个礼物，
> 除非是恶作剧，否则你会因忿恨死去。
>
> ——维吉尔

人们在交谈中，对于一个新出现的名字，不把它与其他名字混为一谈几乎不可能。当优秀初露端倪时，很多人都会对其有抵触情绪，进而团结起众人反对。四面都会出现难以预料的反对声。祝贺者或含混者加入联盟，巧妙者武装起无礼的武器应对，发现者引导人们轻信。

这个联盟不容易达成力量和意见的一致。我们本应期待着，除非因为受到伤害，否则没有人会被恶意煽动，没有人会让自己忙于争夺另一个人的权势，可是，当他有了一些权力，卷入质疑后本应迅速停止，却开始无原因地敌视。当发现没有共同利益能支持他们在一起，毒舌的武器自应很快被废弃。去攻击一个名望高升的人，本应留给那些在这些事件中抱有希望或感到害怕的人。

如果他什么也不做，只承认遇到竞争对手，那些渴望追求名声的灾难，应更多地被消除。他们的敌人不多，就会知道究竟什么才更为重要。可是，要怎么警惕才足以避开那些躲在暗处的攻击者的攻击呢，或有什么力量能顶住不间断的攻击和不断进犯的敌人呢？然而，在这样的状况中，不会有任何人很快从人群里出现，把公众的视线固定在他身上，除了他站起来成为一个靶子，招致暗中诽谤的利箭。在带着敌意的骚动中，他接受来自远处的无名之手的攻击，其伤口并不容易愈合。

反对有名声的候选人的那些人，最初的原因可能是想象自己在这些成功人士面前要承受危险的处境。可是一旦宣布战争，自告奋勇者争相成为旗帜，大众因失业随时来到营地，神速的中队分派到各部队，于是，出现伴随恶作剧的机会的愉悦，他们勤奋却没有受到称赞，掠夺却没有获利的希望。

当任何一个人竭力想获得荣誉时，他会惊讶地听到自己被指名道姓地训斥。他会发现，那些最具恶意的尖酸刻薄，竟出现在那些他从未得罪过的人口中。

在为每个脾气多样和理解力有差异的善妒的人服务时，可以见到，诽谤被所有艺术和宣传方式扩散。没有什么会因为太粗鲁或太精致、太残酷或太轻微而难以实践。完全不尊重成为敌视荣耀的一个规则。可是，每个武器都被算作合法。那些不能推进生活进步的人，满意于坚持自己在玩小玩意儿时的恶意，以微弱力量打击戏弄者，干扰无能者。

当人们把最混杂和最混乱的组合分类成适当行业的阶层时，就像给夏季的昆虫分类——它们有几个部落，以其嗡嗡声和叮咬折磨我们。而价值的迫害者，虽说有他们的数量，同样也可适当地分为大声咆哮者、搅弄是非者和喜欢仲裁者。

大声咆哮者是一个相当可怕的敌人，但并不是危险的敌人。他没有其他品质去进行争辩，仅有强硬的前线和大闹的声音。由于几乎没有人渴望去反驳一个沉默者，他依靠声音的响亮而不是有理的争辩，很少注意调整他对其他人的责备，很少关心维持他语言的文雅和叙述的可能。他总有一个储藏室，收藏责备的修辞和蔑视的名称，应场合要求随时拿出手。由于经常使用，他以无抵抗的健谈倾倒发泄出来。如果商人的财富被提到，那他便毫不犹豫地要让其破产；如果美丽文雅的女性被评论，他奇怪为何全镇都沉醉于爱情；如果一个新的天才"作品"出现时被庆贺，他会宣布作家是一个无希望的白痴，没有书本和生活的知识，没有他应该获得的理解力。一般说来，他的夸张对那些被强迫去听它们的人没有影响，尽管有时会有胆小者被他的暴力恐吓，轻信误解他对知识的自信，然后，他尽力压制的看法很快又恢复到它过去的影响力，如同被大风吹弯的树，当风力过去，又直立起来。

搅弄是非者更危险。他很容易被温柔的话打动，被一个重要的气氛激发好奇。当一个"神秘"不再被各种出版物贬低时，他呼叫一个被选中的观众来评论，以低声交流他的情报这个明显表现出来的信任，满足他们的虚荣。在商人中他可以识别出一些人，那些人尽管看起来在管理一个庞大的商业，谈论长期资金，然而，他的财富不等同于他的信誉。他后来容易遭受昂贵的生意计划的痛苦。如在一艘满载财富的船上，他有比他所宣称的更大部分的股份，可惜这条船被暴风雨摧毁。他很少说到"美丽"，仅仅是因为他认为，那些在早上看到她的人，并不能发现她在公园被人敬佩的那些优雅举止。他有十足的把握评判作家，尽管其作品优秀到无可争辩，他也只能承认一部分名誉。他把多数的形象和情绪归因于一个神秘的朋友。准确和平等的阶梯已被时代重要批评家的持续校正生产出来。

由于每个人都乐于想象自己知道一些通常还不能泄露的事，所以秘史容易得到信任，可是，大多数情况下，只有当其悄悄流传时，才能为人所取信，而一旦公开说出，就会受到公开的反驳。

最有害的敌人是喜欢仲裁者。他们没有利益和任何动机，只有诚实的好奇。要不偏不倚和热情不减地探究真实，必须准备听取双方的看法，处理某种解释和赞同的意见。他以极大的怀疑听商人的贸易报告，在精心地比较事实后，断定它的可行性。正如雄伟辉煌的建筑，最初建在一个狭窄的地基上，最近已发现它不断摇晃。然而，在拖延付款和破产间还有很大的距离，许多商人一时通过权宜之计来支撑自己，最终没有对他们的债权人造成任何伤害，因为一个冒险的损失可从另一项投资上弥补。又如他相信，一个年轻女子满意于自己受到敬佩，渴望让自己更完美，用人为的改进来增加她的迷人魅力。尽管她的大部分美丽是真实的，谁能说她完全尽力而为地表现出自己了呢？再说，他理想中的作者，必是一个勤奋的人，也许不会冒出《荷马史诗》那般天才的火花，可是，应有判断，能发现自己的缺陷，可以借他人的帮助来弥补。在他看来，恰当是一种非常可敬和罕见的品质，作者应找到一个赞助人，应对被公众支持的任性的智慧和华美的文学有所偏爱。

他不愿意发现自己的失败，要减轻不可否认的错误，便马上结束辩论。他的听众寄希望于他的诚实和真实，接受了他不容辩解的指控。

这类妒忌、懒散、暴躁、粗心的技艺,让他们不能平等地看待人的价值。通过这种人为的、肮脏的、可恶的诡计,工业被打败,美丽被打击,天才被打压。

漫步者

1751 年 8 月 17 日
第 148 期

父母的专制

> 我允许父亲给我戴上链条，
> 或者将我驱逐到努米底亚最远的平原。
> 我的罪恶是，我——一个忠诚的妻子，
> 用慈善般的热情挽救了我丈夫的生命。
>
> ——贺拉斯

政治理论家说，曲解和滥用合法权利带来的痛苦，会比其他压迫产生更严重和更持久的效应。无论何时，只要强盗和入侵者被发现，人们就能抓住和赶走他们。对这些借口没有权利而有势力的人，人们可以用武力加以处罚或压制。可是，当掠夺者打着合法征税的名义，谋杀犯被司法判决开脱罪名时，坚强者受到威胁，智慧者受到困扰。在反叛者的联盟下，抵抗的力量微弱。在地方官员长袍的庇护下，坏人逍遥法外。

同样危险和可憎的事，通常来自家庭内实施的暴力。这种残暴是在尊敬的父母权力名下的专制。从我们一开始有理性后，我们就被教育去尊重这种权力。依赖人们思想中留下的所有敬畏印象，这种权力保护我们免受侮辱和犯罪。因此，在敢于以责任和虔诚正视它们之前，这种权力也许荒唐残酷、无法控制，这种数不胜数的犯罪行为，践踏了正确的边界线。对此，人们只想自由地得到其他解救的途径，而不是靠让蛮横者得意的祈求和让残暴者满足的眼泪来摆脱这种权力。

罗马人一直以来都认为，儿子不能谋杀父亲。因此，他们没有适当的法律来处罚弑父者。他们同样很自信地认为，父亲不会对孩子残暴。因此，他们允许每个人在自己家里拥有至高无上的权威，把他的后代的命运掌握在自己手里。可是，经验在一定程度上又告诉他们，他们太轻率地相信了人类的本性。他们发现，本能和习惯不能与贪婪和邪恶相竞争，最亲的人也会遭受暴力攻击。这种权力无论怎么受到信任都会被滥用。因此，他们有必要促进和改良他们的体制，用新的法律来制止弑父者，把父母手中把握的死刑权力转交给司法官员。

确实有许多家庭，我们一旦稍微熟悉，便不可能察觉不到，父母绝不会放弃自己所掌握的控制权。你还会发现，父母除了本人的意识外，虽听不到反抗声的危险，可要是他们没有控制自己意志的技巧，他们不靠自己的意愿来规范公平性，他们这种父母权力是不可能持久的。

如果在所有情况下，人们在心灵上都难以容忍狠毒，便可以假设，人们的安全可以在亲子关系中得到保障。任其自然地成为一种现实存在，会使得人们为得到父母的满意而去尽自己的义务。看到一个无能为力的婴儿伸出她的手，用她的哭喊来展示独立，尽管要警戒这种羡慕不需要使用任何力量，或者要疏远这种感情不需要怀有任何内疚，可每个人的心灵都确实会唤起对她的仁慈和关爱。这种温柔的情感一旦确立，它会随时增加这种自然感觉的快乐，随时增加交流的愉快和恩惠的荣耀。我认为，当一个人看着最可怜的动物时而祈求他的关心，时而因他的恼怒而退缩，时而在他面前游玩嬉戏，时而在不幸中呼唤他，时而在危险时跑到他身边，慷慨或仁慈的人都不会无动于衷，不会不生发同情。这种同情心，比起他劝自己友好地对待那些在空中和水里的野生动物的善意，一点也不少。我们自然会对那些能与我们分享任何愉快的人亲切友好。因为我们想象，那些接受恩惠善行的人，他们的感情和自尊能让我们放心并有安全感。

确实有另一种方法，同样能使一些人的优越感得到满足。那些能压制所有人类感情的人，不再满足于他因能给人带来幸福而得到的敬爱，而是用痛苦惩罚的刺激性恐怖来娱乐自己。他也许为了在孤独中取乐，要谋划延伸他权力的范围和他控制的力量，甚至有一种"欲望的想象"：让被割的舌头发出声音，或者让那些害怕禁闭的内心受到痛苦的折磨。他也许会在新发明的技巧、多样的禁忌和各种处罚中，使自己的内心得到愉悦。当他考虑自己很少得到应得的最好的敬意后，他的野心更加狂妄。

这类君王的个性，已为人所知——所有独裁王国的历史都是这样向我们叙说的。亚里士多德说过："一个家庭的管理自然如同君主制。"和君主制一样，家庭也都经常采取专制的管理。帝王暴君和父母暴君的区别只在他们管辖的范围大小和他们奴隶数量的多少。同样的情绪引起同样的悲哀。只是他们无论如何专制，当制造荒诞不公的事件时，任何君王都很难摆脱大众盯着他们的可怕目光，而这些不公在私人住宅的掩蔽下得到纵容。家庭内常发生这样的场景：家长反复无常地发号施令，做出带有偏见的决定、不公平的分配，颁发奖励不是根据价值而是凭个人喜好，做出处罚不是依据犯罪程度而是随情绪的判断。除了父亲，没有谁还有这类权力。

没有人会承认，自己在别人不幸的时候会幸灾乐祸。可是，究竟是什么动机使父亲残暴呢？国王可能会因为受人唆使而去杀死另一个人；他有时会想到危害自己的是身边人的正义美德；他也许会害怕打胜仗的将军或受大众欢迎的演说家；他的贪婪会使他建议没收贵重物品；他的内疚感会私下里暗示，只有铲除所有报复的势力，他才能得到安全。

可是，压迫一个生在自己保护下的人，一个能干扰他却对他没有威胁的人，一个使他满足却对他无干扰的人，父母从这种压迫中希望得到什么呢？为什么人们很容易就看出对懦弱者的残暴呢？一个人作乐般地压迫对他没有任何威胁的人，是什么理由让他与胆怯者一样声名狼藉呢？

当伤害的人总是在他的眼前时，父母不公正的处罚会因此而变得更加恶劣。君主的不公正处罚，通常会施加于那些与他从未有任何个人接触或者并不特别了解的人身上。他宣布法律，不论是处罚、监禁，还是死刑，都可以回避看着他宣判受刑的人。可是，家庭的压迫者，注定要眼看着那些带着恐惧和悲哀的面孔，盯着自己野蛮行为的每个后果。他能忍受给那些围绕在他身边的人带来的持续的痛苦；他能在自己的阴郁中满意地走开；他能眼看着屈从的悲伤而毫无怜悯；他注视着祈求怜悯或要求正义的目光，却完全无动于衷。这些人绝不会因为抗议或警告而悔改。他已找到断绝亲情的办法，以此武装他的心使其坚硬到可以抵抗理性的力量。

社会存在的一个伟大法则是，每个人都被要求必须考虑其他人的幸福。尽管对此伟大法则不必给予过多考虑，可是，比起其他的罪犯，残暴父母的所作所为，虽不为自身幸福而为儿女幸福，他们却更难以得到清白无辜的证明。不管每个人爱别人多少，都愿意被人爱。每个人都希望活得长一些，因此希望时光倒流到最初的时刻——他要依靠别人的殷勤关注才能过轻松和愉快的日子。可是，在他疏远家人却得到孩子们的帮助之后，在衰弱无力和沮丧的时刻，在烦躁和痛苦的时刻，在最后离开人世的时刻，在他的床边守候着的是与他生活不相干的陌生人，甚至是希望他早死的敌人，他怎么能排除老年人这些不便倾诉的隐约苦楚呢？

虔诚伴随着善良的心，确实能抑制愤怒。那些曾被暴力伤害的孩子们，只要乐观热情地尽自己最后的责任，是会忘记自己所受过的痛苦的。然而，父母们面对自己不应得到的善良对待，会比怨恨更苦不堪言。父母在衰老多病时受到自己的孩子们友善的责备，接受孩子们关心的施舍而非殷勤的照顾；孩子们每次帮父母摆脱苦难，不是出于感恩，而是出于同情。这些似乎过于严厉的处罚，也许不该降祸于这些尚不完全卑鄙愚昧的父母身上。

漫步者

1751年9月14日
第156期

写作"规则"

> 智慧之声永远回响着自然之音。
>
> ——尤维纳利斯

政治家们说,每个政府都不可避免地走向腐化堕落,因此,在适当的时期,必须恢复它最初的原则,重建它原始的体制,以便克服其弊病。根据方术医师的理论,一个人就算有强壮的体质,也会慢慢染病死去,因此,要通过合理地减少病态的体液,达到健康所要求的平衡来预防。

关于人类的研究,也处在同样的情况下,至少那些没有受到严格示范教育、并不承认想象和幻想作用的人,他们会不断地犯错并让思想混乱。在早期思想家们发现的那些伟大的真实原则中,"简朴"被不断膨胀的野心所阻碍,或者说,事实被不确切的争论所混淆。这些原则从一个作者传给另一个作者,如同光线从一个房间传到另一个房间,失去了它的强度和色泽,最后渐渐暗淡,直至完全消失。

因此,有时有必要重新制定学习的制度,把复杂的事分解成原理，"使知识脱离观念"。没有对知识做出认真的检验，人们总是不可能把真正重要的理性"枝干"区分出来。这些理性被艺术地嫁接到知识的"分枝"上，生出一些基本的法则。当时间使它们得到尊重后，这些偶然确立的权威，与自然的法则常相混淆。因此，人们假定，这些法则与理性同时存在，而最开始时它们是不存在的。

批评家有时允许用幻想来规定法则，而幻想必定受到这种法则的限制。他们允许谬误可以干扰那些纠正谬误的原则。批评家监督他人，却因自己的疏忽而暴露缺陷，正如同古代斯基泰人扩展了他们占领的远方区域，却把后方王室空位留给了仆人。

在这些渴望扩大权力或热心宣传知识的法则中，它们已经形成了一些惯例。这些作家已经接受的惯例，不可能与我们考虑它们时同样天然地正确。在这些惯例中，有的被认为是基本和不可缺少的，其他则是实用和方便的；有的被理性和必要性规定，其他的则受专制的古代制度制约；有的不可阻挡地得到与自然的秩序和智力的开发相一致的支持，其他的则是偶然形成或者以例证确定。因此，这些惯例总是容易引起争议并改变。

有许多规则不必考虑自然或理性也能流行。如我们看到，古代大师匆忙地宣布这样的信条："舞台上一次只能出现三个说话的人"。对此，我们无可奈何，只能表示怀疑——要从复杂和多样化的现代剧观察到这样的规则是不可能的。正如经验表明的那样，我们现在毫不犹豫地违背它，没有引起任何不便。

这个初始的原则纯属偶然发生。悲剧本是一首向巴克科斯[1]致敬的挽歌或寂寞的颂歌，后来增加了另一个说话人，才变成对

---

1. 巴克科斯（Bacchus），罗马神话中的酒神和植物神，相当于希腊神话中的狄俄尼索斯。

话。可是，我们不要忘记，在古代，悲剧最初只有一个人表演。在很长的一段时期内，没有人敢冒两个人演出的风险。最后，由于风俗习惯改变，违法不会遭到惩罚，艺人们变得大胆，才自由地把人数扩大到三个，可他们却被这个重要的原则限制了自己进一步的突破行为。

一出戏因什么事由把行为限制在五场，我不知道是否有哪位作者告诉过我们。但可以肯定的是，它的必要性并不从行动的本性或由任何表演的适当来决定。当一场戏连续不断地演出，或者没有任何停顿时，也只是表现整个剧的一部分。事实有力地表明，每一场真实的戏，根据每个戏剧性行动的结果，剧场幕数可以多于或少于五场。英国舞台上每天的演出都有效地打破着这个规则。确实，没有什么比荒谬可笑地竭力维护它的外在形式更有害的了。每当场景转换，这场戏就算作结束，因为当剧中的人物换地方时，必然会耽搁一段时间。

批评家把戏剧性行动限制在一定的时间范围内，并没有强有力的理由让观众认可。他们最可能的要求是，要在规定的时间内完成演出任务。只有把各类人和事挤到最小的空间，才是最令人满意的创作。由于剧中常发生幻想，我不知道如何确定这些想象的界限。很少有人意识到，那些事先没有接受批评家的教条思想的人，会认为在两场戏之间的任何延长都是大逆不道的。那些能把戏的演出时间从三个小时增加到十二个小时或者二十四个小时的人，也许能想象出与众多场景同样轻松的效果，我不认为这会有什么荒谬和不可能。

我不知道那些只承认自然法则的人，会不会倾向于接受用悲喜剧来保护自己。不论对悲喜剧的一般指责如何，其荣耀迄今已遮挡了批评家的光亮。有正当理由混合的悲喜剧为何会受到指责呢？人们应该允许在舞台上表现那些重大与微小联系在一起的戏。因为这类混合现象在世上不仅平常而且永久存在，况且舞台被假定为一面"生活的镜子"。也许在把情绪提升到一种有意造成不安的悲剧状态之前，人们要压抑不适当的情绪。也许一个事件被不恰当地转移，只是为了保持悬念，可是经验为何不能表明，这种反对是相当微妙的而不是公正的？悲剧和喜剧的感情能以同等的力量互相转移。除了夹杂着欢乐、表现多样化的悲剧，没有任何戏能如这类悲喜剧那样经常让眼中充满泪水，让心房颤抖，这难道还不应肯定吗？

无论如何，我不认为仅靠描写的事件，就能对一个天才的作品做出可靠的判断。剧场里那些难以抑制的心潮起伏，那些嬉笑和严肃的轮番变化，有时要更恰当地归功于作家的活力而不是题材设计的正确。与其用莎士比亚的成功来确认悲喜剧，也许我们不如对这位卓越的和无束缚的天才表示敬意，因为他把握了整个剧场的情绪。为了激发情感，作者无须用普通方式来进行缓慢的变化，可以用即兴的欢喜或悲伤来打动人心。他变换场景，同时也改变了我们的情绪。如果莎士比亚不以自己的矛盾抵消自己，他的诗剧也许有更伟大的效果。如果我们不是那么经常地随他小丑的玩笑转移视线的话，我们也许会对他的英雄的悲痛更感兴趣。

有些其他规则需要更固定和更有强制性。有必要让每出戏的主要情节单一化，因为一出戏表现了某种交流，通过单一情节有规律地发展使最后的事件达到高潮。正因如此，两个同样重要的行动情节，事实上已构成了两出戏。

由于悲剧是通过感染情绪来表现的，这类剧中总有一个英雄。

这个英雄是一个显然无可争辩地优越于其他人的主角，所有的注意力和悬念都会集中在他身上。尽管两个互相对抗的人有同等的能力和同样的美德，观众最后还是会不可避免地选择他自己的最爱。然而，当这种选择肯定不具有任何确切的说服力时，它所引起的希望或恐惧终会变得苍白无力。当两个英雄在联合中对付共同的敌人，他们的美德或危险不会引起人们情绪的波动，因为这两个人相同的正义感值得我们关注，我们的心在同样的动机之间能平静下来。

一个作家的基本努力是要把惯例规则与自然特性区别开来，或者要把"规则之所以确立是因为它是正确的"与"规则之所以正确只是因为它已经确立"这两者的不同区别开来。他既不会因为求新而违背基本的原则，也不会禁止以自己的观察来获得美感。他无须害怕破坏规则，因为文学独裁者没有权力去制定这些规则。

译者补充：本文是约翰生论文学批评的 22 篇重要文章之一，开《〈莎士比亚戏剧集〉前言》（1765）之先，以"悲喜剧"挑战新古典主义的教条。文章第一段，暗用意大利政治家马基雅维利和苏格兰医生阿布斯诺特的话，强调"政体"如同"身体"，反之亦然，都应力求"原则""体制"的平衡，同时，讲究遣词造句的工整。有学者认为，仅此一段便是能与约翰生其他巧思结构散文区分开来的"一块美学的宝石"。既然"一名之立，旬月踟蹰"，那么，一段之赏析，又该从何译？

漫步者

1751年10月1日
第161期

租房记事

> 脆弱如树叶在水花里震颤，
> 如它们那样，人活跃，
> 如它们那样，人衰退。
>
> ——荷马

漫步者先生：

你从前说过，好奇心常在贫乏的知识中终止，而促使思想去学习和探讨的是内心无知的不安，而不是对获得利益的期望。比起那些早已埋葬在地下之人的财富，当下的任何利益都不能说不重要，因为从这些死者身上已感觉不到任何的希望或害怕。然而，要激起一个真正古文物者的热情，有什么比提起一个人类有意忘记的名字来更有必要。那些让自己克服朦胧和矛盾的困难，开辟道路走向远古战场的人，如同塔利在丛林和荆棘之间寻找阿基米德的坟墓。

当一个地主去收租粮或收地租时，他并不容易发现：这些土地经历过多少家族的掌控；谁曾作为土地拥有者注册在征服者的名下；它们怎么多次因叛乱而被没收，或因挥霍而出售。在目前，一个地区居民的权力或财富，不可能因为追究两百多年前的野蛮人而有所增加。这些野蛮人为争夺木屋或土地曾互相残杀。然而，我们还是看到，每个人只有在古代教区的居民注册簿里了解到土地交易的历史后，他才会为自己买到的新土地感到心安理得。每个民族都不会消除他们祖先的历史纪录，不论他们祖先的行为多么血腥、野蛮和贪婪。

当不同的机会出现时，我们会有同样的倾向，希望在或大或小的事情上去发现自己。我一直认为，一个聪明人只是因为碰巧没有被雇佣，不能进行配得上他的雄心或天才的事业，便萎靡不振，沉溺在自暴自弃中，这是不足取的。我习惯于让自己观察眼前的事物，因为我认为，没有任何一个地方是不值得去注意的。这些地方为作家提供了用武之地。为此，我特别收集了自己租住过的几个阁楼的历史和文物。

别人看来那么小，而我觉得那么大。
——奥维德

本来对许多人事，经我的努力叙述，这篇文字是能够延展到相当长的篇幅的。可惜的是，我现在租的那个房间，有个女人在那里仅住了十八个月，不能提供给我先前的变迁历史。她甫一入住，泥水工便用白灰涂去了从前房客留在天花板上的所有烟熏火燎的印记。这些白灰仿佛给政治家、哲学家和诗人蒙上了一层遗忘的面纱。

当我第一次为租房讨价还价时，女房东告诉我，她希望我不是一个作家。因为住在二楼的房客要求，楼上不能租给吵闹的人。我很轻松地答应不会吵到她的家庭，也很快地得到了比通常要便宜的租价。

在这个新公寓里，我有许多个晚上睡不安稳，便开始想了解以前的房客情况。我发现，女房东想象力丰富，满脑子都是些她亲历的故事，十分乐意向我倾诉。

好奇心如同其他的渴望一样，自会引起痛苦和愉快。在她讲述故事之前，我头脑发热，盼望着某种冒险和新发现，期待着伪装里会有优美，指望着从不幸中得到知识。当我听到第一个房客是个裁缝时，便感到有些压抑。房东对他什么印象也没有，只记得他抱怨房间里的光线不足，住了一个月后，只交了一周的钱，还拿了一件其他人让他裁剪的衣服作抵押。他被迫突然离开了这个镇。

第二个房客是刚从农村来的年轻女孩，住了五周，规规矩矩，房东待她如家里人一般。可到后来，她经常接待从齐普赛街来的一个表兄弟，让这好名声房子的名誉受损，因此被好言劝走。

房子因此空置了两个星期。我的女房东开始后悔自己管理太严，经常希望能有另一个人来租房。终于，一个有着颇为严肃面孔的老人，看着租金讨价还价，坚持他第一次提出的价格。他如同隐居者般住着，天黑前几乎不出门。他一大早回来，有时高兴，有时丧气。很值得注意的是，无论他买什么东西，口袋里拿出的都是大钱。尽管有时他冷酷、发脾气，接到找的零钱时，却总是热情激动。他付房租很准时，几乎每周请一次晚餐，以报答房东的友情，很少爽约。最后，这好像是人类幸福的普遍命运：警察在深夜敲开房门，要求搜查公寓。我的女房东向他保证他认错了门，领他到楼上，结果发现一个造假币的工具。房客已沿房顶爬到一间空房，然后逃走。曾经对他很满意、说过他是最诚实的人的女房东，百思不得其解：当缺少如此多的钱时，为什么要把某个能造钱的人吊死呢？尽管如此，她知道了，今后一定要了解租她公寓的人的品德，不再廉价出租。

出租广告又被放在了窗口。有那么几周，可怜的女主人总被一些人戏耍。他们强迫她每个小时都领着他们在六楼间上上下下，然后表示不喜欢它的景观，埋怨吵闹的大街，认为楼道太狭窄，天花板太低矮，要求在墙上贴上新的墙纸。他们询问邻居的情况；考虑住得不要离自己的朋友太远；希望窗户朝南而不是朝西；告诉她门框和烟囱该如何布置才更好；压了她开出的价格的一半；或者许诺第二天尽快给她答复，结果再也没来。

不久之后，一个穿一身陈旧大衣的瘦弱的男人想看公寓。在要求添置两个长架子和一个大桌子后，他以低价把房间租了下来。事情办妥后，他看看周围很满意，重复地说了一些话，女主人根本听不懂。两天后，他搬来了一大箱书，让书占据了整个房间。他住起来还算不惹人烦，除了经常发出一些怪声，打扰旁边的房客外。他通常睡到中午，但从晚上到半夜，他有时高声说话情绪激昂，有时暴躁地顿足，有时乱扔他的拨火棍，弄响他的椅子，然后坐下来安静沉思，不久又爆发狂喊。有时他叹着气像是压抑自己的悲伤，有时他痉挛般地颤抖大笑。他碰见房东家里的任何人都躲让或鞠躬，很少说话。他上楼时，常常重复地说些痴语，邻居听多了之后，虽不明白说什么，却知道他在说话。房东不敢贸然问他是做什么工作的，后来听到一个出版商派来的小孩来找作者才弄明白。

我的女房东常被人提醒，要注意这个奇怪的房客，尽管他现在很安静，也许在夏季到来时会变得狂躁不安。可由于他按时付房租，她找不到充足的理由结束他的租约。直到一个晚上，他放火烧了窗帘，这才让她感到，这样的作者成为她的房客是很危险的。

女房东又有一个连续住了六周的房客。他在星期六离开，不但没有付房租，还咆哮如雷地威吓她。后来，她接受了两姐妹。其中一个花了不少钱来治疗她的哮喘病，现在只能靠另一个给予她支持和关照。她爬上爬下非常困难。八周后，她憔悴病危，无忧无虑，镇静地离开了人间，留下她姐姐承受身心疲劳和一笔账单的痛苦。姐姐陪她到了墓地，付了一些欠的合同钱款，擦干无用的悲伤眼泪，回到日常生活中去，留给我这间空房。

漫步者先生，这就是在这狭窄空间发生的事情，而我目前的命运都和这间公寓相关。事实上，对那些有能力和愿意去发现的人，娱乐和教诲总是现成的，恰如尤维纳利斯所说的：一个简单的房子，能把这个世上无论什么人做过或忍受过的事都展示出来。

漫步者	
1751年11月2日 第170期	**一个妓女的遭遇（一）**

我接受控诉，请宽恕我已承认的错误。
——奥维德

漫步者先生：

  有些人看着所有的不幸非常动情，却认为痛苦值得忍受；有些人严守美德和正义，默默忍受而没有抱怨，死后却无人理睬。我就是他们中的一个。在这些人中，我过去也曾为清白的名誉而自豪。

  我出生在一个好家庭，可惜，我父亲生养了太多孩子，超出了他的抚养能力。一个富有的亲戚从伦敦回到家乡，谦恭拜访，对我父亲的贫困十分感慨，表示要抚养一个孩子减轻我父亲的负担。父母宠爱孩子的心情，一边是忧虑，一边是希望，两边都很强烈。家里的小孩依次从他面前走过给他看，以便他挑选。我当时才十岁，不知道为何就被叫出来见我的大表兄。他们要我尽最大的努力来表现自己，为他唱我最喜欢的歌，为他讲我最近读的故事。我这样展示着孩童的天真无邪，他表示决定接受我，答应给我与他的女儿们一样的教育。

我父母一想到分别，自有常见的矛盾和挣扎，"他们自然流出眼泪，可很快就会把它们抹干"。人们对财富不会没有某种虚假的判断，而贫穷者总是一直渴望变得富有，因此，他们考虑我被人抚养，能给我更高的地位，希望我能有比他们祈求的更好的命运。我母亲卖掉她的首饰，把我打扮得很漂亮，以便我能一到别人家就不受歧视。要出门时，她紧紧把我抱在胸前，我至今还能感到她的温暖。她教给我一些虔诚的原则，无论如何被忽略，我都无法忘记。她为我最后的幸福祈祷，而我一直都没有失去希望，我相信他们的祈祷终会实现。

我的妹妹嫉妒我的新衣服，似乎并不在意我的离开。我父亲表现出带着喜悦的慈祥，扶我上马车。没过多久，我就被拉到一所豪华的住宅，见到考究的大桌子，慢慢地开始熟悉这里的表演、吵闹和欢乐。

三年后，我母亲去世。在弥留之际，她还在为全家人的幸福祈祷。我没有任何机会去哀悼她，也很快忘了她去世带来的伤害。我父亲全力照顾其他孩子，在我母亲去世四年后也去世了，留下某些幸运的风险收入和意外的祖辈遗产，准备在他离开后，孩子们有个比他们期待的更好的生活状况。

我本来是可以分到一些父亲多出来的那些财产的，因为他在遗嘱里曾指定给我一部分。可我大表兄向父亲担保，没有必要照顾我，因为他已为我在这个世界上找好了幸福的地方，怂恿父亲把我的这部分财产分给我的姐妹们。

于是我又被抛到了一个独立而无经济支持的角落。像我这样年龄的年轻小姐都开始有了自己的伴侣。我不再是以前他们给予帮助的那个人，反被认为会增加负担。因此，他们一方面担心我会浪费钱，一方面忧虑我如果露面会招致太多人的恭维和追求；我不知不觉被降低了应有的平等权利，除了得不到工钱外，只享有在管家之上的很少一点特权。

我感到愤怒，可知道这种怨恨只会让我萎靡不振。因此，我尽量少用仆人，殷勤做事，继续表明我存在的重要性。在一段时期内，我不参与所有虚伪的竞争，用功学习只是为了娱乐而不是炫耀自己，确保我免遭人忽视。尽管是一种权宜之计，但我的兴趣还是在逐日下降。这时，我表兄喜欢的一个女仆开始巧妙地与我交谈，为选一件睡袍咨询我的意见。

我当时非常抑郁，尽管我知道欢乐向上的情绪对人是多么必要。我经常离开房间，发泄我的苦闷，或思考我目前的处境，检验一下我能用什么方法逃出这永久的羞辱之地。最终，我的计划和悲伤被我亲戚突然改变的行为中断。有一天，我们借着机会一起外出住一个房间，他保证我不再受到这样的侮辱。他让我相信，他一直有打算让我在他家有个合适的地位。他向我发誓，他妻子虽爱自己的女儿，可绝不会伤害我。为表示诚意，他拿出一小包金子，让我到绸布商那儿定做一套华丽服饰。他说，我需要钱时可私下向他要，并暗示我，其他朋友给我的他随时都会小心确认。

我当时并不知道他在使用计策。他对我充满了热情和感激。他强迫我依赖他，把他作为我唯一的支持者，进行一些必要的私下谈话。他经常到一个朋友的住处约我，有时叫我上马车，带我外出。我感觉到他的喜爱，渴望能维持下去，尽力让自己彬彬有礼。尽管我看到，他的友爱一天比一天强烈，可我并没有任何怀疑的想法。最后，这家伙利用我作为他的亲人的亲密关系，利用他作为我的恩人所要求的屈服顺从，完全毁掉了一个孤儿——这个他许诺照顾却让她变得贫困潦倒的孤儿，这个他用任性摧毁了的孤儿，这个他用权力压制了的孤儿。

我不知道，为什么要用使人愉快的事来压制某个人的决心，或者让一个警觉的女子大为惊讶。可是，所有夸夸其谈者都在损害无辜和破坏美丽方面伪装自己，他们确实有一种最微不足道的成功方面的自负，并把这种成功归于某种偶然的影响。在他们的努力中，他们既不使用美丽的幻想，也不强求理解的力量。尽管他们运用接近人的技巧、微妙的奉承、典雅的服饰或雄辩的口才，但并不能使自己虚荣，他们也不能因为拥有吸引人喜爱的品质而使自己自豪。他们什么障碍都不能超越，什么对手也无法战胜，却会攻击那些没有抵抗能力的人。他们通常满意地占有人体，却没有得到任何关爱的人心。

我知道这些卑鄙的家伙做过许多丑行和缺德事，我能举出几个这些放荡"英雄"的例子。对那些卑鄙的人，如果仆人未成为其奴仆，这些仆人也会蔑视他们的卑鄙；如果女人没有被摆脱痛苦的希望吸引，那么就算变成乞丐也不会同意与他们发生关系。

这些人现在在酒馆里闹事，或在大街上吵闹。他们都已经堕落了，不是因为胆大妄为的技巧逐渐窃取了他们的感情，使他们失去审慎，而是因为害怕失去从未打算得到的利益，或招致无法回避的怨恨。有些人被主人恐吓，有些人被监护人吓得魂飞魄散。

我们俩的犯罪行为导致了它普遍的后果。他很快就提出，我不能继续留在他家里。一想到这个我心里就很不安。现在想起来，这是不可避免的。他希望避开所有被发现的行踪，以此来安慰我。他经常斥责我的忧虑，一种只有他能从我面容中看出来的忧虑。

到最后，掺杂着两种感情，既有他保护我的信誓旦旦，又有他坚持完全遗弃我的恐吓。他认为在目前混乱的时刻，我应带着他这个痛苦的秘密逃走，或者尽力甩掉任何我给他造成的丑恶名声。

我度过这段凄惨的时光，直到他不得不把我隐藏起来。他假称，我的亲戚已把我送到一个遥远的地方。我将在下一封信中叙述我的处境。

你亲爱的
米西兰

漫步者

1751年11月5日
第171期

一个妓女的遭遇（二）

> 太阳是漆黑的，白天是讨厌的。
>
> ——维吉尔

漫步者先生：

米西兰现在坐下来继续写她的故事。我相信，公正地描述一下由于反复无常使我陷入的困境，就能产生比什么都更强有力的效果，既可让年轻人循规蹈矩，又能让没经验的人警惕诱惑。我希望，这封以我为"样例"的信，能成为人们有效的"解毒剂"。

在困惑、犹豫和迟疑之后——这些都是由于内疚的胆怯而自然导致的后果，我被转移到一个偏远的镇上住下。通常在这样的场合中，人会表现出自己个性中的一面。就我目前的处境来说，我注定要承受孤独，在痛苦和无望中度过大部分时光。我被安排与一些人在一起，这些人的谈话不能吸引我的注意力，也不能打消我的主观想法。读那些为隐居而带的书，使我更强烈地痛恨自己，因为我至今还没有自暴自弃，自甘堕落，或者要尽力从思想上隐瞒我那巨大的罪恶。

我这位亲戚丝毫不减他的爱慕之情，可他的经常到访让我有时很担心他的殷勤会引起别人怀疑。他无论什么时候来，都见我掉眼泪，因此，我很少如他期待的那样愉快可爱。在他经常劝我打消非理性的悲伤和反复强调永远爱我之后，他最终发现，比起失去名誉的危险，我更在乎自己的清白。因此，他不再受我责备的困扰，开始用一种无宗教的"鸦片"来腐蚀我的灵魂和意识。他的看法是，我的生活经历已把我急切需要的庸俗、空虚和荒谬暴露无遗。然而，这些看法开始以其新奇令我产生混乱，使我怀疑或困惑，干扰我开始从真诚忏悔中得到的平静，使我没有任何可以支撑自己的替代物。我虽只听一会儿他那些不虔诚的唠叨，可其影响很快就被自然的本性和早年的教育抵制，确信这个新的尝试更让我对他的卑鄙完全厌恶。我听说过，当暴风雨把船逼近海岸时，野蛮人会骗船员到礁石边，以便抢劫船上的货物。我也总是想，对这些家伙如此残暴的掠夺，全社会的人都应进行反抗并消灭他们。这些内疚对他的罪恶来说太轻了，因为他煽动懊悔，是要砍断与虔诚联系的链条。当他从美德的大道进入轻信的歧途时，掩蔽了天堂的光亮，而这种光亮应能指导我迷途知返。从此，我把他看作是一个借欲望和机会来背叛我的人。可是，我现在只感到恐惧——他正设法使他永远满足，希望用全面和极端的堕落行为，达到让我顺从他的目的。

然而，我还没有能力逃出虎口。我的生活所需，唯有靠他继续宠爱来获得。在这几周，他提供所有的必需品，祝贺我从危险中逃脱。这个危险是我们两人都十分担心的。我开始提醒他，要他恢复我在世上清白的名誉。他笼统地发誓说，他有能力让我幸福，保证什么也不缺，可就是不能让我自由地离开这个幽禁地。

我知道，我要回到现实世界，取决于我如何尽快地离开，因此，我对他的拖延很不耐烦，大为光火。我现在看出这种拖延仅是他卑鄙的技巧。最后，他有些懊悔地对我说，一切要恢复我从前名誉的希望都不现实。这样做会暴露我的秘密，怨恨者也会泄露它。现在要做的只是寻找一个更隐蔽的地方，在那里，好奇或憎恨的人都找不到我们。

听完他这段话，我内心的愤怒、失望和怨恨无法表露出来。我是多么害怕被人指责！此时，他用大哭安慰我，我只好委屈自己，不怀疑他的安排。在上千次算计之后，趁天黑走小路，我搬到了另一间房。到那里后，我一再恳求并要挟他给我一小笔费用，让我能在乡村隐匿，同时洁身自好地生活下去。

对这个要求，他开始还表现出躲闪的热情，可后来他显然被我的一再强求和对他的不信任冒犯了。有一天，他表现出平时难有的温柔热情，竭力安慰我。当他看着我的不满情绪并无减退时，他吞吞吐吐，言语不清，愤怒地离我而去。

我很高兴他终于有了良知。我期待他下次来看我时，能满足我的要求。只要手中有钱，我便能安静地生活。我为这种虐待的停止感到如此欣喜，竟然对他超出正常时间没有来探望我而丝毫未察觉，直到我缺少物质后，才感到惊慌失措。我不愿恳求帮助，急忙地削减开销。然而，生活的需要很快就战胜了我的谦虚或骄傲。我给他送了一封信，没有回音。我给他更多压力，发出消息，也没效果。我又派人去找他。回来的人说，他已退房，全家早已搬到他的爱尔兰祖籍地了。

对这突然的不辞而别，我是那么震惊无语。我实在不敢相信他会完全放弃我。自此以后，我开始靠卖衣服为生，期待每封信件能带给我减轻痛苦的希望。就这样，在希望和绝望中又过了几个月，我渐渐地变得更加穷困潦倒。内心的不满让我消瘦，不知前程如何让我困惑。最后，我的女房东在多次暗示我需要找一个新爱人后，趁我不在时搜查我的箱子，留给我一些衣服，把其他都拿去抵作房租，赶我出门。

抗议法律无情是无用的，祈求免于冷酷残忍是无希望的。我离开后不知该去哪里。我四处游荡，没有定居的目的地。我平时既不熟悉摆脱痛苦的权宜之计，也不适合体力劳动，还很害怕遇到从前认识我的人。我无希望地想从对我过去历史不了解的人那里减轻痛苦。一到夜晚，我更心绪纷乱。我一直彷徨，直到一个看守人强迫威胁，才躲藏在通道口过了一夜。

第二天，我在一个简陋房子的后院找到住宿的地方，请求女房东为我找点事做。我的申请一般都因缺少个人品格而被拒绝。我终于在一家布料商那里得到工作的机会。当老板知道我只有一件长袍，而且是丝绸的时，她认为我看起来更像个小偷，没有多说就催我离开。我试着干针线活养活自己。经女房东推荐，我到一家店里干活，如此三个星期工作下来，我没任何抱怨。当我准时上班赢得好声誉后，我受到信任做一些价值昂贵的头饰活。可我的一个同事偷了一些饰带，为免遭处罚，我不得不逃走。

我再次被迫流落街头。我在仅能维持最低需求的情况下生活，夜晚尽可能露宿在小棚屋。我最后身无分文，终日闲逛，没吃没喝。快到天黑时，一个老人和我搭话，领我到一个小酒馆。我犹豫地拒绝他。他抓住我的手，拉我到一个邻居的房子。到那里后，他看我脸色苍白、饥饿无力、泪流满面，便踢我，让我离开他。在其他地方，他用行话给我标价，让我哭着哀求他。他只是关心他的钱袋。

我一直站在路上,几乎没有力气再往前多走一步。另一个人很快用同样的方式对我说话。当他看到同样不幸的特征,想到我可以被他用低价买到,他马上做出决定。为此,我不再坚决地拒绝。我和这个人在刻薄吝啬的环境中维持了四个月,然后,我被弃又恢复到从前的状态。之后,另一个人又控制了我。

在这可怜的状态下,经常面临恐惧的勒索、醉鬼的胡闹,我又过了四年。有时我成为某人的附属品,有时我被意外的猥亵者庸俗掠夺。有一次,我被一个妓院的主妇欺骗卖给别人。在另外一些场合,我在街头做乞丐,被卑鄙的家伙救济幸免挨饿。在白天,没有任何希望,只是发现有些愚蠢或放肆的人,总会盯着我;到夜晚,没有任何反思,唯有内疚和恐惧的压抑心理。

如果日子过得富裕并有安全感的人,到这些妓女居住的阴暗地方看一个小时——这是她们疯狂放纵之后的归宿,他会看到这些不幸的人聚在一起,情绪恶劣,缺乏节制,饥饿苍白,脏乱邋遢,染上有害的疾病。他无法产生任何憎恨,去抑制自己的热情或压抑自己要立即把这些人从如此恐惧的生活中解救出来的渴望。

据说,法国人每年都从他们的大街上疏散人口,把妓女用船运走,流放到他们的殖民地。如果这些"污染城市"的妇女,能有机会从她们的不幸中逃脱,我认为,几乎没必要使用武力,因为在她们中有谁畏惧任何改变呢?在我们中,许多女人除了被奴役的行业,确实不适合做其他工作。有些女人也许会要求地方文职官员出面,阻止她们在其他地方做同样的事。可是,还有些女人,只是因为名声问题就失去了重新做人的机会,她们很乐意根据任何必要的悔过和专制的条件被释放。除了人口稠密的城市,没有一个地方能为开妓院提供机会。只要正义的眼睛能关注着每一个人，那些自己无法去做好的人就可以免于再落入深渊。就我而言，我会为有被遣送的待遇感到高兴。不论在哪个地方，只要能再次恢复我的诚实和安宁，我就能感到幸福。

　　　　　　　　　　　　　　　　　　　　　　米西兰

漫步者

1751 年 11 月 9 日
第 172 期

暴发户的行为

> 普里斯库斯,你经常问我应该怎样生活,
> 　如果命运同时给予财富和荣耀。
> 　谁能预见到他未来的行为?
> 　告诉我你会成为什么样的狮子。
> 　　　　　　　——马提亚尔

财富的变化会引起生活方式的改变,这是人们长期以来一直关心的问题。我们所见到的身卑位贱的人,若有了财富和权力,他会如何表现自己,人们很难对其品行做出猜测。可是,一般来说,很少有人能因为荣耀或晋升使自己变得更好。这类财权所赋予思想的权力,当在幸福阳光的照耀下,必会无拘无束,更会经常向愚昧方向放纵,而不是向美好的前途发展。

很多对事实的观察都证实了上述看法。因此,它们不可能因为缺少新证据,就很快变得无意义。除非人们能或多或少有机会满足自己的欲望,或他们或多或少地受到人类谴责的制约,大多数人不管处于或高或低的位置,都会在各种情境中堕落。许多人

获得财富后便违背了原则。谁会怀疑，以造假和敲诈得到的东西，不会在专制和放肆下去享用呢？

然而，我愿意相信，尽管思想被外在的优势腐化这种现象肯定不少，但还不像有些人在痛苦的怨恨或激烈的争辩中所断言的那样，已经完全成为普遍的现象。

不管是谁，一旦他的地位提高了，比从前那些满足于自己与人平等的人进步了，就会有很多心怀叵测的人盯着他的名誉。当所有人都热切追求，所有人都假设自己应该得到其他人得到的东西时，如果你比其他人早得到，就被认为是一种罪恶。那些和我们在生活中一起开始竞赛的人，当他们把我们甩在后面，让我们没有希望超过他们时，我们会用失望来报复，指责他们优于别人的阴谋诡计，或是谴责他们占有的荒唐和自负。对那些我们无法阻止他们高升的人，我们会预言他们下台，以此安慰自己。

尽管没有人认为，发现那些隐蔽的和细微的瑕疵是自己的兴趣，可再纯真的人，面对这些盯着他们的恶毒尖锐眼光，也不可能不表现得虚伪。即使最谨慎小心或正直公正的人，也休想逃避那些没打算得到证实的指责。因此，"富有者"也许并非如同那些煽动仇恨者所说的"经常制造罪恶"。

对那些从原来的低位提升到高位的人，一个普遍责备是说他们骄傲。成功者自然会肯定其能力来证实自己。很少有人愿意承认，偶遇、友谊和成千上万的各种因素与每个成功事件的发生有关，而把无须人努力或介入的部分作为自己的优越加以自诩。我们用幸运而不是美德来评价自己，用想象来迅速地过分夸大自己的成就。可是，这同样会招致挑剔和嫉妒。如果一个人存心要受辱，任何行为都可以作为他的借口，比如，自由些便是粗鲁，保守些便是沉闷，欢乐些便是忘乎所以，严肃些便是循规蹈矩。要是他受到人们的礼待，他的与众不同和敬重都会被人反复介绍；要是他被人们随和地接待，他就认为自己受到这种屈尊的侮辱。

无论如何，人们应该承认，所有突然的变化、突然的时来运转都是危险的，因此，从贫穷到富有的迅速转变过程，很少是安全的。长时间看得见快乐却得不到的人，一旦初次拥有了支配它们的权利，更需要非一般的克制力，才不至于在无约束的放纵中失去自己的理性。

每个拥有的物品都因新奇而令人珍重，所有财富的满足都因欲望而让人炫耀。很难不去评估最近所得超出它的真实价值多少。除大自然赋予我们的幸福，不把伟大幸福的出现与我们不愿意排除的特定条件附加在一起，是不可能的。因为这个理由，从远处来继承意外财产而变得富有的人，有别于那些从直系亲属中得到财产的人。这种区别很容易就可以清楚分辨出来：他急切地享受所得的财富，穿着最好的服饰，夸耀自己的打扮，摆着豪华的家具和奢华的饭桌。

有很多为人熟悉的事常被看作毫无价值，可有时也有激发人们想象的能力。一个弗吉尼亚领主知道欧洲人在他的门上安了锁，很高兴发现其仆人进出都被锁限制，他便从早到晚以开锁自娱。由于在我们中间，有人早已使用过锁和钥匙，会很自然地嘲笑这个美国人的自得其乐。然而，我怀疑这篇文章是否真会有一个认为这个故事不适用于自己的读者。因为在回忆生活的过程时，他难道没有同样被一些虽短暂但细微精巧的魅力所吸引的故事？有些人的放纵任性，源于突然得到幸福满意的财富，而这些财富让他马上进入一个新天地。在那里，不熟悉的色彩让他眼花缭乱，没品尝过的美味让他垂涎欲滴。请他戒备自己，不要在绝望的堕落中丧失自己，即使不久他就忘了这些应归功于其他人。那些在思考中让自己沉醉的人，那些在最初的狂欢中放纵自己的人，总会期盼他的双眼能看出接近他们的所有人的动机，他的想法能被人作为决断和神圣的意见接受。然而，他的陶醉留存的时间终归有限，他的欢乐将会不知不觉地烟消云散，他的脆弱无能感很快就会回来，他将永远记住，与其他人合作对自己的幸福来说是必要的，他应学会互利互惠，赢得他人的尊重。

至少应有一种思考能减轻我们对强大权力和巨大财富的指责。若设想，有些人能控制自己所有行为的愚昧和内疚，而有此想法的人，一定对这个人世了解不深。

你不知道命运如此眼花缭乱，
也不会了解使伟大着迷的奴颜婢膝的奉承。
——拉辛

一个尽力做好事或坏事的人，找不到很多真心诚意并甘愿容忍他的人，不论这些人出于野心还是胆怯。当我们和其他人在一个水平线上生活时，朋友的警告和敌人的冒犯都能提醒自己的责任。可是那些生活在社会最上层的人，很少能听到他们自己有错。如果一个粗俗的吵闹声偶然传到了他的耳朵里，奉承总是马上就灌入他的精神鸦片中，平息他的深信不疑，使他失去自责的感觉。

除非与邪恶保持一致，否则便很难获得青睐。美德没有帮助也能独立存在，很少考虑要屈从于他人的认可。但邪恶、胆怯要寻找人群的庇护，要得到同谋者的支持。因此，谄媚者忽视他赞赏的这个人的好品质，却在他脆弱和愚昧处施展花招，吹捧他享受在位的虚荣，刺激他最新的欲望。

美德在任何环境里都是十分难得的，尤其"责备"和"劝告"被吓走后，更增加了得到它的困难。在一般的生活里，理性和善良双方只在互爱的热情中相遇，可是，在更高层次的生活里，双方都必须反对欺骗和奉承。由于很少有人很够做到"掉入陷阱后能从同样的陷阱里逃脱"，那些盯着他人错误的人，对屈从于诱惑者便不能有更多可以疯狂嘲讽的理由。

漫步者

1751 年 12 月 7 日
第 180 期

生活与学习

> 你要把思想应用于生活和道德实践中，把它们的本质和虚无留给学校吧。
>
> ——《希腊文集》

这是与克拉克有关的故事。他是个富有的商人，有很强的理解能力。他有把孩子培养成学者的志向，希望把孩子送到大学，并决心用自己的判断力来选择导师。人们告诉他，不管多么聪明，赢得教授欢心的最好方法，是在他到来后，奢侈地招待所有前来捧场的人。这样一来，教授们就会被餐桌的香味吸引，离开他们的书本，以所有笨拙有礼的恭维聚在他身边。这类渴望得到的成功很符合商人的意图。他请他们狂吃美食，关心地感化他们，直到他一个个地征服他们，使他们敞开了心扉。他发现，他们每个人心里都充满了竞争、嫉妒和怨恨。由于了解到每个人的个性一部分来自他自己，一部分来自其他熟人，他决心为儿子找其他教育方法。他离开这些人后，更加相信一个学者的生活不是在损害道德，便是在增加误解。他后来再也没有耐心听人们对古代作家的赞扬。他相信，所有时代的学者几乎都没有本质的不同。色诺芬和西塞罗从前虽是大学的教授，但他们小气自私，无知卑鄙，与他最近访问并抛弃的那些教授一个样。

妒忌、好奇和我们目前状态不完美的一些见识，让我们倾向于给予那些拥有超出他们真实价值的人很高的评价。每个人都会感叹，知识能给普通人的想象带来什么力量和特权。一个搞科研的人，往往有时在文学没有用处的时候，被期待在扫除文盲和消除无知方面做得很出色。一旦发现他在生活中没有特别的优越感，这些生活都是无法避免的平等，他在那些思想薄弱的人中，便失去了自己的尊严。就好比一个君主下乡为促进遥远地区的进步时，有时会听到乡下人惊叹，原来君王的身材竟和自己没有什么不同。

这些偏见和愚昧的需求是从不可能被满足的。因此，许多认为学习会使人承受失望无知的痛苦的观点，不会受到谴责。可是，在那些学习的人中，有些错误能被最明显地暴露出来。每种情境都有它不利的一面。对最活跃和最具智慧的人来说，知识的体系太过庞大，以至于他在追求科学的时候，会忽视其他任务。就像一个小的卫戍部队，当他们听到警报赶到另一个地方时，必会在空旷的大片边防要塞留下一些防护不到的地方。然而，如果人们不被渴望过多的成就误导，知识通常是能让人成功并给人带来名誉的。拉斐尔为回答亚当对星空和天体运转的探索，劝诫自己从空虚的幻想中解脱，专心致力于最现实和最有兴趣的题目，探索自己的生活，控制自己的热情，知道自己每天有责任要做的事情，发现每天会出现的危险。

对这个善意的劝告，每个写作者都应事先了解。那些决定要自然地从学习中隐退的人，他会消沉下去，使自己忽略乃至忘记社会的责任。然而，这些人有时还是会被惊醒，回到人类的普遍情境中。

我完全没有任何打算去限制好奇心，或强调去学习那些直接和有用的知识。唯有从各种实践工业的尝试中，唯有朦胧的思想被用于发明的探索途中，知识的任何优越性都能被人期待。尽管许多人在他们的努力中必会失望，可不应谴责他们虚度一生。因为他们的经验能启发竞争，他们的错误能教其他人成功的方法。

可是，能在某一天变得很有用或很出名，这个遥远的希望不应误导我们远离学习，因为伟大和平庸、杰出和渺小同样需要学习；也不应误导我们保持适度的愿望，克制自己，协调或维持人类友爱的艺术。

没有人能想象出他自己一生的全过程，或者想象他周围世界发生的事件，并且认为，这些不值得他去注意。然而，在这些学子中，许多人似乎想到了每件事，却偏没有想到自己。他们观察每件事，却偏偏忽视眼前发生的。许多人努力把握一个错综复杂的体系，却为最简单的普通事件而不可避免地感到困惑；许多人愿意比较他人的行为，赞美古代英雄的品德，却让自己的时光在毫无思考中流逝，忍受堕落的习惯侵蚀思想的苦恼，而不去抵制或发现它。

对学者责备最多的是，他们缺少坚韧，不懂物质生活，只知哲学观念。这些人在暗室中安静地成长，被教育在落日后禁闭自己，习惯使用的唯一武器是抽象逻辑。也许在个人遇到危险时，他能感到恐怖，可碰到动荡和警报，他便惊慌失措。然而，这些人一生都在思考：他的任务只是发现真实，为什么他却不能判断"想象的错误"，成功地反对"偏见的狂热"呢？如果他放弃了对虚假现象的探索，让自己因恐惧罪恶而忍受奴役的痛苦，而只有这些愚昧或空虚才能使他接触到罪恶，或者当他同样要对好和坏交换意见时，他没有显示出真正的尊严而为自己的优越得意扬扬，那么，他所学和所思的目又是什么呢？

然而，世界的现状如此：那些骄傲的充满奴性的奉承，那些痴迷地盯住财富的欢喜，那些闲聊议论伟人的过分殷勤，是从关于智慧和美德的学习演讲中收集起来的。它的目的是，爱好应满足于微小之物，希望应只是为渴求得到一种没有人类力量能赋予或取走的荣耀。

作为学生，最初进入这个世界，不应庆幸自己避开了那些因习惯观念形成的错误，不应在没有某些原则的指导下去度过每天的生活。对他来说，匆忙地与大众混在一起，迅速地依从时髦或罪恶并表示自己的愉快和顺从，这些行为都是很正常的。那些富有并有能力去奖励自己手下的人，他最初的微笑通常都能诱惑仆人，使人无法抗拒。化妆的耀眼、奢侈的芳香、随意的许诺、一贯和蔼的亲切，都能给他无穷的想象。在受到很好的接待后，侍从很快就打消了他的其他希望，或者只根据他的赞助人的意见来衡量什么是对和错。

喜欢恭维和服从的人自会学习恰当的粗俗奉承，嘱咐自己要卑躬屈膝。我们身上的美德或罪恶并不全是我们自己的特质。如果没有胆小鬼，谈不上什么傲慢无礼。除非接受诱惑或者容忍顺从，否则骄傲也无法以任何巨大的影响表现出来。

卑鄙的小人在人们还没有用自然平等的眼神盯着他时就缩到一边。当他知道人们不屑一顾地看着自己，听到那些敬畏和奴颜婢膝的声音时，他变得反复无常和专制。那些乐意靠阿谀恭维得到赞扬的人，可归咎于他们的傲慢。这个傲慢不会给人留下坚定和诚实的希望。

做学问的人不要在一颗哲学流星面前徘徊不前，因为流星虽然给世界带来了瞬间的光辉灿烂，但它很快就陨落，被人忘记。把目光放在道德和宗教真实的永久光辉上，他才能发现一个走向幸福的更确定的方向。要知道，在排斥那些教人坚定信念和提升独立精神的教育后，即便展开一点看似明理的讨论，了解一些不必要的思索，都是要付出昂贵代价的。

漫步者

1751 年 12 月 17 日
第 183 期

论妒忌

> 不信任合伙人占有的权力,
> 不和谐便会一直盘旋在分裂的王座头顶。
> ——卢坎

敌意永远在人和人之间存在,它由渴望得到仅有少数人拥有的许多东西引起。每个人都可能有财富、权威和名望,然而,这些名望、权威和财富,仅是相对条件的名词而已,它暗示着相对的低微身份、从属关系和大量的贫困。

这个常见和永久的竞争能引起伤害和敌意,主要有两个原因:利益和妒忌。我们期待能从其他人那里得到东西,来增加我们的所有物;希望用减少其他人的器物,来缩短我们之间的悬殊,尽管我们自己什么也得不到。

要讨论恶意或破坏这两种力量,我们可能首先要看一下利益。利益有最强大和最广泛的影响。这很容易设想,抓住长期需要的机会可以激起几乎不可抵抗的渴望。然而,同样的热情虽然确实不能被偶然毁灭的能力所点燃,却能给予另一个人幸福。通过抢夺得到利益，要比仅为妒忌的恶作剧伤害似乎更自然。

我倾向于相信，相互关爱仁慈的伟大法则，常被妒忌而非利益所违背。对无耻行为的诽谤或对诚恳努力的阻挠，给世界带来很多痛苦，这些都是由这些人造成的。他们的建议并不有利于自己，而仅是为他们不能品尝的有毒宴会感到窃喜，要毁掉他们没有权利去获得的大丰收。

利益让自身分散在狭窄的范围内。他们的成员不多，希望能填补那些被贬黜权力者的空位，抓住破灭命运的碎片，或者希望能接替被诋毁的美丽荣耀。可是，妒忌的帝国却是无任何限制的。因为它所要求的影响，很少来自外部的助力。妒忌可以因为懒散和骄傲而产生，而在什么地方，它们能不被发现呢？

利益不是宇宙赠予的一些品质。另一个人的毁灭，对他不产生利益。对于要利用他的优势，鼓足勇气抓住机会，积极行动去追求它，他没有任何先见之明。可是，妒忌带来的冷酷敌意，能施压于一个麻木和静止的状态，其中愚蠢的阴郁掩盖其懦弱。他被利益击倒，如同被饿虎撕裂。他已发现和抵制他的敌人。比较而言，他在妒忌的埋伏下消失，如同被不可知和不可见的凶手杀戮，死时像一个因毒气而窒息的人，失去危险的知觉和可能性的竞争。

除了在有些风险范围内，很少有人去追求利益。他希望得到很多，通常就会失去一些。当他冒险去攻击权威时，如果他的征服失败，他会不可避免地粉身碎骨，可是，妒忌的行动没有什么付出，也没有什么危险。散布怀疑、编造诽谤、宣传丑闻，既不需要辛劳，也不需要鼓励。无论如何有敌意，邪恶都需要一些努力去助其流传，而妒忌和说谎，对一个作家来说不难做到。

妒忌几乎是唯一的恶习，在任何时代和任何地方都存在，也是唯一一种情绪，永远不会因为没有刺激就消停下来。妒忌的影响几乎在每个地方都可发现，其企图总是让人感到畏惧。

每当听到某人因任何杰出成就而远近闻名时，有些潜在的敌意就会爆发出来。富有的商人无论怎样与世无争，也摆脱不了有人会像"威尼斯商人"夏洛克那样对他含沙射影道，"船不过是几块木板钉起来的东西"。美人就算仅以清白和适中的平凡文雅装饰自己，无论什么时候出现，也会激起成百上千人的诽谤。即使尽力恳请或下达指令，天才也要承受无数批评的谴责。这些尖刻责备，总被看到别人欢喜或听到另一些人欢呼鼓掌的痛苦所激起。

妒忌的常态使其为人所熟知，逃过人们的观察。我们不常反思其污浊或敌意，直到我们碰巧受到它的影响。当一个人没有带着挑衅的敌意，只是想尝试突出自己，却发现其被从未见过的大众追随，而这些大众带着无法平息的个人怨恨时；当他看到叫嚣和敌意，被每个诽谤煽动出来，他因此被看作众人公敌时；当他听到家人的不幸或他年轻时的愚昧被暴露给世界时；当他每一个行为的失败和自然的缺失都被添油加醋地加以嘲讽时，他才会学着痛恨那些他之前嘲笑的伎俩，发现有多少生活的幸福会因为消除那来自人心的妒忌而增加。

妒忌确实是内心疯长的野草，很少屈服于理性的文化。然而，能将某些观念精心播撒到人心里，并辛勤培植的话，也许对这些思考可以及时压制——没有人会为愉快的目的培养它，它带来的只是羞耻、痛苦和动摇。

妒忌在所有邪恶之上，不与人类社会的个性和谐。因为它让每个轻微诱惑都付出牺牲真实和友善的代价。它抢夺一个富有的邻居，得到的正如它尽可能取走的一样多。它可改进自己的条件，在同比例上，如它伤害其他人的条件一样。它破坏一个正冉冉上升的名誉，一定要满足于小的额外份额，那份额如此之小，以至于自己能承受很少的安慰抵去因获得它而产生的内疚。

我尽量避免有危害且功利的道德主义。道德用他人的方式可清除邪恶。然而，妒忌是如此原始和可恨，在其动机上如此邪恶，在其效果上如此有害，几乎控制其他偏爱的品质。妒忌是社会中无法无天的敌人里的一个，反对毒箭可以公正诚实地被使用。因此，但愿人们记住，妒忌之人，实则是承认了别人的优秀。那些因失去美德而骄傲的人，但愿他们能改过自新。

当他们有义务去反对那些没有目的的挑衅时，妒忌引起的伤害不会很轻微。妒忌的受害者常被毁灭而与众不同，不是因为他在履行某些责任上失败，而是因为他敢于做更多被要求之外的事情。

其他的罪行几乎都能被有些品质帮助去改进。如果能被很好地运用，这些品质有可能产生尊重或敬爱。可是，妒忌只是未被混合的真正的邪恶。它用卑劣的手段追求可恨的目的，渴望的与其说是自己的幸福，不如说是另一个人的痛苦。要避免这类堕落行为，任何人虽无必要鼓励自己一定成为英雄或圣人，然而，他应坚定地决不退出自然赋予他的位置，希望永远保持一个人的尊严。

漫步者

1752年3月14日
第208期

结束语：写作意图

> 走吧，傻瓜，赫拉克利特喊着，
> 留下我的著作给学者和聪明人。
> 好的学者要研习智慧和知识；
> 我蔑视芸芸众生，无论生或死。
> ——《希腊文集》

时间能结束人类所有的愉快和悲伤，同样也结束漫步者的写作。由于得到支持，两年来，我作为期刊作者焦虑不安地写作，文章增加到两百多期。我现在决定停笔了。

宣布这个决定的理由并不重要，因为没有反对它的声音，更无须提到是否公正。我完全没想到，我停笔写作会有什么坏处。因为我从来不是一个大众读者的宠儿，也不能自诩在我写作的过程中，受到慷慨的酬金、伟大的抚爱、出名的称赞这些激励。

我没有因恭顺去满足自豪或靠悲悯除去怨恨的写作意图；对于那些我从不会去征求他们意见的人，我也不认为有理由去抱怨他们的忽视。如果发表它们而未获得杰出的文学荣誉，我自知很少能够靠文学技巧获得称赞而流传下去。我看到闪耀的流星升空和落地，没有为它们的长久增加一个时辰的任何企图。我从不去适应流行的好奇，也不能让我的读者去讨论当下的热门话题。我很少以生活中的人物为榜样，做出我的判断。在我的文章中，没有人能找到敌人的谴责，或者对他的赞扬，他们仅有的期待是去阅读它们。文章的热情让他们在闲暇时了解抽象的真实，而他们因美德坦露的尊严得到充实和愉悦。

然而，我感激有些人的鼓励和其他人的帮助。我的朋友圈人数不多，即便如此，我尚未从他们那里感到不安。想到我的写作是徒劳的，我并没有因为它们的不流行而感到十分沮丧。

虽不能经常尽义务，但我的致谢词很快就会公布。我能恢复通讯者写给我的所有书信稿，不会让我的文章减少，尽管难免会失去有些受到特别称赞的文章。

我声明，应给这些值得称赞的通讯者们一个出现的机会。他们有机会出现的部分是第 10 期里的四个短篇，其他的有第 15、30、44、97 和 100 期，还有第 107 期。

由于坦诚地承认我的文章有不同的质量问题，我不需要许多借口原谅自己。由于没有感激通讯者的必要，鉴于出版的急切要求或拒绝改稿的固执，我必须为所有的错负责，没有任何借口，全交给评论家批评。然而，我尽力不为一个考究的贬低服软，也不被一个赞助人的影响征服。一个作者的恳求从不会暂缓他被遗忘的时刻。尽管伟大有时能遮掩错误，却不能保护无知和愚钝。迄今为止，由于尝试只为宣传真理，我不会因为那些我未感到的恐惧而冒犯它；由于写作坚持美德的尊严，我不会用卑鄙的献词使其受屈辱。

我在谈到自己时看似自负，若是不能被那些给我来信的读者原谅，我也许应要求做出一个道歉。郎世宁说："一个面具让正当的行动和演讲可以少些拘谨，哪怕戴面具者碰巧被认出来。"那些没有自己的同意却被暴露真面目的人，可以坚持一些放纵，却不能被叫出来严格地判断那些俏皮话或嬉戏，因为他这些嬉戏伪装一定能证实他渴望隐蔽自己的初衷。

可是，我一直保持警惕，以免经常或粗俗地出现这个冒犯。因为，当一位哲学家指导我们去与一个朋友生活时，有时会和这个人成为敌人，我总是想到，这是一个隐姓埋名的作者写作的责任，就像他期待此后能被人知道一样。

我愿意以希望奉承自己。通过收集这些文章，不管是羞愧还是悔改，我都没有为未来的生活做准备。这些愉快的想象或准确的文字、这些同样的情绪有时没有出现或表达过于重复，我没有足够的信心认为自己有足够的能力去保证。迫使自己在特定的日子里写作的人，常因为注意力的转移、记忆力的尴尬、想象力的窒息、思想忧虑的分心、身患疾病的憔悴，难以完成任务。他将在荒瘠的题目上写作，直到太迟以至于难以再改变它；或者，在发明的热情下，他让思想达到狂热状态。在出版时间紧迫的情况下，不能容忍检查或删除的判断。

无论如何，人们将会做出最后的判断。我至少已尽力写作，应值得他们的友善对待。我已通过写作，提炼我们的语言以达到语法的纯正，让我们的语言去除口语的野蛮、措辞的混乱、规则的不规范，使其变得更清晰。有时，我也许会增加它结构上的文雅，有时，让它的韵律更和谐。当通用词在其意义上不太悦耳和明晰时，我把它们运用到流行的观念上，让这些哲学术语为人熟知，可我几乎不接受没有被从前的作家们授权的任何词。因为我认为，无论是谁，只要对目前英语有了解，就应知道英语足够表达他的思想，无须其他民族语言的进一步帮助。

由于灌输智慧和虔诚是我重要的写作意图，我也发表虚构的闲散娱乐文章。也许能发现有些最优秀的文章是无害的娱乐，可是，很少有人能和作者一样有着稳定的严肃，当有些文章没有被抱怨时，那些独断指导的严苛，已让有些人难以释怀，有些人会被《漫步者》哲学的严谨吓到，扭头转向更愉快和更轻松的生活指南上。

紧接着的闲散文章是批评文学专题论文。在我看来，这类批评只是在顺从和指导艺术等级的排位。我认真地回避独断的决定和一般的呐喊，通过加入没有不带任何理由的看法，在一个不可更改的真实的基础上，建立我所有的判断原则。

在描述生活的画面上，我从未有如此新奇和惊讶的好学，以便完全脱离所有的似曾相识。作家常犯的一个错误，是他们会应时机和场合的要求，增加欢乐和恐惧的画面。这些画面有些夸张，有些滑稽，可是，当它们太背离实际时，它们变得很少有用，因为他们的经验在实际运用中常常是失败的。读者的思想根据自己的思考方式而进行，若他发现自己与他面前的幻影不相像，哪怕他大笑和愤怒，都不能被感化。

如果我能执行自己写作的意图，这些表面上严肃的文章会被发现恰好适合基督的思想，没有与目前时代的放荡和轻浮风气有任何配合。我因此愉快地回顾这部分文章，没有谁的责备或称赞能够去贬损它们。如果我能名列在那些已赋予美德以热情、赋予真实以自信的作家中，我绝不会妒忌智慧者和学者在其他事业中获得的荣耀。

我的文章等待你们最后的奖励。

冒险者

1753
—
1754

冒险者

1753 年 6 月 27 日
第 67 期

人类社会的福祉

> 他们用实用的艺术去完善生活。
>
> ——维吉尔

"熟悉会导致忽视",这是人们长期以来观察到的一种现象。不论事物在外观上显得多么巨大或雄伟,都会失去它的新奇:朝臣在国王面前站立,脸上却毫无情绪;乡村人脚踩在春天的美丽土地上,却很少注意它的颜色或芬芳;沿海岸线居住的人们,看着无边无际的茫茫大海,无丝毫敬畏、新奇和恐惧。

那些终身生活在大城市里的人,看着这个城市的富裕和繁荣、广博和多样,他处之泰然,并无特别好感;可一个从偏远地方来的人,一眼就能看出它洒脱的奇妙,急于关注这些五花八门的事物,注视这些令人赞美和惊叹的狂热杂乱的景象。

新来者一般都会首先被大街上多样的叫喊声吸引,全神贯注地观看,售货员正把各种商品和工业制品送到人们手中。他受到一时惊喜的无意识影响,容易引发嬉戏和蔑视他们。因为他误用眼睛去得到理解的效果,混淆了偶然的知识和正当的理性的区别。

人们对有些事感到好奇确实是不应受到责备的。在伦敦的大街上有成千上万的职业，这些职业能满足每个人的想法，为任何有能力的人提供机会。那些思考城市奇景的人不容易明白，市场靠什么方式能维持繁荣，居民如何正常地得到日常生活必需品。观察商店和仓库时，他看到其中堆满了各种为销售而生产的商品。经过所有艺术加工和自然生产的产品时，他随时随地都会全神贯注地看，掏出他的钱包去购买。他确信这么多产品很难被消耗殆尽，有一部分人很快就要无事可做，要等供应的产品用完或销毁后，才有可能得到工作机会。

当苏格拉底经过雅典的一个市场时，他看着商品和顾客说："这里有那么多东西，都是我不需要的。"同样，一个人在伦敦的大街上行走，不论他在哲学方面比苏格拉底差多少，也会有同样的情绪：他看着琳琅满目的产品不知有何用。因此，他也倾向于认为这些东西无价值。确实，许多家庭用的工艺品，许多堆积在一起的财物，无论它们多么微小和充裕，只有使用过后，才能知道如何在需要时，事先安排去获得它们。可世界上很容易就缺货的物质，几乎不必期待鼓励生产。

这类"要为顾客提供各种产品、要为工厂找到买家"的交易活动，是令人好奇和反复变化的。这个世界如此平衡，不仅有面包，还有贵重物品，人人无须用很伟大的能力或特别辛勤的劳动便能得到。那些最无技巧的手和有着最简单头脑的人，都能充分刺激工业生产。因为他有一份很忙的工作，也就绝不缺少必需品。确实，成千上万的人不论工作多么卑贱，也没有什么工作能保证自己发挥出特长，但他们都受到了感激和尊敬。在这些受尊敬的名誉中，有的人只是帮助邻居把浓烟从烟囱里吸走，而其他一些人帮助那些高贵文雅的人，把他们不喜欢的受浓烟熏染的杂味去掉。他们把同类材料磨成粉，用这些粉很快就能使人满意并消除那些气味。

不仅因为这类流行的小事，还有成千上万没听说过的和很快就消失的生意，使这个城市里的大众很少有人偷闲，其结果是避免物质匮乏。在无数的可感受的环境里，人类生活变得多样化。除了人们的欲望之外，没有什么东西是过剩的。或者，除非有些物品人们必须买它，否则没有什么是劣等的。除非是落在一个不合适的人手里，否则没东西是无用的。因此，有人扔掉的东西会被其他人捡起来。一部分人的垃圾，却为底层的人提供了支撑他们生活的必需品。

当我看着周围那些施展各种能力的人，我唯有佩服这个神秘组合在一起的社会，它把伟大和渺小、光辉和朦胧奇妙地联系在一起。除非他的身体或大脑完全瘫痪，否则没有人会觉得自己无用，没有人感到痛苦或成为社会的负担，想到这些，我的仁慈心得到满足。无论什么职业，那些勤勉地工作的人，理应得到他应得到的基本物质，理应得到他应享有的生活保障。每个晚上他躺在床上，心里也许充满一种为幸福生活做出某些贡献的快乐意识。

蔑视与敬佩同样难免碰到狭隘的思想。可是，只要他的理解能力能注意到人类的整个分工，他的敏锐力能通过幸运或流行的薄纱看清真实的面目，他就会在最高的境界发现卑鄙，在最平庸中发现荣耀。他会认识到，没有人可以毫无美德而受人尊敬，也没有人会毫不邪恶而遭人鄙夷。

在这普遍忙碌的人生中，没有人可以不受榜样的影响；没有人应回避诚实的竞争，把自己当作懒惰的旁观者，看着别人在劳作不息；没有人被行动的热情包围之后，仍以一个幸福的懒惰者而自得其乐。很多人都会有某些品质，通过适当地运用这些品质，他可使世界受益。无论一个人有多少能力，他都应该毫不犹豫地尽些微薄之力，排除自己什么事也不能做而产生的苦恼。

根据这个普遍的努力合作原则，各种技艺都有长期的培训计划，以至于人的所有需要都能立即得到供给。懒惰者绝少有自己的愿望：他不会有别人辛勤劳作的满足感，也不会好奇地梦想拥有一个商店里还没有的玩具。

幸福只在一定比例上可以得到享受，这是为人所知的。处在懒惰或愚昧状态的人，人们只能从其相反的不幸人生经历中去认识幸福：我们长期生活在一个交通便利、人口繁多的小镇，几乎不知道有金钱无法满足欲望的方面。为了对这种人为造成的富裕有个全面公正的看法，需要在一个偏远的殖民地或在那些人烟稀少的小岛住一段时间。只有了解到每个人在这种情况下必须做多少事，需要多少劳动力，才能生产出满足人类需要的各类产品；只有熟悉日常用品，知道它们连续用多久会失效或损坏，或用什么笨拙的权宜之计维持它；只有了解在任何人卖给他想要的东西之前，一个人能把钱留在手里多久，才知如何去恰当地评估他财富的价值，判断生活在一个大城市的悠闲。

可是，在需求很容易就得到满足后，新的需求同样很容易被创造出来，人们的这类幸福，也许一直仍有不完美：每个到伦敦商场的人，会看到无数的仪器和方便实用的商品。当他不了解这些商品时，他不会有买它的需要，可一旦经常使用并得心应手后，他会惊讶，没有它们，生活怎么能维持下去。于是，就发生了这样的情形：我们的渴望总会随着我们的拥有而增加；我们对一些存在但尚未被人接受的事物的理解，会影响我们欣赏眼前的美物。

那些习惯于把自己限制在科学领域和发明创造上的人，会很快在各种无助的力量面前失去自信，忘记我们真正需要的那些极少量的东西，轻视那些也许很容易就得到的简便方法。每个有哲学思想的人都值得去思考，我们有多少天赋的能力被剥夺，又有多少天赋的能力被权宜之计增加。我们如此习惯于给予和接受帮助，因为每个人能做的事很有限，因此，我们中的任何人，不论他的生活方式受到什么规定的约束，几乎没有人不欣赏有众多艺术家共同参与创作的作品。

一个对世界各民族风俗习惯的调查表明，人类的生活在极少帮助的情况下也能维持。通过必要的生产实践培养出来的技艺，借最简陋的方式也能够产生效果，如墨西哥和秘鲁，不用铁也能建造城市和庙宇。这些年，粗鲁的印第安人能自我供应所有生活必需品：只要父母把他们的孩子养育到身体强壮，就会同其他民族一样，把一无所有的孩子送到世界上，让他自己劳作，维持自己的生活。这些来到世上的人，最初关心如何从岩石里找到尖的石片，用它来砍倒森林里的树，然后，他制弓，做箭头，盖茅草房，造木舟，从这时起，他能生活得更富足，前景美好。他有棚躲避暴风雨，防御野兽的攻击。他能从海里抓到鱼，进山里捕到鹿。由于他不知道，在坚韧牢固和技巧方面的欠缺可用金子来弥补，他也就不嫉妒那些高雅的民族的幸福：那些人靠着勤劳的祖先留下的财富，可以躺在睡椅上伸懒腰，看着数不尽的财宝在面前倾倒。

上述这个原始人生活的画面，如果说明了个体能尽多少责任，也同样能表明人们多么需要社会。尽管印第安人的忍耐性和生活技艺曾引起我们的景仰，然而，这些不能让他们得到社会的便利，而这些便利在一个文明国家里，连乞丐游民都能享有。他像野兽那样打猎，以便填饱饥肠。在成功地捕猎后，他躺下休息，却不能宣布自己已得到安全，几天后不会有死亡的危险。他也许满意自己的条件，因为他知道，没有人能得到更好的待遇，就好比一个天生的盲人没有要求光明的渴望，因为他想不到光能带给他好处。饥饿、受伤和疲劳，都是真实存在的不幸，尽管他认为，他的其他同伴也会有同样的不幸，可当暴风雨迫使他待在小屋忍受饥饿时，公平地说，他不能被认为和其他文明人一样享有同等的幸福。因为那些身处文明社会的人和他不同，他们有技巧能免除偶然的自然灾害，他们能未雨绸缪，事先准备好未来需要的食物。

接受帮助和交流经验构成了人类生活幸福的一个组成部分：人们也许能在孤独中保持他的存在，可唯有在社会里他才能得到乐趣。一个个体最伟大的理解力，注定是要为自己生产粮食和衣物，他很少能靠权宜之计来免除每天的死亡威胁。可是，作为一个社会团体中的成员，只有履行他在共同工作中应分担的一部分，他才会有闲暇去得到精神的享受，欣赏智慧和反思的快乐。

冒险者

1753 年 8 月 25 日
第 84 期

马车上的空虚无聊

> 把危险和羞愧赶走,
> 游牧民族的天性在其捕猎中活跃起来。
>
> ——贺拉斯

冒险者先生：

我想，威廉·坦普尔爵士[1]和其后的几乎每个作家都曾指出，英国比世界其他国家更能产生各种伟大的人物。这要归因于"自由"在人们中的普及，它让每个不论精明还是愚蠢的人，都有表达自己的权利，使他避免受到必需的伪善或者卑屈的模仿的伤害。

这个说法本身没错，可我还是不完全满意。要确切地了解不同国家地区的人，并不是件很容易的事。在生活中，每件事从远处看都好像显然表现出整齐一致，但只有走近观察，那些让自然个性多样化的微小区别才能被辨识出来，如我们在家能看到的大部分东西，是因为我们有更多注意它们的机会。我很难相信，如

---

1. 威廉·坦普尔爵士（William Temple），英国政治家。

果这种特别的多样性确实存在，是出自某些特别"自由"的结果——因为只要政府存在，对个人的管理要求都是相当严厉的，不会毫无限制地任由他们私下活动而不管。人们能合理地想象，每个其他民族的人，不同样都是他们自己的时间或房子的主人，不同样都有节俭或浪费、欢乐或沉闷、节制或奢侈的自由吗？自由确实对全面表现个人重要的情绪很有必要，可这种自由同样能在许多政府管理中看到，无论它们是君主制还是联邦制。

最近我有机会去观察，个人"重要的情绪"会如何迅速地抢占"自由"的间歇，可当某种限制的力量被解除后，它又会如何快速地扩张自己。这是我坐马车到乡村旅行的发现。由于每次旅行都是一种冒险，因此，这个故事也许完全与你有关，尽管我不能像塞万提斯收集堂吉诃德在小酒馆里的故事那样，表现得绘声绘色。

在这辆马车上，大部分乘客都互不认识，也没有期待在旅行结束后再相见。人们能想象，其他人形成关于自己的所有猜测对他们中的任何人都无关紧要。于是，所有人都认为自己能避免被人发现。所有人都假定他们有最令人喜爱的个性，没有任何场合能如此纵情地表现自己全面优秀的志向。

出发那天是黎明。我上了车，有三个男人和两个女人作为旅途中的旅伴。我们很容易就看到，每个人上车后都假装出神气的风度，互相恭贺时都表现出傲慢的礼貌。当最初这些介绍的仪式结束，我们坐下后彼此沉默了很长时间。每个人都尽力想要在彼此面前表现出自己最重要的特征，尽力想突然在同伴中引起尊敬和谦逊。

这时也不难发现，沉默越是持续下去，越是长时间没人说话。

那么，找话题就越困难。没过多久，大家都盼望有人谈话，可没有人愿意屈尊率先提出话题来讨论。终于，一个肥胖的绅士，身穿鲜红的大衣，戴着宽边的大帽子，拿出手表，默默地看看它，然后用手摇晃着它。我想，所有乘客都明白他的意思，他想让大家问他现在几点了，可没有人注意他的暗示。最后还是他想谈话的愿望克服了其不耐烦的情绪。他让我们知道，他手表上显示的时间是五点多，两个小时后就能吃早点了。

　　他谦虚、喜欢讨好人，很快就被忘记了。大家继续保持顽固的沉闷。女士们抬起她们的头，我好奇地观察他们的举止。在乘客中，有两个人，一个似乎在马车行走过程中数树木，一个用帽子遮住眼睛，假装睡觉。那位好心人不因我们忽视他而烦恼，哼着曲，靠吸他的鼻烟盒打发时光。

　　大家这样都不太自然，也没有很多快乐，终于到了一家约定吃饭的小旅馆。所有人立即开始补偿自己沉默的拘谨，提出无数问题，请服务员前来照顾。最后，在每个人的要求都得到了满足，或者知道自己的要求稍后才能满足之后，服务员劝我们聚在同一张圆桌上坐下。那位穿红大衣的人又看了看表，告诉我们还有半个小时可以休息，可他看到我们个个面无愉快的表情很失望——当其他乘客都望着他的这一刻，也正是他想让自己成为大家的同伴之时。他说："我记得，正是这样一个早上，我和我的爵爷马泊、公爵特得一起外出散步。我们到了一个小房间，就好像现在这间房一样，我向你保证。我的女房东和谁谈话都没有任何戒心，讲起话来诙谐滑稽，回答我们的提问很有趣，让我们忍俊不禁。后来，这个好妇人偶然听到我对公爵说话，叫他的尊称，她很吃惊，困惑得后来什么话也不说了。尽管那天之后，公爵再也没见过我,可他爱谈这个小房子,埋怨我吓到了这位妇人。"

他的这个叙述本应使他得到大家的附和,可他没时间庆贺自己得到了这个荣耀。因为此时,一位妇女一边伸手要拿一个在桌角的盘子,一边开始议论起来:旅行太不方便了。在家里不会这么困难,总会有很多人照顾,不会像这样在路上缺少仆人。可是,要知道,有身份的人旅行时都不会暴露自己,虽然他们的身份一般能从他们对待粗鲁行为和贫穷小店员的高傲神气中看出,还可从他们对任何招待不周的品评中显示。就她来说,当人们都很有礼貌,举止表现好时,她绝无挑别人错的习惯,因为在旅途中,人们不会期待自己像在家那样享受。

讨论后的氛围似乎开始热闹起来。其中一个迄今什么话也没说的人要了一份报纸,在仔细认真地看了一会儿后说:"太荒唐了,一个人怎能靠猜测股价来做决定。上周,大家的意见是跌势,我为此卖掉两万镑;现在这股价出乎意料地往上涨;回到伦敦后,我在这些交易中肯定还会损失个三万镑。"

有个年轻人一直不仅以外表活泼给人留下印象,还经常把目光从一边转向另一边。他听此一说,立即关上鼻烟盒,告诉大家,他有上百次机会和大法官还有律师谈起股价。他不伪装自己很熟悉股市赖以建立的原则,可总是听他们评论贸易的危险、产品的不稳定和他们生产基础的不稳固。他有三个律师作顾问,都是他最亲密的朋友,劝他绝不要把钱投到股市,而是把它放到安全的地产上,这样他可在自己的家乡靠房地产维生。

现在可以预料,在这些能显示潜在名誉的谈话中,我们所有人开始用尊敬的目光互相观望着对方,举止如同浪漫的王子。当他们迷惑人的伪装被揭示出来后,每个人都了解了彼此的真正身份。显然，他们的暗示还不能让同伴有更深的印象，每个人都被怀疑是在故意给其他人制造假印象。所有人都继续表现他们的傲慢，希望强调自己所做的陈述；所有人逐渐感到时光变得沉闷不快，因为他们发现自己怎么说也没有引起太多重视。

就这样，我们在四天的旅途中，彼此间的恶意情绪不断增加。大家没别的努力，只是彼此竞争、傲慢和轻视。当我们中的任何两个人离开大家独处一会儿时，其他人便借此机会对别人的鲁莽发泄不满。

旅途终于结束，时间和变化剥除了所有的伪装，人们发现：原来那个和爵爷还有公爵亲密的人是一个贵族的管家，他用省下来的钱装修了一间店；那个有大笔钱交易的人是个股票经纪公司的小职员；那位很小心地隐瞒自己身份的小姐，在职业介绍所后面开了间小餐馆；那位幸运有法官做朋友的人，在一家寺院做文书工作；其中一位妇女，我不能发现她有任何缺陷，因为她看似没有任何个性，只顾着看自己眼前的景物，没有努力表现任何的特征或优越感。

我忍不住要表现这类伪装自己的荒唐事，如它表明的那样，经常发生却很少成功。即使成功，也得不到什么益处。假冒的个性很快就会随日子结束而暴露无遗。这种自我宣称的伪装的荣耀，会伴随着安抚他们的叹息而消失。

可是，冒险者先生，让那些嘲笑我和我的旅伴的人不要认为，这类愚蠢只发生在一辆马车上。在生命的旅途中，每个人都会表现出同样的优越感，在伪造的价值中隐藏自己，听到人们的恭维道贺，而他意识里却责备自己接受这类称颂。每个人在欺骗其他人时，其实也在欺骗自己；忽视了时间即将来临，这时每个幻想都会消失。当扮演逼真的假象被识破后,所有人都必须表现出他们全部的真实面貌。

先生,我是你谦恭的仆人
维安托

冒险者	知识的作用
1753 年 8 月 28 日 第 85 期	

> 年轻人,你希望得到奥林匹克奖,
> 要尝试所有的技艺,经受住每个辛苦的考验。
>
> ——贺拉斯

培根说,"阅读使人充实,谈话让人敏捷,写作令人准确"。

由于很少有人能获得培根那样渊博的知识,因此,培根所指明的学习方向确实值得我们去遵循,因为有谁在教导人学艺方面还能有如此大的权威,而又有谁像他在实践方面能有如此公认的成功呢?

在这位名家的盛名保护下,我会劝告那些有独创性的当代人,阅读非常有必要。阅读的目的是了解其他人而不是了解自己,学会尊重别人的情绪和观点。不管这些人目前如何被忽视,他们中的许多人经过一段漫长岁月后,最终会以知识丰富和感觉敏锐见长。这些荣誉在那些轻视他们的人中很少有人能获得。

我不知道,为什么近年来有些看法在人群中很流行,即认为图书馆只是塞满了无用的废物,任何达到培根所说"三者[1]之一"的人根本不需要它,把生命耗尽在书本上只能吸收偏见,使自然的力量受到阻碍和混淆,是用牺牲自己的判断力来培养记忆,是在不能消化的是非混乱知识中埋葬自己的理性。

许多持这类看法的人总认为自己聪明,有的人还被其他人看作是智者。在这些人中,有的人大概还相信自己的原则,有的人却受到应有的怀疑,因为他们竭力要在大众中掩饰自己的无知,希望损毁那些他们没希望分享到的名誉。我认为,"任何有知识的人从不会去贬低知识",这是永恒的真实。可对于那些敢于谴责却连他们自己都不知道在谴责什么的人,应该给予他们什么荣誉呢?

如果理性有它的提倡者所描述的那种能力的话,如果它是必须经过关注和思考才能获得的话,那么,很难相信有多少万人与我们同样介入了大自然的恩惠,这些从一个世纪到另一个世纪的思考怎么会无用。如果当下时代的智慧被认为对子孙后代有益的话,那么,他们会去继承现在被认为有益于指导生活的理性,他们确实也会允许自己接受过去一代人的理性。因此,当一个作者宣称,他不能从前辈作品里学到任何东西,而他的这个宣言又是在最近做出的时,只能表明他某种程度的傲慢。这种对人类最伟大理解力的不可原谅的傲慢,妨碍他去意识到,他正在产生一种反对他自己努力的偏见。如果人的伟大能力迄今一直是失败的,他能试图获得什么成功的希望?或者,这些迄今不可征服的困难在他面前被排除之前,他能用什么特别的力量来激励自己?

---

1. 即前文所说的阅读者、谈话者、写作者。

上帝允许一些人有资格对人类知识做出增益。这类人数量极少,即使在这个特别优秀的阶层中,每个人在思想上所能增加的东西也是非常有限的。人类中的绝大多数都必须感激他们的全部知识,而必须感激的绝大部分知识要传给其他人。了解知名作家的著作,理解他们的体系,得到他们的理性知识,这是比了解普遍智慧还重要的任务。如果一个人能把思想和求得的知识储存起来,他有可能对一些很少有业余时间或能力差的人表达清楚这些知识,那么,他就绝不应被指责为无用或懒散。

佩尔西乌斯曾恰当地说,了无知音,则尔之知不过粪土。对学者本身来说,一切都是要得到尊重,或是荣耀或是优势,否则什么意义也没有,因为世界不会对那些有真才实学却把它隐蔽起来的人颁奖。如果对他人的无知或错误不能给予帮助,尊重他人将变得毫无意义。

因此,公正地说,一个多才多艺的人,如贺拉斯,能把适当的情绪和表现自己的能力结合在一起。他一旦积累了知识后,接着便考虑如何广泛地运用它和最有效地传授它。

谈话可使人敏捷。蒲柏说,他埋头于自己"洒满尘土"的学习手稿,日夜埋头于永恒的研究和孤独的反思中,太容易使他在雄辩中失去自己知识所增进的智慧。当他进入现实的世界,显然表现出过多自己的概念,就像一个人手里拿着武器,却不会使用它。他没有积累自己思考的技巧,不能使自己适应在偶然谈话中表现出来的各种智慧,结果却使自己的谈话大多不明智,让所有人感到不愉快。

我曾听过一个渊博的哲学家的演讲。他说自己在科学上有很深的造诣。在对拉丁文"opacum"和"pellucidum"做出解释后,他犹豫了一会儿，告诉我们，前者指"不透明物"，后者指"透明物"。这位有学问的读者用如此灵活的方法，使他的听众很容易便了解到科学的复杂性。因此，一个人确实要知道他自己能教什么和不能教什么。

布尔哈夫抱怨说，那些在他之前研究化学的作者，对大多数学生来说都是无用的，因为他们事先想到读者会有一定的技能，而这些技能通常是无法找到的。那些在与世隔绝中学习任何学科的人，都会陷入同样的错误：在探讨问题时，他们认为其他人都在做同样的探索，他们期待一个简单的暗示和模糊的解说能在其他人中产生效果，因为他们自己受到同样的思想的激发。

学习者忍受孤寂生活的痛苦，还不是唯一使他感到不便之处。当他遇到一个让他满意的观念时，他会极为热情地关注它；只看那些符合他观点的论据；或为使自己免于探讨这类问题的麻烦，几乎毫不怀疑就去接受它；由于迷恋它很长时间而从不怀疑，逐步把它归纳到自己的知识体系中，把它作为无可争辩的真理珍藏。然而，当他进入另一个世界，在其中人们争论不同的原则，得出不同的结论，被置于不同的情况下，看到同一事物的不同方面，他才发现，他所推崇的立场受到攻击，他无法自我捍卫。由于以前总是想到一个方面，总是处于面对同样立场的一个位置，当敌人以新姿态攻击他时，他感到困惑和惊讶。他陷入从没想到过的困难，受到突然攻击的伤害，不能提供解决问题的方案。他的惊愕妨碍了他自然的推理能力。他的思想变得散乱和混淆。他满足于急切而轻易地得到胜利的自豪。

人们很难想象，那些凭本能就能看出来的真实会被其他人反对。也同样很难想象，需要练习多少技巧，才能从最有根据的事实中去了解人们会被他们的新奇惊吓，或者他们自己会遭到偶然出现的偏见的最严厉的反对。人们几乎无法设想，在这些临时的争论中，需要多少争论才能让迟钝变得敏锐，荒谬变得精致。通过自己消极的介入，愚昧如何能经常避免被人批判，错误的真诚如何能构成巧妙的谬论，对此，运用理性几乎无法找到摆脱它的办法。

遇到这种情况时，在孤独中学习的人通常会失败：因为别无他路，只有长期的习惯和经常实践才能使人拥有从单方面转化到多方面的能力，把知识用不同的观念表现出来，把知识与已知和被确认的真实联系在一起，用智力的思辨增强它，用巧妙的相似来解释它。因此，一个在孤独中获得知识的人，必须学习如何把知识运用到人类社会中。

然而，当各种谈话的机会让我们尝试每一种争论的模式，让我们展示每一种情绪的艺术时，我们却因为使用那些并不能严密辩护自己的手法，经常暴露出自己的弱点。在谈话中，有人情绪激烈，急于求胜，会利用对手的错误和被其忽视的优势，抓住妥协时机，而他知道这个妥协他无力解决。急于证明他可能战胜对手，尽管他知道这些证明没有说服力。于是，理性的紧张开始变得轻松。许多问题被累积，却没有做出适当的安排或区分。我们学会满足于自己这样的逻辑推理，如它能使其他人沉默一样，在胜利的欢呼声中，很少再去认真检验这类满足我们虚荣的辩论。

因此，谨慎小心是必要的，以免由于不准确和混淆是非，使丰富的知识和技巧变得无价值。写作可以明确思想，让思想不断地受到检验和重新评价，这是使我们发现思想谬误的最好方法。坚持不懈便能防止在其他方面出现的谬误：谈话时自然会分散我们的思想，而写作时，我们使思想集中；条理使写作完美，无拘无束使谈话风趣。

读、写、说要有适当的比例，因此，它们是写作者的任务。由于对这些方面，许多人不一定常有同样的练习机会，因此，常常不能达到完美。多数人都在一个或其他提出的目标上失败，如他们充实但不敏捷，或者敏锐但不精确。有些错误是完全值得原谅的，因为它们都是人们易犯的错误。在这个大千世界里，有很多错误因没有受到指责而流行，因为几乎无人有这种天生的纠错能力。只有少数人能选择适当的机会，以自然赋予他们的天赋进行改进。然而，不管怎么说，在我们眼前，要求完美是合理的。尽管我们知道它绝不可能达到，我们却总是要朝着这方面去努力。

冒险者

1753年10月16日
第99期

英雄：成功与失败

> 他在光荣的事业中死去。
>
> ——奥维德

用事实判断行为一直是人类的实践方式。同样的尝试以同样的方式进行，却以不同的结果结束，形成不同的判断。那些实现愿望的人，从不缺少人们对他们的智慧和美德的赞美，而那些失败的人，很快就发现自己在精神方面和道德方面都有缺陷。要是没有一些充分的理由去憎恨不幸，这个世界是不会长久的。即使有些人还没有完全变得声名狼藉，他们真实的错误也很快就会被发现。这些增加的诽谤会增添他们的不幸：他们在竭力追求财富或权力却失败后，不再能保持诚实或勇气。

这类不公平的现象，一直是人世间流行的风气，似乎还同样影响着人们的思索。因此，只有很少人能把"伟大"和"幸运"的概念区分开，即使威廉·坦普尔爵士也主张："那些得到英雄名誉的人，不仅拥有美德而且很幸运。"

关于不合理地区分"赞扬"和"指责"，没有人比"设计者"

更深受其害。他们想象的神速和设计的宏伟，会引起同行嫉妒。每双眼睛都想看到他们失败倒下，每颗心都为他们的不幸而高兴。然而，若一个"设计者"恰好因为成功而受到赞扬，那些准备嘲弄的舌头，在欢呼的闹声中会尽力表现得比其他人更出色。

在莎士比亚的剧作里，当科里奥兰纳斯投靠沃尔西将军奥菲迪乌斯时，虽然他受到家族神的保护，但沃尔西的仆人们还是开始侮辱他。可当这些仆人看到"设计"生效后，科里奥兰纳斯坐在桌子前面，其中一个仆人很明智地说，"他总觉得科里奥兰纳斯身上有很多他想不到的东西。"

喀提林和恺撒是所有伟大时代中的成功"设计者"，可后人对两人的评价却不同。马基雅维利曾公正地对他们做出过比较和评价。这两个人都形成同样的"设计"，要通过颠覆联邦达到自己掌权的目的；用同等的能力和同样的美德追求自己的设计，可是，喀提林死在战场，而恺撒从法撒利亚胜利返回，赢得绝对的权力。从那时起，地球上每个君主都愿以恺撒之名来炫耀荣光。喀提林的名字再也没人提起，除非把他的名字用于那些叛徒和煽动者。

在更遥远的时代，薛西斯计划占领希腊，削弱了亚洲的抵抗势力。可在这个充满期待和恐怖的世界中，他的军队被打败，舰队被摧毁。人们除了蔑视地提到他的名字外，再也不会提及薛西斯了。

几年后，希腊同样让自己又诞生了一个"设计者"。他带领一小支军队侵占亚洲，一直冒险向前。他从一个危险中脱离，又冒险进入另一个危险。他横扫一个个城市，踩踏一个个王朝，只是为无收获的胜利而战斗。入侵国家的目的，只是通过获得土地再做新的侵略。然而，他很幸运地实现了他的计划，带着"亚历山大大帝"这个称号死去。

这些确实都是古代的事件。可是，人类的本性总是相同的。每个时代都会为我们提供公开谴责一些重大事件的例子。中世纪最大的任务是"圣战"，这场战争无疑是一个崇高的计划，可它却一直都受到人类精神方面的谴责，时间长到几乎这种精神设计出现后就存在了。只有欧洲英雄的热情能促成他们的毁灭。在很长的一段时期内，他们不能得到他们为之战斗的领土，即使得到了，最后也不能守护它。因此，他们的远征被嘲笑为懒惰和无知，他们的理智和美德同样遭到贬低，他们的行为受到讥笑，他们的理由遭到诽谤。

当哥伦布执行斐迪南国王的命令，去发现其他大陆时，和他一起远航的船员们对他这个船长失去了信心。在海上长时间地寻找那些永远也找不到的口岸之后，他们发起兵变，要求返航。哥伦布找到办法去安慰他们，请求再继续沿同样的航线走三天，而在第三天的夜晚，他们看到了大陆。如果他的船员没耐心，拒绝他所提的再延长几个小时的要求，那么，他的命运只能是带着"无用的设计者"的丑名归来，失去国王对他的信任，认为他花掉了一笔无用的钱，冒着生命危险去寻找一个不存在的国家。为此，那些反对他计划的人，该为自己的敏锐判断感到多么狂喜啊。除非金子变成可饮用的水，杯子变成可伸缩大小的容器的那天，否则什么时候会有人再提到哥伦布这个名字呢？

近代皇室的"设计者"是瑞典的查理十二世和俄国的彼得大帝。他们使全世界都遭殃。如果任何判断都能根据其考察和了解形成计划，查理首先想废黜沙皇，他率领军队穿过无路可走的大沙漠进入中国，然后用刀剑开路，杀向整个亚洲，征服土耳其，使整个瑞典归于自己的新统治之下。然而，这个雄伟大国梦想的"设计"在波尔塔瓦受到挫败，查理十二世从此被认为是个疯子。说他是疯子的，恰是那些从前有能力送他们的大使去向他寻求友谊的强国，是那些送他们的将军在他手下学习战争艺术的政权。

俄国彼得大帝在自己的统治领域内，充分施展才能，以挖运河、建城市为乐，用无法容忍的疲倦劳动杀害他手下的人，把他统治的民族从一个角落扩张到另一个地方，完全不惜有成千的人死在路上。最后，他达到了他的目的，使他的人民强大，如神一般受人崇拜，声名显赫。

我完全不打算要对那些英雄和征服者的残暴做出评价。比起他们失败的臭名昭著，我更希望贬低他们成功带来的荣誉，因为我无法想象，比起那些刚开始作恶便死的人，这些烧毁城市、破坏民族、在世界各地制造恐怖和痛苦的人，为什么还能被人类推崇敬仰？为什么这些已经成功制造悲剧的人应该受到祝贺，而那些只是想尽力去做的人却是罪犯？因此，我希望把恺撒、喀提林、薛西斯、亚历山大大帝、查理十二世和彼得大帝都捆绑起来，一起送到阴暗或令人讨厌的地方。

还有另外一种"设计者"，我愿意劝人类尊重他们。他们的目标通常是值得赞美的，他们的劳动是纯真的，他们寻找新的自然能力，创造新的艺术品。可是，人们不停地谩骂他们，大家普遍地蔑视他们，经常阻碍他们在自己的行业中有可能取得的成功。如果他们得到允许而不遭到反对，他们是能成功的。

一些人发现自己倾向于批评新事业，而理由只是因为对方是新人。他们应当考虑到，这类愚昧的"设计"很少是出于一个傻瓜的愚昧。它通常是一种宏大思想的沸腾，是各类知识的汇集，是心灵炙热的火花。它常从超凡能力的意识中来，从那些已经做过许多工作的人的自信中来。这些自信者很容易劝人相信，他们能做得更好。如罗利[1]完成太阳系仪后，便企图让它永远运动；波义耳竭尽全力地揭示普通化学的秘密后，把思考转到"嬗变"的工作上。

"设计者"通常能汇集那些最让人尊重的品质，给人们带来广博的知识和伟大的规划。据说，喀提林"偏激，不可信，可他的灵魂追求无边无际的宏大目标"。所有类型的"设计者"，尽管在道德方面表现不同，他们在表现智慧上却是一致的。他们悉数失败，是因为他们企图做超出他们能力范围的事，是因为蔑视普遍的技巧而急于求成。也许在这些任务中，自然是不能把人的力量等分的。他们失败不是因为懒惰或胆小，而是因为激进的冒险和无结果的勤奋。

抱有这类企图的人，我们能合理地预料到他们经常失败。然而，从这类人，也只有从这类人身上，我们希望培养那些存在却被浪费的自然力量，发明那些快乐生活所需要的艺术。因此，如果这些人普遍地受到压抑，艺术和发明就不会出现。不论什么尝试，没有可以提前确定的成功，都可以认为是一个"设计"。因此，在有着狭隘思想的人中，他们会谴责和蔑视"设计者"。如果自由的嘲笑一旦被任意放纵，每个人都会嘲笑他自己不知道的东西，每个计划都会被认为是疯狂，每个伟大或新颖的想法都会被责备为不过是一个计划而已。那些不习惯于理性和研究的人，

---

1. 罗利（John Rowley, 1673—1751），工匠。

会认为每个事业都不实际，因为它超出了一般的效果或者它包括了太多中间实验的操作。许多故意嘲笑"设计者"的人，会认为一个行进的马车在空中飞奔，一个靠蒸汽机转动的巨大运动，就等同于一个呆板的精神失常者的"梦"。这些人以同样的忽视，看着通过挖掘运河把泰晤士河与塞文河连接起来的奇迹。他们燃起仇恨的怒火，听印度总督阿尔伯克吉[1]的计划，想到其要把尼罗河转向红海，把埃及变成荒芜的沙漠。

那些努力尝试的人，比一些不敢离开常见行动路线的人有更多成功的机会。如许多有价值的化学药品，都是在炼金药多次失败后才研制成的。因此，对那些极力扩张艺术能力的人，需要给予他们鼓励，因为他们常常超出期待获得成功。即使失败，世界有时也能从他们的错误中得到有益的教训。

---

1. 阿尔伯克吉（Alfonso de Albuquerque，1453—1515），葡萄牙政治家。

懒散者

1758
—
1760

懒散者

1758 年 6 月 17 日
第 10 期

不要过于自信

轻信或者说对形成观点的证据过于自信，这是人类的普遍弱点。不仅每个派系和党派都有这个弱点，每个人也都有。

在所有轻信者中，最为固执和绝妙的是政治狂热者。人们既不知道如何，也不知道为何，在任何分裂国家的党派里，他们要放弃使用自己的双眼和双耳，决意不相信任何人，只信任那些他们偏爱跟从的人。

哲学的偏见被权威者操弄。他不总是有机会去检验这些偏见。它们被真实和假象交织的复杂性缠绕在体制上，要讨论的是那些大自然没有明示他能够理解的话题。

笛卡尔主义者否认，当有猎犬接近时，他的骏马会感到惊慌，野兔会表现出害怕。马勒伯朗士[1]的追随者坚持认为，人不会感受到中弹的伤痛，根据正常的理解，子弹只打中并穿过了他的腿。贝克莱[2]坐在桌前写作，声称他没有书桌、纸张，也没有用手指。

---

1. 马勒伯朗士（Malebranche），法国哲学家。
2. 贝克莱（Berkeley），英国非物质主义哲学家。

这些有荣誉的人至少很容易被不易察觉的谬误所欺骗，尽管他们声称不会违背真实，却不能明显地将其与表象区分开。

人们要是参加了一个党派，很少去做遥远或抽象的事。现状在他眼前。如果非要回顾过去才能感到满意，他也很少超出近代的历史事件，扩展他的视野。所有他需要的知识都在他能得到的范围内。他能听到的大多数争辩只在他的理解能力之内。

正是如此，一个懒散者与那些在过去、现在、未来的任何事件上都有不同看法的人在一起，度过他每天的生活。他否认最为人所知的事实，反驳最中肯的真理，坚持以他们昨天肯定的是来判断今天的非，无视证据，蔑视辩论。

我的两个同事，在懒散的生活中渐渐老去。他们是汤姆·坦佩斯特和杰克·斯尼克。两人都认为自己被党派忽视，因而，他们应被信任。他们怎么会支持忘恩负义者呢？他们两人都很正直，没有被派系利益引诱。当他们没有狂热地为政治争辩时，两人都热爱真理。

汤姆是斯图亚特王室的忠诚朋友。他能描述太空出现的天才，"革命"使国家每年遭受痛苦的灾难。在他看来，如果被撵走的王室能继续统治，那么我们的木船便不会有蠕虫，树林中也不会有毛毛虫。他怀疑，民族被大冰封后，不能从废黜真国王中惊醒。他随时都在害怕整个岛屿在大海中消失。他相信，国王威廉火烧白厅，是为了从中偷走些家具，而蒂洛森[1]死时是个无神论者。他很温情地讲到女王安妮，承认她的计划很好，并知道是谁以及为何要毒死女王。在后来承续的统治时期，所有宫廷的人都腐败、

---

1. 蒂洛森（Tillotson），坎特伯雷大主教，自由主义者。

怨恨、诡计多端。他认为，没有什么能比这四十年因偶然的错误发生的事更糟糕了。他想到，代廷根战役因错判而大胜；丰特努瓦战役因签约而失去；"胜利号"被私下的命令击沉；康希尔街被协商会使者点火烧毁；威斯敏斯特大桥的拱顶匆忙建成后沉塌，目的无非是准备进攻英国。他认为新建道路到伊斯灵顿区是侵犯自由。他常判断"木轮车"将会"毁灭英国"。

汤姆通常来说是个热心者和吵闹者。可是，有一些秘密，他总是爱用耳语交流。有很多次，在一个角落他告诉我，我们的苦难日子几乎就要结束了——在一个月内，我们将会见到另一个王室登基。时间在未出现革命中流逝了。汤姆又找到我，报告新情报：整个大局计划现已确定，我们在下个月应看到大事要发生。

杰克内心支持目前体制稳定的现状。他认识的那些人里，有亲眼见到过篡位者被长柄暖床器偷运进宫时那张床的。他常欣喜于民族没有被爱尔兰人所奴役。他相信，国王威廉从不会输掉一场战争。如果国王再多活一年，就能征服法国。他认为，查理一世是个罗马天主教徒。他认为在安妮女王统治时期存在一些好人，可是，《乌得勒支和约》严重冲击民族信心，已引起所有的邪恶，让我们承受当前的痛苦。他相信，"南海计划"[1]意图很好，只是受法国的影响而失败。他设想建立一支标准化军队，作为自由的堡垒。他想到，我们能通过每七年选举一次的国会消除腐败。他谈到我们如何通过选举自治领来充实并加强力量，并声称发行国债能保佑民族。

在这个繁荣景象中,可怜的杰克时时受到天主教的恐惧干扰。

---

1. 南海公司于1711年建立，其后发生股灾，引起巨大混乱，托利党怀疑并指责这与辉格党的财政革新政策有关。

他怀疑有些严格法律没有反对天主教。他有时担忧,他们拿法国的金币在主教和法官之间互相串联活动。

他不能相信不矢忠派是如此安静不作为,他们肯定是在为天主教的重建制订一些计划。他认为,目前的宣誓不足以约束他们,希望为汉诺威王室继位找到一些更好的安全措施。他热心于感化外国的新教徒,庆幸犹太人享有英国特权,因为他想,起码犹太人绝不会成为教皇党人。

懒散者

1758年9月9日
第22期

兀鹰怎么看人类

许多自然学家认为，我们通常认为沉默无言的动物，其实它们之间有彼此交流思想的能力。它们能表现一般情绪，这是无可置疑的。凡是能出声的动物，就能发出它们欢乐和痛苦的不同声音：猎犬嗅出猎物，会呼唤它的同伴；母鸡通过咯咯叫让小鸡吃食，通过大声尖叫提醒它们脱离危险。

鸟的声音变化最大，也很多样，似乎可以形成一种语言，足以适应它们生存的需要。它们的声音受其本能调节，几乎不再有变化和改进。人们一直注意鸟鸣引起的许多好奇和迷信，因此，有许多人研究带羽毛的鸟类的语言，有些人还自诩能解鸟语。

最有技巧和最有把握解读森林语言的人，通常可以在东方的哲学家中找到。在那些国家，环境静谧，气候温和。这些学者可以在小树林和凉亭里度过一年中大部分的日子。然而，在一个地方需要有特殊机会才能做到的事，也可以用其他特殊努力在别的地方达到。在波希米亚，有一个牧羊人长期住在森林，他能听懂鸟的声音——至少他能很自信地讲述一些鸟的故事，而一些学者认为它们是可信的。

他说:"我在一个岩洞前坐着,看我的羊在山谷中吃草,听到两只兀鹰在悬崖绝壁的峰顶互相喊叫。双方声音都很热情和谨慎。我好奇心起,忘了照看羊群。我慢慢地静悄悄地从一个峭壁爬到另一个峭壁,隐藏于丛林中,直到发现一个洞穴,才坐下来静听,不受干扰也不干扰它们。"

"我很快就发现,我的努力有了收获,因为有只老鹰正好坐在一个陡岩的顶峰,一群小鹰围着它。它正在教它们一只兀鹰应该具备的生存技巧,用这最后的示范,让它们做好自由飞向高山和天空的准备。

"老鹰说:'孩子们,你们马上就不再需要我的教导了,因为你们已看到我怎么做了。你们已看到我抓起农场的家禽,叼起丛林中的小野兔,擒住牧场的小山羊。你们已知道如何保护你的爪子,当你们负载食物时,如何保持飞行的平衡。可是,你们千万要记住,那些最美味的食物就是我经常给你们享受的人肉。'

"小鹰们说:'告诉我们,在哪里能找到人,我们怎么能了解人?人肉确实是鹰的天然食物,可为什么你从来没有用你的爪子把人带到我们的巢?'

"老鹰说:'人太大了。当我们看到一个人时,我们只能撕他的肉,留下他的骨头在地上。'

"小鹰说:'人那么大,你怎么杀他?你害怕狼,害怕熊,一只鹰比人有什么特别强大的能力?难道人比羊的抵抗能力还不如?'

"老鹰说:'我们没有人的力量。我有时还怀疑我们是否有他们那种精明。如果不是自然界有时注定送人给鹰食用,赋予他们奇特的凶残,鹰其实很少将他们作为食物。我还从未看到大地上有什么动物如他们那样，两群人常碰到一起，吵闹得大地震荡，火光冲天。当你们听到声音，看到大火在地上蔓延，一定要展翅飞翔，以最快的速度飞到安全的地方。因为人确实在互相残杀。你们能看到，地面血腥的烟云和布满的尸体——其中很多已被肢解到破碎，让我们鹰食用起来很方便。'

"小鹰问：'什么时候人会自相残杀？为什么他们不吃自己？狼杀了羊，直到吃够了才会让鹰去碰它。人是否是另一类的狼？'

"老鹰说：'人是唯一杀人却并不吃人的动物。这个品质使人对我们这类动物是大恩人。'

"小鹰问：'如果人杀了我们的猎物，把它们扔在我们面前，我们还需要亲自去找吃的吗？'

"老鹰回答：'因为有时人能安静地躺在洞穴里很长时间不出来。年长的鹰会告诉你，你要注意他的行动。当你看到一大群人聚在一起，如同一群鸟，你便能判断，他们在打猎，你会很快就陶醉于人血堆里了。'

"小鹰说：'我还是不明白。我很乐意要知道他们互相残杀的理由。我不会杀我不能吃的动物。'

"老鹰说：'孩子，这个问题我不能回答你，尽管我是大家公认的山中最精明的一只鸟。在我年轻时，我经常去看望一只老鹰，它的巢筑在喀尔巴阡山脉的岩石上。它做过许多观察，了解它周围能找到食物的地方，远到在夏天太阳的升起和落下之间，那是最强壮的翅膀所能飞过的每个方向。它年年都饱食人的内脏。他的看法是，人只是外表像个'动物'，实际上是个有行动力量的'植物'。如暴风雨过后，橡树的大树枝互相折断，猪饱食大树落下的果子，人却受某种无法解释的力量驱使，彼此驱赶，直到他们失去生命停止活动，我们鹰才可以得到它们。有些人认为，他们在这些悲惨的人类中，已观察到人的发明和策略。有些群居在一起的人会伪装。每个部落都有头领为其他人指明方向。他们似乎很满意这种野蛮的残杀。什么使他们有如此特别的优势，我们不知道。人不算最大的爬行动物，也不是飞得最快的鸟，可是他用自己的真诚和勤奋表明，比起其他动物来说，他更是我们兀鹰的朋友。'"

译者补充：约翰生本人生前没有把这篇文章收入他亲自审编的集子中，据说是考虑到它揭示了人生的阴暗消极。而梁实秋在他的译注《英国文学选》（第三卷）中只收录了约翰生这一篇散文的全文和《艾迪生传》的部分文字。可见要全面了解约翰生，包括本书在内的任何文选都自有其固有的局限性。

懒散者

1758 年 9 月 16 日
第 23 期

债务人的牢房（一）

懒散者先生：

当我最近经过这座城市，听到一个大门里悔恨的喊叫声时，我感到万分惊恐，那似乎在提醒我："记住可怜的债务人。"

英国人创立的智慧和公平的法律，一直都受到极大的称赞。那些热情敬仰我们法律的人绝没有想到，当人们有工作能力时，智慧的法律会逼迫他们去当乞丐，或者，公正的法律会以一类人的情绪去压制另一类人的自由。

一个人的身体是否健壮与他按比例有效地使用手脚和大脑有关。对社区来说，暴乱造成狂热，受贿导致腐败，懒散让人萎靡。不论什么身体，也不论什么社会，消耗超出了合理要求，一定会逐步衰败。每个人接受社会供给，一旦停止工作，他便如同从公众的库房里拿走东西一样。

因此，把任何人紧闭在懒惰和黑暗的牢房里，对国家都是个损失。对债权人来说他什么也得不到，因为被关押在这悲惨牢房里的大众，只有一小部分人被怀疑用欺诈得到了属于别人的财物。其他人之所以被关押，有的是因为债主的傲慢专横，有的是因为债主的恶毒报复，或者有的是因为债主一再失望后的毒辣手段。

如果那些严格地执行法律赋予他手中权利的人，被人问起他们为什么要继续关押那些他们知道不能还债的人，有人会说，这个欠债人从前比债主本人住得还好，其他人会说，债务人的妻子鄙视邻居，他的孩子们穿丝绸到舞蹈学校，另一些人说，欠债人常假装开玩笑和耍聪明。有人坚称，如果他们本人负债的话，也应受到同样的处罚，有些人则认为，那些人欠的不多而且能支付，因此，不需要对这类人采取制裁。有些人不隐瞒自己的狠心，认为他们的债务人应死在监狱里。有些人发现，通过残酷的方式，他们希望可强硬地从他们的朋友那儿要回朋友欠的债。

所有文明法规的目的都是确保个人幸福不受别人的危害，保证个体免受彼此权利的侵犯。这个目的显然被忽略了。一个人因造成损失而引起众怒，他是被允许根据自己的原因来判断的，他是被允许根据自己的痛苦来选择处罚方式的。可当要把有罪和不幸、偶然和故意做区分时，被信赖的眼睛会因利益而失明，理解力会因怨恨而丧失。

既然我们把"贫困"作为一种罪恶来处罚，那么至少应像对待其他罪恶一样给予它同等的怜悯。冒犯者不应根据他所冒犯的人的意愿而受煎熬，应被允许向这个国家的司法部门做出申诉。除了强迫他们去付债款，几乎没有什么理由让任何债务人都要被监禁。因此，应当确定关押期。在这期间，债权人要提出对债务人隐藏财产的指控。如果这些财产被发现，要还给债权人；如果指控不成立，或者不能得到证据，要把关押的债务人释放。

那些制定法律的人，想当然地认为，每次不能付款都是债务人的罪过。而事实是，债权人总是要分享合约利益，甚至更要分享那些因不恰当的信用引起的内疚。任何人要监禁其他人，除了讨回违约造成损失和痛苦的欠债，他还希望自己得到更多利益，或者，他在讨价还价中根据自己想到的损失的判断，要按比例地索回利润，这类关押债务人的做法很常见。因为合同是双方共同签订的，没有道理一个人对另一个人进行处罚。

许多受监禁的人也许有充分的理由抱怨处罚太严厉。欠下债务者因为不能支付所欠债务，便不断增加欠款，常被迫自己贿赂他的债权人，让债主耐心等待。越来越不值钱的日用品和越来越高的价格，逼得他走投无路。他因强迫的买卖而陷入困境，至少因债务受到不幸的压迫，而许多债务事先并没经过他的确认，便都堆积在他的头上。为了减轻这种不幸的压力，没其他可以拒绝的办法，只有靠轻松地勾销债务来解决。因而，造假不受处罚，谨慎无人敬畏。当破产不再受到惩处，信用也该结束了。

有信用卡的目的是希望可以提前享有。当有人缺少某些物品而另一个人能提供时，商业活动便不会停止。当有可能以利润还贷时，信用卡是不会被人拒绝的。那些有意要指控他的人，按信任法则来说是犯罪行为。人们希望这类阴险的交易停止，却没有给出理由说明为什么法则的改变会伤害其他人。

我们看到国家与国家之间进行贸易，没有强制性付款的规定。相互提供的便利带来相互的信任，商人继续满足彼此的需求，除了贸易损失外，没什么可担心的。

继续执行这个关押债务人的制度是徒劳的，经验表明它是无效的。我们现在关押了一代又一代的债务人，可并没发现他们的人数有所减少。我们现在应该明白，匆忙和草率不可能制止人们去使用"信用"。让我们试一下，也许从限制"信用"方面是否更容易遏制欺骗或贪婪。

你的读者

懒散者

1758年11月18日
第31期

论懒散

许多道德家认为，傲慢在人类所有的恶习中有着最广泛的影响。它不但表现在各种形式中，还在各种不同类型的伪装下隐藏起来。它的伪装像月亮"明亮的面纱"，有耀眼之处也有阴影之处。尽管它隐蔽自己，但还是能被看穿。

我没有打算去降低傲慢的危害程度，然而，我不确定懒散是否能成为傲慢可疑又顽强的竞争对手。

有些人是把懒散作为一种尊严看待的。他们称自己是游手好闲之辈，如布西里斯在剧中妄称"自豪"。他们夸耀自己不用做事，感谢命运的安排，可以让自己无事可做。他们每晚都睡到不愿再睡为止，起来锻炼也仅仅是为了能够再次入睡。为使黑暗的地方延长，他们挂上双重的幕帘，绝不见阳光，除非要对太阳说"他们有多恨它的光芒"。他们所有的工作就是调整放纵的姿态。他们视白天不同于黑夜，就像看沙发或椅子不同于床。

有些人是懒散的真正信徒，为它编织罂粟般的花篮，把遗忘的药水倒入它的杯里。懒散者处在一种无人打扰的愚昧中，不是自己忘记就是被人遗忘。他的生活早就停止了，身边幸存者见他们死去，只能说他们停止了呼吸。

无可置疑的是，懒散控制着很多人的生命。尽管作为一种会自行灭亡的恶习，它却受人喜爱，因为它并不会伤害其他人。因此，它既不被视为欺骗，也不被看作傲慢。欺骗会危害财产，傲慢通常要从别人的弱点中寻求自我满足。懒散有沉默和安宁的品质，既不因卖弄招致嫉妒，也不因对抗而受到憎恨。因此，没有人忙于去责难或探究它。

正如傲慢有时被隐藏在谦卑之下，懒散通常被骚动和忙乱掩护，懒散者忽视他明知应承担的责任和真正的工作，想尽力让自己的思想陶醉于某些事情上，以便把自己想到的愚蠢排除在外。他什么都做，就是不愿投入应有的热情和勤奋，以便让自己处在一种自我赞赏的状态。

有些懒散者总是处在一种"时刻准备着"的状态中：只想到过去的方法、形成的计划、收集的材料，为大事做准备。懒散者肯定有神秘的力量支配。人们不能指望那些永远都在寻找工具的人能做事。有位艺术大师曾经告诉我，那些好奇于笔和颜料的人是画不好画的。

也有一些人视懒散为权宜之计。借此权宜之计，他们能够无所作为地过日子，而不感到空虚的时光单调乏味。为让每天稍稍忙碌，技巧就是手里总是有些令人好奇而又不足以忧虑的事做，让思想处于想要行动的状态，却无须动手。

我的老朋友索伯先生，有很多年都坚持实践这种技巧并取得了惊人的成功。索伯这个人有强烈的欲望并且想象力敏锐，他能靠喜好悠闲地保持平衡，以至于这些欲望想象很少能刺激他接受什么困难的任务。它们虽有很强的吸引力，却不会让他有沉默宁静的苦恼。它们不能让他对别人十分有用，还使他疲惫不堪。

谈话是索伯先生的主要乐趣。他谈个没完没了，听个欲罢不能。专注于说或听都能让他快乐，因为他一直觉得自己是在教人学习或自我学习，没时间责备自己。

可是，在夜晚总有一个时间，他必须要回家，因为他的朋友要睡觉。在凌晨的另一个时间，整个世界都拒绝接受干扰。正是这些时刻，可怜的索伯先生一想到它们就颤抖。可是，面对这些不幸的令人讨厌的间歇，他有许多解脱的方法：他开始观察那些细致的思考和准确的推理，以及其在许多交谈中的有效性。他劝慰自己，体力上的技巧被自己不恰当地忽视了。经过深思熟虑，他开始实践，给自己配备一套木工工具，用这些工具成功地制作了家用煤箱。只要一有机会，他还继续操劳。

在其他时间，他尝试做过鞋匠、铁匠、水暖工和陶瓷工。当这些技巧的尝试都不成功后，他仍下决心在这些方面学更多的知识来充实自己。他日常的娱乐是化学。他有个小炉子，常用它来蒸馏。他一直玩这个来安慰自己。尽管他知道在提炼油和水的过程中，香精和酒精没有什么用，他还是乐此不疲。他坐下来数着从蒸馏器上滴下来的水珠。看着它们滴落时，他也就忘了那消逝的时光。

可怜的索伯先生！我经常以责备的口吻取笑他，他也常常许诺要改变。比起懒散者，没有人能如他们那样开诚布公地认错，更没有人能如他们那样几乎听之任之。我不知道这篇文章能有什么效果，也许他会读到并大笑，照常把它用火点着之后烧着炉子。可我还是希望，他应停止做这些鸡毛蒜皮的小事，致力去做一些理性和有用的工作。

懒散者

1759年1月6日
第38期

债务人的牢房（二）

　　自那封关心债务人被债主关押在牢里的信发表之后，有人调查说，这样的情况有很多，目前至少有两万人因为欠债而被关押。

　　人们通常会对某件连续发生的事漠不关心，可如果人们观察到更全面的情况，这些"部分"的事件会让人们震惊。一个债务人被拉到监狱，一时得到怜悯，过后便被人忘记。其他人紧随其后，情形像掉进一个被遗忘的大洞里。当整个灾难终于出现，当听到两万多个有理性的人在抱怨无辜的不幸，而这些不幸纯属政策的错误或疏忽，与自然的缺失无关时，谁能忍受得了这些怜悯和悔恨，谁能不对此怀疑和憎恨？

　　在这里我们不需要雄辩家的热情。我们生活在商业和数字统计的时代，因此，让我们冷静地询问一下，监禁债务人会给国家带来什么样的恶果。

　　最近的统计数据表明，英格兰的人口不超过六百万，而两万人是其中的三百分之一。当这个民族让每三百个人中就有一人自愿地牺牲，慢慢地毁灭时，我们能说这个民族有什么人性或智慧呢？

一个个体的不幸不会把其影响扩散到许多方面，可是，如果我们考虑到血缘和友谊的关系、普遍的相互需要和帮助，这些都能使一个人与另一个人构成很亲密或必要的联系。因此，人们可以合理地假设，每一个在监狱中死亡的人，都会给两个以上其他爱他或需要他的人带来痛苦。因为这连锁反应的不幸，我们看到这种伤害蔓延到整个社会百分之一的人群中。

那些被监禁而非出于自愿的懒人，只消费不生产，若按一天花费一先令供养他们进行估算，公众的损失在一年内将达到三十万英镑。十年后，这损失将超过我们现在流通货币的六分之一。

我忧心地推测，这些被关押的远离人类普通舒适生活的债务人，充满怨恨的郁闷、沉重的悲伤，受密闭牢狱的空气污染，缺少锻炼，有时缺少食物，患上得不到治疗的传染病，遭到严酷的暴政压迫却无法抵抗。这些囚犯面临的错综复杂的恐怖，使他们中每年都有四分之一的人结束生命。那些很熟悉我们囚犯情况的人，将不会否认我的推测很接近真实情况。

这样死去的人每年有五千人。他们承受了太多的痛苦，忍受饥饿或腐烂脏臭。在这些人中，许多人都曾过着最活跃和最有用的生活。因为通常欠考虑和大胆轻率的是年轻人，所以那些活跃和忙碌的很少是老年人。

根据普遍能接受的规律，假设每年有三十分之一的人死亡，据说人类在三十年后可以更新一代。谁会相信，每一代英国人，有十五万人死在我们的牢房！在每一个世纪内，一个以科学著称的民族，一个商业繁荣的民族，一个拥有帝国雄心的民族，情愿在有害的地牢里丧失五十万公民。这个数量大大地超出了同时因

305

瘟疫和战争死去的人数。

最近发生的事表明了人口数量的价值,而它竟被我们责备得毫无价值。重建"军训队",三万人被认为是一种足够对抗所有紧急事件的武装力量:依据我们的判断,这些等同于保卫国家的国防军。因此,当我们把两万人关押在地牢时,我们是把这支军队三分之二的人关闭在黑暗中,让他们毫无用处。

僧侣机构因为企图阻止人口繁衍经常遭受谴责。尽管隐退不工作难得被允许,可有些人应在其内,如那些一直从事抽象概念工作的人,而他们尽管独处,却不是懒人,再如那些因身体虚弱而对联邦政府无用的人,或者又如那些已为社会付出一定能力的人,那些为其他事业奋斗生活过的人,他们应能满怀荣耀地退休,去过自己的生活。可是,无论这些隐退者是罪恶还是愚昧,当监狱关押的人比其他国家的僧侣还多时,这些人没有权利谴责他们。确实,允许什么也不做而不是强迫必须做,去迎合令人怀疑的幸福观而不是指责某些显而易见的悲惨生活,无限夸大虔诚的错误而不是努力使人抵抗邪恶的诱惑,前者看上去会显得没那么愚蠢,也更少会触犯法律。

地牢里的悲惨有甚于他们过半的罪恶。那里到处充斥着堕落。这些是在贫穷和邪恶之间产生的堕落。这些可耻的轻率、狂妄的需求和绝望的恶毒,导致无耻放荡的暴行。在监狱里,敬畏公众的眼神已消失,法律的力量已失效。那里的人们很少会惧怕,也没有羞涩脸红。下流激起更多的下流,大胆变得更大胆。每个人都增强自己,以便能克服自己的虚弱,尽力用自己实践的技巧对付他人,用模仿的方式去获得他同伴的仁慈。

有些人在这悲惨中死去,生存者却只能继续传播罪恶。人们希望，我们的执法者最后能为我们消除这些饥饿和彼此堕落的力量。可是，当我们时代的"正确政策"比从前任何时代都耀眼时，如果有人问，为什么不能把这些根深蒂固的罪恶清除掉，那么，就让那些以写作形成同时代人观念和实践的人来做出回答，尽力把对欠债人的监禁惩罚转向债主方，直到全宇宙的恶名都伴随着这些恶人为止。因为这些恶人的权力或他们在失望后搞打击报复，迫使他人遭受折磨和毁灭，直到这类恶人作为人类的敌人被世界追捕，在富有中找不到耻辱的隐蔽处为止。

有的债务人确实死在地牢中。尽管债权人也许能使自己免于故意谋杀罪，可当他想到会有多少人因他而受到多少折磨，有多少悲伤的妻子在等待丈夫，有多少孩子在乞讨本应由其父亲供给他的面包时，至少债权人内心还是会充塞着郁闷不快的情绪的。如果任何人做出如此冷酷无情或残暴的事，在考虑这些后果时，完全没有恐惧和怜悯，我必须让其他力量去唤醒他们，因为我是为人而写这篇文章的。

懒散者

1759年1月27日
第41期

友人的逝去

　　下面这封信涉及的痛苦，也许不应向公众分享。可是，我无法劝说自己把它压下来。因为我知道，情绪表达是真诚的，同时我对这天所有娱乐活动都不感兴趣。

　　　　无论你是谁，
　　　　都应为早逝的诗人的命运流泪。
　　　　你不必引起更多的悲伤。
　　　　让你的生与死随缓慢温柔之水流逝。
　　　　　　　　　　——奥维德

懒散者先生：

　　尽管哲学家们常常发出警告，生活也迫使我们观察日常失去和不幸的事例，我们的思想吸收这个每日生活的观察，我们理性听任这个未来幸福的空洞愿望，或者我们不情愿预见这个我们所面临的恐惧，但当灾难突然降临时，它不仅像一个重担压迫我们，还如一个炸弹粉碎我们。

邪恶虽常在自然的过程中产生，人们却有足够的理由责备并反对它。一道闪电阻止了旅行者的前行之路，一场地震在居民周围堆起城市的废墟。可是，其他时间发生的不幸虽然沉寂，却还是因为其过失的呈现而清晰可见。我们看不见这些接近我们的不幸，那是因为我们的眼睛转移了视线。对这些抓住人的邪恶，我们不抵抗，那是因为我们不能武装自己去战胜它们，除非我们在此之前早就把它们处置好。

从不能回避中退缩，要做终被发现的躲藏，这些退缩和躲藏都是徒劳的。这本是我们所有人都应知道的真实。可是，所有人都忽视它。也许没有人比投机推理者做得更甚，因为他们的思想总是离开家，他们惊愕于生命的变化，他们的幻想在幸福的流星闪过和被燃烧后翩翩起舞。他检验每件事，唯独不检验自身的状态。

比起年龄衰退后必然而来的死亡，没有其他更能说服人的明显例子了。塔利说，谁会不相信自己能活过下一年。依据同样的原则，谁会不希望他的父母或他的朋友活到下一年，可是，悖论终会被时间揭示。最后一年、最后一天必会到来。它要来，也会过去。那个给我愉快的生命终有尽头。死亡之门关上，也带走了我前景无量的风光。

一个友人的逝去，让我们的心牵挂于他。对他的每个希望，看他最后的温情，仅是一种凄凉和悲哀的状态。因此，大脑看到外面，于己不安，甚至什么也看不到，除了空虚，就是恐惧。完善的生命、朴实的温柔、虔诚的简朴、适中地顺从、令人忧虑地病重、安静地离去，这些被记住，不过是增加我们失去的价值，加重我们不能挽救的后悔，加深我们无法挽回的痛苦。

有些悲哀是因为上帝让我们与生命的爱分开，渐行渐远。其他的邪恶虽能被排斥，其他的希望或许也能够被缓和，可是，不可替代的个体要践行自己的决心或满足自己的期望，却什么也留不下了。人死不能复生，除憔悴和悲伤，我们什么也留不住。

然而，这是个自然的过程。一个人活得足够久，就必须接受自己比那些深爱和敬仰的人活得更久的事实。这是我们目前存在的状况，生活终会失去与它的联系。每个大地上的众人，必会孤独而未受注目地走进坟墓，没有任何欢乐和悲哀的同伴，没有任何对他的不幸或成功感兴趣的证人。

人们也许确实能感到不幸，可是，什么是一个人不幸的底线呢？若无人欣赏，成功对他又意味着什么呢？幸福不会在自我沉思中找到，只有从其他人那里反映出来时，才能被察觉。

我们对亡灵的状态几乎无知，因为这个知识对幸福生活毫无必要。理性把我们放弃，扔到坟墓的边缘，不再给我们任何智力。"启示录"却未完全沉寂。"天堂的使者，也为一个罪人悔改而欢喜"。确实，这类欢乐与那同躯体分开的灵魂不会没有交流，行动就像天使。

因此，让希望听命，启示录不去驳斥的东西，灵魂的整体始终如一地保留下来。对那与罪恶、悲伤和疾病做斗争的人，我们应让自己关注并友好对待他们。他们已完成自己的事业，现在正接受他们的奖励。

这个伟大的场合迫使思想去接受宗教避难所。当我们不能自主时，所能做的事便应是，抬起头看着较高者，敬仰伟大力量者。当我们考虑"最强大者"是最好的，还有什么让我们不去仰望和诚心追求呢？

确实，凡人碰到这样的痛苦，都会去寻求"福音"的帮助，因为"福音"带来"生命和永生之光"。伊壁鸠鲁的原则，只是教人们去忍受宇宙法则所规定的必要痛苦——若是不满足自己，就应沉默以对。芝诺的指令是，他教我们冷漠无情地看待一切外部事物。他也许能让我们隐瞒痛苦而得到安慰，却不能缓和它。真正对失去友人痛苦的缓解，在我们自己被解除痛苦的前景中得到"理性的安宁"。唯有接受来自他手里握有生与死的承诺，来自另一个更好状态的担保，在这些良好状态下，所有眼泪都会被擦干，整个灵魂都应充满欢乐。哲学也许会注入固执思想，而唯有宗教能给人耐性。

你的读者

懒散者

1759年6月9日
第60期

论批评家（一）

　　批评是一种观察。通过这种观察，有些人付出很少的代价便变得重要和令他人敬畏。大自然赋予很少的人创新能力。那些科研工作凭借努力可以得到成功，可这种工作量太巨大，人们并不情愿承受其困难。可是，每个人只要接触他人的著作，就会施加自己的判断。那些天分不高、懒惰无知的人，也能在批评家的名下炫耀自己的虚荣。

　　我希望，当告诉人们如何很容易就能成名时，我能给那些默默无闻在这世上追求的人以安慰。文学的其他能力非常含蓄和高雅，必须经过长时间地追求，结果还不一定能得到，而批评则是容易接触并走近的"女神"。她会等待迟缓的人，鼓励胆怯者。她用语词补充缺乏的意义，用恶毒补偿欠缺的精神。

　　这个职业有一个特别值得推荐的地方，那就是，它虽释放恶毒，却不会有真正的伤害。天才从不会被批评家刮起的风毁灭。毒药若被聚集在体内会伤害心肺，可它如果只是在空中冒出嘶嘶响的气体，便能使怨恨平息，而对名誉没有什么危害。批评家只是这样的人：他的胜利不能给其他人痛苦，他的伟不能产生于他人的毁灭上。

"观察"是简单又有声誉的问题,而且还是既恶毒又无害的问题,不值得让我的读者去听冗长或烦琐的讲解。所有人只要有能力,都可以成为批评家。我举一个典型的例子,表明只要下决心,人人都是批评家,这就够了。

迪克·米尼经过普通幼儿教育课程的学习后,没有很大的进步,就转而给酿酒师当学徒。他和这位酿酒师一起生活了两年。他在城里的叔叔死后,留给他一大笔财产。在成为公司的低级职员之前的六个月里,他从中学会了蔑视交易的一切手段。他现在能自由地顺从其天赋,决意要成为一个有智慧和善良的人。为此,要恰当地开始他的新人生,他经常去靠近剧场的一个咖啡厅。他每天都在那儿非常认真地听一些人谈语言,谈情绪,谈团圆,谈悲剧结局。在这之后,他慢慢地开始意识到,他已知道了舞台上的神秘,希望有一天自己也能尽兴演讲。

他并不过分相信自然的智慧,如同他完全忽视书本的知识一样。在剧场关闭后,他与其他几个精心挑选的作家来到里士满。对这些作家的看法,他一直以毫不厌倦的勤奋把它们深深地保留在记忆里。当他和其他智者回到城镇后,他能用适当的术语演说:艺术的主要任务是模仿自然;人们不能期待完美的作家,因为当理性的判断增加后,天才就会衰竭;伟大的作品是有瑕疵的艺术;根据贺拉斯的原则,每部作品都应经过九年打磨才能发表。

他现在开始夸耀那些大作家的个性,确立所有关于美和丑的普遍原则。他认为:莎士比亚让自己完全受自然的驱使,缺少的是经过学习知识达到的恰到好处;琼森相信书本,却不能充分地观察自然。他指责斯宾塞的诗，不能容忍西德尼的六步格诗。他推举德纳姆和沃勒为英国诗韵律的最早改革者。他认为，如果沃勒有德纳姆的力度，或者德纳姆有沃勒的可爱温柔，那么要完成一首一切都完美无缺的诗不难。他常表现出对德莱顿贫穷的同情，对那为面包而写作的时代感到愤怒。他很高兴地重复《一切为了爱》的第一行，可又对诗的变味感到奇怪，不了解这些诗味能承受任何如同押韵悲剧一样不自然的东西。在奥特韦的作品里，他看到不寻常的感人的力量，可对奥特韦常见的疏忽感到厌恶，责备他制造了一个反叛者的英雄；若不对那让观众惊醒的钟声有多么快乐加以评论，他是不会结束讨论的。萨瑟恩本是他最喜欢的，可作者把喜剧和悲剧场景混合了，打断热情发展的自然过程，用极为混乱的欢乐和忧郁来迎合人们的思想。他认为，罗武的诗律对舞台来说音调太优美，可是在不同的情绪中又太缺少变化。他归咎于康格里夫[1]的大错是，作者写的所有人物都是智者，可他写出的东西总是艺术多于自然。他认为《卡图》是一首诗而不是一出戏。他认为艾迪生是个寓言性质和严肃幽默的完美大师，却对他批评家的身份不屑一顾。他认为，普赖尔的主要价值表现在他轻松的传奇和活泼的诗歌上，尽管他也赞同，在《所罗门》中有许多高雅情绪得到了文雅表现。在斯威夫特的作品里，他不仅发现一种独特的讽刺的情绪，而且还发现一种所有人都会希望却很少有人能取得的闲适。他倾向于把蒲柏从诗人降到一个作诗的人，尽管其诗作韵律相当甘美而非甜蜜。他常惋惜人们忽视《费德

---

1. 康格里夫（Congreve, 1670—1729），英国著名喜剧作家。

尔》和《希波吕托斯》，希望看到在更好的规则下演出的戏剧。

这些观察评论通常毫无争议就通过了。如果偶尔有反对意见出现，米尼的同伴很快就做出抵制。每次争执离场后，他总是内心得意扬扬，自信心倍增。

他现在逐渐意识到自己的能力，开始谈目前戏剧诗的情况。他奇怪，怎么才能够成为用智慧和愉快表现我们祖先的喜剧天才，为什么没有作家能看出现在的冒险已超出了闹剧的界限；他认为，幽默的情绪会耗尽这个说法是没道理的，因为我们生活在一个允许每个人都自由发挥自己最大能量的国家，因此，我们能够产生比其他国家加起来还要多的原创作品。他断言，悲剧是表现灵魂的，并经常暗示，爱情的主题过分地垄断了现代舞台。

米尼现在是一个有名的批评家了。在咖啡厅里他有自己的一席位置；在观众席中，他坐在最前面。米尼有更多虚荣心而非心地不良，几乎没想过要做任何有伤大雅的事。为影响观众的看法，他会对坐在他身边的人低头耳语。当一个演员发出"噢，上帝"的呼叫，或者怜悯国家的不幸时，他鼓掌尽力去赞扬。

从某种程度说，米尼参与了戏剧表演的研习。他的许多朋友都有这样的看法：当代诗人的幸福观要归功于他。经他发明，铃在《巴巴罗萨》剧中响了两次；在他的劝说下，《克利奥》的作者不用押韵对句结束他的戏剧。他说过，在一个剧中有些部分押韵，有些部分无韵，有什么比这更荒谬的吗？一个主角，此前从未发现其以韵律诗表演，在戏剧结尾时，他靠什么获得能力说出韵律诗？

他是一个发现含蓄美的伟大观察家。当发现"声音回响着词义韵味"时,他特别高兴。他读所有诗人的诗,特别关注诗律的奥妙。他奇怪人们的懒散——诗人们的作品迄今为止一直被人细读,却没有人能在这两句里发现一个击鼓的声音:

牧师在布道时,
用拳而不是棍来敲鼓。

这些将荣耀比喻为泡沫的精彩诗行,迄今一直没人注意:

荣耀是玻璃那样透明的泡沫,
它给哲学家带来这样的烦恼:
一部分破裂,整个都飞起,
去了解为什么时,智者先崩溃。

米尼说,在这些诗里,我们有两种敲击鼓带来的声音使意义得到展示,它们不可能强烈地出现在两行里而没有一种行动,如诗里所表现的行为那样。读"泡沫"(bubble)和"烦恼"(trouble),人先放缓呼吸的间隙,引起面颊瞬间的膨胀,然后被迫发出呼声,就像在说"吹爆泡沫"(blowing bubbles)一般。但最优秀的是诗的第三行,"破裂"(cracked)在中间代表裂声(crack),然后,它破碎后成了单音节。如果这块"宝石"因与普通石块混在一起而被人忽略了,那么,在无数崇拜"讽刺又滑稽"的长诗三部曲《赫底布拉斯》中,这段诗行的最高评价,可作为米尼的观察智慧而被保留下来。

懒散者

1759年6月15日
第61期

论批评家（二）

米尼先生现在使自己处在批评荣耀的最高峰。当他坐在舞台正厅前排时，每个包厢的眼睛都注意他；当他进入咖啡室后，有一群批评的竞争选手聚拢在他周围。这些人在他的教导下通过了文学的见习期。那些没有自己看法又喜欢争论和下结论的人都请教他的看法。除非米尼加以认可，否则没有谁的创作能平安地通过，留给下一代。

米尼对欧洲大陆学院培养出来的智慧和宽容精神表示极大的敬佩，常希望建立某种"趣味标准"，因为在一些裁决中，使用的价值标准反复无常，带有偏见和怨恨。他为建立批评学院拟定计划，在那里，每个想象的作品在出版前都应被审查。这些批评应具有权威性，指导剧场什么作品能接受或什么该拒绝，什么会被排斥或什么能重演。

根据米尼的意见，这个学院能把英国文学的名誉传扬到欧洲，使伦敦成为一个充满礼仪的文雅的大都市。任何国家有才学和真诚的人，都愿到那儿继续接受再教育，得到完善和改进。任何事如果不能遵从最完美的规则，以最高雅的方式去完成，那它是不会受到任何称赞，也不会长久的。

直到行星会合让我们的王子或部长们也将乐意通过这类学院让自己不朽。现在米尼也很满意自己主持一周四晚的演讲。在这他亲自选出的批评家协会会员里，人们听他的，全无异议，因此，他的判断和意见通过大小群体传扬出去。

他坐在批评家的席位上，大声宣布我们祖先高尚的简朴，以此反对小巧精致和豪华装饰。有时，他看到造假虚伪每天层出不穷，会陷入失望；有时一丝希望便会使他焕发精神，预见真正的崇高伟大复兴。他爆发出最大的声音，指责"僧侣式诗韵的粗野"。他奇怪这些伪装的理性怎么能像其他诗一样用结尾的一行使人感到愉快。他告诉人们，为了声韵，诗意是如何不公正和不自然地被舍弃了。最好的思想，如何经常因为必要的限制或要把它们延伸到一个诗律的束缚范围内而被破坏。他为我们时代的天才挣脱那些长久以来妨碍他们的锁链而欢喜。他认为，如果诗行经常断开，停顿能明智地变化，那韵律也可以被打破。

关于无韵诗，他很容易转向弥尔顿，把他作为一个慢慢地得到持久名誉的例子。弥尔顿是唯一让米尼无论怎么读他的书也不会厌倦的作者。是什么让他从一直要故意寻求愉快到要免除这种娱乐的满意呢？又是什么使他相信，诗包含各种起伏变化的韵律，它们使听觉得到满足，让视觉引起关注呢？有些诗行被认为粗俗和无乐感，他考虑它们一定是为了调节其他优美丰富的音调，或者为了用适当的韵律来表现事物而写的。米尼特别推崇这类韵诗之美，因为他几乎找不到一首有别于此的诗。他宣称，读到下面的诗，即便在一个温暖的房间也会浑身发抖：

地面

烧成冰，冷表现火的效果

当弥尔顿哀伤于他的眼盲时，诗是这样写的：

宁静中掉落的一个大粗点，熄灭了这些眼球

他不知道，这诗行里为什么有些荒谬的情绪在敲击他，就好比他幻想这些情绪能从黑暗中的声音里感觉到。

米尼对他的批判规则不是很自信，也就不急于要从作者的名字中发现新的灵感。他通常很谨慎，不去光顾那些他不能抵制的人，除非有时碰到这种情况，他找到可联合的大众反对这些人。他强烈地谴责新的虚伪名望，"要等到自己有荣耀需求才推荐自己"。他知道在一个作品成功之前，他要固守在一般的范围内。尽管有新的思想和美丽的句子，他同样会劝作者进行删除。他有几个让人喜欢的称号，却从未能确定其意思。这些称号中，一个是"刚硬"，一个是"干瘪"，一个是"死板"，还有一个是"脆弱"。有时他发现风格的优雅，有时见到怪诞的表述。

当有前途的年轻人来请教从事关于他的研究方向时，他显出从未有过的伟大或者欢欣。他表现出异常严肃的气氛，劝学生除非读最好的作家，否则什么也不要读。当他发现有人有着和自己类似的思想，便鼓励研究他的优秀之处，但要避免他的错误。当坐下来写作时，要考虑自己喜爱的作家在目前的状态和时刻会怎么想。他勉励年轻人，要尽力去捕捉那些发现自己思想得到拓展，天才得到升华的时刻，可也应警惕，以免想象使人匆忙地超出自然的边界。他抓住勤奋这个促成成功的因素，用极大的热情去嘱咐自己不要去读超出他消化能力的东西，不要去追求与学习兴趣相反的东西，以免搅乱自己的思想。他告诉年轻人，每个人都有他的天赋，西塞罗再努力也不能成为诗人。这些年轻孩子受启发后离开，决心要跟随天才的他去思考弥尔顿会怎么想的问题。米尼为自己的仁慈沾沾自喜，等待新的一天又有学生来见他。

懒散者

1759年11月3日
第81期

欧洲掠夺者

当英国军人沿山湖之间的温带和亚热带地区进入魁北克[1]时,岛上的一个小酋长站在被他的部落环绕的岩石上,思考欧洲战争的艺术和规则。此时夜已深,岩石下有丛林搭起的帐篷。他观察部下晚上安营扎寨的安全措施,想到早上重新开始行军任务的命令。他不停地观望,直到什么也看不到才作罢,然后又站立着,静默深思了很长时间。

"我的孩子们",他对跟随着他的同伴们说,"我经常听那些长寿的白发老人说,从前我们的祖先是山林、草地和湖泊唯一的主人。不论远近,只要能看到和能走到的地方都是他们的土地。他们捕鱼打猎,设宴跳舞,疲惫了便在一眼能看到的灌木丛里躺下,没有危险,也没有害怕。他们根据季节的要求、生活的便利或好奇的诱惑,改变自己生活的习惯:有时采集山林的果实,有时沿河岸进行划木舟的运动。"

"在许多世代里,他们都是在一种富裕和安全的时光中度

---

1. 英军1759年9月13日击败法国,占领加拿大魁北克地区。1763年英法签署《巴黎和约》,结束"七年战争"。

过的。可到后来，一个新的种族从大洋彼岸进入我们的国家。他们用石头把自己的住所围起来。这样一来，我们的祖先既不能用暴力进入，也不能用火摧毁他们。他们从这些堡垒中走出来，有时打扮得像一种长满甲壳的美洲犰狳。这些甲壳能反弹进攻者射出的长矛。他们有时还用一些强壮的牲畜拉着自己。这些猛兽是我们在山谷和森林里从未见过的。他们如此强悍和敏捷，要逃开和阻挡他们同样是徒劳的。这些入侵者跨过大陆，屠杀那些愤怒的抵抗者和笑脸相迎的投降者。幸存者有的被埋葬在石洞里，有的被遣送去为他们的主人挖金矿[1]，有的被雇佣去耕地。外来的暴君吞没了这些土地产出的产品。当刀剑和矿业毁灭了当地人后，他们用另一种肤色的人来替代当地人，把他们从很远的国家带到这里，让他们在辛苦劳动的折磨下死去。

"有些人自诩他们是人道主义者，满足于占领我们的猎场和渔业，把我们从每片土地上赶走，以便他们在那些肥沃和舒适的土地上定居。如果我们要闯入自己的领地，他们会对我们发动战争。

"另一些人的借口是他们拥有购买居民区和专制的权力。这类野蛮的傲慢比起公开承认和明摆出占优势的武装力量确实更令人恼怒。有什么好处能让一个国家的主权者去承认外来的陌生人会比自己更强大呢？欺骗或恐怖必定可以使这样的合同生效。他们承诺的保护从未兑现过，他们的指令也从未执行过。我们希望，因为有了他们的支持，我们可避免一些其他罪恶而

---

1. 指西班牙在墨西哥和秘鲁矿区剥削土著印第安人。

得到安全，或者通过学习欧洲的艺术，我们能够解救自己。可他们的力量从未用于保卫我们。他们故意隐瞒起他们的技艺，他们的条约只是欺骗，他们的贸易也只是诈骗。他们声称有写好的法规，自称他们来自那些创造地球和海洋的人。通过这些法规，他们认为自己即使遭到生活抛弃，也能幸福地生存。为什么不把这个法令传给我们呢？它被隐蔽是因为它是违法的。有人告诉我，它最初的原则之一，是禁止他们去伤害其他人。他们不这样对待其他人，其他人就会伤害他们，他们怎敢向印第安民族去鼓吹这些呢？

"时机也许正在到来，到那时篡权者的自傲会被粉碎，入侵者的残暴将受到复仇。掠夺者的后代之间剑拔弩张，正决定进行一场大战。让我们冷眼旁观看着这些屠杀者，记住每个欧洲人的死，必使国家抵制暴君和掠夺者。除了如秃鹰向野兔或老虎向山羊一般向他们索赔外，其他任何民族还能索赔什么呢？让他们继续争论这些他们不能使人居住的占领区的主权，让他们继续付出危险和鲜血的代价，购买那支配高山的空洞虚伪的尊严，因为这些高山他们不能翻越，这些河流他们不能穿过。与此同时，让我们努力学习他们的纪律，仿造他们的武器。当他们互相残杀疲惫虚弱后，让我们冲到他们前面去，迫使他们退到船上做抵抗，我们便能再次统治自己的国家。"

懒散者

1759年11月24日
第84期

传记写作

　　传记有各种叙述方式。它急切地被读者阅读，也最容易用于生活。

　　在浪漫时代，那时荒野环境的可能性向创新的"传奇"敞开大门，很容易就让事件积少成多，起伏变得很突然，情节发展很奇特。可进入现实时代后，幻想开始被理性支配，被经验纠正，很多富有艺术的"传奇"一旦暴露出不真实，就再也无法引起人们的好奇。尽管人们有时把传奇浪漫故事作为纯正或文雅风格的范例来阅读，不是为了要知道它有什么意义，而是想了解它是怎样写出来的。那些厌倦自己的人，求助于它就像求助于一个愉快的梦。当他们醒来时，这些形象就会自动地从大脑中消失。

　　历史的经验和事件确实必然会在人们心里留下真实的分量。可把它们贮存在记忆里时，它们经常是为了炫耀而不是应用，为了多样的谈话而不是范式的生活。很少有人有机会直接参与打倒政治家或打败将军的行动，从而让他们变得更聪明。大多数人都抱着冷淡的心情读战争的谋略和宫廷的密谋，如同看一个虚构英雄的冒险或一个传奇地区的革命。要在"虚假"和"无用"之间分清楚哪个更真实,两者几乎没有什么区别。正如不能使用的金子是不会让人富有的,不能应用的知识也是不会使人聪明的。

罪恶和愚蠢、任性的渴望和强烈的热情,这些导致的危害可以从那些与普通生活处于同一水平的故事中得到展示。这些故事不仅讲述一个人如何变得伟大,还说他如何得到幸福;不仅说他怎样失去王子的宠爱,还说他怎么变得不满足于自己。

在这类故事中,作者讲述他自己的故事是最具有普遍价值的。这些记录其他人的作家,通常详细地叙说最惹人注目的事件,减少传记主人的冒失行为以增加他的威严,表明作家本人喜欢从远距离修饰和夸耀人物,如同让古代演员穿着悲剧服饰,尽力隐瞒其个性,以便其塑造出一个英雄形象。

法国一位王子说得对,"在他宫室的仆人眼里,没有人是英雄"。同样真实的还有,"每个人面对自己,都不是英雄"。那些在人群中凭借从事重要工作或享有天才名誉而高高在上的人,他感到自己受名誉或忙碌的影响,无非就是这些直接干扰了其家庭生活。由于人都有同等的能力和同样的感觉,不论处在高位或低位,他们的痛苦或愉快从外表上看都差不多。尽管它们出现在不同的场合,情绪却总是一样的。王子与农夫有同样痛苦的感觉,侵略者占领了王子的领土,就如同窃贼偷走了农夫的牛。这种感同身受同样会出现在一个诚实和公正的传记里。那些因命运或自然被安排在遥远地方生存的人,彼此可提供互相学习的样例。

写自己生活的作者,至少要初具历史学家的能力,有掌握真理的知识。有人认为作者掩饰真实的诱惑，与他知道真实的机会是一样的，尽管这可能要遭到合理的反对，可我别无他想，只能认为，不论他叙述自己的生活经历，还是去描写另一个人的思想过程，要做到公正客观，只能期待作者有同样的自信。

知识的确定不仅能消除错误还能增加诚实。我们靠猜测收集的材料，仅凭猜测就来判断另一个人的动机和情绪所得到的知识，很容易被幻想或欲望限制。正如以旁观者的希望或害怕的态度，看不清事情的客观性。因此，除了不愿意去理解，心存恐惧意识外，除了不愿意去理解，热爱真实外，除了不愿意坚守美德外，那些被充分认识的知识是不能伪造的。

写他人生活的传记作者，不论他是这个人的朋友还是敌人，不是希望把这个人的赞美抬高，就是会把他的丑行夸大。在虚伪的热情下，许多虚假的东西会产生，也许多到即使抵制也无所畏惧的程度。对于美德的热爱，他会鼓励；对于邪恶的憎恨，他会指责。那些感激的热心、爱国的热情、崇拜的观念或对一个党派的忠诚，很轻易就解除了人们思想上习惯保持的警觉，战胜那些没有帮助和没有依靠的真实。

那些为自己写传的人，除了自爱，没有其他作假动机或偏见。人们常会被他们的自爱引入歧途，应注意抵抗他们的虚情假意。有些人为一个行为道歉，混淆是非，或者粉饰自己来让人赞扬，确实总是被人怀疑他有自我欣赏的动机；可是，有些人安静地坐下来，自觉地回顾自己的生活，为后代作经验教训或娱乐自己，留下他的人生记录暂不发表，这种通常可以认为他会讲真话，因为造假不能使他的心灵得到满足，赞扬声也不会被他在墓地下听到。

懒散者

1759年12月22日
第88期

人的局限性

当近代哲学家们首次到皇家协会聚会的时候，人们期待实用的工业技艺迅速发展，带来伟大的前景。人们假定这个时代已为期不远，那时机器永远不停地转动，人类的健康得到万能药的保证，学习能力能靠某种"真语言"[1]得到提高，商业上可以借助不畏风暴直抵港口的海船扩大贸易范围。

然而，人类的进步自然是缓慢的。皇家协会的人相见又分离，所见到的生活的不幸没有任何减少。痛风和结石依旧是疼痛的，未耕种的土地不能带来收获，橘子和葡萄也不可能长在山楂树上。那些失望的人最终开始愤慨，那些痛恨发明创新的人同样高兴地得到了嘲笑的机会，讥笑发明家不是太傲慢，就是对古典知识太轻蔑。显然，有些问题出自他们很早就有的自我辩解。哲学家们对那些每天都胡搅蛮缠并提出不受欢迎问题的人有特别的敏感，尤其是面对这个问题——"你干了什么？"

事实上，相比较成功要承受的痛苦，科学家们能做到的少

---

1. 指有人提出发明一种纯洁而不引起歧义的语言。

之又少。问题只能用一般的辩解和靠革新的希望来解答。尤其当他们灰心时，这些解答能给予同样苦恼的问题一个新的探讨机会。

这致命的问题已经干扰了许多人的思想宁静。那些到了晚年过于严厉地责问自己干了什么的人，很少能从心里得到一个让自己满意的回答。

我们确实不会经常让别人失望，如同让自己失望那样。我们不仅想象自己的能力比其他人强，而且允许自己去设想一种从未表述过的希望，用一种没有人分配给自己的工作去满足思想的愉快，用我们从不期待达到的高度去提升自己。当我们每一天每一年都在平凡工作和娱乐中度过的时候，我们最终会发现，行动的时间早已错过，计划的目的已沉寂。我们只有被自己的反思责备。不论是我们的朋友还是敌人都不会惊叹于我们的生或死，如其他事物一样：我们生，没有人注意；死，也没有人想到。人们不知道我们提出过什么任务，因此，也无法搞清楚这些任务完成了没有。

和那些有事未做的人相比，他有一种总是随着想象和现实比较所引起的不安感。他会用轻蔑的目光看待自己，认为自己微不足道，怀疑自己来到这个世上的目的。他会抱怨自己本应留下却没有留下生活的证据，遗憾自己没为生存的方式增加任何东西，只是在人群里从年轻到年老，没有任何突出的贡献和作为。

一个人很少愿意降低对于自己名誉的看法，或者不愿意相信他做得很少只是因为每个个体都是很渺小的。一旦承认自己的意愿被剥夺而不是自然本性的虚弱，他更需要通过勤奋而不是能力使自己满意。

因为"人类是伟大的"这个错误观念，许多自称做出智慧进步的人，如此响亮地宣布他们蔑视自己。然而，如果我发现，有些人的自我轻蔑是受到他们的自卑意识影响，进而使自己非常恼怒和痛苦，那么我愿给他们安慰，劝告他们做一点什么。做点什么总比什么也不做强，这是可以从任何人那里得到的鼓励。这些在人群中尊重他的人，本身就很少，但聊胜于无。每个人都应感激宇宙的恩惠，善用所有给他带来益处的机会，继续保持上天赋予他的活动能力。尽管他的能力很小、机会很少，可他没有理由去抱怨。那些增进美德或比他同类提前获得幸福的人，那些已能确认真实道德命题的人，或者为人类自然知识增加有用经验的人，应该为自己的工作感到满意，尊重道德如同珍重自己，如奥古斯都大帝[1]那样，要求人们用掌声庆贺他离去。

---

1. 奥古斯都大帝（Augustus，公元前63年—公元14年），即屋大维·奥古斯都，罗马帝国第一位元首。

懒散者

1760年2月23日
第97期

旅行作者应写什么

没有什么书会比旅行者的书更让读者失望，我相信这是公正的看法。有些人很自然地会好奇其他地方的观念、举止和状况。每个思想上有闲暇并有能力开阔视野的人，必定渴望知道，上天把大自然的保佑或艺术的优势，以怎样的比例赐给了地球上的几个地区。

这普通的渴望，读者容易从他期待满足的每本书里得到。作为一个为使其他人愉悦而写作的人，冒险者到一个未知的海岸，叙述者描写遥远陌生的地区，他们总会受到欢迎。他们能扩大我们的知识，证明我们的看法。然而，当书卷打开，什么也没有，在他们的一般叙述里只留下模糊不清的观念。几乎无人喜爱阅读这类琐碎叙述，也无法收获什么。

每个旅行作者都应考虑，如同其他作家为教益和愉悦写作，或寓教于乐。他应提供一些直接模仿的思想，或者有些应直接避免的思想。他要提供新形象来给他的读者愉悦，使他得到把自己的国家与其他国家相比较的技巧。

大部分的旅行者说不出什么实在东西，因为他们接受一种没有人引导的旅行方式。通常他在夜晚进入一个镇,早上观察后,便匆忙赶到另一个地方,用他们所住小客栈提供给他的娱乐,猜测居民们的生活方式。他让自己满足于一时瞬间转换的场景,一个混淆记忆的宫殿和教堂。他也许满意于看到眼前的各种风景,用一杯接一杯的葡萄酒助兴,可他应让自己更满足,尽力不去干扰其他人。

他为何要写一个没有什么可学习的出行记?或者,他没有那些其他人不了解的才能,什么知识也得不到,为何还要搞这个知识展?

那些以他们的旅程见闻塞满世间书库的人,有些人无其他目的,仅仅要描述一些国家的面貌。那些懒散地坐在家中的人,好奇遥远的国家能有什么事可做,或有什么要忍受的苦难,他们也许能被这些漫游者中的一人告知。在某一天,他乘大篷车在早上出发。在头一个小时的步行后,他接近南部,看到一个到处是树的山。他经过一条溪流,水顺着河道急速流向北部,这条溪流在夏季可能是干涸的。一个小时后,他看到视线右边有些东西,从远处看像是一个有塔的城堡,可后来发现这是一个陡峭的岩石。他进入一个山谷,在那儿见到高大的树木,郁郁葱葱,还有流水的小溪,因为这个地方在地图上未标出,所以他不知其地名。道路上后来出现更多的硬石块,乡间崎岖不平。在山丘之间,他看到许多凹陷处被洪水冲出。有人告诉他,这条山路每年只有一部分时间可行走。在前行中,他发现建筑的遗址。也许这个曾经的要塞是用来确保通道安全,或阻挡强盗出没的。关于要塞,当地居民不能讲出什么故事,除了这里来过妖怪、闹过鬼。旅行者到一个岩石下吃饭。其他时间继续沿着河岸行走，从河岸的一边转到另一边，将近傍晚时，一个村庄出现在他的眼前。这里曾是有规模的像样的小镇，可现在既不能提供给他美食，也没有舒适的住宿。

他引导读者经过湿地的烂泥和干地的平坦，既没有故事，也没有反思。如果他有这个读者再陪他一天，他在夜晚便打发他离开。因为读者同样会疲惫，苦于看见一个个不断呈现的岩石和溪流，一个个连续展现的高山和废墟。

那些以冒险为业的写作者，常有此叙述的普遍风格：他到访蛮荒的国家，走进孤寂和荒凉的大地。去过沙漠，他告诉人这是沙漠；进过山谷，他发现这是绿洲。还有其他人更细心敏感，只是去访问文雅和温馨的地方：漫游过意大利的宫殿，以绘画来娱乐读者，在宏伟的教堂听弥撒，记下柱子的数量和廊道的曲折幽静。另一类人讨厌琐事，抄写文雅和粗俗、古代和现代的题词，把每个大厦墙上的神秘或文明的遗迹转录到他们的书里。读这些书的人会把阅读中的辛苦劳作看作对自己的奖励，因为他找不到可以聚精会神观看的景物、永久难忘的事情。

为使其他人愉悦的旅行者应记住，人类的生活应是他关心的伟大事件。每个民族都有它自己的工厂、天才的文学及工艺品、医药、农业、风俗和文化特色。他要成为一个有用的旅行者，应把那些让他国家受益的东西带回家。他获得了缺乏的必需品，或减少了某些罪恶，这些能让他的读者与其他民族的情况进行比较。无论什么时候，当发现差错时加以改进，而在看到美好时给予欣赏。

懒散者

1760年3月15日
第100期

一个所谓的好妇人

懒散者先生：

语言的模糊和错误常在学者中引起抱怨，然而在我们的生活中有许多词仍然没有明确的定义。我们很有必要对这些词做恰当的了解，否则当它们被错误地解释时，会产生非常有害的错误。

我很多时候都是独处。在最初的欢乐和后来工作的匆忙中，我没感到自己缺少家庭的陪伴。可由于厌倦了劳动，我也很快变得懒散。不过，想想顺从生活的习俗，在女性的关爱下，寻求某些关心和安慰，同时在女性的喜悦下，寻求我业余生活的某些娱乐，这些都是合理的。

长期拖延下来的抉择，通常都是在最后时刻以最大的警觉做出来的。我决意保持一种中立的情绪，即使结婚也要顺从我的理性。在小笔记本的一页纸上，我写下所有女性的美德和恶习。恶习接近每个美德的边界，美德又与每个恶习相连。我认为：智慧与讽刺相关，宽宏大度和傲慢无礼关联；贪婪与节约有关，无知和谄媚相连。对每个善良和邪恶的品行做出评估后，我特别上心地将它作为观察的依据。我认为，朋友介绍的女人，其本性和理性都已具备，但她所具有的快乐平庸，既不丰富也不多彩。

每个女人都会有自己的崇拜者和憎恨者，唤起的期待也很快就会被另一个压制，然而，总会有这么一个人是几乎所有男人都会欣赏的。这位"文雅女士"，被公认是一个所谓的"好妇人"。她的财产不多，可能她在谨慎地加以管理，因此，她能穿好的衣服。她的钱成倍地多于她见过的许多人。她遇见更多的伴侣。文雅女士不管到哪里都很受欢迎，不论哪个地方都喜欢有她的陪伴。当人们介绍她时，她总会给人留下仁慈的印象。她每天都扩大她认识朋友的范围。所有认识她的人都说，他们从未见过这样好的妇人。

我向"文雅女士"问候，得到她极大的热心回报。在我追求她的日子里，她没有表现出严厉控制人的特权或轻微的愤怒。如果我忘记她的什么指令，她会温柔地提醒我。如果我耽误了约会，她会很容易就原谅我。我预见不到婚姻有任何不幸，只有翠鸟带给海上的平静。我盼望的幸福只能在一个有如此好的妇人的和谐融洽的环境里才能得到。

在朋友的帮助下，一个寡妇应得的财产问题很快就解决了。这天"文雅女士"和我永远在一起的日子也就开始了。在第一个月里，我们把时间全用在了接待和回访朋友的礼节上，很容易就度过了。新娘认真地履行所有讲究的仪式，把她的情况，以最谨小慎微的方式告诉那些聚在周围、以他们的幸福预言祝福我们的朋友。

时间很快就过去了，我们单独在一起，互相致意问候。不久，我开始感觉到，这个好妇人不能让我感到更多的快乐。她的伟大原则是，家庭的秩序绝不能受到破坏——一天中每时每刻都要安排做固定的事，不可违反。若她忙于做针线活，或者整个上午坐在楼上，她习惯于在后厅消磨时光，那么不管发生什么也不能让她到花园里走走。她可以在早餐后坐上半个小时或晚饭后坐上一个小时。我跟她说话或为她念书，她却盯着钟表，时间一到就走，留下没争论完的话题，没拆穿诡计的戏剧故事。有一次，我正在看月食，她却叫我吃晚饭。还有一次，我打算去熄火，她却叫我上床。

她谈话是那样习惯性地警惕。除一般的话题外，她从不与我交谈，就好比一个有危险的人难以得到别人的信任。她从不分辨不同人的个性。她所提到的人都是诚实的男人或和蔼的女人。她笑起来没有情绪只有动作。她只有开玩笑时才大笑。那些玩笑的内容很粗俗。重复说一次好的玩笑，并不会减弱它的效果。如果那玩笑引起她大笑，她会再笑一次。

她除了脾气火爆和傲慢外，从不与人为敌，可她有经常悲伤的理由，因为世上有太多的悲哀。那些不能同时将好和坏、精致和粗糙、智慧和愚笨一起满足的人，那些明辨优秀与过失的人，她都认为他们性情乖僻。那些克制无礼或压抑放肆，或期待拥有的不是财富而是其他名望的人，她都责备他们骄傲自负。她总是对财富表示敬意。

她没有对谁有过公开的憎恨。如果她一旦因为任何轻蔑或侮辱而痛苦，或者她感觉到痛苦，她绝不会不记恨，可又借所有机会去说她如何容易做到原谅和宽恕。她对谁都没有特别的爱。当她熟悉的任何人，在外人看来倒霉时，她想到的也只是探访他们不方便。除非她已不可能与整个镇子保持和谐，否则她的这种个性不会改变。

她日常施展她的博爱，对每个在她关注范围内的家庭发生的不幸小事，都给予关心和怜悯。她处在短暂无常的恐惧中，唯恐有人在雨中着凉，或另外一些人在强台风中受到惊吓。她哀叹许多贫穷和不幸的人，认为他们本不应在街头遭冷落。她惊讶于哪个伟人会想到，他们有这么多房地产，好事却做得太少，借此表明她的善良。

尽管她没有什么精致的趣味，她的住房高雅，饭桌讲究，完全没有充满罪恶感的奢侈。她很能安慰自己，因为没有人说过她的房子肮脏或她的餐具没有擦得锃亮。

懒散者先生，凭借长期的经验，我已发现这所谓的好妇人的特性。我已把情况告诉你，"所谓的好妇人"和"好妇人"这两个说法，能被当作同样的术语使用。有人因失误而正承受其痛苦，比如你虔诚的仆人。

提姆·华纳

懒散者

1760年4月5日
第103期

最后的话

人类的许多痛苦和快乐是从猜测中来的。每个人都喜欢猜别人怎么想。我们喜欢赞扬，即使听不到；我们怨恨轻视，即使看不到。当读者知道他们手里拿到的是最后一份报纸时，如果"懒散者"因自己想象读者会怎么说或怎么想而承受了痛苦，那么他理应得到原谅。

"价值"被人更经常提到的是其"罕有"而非"有用"。这就是为什么当"价值"很"普通"时它会被忽视，就像它的数量减少时，它的估价就会增加。人们很少了解自己的真正需要，直到发现自己不再拥有后才醒悟。

这篇文章，也许会被那些还没有读过这个栏目其他文章的人认真阅读。那些发现这最后关注也能得到补偿的人，不会压抑自己尽快地把它收藏起来的愿望。

尽管"懒散者"和他的读者没有构成特别密切的关系，可也许双方都不愿分开。世上绝对无害的事是极少的。此时我们很难不含着不安的思绪去说："这是最后的话。"那些从来就不能够和睦相处的人，当相互间的不满导致他们最后分开时，也会潸然泪下。对经常光顾的地方，尽管不满意，最后告别时也会为之心情沉重。"懒散者"有着所有冷淡平静的情绪，一想到现在在他面前的是最后的文章，也不会完全无动于衷。

最后时刻带来的神秘恐惧，与想到生命走到尽头，想到死亡的可怕，都是密不可分的。人们总是在"部分"和"整体"之间暗自进行比较。任何一个阶段性的生命时期的结束都提醒我们，生命本身也同样是有尽头的。当我们最后做任何事的时候，我们不知不觉地都会感到：限定给我们的日子中的一部分要过去。这样的日子过去得越多，剩下来的就越少。

这是个非常幸福和友好的假设：每个人生都有某种停顿和休止，迫使人们去考虑一些被忽视的事，去严肃地想一些充满荣耀的事。从时间上说，一个行动结束就是另一个行动的开始，因为幸运的盛衰起伏、工作的变换、地方的变迁、朋友的分离和逝去，我们都会被迫说些"这是最后的话"之类的话。

平静和不变的生活进程，总会妨碍我们去理解其结束类似的迫近。成功时，我们不会想到其他方面，只会看到它多样性的可能。生活在今天的人，就像度过昨天一样，自会期待今天和明天，很容易把时间看成是一个循环的过程。我们承受的不确定经常受到不同情况的影响，只是在发现生命发生变化以后，我们才会想到它的短促。

这种信念不管在每次出现新印象时有多么强烈，都会很快从思想中消失，部分原因是有不可避免的新印象介入，部分原因是自觉地排斥不受欢迎的思想。我们又一次被普遍的欺骗所嘲弄。在想到时间紧迫，却不能做更多事之前，我们必须做点其他事，为了迎接这最后的时刻。

最后这期《懒散者》在庄重的周日[1]出版。在基督的世界里，这周日总是留给人们一些时间去检讨自身，评估生活，熄灭尘世的欲望，为神圣的目的洗心革面。我希望我的读者已经愿意以严肃的态度去观察每个生活中的点滴，通过反思来改进。这样，当看到这个微不足道的系列要结束时，他们应考虑比"懒散者"活得长久，想到这些周刊曾经有过的每周、每月和每年现在都已无关紧要了。这样的结束一定会让他们及时把每件事都看得伟大，同他们把每件事都看得渺小一样。这样的生活会有它最后的时刻，这样的存在秩序也有它最后的日子。在这个时刻，检讨停止了，悔改也将徒劳无益。在这个日子里，每双手的工作和每个心灵的想象都将会受到审判，一个永久存在的未来将由历史做出裁决。

---

1. 指复活节前一周的周日。

其他杂志文章

为中国茶辩护

（评汉韦[1]论茶的文章）

读者也许没忘记，我们在 1756 年 11 月对《八日旅途》这本书做了简单介绍，还发表了摘录。汉韦随后给我们发了一个指令，先暂停宣传他的书，直到第二版修订后出版。这个禁令太过于专横，因为作者一旦同意自己的书出版后，他便不再是书的唯一主人了。然而，他的禁令已被严格遵守，我们也不打算冒犯他。如果能通过他的书评价他的为人和个性，他是一个犯错误时完全可以因其美德而受到原谅的人。

修订版现在已发行。在这本"修订和扩编"的书中，作者反击了别人对他的批评。可他应发现我们没有恶意地攻击。我们确实希望如果还有其他修订，他应该找语法学家检查他的书，不要让优雅的文句被一些不适当的用词干扰。在我们看来，说它好意味着它有一定的价值，然而，比起文字不纯正来，这些价值难以平衡其严重的错误。

在我们的辑录里，已收录了汉韦先生的一封信。他在信里竭力表白，认为茶的消费损害我们国家的利益。我们现在打算尽力有步骤地顺着他的观察，进而了解他对这个现代奢侈品的看法。可是，如果不事先表明我的看法，是绝不可能公正的：

---

1. 汉韦（Jonas Hanway, 1712—1786），商业家、旅行家和慈善家，航海协会和育婴堂医院的创办人。

从摘录这本书的人身上，汉韦先生肯定无法期待得到公正的评价，因为他是个坚定的饮茶者。他二十年来唯一的爱好就是冲泡这种奇妙的植物，伴着食物一起饮用它。他的茶壶几乎从未冰冷过。他晚上用茶获得愉快，饮茶度过子夜，品茶迎接清晨。

作者一开始就对流行的说法加以否认：武夷茶和绿茶是同一树丛的叶子，只是采集的时间不同。他的看法是，这两种茶是由不同的树叶制作的。茶树的叶子在干燥的天气下被采摘，用铜锅在火上烘干卷曲。中国人只饮用很少的绿茶，认为它会妨碍消化、让人兴奋。茶为何会有这些作用我们不太容易了解。如果我们考虑到国内有许多对这些植物的流行的偏见，我们就不会过分参考中国平民的看法，况且其未得到实验的证实。

中国人喝茶时会慢慢地浸泡，只把浮在上面的部分去掉。看起来，每次要用掉很多茶。然而，作者认为——也许他因为偏见而强调——英国人和荷兰人消耗的茶的数量，比他们整个大帝国的所有居民还多。中国人的茶水不时带点酸，很少加糖，这是我们这位作者喝茶时的做法。他并没有打算在国内发现合适的方式，就向他的同胞们做了推荐。

饮茶兴起和繁盛的历史确实是令人好奇的。茶叶最早是在1666年由阿林顿伯爵[1]和奥索里伯爵[2]从荷兰进口到英国的，他们的夫人——那些贵族妇女——先跟着学会了喝茶。茶价当时是一磅三英镑，一直到1707年都一样。在1715年，我们开始喝绿茶，喝茶的习俗发展到民间的底层。1720年，法国通过秘密的商业渠道把茶输送到英国。从1717年到1726年，我们

---

1. 阿林顿伯爵（1618—1685），即亨利·贝内特，英国政治家。
2. 奥索里伯爵（1634—1680），即托马斯·巴特勒，爱尔兰政治家。

每年进口七十万磅茶叶。从1732年到1742年，每年进口到伦敦的茶叶是一百二十万磅，几年之后，达到三百万磅。在1755年，近四百万磅或两千吨。这些数据可能不确切，因为也许有些茶叶是走私进来的，但也接近实际情况。这样的数量确实足以让人们警惕，至少值得人们去了解，这些茶有什么品质，这样的贸易会带来什么后果。

作者继续枚举茶的危害，似乎要对他能发现的每个危害进行指责。他起初是质询人们总结的茶的功效，否认中国船员在他们航海途中因饮茶而免得坏血病的说法。关于这个报告，我也做了些调查。尽管我不敢说这些船员全都免于受到坏血病毒的感染，可是，看起来他们在任何同等长时间的航海行程中，确比其他水手少受这种病的痛苦。我把这归功于茶的作用。它虽不具任何医药的品质，可它能让人多喝水，冲淡胃里更多咸的食物，也许还能让人少喝潘趣酒和其他烈酒。

作者之后又极为悲伤地告诉小姐们，饮茶会怎样危害她们的健康，更为严重的是，饮茶会损害她们的美丽。

为了增强恐吓程度，作者还引述了一个猪尾巴受茶水烫伤的故事。对这个说法，他最终还是持保留意见。

他说的这些可怕的后果，有些是想象的，有些也许有其他的原因。这就是为什么现在的女性，比起那些曾与我们一起活在世上的女人更不美丽的原因。我们所有人都有一种倾向，认为漂亮的女人已不再微笑，尽管我们的父亲和祖父在我们之前也有同样的抱怨，可是，我们的后代仍发现具有不可抗拒力量的美丽女人。

一些常见病如紧张、颤抖、痉挛、习惯性抑郁，比从前所有时代都更普遍。这些疾病都来自松弛闲散和体质衰弱，为此，我认为，这确实是可悲的。可是，这些新类型的恶疾绝不可能靠限制饮茶来消除。这普遍的衰弱无力与通常的奢侈和懒惰有关。如果一定要在喝茶者中找原因，那是因为饮茶是人们所说的懒惰和奢侈的娱乐之一。人类整个生活方式在变化后，每种自觉的劳动、每种加强神经和强健肌肉的锻炼，都开始变得无用。市民们聚集在人口众多的城市，不需要有很多运动，每个人都容易得到他所需的物质。富人和上层人很少从一条街走到另一条街，只是坐在马车上得到游乐。然而，人们仍要吃喝，或者努力找吃喝，如同我们前辈的猎人和女猎人、农夫和家庭妇女一样，在床上睡十个小时，玩纸牌八个小时，其他六个小时大都花费在餐桌上。这些人却要接受喝茶会引起所有疾病的教育。其实，这些疾病在一个非自然的生命全程之中，人随时会受到感染，不足为奇。

在那些饮茶最多的人中，大部分人喝的量并不大。由于它既不能使心情兴奋，又不能刺激味觉，通常只能把它看作一种名义上的娱乐物，一种聚会闲聊、工作休息或使懒散多样化的替代品。喝一杯和喝二十杯的人，在做事时都能同样地守时。确实，尽管多数人并不太在乎，却有少数人发现，他们聚在一起不是因为茶而是因为要在茶桌上寻找陪伴。三杯是通常的饮用量，也许要慢慢地冲泡，若掺杂着"雅典铁杉[1]"，能导致微毒的效果，但远不如这些文字指责的茶的危害严重。

我们的这位作者还继续说明这些可憎叶子的其他坏品质。

---

1. 一种可提取毒药的植物。

作者随后还引用波林的说法，证明茶是一种"干燥剂，在四十岁以后不应饮用"。我个人早已超出这饮用许可的界线，可我很自信，所有"认茶为敌"的说法都不一定正确。按波林所说，如果茶是干燥剂，它就不会使纤维柔化，如我们作者所想象那样；如果它是呕吐剂，它会使胃口收缩而不会感到舒适。

那些使刀发出铮铮声而令人生畏的品质，与橡果、橡树皮、橡树叶，乃至每种苦涩的树皮或树叶的品质，本质上是一样的：如绿矾，加上茶后，能涂抹于刀上；墨汁可由任何含铁的物质和苦涩的植物做成，如它通常用胆汁和绿矾制成。

作者转移话题，从茶叶转而谈到酒精。这方面他倒和我们《文学杂志》没有什么分歧。为此，我们在这里几乎引用了他来信的全部，并为他增加一个陈述。从各个方面看，醉酒所导致的伤害更巨大，身体显而易见更难以忍受。这种错误同样能在伟大和渺小的人中看到。如有些人，虽身在皇宫却心里惶惶不安，注意力分散，很难忍受。这类糟糕情形还包括大多数人因醉酒或患不治之症而变得贫穷，无人可怜，这些我们都没有提到。

我不知道根据什么观察，汉韦先生对育婴堂医院主管充满信心。对这位主管我一点也不了解，可我还是恳求他多少考虑一下孩子们的思想和身体。我始终认为，不信教的危害与文章所提到的杜松酒和茶的危害是一样的，因此把信教问题提出来并非不恰当。几个月前，到医院访问时，我发现好像没有一个孩子接受过教条或戒律的教育。用信教的方式抚养这些孩子，是要提前从坟墓里挽救他们，以免他们会成为被执行绞刑的凶手。

考虑到茶对喝茶人的健康的影响，我认为，作者使他的怒火加重了炽热。在年复一年喝这种奢侈水的岁月里，我一点也感觉不到，在他对喝茶进行检验时，怎能显示出它对我们的好处。我也感觉不到，他首次计算人们花在喝茶时间上的民族损失。我并不打算吹毛求疵，因此我还是欣然地承认，茶是一种酒精，不适合底层的人，因为它不能增强劳动力或免除疾病。它虽可能使人的味觉满意，却不能给身体提供营养。这是一种不光彩的奢侈品。那些难得从自然要求去得到这个奢侈品的人，无法谨慎地使自己习惯于它们。茶的适当使用，能让懒汉快乐、放松，帮助那些不做锻炼的人消化。茶不能用来戒酒。将时光消耗在这平淡的娱乐中是一种浪费，这是不容否认的。许多时间会浪费在茶桌上的琐事里，这些时光本应更好地加以利用。可是，要从这些时间的浪费中推导出民族的损失，显然是没有根据的。因为我不知道有什么工作是因为缺少人手而空着没做的。我们的工厂看来受到限制，不是因为工作的能力，而是因为销售的能力。

作者另一个争辩也很清楚。他断言，为了进口三百万磅的茶，每年要付十五万白银给中国。这其中两百多万磅是从邻国海岸线秘密偷运进来的。我们为十六万六千六百六十六磅茶，每磅只需要支付的费用是二十便士。作者公正地推测，这样的估算应使我们警醒。因为，他说，"损害健康、浪费时间、破坏道德，这些都没有被一些人敏感地觉察出来，而这些人一谈起金钱的损失，就十分关心。"他为东印度公司辩解，这些人没有承担使自己成为政治上的计算师的义务，他们致富时也没有考虑民族会有多大的损失。我们应该肯定地说，喝茶人没有权利抱怨那些进口茶的人。如果汉韦先生的计算是对的话，应马上设刑法制止其进口和使用。

作者认可人们对茶的喜爱的一些争论，在我看来，这远不够公正。他应呼吁反对饮茶和制止其他海上贸易。他告诉我们："为了茶叶贸易，每年要派六艘船，送五百或六百名海员到中国。同样地，它带回来三十六万英镑的收入。这些作为奢侈品的税收，可考虑对国家公益事业有极大用处。"我无法发现这个税的有用之处。对奢侈物加税不比其他的税更好，除非它能制止奢侈物消费。人们不能一边说要加关税的茶是奢侈品，一边说茶本身能同时被伟人和普通人、富人和穷人消费。事实上，失去十五万英镑，我们从中过一下手，至少得到了三十六万英镑。当然有时也会有损失，钱会落在不诚实的人手里。至于派五六百名海员到中国，有人告诉我，有时有一半的人，或者三分之一的人会在海上丧生。因此，不仅要反对航海引起的不方便，我们还要考虑每年失去的二百个重要生命，要看到，自这个世纪开始，英国与中国之间的贸易已经死掉了一万人。

如果茶是那样有害，如果它使国家贫穷，如果它是诱惑物，为非法贸易开方便之门，那么，我会把这看作我们法律失效、政府无能和官员贪污腐化的充分证据，让我们立即采取永远禁止的办法，解决这个问题。

我们的财富使用在这些公共事业上，自然很理想。如果这个茶贸易计划不令人满意，那让我们首先去节省这笔钱，然后不难找到使用它们的方法。

本文发表在1757年4月15日—5月15日的《文学杂志》

再为中国茶辩护

据观察，勒萨日的小说《吉尔·布拉斯》中有生动描写，受激怒的作者是不容易心平气和的。因此，我几乎没有与《八日旅途》的作者达成任何和解的希望。确实，希望如此之渺茫，我一直很慎重地考虑，我是否不应在作者不高兴的时候安静地坐下，而继续用我心里预测的不太可能会成功的辩护来加剧我的不幸。慎重通常是无用的。我担心自己最终做了错误的选择。我最好放弃自己的理由，不必费时间和财物，因为通过必要地质问"为什么他要恼怒"，我会有再次冒犯的危险。

忧伤和恐惧常暴露出我们的错误，这些我们在愉快时从不会去责备自己。可是，当重新检查我和这位作者之间的事务时，我很沮丧。我不认为我在尊敬他的方面做得不够。当他的书第一次印刷出版时，他提到我在未出版前就见过了。怎么见到它的，我现在已不能确切地记得了。可是，如果我的好奇心比谨小慎微要大，如果我急忙地接触这要命的大书，如果像那个"男人"急忙地打开"潘多拉盒子"，让罪恶流放到世界，那我一定会为此受难。

无论如何，我还是拿起来检查它，因为一个作者的书再厚，也不会比我还高。我发现这些信"写出来后未出版"，更证实了我个人的看法。我断言，尽管"写出来后未出版"，可它们

"出版是让人读的"，因此，我把其中一封信编进了11月最后一期杂志上。没过几天，我接到一个便条，便条中说，应等一个更准确的修订本出来后再发表。我遵从了他这个指令。在新修订本出来后，我想我有自由思想的权利——不论哪本书，即使是皇家的宣言，或是国会的一个决议，我都可以对它们表达看法。没料到，我还是感受到了蛮勇无知的倒霉！我已醒悟，可意识到时已有些太迟了。我冒犯的不是一个只有笔上力量的作者，而是一个重要组织的重要成员，如他在信里告诉我们的，他是一个能驾驭战车的人。

人们应该允许年老的争执者放弃辩论，面向古罗马第四十军团的统帅不做任何抵抗。如果我能同样尊敬一个育婴堂医院主管，那么，知道实情的人在见到赤裸裸的真实如何为他的支持者微弱地辩护，他们是会原谅我的。然而，我自己公正而问心无愧的意识，促使我一再提出问题：我是怎么惹下大祸的？

下面的三个问题，请不要怪我那不走运的笔冒犯了：饮茶者、杂志的作者和育婴堂医院。

我是怎么说茶的呢？我喝它已有二十多年了，它对我没有任何损害，因此，我认为它不是毒品。如果它能让纤维干燥，就不可能软化它们。如果它收缩，就不能伸展。尽管我对它做出恰当的怀疑，如饮茶是否会让我们男人的力量减少，让我们女人的美丽消失，又如它是否会妨碍我们棉毛或钢铁的加工业发展。可我也承认，它是可怜的奢侈品，既不是医药也不是营养品；它既不能强身，也不能使人快乐；既不能减轻疲倦，也不能转悲为喜。我还补充，没有指责或怀疑它的虚假，公布累计购买进口的总量，同时建议用法律手段永远禁止进口它。

谈起作者，我很不幸地说过，他的指令过于法律化。这是我在知道他是育婴堂医院主管以前说的，可他似乎更在乎对这个不尊敬他的失误加以惩罚。如同俄国沙皇向瑞典开战，就因为他化装经过该地时，没有得到他们充分的敬仰。然而，这种缺乏恭敬之举，是不应该不得到原谅的。有些事被人说出"意图有很好的价值"，因此新闻记者就是这类被宣布"犯错误时完全可以因其美德而受到原谅的人"。这是人类的感激能给予人的价值的最高赞美。这样的赞美会让提图斯或奥古斯都感到更多的满足，可当把它给予一个重要组织的成员时，我还是要承认，这仍很不够并有些吝啬。

当我说："作者认为——也许他因为偏见而强调——英国人和荷兰人消耗的茶比整个中国还多。"有人问我这是讽刺一个人，还是批评一个作者。我在当时并没有考虑这两者有什么区别。我觉得作者并没有什么过人的力量，也没马上想起，这个人能驾驭战车。可我并非不加思考就随便下笔。我只知道，信仰有两种原因："证据"和"偏爱"。这位作者有什么证据说中国人消费茶，我看不出来。他们应最清楚，为什么东印度公司的官员会被拒绝进入中国的乡村和城市。他们受到的冷遇，就同我们对待吉普赛人和游民一样，他们每晚被迫回到自己的茅屋。这类旅游者能带回什么样的情报并不重要。尽管传教士自诩能更深入地进入中国内地，可我认为，他们从未统计过中国人喝多少茶。因此，他的看法并没有依据，除了"偏爱"，我还能说些什么呢？

因为我说过"他并没有打算在国内发现合适的替代方式"，我还为此受到过更严重的指控。我认为，假定我只是巧妙地暗示,他已表明在必要还是在特别情况下都反对把时间花在"茶桌"上,每个读者都会抑制自己对这个题目所提出的问题的责难。可他却把这句话选为恶毒讽刺的例子,用给自己封上极为忠诚的颂词来加以反驳。他有勇气说,他发现许多适合国内的方式,他几乎是满腔热情地爱着他的国家。

我一点也不怀疑,他在他的国家发现许多使他愉快的事;我也不敢假设,他希望生活的任何部分都同样被逆转,好比使用茶那样。确实,喝浓茶的建议,表明一种自相矛盾的倾向。他至少有理由担心,以免后来的文字向人推荐"皮克特人"[1]的服饰或"爱斯基摩人"的烹饪。然而,无论如何我都看不到其他的创新,因此,我很希望他发现一些适合国内的事。

但是,他爱他的国家,似乎并没有完全达到满腔热情的程度,因为他在愤怒地反对茶时,他对东印度公司的道歉却很圆滑,说这些人绝不会想到自己有义务成为政治上的计算师。尽管不是一个热情的爱国者,但我坚持认为,每个人只要在社团组织的保护下做贸易、过日子,都有义务去想想他是否伤害那些保护他的人,或使这些保护他的人受益。最能使个人利益满足的是中立的交易买卖。如果这种情况存在,那么我们的国家尽管不会得到益处,可也不会受到损害。

尽管那些大人物和有权势的人,他们有兴趣或有倾向地支持茶贸易,作者还是重申他反对茶的主张。我不知道他想象中还有什么有权势的人或大人物。只有进口商人有兴趣辩护。我确信,他们不是大人物,我希望他们没有强大的力量。那些凭

---

1. 皮克特人(Picts),英国古部落。

兴趣引导他们继续做茶叶贸易的人数不胜数。可我认为，他们的权力就同这位记者认为的那样轻蔑而无热情。当热爱我们的国家成为一种热情时，它是一种很暧昧和不确定的美德。当一个人情绪高涨时，他就会失去理性，而当一个人一旦失去理性，他除了喝浓茶外，又能做些什么呢？作为一个记者，尽管为他国家热情高涨，在对待小的事情上，应有哲人的冷淡平静的情绪。我劝他在适当范围内收敛爱国的情绪，以免有时过于高涨，充分占据了整个灵魂，留下太少热爱真实的空间。

现在还要说一说的就是我对育婴堂医院的看法。上个月我已经表明了看法，现在我还要再次声明，我发现这些孩子们似乎都没有听说过基督教义。人们问我这有什么好惊讶的？怎么看这个问题？这无疑是个很微妙的问题。我不知道如何回答才好。庆幸的是，怀疑的不是我一个人。我注意到一些妇女和其他绅士，他们听说后都想协助调查，持有同样的悲叹和愤怒。我没有隐瞒自己的看法。在我的要求下，这个可耻的缺点很快就让社团里这位最享声望的人知道了。我现在明白，这件事让人难以相信。可是，由于它真实，过去的事已不是人力所能补偿的，最重要的社团组织也不能造假。可是，它为什么令人难以置信呢？因为根据医院的规则，孩子们被要求去学宗教入门知识。规则很容易制定，可并没有执行。他们说，孩子们在指定的时间受教于一个能干的教师。我发现，这位能干的教师直到最近的 2 月才任教。如果我没记错，我是在去年 11 月访问医院的。孩子们在陌生人的询问下十分怯懦。这情况确实如此，可我不记得是否因为同样的羞怯妨碍他们回答其他问题。我不理解，那些早已习惯了新客人的孩子们，为什么会表现出这么明显的羞涩。

我的反对者在文章开始就推断，我在疏忽中做出了武断的判断。对如此得体的表达，我没有反对意见。可是，当他开始热衷于自己的职业时，他的热情就开始泛滥。在他激情洋溢的后记里，他批判我的看法和我要超越他们的理由显然是愚昧和恶毒的。他的辩论变得有些激情十足，我无法全都理解，可看来也只能这样忍受了。我的影射是愚蠢或恶意的，因为我不认识这位医院的主管，而他很清楚，没有医院主管是很愚蠢或充满恶意的。

无论如何，他还是对我表示非常关心。他告诉我，谈到企业组织时，要顾及自己的安全。作为一个成年人，我不知道最重要的社团组织能做出什么会让我感到安全受威胁。我的名誉是安全的，因为我能证明说的是事实；我的宁静也是安全的，因为我的用意是好的；至于其他安全问题，我不习惯去过多地加以考虑。

我总是为任何劳而无效的言行感到遗憾，同样，对于这位作者如此关心我的安全问题，我应对他激烈的怨恨表示一些热情。自从他的恶言谩骂四处传播以来，几乎对我的看法没有产生什么影响，因为我一直尊重他，把他看作是个"意图有很好的价值"的人，也始终认为他是一个"犯错误时完全可以因其美德而受到原谅的人"。

本文是对《公报》1757年5月26日刊登的一篇文章的答复，载于1757年5月15日—6月15日的《文学杂志》

英国普通士兵的勇敢

比较英国与法国军事天才的人，会做出这样的评价："如果士兵愿意跟随，法国军官总是带头人"，"如果军官愿意带头，英国士兵总是会跟随"。

在所有直截了当的句子中，某些准确会因它的简明而丧失。在这个比较里，我们的军官似乎失去了我们士兵所得到的荣耀。我不知道有什么理由使人假定，英国军官比法国军官不愿带头冲锋。可是，我想英国士兵更愿意跟随他们的长官，这是大家都公认的。我们的民族可以自豪地夸耀有普遍的勇敢。这种勇敢同样体现在所有不论职位高低的军人中，它超过世界上其他民族。我们有农民的英雄。这些加入武装的乡下人，他们的勇敢可以和军队里的将领一争高低。

了解平民为什么会有这些崇高品质是很有趣的。通常使一支军队令人敬畏的素质是：长期习惯的规则，严明的纪律，对将领的绝对信任。规则终归导致机械地听从指挥，服从信号，就像不正经的笛卡尔信徒，把这类错都归咎于动物性本能。纪律让思想有一种令人恐惧的烙印，即任何危险都没有比被处罚更可怕的了。对将军的智慧和幸运的信任，使士兵们盲目地服从指挥，冲到最危险的战场。

靠纪律和规则，我们可从俄罗斯帝国和普鲁士君主的军队中看出他们做出了什么业绩。我们看到，他们似乎被打败而绝不混乱，溃退也不惊慌失措。

然而，英国军队在任何方面显然都没有这些必备的品质。规则从未成为他们的特性。他们很少训练，因此，在他们身上几乎看不到群体进化的灵巧，也看不到作为个人使用武器的灵活。人们从不认为，他们会比敌人更活跃和更严格。他们自己也这样想。所以说，他们不可能从这种可以想象到的优势中获得任何勇敢。

他们分散在国家四分之一的土地上的这种方式，在和平时期自然会导致纪律松弛。他们很少看到自己的长官。当没有执行任何轻松微小的保卫任务时，他们每个人都按各自的方式去生活。

英国的平等权利、法律公正、土地享有权的自由和贸易的繁荣，让我们几乎无须去尊重权威。虽然英国军人在数小时的战斗中感激军官的精神鼓舞，却不会对军官表现出极大的尊重。当然，他们通常也不认为，长官会比自己优秀很多。一位法国伯爵在最近出版的《战争的艺术》一书中指出，战士们看到那些天生是他们将领的人，能和他们一起共同面临危险时，会怎样受到极大的鼓舞，而受鼓舞的程度与军官的不同等级有密切联系。英国士兵对这种勇敢的动机是轻视的。他们天生就没有主人，不指望任何人，不管他的官衔或地位如何。所有值得他们尊敬的东西，都有来自"大自然"的恩赐或从"大自然"那儿接受任何优越于他们的品质。

也许有些人会认为，英国人比那些独裁政府的人更能战斗，因为他有更多的东西要捍卫。可是，英国和法国军人有什么不同？如果是财产，那大家都同样一无所有。如果是自由，那对所有民族最底层的人来说，只不过是选择工作或免于饥饿而已。我认为，每个国家的人都同样有这个选择。英国士兵很少去想完整的宪法概念，或者，在长达一个多世纪的时间里，从没有使一个英国人感到财产和自由受到危险的战争。

  问题是，英国士兵的勇敢从哪里来？在我看来，它来自一种分散的自由独立。它迫使每个人都注重自己的个性品德。当每个人都劳动，用自己的双手供养自己时，无须任何奴性的技巧，他也能从劳动中得到报酬。比起他的雇主对他的需要来说，他很少求助于他的雇主。在他找不到其他人保护自己之后，自然要先成为能捍卫自己的人。没有什么能让他不尊敬自己，那他自然渴望别人的尊重。因此，每个出现在我们大街上的人，都是荣耀的人。他们蔑视服从，不能容忍非难，希望自己的名誉在同行中传扬。其中，勇敢是最常提到的。所以勇敢的名声是人人最热烈追求的。从他们无视服从来说，我不否认他们也许会经常遇到一些麻烦，因为法律规定的权利，不总是支持那些缺少尊严的行为，或总是要维护适当的不同等级的区别。幸运的是，这个世界总是好与坏交织出现。在和平时期，那些对平民傲慢抱怨的人不要忘记，这些人在和平时期的傲慢也正是在战争中的勇敢。

新闻记者的责任

要说美德不能从知识中产生，这是很令人沮丧的。许多人能教导人，而他们自己却从未实践过那些义务。尽管有些深奥的知识没有被实际运用，可是，如果没有知识，任何工作都不能进行。目前我们的许多报纸，不仅让人怀疑编辑是否知道自己的责任，还让人怀疑他们是否要尽力或希望去知道它。

新闻记者是一个历史学家。他们确实不属于最高阶层的人，也没有很多人要写出超过他人或让自己不朽的经典著作。然而，如同其他历史学家一样，他们要揭示一个时期的美德或丑行，把握一周的舆论，表达希望或恐惧，传达人民情绪的热情或冷静的声音。他至少应该考虑使自己服从历史的第一法则，把说真话作为自己的义务。作为记者，无论如何诚实，确实常会欺骗别人。这是因为他自己会经常被骗。在他还不完全知道真实的情况下，他有义务传达最早的情报。他传达的这些消息是变化多样的。他出版那些他知道没有作者负责的报告。人们不能期待他知道的会比人们告诉他的还更多，也不能期待他有时不应匆忙地对流行喧闹的事件加以报道。他应该做到的是周到地判断，力求避免偏见，公布真实而不是故意作假的消息，撤销那些因错误而做出的报道。

新闻作者虽不必强求自己做到精确，可他们的任务远非如此。他们有时确实因愤怒以自信的平静报道当天的事。尽管对这件事，他们自己都认为不真实，却仅仅希望博得快乐。可是，第二天，他们感到这件事不再让人有兴趣，便报道与它相反的事实，而自己却毫无羞耻，故作镇静。他们很容易就欣然接受让我们敌人出丑的报告，很急切地集中赞扬那些偶尔或突然扬名的人。经验告诉他们，不管理由多么贫乏，任何大家渴望的事，不必认真检验也是可信的。所以，除非杀敌不用上战场和征服国家不用去侵略的离谱外，他们总是不去限制那些假设的叙述。

还有其他违背真实的做法，只是为满足懒人的好奇而进行报道。这些报道的后果不仅十分有害，而且其诡计让人憎恨。他们有时公布从未发生过的强盗和谋杀事件，在人们的头脑中灌输这类想象的危险，引起公众的愤怒，以及对我们的国家政府不信任和指责。这些制造虚假警惕的涂写者，应该受到某些群体的批评和教育，让他们知道，哪些属于犯罪行为。鉴于大多数人都满足于随大流，和他们的邻居一样，他们常常要揭示的邪恶，不过是那些已经常表现出来的邪恶行为而已。

还有另一个更明显有害的做法，即如果法律能帮助穷人，他们现在是借法律处罚他们。他们为那些脱离师傅的学徒做宣传，说这些学徒经常因为残暴或饥饿被赶走。他们经常用暗示的方法，不厌其烦地描写一个在法律上构不成犯罪的人。这会让公众混淆不清。他们心里都明白，这会极大地伤害这个人。这类损害个人利益的做法，一个诚实的记者是应谨慎地避免的。记者的责任只是告诉人们普遍重要的事件或确凿的丑闻，即使为个人利益方便做广告宣传也不破坏他人的隐私。

记者应该坚持不变的道德法则，有义务远离他的竞争对手使用的方式。其他有待改进的方面是，他们的写作要让人轻松愉快和有实际内容。一个普遍现象是，一篇有内容的报道并不能让人了解它要说什么。有时说到模糊不清的地方，不能给人提供任何必要的地理和历史背景知识。报道一些按硬币或外币累计的总数，价值究竟多少，不为我们国家的人所明白。随意写出的战争和航海的术语，对那些没有参战和从事航海的人来说完全理解不了。一个记者应在一般人水平之上，应该熟悉人类最底层的人群，能够判断哪种说法是简明扼要，哪种是模糊不清的，哪里需要评论、哪里不需要解释也能被理解。他不应考虑自己只是为学生或政治家单独写作，而要能为妇女、小商人和铁匠写作。这些人虽没有多少时间接受智力的训练，却渴望能从容易理解的术语中了解世界发生了什么——谁上台了，谁下台了；谁胜利了，谁失败了。

如果记者能够按自己的计划去做，如果他认真地探究真实，谨慎地做出报道，如果他能完全拒绝写任何伤害个人名誉的事，如果他能比别人写得更清楚明白，用更便宜的价格卖出更有用的资料，他便能期待他的劳动不会被低估。这些都是他许诺尽力去做的。如果他的承诺很早就能得到人们的赞扬，那他更希望这个作为他应得的唯一赞誉能持久保持下去。

爱国者：致大不列颠的竞选人

> 他们以无意识的情绪大喊要自由；
> 他们获得真理的自由后还继续反抗；
> 他们为那些聪明和善良可爱的人高喊自由，
> 要的却是被认可的权力。
>
> ——弥尔顿

增加黄金似的机会，抓住能得到的好处，实为生活的伟大艺术。许多需要本来是可以满足的，现在却变得匮乏；许多时间在人们后悔它消失的过程中正在失去。

每隔七年，我们进入一个狂欢喧闹的季节，大不列颠的自由公民总是心情舒畅地选举自己的代表。现在这个幸福日子的到来，比法定选举日还早[1]。

选举和委托那些制定法律和税收政策的代表，能够体现高尚的荣誉，表明重要的信任。每个选举人都要考虑如何能很好地维持这个荣誉，如何忠诚地履行这个信任。

在这全民的审议中，有人说，不是爱国者便不能在议会上得到席位，因为这些人不能保护我们的权利，不值得我们的信

---

[1] 指1774年，比法定的1775年早一年。

任。这个说法应该给所有人都留下了深刻的印象。

爱国者只有一个单纯的行为动机，就是热爱他的国家。而作为议会的代表，除了每件事都为了共同利益外，他不应为了自己的希望、恐惧、仁慈、怨恨，去竞选代表。

这个退化时代所能接受的五百个代表，谁能确保大多数议员都是恪守道德的人呢？然而，悲观无济于事：警惕和行动常常会比期待更能见到效果。让我们举些随处可见的"爱国者"的例子。我们不要被假象所欺骗，要区分那些显然是伪装的外表。因为一个人可能在表面上是个爱国者，而内心没有这种品德，正如假的钱币缺少分量，却常发出光亮。

有人指出，那些严厉地反对国会的人，可以列入爱国者的名单中。

这个评论绝不意味着没有错误。爱国者不一定只在反叛的人中存在。一个人也许恨国王，可也不爱他的国家。一旦被一种合理或不合理的要求拒绝后，想到自己的价值被低估，看到自己的影响力减退，他就会很快转向谈自然的平等，谈"众人合一体"的荒谬，谈原始的影响、权威的基础和平民的权利。当他忧虑政治的意识增强时，也许是因为梦想得到特权的优越，他就开始大谈独裁的危险。然而他所有雄辩的目的，不是让国家受益，而是宣泄自己的仇恨情绪。

然而，这些人是最诚实地在反对政府的。他们的爱国主义是一种疾病。他们感受到他们自己想表达出来的一些意见。可是，这些人越多，嘲笑和辱骂的人就越多。他们的询问和谴责，既不怀疑也不恐惧，更不关心公众。他们希望通过恶言谩骂得到财富。因此，他们情绪激烈，大喊大叫，只不过是要政府赶快雇佣他们，以便沉默。

一个人有时成为"爱国者"，只是为了散布不满，宣传秘密报告的影响，煽动有害的言论，主张侵犯人权和篡夺王位。

下列做法肯定不是爱国者的表现：他们的煽动超出了一般的躁动情绪。这种情绪如果不产生破坏，也只能延缓大众的幸福。在国家安宁受到不必要的打扰后，他们不爱自己的国家。他们不知道，只有很少的过失和错误需要靠反叛来解决政府问题。他们不能判断他们所不能理解的事情，他们不能用理性来宣传自己的观点，而是如传染病那样受到一时风气的影响。

这些"爱国主义者"的荒谬还尤其表现在，当敌人已消失时，吵闹还在继续。他们继续让我们听到威尔克斯先生和密德萨斯区居民的哀悼，悲哀于一个现在已不存在的痛苦。如果所有人都选他，威尔克斯还会被选上，而他被排斥落选的先例，绝不会让任何诚实的人和任何善良的人想到自己的危险。

人们也许疑虑，对那些秘密讽刺和公开暴力的人，封他们为"爱国者"是否恰当。他们用对腐败和阴谋活动的微妙暗示来充塞报纸，公开发行《密德萨斯期刊》和《伦敦报》。这些确实是一种爱国热情，可同样使人感兴趣和怨恨。他们提出请愿却不指望得到批准。只是因为没有法律条文对傲慢加以合法惩罚，他们便要用鲁莽抗议，侮辱国王。这种抗议不需要勇气，因为没有什么危险。因为不满君主权力，他们破坏尊严，企图颠覆秩序，让邪恶在大地蔓延。这种行为不是爱国主义。

正是爱国主义的品质，才会遭到嫉妒并值得注意。爱国者发现所有的阴谋诡计，预见未来的公开危险。真正爱他的国家的人，不论他什么时候遇到了危害，都能随时说出危机并发出警告。可是，当没有敌人时，他不应恐吓别人。除非他自己受到恐吓，否则他不应恐吓自己的同胞。因此，爱国者对这类人表示怀疑是公正的。他们承认受到难以置信的事件的干扰。他们到处宣传：最后的和平要靠贿赂威尔士女王来获得；国王正掌握专断的大权，因为法国在新占领区实施自己的法律，要在他们的法庭废除英国陪审团的制度。

真正的爱国者，从来不传播他明知是虚假的观念。爱他国家的人，没有人会大喊大叫地抱怨：新教处在危险之中，因为"天主教徒在魁北克广泛地建立了教会"。这类不真实的说法公开而不知羞耻，以致在一些人中这是无须辩驳的，因为他们知道，对那些最无知的狂热者来说，几乎是不可能不了解下面的事实的：

魁北克在大西洋的另一边。因为这遥远的距离，它很难对欧洲世界起到良好或恶劣的影响。

他们的居民属于法国，一直是天主教徒。把他们作为敌人比隶属的公民更危险。

尽管这个省的土地辽阔，可居民稀少，也许还不如英国一个郡区里的人多。

比起天主教，新教徒更不会主张迫害是美德。我们责备路易十四的武力和舰队，可是，当我们掌握权力后，应当极公平地使用它。

在加拿大和它的公民屈从后，自由信教得到保证。威廉国王统治的一个条件是，不宣传天主教。他为里莫克城区周围的投降者树立了样例。

在这样一个时代，那里的人们到处都说"思想自由"。这也表明，有些人能公正地对待天主教的信仰。天主教徒同其他人一样，能假设自己信教是安全的。至少那些喜欢容忍的人，不应该在我们的新教里排斥天主教。

如果思想自由是一种自然的权利，那我们没有权利去制止它。如果它是一种嗜好，只要不排斥其他教派，也应该允许其存在。

爱国者必须永远爱人民。可这个结论有时会使我们受骗。

"人民"是个很特别的概念。它把富人和穷人、聪明人和愚蠢人、好人和坏人都混在一起。在我们给一个热爱人民的人冠以爱国者荣誉时，必须检验他关心热爱的是哪一类人。谚语说，"一个人能被他所交结的朋友认识"。如果一个爱国的竞选人，竭力把正确观念灌输给高职位的人，那么通过这些人的影响，便能管理低层的人民。如果他能集智慧、和谐、规则和美德于一身，可以说，他爱人民的行为是理性的、诚实的。然而，如果缺乏重要原则，那他总是会脾气暴躁；如果很虚弱，他自然多疑；如果很无知，他便容易被人误导；如果很不检点，他便无希望，只有危险和混乱。让这些所谓爱人民的人，不要再吹嘘自己了。有理性的人不会认为，一个爱国者会去"烤一头牛"或"烧毁一双长筒靴"[1]，或到"迈尔参加一个会议"，或"在拉布军俱乐部注册自己的名字"[2]。除此之外，在醉汉中，他是"亲切的伙伴"；在冷静的手工艺人中，他是"自由发表意见的绅士"。尽管如此，他还应有某些更突出的品德，才能成为一个爱国者。

一个爱国者总是随时支持正义的主张，鼓舞人民合理的希

---

1. 指当时的大臣巴特领主。
2. 指威尔克斯的支持者和他们的暴力俱乐部。

望，经常提醒他们拥有的权利，鼓励他们仇恨侵略者，但要确保安全。

就算有些人在表面上都能做到这些，内心却未必真有爱国精神。若制造虚假希望来为目前的现实服务，他只能走入令人失望和不满的地步。若承诺他知道尽他努力不能产生有效的益处，他只能靠这空喊而无效果的热情来迷惑其跟随者。

一个真正的爱国者不是一个滥用许诺的人，他的任务不是削弱国会力量、抵制法律、改变先前留下来的代表制的模式。他明白，他没有权利把握未来，毕竟所有世代都同样地不认同变化。

在服从选举人的指令上，他很少做出不确定的许诺。他知道党派的偏见和多数人的反复无常。他会首先考虑如何接受其选举人的看法。那些流行的宣传，通常在激烈和鲁莽而不是明智和稳定下起作用。那些为直选代表召开的会议，除懒散者和放荡者外，其他人很少参加。他不是没有怀疑，他的竞选人如同其他的民众一样，只有少数人是明智者。

他把自己作为大众利益的促进者，和其他地区的同胞一起，保护他的选举人，不但使他的同乡人免于被别人伤害，也使同乡人之间免于相互伤害。

我们对上述爱国者的共同特点已做了观察，还表明有些爱国者可能有伪造的技巧，或者愚蠢地滥用爱国情怀。因此，从一些有特性的讲话或行为模式中，就能判断一个人是不是爱国者，这应该是恰当的。

在这个质问爱国者的过程中，也许能发现明显的证据，被有力地说服。因为通常知道什么是错的，比知道什么是对的要容易；知道有什么要避免，比知道有什么要追求更简单。

战争是国家最严重的罪恶之一，因为灾难涉及各个方面的不幸。因为战争，建立一般的安全措施，防止危机，延缓商务，避免国家被摧毁。因为战争，大量的人面临困难、危险、被俘虏和死亡。那些渴望全面繁荣发展的人，不会让小伤口加重或强迫争论无关紧要的事，来煽动普遍的怨恨情绪。

也许我们可以准确无误地说这些人不是爱国者：当西班牙人把殖民地称为自己的领土，而民族的荣誉需要维护的时候，他们却退缩到一边，同时否认入侵者的企图，对其提出的要求妥协，一面又鼓动我们在麦哲伦海峡为荒凉和贫瘠的土地战斗。这些地方毫无用处，除非它能作为伪爱国者的流放地。

我们不要忘记，当爱国热情爆发时，整个国家有时会进入一个疯狂的时期。如果我们的竞争者不比我们聪明，我们现在还在为暴风雨的天空下的一块贫瘠岩石继续战斗和流血牺牲。当计算各类技巧得失时，那些现在争吵着宣传公民精神，求助于人民支持的人，明知有成千人在战场被残杀，也有一支海军被有毒的空气和腐烂的食物所灭，他们还是内心充满"爱国情绪"的愉快。

一个希望看到其国家被剥夺主权的人，他不是一个爱国者。

因此，一个把美国侵略的荒诞要求视为合理的人，不是一个爱国者。一个极力否认英国是自然和合法地统治它自己殖民地的人，不是爱国者。因为这些殖民地受到英国的保护而建立，以英国宪章立法，得到英军的护卫。

有人说，放任一个殖民地建立一个独立的政权，当移民者通过努力和齐心协力变得富有，他们不应再为国防贡献力量而应追求自己的幸福。他们如同上百万的同胞一样，不应被包括在一般的代表选举制内，因为这种代表制涉及各类荒唐事，除了只表明用爱国者来掩饰自己外，什么作用也没有。

那些接受保护的人，应确保顺从。我们总是保护美国人，因此，我们应让他们接受统治。

小包含着大。能夺取生命的权利，也能占领土地。英国议会应为美国立一部死刑法。因此，也可建立一个按比例交税的税收制度。

有些人为波士顿的落后制度悲伤，因为不是所有人都去支持反叛法，可是，所有人都因此受到强加于他们的法律处罚。他们说，谴责那些承受罪恶痛苦的无辜者，显然违背公正的第一原则。

值得注意的是，平等和人道主义原则似乎都已被明确规定。然而，由于愚昧无知，那些背叛人民的国家和管理体制的行为，必会遭到蔑视。把无辜者和罪恶者混淆在一起，无疑是一种罪恶，可这种罪恶是任何关心和警惕都难以阻止的。民族的大罪要求全民族来受罚。许多没有个人犯罪行为的人，都会参与到这种处罚中。这好比，如果反叛者占领一个城市，炮火便会使无辜的公民和有罪的军队同样受到伤害。

在某些情况下，最痛苦的是那些我们最不愿让其受到伤害的人。如果法国在最近的战争中夺得一个英国城市，允许土著人保留他们的房产，但除了靠杀害我们的朋友，他们还能通过什么方式收复土地呢？一场轰炸能炸死英国人，也能炸死法国人。我们也知道，一场饥荒中所有居民都会首先饿死。

这类不分罪恶的处罚，让人感到悲伤，却不会受到谴责。

合法政府的权力应该维持。反叛行为导致的悲惨只能找反叛者清算。

这类人同样不是爱国者——若他否认其政府应得到的赞扬，向人们隐瞒他们得到的好处。因此，那些归咎于最近国会缺少公民精神的人，不能得到这一杰出的称号。作为议会的代表，尽管有些人摇摆不定，有些人软弱无力，国家却总是感激地记住他们，感谢他们为了《辞职保护法》做出很大让步，感谢他们在司法上为改良宪法做出明智和诚实的努力，制定新选举法。

提出受保护的权利法确实很有必要。当最初提出来时，受保护的权利与封地所有权所主张的自由豁免权一致。从自然本性上说，它很容易受到曲解，在实际中有时会被滥用，以致其回避法律，使公正遭到破坏。罪恶也许没有充分暴露，但很可能这个特权的优越还比不上它的恶果，是否真是如此我们还不能肯定。无论他们是否给大众带来利益，他们很明显会使自己受到损失。他们要放下尊严的架子，表明自己比前人更愿意和他的同胞们站在同一地平线上。

新的选举制模式如果是有效的，就能把预想的效果推及更大的范围。我认为，一般人能想到的是，它只对那些要得到国会席位的人有利。可是如果选举代表是英国人最神圣的权利，每个选民都必须考虑这个制度能给他们带来怎样的幸福，以让他的投票更有效，若选举被其他势力控制，选举作用便会失效。

以前的国会如此专横地蔑视权利，如此大胆地任意使用职权，对选举结果的争议加以判定。它与现在的国会已无必然的联系。据说，即使在表面上，一个竞选人的主张和选举人的权利也很少提到道德良心。竞选人当选，唯有靠政党、热情、偏见和嬉闹来决定。虽有朋友们在自治的选区，可如果他无国会朋友，便一点帮助也没有。人们很容易看清，议会以某些借口侵犯多数人的民意，议员席位最终不是由他的选民而是由他的议员同伴来决定的。

这样可笑的选举使国家受到侮辱：国会到处是欺骗人的伪代表；其中英国人最倚重的申诉权、皇家最高政务会的合法裁决权却在辩论中受到讥笑，因此没有人会相信公正的理由可以获得成功。

现在人们对有争议的竞选人，和对其他竞选人一样，给予他们同样谨慎和严肃的对待。受到邻居尊重的竞选人，现在很高兴看到他们被认可的结果。那些能诚实地把票投给他确认过有价值的选举人，相信他的选票不会白投。

现在国会的情形是：那些有抱负要入选的人在一边；他们教那些反叛的乌合之众去想，国会里净是些有着违法行为习惯的人、无价值的东西、贪污者、嫖妓者、宫廷的奴隶和人民的暴君。

下一届国会如能根据前任国会的原则来行动，更加坚定不移和充满活力，那么一定会符合所有希望公共事业更好的人的愿望。确实，人们并非期望太高，因为在普遍憎恶中，人们能从幻觉中醒悟并团结起来，识破这些人：他们用虚构的危害欺骗轻信者，用厚颜无耻的假话压制弱者；他们寻求无知的判断，奉承卑鄙者的虚荣；他们诽谤诚实者，侮辱尊严。他们把这个国家里的那些能支持他们的卑鄙下流者和放荡者聚集在一起，"凭着价值高升到恶劣的显赫地位上"，美其名曰"爱国者"。

前言

《英文词典》前言

　　这是一种命运：那些做低等工作拼命苦干的人，往往不能被美好前景所吸引，反而因害怕犯错而担忧。他们得不到期待中的赞扬，反而受到公开的指责。他们因有错误而遭受羞辱，或者因疏忽而受到惩罚。他们即使成功，也得不到赞扬；他们勤奋努力，却得不到奖励。

　　词典编纂者就是这些最不幸的人中的一种。人们不认为他们是学生，而是知识的仆人。文学的先驱者注定要清除垃圾，扫清道路障碍。通过这条道路，学者和天才才能奋力向前，克服困难，获得荣耀。这些人无须向那些为他们前进路上提供便利的卑下的苦力者，展示一点微笑。其他作者都有可能渴望得到赞美，而词典编纂者仅仅希望逃避谴责，即使是消极的补偿，也很少有人能够得到。

　　尽管这工作是如此令人扫兴，但我还是试图编一本《英文词典》。它要收集文学各方面的文雅句子，还要注意迄今被忽略的词句。我已承受在偶然的方向下使它们从荒野繁茂蔓延开去的痛苦，顺从时间和风尚的摆布，暴露出愚昧的堕落和革新的变化无常。

　　当首次对这项工作展开调查时，我发现，我们的语言丰富但缺乏条理，旺盛而没有规则。无论什么时候，我都想到，应该解除这些困惑，规范这些容易产生混淆之处，要从漫无边际的繁杂中做出选择。但不搞任何事先确立的选择的原则，要挑出掺杂的混乱；不搞纯粹的检测，要对表达的方式加以否定或接受；不搞任何经典作家或公认权威的代表。

因此，无须借助其他，仅从一般的文法上，我让自己熟读我们作家的作品，对任何可能在肯定或解释方面有帮助的词汇或短语加以辑录，及时地积累词典的资料。逐渐地，在词典编纂过程中，我把方法归类，为自己确立一些"经验"和"类推"给我启发的规则："经验"，能在实践和观察中不断地增加；"类推"，尽管有些词模糊不清，但与其他句排列就能弄清楚。

正字法（Orthography）至今还是没有明确的标准，具有偶然性。在校正它们时，我认为，有必要把我们那些固有的语调，和那些也许同时代人说的不规则的语调，与后来其他作家无知或疏忽写出来的文字区别开来。每种语言都有它的不规则之处，尽管不方便，其本身也曾是无用的，可在人类不完美的事物中，必须容许它们存在。对这些语言，只是要求我们给予记录，因为它们也许不会再繁衍，以及确定它们不再引起混淆。然而，任何语言同样都会有它的不恰当和荒谬之处，校正或禁止它们正是词典编纂家的责任。

由于语言在它开始出现时只是口语，所有必要的或经常使用的词都是在写成文字之前说出来的，在它们未与任何可见的物体确定关联前，人们就一定会用各种方式说出来，正如我们现在观察到，有些不会读的人，发音很糟，随口便念出。当这些粗俗野蛮的话，最初归入字母符号系统后，每个作者都尽力去表现他习惯念出或听惯了的语音。这样一来，他也许会在写作中使词语变味,如同讲话时人们的语气变调一样。文字的表现力在采纳新的语言时,一定会含糊不清、难以界定,因此,不同的人书写时会用不同的词组来表现同一种声音。

由于发音不确定,在很大程度上促使同一地区的各种方言的产生。据观察,当书籍出版物不断增加后,这种不同的方言在减少,大体接近一致。从各种拼写的文字,就武断地认定它是一种声音的代表,这可在撒克逊人残留的文字中见到。我设想,所有民族的第一本书,因为类推复杂或取消类推,都会导致不规则的形成。一旦合并为一体,它们以后再也不会消失或改变。

这类派生词有:从"long"派生出"length","strong"派生出"strength","dear"派生出"darling","broad"派生出"breadth","dry"派生出"drought","high"派生出"height"——弥尔顿非常热心类推,写成"highth"。如贺拉斯所说:"改变所有,显得太多;改变一些,不起作用。"

这类不确定在元音中经常发生。由于偶然或模仿,这些元音被反复地读,也不断地被修正,不仅发生在每个省区,而且在每个人嘴里。语言学家对它们很熟悉。除他们之外,很少有人会关注一种语言如何推论出另一种语言。

这类缺点不是语言学家的错。英国的语言留下如此深刻的野蛮人的印记,批评家无法把它们都清除干净,因此,这些应该被允许保留,维持不变。可有许多词,同样因偶然因素而改变,或者由于无知而变得陈旧,但本土的发音却在微弱地持续下去。有些词一直以不同的形式书写,正如作家有不同的关注点和语言技巧。这些都要求一种适当的规范的正确拼写。我总是依据它们的词源来考虑正字法，提到它们最原始的出处，例如：我引出法文后，拼写"enhant""enhantment""enchanter"；在拉丁文后，拼写"incantation"；至于选择"entire"而不是"intire"，因为它不是从拉丁文的"integer"而是从法文的"entire"转化来的。

很难说清楚有许多词是不是直接从拉丁文或法文来的，因为在一个时期，我们有法文作为主要语言，也有拉丁文作为教堂的应用语言。然而，在我看来，我们普遍使用的是法语。在日常用语中我们说很少量的拉丁文，但是会说很多法文，尽管法文与拉丁文联系相当远。

即使在一个词里，派生情况也很明显。我经常迫使自己放弃统一而遵循习惯，因此我的拼写主要是顺从大多数习惯，如"convey"和"inveigh"，"deceit"和"receipt"，"fancy"和"phantom"；有时，从原生词引申变化的词，如"explain"和"explanation"，"repeat"和"repetition"。

有些组合的字母也有同样的作用，它们被客观地拼写，没有任何可发现的被这样选择的理由，如"choak""choke"，"soap""sope"，"jewel""fuel"等词的拼写。有的词，我有时还分两次排列，以便那些要寻找它们的人，无论在哪种形式下都不会一无所获。

在检验任何可疑词的正确拼法时，拼写的方式、编入词典体系的做法，如果没有轻率地处理，那应看作是我个人偏爱的选择。在举例中，我保留每个作者自己习惯的写法，让读者在我们之间做出判断，确定自己是否赞成，因为这些问题并不总是由名望或学者身份来决定的。有些人一心扑在大事业上，根本不会去关心发音和语源的问题；还有一些人熟知古方言，却忽视我们现在通常寻求的那些与之有联系的语源词。于是，哈蒙德把"fecibleness"写成"feasibleness"，我猜测，因为他认为这个词是直接从拉丁语派生来的。有些词，比如，"dependant""dependent""dependance""dependence"，有它们最终不同的拼写，并以一种或另一种写法表现在作家的作品中。

　　这部词典的一部分语词经常有变化。一直任其发展，没有固定形式，靠一些小修订来取得赞扬是徒劳的。我尽力本着学者对古代的尊重，本着语法学家对我们语言特征的关注进行处理。我尽量少做改动，而在这些少数的改动中，极大部分反映出从现代到古代的不同实践。我希望，我能对一些过于忧虑文字使用的人做担保，即使从狭隘的观念而言或为了细微的恰当，这些改变都不会打乱他们祖辈的"正字法"。对于法则来说，"知道"比"正确"明显更重要。如胡克说："变化唯有在引起不方便时才能发生，即使是从糟糕到更好也是如此。"一般和持久的优势总是稳定的，这些优势又总是会使缓慢逐步地改变的过程失去平衡。在观察作家的模仿时，我们的书写文字，几乎不去遵从那些不纯正的口头语言，或去复制那些因时间或地点变化而改变了的口头语言，或模仿那些变化后还会继续发生变化的语言。

　　我推荐语词的"稳定和统一"，不是根据这类观点就认为特别组合的文字对人类幸福有巨大的影响，或认为幻想和错误的拼写模式不能有效地教人真理，而是因为我还没有因为词典学而失去自己，忘记"词语是大地的女儿，万物是天堂的儿子"。

语言只是认知的工具，词组只是观念的符号。然而，我依然希望：工具应尽量坚固，不易损坏；符号应尽可能永恒，如它们所代表的事情那样稳定。

在处理拼写正字的时候，我没完全忽视读音。在读音方面，我直接放重音符号或上声调在音节上。有时，人们会发现，一个被引用的作者的发音放在不同的音节上，从依字母顺序的标志中可见。这种情况应当看作风俗习惯的变化，或者，在我看来，作者读音有错。有时对一些发音不规则的词，我会给予简短的说明；如果它们有时被我忽视，出现在这细微观察中的错误比起大量的忽视还是可以原谅的。

在了解一个词的拼写和含义时，有必要对它们的语源给予重视。它们也因此被划分为原生词和衍生词两类。一个原生词，追溯范围限于英语的词根，如"circumspect""circumvent""circumstance""delude""concave"和"complicate"，尽管它们混在拉丁文中，可对我们来说是原生词。衍生词包括那些在英语中受到较大简化的所有词。

我提到衍生词的原义有时不必十分准确，因为谁不能看出，"remoteness"来自"remote"，"lovely"来自"love"，"concavity"来自"concave"，"demonstrative"来自"demonstrate"呢？这部词典设想要反映语法的丰富多彩，不允许我做任何限制。在检验一种语言的结构时，很重要的任务是，从一个词追溯到另一个词，注意它衍生和变形的一般模式。统一性在一部系统的词典里总是要保持的，尽管有时会以取消特例为代价。

在其他衍生词中，我十分注意加入解释，阐明名词的变形复数和动词的过去式。这在日耳曼人的方言里很常见。尽管有些经常使用它们的人对此很熟悉，可它还会干扰和困惑我们的语言学者。

英语最初的语词来源于两种语言：罗马语和日耳曼语。在罗马语方面，我选录有法语和其他地区的方言。在日耳曼语方面，有撒克逊、德国和他们同族的方言。大多数的多音节词来自罗马语，而单音节词常常来自日耳曼语。

在确定一些词属于罗马语之后，有时也许会有这种情况，词是从法文借鉴过来的，我只提到拉丁文。考虑到只是以我自己的语言作说明阐释，我并不太关注哪些拉丁文纯正或野蛮，或者哪些法文文雅或无用。

在日耳曼语的词源方面，我通常要非常感谢朱尼厄斯[1]和斯金纳[2]。这两人是我唯一在抄写他们的书时，尽力地克制自己引用的名字——不仅是因为我怕剽窃他们的劳动成果或侵占他们的荣誉，而且我还可能避免一般答谢的不断重复。我本不应只是出于对导师和恩人的尊敬提到他们，因为朱尼厄斯表现出广泛的博学多才，斯金纳显示出正确的判断力；朱尼厄斯对北部的所有语言有精确认知的技巧，斯金纳仅仅靠偶尔翻查词典就能检验古代方言。博学的朱尼厄斯表现出可能与他目的有偏离的轨迹，而斯金纳总是用最简短的方式来达到他的目的。斯金纳经常表现出无知，可没有荒谬，而朱尼厄斯总是知识丰富，但他的多样化影响他的判断，他的博学因为荒谬而常常蒙羞。

当发现朱尼厄斯的名字在如此不公正的比较后受到侮辱，北部诗人的信仰者也许不容易抑制他们的义愤。不能因为这位

---

1. 朱尼厄斯（Junius），法国哲学家。
2. 斯金纳（Skinner），英国古文物学家和医生。

词源学家认真地认为"dream（梦）"源于"drama（戏）"，因为他想到"生活是戏，戏是梦"这句话；也不能因为他用挑战的语言宣称，没有人不知道"moan（悲叹）"源于"monos（单独的）""solitary（孤独的）"或"single（单身的）"，那是他认定"伤心的爱自然是孤独的"，我们就像谴责某种犯罪行为一样指控他缺少判断。我们理应对他的勤奋或才能表示尊重。

我们关于北部文学的知识很贫乏。一些显然是来自日耳曼的原生词，不能经常在古代语言书里找到，因此，我用荷兰文或德文来代替，因为我考虑到它们不是词根，而是平行的词，它们就像英语的姐妹，而不是父母。

表现在这里的那些与血缘或同族有关的词语，在意义上并不总是一致，因为它们偶然成为词语，它们的作者们从祖先到后代，随着他们居住地的变化也改变了它们的方式。显然，根据词源学家的考查，要是这类有血缘意味的词能被找到，许多类似的词也容易互相传递，或彼此都能从一个普遍的观念中得到解释。

到目前为止，词源看来很容易就能在那些特别和专门发表的书籍里找到。通过适当地关注衍生的规则，很快就能对正字法做出修订。可是，收集我们语言中的词是个困难重重的任务。词典本身的缺陷就明显地暴露出来。尽管尽力搜索它们，所要搜集的都仍须靠运气。要在无指导下对书籍进行浏览，要如同工业的发现或命运的到来那样，在无边无际的生活语言的混乱中去捡拾。然而，不论我的研究靠技能还是凭幸运，我对词语都有不同的看法。

当设计这部常用或者说实用词典时，我删除了所有相关的专有名词，比如"arian（阿里乌斯派信徒）""socinian（索齐尼派教徒）""calvinist（加尔文教徒）""benedictine（本笃会修士或修女）""mahometan（伊斯兰教徒）"，可我也保留了一些更有普遍特点的名词，如"heathen（无宗教信仰者）""pagan（异教徒）"。

我收录的技艺类词语能够在科学书籍或技术辞典里找到。我也收录哲学家的词语。这些词也许只有一个人使用，还没被人们普遍使用，我把它们留下可作为候选或观察，最终取决于它们将来是否被人使用。

我们的作者通过他们的外语知识或自己的无知，由于虚荣或荒唐，顺应时髦或渴望创新，介绍了一些文字。对这些字词，尽管人们普遍地谴责它们，告诫其他人要反对愚昧的移植，认为使用无用的外语会损害本国语言，但因为它们实际存在，我还是给予记录。

在编纂时，我不会只因为语词的不常用或过于华而不实就加以排除，依旧把不同作者写下的不同方式给予收录，如"viscid""viscidity""viscous""viscosity"。

我很少注意那些复合词或叠词，可那些与它们单一存在有本意明显不同的词，我会收录。如"highwayman""woodman""horsecourser"是需要加以解释的，而"thieflike"或"coachdriver"则不需要注释，因为原义已包含在复合词里。

那些经过持续稳定类推而形成的词，如在"-ish"中有少量的形容词，如"greenish""bluish"；在副词中的"-ly"，如"dully""openly"；在实词中的"-ness"，如"vileness""faultiness"，

我很少特别为它们寻找出处。由于没有作家造的句让我插入说明，有时我还会把它们删除。这不是因为它们不是真正的和有规则的英语词根的后代，而是因为它们与原生词的联系一直未变，它们的本意不会被误解。

动名词"ing"形式，如"keeping of the castle（城堡的守卫）""leading of the army（领军）"，总是被忽视，或者只是说明它的动词意义，可它们有特别用法或指特别行为时，应指出它们的复数的意义，如"dwelling"" living"，或者指出它们的绝对和抽象的意义，如"colouring""painting""learning"。

分词若不是特指某种性质或具有形容词的功能，我同样会删除。有形容词作用的分词，如："a thinking man（有思想的人）"，可理解为"谨慎从事的人"；"a pacing horse（惊慌的马）"，指"马惊跳"，我斗胆称这些词为"形容分词"。可这些词也不总是被直接收录，因为它们通常易于了解，当作动词解释，也不会有任何误会。

陈旧的词原则上不收录，可只要它们在作者文章里表现出不陈腐，或它们表现出其他力度或优美值得重见天日，我便给予收录。

复合词是语言的一个主要特征。我试图尽力对以前词典编纂家普遍忽略的这方面做些补充，所以收录了大量的复合词。这些词可在"after""fore""new""night"之下找到，还有许多这类词。由于它们的数量大，这些词还在继续增加。人们对它们的使用和好奇，在这里应能得到满足，同时还能从中看出我们语言的框架和组合的模式。

有些复合词的形式，如用前缀"re-"来表示"重复"的意思，用"un-"表示"相反"的意思或"不，无"等否定的意义，所有这些样例都不可能收集完备，因为这些分词的使用，如果不是全部呈现出无规则，它们本身也是无法加以限制的。只要语境要求，它们随时就能组成新词，或被期待可以组成复合词。

还有另一种复合词，比起其他语言也许更经常出现在我们的语言里。它们的出现让外国人理解起来容易产生极大的困难。我们通过附加副词修饰许多动词的意义，如："come off"，逃脱；"fall on"，进攻；"fall off"，放弃信仰；"break off"，突然停止；"bear out"，证实；"fall in"，依从；"give over"，停止；"set off"，衬托；"set in"，开始一个不间断的计划；"set out"，开始一个课程或旅行；"take off"，模仿。它们有许多同样的表现形式，有些显然很不规则，与单词的意义相去甚远。它们在目前如何被使用，即使再聪明也很难追根究底。尽管我不能自诩全面收录，可我确实给予了其极大的关注。到目前为止，我也许帮助了我们语言学的学生，表明这类短语不再是不可逾越的障碍。那些因偶然忽略的这些结合在一起的动词和副词，很容易通过比较那些能找到的词加以解释。

许多词本身仅采用贝利（Bailey）、安斯沃思（Ainsworth）和菲尔普斯（Philips）的命名，或写上缩写词"dict"，即词典"dictionaries"。这些词除了这些词典编纂家的著作之外，是否还有其他书记载它们，我没有很大的把握。我对很多词做了删除，因为我从未读过。尽管如此，我也保留许多，因为它们也许是存在的，可能是逃过了我的注意。不管怎么样，它们之所以受到重视，取决于从前词典的可信。其他我认为有用或知道是正确的词，尽管在目前我不能引用权威作者来解释，我只好依赖自己的根据。这种声名和我的前辈们一样，享有不用证明也很可信的相同特权。

选用或淘汰的词都以文法为依据，对它们加以考虑，提到它们不同的时态。对它们不规则的变形则追溯它们不同的术语，用观察说明并分别考虑迄今为止被英语语法家忽视或忘记的语言，这确实有重要的意义，对阐释我们的语言也很有必要。

我想，这部词典的各部分中最经常集中它致命伤的是注释部分。我不能指望让那些也许本身就不满的人感到满意，因为我直到现在也无法让自己满意。要以词释词是很困难的。许多词不能用同义词来解释，因为它所指的观念只有一种；也不能用句子段落来解释，因为不能用描述来说明简单的观念。当事情的性质不清楚或概念不确定，思想又犹豫不决时，在这种情况下表达观念或事物的词，一定是模糊不清的。这是倒霉的词典学家的命运：黑暗和光明都使他受到阻碍和困扰，不只是那些只知道一点的事情，对那些过分熟悉的事情，也难以顺畅地加以解释。解释要求使用的术语，要比用于解释的词更浅显易懂。这类术语不常被轻易找到，因为除非用某些直觉知道的事和明显无须证明的例子来加以说明，否则什么也不能证明。同样地，除非使用太简单的难以定义的词去解说，否则什么也不能阐明。

还有一些词，它们的意义过于微妙，难以把握，很难用一个句子给予解释。那些在文法上说是语助词的词，在固定的语言中，只表现出无意义的声音，除了填充韵文、调节诗节外，没有其他作用。可在活的语言中,这些语助词的力度和着重点很容易就能辨认出来,尽管有时没有其他表现形式能代表它们。

因为有一类动词在英语里经常使用,我的工作量随之增加了。因为它们的含义很宽泛、很不具体,使用上如此不确定,本义受到极大的歪曲,所以很难通过变化的迷宫去寻找它们的根源,在空虚的边缘捕捉它们的意义,去限定它们的使用范围,或者用一种明确意义的词去解释它们,如"bear""break""come""cast""fall""get""give""do""put""set""go""run""make""take""turn""throw"。如果这些词的能力不能被确切地表现出来,一定要记住,我们的语言是活的,每个说出来的词都是反复无常和多样的。这些词时刻都在转化它们自身词意的联系,不容易在词典中确定,不像小树林,即使在狂风暴雨中,人们也能准确辨认它在水中的倒影。

副词在所有语言中的使用范围都很普遍,在任何经常的阐释计划下,也不容易减少它们。比起其他语言,这个困难对英语来说不算太小,也不算太大。我尽力去分清它们,至少人们可以期待能达到目的,毕竟无论对学者还是聪明人来说,这都是个尚未完成的任务。

对于有些被收录的词我不能解释,因为我不认识它们。也许把它们删去,也不会引起什么不便。即使如此我也不掩饰无知,以炫耀自己的虚荣。如塔利承认自己的无知,不懂"lessus"这个词在《十二个传奇》中是指"葬礼歌"还是"丧服";亚里士多德对《伊利亚特》中的一个词是指"顽固的人"还是"赶骡人",一直犹豫不决。有鉴于此,我面无羞愧,把那些说不清的词留给幸运的勤奋者或未来的知情者。

词源学家解释严格，力求做到"解释和词的释义，应该总是相互联系的"。我总是尽力去做，可并不总能达到预期效果。许多词是没有确切的同义词的，不能用新术语来做解释，而它过去的术语又不够充分。一个名词常常包含许多概念，可概念有相对应的很多名词，因此，有必要采用近似的同类词，因为单一术语的不完整很少是由于委婉表述，如此大量的支离破碎的解释并非不可行，因为人们从给出的例句中，还是能够很容易全面了解它的词义。

每个广泛使用的词，人们要求对它意义的变化做出说明，说明它是如何演变的，从原义到它的衍生义和偶然发生的意义。因此，每个后来的解释都有意跟随它前面的解释，把它从最初到最后形成的这个系列概念有规律地连接起来。

这种貌似有道理的做法不总是符合实际。同类的意义经常交织在一起，困惑不能被解开，也没有任何确定的理由说明为什么要一个排列在先一个排列在后。既然词根的概念分出平行的分支，那么这个先后连贯系列的意义又是如何在它们自然的平行中产生出来呢？意义的分歧"影子"，有时不被人注意就互相转化，尽管它们在一方面明显不同，可还是有可能标出它们的连接点。同类的概念尽管一致性不明确，有时却没有太大差别。没有词本身能表现它的相异，可当它们组合在一起时，我们的思想就容易分辨出它们。有时我们会有接受的困惑，以至于识别力疲倦，对相异事物迷惑不解，就连耐性也草草收场，把不应分开的概念集合在一起而匆忙求得意义。

有些人从未考虑过要超出他们经常使用的那些词语的范围，

抱怨词典困难。他们认为，这些困难是一个夸大自己工作的人乐意说的行话，要用复杂和晦涩获得人们对他劳动的尊重。要知道，对没有学习过的人，每种技艺都是含糊不清的，而这些不确定的术语和复杂的概念，对把哲学与语法结合在一起的人来说，很容易理解。如果我没有把它们表现得很清楚，要记住，那是我做出词语解释时，没有给它充分的说明。

词的原始意义不再被使用，这是由于人们经常使用它们的比喻义造成的。为了表明词的原始意义，有必要将其列入词典里。我不知道"ardour（炽热）"在英语里是否用于"material heat（物质的热）"，也不知道"flagrant（公然的；明目张胆的）"是否曾与"burning（燃烧）"有相同的意义，然而这些都是词的原始意义，把它们放在前面，尽管没有给出例句，比喻的意味也能很方便地推论出来。

这样丰富的意义如许多词表现出来的那样，几乎不可能把它们的意义都收集齐全。有些衍生义的词有时要在母语里寻找。有时，原义解释的不完整要靠衍生义来补充，许多可疑或困难的词语需要恰当地检验所有同类的词。有些词为避免重复，一笔带过。有些词比其他词有更简洁清晰的解释，只要考虑这些词不同的各种结构或关系，都能更好地理解。

所有解释的词没有采取同样的写法或以同一类的模式出现，这是因为事情本身很简单，可在任何个人的思考里不会同样的简单。写长篇大论的作家会犯错误，即使没有误导读者的模糊，也有使自己困惑的晦涩。因此，在这样的收集过程中，许多表达恰当的词很容易被忽略，许多方便的例句会被忘记，许多特别的词会因一个人接受得到改进而完全不等同于它的普遍使用的效果。

许多看上去错的词应归咎于约定的性质，而不是写作者的疏忽。有些解释不可避免地是对等的或循环的，如"hind, the female of the stag""stag, the male of the hind"。有些通俗的词变成难懂的词，如"burial"变成"sepulture"或"interment"，"drier"变成"desiccative"，"dryness"变成"siccity"或"aridity"，"fit"变成"paroxysm"。至于那些最简单的词，不管怎样也不能把它们变得更容易了。容易和困难只是相对而言的。如果词典把外语收入我们目前流行的语言中，那些现在看来只是增加或导致模糊的词语会更多。因为这个理由，我已尽量常用日耳曼语和罗马语做解释，如"cheer""gladden"或"exhilarate"，这样每个英语学习者都能从自己的语调中得到理解。

所有困难的解决，所有缺陷的补充，必须在例句中寻求。这些例句附带每个词的各种意义，根据作者使用的时代先后加以排列。

我最初收集这些权威例句时，希望每个引语都有其他用途，而非只是解释一个词，因此我收集书籍的范围包括哲学家的认知原则、历史家的显著事实、化学家的全面实验、神学家的打动人心的劝告、诗人的美丽描写。这样的计划离完成还有相当远的距离，可当时间催促我尽快用字母顺序排列这些收集的文雅和智慧的引语时，我很快就感到，如此巨大的篇幅会吓走学生。因此，我被迫改变了收集英语文学中所有令人愉悦或有用的引语的计划，并常将引语缩减为词组，而这些词几乎没有保留任何意义。如此令人厌倦的复制抄写，让我承受着增加了改写工作的烦恼。有些语句段落我保留了下来,也许能减轻文字查找的工夫,同时为语言学干旱的沙漠添上绿草和鲜花。

例句受到割裂后,它们不再具有传递作者情绪或观念的意义。出于对词的尊重,那些被引用的词以及它所有的分句已被认真地保留下来。有时由于匆忙的切割,句子的常见含义会改变,就像牧师可能放弃他的原则,哲学家会抛弃他的体系。

有些例句引自一些作家,他们从未被人称为文体大师或风格典范,可他们的词语一经引用后,就必会被人查询。若只是突出语言的纯粹,到哪页去找制造业或农业的纯正术语呢?许多引用的例句没有其他特殊目的,只是说明这个词的存在。因此选用这些例句,比起选用那些用来说明结构和关系的例句语词少了些谨慎。

我的目的是不收录在世的当代作家的例句,这样我就不会因偏见而被误导,我的同时代人也没有理由去指责。在这些情况下,只有有些特别优秀的语句引起我的尊敬,我的记忆力为我提供了最近书本里出现而在古代作家里缺少的例句,或者我在亲切的友谊之下,渴求得到名声[1],我才会违反这个原则。

到目前为止,我一直极为注意用现代装饰,让词典的每一页都精致文雅。我已经勤奋努力地收集了"王朝复辟"以前作家们的例句和经典著作。我把他们的著作看作"英语纯洁的井水"、地道用语的源泉。近一个世纪,由于诸多因素共同作用,我们的语言逐步地离开它原始的日耳曼语特性,转向高卢人的语言结构和用词,对此,我们应尽力以我们古代著作的风格为

---

1. 指《英文词典》的引语里有约翰生自己的著作。

基础，恢复它们。我们接受后来时代的语词，只是因为它们能弥补我们真正的不足，它们能被我们天才的语言学家乐意接受，又很容易与我们地道的用语相结合。

每种语言都有一个先粗后精以及虚假的高雅和衰退的过程，对此我一直保持警惕，以免我的古代热情驱使我进入远古的时代，让现在不再被人熟悉的词都汇集在我的词典里。我以西德尼的著作为分界线，超出其外的仅有少数的涉猎。伊丽莎白时代后兴起的作家，一类语言习惯足以满足所有的文字使用并达到语言文雅的目的。如果神学选用胡克的用词和《圣经》的译文，自然知识选用培根的术语，政治、战争和航海来自雷利的短语，诗歌和小说的话语来自斯宾塞和西德尼，日常生活的用语来自莎士比亚，那么，几乎很少会有思想观念，会因为人们缺乏可以表达的英语用语而不能传达出来。

发现一个新词还不够，要了解这个新词组合以后的意义，而它们的意义要通过句子的短文和大意才能确定。我所选的这些短语，只要任何作者给出了一个释义或者其解释相当于一个定义，我都会把其作为权威补充到我自己的解释之下，不考虑时间顺序排列，而这顺序在一般情况下是要坚持的。

确实存在有些词没有被其他权威人士使用过，可它们通常衍生为名词或副词。这些通过不断类推而产生的词，或这些很少在书里提到的事物的名字，或有些我有理由怀疑其存在的词，都能从它们的原始意义中形成。

例句的多而不精有时会带来更多被责难的危险。有时，这些权威例句在没必要或不使用的情况下被汇集起来，也许有些例句已被删除，但还没有丢弃。因此，这类词被收在词典中，不能草率地说它是多余的。阅读者因为大意或经验不足，视有些引语为只有相同意义的重复，而在力求准确的鉴赏者看来，它表现出多种不同的意义，至少提供了相同意义的不同解释的"影子"。一个人看到一个词用于人，其他人则看到它用于物；一个词表现贬义，也表现褒义，还可以有中性的词义；一个词，在古代作家那里代表纯真，从现代作家那里则代表文雅；一个受怀疑的经典，会被另一段更可信的文采所证明；一个模糊的句子，被一个清晰和果断的段落肯定；无论有些词如何经常重复，可总是有新的联系，表现不同的组合形式；每个引语都会为语言的稳定或意义的外延做出一些贡献。

当一个词的用法表现出模棱两可的时候，我承认它具有的两方面的意义。当它是含比喻的词时，我收集它的原始意义。

尽管很罕见，可我有时还是试图列举情绪发展的谱系，表明一个作者是如何复制另一个作者的思想和用语的。这样的引语确实不过是一种重复。如果提供这个用语的发展史不能使思想得到满足，这类重复也许应公正地受到谴责。

各种依照句法的结构在例句中已认真地给予说明。迄今为止，许多被自由使用或忽视的词，使我们的文风变幻无常和无法确定。相同的词被不同地组合在一起时，很容易就要求它们运用得体，我常尽力去指引这些选择。

通过确定正字法，展示类推，规范结构，确定英语词的意义，我已努力完成一个诚实的词典编纂家的所有工作，可我并不总是能按我自己的计划去行事，或让自己的期待得到满足。这部词典无论能否证实其表达的严谨和认真，都仍有许多值得改进之处。我推荐的正字法一直是有争议的。我采用的语源词是不确定正确与否的，也许经常有错。至于注释部分，有时过于浓缩，有时过于散漫，释义相当含糊而不清晰，注意力受到不必要的小事干扰。

例句经常被不公正地裁断，有时在一个错误的意义上被肯定。我希望这种情形很少，可是因为在编这部词典中，我更依赖记忆力——尽管明知记忆力会在忧虑和困惑中受到限制。我打算在修订时补充第一稿遗留下来的那些不完整部分。

许多术语只适用于特殊的职业，尽管有必要也有意义，都毫无疑义地加以删除了。一些经认真考虑和给出例句的词，对许多含义没有给予观察。

这些失误难免经常发生，这是可以作为原谅的借口的。多做事总是值得赞美的，即使事业心高于从事工作的实际能力。保持在自己的目标之下的状态，对每个想象力活跃的人和每个思考全面的人，都是可行的。当然，除非幻想得太少，否则没有人会因为自己做得多而对自己满意。我当初进行这项工作时，决心把所有词或事都检查一遍，为每小时的收获而欣喜。在这些时光中，我应立即为文学的盛宴狂欢，我应对含糊不清很少用的北部知识进行收集整理，我应期待自己对这些被忽视的矿藏的寻找会让我的劳动产生报酬，我应向人类展示我得到知识的胜利。当我探讨词的原始意义时，我也同样表明对事物的关心，深入窥探每门科学，研究每个我给予名字的事物的本质，用严格的逻辑确定每个观念的范围，对每个艺术或自然事物给予准确的描写，使我的书不论是普通名称还是技术术语都能与其他词典一样。可这些是诗人的梦想，最终注定要唤醒词典编纂家。我很快就发现，一旦工作起来，要找工具已来不及，无论我有什么能力去进行这项工作，我最后必须要完成它们。如果我不管什么时候有疑虑都要商讨，也不管什么时候我有不知道的都要探究，这会一直拖延下去没有结果，也许没有多少改进。因为靠最初的经验，我不觉得自己没有的东西是很难得到的。我已深有感触，一个偶然探讨引出另一个探讨，一本书参考另一本书，这样的寻找并不总是很容易得到，并且找到后也不总是能得到答案。这样追求完美无缺，有点类似阿卡狄亚的原住民追太阳，当他们到达山坡后似乎可以停止了，可望着太阳还是有同样遥远的距离。

我决定坚持原计划，限制自己不再寻求附属的东西。因为这会引起更多的障碍而不是帮助。这样一来至少有一个好处：我确立著作的范围，尽管不能都做到，但能及时地结束。

失望从没有占上风使我疏忽大意。有些错误终因受焦虑的努力和不懈的工作的影响而出现。专注于准确思考的人，很难回避这些词义衍生出的细腻和微妙，确信自己有必要解开组合词和分开近似的词。许多在普通读者看来是无用和多余的区分，却能被精通哲学思想的人，发现其真实和重要。一部词典没有这些逻辑和思辨，是不可能准确地编成，并受到深入的检验的。

尽管有些词义不尽相同，但它们十分相似，以致常常会被误解。多数人思考不周密，因此用词也不准确。结果是有的例句被无关紧要地放在任何意义上。这种语词的不确定不能归咎于我，因为我没有制造语言而只是记录语言。我不教人们应如何去思考，而只是叙述迄今为止人们如何去表达他们的思想。

我悔恨有些例句有不完美的意义，可无法去修订它们。希望这些适当选用并保持准确的无数例句中有些闪耀想象的火花，有些充满智慧的财富，能弥补这一缺陷。

正字法和词源法虽然不完美，但不是因为缺少关注而不完美，而是因为关注不总是能成功，或由于收集到的资料太迟以致难以使用。

我必须坦率地承认，许多技艺或制造业的术语没有被收录。对这个缺陷，我大胆地承认，这是不可避免的，因为我既不能参观矿井去了解矿工的语言，也不能航海去完全熟悉航海方言，更不能到商人的仓库和技师的专业店去，得到那些在书本上从没提到的商品、器具、工具和操作方法的名字。尽管我不会忽视那些受到大家关注事物的语词，或在我研究之内很容易就得到的名词，可是，为求得这些活生生的表达用语，向那些有时郁闷不乐有时粗俗不堪的人提出质疑并汇集词语，几乎是一种无希望的努力。

据说，为了给秕糠学院编纂的词典提供有关用语，博那罗蒂写过一部名为《集市》的系列喜剧。显然，我没有这类助益。但是，我同样乐于追求他们必须追求的东西，即便我并没有这样幸运的辅助。

那些不能在词汇里找到的词，不必哀叹于它们被疏忽。劳动和经商的人的用词在很大程度上是临时和易变的，他们的许多术语都是为临时或本地的便利形成的，尽管发生在特定时间和地点，在其他人看来完全不能理解。这类难以琢磨的黑话，总是处在增加或消失的状态，不能把它作为永久存在的语言材料。最终，它们会承受与其他不值得保护的事物一起消亡的命运。

人们有时难免疏忽大意。能抓住罕见机会的人，有时会因为不注意，错过时刻期待的机会。寻找罕见或遥远的事物的人，会忽视明显熟悉的事物。因此，我把许多最普通和简单的词排列后，几乎没有再做出任何解释。因为在汇集权威人士的引语时，我避免复制那些例句，并相信只要有需要，它们无论何时都能被找到。令人惊讶的是，在重新检查我的词典时，我发现"sea"这个词没举出例证。

事情经常如此，困难的常被忽视，容易的又过于自信。心里害怕伟大却轻蔑小事。匆忙逃离痛苦的寻找，不料又以轻视的态度赶紧绕过自己不胜任的任务。有时因警惕过分保护自己，有时又过分为精力充沛的努力担忧；有时在平坦的道上懒惰，有时在迷宫中迷失，有时被不同的注意力分散。

写大部头书的困难，实在是因为它大，尽管所有的部分都能单独按其能力进行。然而，总有许多事情要做，这个全体中的每个部分都要平分它的时间和精力——不能指望建造大庙圆顶的石头，能如同戒指钻石那样被四面切割和抛光。

我在这部词典上倾注了如此多的辛勤劳动，使我对它有某种程度的如父母对子女般的宠爱，很自然会去猜测它的未来。那些经劝说后认为我的辞书设计很好的人，自会提出这个要求：词典应规范我们的语言，让那些因时间和机遇迄今都使语言受影响的变化停止，使语言不再有其对立面。面对这个要求的结果，我承认我得到过虚荣的一时满足，可现在开始感到恐惧：我沉溺于其中的期待既不理性，也没有经验证明是合理的。当我们看到人类成长、衰老和死亡，在特定的时间内是一个接一个，从一个世纪到一个世纪时，我们便会觉得那些能延长寿命的长寿药十分可笑。如果词典编纂家能够提供一个民族的样例，使其保持他们的词和短语免于变化，设想自己的词典能使语言不朽，使语言免于迂腐和颓废，或他有能力改变人间自然的本性，或立即把愚昧、虚荣和虚伪从这个世界清除干净，那么，他同样会受到公正的嘲笑。

然而，抱着这类希望，为捍卫他们语言的大道，研究机构[1]已制定出维护不变的原则，以排斥入侵者，可他们的警惕和行为迄今为止都是徒劳。声音变化太大，太微妙，难以给予法律的限制。"以链条束缚音节，以马鞭抽打大风"，同样是一种自豪的壮举，不情愿以自己的能力去衡量自己的欲望。法语在研究院的监督下有明显的变化，法国神学家库拉耶认为，法国历史学家阿米洛翻译神父保罗作品的风格难以"相通"。意大利人肯定，任何现代作家用语，与薄伽丘、马基雅维利和卡罗等古代作家有明显不同。

一种语言被完全和突然地转变是很少发生的。因侵略和移民发生变化，现在也很少见。可是，还是有其他引起变化的原因。尽管变化缓慢，进行过程隐蔽难见，其力量却如同天象的变化或潮水的涨落，人类难以抵制。商业不论多么有必要，多么有利可图，当它使交易行为堕落时，语言自然会受到腐蚀。商人经常与陌生人打交道，要尽量与他们沟通，为此要及时学习混杂的方言，如"行话"能为地中海和印度洋海岸的贸易人服务。这类方言并不总是局限于贸易商业仓库或码头内，还在一定程

---

1. 指秕糠学院在 1612 年出版的《意大利词典》和 1694 年出版的《法国词典》。

度上为其他人交流使用，最终与目前的语言融合在一起。

内在的原因也有同等的力量。语言一直沿用而没有改变，有可能是这个民族的变化很小。可这些小变化使他们处在野蛮人之上，与陌生人隔离，完全用于解决生活的方便。这些民族或者没有书，或者如一些伊斯兰国家，只有很少的书：人们忙碌，不求学，仅有一些普遍使用的语词，也许一直继续用同样的标记表示同样的概念。这类持续不变的情况，很少能在那些受艺术教育的人和划分为不同等级的人中看到，因为那里社会团体的一部分是由其他人的劳动来维系和支持的。那些有更多闲暇时间去思考的人，总是要扩大观念的词汇。每个知识的增加，不论是真实的还是虚幻的，都会产生新词或组合词。当思想不受到必需品的束缚时，它会超越实用方便的界线。当它任意地留在沉思的领域中时，它会使观念变化，如任何风俗一旦无用，表现它的词汇也随其消失，如任何观念变得流行，它会像改变人们习惯行为一样，以同样的比例更新人们的语言。

伴随各种科学的发展，语言也在扩展，提供更多折射出它们原始意义的新词语。几何学家会谈论宫廷朝臣的"太空"，野蛮英雄谈他的"怪异"美德，医师谈"多血质"的指望和"痰堵塞"的延缓。演讲语言的丰富，给反复无常的选择带来机会，使有些词受到特别的关注，其他则被埋没。时髦风气的朝夕变化，强迫我们使用新词，或扩张已知术语的意义。诗歌中含比喻的用词随时都在扩张，隐喻将成为流行的语言。发音因人们轻浮或无知而变化多端，而用笔作文时，至少要适应其语调。文字水平不高的作者，不知什么时候就在公众的糊涂下提高他的知名度，因为他并不知这些词的原始意义，就通俗放肆地使用它们，混淆区别，忘记其恰当性。由于礼俗增加，有些词汇对于表达精致来说过于粗野和庸俗，有些对于表达欢乐又太正规和严谨，新的短语被接受使用后，因为同样的理由，到时候还是要被废除。斯威夫特在一篇关于英国语言的小论文中提出，新词有时一定会被介绍使用，但建议这些词不应最后变得无用。可是，除大家普遍同意避免使用它外，还有什么方式让词语"无用"呢？词一旦不被使用，人们就不熟悉它，一旦不熟悉人们就讨厌它。此时，它若传递一个冒犯人的观念，或被人再次从口里说出，这个"无用"之词应不应该继续使用呢？

还有另一些变化的原因比其他更明显，这些变化在目前的世界是无法避免的。两种语言的混合，会导致产生区别于它们的第三种语言。它们总是要融合，因为教育的重要部分和最大的成就，都艺术地体现在古代或外国的语言上。长时间熟悉一种语言的人，会发现词和组合都储存在他的记忆中。不论出于匆忙或疏忽、精致或虚伪，他会让这些"借用语"和"外来语"闯入其表达的领地。

对语言最大的伤害常来自翻译。在从一种语言变成另一种语言的过程中，没有一本书不带着它本国的某些成语。这是最有害和最复杂的语词革新。一个词可以用本国上千个词来表示，语调的结构保持一样，只有新的措辞表述能立即引起变化。它所改变的不是建筑物的一块石头，而是柱石的排放秩序。如果为培养我们的语言风格，需要去建立一个研究机构，我决不期待看到这些附属机构继续增加，决不希望英国自由的精神受到这些机构的干扰或摧毁。不过，应让这个机构不只是编语法和词典，而是应该用他们的影响力，去努力撤销那些不称职翻译者的执照。因为那些人的懒惰和无知，不称职翻译者继续被人容忍和接受，而他们会使我们的英语降到如同小孩子说法国方言那样的水平。

如果我们所害怕的变化是不可抵挡的，如同那些人类无法超越的不幸，除了保持沉默，我们又能做些什么？我们只能延缓我们不能抵抗的东西，减轻我们不能医治的痛苦。尽管死亡本质上是不可抗拒的，生命在关心之下却可以延长。语言如同政体，有自然退化的趋势。我们既然一直保护自己的宪法，就让我们为语言做些努力吧。

语言就其本质而言，是无法避免衰退的，但人们仍希望给语言更长的寿命。为国家的荣誉，我付出多年的劳动，专心致志编纂了这部词典，为的是在语言学领域，我们不会没有竞争就输给其他欧洲大陆国家。每个人都从他们的作家那里获得伟大荣耀：我自己的写作是否能为英语文学的名誉增加任何东西，必须留给时间去判断。在我的生活中，很多时间在疾病的压力下流失了，很多时间里都在受小事的干扰，很多时间也总是耗费在我每天面对的必需品上。可是，如果借助于我的帮助，外国的民族和距离遥远的同代人，能接受到知识的传播，了解真理的大师；如果我的劳动能为知识的宝库增光，为培根、胡克、弥尔顿和波义耳增加名气，我一定不会认为我这个工作无用或不光彩。

当我受到这充满希望的鼓励时，我欣喜地看着我的书，不论它有多少缺陷，这毕竟是一个充满精神、竭尽全力的人奉献给世界的书。它是否会立即成为流行书，我从未对自己许诺过。书中自有一些粗心大意、荒谬可笑之处，可没有一部如此复杂多样的书能够完全避免这些。也许在一个时期，这部书提供给人们嘲笑的愚昧，使无知更受到蔑视，可它有用的勤奋努力，终会获得成功。世上从不会缺少一些能辨识功过的人。一些人认为，由于它匆忙地出版，有些词刚出现，有些在消失，因此，没有任何记录现存活语言的词典会尽善尽美；还有人指出，整个生命不应耗费在语法和词源上；更有人想到，献出整个生命都不够。有人假定那些设计者以及对任何语言都能给予清晰表达的人，一定常常说些他自己都不理解的话。有人肯定，一个作者有时因急切而匆忙结束工作，有时厌倦一个任务而失去信心，如斯卡利格比较打铁和挖矿劳动的不同。有些很明显的事不一定为人所知，而有些熟悉的事，不总是能表达成文。怠慢疏忽的人突然振作起来，能让警觉的人大吃一惊。轻松的消遣自会分散注意力；心灵偶然蒙上的阴影，必会使学习变得消极。作家在需要时经常失去自己的记忆力，被遗忘的这些他昨天本能地知道的事，也许明天会自动地浮现在他的脑海中。

在这部词典里，人们发现有很多东西被删除了，可他们不要忘记，同样有很多在显示其作用。尽管没有一本书能仁慈地饶恕它的作者，可世人几乎不想知道受谴责的错误根源在哪里。然而，也许承认这个事实能满足好奇心：这部《英文词典》是在没有很多学者的帮助下完成的，也没有任何伟大的赞助人。作者写作时，既没有躲在偏僻隐居的舒适中，也没有在研究室遮阴的凉亭下，而是处在不是麻烦打扰和精神分散，就是生病和悲伤的状态中。如果我们的语言不能在这部词典里得到充分表现，我只是在一个迄今没有人类的力量能去完成的尝试中失败了，这也许能压制那些恶意评价它的批评家的沾沾自喜。如果认为这个古代语言的词典,在长时期连续时间的辛劳中,现在永恒地固定下来,构成少数的几卷册,应该说,这还是不充分和有误导的。如果意大利研究院汇集知识,精心策划合作,不能保证他们避免受到本尼的指责,如果有许多法国批评专家参与,用五十年的时间编纂的词典,还必须改进它的系统,给第二版另一种面貌,有鉴于此,即使对这部词典没有完美无缺的赞扬,我确实也应感到满足了。如果我能得到赞美,在这忧郁孤独的时刻,我还能期待什么呢?我已经拖延了完成它的时间,那些我希望他们会为此感到欣喜的人已经不在人间,成功和失败都成了空洞无意义的声音,因此,我以冷淡平静待之,不再畏惧批评或期盼赞扬。

《莎士比亚戏剧集》前言

死者容易得到无理性的过分赞美，对古人应给予最杰出的盛名赞誉，这类哀叹抱怨的声音可能永远不会消失。说这类抱怨话的人，不可能揭示什么真理，却希望靠发表似是而非的谬论而出名，或者，他们在失望不得志后，被迫使用权宜之计来安慰自己，希望目前时代所拒绝的荣誉，能从后代那里得到，希望他们受嫉妒被否认的名声，终有一天会被人们承认并向他们深表敬意。

"古老"如同其他品质一样能吸引人们的注意。无疑，那些崇古的信徒对古人古物的景仰，多半出于偏见，本与理性无关。有些人似乎不加区别地崇拜所有长期保存下来的东西，从不考虑这些古物的流传是否与时间的巧合有关。一般人对古人比对杰出的今人，可能更容易引起景仰之情，因为我们的头脑要通过时代的阴影去观察现代的天才，如同我们的眼睛要凭遮挡物才能去看太阳一样。批评家之间最重大的争论问题是，挑剔现代人的错误，发现古代人的优秀。因此，一个作家活着的时候，我们以其最差的作品来衡量他的能力，而一旦去世后，我们却用其最优秀的作品评价他的才华。

然而，文学作品的优秀不是绝对和固定的，而是逐步形成和比较而言的。文学作品不遵循示范和科学的原则，完全诉诸观察和经验,除了看它们能否经历长久和不断地受到尊重外,没有其他更好的检验标准。人类长期珍重的一些东西,必定经历过不断地检验和反复比较的过程,因为经常的比较才能证实这些东西是否有价值。正如在大自然的"杰作"当中,当人们没有见过许多山川河流时,无法恰当地判断一条河之深浅或一座山之高低。同样地,若要评价天才的创作,不把它与同类作品做比较,便无法赞扬其风格的杰出。就哲学论证而言,它能立即显示出本身的说服力,不必期望或恐惧岁月变迁的影响。可是对一些尝试性和试验性的作品,必须按照它们接近人类普遍和全面的能力的程度加以判断,而这些能力是经过无数代人的努力才形成的。最早的建筑物盖起来后,人们马上就有可能确定它是圆的还是方的,至于它是否最宽敞或最雄伟,就要留给时间来判断了。毕达哥拉斯的数学定理一经问世就很完美,而荷马的史诗是否早已超出人类智慧的通常界限,无人敢确定。我们只能这样说,一个民族接着一个民族,一个世代承续一个世代,人们只不过把他史诗中的事件做些更换替代,赋予人物新的名字,再现他的思想情绪而已。

因此,人们崇拜那些源远流长的作品,并非由于盲目信任古人比今人有更高的智慧,也不是由于悲观地相信人类一代不如一代,而是由于它被大家公认并具有不容置疑的地位的结果,即那些最长久为人们熟悉的作品,必然经过最多的思考,而思考得最多的作品,必然被了解得最透彻。

我对其作品进行注释的这位诗人,可能现在已具有了一个古人所应有的荣耀,已有长期建立起来的名望,并享受长期以来被人崇拜的特别待遇。他的名声早已超过了他生活的"世纪"。

这是一个通常用来界定文学价值的期限。不管他以前得到过什么人的暗示，依靠过哪些本地风俗或当时的观念，这些优势许多年后都已全部退居其次了。有关每个欢乐的主题或忧伤的动机，这些有助于他剧情感人的表达方式，曾经是那么无比光辉，现在只起着模糊剧情的作用了。赞扬和竞争本身所起的效应已不存在，有关他的友谊和仇敌的传说也已消失，他的作品不需要争议来支持，也不给任何派系提供谩骂的话语，既不能纵容人们的虚荣心，也不能满足人们恶意的发泄。人们现在之所以要读它们，没有别的理由，只是渴望得到愉快。因此，只有作品在它们给人愉快时才会受到赞扬，虽然这些作品并不借助读者的利益或热情，可它们却经历了各种趣味和社会生活方式的变化，并且，在一代代传承的过程中，在每次的交接时都得到了新的赞誉。

虽然人的判断力逐步接近正确，可显然绝不会没有失误，而人们的赞扬虽然长期持续下去，可也许只是一种受偏见或时尚左右的赞扬。因此，要适当地探讨，究竟在哪些特殊成就方面，莎士比亚赢得并维持了本国人对他的喜爱。

除了正确地表现事物的普遍本质之外，没有任何作品能够使众多读者愉快并且能长期受到喜爱。那些具有特性的习俗只有少数人能熟悉，因此只有这些少数人才能判断一个作品复制的逼真程度。那些凭幻想虚构异常拼凑的创作，由于新奇也许能取悦一时，因为人们通常厌倦生活的感觉，会促使自己去追求新奇，可是这些突如其来的新奇快感，很快就耗尽并忘却，因此，人们的心灵只能把真理的稳定作为寄托。

莎士比亚作为一个"天然的诗人"超越了所有的作家，至少超越了所有的现代作家。诗人向读者展示了一面忠实地反映风俗习惯和生活方式的"镜子"。他的人物既不受某个特别地方风俗的限制，因而能被世界其他人所熟悉，也不受只有少数人才具有的专业或职业的特殊性的局限，更不受时髦风潮或一时见解的偶然性的制约；相反，他的人物是普通人的真正后代。世界到处都有这些人，人们在周围随时都能发现他们。他剧中人物的言谈举止都基于人类的普遍热情和原则。这些热情和原则能够震撼所有人的心灵，使整个生活体系不停地运转。在其他诗人的作品里，人物通常是一个个体，而在莎士比亚的戏剧里，人物通常代表一种"类型"。

正是从这个广泛的构思中，读者才能得到如此多的教益。正是这个原因，才使莎士比亚的戏剧充满了实用的格言和生活的智慧。据说，欧里庇得斯的每行诗都是一个箴言，那么，也可以这么说，人们从莎士比亚作品中，能找到完整的关于国民和经济管理的体系。然而，他的真正力量不在那些个别的华丽优美的句子，而在他剧中的情节发展和对白的过程中。假如有人试图选用格言警句来推荐莎士比亚，其结果会如老学究希洛克勒斯那样愚不可及。希洛克勒斯出售他的房子，口袋里总是放着一块砖作为样品向人推销。

除非与其他作者进行比较，否则不容易评估莎士比亚如何在使自己的思想情绪与真实的生活相协调方面超群拔俗。据观察，在古代雄辩学校学习的学生，越是勤奋用功，就越不能胜任外界的工作，因为他们在学校所学的到任何地方都用不上。这个评论也适用于除莎士比亚戏剧以外的每一个舞台剧。在其他人的导演下，舞台上集中讨论一些在人类实际工商生活中从不会发生的主题，却以闻所未闻的人物和从来也听不到的对白来吸引大众。可是，莎士比亚的对白显然通常是由引起它的生活事件来决定的，表现出来竟是如此自然轻松和简洁朴实，以至于它看起来全无虚构的匠心，只不过是从普通谈话和平常事件中精心挑选而成的。

在其他每一个戏剧舞台上，普遍的媒介是爱情。爱的力量导致所有善和恶，并且支配每个行为，不是迅速发展就是缓慢展开。把一个恋爱的人、一个美女和一个情敌放进传奇里，让他们经历矛盾纠缠的义务、利益冲突的困扰，用彼此不协调的欲望所产生的暴力伤害他们，让他们相见时欢乐，分手时悲伤，让他们口中说出夸张的喜悦和过分的忧虑，让他们忍受人类所不能承受的痛苦，从痛苦中获得人类从来也没有得到过的解脱。这就是现代戏剧家的任务。为了这个目的，他们违背可能性，扭曲人性，糟蹋语言。殊不知爱情只不过是多种热情中的一种。由于爱情不会对整体人生有巨大影响，它在这位诗人的戏剧里所起的作用自然就很小。因为诗人是从生活的世界里形成其思想的，他所表现的也只是他能见到的。他很清楚，任何热情不管约束还是放纵，都有可能导致幸福或灾难。

当人物个性如此丰满和具有普遍性时，人们不容易看出细微的区别，也不容易保持一致性。尽管如此，没有诗人比莎士比亚更能把不同人物的个性区别开来。我不赞同蒲柏所说的，莎士比亚剧中人物的每句对白，都显示说话人的性格。因为有许多对白是没有表明个性的。但是，也许有些对白能普遍地适合所有人，若要找到哪句对白可以从目前这个人恰当地转移到另一个人身上并不容易。当有理由做出选择时，这个选择就是正确的。

其他作家的戏剧，唯有通过夸张个性或激起人物情绪，通过传奇和模仿表现极端的优秀或堕落才能引人注目，如那些专写野蛮浪漫的作家，用巨人或侏儒来刺激读者。有些人希望从演出的戏剧或传奇中，形成自己对人类事物的看法，他们同样会受到欺骗，因为莎士比亚剧中没有英雄的主角，他的戏剧只是表现人。这些能说能干的人，和读者自己在同类场合下见到的人没有两样。尽管他的剧中有鬼神出现，对话却依然充满人情世故。其他作家常把最自然的情绪和最经常发生的事件加以遮掩，以致想从书本了解生活的人，将对实际的生活完全不了解。莎士比亚把遥远的距离拉近，使奇异的事物为人熟悉。尽管有些他表现的事件可能不会发生，可一旦真的发生了，他就能让它达到自己预先设计的效果。可以这样说，他不只在实际的紧急行动关头，还在难以处置的灾难时刻处处表现人的自然本性。

因此，这是我们对他的赞美之词："莎士比亚戏剧是生活的镜子。"那些着迷于奇怪幻想的人，追随那些在莎士比亚之前就出现过的幽灵的人，读一下莎士比亚剧里以普通人的语言所表达的人类的思想情绪，看一些他描写的生活场景，也许能治疗自己痴迷不悟的顽疾。因为凭着这些场景，一个隐士也能对世界的转变做出判断，一个忏悔的教徒也能对感情的发展做出预测。

莎士比亚坚持普遍的自然的人性，引起批评家对他的指责。这些批评家的偏见来自他们狭隘的原则。丹尼斯[1]和赖默[2]责怪

---

1. 丹尼斯（Dennis，1657—1734），英国批评家。
2. 赖默（Rhymer，1641—1713），英国批评家。

莎士比亚戏剧中的罗马不是真实的罗马；伏尔泰抱怨，莎士比亚戏剧中的国王不是真正的国王。丹尼斯对莎士比亚把一个罗马议员麦乃尼斯刻画成小丑很恼火；伏尔泰也许考虑，丹麦篡位者被写得如同一个酒鬼是严重的亵渎。而莎士比亚总是让自然支配事件。如果他要保持必要的个性，他不会很注意那些附加和偶然的区别。尽管他的故事要求写罗马或国王，可他想到的只是人。他知道，罗马如其他城市一样，有各种各样的人。他需要一个酒鬼，他找到上议院，而上议院一定能为他提供这类人。他有意表现篡权者和谋杀者，这些人不仅讨厌而且可鄙，他之所以把醉酒加到角色上，因为他知道国王爱酒与普通人没有两样，酒同样可在国王身上产生它自然的力量。上述这些指责是非常小心眼的吹毛求疵。诗人可以不注重国家和环境这类不重要的区别，如同一个画家只满足于把人物画得逼真而忽略服饰。

有人认为，莎士比亚混淆了喜剧和悲剧的区别，并且这种混淆表现在他的所有著作上。对这种指责，值得我们给予更多思考。让我们首先面对事实，然后再去分析评价。

莎士比亚的戏剧按严格的意义和批评的范畴来说，既不属于悲剧也不属于喜剧，而是一种特别卓著的类型。他表现人间自然生活的真实状态，分享人间的善良和罪恶、欢乐和痛苦，把无数的模式都混合在一起。他表现世界的发展过程。在这个过程中，有人有所失便是他人有所得——往往在相同的时刻，有人得意地赶赴酒宴，有人伤心地参加朋友的葬礼。在这人世过程中，一个狠心毒辣者，有时竟败在另一个嬉笑嘲弄者手下。经常是许多人的失误和受益同时存在又同时失去，没有事先的安排。

　　要摆脱那些有意和无意事件混淆的无序状态，古代诗人根据自然习惯的法则创作，有人特意表现一些罪大恶极的人，有人突出这些人的荒谬言论。有些人选择生命无常变化的重要事件，有些人专注于细微的事情；有些人强调压抑的恐怖，有些人讴歌放纵的欢乐。于是，导致了以悲剧和喜剧为名的两类模仿形式的出现。创作者试图用相反的方式表现它们的不同结局，几乎不考虑悲剧与喜剧有相似之处。我记忆中的希腊或罗马作家，没有一个作家擅长把这两类不同形式结合在一起。

　　莎士比亚具有把狂欢和悲哀结合在一起的能力，不仅表现在一个人的思想中，而且体现在整个戏剧演出中。他所有的戏剧都包含着严肃和滑稽的角色，在剧情发展过程中，有时表现得异常严肃和悲伤，有时却非常愉快和可笑。

　　人们乐意认可这类不符合艺术批评原则的创作，却总是有从批评到自然的公开呼吁。写作的目的是教诲人。诗人的目的是寓教于乐。那些把喜剧或悲剧结合一体的悲喜剧，表达所有教诲的尝试，确实值得肯定，因为通过表现大阴谋和小诡计及它们之间如何能促进或彼此回避，表现上层和下层人不可避免地与整个制度所进行的联系，它在交替变换的表演中把悲喜剧两种形式都包括在内，因此，它比单纯的悲剧或喜剧都更接近生活的本来面目。

　　持反对意见的人认为，悲喜剧场景的变换会使剧中情绪的发展受到干扰，并且重要的事件在这事先设定的双重发展中不能有效地进行，甚至缺少感动人的力量，而这种感人力量正是戏剧诗达到完美所要求的组成部分。这个理由看似正确，以致有些在日常生活中感到它不真实的人，也把它当作真实来接受了。悲喜两种场景的互相交替切换很少会失败，不会导致预期情绪的起伏波动。虚构的故事除非很容易转移人们的注意力，否则不会太感人。尽管我们承认，感人的忧郁有时被不受欢迎的轻浮所干预，可同时要知道，忧郁通常是不感人的，而且这个人受到的干扰也许让另一个人得到了轻松。不同的观众有不同的理解习惯，但总的来说，所有快感都应有多样化的构成部分。

在当时编辑出版的莎士比亚作品里，有人把它们分为喜剧、历史剧和悲剧三种，但演员们似乎对这三种分类并没有任何确切或固定的概念。

在这些演员看来，只要在一个故事中，行动结束时，主要角色表现出大团圆的结局，不管其发展过程是严肃的还是苦难的，这就是一个喜剧。这个关于喜剧的概念一直在我们中间流传。那些稍稍改变一下灾难结局的剧本，今天是喜剧，明天可能就是悲剧了。

悲剧诗在古代不比喜剧更荣耀或崇高。它只要求一个灾难性的结局，当时一般的批评家以此为满足，不管它的故事情节发展是否一直都是轻松欢快的。

历史剧是一个行动的系列，按时间顺序发展，互相独立，没有现成的结局，也不能对它的结果加以规范。人们并不能总是很精确地界限一个悲剧。悲剧《安东尼与克里奥佩特拉》并不比历史剧《理查二世》有更多的统一完整的情节。可一个历史剧能连续不断地演下去，因为它没有预先计划，也没有长短的限制。

在给所有这些不同类型的剧本命名中,莎士比亚的创作模式都是相同的。在严肃和轻松的互相交替的表演中,观众有时表现得安静,有时则兴奋。不论他的剧本让人欢快还是痛苦,也不论他是否在平易和为人熟悉的对白中,不动声色地推动剧情发展,他总是能成功地达到他的目的。当他控制我们时,我们欢笑或悲伤,或者我们安静地坐着期待,即使沉默不语,也心里耿耿于怀。

一旦明白莎士比亚的创作意图,赖默和伏尔泰的大多数批评意见就会自行消失。《哈姆莱特》以两个哨兵开场,没有不恰当的地方。伊阿古对着勃拉班修[1]的窗下大喊大叫这个细节,尽管现代的观众无法容忍,可并没有破坏剧情。就连波洛涅斯[2]这个人也恰到好处并适合剧情,而且,掘墓人[3]的谈话也受到观众的喝彩。

莎士比亚以戏剧性的诗情面对他的世界,当时古代法则和尚未定论的公众判断几乎不存在。他没有某类名望的作家为样例去强迫他模仿,也没有某些权威的批评家去限制他的夸张想象,因此他尽情发挥他的自然本能。如赖默所说,他的自然本能引导他擅长喜剧。在悲剧创作中,他常表现得很用功、很努力,结果却很不幸运,而在喜剧中,他似乎不费力气就写出了无须斟酌推敲的作品。在悲剧中,他在某些喜剧转换成悲剧后,总是显得难以应付,疲惫不堪;而在喜剧里,他似乎处处能休息养生或奢侈享受,就像这样一个思考模式很适合他的天赋。

---

1. 伊阿古和勃拉班修均为《奥赛罗》中的角色。
2. 《哈姆莱特》中的诙谐人物。
3. 《哈姆莱特》中的人物。

在他的悲剧里总有一些缺憾，而他的喜剧常超出预期或渴望。他的喜剧用思想和语言来愉悦人，而他的悲剧多半靠事件和行动来吸引人。因此，他的悲剧展现技巧，而他的喜剧展示天才。

莎士比亚戏剧的动人力量，虽历经了一个半世纪却几乎没有因表达方式和语言的变化而改变。由于他的人物行为基于真实热情的原则，没有受到特殊形式的约束，因此，它们所表现出来的痛快和苦恼，都能为所有的时代和所有不同的地方接受。他们是自然的，因此具有永恒性。个人习惯的偶然特性只是一种表面的颜色，耀眼绚丽过一个时期，很快就暗淡无光，不再有昔日的光辉；然而，有显著特色的真实情感是一种自然的色彩，它们遍及整个人群，只能随着体现它的人的死去才会消失。意外构成的不同模式，会被让它们结合的偶然机会给拆散，而原始品质体现的简朴统一，既不会增加，也不会衰减，正如由洪水堆起的沙丘会被另一次洪水冲散，可岩石总是留在它原来的地方。时间的河流继续不断地冲刷其他诗人的可分可解的结构，可它们经过莎士比亚这块金刚石，却丝毫无损它的形状。

我所相信的是，如果一个民族存在，它所形成的风格是不会过时的。一定的文体模式与它各自语言的原则，如此协调又十分近似，以致它得以确定和不会变更。这种文体最有可能从一般生活的交流中获得，从那些说话简洁而无追求文雅野心的人中得到。文雅的人总是赶时髦的风气，有学问的人要摆脱约定的说话模式，希望找到更好的方式来说得更好。有些人故意炫耀，即使通俗话语恰到好处，也毫不吝惜地加以抛弃。可是，有一种介于粗俗之上和精致之下的话语很恰当，我们这位诗人似乎就运用了这类话语写他的喜剧。因此，他的声音比其他同样远离我们时代的作者更能使当代观众耐心倾听。除了他的其他卓越方面外，莎士比亚作为我们语言的原创性大师之一也值得我们研究。

这样的观察评价，尽管不能当作无例外的看法，可它却包含了普遍的和最重要的真实。莎士比亚的通俗对白十分流畅，非常清晰，然而也不是没有生涩和难懂之处，如同一个物产丰盛的乡村，也有它不适宜耕种的地方。莎士比亚的人物被誉为自然，并不是说这些人物的情绪有时不做作，他们的行为都合理，正如地球从整体上来说是球形的，可它还是有各种凹凸不平的表面。

莎士比亚十分优秀，同时也有其缺点。他的缺点足以模糊或掩盖其他的优秀价值。我会就它们在比例上在我看来是缺点的问题，做出公正的评价，既不恶意嫉妒，也不盲目尊崇。就一个已故诗人应得的名誉进行评价，没有什么能比这类话题更能得到更公正的讨论，当然，也要摒弃某些偏见，认为只要直率就可以不顾真实。

莎士比亚的首要缺点，我们要归咎于书本里和世人中所表现出得过多的邪恶行为。他为求便利牺牲美德。他注重娱乐胜于教诲，以致他的写作不含任何道德目的。确实，从他的作品中我们也能挑选出一些社会制度下的义务责任。因为任何人做理性思考时，同时也在做道德思考，可他却很不严肃地提到这些道德义务和原则。他既不公正地显示美德和邪恶，也不注意表现对邪恶的批评。他如此漠不关心地表现剧中人物的好或坏，最后打发他们的下场，并不给予进一步的评定，让人物的榜样任意地去影响读者。说他所处的时代是野蛮的，这不应作为原谅他错误的借口。因为一个作家的责任总是要让世界变得更好，正义这种美德不应受时间或地点的限制。

莎士比亚剧中情节太松散，以致稍微关注就能得到改进。他是如此漫不经心地写作，以致他似乎并不总是能全面把握自己的构思。他疏忽了教诲和娱乐读者的机会，这本是故事发展给予他的时机。他显然图方便，使人们容易接受他的戏，放弃了进行更为感人的艺术上的努力。

据观察，他许多戏剧的结尾显然仓促草率。当他发现自己的写作就要结束时，眼看大功告成，于是节省精力，快点获取好处。因此，他在本应做出最大努力的地方松懈下来，以致他的悲剧结局不能恰当或完美地表现出来。

莎士比亚不注重时间和地点的区别。他几乎毫无顾忌地把风俗、制度和其他的观念都添加给任何一个时代和民族，不仅以牺牲可能性为代价，而且还置实在性于不顾。蒲柏以极大的热情不用判断力来看待莎士比亚的这些错误，而是竭力地把它转嫁于他所设想的那些篡改莎剧的人。当我们看到忒修斯和希波吕忒的相爱故事，可与哥特式神话里的小精灵结合在一起时，同时知道赫克特引用过亚里士多德的话，就不会感到大惊小怪了。事实上，莎士比亚不是唯一的"时代错乱"的违法者，与他同时代的西德尼具有较高的学问，他在《阿卡狄亚》中把田园风光与封建时代混淆在一起，把纯洁、宁静、安全的日子与混乱、暴力和冒险的中世纪混为一谈。

在喜剧场景方面，当让人物互相斗智和竞争嘲讽时，他难以获得成功。人物的笑话通常很粗俗，也很淫秽。他的绅士或淑女都无文雅风度，无法用一些细腻讲究的举止来与他的小丑式人物作区别。他是否反映出他那个时代的真实谈话,我们难以做出判断。伊丽莎白一世统治的时代,一般被认为是一个很庄严、正规、克制的时代,莎剧的严肃即使得到放松,也许呈现不出那个时代的精致文雅。然而,任何时代总有某些欢乐的方式比其他的方式优越,作家应该选最好的来表现它们。

在悲剧方面,当他越是竭尽全力时,他的戏剧效果似乎越来越糟糕。只有他紧急关头释放出来的情绪是最强烈也是最有力的。无论什么时候,当他诉诸创造力或过度施展他的能力时,他那痛苦思索的结果往往是臃肿、平庸、乏味和晦涩的。

在叙述方面,他喜欢炫耀辞藻,爱搬出一些令人厌倦的婉转曲折的陈述,即使用了许多词也没有完整地把事件表达出来,而这本来可以用少数几句话就交代清楚。在戏剧性诗歌里的叙述部分自然免不了冗长乏味,因为它死板呆滞,行动的过程也受到语言叙述的障碍。为克服这些缺点,总是需要快一些的语言节奏,用经常的插入来中断叙述,活跃气氛。莎士比亚感到这是个障碍,却不能用简短的叙述方式来减轻困难,反而竭力用严谨和华丽的辞藻来表现。

鉴于他的能力是自然的力量,他的辩论或大段演说普遍来说是冷淡和无说服力的,当他费尽心机时,就如同其他悲剧作家一样,只是抓住一种扩展事件的机会,不去探究事件本身有无特别的要求,只是向人们表明他有本事把知识塞进故事里,结果他不太能免于读者对他的怜悯或怨恨。

偶尔他会随时随地被难以处理的情绪纠缠,不能给予较好的表达,可又不甘愿放弃。于是,他与之僵持了一段时间,如果解决不了,便用刚想到的词加以表达,留给那些有闲暇时间专注于它的人去加以解决和改进。

语言的复杂并不总意味着思想的精密，或者增大诗行篇幅就能描述巨大的形象。有时莎士比亚忽视一些与事物相应的对等词，用醒目的名称或夸张的形象来吸引人们注意，结果导致一些琐碎的情绪和平庸的思想，使人感到失望。

崇拜这位伟大诗人的人有充足的理由去抱怨，因为当莎士比亚作品接近最完美的时刻，他似乎要让观众陷入沮丧，通过伟人的失败、无辜者受害和爱情遭受磨难的情节，加以温柔感伤元素来安慰观众。他总在最精彩的时刻马上停下来。他要维持温和悲哀，总要冒出一些无聊的幻想或说一些模棱两可的话。只要一开始让观众感动，他马上就把这个效果抵消。如恐怖和怜悯的情绪才上心头，很快就被突如其来的寒流压下去。

双关语之于莎士比亚，正如散发的磷光之于夜行的旅游者一样重要。他在整个冒险的路途中紧跟着它，确保不迷路，不陷入泥坑。双关语对他的思想产生有害的影响，可它的迷惑力又使他难以抵制。无论他的主题多么崇高或深刻，不管他是增加读者知识，还是提升爱的感情，也不管他是否让读者着迷于事件，还是被悬念套住，他总让双关语冒出来扰乱自己，明知有未完成的情节也弃置不顾。双关语如同金苹果，他总是放弃本该行走之路去追求它，或从高处走下去获得它。双关语尽管本身萎缩和干瘪，但只要能给他带来快乐，即使以牺牲理性、礼节和真理为代价，他也愿意拥有它。双关语之于莎士比亚，如同克里奥佩特拉之于安东尼，为她失去大罗马帝国也无怨无悔。

人们会很好奇地问，在列举了这位作家的缺点之后，我还没有提到他忽视"一致性"[1]问题。他所违背的这个"一致性"的规则,早已由诗人和批评家共同制定出来并得到确认。

对莎士比亚违背艺术创作原则的其他问题,我任由他接受公正的评论。我不苛求其他,只考虑要迁就宽容他所表现出的人类的所有美德,因为他所表现的美德与他的缺点,我们应同等地做出评价。我这里仅对莎士比亚不恪守"一致性"规则进行指责,本着对那些饱学之士既尊重又反对的态度,将无所畏惧地表明我怎样为莎士比亚辩护。

莎士比亚的历史剧既不是悲剧也不是喜剧,不受任何规则的限制。这些历史剧要得到赞扬,无非是剧情的变化应有充分的铺垫,观众才容易了解;事件要错综复杂和动人心弦;人物的性格要连贯、自然和突出。作者没有特意去遵守"一致性",因此,根本找不到"一致性"。

在他其他作品里,情节充分表现了行动的"一致性"。确实,他剧作中的剧情很少受到某种复杂事件的困惑,也没有经常被分解得支离破碎。他不会竭力隐瞒自己的设计,以便突然间展开,因为真实的事件很少按这样的顺序发展。莎士比亚是一个天然的诗人。可他的创作通常有亚里士多德《诗学》所要求的东西:开头、中间和结尾。剧中一个事件连着另一个事件,结局在自然的结果中产生。也许有些事件是多余的,如同其他诗人的作品,有很多谈话只是为了打发舞台上的时间,可他的戏剧总体是促成事态逐步地发展,戏剧的结尾是观众期待的一个结束。

---

[1] 指"三一律",古典文论中关于时间、地点和主题一致性的创作规范化问题。

他的戏剧不关心时间和地点的"一致性",或许对这个规则做最密切的观察就能发现,遵守它反而减少它本身的价值,会降低自高乃依[1]以来人们一直对"一致性"的尊重。它们被普遍接受的结果证明,它们给诗人带来的更多创作困难要超出它们给予观众的愉悦和美感。

关于遵守时间和地点"一致性"的必要看法,是假设遵守它必定能使戏剧效果更真实而提出来的。批评家们认为下面的事是不可能发生的:一件数月或数年内发生的事情,怎么可能让人相信在三个小时的表演中就完成。观众怎能假设,自己坐在剧场的一会儿,就看到外交大使们不断地在距离遥远的两个国王之间来回走动?怎能想到,此时国家到处征兵,城堡却被攻破?怎能想象一个逃难者在流浪后又回到了家乡?怎能料到刚看到一个不久前还向他心爱的女人求爱的人,又在为自己儿子不幸身亡而悲痛不已?一般说来,人们在心理上总会对事实上是假的事产生反感。当虚构故事离开真实生活的类似联系之后,艺术就会失去动人心弦的力量。

可是,考虑时间的有限性,作家有必要将故事发生地点的空间范围缩小。观众心里清楚,看到在亚历山大港[2]发生的第一场,不可能想到下一场会发生在罗马。在这遥远的距离间,就算是美狄亚[3]身边的飞龙也不可能在短时间内把观众从一边带到另一边。观众确信,他并没有变换坐的位置,他也知道地点没有任何改变。如果本身是一所房子就不能变成一个平原,

---

1. 高乃依(Corneille, 1606—1684),法国古典戏剧诗人。"高乃依戏剧三论"宣扬"三一律"。
2. 亚历山大港(Alexandria),古埃及首府。
3. 美狄亚(Medea),古希腊神话中的会施法术的公主。

底比斯城绝不可能变成波斯波利斯城。

上述就是莎士比亚这位不守规矩的诗人的痛楚。批评家对此发出狂喜雀跃的胜利声音，他们是如此普遍地狂热，难以抵抗或辩驳。因此，现在是时候让我以莎士比亚为典范，告诉这些批评家，他们相信的"一致性"作为无可置疑的创作原则，在他们谈论它时，已意识到其虚假。假设观众把任何扮演误当作是现实，强调所有戏剧传奇在实质上都真实可信，或者舞台表演的瞬间的真实性不容置疑，显然是站不住脚的。

批评家认为，剧情最初开始的一个小时里，从亚历山大港接着转到罗马，这是不可能的。他们这个看法本身就假设，开幕后观众会真的想象自己就在亚历山大港，观众相信自己走进剧场，就像到了埃及旅行，并且生活在安东尼和克里奥佩特拉的时代。确实，人们能想象出这些，还会有更丰富多彩的幻想。能把舞台看作托勒密王朝宫殿的人，也能在半个小时后把它看作是阿克提姆海岬。如果说这是幻想，那么这个幻想肯定是没有边际的。如果观众曾被劝告说他们的老朋友是亚历山大大帝和恺撒大帝，那个烛光照耀的剧场就是在法撒利亚平原或在格拉尼库斯河岸，他们已被提升到超出理性和真实的状态，进入了诗歌的最高境界，这时他们可以忽视实际地点的界限。没有理由要求一个心里沉迷于虚幻缥缈的人，还要去算计分秒的时间。或者，一个头脑发热、能把舞台看作战场的人，为什么不能把一个小时看作一个世纪呢？

实际上，观众总有他们自己的理智。他们很清楚，从戏一开始到结束，舞台只是舞台，演员就是演员。他们进入剧场，听演员背诵某些诗行，看他们举止恰当和文雅优美的演出。这些诗行总是联系着一些行动，而行动又发生在某个地点。有的故事要经过许多不同的地点才能最终结束，而这些地点之间的距离相当遥远。允许同一个地点最初代表着雅典，之后又代表着西西里，这有什么荒谬呢？观众明知这些地方既不是西西里，也不是雅典，只不过是一个现代剧场而已。

某个地点出现后，哪怕凭想象，时间也要给予确定。故事要求各个行动之间都占用一定的时间。尽管时间联系着许多行动，但戏与真实出现在幕与幕之间的时间长度是相等的。如第一幕，准备向米特拉达悌六世[1]进攻的战争发生在罗马，而战争结束引起大的灾难却在本都王国，这一点也不荒谬。因为我们知道，在那里实际上没有战争，也没有为战事在做准备。我们还知道，即使在罗马和本都，我们的眼前既没有米特拉达悌六世，也没有卢库卢斯[2]。戏剧表现的是一系列行动的连续不断的模仿。如果这种行动的联系是时间的话，为什么第二幕不能模仿那些发生在第一幕数年以后的行动呢？在所有存在的方式中，时间是最能顺应幻想的。幻想过去的几年和几个小时都同样不费力气。在回忆思考中，我们很容易就能把实际行动中所经历过的时间缩短，因此哪怕只是为了看那些对生活行为模仿的戏，人们也乐意允许把时间压缩。

有人要问，如果戏剧不真实，它怎么能感人。真实源于戏剧的真实，无论如何感人，它只要可信，就好比一幅真正原创的正确图画那样。演员假装承受的痛苦或所做的事表现给观众的只是他们自己的感受。在观众面前，心灵受到打击的邪恶不

---

1. 米特拉达悌六世（Mithridates Ⅵ，约公元前132年—公元前63年），古代小亚细亚本都王国的国王。
2. 卢库卢斯（Lucullus，公元前110年—公元前57年），罗马将军。

是真正的邪恶，可人们知道自己会受到这些邪恶的危害。如果有任何一种假象存在，我们假设的不是演员而是我们自己不幸倒霉的片刻。我们怜悯的是可能性而不是假设的悲哀的表现，如同一个母亲想起她的小孩可能会死去，就为孩子流泪那样。悲剧的快感来自我们潜意识中的虚构。如果我们把这些谋杀和背叛看作是真实的，它们绝不会令我们感到愉快。

模仿产生痛苦或愉快，不是因为它们被误会为真实，而是因为它们让我们的心灵接触到真实。当一幅风景画引起想象的快乐后，没人假设画上的树可以给我们遮阴，泉水可以带给我们清凉，我们只是想到，若在这些泉水边上玩耍，有这些摇曳起伏的树木做伴，该是多么快乐幸福。我们激起探究《亨利五世》历史的兴趣，却不会有人拿着书把它当作阿金库尔[1]。一个戏剧能表现书本里所有的效果，并对这些效果有时给予增强或减弱作用。为人熟悉的喜剧在剧场里比在书本上常常有更强有力的作用，而帝国的悲剧却总是相对微弱的。彼特鲁乔[2]的幽默感可以由滑稽表演增强，可用什么声音或姿势能让卡图[3]的独白具有尊严或力量呢？

读一个剧本，我们心灵受到的影响就像看一出戏。事实上，没人会把戏中的行动当真。在各幕之间允许有或长或短的过渡时间，因此，一台戏剧的观众较之阅读叙述文学的读者，更在乎空间和时间的长短。在他们面前，一个英雄的一生或一个帝国的革命可以在一个小时内完成。

---

1. 法国北部古战场。
2. 莎士比亚戏剧《驯悍记》中的人物。
3. 十八世纪英国作家艾迪生创作的悲剧《卡图》中的人物。

莎士比亚是否知道"一致性"而故意拒绝它，或以幸运的无知忽视它，在我看来这很难确切地知道，也无须探讨。我们能合理地假设，当他成名并受到公众注意时，他不需要学者和专家的鼓励和劝告，始终有意把一开始就偶然形成的创作方法坚持下去。由于传奇故事把行动一致当作必要的原则，由于时间和地点的一致，明显是从虚假的观念中产生的，而在一出戏的界限内，多样性必须减少，因此，我不认为莎士比亚不知道或不遵守这些原则就是令人遗憾的。如果其他的诗人坚持第一场地点在威尼斯、第二场在塞浦路斯，我也不会对此做出强烈的责备。莎士比亚如此违背规则是他全面天才的积极表现，而就此对他做出的批评只能符合伏尔泰所说的琐碎浅薄的评论：

> 如果法律执行麦特斯[1]发出的声音，
> 事情不会如此混乱，
> 世界也不甘愿由恺撒来统治。
> ——卢坎

然而，当我很轻视地提到这些戏剧的规则时，我恐怕只想到会引起许多智者和学人的反对。在这些权威面前我有些犹豫，不是因为我考虑到目前的问题只能由权威来解决，而是因为我怀疑这些规则之所以难以接受，是因为它们具有我尚未发现的更好的理由。我探讨的结果，要夸耀说不偏不倚未免荒谬，可我认为，时间和地点的"一致性"对戏剧表现的恰当性，并非必要条件，尽管有时它能给人愉快，可总是要以牺牲多样性和

---

1. 麦特斯（Metellus），一位政治家。

教诲这些高层次的美感为代价。一个严格按照重要规则写出来的戏，只是作为一种费尽心机的努力结果，就像一件奢侈浮夸的艺术品只是向人们表明技艺所能达到的可能性而不是它的必要性。

坚持"一致性"的完整而不降低作品其他方面的优秀之处，是值得赞扬的，就如同建筑师展现一个城堡的所有设计规则，而不减少它的力量。一个城堡美丽的重要原则在于能抗拒敌人入侵，同样，一出戏最伟大的荣耀，是模仿自然和指导生活。

也许我并不武断，可我有意识地要强调的观点是，我们要对戏剧的原则进行新的检验。我几乎为自己的蛮勇感到惊恐，当我估计那些坚持与我看法相反的人是如此有名望或有力量时，我准备以尊敬的沉默退却，如同埃涅阿斯看到海神尼普顿震撼城墙和朱诺女神在带头打冲锋时，他从特洛伊城的防线上撤走。

那些与我争论却不能被说服的人，不能对莎士比亚做出适当的判断，可他们在考虑莎士比亚的生活环境后，很容易就能原谅莎士比亚的无知。

要恰当地评价每个人的成就，必须把他所处时代的背景和他自己特有的机会加以比较。尽管读者在读书时，自己的状态也不会比作者的情况更好或更差，心里却总会默默地把人类的作品与人类的能力做比较，想知道一个人还能超越他本身的能力多少。在比较其他特殊的成就时，想知道还能把自然的力量所表现出的伟大荣耀提高多少。我们由于好奇心一直想发现表现的方式，了解其技巧，知道有多少是属于原始的力量，又有多少是得到临时和偶然的帮助的。秘鲁或墨西哥的宫殿，比起欧洲皇家的建筑肯定简陋和不方便，可当想起人们建造它们时没有使用钢铁，谁又能克制自己不去观赏它们并为之感到惊讶呢？

在莎士比亚的时代，英国民族正处在从野蛮中挣脱出来的时期。意大利语已在亨利八世的年代输入英国，先后有一批人努力培养这种文雅的语言，起初是黎里、利纳克尔、穆尔，接着是波尔、奇克、加德纳，然后是史密斯、克拉克、哈登、阿谢姆。贵族学校已向男孩子们讲授希腊文。有些极力追求文雅和学识的人，勤奋地学习意大利和西班牙诗人的作品。可文学还局限在自命不凡的学者或上流社会的男女中，一般公众依然粗俗无知。能读能写因罕见而被当作一种成就，受到人们重视。

一个民族如同一个人那样，有自己的童年。一个刚唤醒对文学爱好的民族，还不熟悉事物的本来面目，不知道如何去判断文学是否反映了真实。越是远离普通熟悉的事物，便越受到普通人的欢迎，如同孩子的轻信一般。一个没有受到知识启蒙的国家，所有人都是粗俗的。鼓励通俗教育的人，他们把学习计划集中在冒险、巨人、龙妖和魔法故事上。《亚瑟王之死》是当时最受欢迎的读物。

脑海里有过丰富的虚构想象的人们，会对真实感到平淡乏味。一个只是模仿世界一般事件的戏剧，不会给喜欢《帕尔梅林》[1]和《可笑的华威人》的读者留下多少印象。为这类读者写作，要努力寻找陌生的故事和惊人的事件。对这类无稽之谈的虚构，有阅历的成熟的读者讨厌它，倒成为写作时要写陌生好奇的重

---

1. 葡萄牙作家莫黑德创作的骑士传奇。

要建议。

我们这位作者运用的情节通常都借用虚构的故事,因此,我们有理由相信,莎士比亚采用了许多人读或讲的最流行的故事。因为如果没有现成的故事线索,他的观众是无法跟随他了解那些错综复杂的戏剧的。

我们现在只能在一些远古作家那里找到的故事,在莎士比亚时代却是被人接受和广为人所熟识的。如《皆大欢喜》的传说,可能是来自乔叟的《盖木林》。这是一本当时流行的小册子。西伯[1]老先生回忆,《哈姆莱特》当时是浅显易懂的散文,而批评家现在却要到丹麦史学家萨克索·格拉玛提库斯的编年史里去寻找故事来源。

莎士比亚的英国历史剧,取材于英国编年史和民间歌谣。那些古代作家的作品经改编后,为英国读者所熟悉。这些作品为他提供了新素材。当诺斯把普鲁塔克的《希腊罗马名人传》翻译出版后,莎士比亚就把其中的故事扩写进他的剧本里。

他的情节不论是历史的还是虚构的,总是塞满了事件。比起情绪表现或激烈争论,普通人更容易被一连串的事件所吸引。这个绝妙的能力让那些蔑视他的人也受其感染,因此,每个人都会发现,比起其他作家,他们的心灵更容易被莎士比亚的悲剧故事吸引。其他作家用某些对白博得我们的欢心,而莎士比亚总是让我们为事件发展忧虑。他刺激无休止和难以压抑的好奇心,迫使读他作品的人要一口气把它读完。在作家写作所要达到的这些首要目标方面,他超过了除荷马外的所有作家。

---

1. 西伯(Cibber,1671—1757),英国剧作家和演员。

莎士比亚戏剧中有大量华丽的表演和匆忙行动的场面，它们与这些场面本身的要求出于同样的理由。当人们的知识提高后，愉快感就会从眼睛到耳朵；反之，知识水平下降，又会从耳朵回到眼睛。我们这位作者，把他的努力成果摆在这样一类人的面前，他们对炫耀和进行的表演比对诗的语言更熟悉，因此，也许要求一眼可见和异常突出的事件来作为对话的说明。莎士比亚知道如何获得最大的快感。不管他的演出是否与自然更和谐，或者他的榜样是否形成民族的偏见，我们现在仍感到，在舞台上既要有行动，也要有言论。光说不做的雄辩无论怎么动听或文雅、热情或崇高，也是无法被人们热情接受的。

伏尔泰表示过他的异议，为何接受过《卡图》这出悲剧的民族，能够容忍莎士比亚那些铺张炫耀的华丽场面。我们的回答是，艾迪生说的是诗人的语言，而莎士比亚说的是普通人的语言。我们在《卡图》中看到无数的美丽，为这些美丽喜欢上它的作者，却看不到任何为我们熟悉的人类情绪或行动。我们把它看作最美丽和最高尚的成果，判断它属于理智学识的范围，而生动畅快的《奥赛罗》是观察的产物，是天才孕育的结果。《卡图》有很多奢华的人为和虚幻的方式，用流畅、动人与和谐的措辞，表现出公正和高贵的情绪，可它所表达的希望和害怕等感情并不能震撼人心。作品给我们的印象只是作者，所以我们说起《卡图》的名字，心里想到的只是艾迪生。

一个合乎规矩的作家的作品是一座事先精心策划和勤劳种植的花园，有树荫，有花香，而莎士比亚的作品是一片森林，如橡树自由伸展它的分枝，松树在空中尽情呈现它的塔状枝干，有时它下面点缀着野草和荆棘，有时它为香桃木和玫瑰花遮阴挡风。它们以壮丽景观使人一饱眼福，以无穷无尽的多样性使心灵舒畅。其他诗人展示橱柜里的精致罕见的物品，它们制作精致，有模有样，光彩照人，而莎士比亚为我们打开一个矿藏，里面有采之不尽的黄金和钻石，尽管它们被蒙上硬壳，混上杂物，掺上大量低劣的杂石。

人们经常争议的是，莎士比亚的成就是否来自他的天赋才华，或是否得到过诸如一般学校的教育、文艺批评的规则和古代作家的榜样此类帮助。

一直有个流行的说法是，莎士比亚缺少学问，没受过正规教育，也没有古语言的技巧。他的朋友本·琼森说"他（莎士比亚）懂一点拉丁文，以及很有限的希腊文"。琼森不仅没有说谎的理由，而且他说这话的时候，莎士比亚的个性和名望已为公众熟悉。因此，琼森的证据本应能解决关于莎士比亚备受争议的问题，除非有某些相当分量的事实能作为反驳的依据。

有人认为，他们已在莎士比亚模仿的许多作家的作品中，发现了深厚的学问，可就这些我所知的例证，都是从他那时代翻译的书中引用的，或者它们是思想的巧合。这在所有考虑同样题目的人中都会很容易发生，或者这些是在谈话中流传的评论或道德的原则，以谚语的句式流传到世界各地。

我已找到一个可评论的例句。这个重要句子是"你先走，我随后"，它是从一句拉丁文翻译过来的。有人告诉我，卡列班做了一个美梦后说："我哭喊着再睡一觉。"莎士比亚模仿阿那克里翁，他如同其他人一样，在同样环境下表达同样的愿望。

有少数的段落也许算是模仿的，可是由于数量太少，这些只能说是例外。莎士比亚从偶然中获得经典名句，或从交谈中，得到精彩语言。他熟练掌握他熟悉的语言，如果他能得到更多，那他会利用得更多。

人们已证实《错误的喜剧》取材于普劳图斯的《孪生兄弟》。这是普劳图斯当时唯一被译成英文的戏剧。莎士比亚尽管有能力去模仿，可不会利用那些没有翻译过来的作品。因此，只要条件许可，他怎可能不去做更多的模仿呢？

莎士比亚是否知道现代语言我们无法确定。他戏剧有些法语味这一事实，几乎说明不了什么。他改编和导演它们要比写出来容易，也有可能即使他在一定程度上了解现代语言，他还是要靠别人帮助才能写出来。在《罗密欧与朱丽叶》的故事里，人们认为他模仿从意大利文翻译过来的英文文本。可是，从另一方面说，这不能表明他不懂意大利文。他要模仿的不是他自己知道的东西，而是他的观众知道的东西。

他掌握的拉丁文很有可能足以使他熟悉文法结构，可他熟悉的程度不会很高，无法任意地阅读罗马作家的作品。对他表现在现代语言方面的技巧，我找不到充足的理由来解释。尽管意大利诗歌在当时很受重视，但我们没发现他模仿过法国或意大利的作家，因此我认为，除英文之外，他读外语作品不多，他采用的多是翻译过来的故事。

蒲柏说得很对，莎士比亚作品中到处有知识，可不是在书本里能找到的知识。要了解莎士比亚，人们不能满足于关在书房里学习研究，有时要到娱乐场所中，有时要到商店厂房里，才能了解他表达的意义。

无论如何，事实充分证明，他是个勤奋细心的读者。由于我们书本的语言还不算贫乏，使他能自由地放纵自己的想象，不必非读外国文学作品不可。当时英国已有许多罗马作家和一些希腊作家的译著。宗教改革运动传播了许多神学知识。大多数探讨人类生活的专门论题，都能在英语作家的作品中找到。受到鼓励的诗歌创作，不仅数量很多而且非常成功。这些知识的宝库足以为一个能适当地接受和改进它们的人提供借鉴。

莎士比亚的优秀作品大部分出自他的天才创作。他面对的是英国草创简陋的戏剧舞台。当时不论悲剧还是喜剧的尝试，都不能给人们提供一定程度的娱乐。没人了解角色和对白的作用。莎士比亚可以说是真正地把人物和对白介绍给我们的作家，并在他那些最令人愉快的场面里，把它们提升到一个最高的艺术境界。

莎士比亚如何逐步完善他的戏剧，我们已不容易了解，因为关于他作品的编年史尚未确定。罗武[1]有这样的看法："我们也许不应如对待其他作家一样，从他最不完美的作品中寻找他的早期作品。他的创作技艺成分少，天赋成分多，这是我所了解的。"他还说："他年轻时的作品，因为最有生气，也是最好的。"可是，天赋能力只是一种可运用于任何目的的能力，要勤奋或者凭偶然机会才能得到。天赋不能给人知识。人们要经过学习和实践并把它形成形象后，才可以在综合应用方面得到天赋的帮助。莎士比亚不论如何受自然恩赐，他所表现的也只是他所了解的那部分。由于必须提高他的思想，如同其他人一样，他逐步地获取知识。他也如同其他人那样，年纪越大变

---

1. 罗武（Rowe，1674—1718），英国戏剧家，莎士比亚戏剧的编辑者。

得越聪明，知道得越多，越能更好地表现生活，当他受更多的教育时，他就能有效地教诲人。

有些敏感的观察和准确的分辨靠书本和规则是学不到的。几乎所有原始和天然的优秀都源于这些。莎士比亚一定以他的敏锐观察人类，并给予最高程度的好奇和关注。其他人从以前的作家那里借用一些人物，靠偶然附带一些当下的方式来对人物进行一些变化，尽管人物服饰稍有改变，身体却完全相同。我们这位作家在内容和形式方面都有新表现。除了乔叟外，我认为莎士比亚受作家影响不多。我相信，在英国，没有一个作家能如莎士比亚这样反映生活的自然色彩。

那时，关于人性本善还是人性本恶的讨论尚未开始。分析人的心灵，追溯热情之源，揭示善与恶的重要原则或了解心灵深处的行为动机，这类探索还没有进行。所有这些探索都从人的本性成为时髦话题开始，尽管有时出现一些深刻的见解，可经常模棱两可，没有深入下去。那些幼稚的知识能得到满足的传奇故事只表现外在的行动，提及事件和现象，却忽视它们产生的原因，追求一种喜爱惊奇而不爱好真理的效果。那时，不能在书房里研究人性。一个要了解世界的人，必须把他的工作和娱乐经历综合起来形成自己的判断。

博伊尔庆幸自己出生在贵族家庭，所以他有无数的便利让其去满足好奇心，莎士比亚没有这个优越条件。他作为一个贫困的冒险者来到伦敦，受雇做着低贱的工作维持生计。许多天才和博学的作品在创作时，作者本人处在很不利于思考或探讨的生活逆境中。这类作品如此多，考虑过这些生活状况的人们认为，作家看到进取和坚持的精神终会支配所有外部的力量，所有得不到的帮助和所有障碍都会在他们面前消失。天才的莎士比亚不为贫困所困，不为穷人那些不可避免地受到责备的狭隘谈话所限制。他从心灵上甩掉命运的负担，"如同狮子抖动它毛上的露珠"。

尽管他有许多困难要克服，同时得到很少能解决这些困难的帮助，可他能够获得许多确切的生活方式和众多不同的当地人物的个性特点。他用多样性来变换角色，突出角色的特征，用适当的组合全方位地表现它们。在这方面，他所达到的成就没有任何可供模仿的地方，他反而被后来所有成功的作家作为模仿对象。而且所有模仿他的成功者，他们加起来提供的理论原则和实践规范，是否比他一个人给我们这个国家贡献得还多，这很值得怀疑。

他的注意力不仅限于人的行动，还准确观察一个无生物的世界。他的描写总有某些特别的地方，汇聚了实际存在而又经思考的事实。据观察，许多民族的古老诗人保留了他们自己的名誉，而后来一代的智者短暂出名后很快就沉没被人遗忘。最早的诗人们，无论他们是谁，一定直接从所接受的关于事物的知识中表达他们的情绪和做出他们的描写，因此，有类同之处很正常。不同人的眼睛都证实他们的描写，每个人的心胸都怀有他们的情绪。有些同样慕名而来并受到关注研究的作家，部分模仿前辈作家，部分复制自然，直到下一代的其他作品取代它们的地位成为权威。这类模仿总会有一点偏离，最终变得有些反复无常和任意。不论莎士比亚以生活还是自然为题材，他都直接地去反映，用自己的眼睛来观察，把他所接收到的形象表现出来，不因其他人的思想干涉而减弱或曲解这些形象。因此，对他的描写，普通人觉得很合理，学者认为很全面。

除荷马外，人们也许不容易找到一位如莎士比亚那样有诸多创新的作家。莎士比亚在他所努力研究的方面做得很出色，为他的时代和国家贡献了许多新颖的东西。英国戏剧的形式、角色、语言和表演都是他创造的。如丹尼斯所说："他似乎给我们英国悲剧式和谐带来原创性。这种无韵诗的和谐，由于用双音节和三音节词作结尾，常使韵文变得多样。因为多样性，有别于英雄式的和谐更接近一般场合的应用。它的应用能得到人们适当的关注，更适合舞台行动和对白。我们写散文时使用这类韵体，我们平常谈话时也用这类韵体。"

我不知道这样的称赞是否确切公正。对双音节词结尾这个批评家适当地应用在戏剧里的术语，无法在《高布达克》[1]里找到，因为这出戏已被公认写在我们作者之前，但我认为，在《赫罗尼莫》里应该找得出来，它被写就的具体的日期不确定，可至少有理由认为，它和莎士比亚早年的戏剧那样早就存在了。然而，这是要肯定的：莎士比亚是第一个教我们悲剧或喜剧可以用来娱乐的人。除了在古籍里，我们看不到任何年纪稍大且有名望的作家写过关于这些戏剧的经验。我们要努力在古籍里寻找这些人的名字，可他们几乎罕见。如果这些人早就受到重视，也就不需要我们努力去寻找了。

第一个发现如何用英语达到表现轻松与和谐效果的荣誉的人，我们要归功于莎士比亚，除非斯宾塞能够与他一起分享。莎士比亚的对白有时是整个场景，具有罗武所有的微妙，却没

1.《高布达克》，最早的英国悲剧之一。

有他的娇柔。他通常确实尽力加强对话的力量和气势，可他这方面的效果，绝不会比试图让对话悦耳轻松做得更好。

我们至少要承认，由于我们感激他所做的每个贡献，他也得到我们的好处。如果他的许多赞扬是通过理解和判断给予的，那么这些赞扬也是世俗和崇拜给他的。我们把目光注视着他的光辉，回避他的丑陋。我们对其他人不能宽容地厌恶或憎恨，对他却给予容忍。如果我们只是容忍却不加赞扬的话，那么我们对"戏剧之父"的尊敬也应得到原谅。在一些现代批评家的书里，我看到一本收集很多奇怪句子的书，汇集了莎士比亚戏剧中语言败坏的例句，殊不知，崇拜他的人却把它收藏起来当作荣耀的标志。

莎士比亚戏剧具有不可置疑和永恒的品质，可它现在若只是当代作家的一出戏的话，也许不会有人要把它从头看到尾。我绝不认为他的著作是按他自己完美的观念创造的。当它们是如此让观众满意时，也会让作者感到满足。尽管有些作家在勤奋求名方面，比莎士比亚有更大的追求，但几乎无人能超出他们时代的标准。这些人为得到目前的赞扬，只需增加一些被认为最好的东西就能达到。那些发现自己名声提高的人，愿意接受赞美者的奉承，省去自己付出竞争劳动的代价。

莎士比亚似乎没有想到他的作品对后世的价值。他排斥未来时代给他的任何荣誉，除了得到时下流行的名声和现实的利益，他没有任何别的指望。只要他的戏剧搬上舞台，他的愿望就满足了。他不再从观众那儿追求额外的赞誉。因此，他毫不犹豫地重复在许多对白中出现的俏话，或者用同一个困惑的绳结来使不同的情节复杂化。那些能想到康格里夫的"四部喜剧"

的人，至少会原谅莎士比亚。因为康格里夫有两个喜剧是在假结婚的面具下结束的。这个欺骗也许从来不会发生，不管可能或不可能，都不是作者的发明创造。

这位伟大诗人从不在乎自己未来显赫的声望。尽管在他还没有步入老年，用疲惫不堪掩饰自己或因体弱而病残之前，他已退休安享轻松富有的生活，可他没有出版他的作品集，也不希望纠正那些已经出版的作品中的错误，或给世人一个真实的版本，以便确保它们有更好的命运。

在后来出版的那些印有莎士比亚名字的剧本中，有很大一部分是在他死后七年才出版的。只有少数几个剧本在他生前出版，显然是在作者不关心的情况下胡乱地印刷的，因此，也许根本没有得到作者的许可。

所有不论私下或公开的出版人，他们的粗心大意或非专业化已被后来修订出版的作品暴露无遗。这些错误不仅数量多而且显而易见，不仅有许多讹误已难以复原，而且引起很多怀疑。这些怀疑只是由于模棱两可的累赘句子或作者的粗心大意引起的，删除它们比解释要容易。采取鲁莽的方式比谨慎使它们有更好的品质。有人觉得在一定程度上可以用猜测臆想的办法，他们乐意沉溺于此做进一步的解释。要是作者生前出版了自己的作品，我们就能安静地解开他的复杂性，排除他的模糊。可是，我们现在只能撕开我们不能解开的结扣，把我们不理解的东西扔掉。

如不考虑许多引起错误的因素，错误的数量可能会更多。莎士比亚的文字本身不合语法，语意模糊，令人费解。他的著作被那些可能很少了解它们的人抄写下来，给艺术家表演，那些复制后的剧本，同样粗制滥造，到处充满错误。有时这些剧本文字的错误是因为演员为了减少对白而增添的，它们至少没有得到出版商的校正就印出来了。

那些错误之所以保留了下来，不是如沃伯顿[1]博士所说的，因为它们不受重视，而是因为编辑者的技术还没有用到现代语言的文本上。我们的祖先习惯于英国印刷商的马虎，能耐心地忍受它们。最终，罗武编辑了一本《莎士比亚作品集》，这不是因为他作为一个诗人才想出版诗人的作品。罗武似乎也很少想到校正或注释的问题，而是他认为，莎士比亚作品也应与他的同行一样，附有生平和推荐的前言加以出版。罗武因为没有做他应该做的工作而受到严厉指责，现在是给他一个公正评价的时候。我们要承认，尽管他没有想到纠正更多除了印刷之外的错误，可他还是做了许多修订工作。如果这些修订在他之前没人做过，后来的编辑者会接受它们而不感谢他。如果那些人把它们发表出来，便开始连篇累牍地对每页笨拙的错误进行谴责，对编辑产生的错误加以曝光，同时炫耀夸赞自己的新解读本，为新发现的快乐沾沾自喜。

如其他编辑者一样，我保留罗武的前言，同样附上罗武为介绍莎士比亚写的生平，尽管写得不是很有文采或传神，但它涉及我们现在应知道的一些东西，因此，这些值得保留在后来出版的一切版本里。

多年来，我们国家的人都满意罗武先生的编辑本，蒲柏先生则告诉大家莎士比亚文本的真实情况，指出文本受到严重歪

---

1. 沃伯顿（Warburton，1698—1779），英国主教和文学批评家。

曲，表明有希望复原它的办法。他比较那些从未有人要去检验的旧文本，复原许多句子以使它们更完整。可他用简明扼要的评论标准排斥他不喜欢的东西，他想到更多的是如何切除而不是治疗的问题。

我不知道沃伯顿博士为什么对蒲柏的去伪存真大加推荐。在编选时，蒲柏没有施加自己的判断。他采用的第一版是海明和康德尔编辑的，而他拒绝使用的其他版本，根据当时出版的泛滥成灾，它们是在莎士比亚生前以他的姓名出版的，经他朋友削除后，从未添加到他1664年版以前的著作中，可它们被后来的出版商重印。

这似乎本是一件蒲柏似乎认为不值得他去付出努力的工作，因为他讨厌"编辑者的乏味劳动"。他只了解他所从事工作的一半。编辑者确实承担一种乏味无趣的任务，可如同其他单调的工作，它也是很有必要的。不仅仅是单调乏味，一个校订编纂者，若没有其他品质，是不能很好地履行他的职责的。在审读一个错误百出的作品时，编辑者应事先放置一切可能的意义和可能的表达的材料在他面前，因此，他要有自己思考的理解力，要有丰富的语言知识。从反复的阅读中，他要尽可能挑选出最恰当的适合不同时代人的陈述、观念和语言的表达方式，同时考虑作者特别表达的思想和描写的变化。因此，编辑者要有这方面的知识，具备这方面的趣味。做推测揣摩的批评，要有超过一般人的能力。要做好，受到赞扬，经常需要耐心韧劲准备。让我们现在别去理睬那些关于编辑者工作单调的说法。

自信通常是成功的结果。那些在各方面表现突出并得到极大赞扬的人，很容易就被人断言，他们具有无所不能的力量。

蒲柏的编辑本没有达到他自己的期待，当知道人们指责他留下很多事给后来人做时，他很恼火。他在对抗这种不满和敌意的批评中度过了后半生。

我保留了他所有的注解。这样，这位伟大作家的只言片语也不会失传。他的前言如同一个完美的创作和公正的评论，包含对莎士比亚的综合评论。这些评论如此广泛，无须再增添什么，又如此准确，很少再引起争议。尽管每个编辑者都有兴趣删除它，可每个读者都要求把它附上。

继蒲柏之后，是西奥博尔德。他这个人眼光狭隘，目标不大，没有自然的天才素质，只有一些勤奋学习的亮点，可他热衷于细微的准确，在精读中一点不马虎。他通过比较古代的版本，校正了许多错误。一个如此多疑计较小事的人，本应期待他能做得更多，不过他虽然做得少，但一般说来都是正确的。

在提及各种复制和编辑版本时，人们不能不做检验就相信他。西奥博尔德有时说到不同版本，他自己却只有一种版本。在他列举的许多版本中，他提到第一对开本中有两个最好，第三对开本属于中等，而实际上其他的版本由于印刷工人的疏忽而走样。除了那些只是反复出现的异样版本外，无论谁有这类版本都足够了。我把这些版本的开头做了比较，后来只采用第一版。

我一般维持西奥博尔德在第二次编辑出版中保留的注解，摒弃那些被后来注释家证明是错误的或太细微没有很大保留价值的注解。有时我会接受他对一个标点符号的纠正，没有加上赞扬的语言文字，而这是他自以为做出的了不起的成就。我常割去他用语中多余的瘤子，有时压抑他自以为胜于蒲柏和罗武的骄傲狂妄，经常抹去他那些可鄙的炫耀，可在有些地方，为了读者的快乐，我会夸耀他，如他美化自己那样，因为夸大一些空洞无物的注解，可有利于判断或原谅其他一些干瘪的注解。

西奥博尔德的注解是这样虚弱和无知，这样平庸和不可信，这样狂妄炫耀，借着把蒲柏作为他的敌人的幸运，他逃脱并且只有他一人逃脱了责难。这个世界乐于支持那些恳求讨好的人，反对那些值得敬重的人，因此，他很容易得到一种谁也不去嫉妒他的赞扬。

我们的戏剧家的作品后来又落在托马斯·汉默爵士之手上，他是牛津编辑家。在我看来，他有天生的杰出能力去做这类编辑工作。他最早所做出修订的批评，呈现一种直觉——诗人的意图借助于这个直觉立即清晰表现；呈现一种智慧的敏感，用最简单的方式来编辑处理作品。他无疑读得很多。他熟悉风俗、观念和传统，似乎无所不知。他经常学习而不炫耀自己。他在试图找到或发现一个意义之前，不会说出他所不了解的东西，尽管有时匆忙搞错而只要稍微注意就能发现。他渴望简化语法，可不能确定作者是否有意讲究语法。相比于词语，莎士比亚更关注一系列的观点。他的语言不是专为读者而创作的，能把他的思想意义传达给观众，就是他对语言的一切希望。

汉默所致力于修订的韵律受到非常强烈的批评。他发现，由于一些编辑者默默地改编和加入其他内容，许多文字的韵律已遭到改变。他认为，自己应被允许做进一步的改编，而这种改编的做法已得以进行并没有受到责难。应该承认，他的改编总的来说大致是公正的，几乎很少有背离原文的。

不论是捏造还是借用，他把自己的修改之处插入原文里，没有对任何改编本给予说明，这表明他掠夺了前辈的劳动成果，使他的编辑本缺少权威。他确实对自己和别人都表现得过分自信。他假设蒲柏和西奥博尔德所做的都是正确的，似乎从不对批评家的错误表示怀疑，却理所当然地声称自己应该得到慷慨的赞誉。

鉴于他所做的解释都经过其认真研究和思考，我保留了他的所有注解。我相信，每个读者都希望能读到更多。

评论最后一位编者[1]有更多的难处。身居高位理应受到尊敬，当代名人令人关注，天才和博学应得崇拜。可他不应怪罪人们对他的随便，因为他也经常有随便冒犯人的事，他也不能热烈地期待人们怎么去评价他的注释，因为他自己从未考虑注释是一种严肃的工作，因此，我假设，创作的激情冷却后他已不再把其快乐倾泻的文字当回事。

他注释的独创和主要的错误在于执着于他最初的想法。这个仓促是由敏锐发现的意识造成的。他的自信也许对他有帮助，他想通过表面的观察就完成那些靠勤劳才能深入到最底层的任务。他的注解有时表现得不恰当，有时胡乱猜测。他有时给作者更深奥的意义，超出作者句子的本意；有时在别人看来很平常的文字他却指责其荒谬。但是他的校订同时也使人满意，他对一些模糊句子的解释也显示出他的学问和敏锐。

我通常对他的注释中那些公众普遍反对的进行删除，或者删除那些因为不适合而受到批评的注释。我假设作者本人也希望这些部分被人忘却。对其他部分中的一些我给予最高的评价，

---

1. 指沃伯顿。

把它们插入文本以供阅读和参考。有些似是而非、值得注意的部分，我留给读者去判断。有些我做出毫无保留的批评，可我保证，自己并没有恶语中伤，也没有戏谑侮辱。

重新审查我的书稿，查看有多少页纸浪费在互相辩驳上，我心里很不愉快。考虑到学问的进步、智慧和理性已用于解决各种大小的重要问题，不管是谁都一定会哀叹研究的徒劳无功和真理的进步太缓慢，并意识到，每个研究者的极大努力，只不过是要推翻他以前的研究者。新体系建造者首要关心的是摧毁它面前的建筑物。为作家做注解的人的主要愿望是，要表明其他批评家有多少讹误，又有多少朦胧晦涩。当真理不再引起争议时，那盛行一时的思想观念会被其他时代驳斥和反对，又会在另一个遥远的时代再次兴起并受到追捧。于是，保持在这种状态下的人类思想没有进步——有时对，有时错，因相互的入侵而占有彼此的位置。知识的洪水看似灌输了整个时代，可退潮后留下另一片干枯荒漠的大地；突然闪耀的智慧星光给阴暗的地区带来一时灿烂的光辉，可突然熄灭的光亮又留给人类继续摸索自己的道路。

这些大起大落和所有知识进步的自相矛盾已为世人所知，即使那些身居最高位和拥有最辉煌声誉的人也无法逃避，因此，那些批评家和注释家就更应耐心地忍受一切荣辱，何况他们把自己归类于围绕作家旋转的卫星。《荷马史诗》中的英雄阿喀琉斯对他的俘虏说："你现在遭受的是我阿喀琉斯在另一个时间必须遭受的痛苦。若你明白，又怎能乞求饶命呢？"

沃伯顿博士有很大的名声，足以让那些以他为对手的人出名。他注解引起的争议是如此巨大，难以分辨。主要攻击他的是写《批评标准》和《重评莎士比亚文本》的两位作者[1]。一个用轻狂语气挑剔奚落他的错误,足以表明争议的轻率无聊;另一个用阴险狠毒的方式攻击,就像他卷入谋杀者或煽动者案件中去做公正的判断一样。这类责备一方面如虫子,叮一下吸点血,快乐地飞走,然后再来叮扰;另一方面如毒蛇在咬一口之后,为留下感染和恶疾而洋洋得意。当我想到第一个人和他的同伙时,我记得科里奥兰纳斯的忧虑,他担心"女孩用唾液,男孩用石块,在微不足道的战斗中杀死他",另一个形象也出现在我脑海里,我记得在《麦克白》中的奇景:

夜鹰高飞在她引以为豪的地方,
被一个鼠般的小鹰追捕而丧命。

无论如何,如果让我对他们做出公正的评价,他们中一个是才子,一个是学者。他们都有发现错误的敏锐能力,都有能力解释意义模糊的句子,可当他们立志要揣测和修订文本的时候,表现出来的错误我们都能看得出来。他们表现出的有限能力,也许能教他们更公正地对待其他人的努力。

在沃伯顿博士的编辑本之前,厄普顿先生出版了《莎士比亚批评论》。这个人有语言技巧,熟悉书本,可缺少天才的活力和趣味。他的许多解释令人好奇是否有用。尽管他承认,他反对编辑者自信的放肆,坚持古老的版本,可他同样不能限制自己修改的狂热。他的直率显然没有得到技巧上的支持。对每个冷酷的经验主义者来说,一次成功的经验就会使他心潮澎湃,

---

1. 指托马斯·爱德华兹(T. Edwards)和本杰明·希思(B. Heath)。

把自己扩展为一个理论家。一个勤奋的校对者同样有时在不幸运中玩弄荒唐的猜测游戏。

格雷博士同样出版了一本关于莎士比亚的书——《评论、历史和注解笔记》。他精读古代英语作家的书，做出了一些有用的评论。他对所进行的工作有充分的准备，可他既不企图做出公正的批评，也不做修订的评注。他使用自己的记忆力多过使用睿智。知识能力不如他的人，都应该尽力效仿他的谦虚。

我以极大的真诚谈到所有的前辈注释家，他们对莎士比亚的作品没有一个地方未做出改进的注解，没有一个人不是从前人那里得到帮助和借鉴。我希望后来人说到我时会同他们一样。不论我引用了他们什么看法，我都有意把他们看作原创作家。当然，只要我认为写的是自己的看法，我就不会把名誉给别人。在有些情况下，我也许只是在想当然，可一旦我发现占用了其他注释者的评论，我愿意把这或大或小的荣誉转给第一个注释者，这是为了排除异议，保护他的权益和他的孤立无援。第二个注释者要证明他的主张纯粹是自己的，他并不总是能绝对肯定地把独创与记忆区别开来。

我以公正的态度对待这些注释家，可他们之间却从未公正地善待彼此。一个注释家如此自然地表现他的刻薄，这是由什么原因造成的并不容易理解，因为他讨论的主题是很不重要的，既不涉及财产也不关涉自由，也不去支持宗派或党派的利益。不同的阅读文本，不同解释的段落，似乎能够引起世人的瞩目，可这些关注只涉及智慧，无须卷入热情。但不论是因为"小事使小气的人自豪"，虚荣心会使人抓住所有微小的机会来表现自己；或者是因为所有那些对立的观念，那些即使不再引起争辩的看法，也会让傲慢的人愤怒；总之人们常在注释中发现一股自发的谩骂和轻蔑，比那些政治中被对手雇佣来诽谤他的最恼怒的争论，表现得还要激烈和狠毒。

也许正是一些微小的事情才会导致热情的力量。当被检验的真实几乎不存在，不再引人注意，借助于愤怒和惊叹就能扩大它的范围。当把掌握命运的人的名字添上后，所有原本无关紧要的事都会引人注意。一个注释者确实有极大的诱惑力，让他借颠覆的方式来弥补自己缺少的名誉，就好比他要把一小块金子敲成碎片撒在大地上，或者他努力把通过任何技艺或勤奋都不能提炼成酒精的原料制成泡沫。

我所引用或写下的注解，或起说明作用，对那些困难的文字加以解释；或起判断作用，对错误和精彩之处给予评论；或起修订作用，对错讹之处加以改正。

从其他地方借用来的解释，如果我没有加入其他的解释，我通常假设它们是正确的，至少我打算默认，表明我提不出更好的建议。

在所有这些编辑劳动后，我发现，有许多段落在我看来会妨碍大量的读者，而我的责任就是让这些句子通顺。有些人觉得注释者写得太少，另一些人又觉得他写得太多。哪些有必要加注释，只能根据注释者的经验来决定。无论他多么谨小慎微，最终还是要解释许多专家认为不会引起误解的句子，还是要删除许多无知者需要他帮助解释的词组。这些责备都是相对的，注释者要耐心地容忍。我所尽力做的不是制造多余的丰富，也不是做细心的保留。我希望自己能把作者的意义呈现给读者，打消在这之前因为细读它们而感到害怕的心理。我希望，靠传达纯洁和理性的愉快能为大众读者做些贡献。

对一个作者来说，他的创作不体现系统和因果关系，而只是在很多即兴的暗示和模糊的影射中，表现出不连贯和游移不定的思想，人们不能期待任何一个注释家能对他做出全面的解释。当一个名字被埋没后，关于这个人的所有看法在几年内都不可避免地消失。关于风俗习惯太细微的注解，如服装的模式、谈话的礼节、访问的规则、家具的摆设和仪式的举行，都不能引人注意，尽管这些在熟悉的对话中很自然就能发现，可它们是那么多变和不稳定，以致不容易保留或复原。人们知道的一些事理是在细读一些收藏起来的模模糊糊、陈旧无用的书报中偶然得到的，并且有其他不同的看法。人人都会有一些这样的常识，可不会有很多。当一个作者引起公众的注意后，有些能做出新解释的人会交流他们的看法，时间长了也会产生一些靠勤奋努力难以理解的东西。

到目前为止，我只能强迫自己接受任何现成的段落，尽管我不了解它们，但也许以后能得到解释。我希望我能说明一些其他人忽视或误解的地方，有时用短语评价，有时用旁注，如每个编辑者那样根据他的愿望添加内容。我经常为做出一个注解，花费比本来应值得注意的事还要多的劳动，可这困难的注解并不是最重要的。不过，对一个编辑者来说，任何作品模糊不清都不是小事情。

我没有特别注意那些诗性的美丽或过失。对有些剧本我给予过多公正的观察，有些剧本则关注太少，这不是根据它们价值的不同比例关系做出的，而是因为我计划这部分注释时，凭偶然兴趣，有时反复无常。我认为，读者都不愿发现自己能想到的看法被说破。人们对发现或创作的东西很自然地要比单纯接受更兴奋。判断能力就和其他能力一样，要靠实践去提高，它的进步会受到屈从武断观念的阻碍，如同使用公式表格，记忆力会变得迟钝。有些启蒙示范，无论如何都是必要的。有些技巧是接受规则形成的，有些是靠习惯习得的。因此，我尽量去示范它们，以便让后来的批评者触类旁通。

在多数剧本的结尾，我增加一些短的评注，包括对错讹处的批评和对优秀处的赞扬。在这些评语中，我不知道有多少是与目前看法相左的，可我没有任何标新立异、要故意与众不同的念头。我的短评也并非在任何方面都进行细致和重点的检查，因此，可以想象在那些被谴责的剧本中，有被赞扬的东西，而在那些被赞扬的剧本中，也有很多被谴责的东西。

所有编辑者对前后的版本，都是在极大努力之下加以整理编辑的。这些评注引起过最傲慢的炫耀，激起过最热烈的讽刺。正是这些旨在修订错讹句子的注释最早引起公众兴趣，因为蒲柏和西奥博尔德在校勘这些段落中发生过激烈分歧。这类兴趣因为双方争论受到某种恶意动机的迫害持续下去，一直成为所有反对出版《莎士比亚戏剧集》的理由。

许多段落经过编辑者之手仍有错误，这是肯定无疑的。要进行修订，只能校对版本或运用智力猜测。校对者的世界安全和容易，猜测者则危险和困难。由于剧本的大部分都保存在幸存的唯一版本里，危险不可回避，困难也难以拒绝。

这些竞相模仿的修改，使得迄今为止的解释有些来自每个出版者努力劳动的结果，我已把它们汇集到文本中。在我看来，有些应该是可靠的。我对有些文句进行删除，没有给予说明，那是因为它们的错误很明显。我对有些文句留下注释，没有加以批评或肯定，以便保留争议和辩论的平衡。有些文句看来似是而非但并非确定有错，我随即加上注解。

由于把其他人的注解做了分类，我最后试图看能否代为纠正他们的错误，或怎么能够弥补他们的纰漏。我尽量比较我能得到的版本，希望有更多版本，可我发现自己与那些保留稀有版本的收藏家难以交流。因偶然机会或友情得到的版本，我已经一一举例，免得因为我没能力得到版本就责备我疏忽。

经过检查过去的版本，我很快就发现，后来的出版者都夸耀自己的勤奋，导致很多段落没有得到权威的检验，并满足于罗武确立文本的规则，即使他们明知这是一种武断的做法，也很少想到去发现它们的错误。罗武对有些词的改动，只是因为改动之后的这个词在他看来具有更优雅或更智慧的趣味。这类错讹我经常不加说明地予以更正。为了维护我们语言的历史，保持我们词语的真实力量，只有让作者的文本免于掺杂错误、保持纯正才能达到。其他的改动经常是为了调节韵律以使其更和谐。我没有采取同样严格的方法来处理它们。如果只有一个词被改动，或有一段话增加或删除，我有时会容忍，任其保持自然状态。因为这类变化无常的文本，可随意对待。可一旦选取了原始的用语后，不论什么理由我都不会把这种改动的做法推而广之。

比较各个版本后的必要修改条文，我已加入文本中。有时这种改动很小，所以没有加注解，有时则会写上改动它们的理由。

尽管有时猜测是不可避免的，但我没有因此闹着玩或肆意纵容自己。我设定的原则是，古书的注解可能就是真实的，不再为了文雅、易懂或只是增加它的意思而去任意改变它。尽管很多显得可信之处只是因为忠实于原始用语，或者因为许多判断是在第一次出版时做出的，然而，那些有许多版本在手的人，比起我们这些靠想象来读它的人，在阅读中会有更多获得正确的保证。可事实上，这些人经常由于无知或疏忽，做出莫名其妙的错误，有时需要批评家加以适当干涉，在大胆猜测和小心求证之间保持平衡。

面对那些困惑而无法回避的段落和句子，我企图采取这个批评原则，尽力去发现它有什么意义而不是妄下判断。我最初总是反复研究老版本，看是否有任何空隙可以让光亮进入，即使休提斯也不会责备我为了实现修订的目的而拒绝研究难题。在这最谨慎的行业，我做得并非不成功。我已纠正许多因蛮勇而被篡改的句子，保证许多句意免遭修订袭击的厄运。我采取了罗马人的心理，即挽救一个公民比杀死一个敌人更荣耀。比起批评攻击，我考虑更多的是如何细致地保护它们。

我已保留从戏剧到演出的分幕面貌，尽管我认为，几乎所有剧本都缺少权威根据。有的剧本在最新版本里分幕，可它们在第一对开本里没有分幕；有些对开本有分幕而以前却没分幕。剧场设定的模式是，每个剧本要求有四幕的间隔，可如果有这类创作，我们这位作者在创作上也很少去适当安排这种模式。一幕表示剧中没有时间间隔或地点变化的许多行动，一个停顿开始新的一幕。在每个真实生活中，每个被模仿的行动的间隔时间可多可少，那些限制五幕的做法是偶然和武断的，莎士比亚知道这个并采用它。他最早出版的剧本是一气呵成的，现在应该把它的停顿表现出来，尽量在情景变化的时候，或在合适的任何时间内插入停顿。这个方法能很快制止成百上千的谬误。

在把作者的戏剧恢复到完整面貌方面，我根据自己的能力全权处理标点符号。那些破坏词意和句子的人，他们何曾对冒号和逗号加以注意？因此，不论哪个可加标点的句子，我都会默默地改进。有的剧本处理得很认真，其他的则一般，因为要把"忙碌的眼睛"固定在逐渐消失的物体上，或让散漫的思想专注于短暂的真实上，都是很困难的。

我采取同样自作主张的自由态度，对待小品词或其他一些无关要紧的词语。我有时把它们加入或删除，并没有给予说明。有时，我做的这些工作其他编辑者也会去做，确实，从文本的方面看，也证明了它们很有必要。

读者中的大多数人，不会责备我们忽略小问题，他们关心的反而是为什么要采取如此重要的讨论和如此严肃的措辞，并花费大量的劳动在这些词语之类的细枝末节上。对这些问题我可以自信地回答，他们是在判断一个自己不了解的艺术。然而，我们不能用他们的无知来谴责他们，当然，也不能期待他们经过学习批评方法后，就能变成一般意义上的有用、幸运和智慧。

我知道，猜测得越多，可信度就会越少。在印刷出版了几个剧本后，我决心不再插入我个人阅读文本的看法。现在我庆幸自己在这方面的谨慎，不然，每天我都要怀疑自己的修订。

由于我很相信自己在剧本方面的想象力，如果我在这些旁注内加入怪诞的想法并为此承受了不幸，那么，人们不应对此加以指责。如果建议是作为猜测提出来的，那么这种猜测不应有任何危害。只要文本仍然保持原样，对它们的一些改动还是可行的，尽管提出这些改动的人并不认为有必要或妥当。

如果我的解释没有什么价值，那么，它们也并没有被卖弄地展现或被纠缠不休地强加于读者。我本可以写长篇大论的注解，因为写这些注解的技巧不难做到。这类写作首先对从前的编辑版本加以指责，说他们愚蠢、疏忽、无知，如驴那样笨而无趣，揭示前前后后旧注解的所有疏忽和荒谬，然后再提出一些肤浅读者认为华丽而编者恼怒加以驳斥的建议，最后再写出真实的解释，用冗长的句子、高声的喝彩总结自己的发现，冷静地希望批评真正的进步和繁荣。

这些似乎都能做到，也许有时在做的时候并非不恰当。可是，我对此总是保持警惕。如果解释是正确的，那要用许多词才能证明它是错的，而如果解释是错的，不能不需要付出许多精力来显示它是正确的。因此，满意的修订应恰到好处地击中要害，那个"若怀疑，就胆怯止步"的道德规则，也应很好地应用于校勘方面。

水手看到到处都是残船废物，自然对海岸感到非常恐惧。我看到眼前许多重要的冒险都以失败告终，不得不十分戒备。我为每页都遭遇到智者与它自身的狡辩做斗争，学者因它自身矛盾的看法而困惑。我被迫去责备那些我尊敬的人，也不能不想到如果我驳斥他们的修订，同样的命运也会很快落在我身上——我纠正的许多注解，很快就会被其他编辑者辩护和重新解释。

我看见，批评家抹去其他人的名字，

用辛劳巩固自己的位置。

可他们自己又如同其他人，很快就要让位
或者消失，把最早的名誉丢弃。

——蒲柏

如果我们考虑到，在校勘中没有体系、没有原则和公认的规范，可以用来规范相关的看法、猜测性的批评和注解，那么常常犯错误，在他人或自己来看就一点都不奇怪了。他犯错的机会出现在每次企图改正的地方，如对段落的一个间接的看法、一个稍有误解的句子、一个临时不注意的部分衔接，这些都足以使他不仅改动失败而且相当可笑。当他做出最好的注解时，他也只是做出许多可能之一的注解。对他提出的注解，其他人总能与他的主张相抵触。

危险潜藏在快乐下面这种状态是令人忧虑的。很少有人能抵制校勘的诱惑，享有发现的所有快乐和自豪。一个人一旦开始一个愉快的改动后，他会太兴奋以至于难以考虑会出现什么别的反对意见。

猜测的批评方法在知识世界被广泛使用。我的意图不是要贬低这种研究，因为这种研究被许多伟大的思想家运用，从文艺复兴到我们现在的时代，从意大利的艾勒尔主教到英国的本特利。批评家在运用自己的智慧评价古代作家上得到过许多帮助，而莎士比亚的编辑者注定缺少这些帮助。批评家运用语法结构和固定的语言，这些结构有助于让文本更清晰，因此荷马的作品和乔叟的比起来只有少数段落不易明白。词语不仅是一个可知的体系，还有不变的特殊性，它们能指导和限制如何选择。通常手稿不止一个,把它们集合起来,不会发生同样的错误。斯卡利杰[1]向萨尔马修斯[2]承认,萨尔马修斯的校勘让他感到满意处不多。"猜测成为我们的游戏,当我们后来发现有更好的草稿后,我们为猜测感到遗憾。"利普修斯[3]抱怨,批评家试图改变错误而犯下错误:"通常人们都认为是错的,现在因为要改正它们而引起麻烦。"确实,由于使用纯粹的猜测,尽管斯卡利杰和利普修斯的校勘本表现出杰出的睿智和博学,可还是有模糊不清和可疑之处,如同我和西奥博尔德的注释编辑本一样。

也许不应更多批评我做得错而不是做得少。我最终对是否能引起公众的期待没有把握。无知者的期待是不确定的,而智者的期待常是蛮横专制的。要满足那些不知道自己要求什么的人,或那些决意要把不可能做的事做下去的人,是很困难的。对不能提出更多我自己的看法,我确实很失望,然而我还是以最大的热心尽力进行我的工作。在整本书里,只要在我看来是错的,我都一一纠正,或者有模糊不清的我都尽力加以说明。也有许多方面,我与其他人一样不成功。在我做出所有努力后,我知难回避并承认失败。我没有自以为优越而忽视那些让读者和我自己都感到有困难的句子。如果有我不能说明的,应属于我的无知。我本应很容易就在一些浅显易懂处添加一堆看起来有学问的注解。可若没有必要,我什么也不去做。对那些有人说过的,我也就不再多说。这样的处理不应归咎于我的疏忽。

---

1. 斯卡利杰(Scaliger, 1540—1609),法国学者。
2. 萨尔马修斯(Salmasius, 1588—1653),法国学者。
3. 利普修斯(Lipsius, 1547—1606),比利时学者。

注解常常是很有必要的，可它们也是个不可避免的罪恶。那些还不熟悉莎士比亚的艺术魅力，并急切享受他剧本带来的最大快乐的人，应把每个剧本都从开头读到结尾，完全忽视所有关于他的评注。幻想一旦飞翔，就不要停留在纠正或解释上。注意力强烈集中时，就让轻蔑避开西奥博尔德和蒲柏的名字。让读者一气读下去，不必理会什么地方明白和模糊，什么句子完整和错乱，让读者保留读传奇故事中所理解的对话和他的兴趣，一旦新奇感和愉快感消失后，再让他们尝试准确阅读注解。

某个特殊段落在注解中能得到清楚说明，可它会削弱总体的效果。因为人们的心灵受注解干扰而冻结，使思想偏离了重要的主题。此时读者在阅读时感到疲倦，他怀疑却不知道为什么，最后只能把他如此勤奋研读的书本全抛弃。

只有全部了解之后，才能对局部做检验。需要保持某种理智的距离，才能理解所有伟大作品的总体设计和它真实的部分。近距离只能看到它们细微处的美，而不能发现整体的美。

认为编辑者们没有成功增加读者对这位戏剧作者的阅读兴趣，这是一个没有充满感激的说法。莎士比亚被阅读、欣赏、研究和模仿，同时他也受所有因无知和疏忽堆积在他面前的那些不适当的句子折磨。当他的文字还没注解、他的幻想还不为人知时，德莱顿就说过：

"莎士比亚这个人，在所有现代甚至古代诗人中，有最伟大和最广博的心灵。所有自然形象都呈现在他面前，他很幸运可以不费劲地描写它们。对他描写的任何事，你不仅看得更清楚，还感觉很深刻。那些责备他缺少教育的人，无疑给了他最高的赞扬：他是天生的学者；他不需要书本的知识来认识自然；

他看得深入，发现它们就在里面。我不能说他无所不为；如果他真是如此，那我把他与最伟大的人物做比较都会损害他。很多时候，他的戏剧平淡乏味，他的喜剧智慧退化到浅显，他的严肃膨胀为空洞无物。可是，他表现某些伟大场面时却总是伟大的。没有人敢说，一旦有适合他智慧的题目，他不能把自己提升到一个高于其他诗人的位置。"

> 如柏树那样，耸立在缓慢生长的荚蒾灌木丛中。

说起这样一位大作家竟需要解释，他的语言也会变得陈旧过时或他的思想模糊，确实很悲哀。可是，要让愿望超越人类事物发展的特定环境是徒劳的。所有人因偶然或某个时机遇到的事，莎士比亚也会遇到。自从有了出版业，他为自己忽视名誉而承受不幸的痛苦比其他作家都多。正因为他有高尚的心灵，才能蔑视自己的成就，尤其在比较了它们与其艺术能力后，他判断这些作品不值得保留出版，因此，才有后世编辑、批评家争取补全和注解他著作的名誉。

忝列这些名声低微的编辑批评家中，我现在要面对着公众的评判。我希望，我自信地做出的这些注释能同样得到那些我过去接受过的荣耀和受到过的鼓励。这类注释著作自有它天然的缺陷，如果单纯由专家和学者来判断，我几乎不担心他们的评判。

译者补充：译者在翻译本篇的过程中曾参考和借鉴李赋宁、潘家洵的译文《＜莎士比亚戏剧集＞序言》（发表在《文艺理论译丛》1958年第4期）和张惠贞意译文《莎士比亚剧集前言》（台湾联经出版公司2005年2月出版），特向这些前辈致谢。

诗人评传

(节选)

弥尔顿

约翰·弥尔顿（1608—1674）的传记种类繁多。经过细致的研究，我应有些满意，此文不但能为芬顿先生那本文雅的传记汇编节选本增加一些注释，而且这个新叙述被认为很有必要，能与这部《弥尔顿诗集》协调。

约翰出身贵族家庭，祖上为牛津区的泰晤弥尔顿家族。在约克和兰开斯特的年代，有些家族失去祖业，至于哪个分支，我不清楚。他们的后代没有继承约克的"白玫瑰"荣光。

他祖父名约翰，是肖特夫区的森林管理员、热情的天主教徒。因为他儿子放弃宗教，他被剥夺其继承权。

弥尔顿父亲名约翰，失去家业继承权，依靠"代写文书"为生。他还有杰出的音乐技能。其创作的许多曲子仍可看到。因职业上有声望而变得富有，退休后成为领地主。也许有着非同寻常的文学才能——他儿子写过最精美的拉丁文诗歌，题献给他。他与一位来自韦尔什区的卡斯通姓氏的贵族女子结婚，他们有两个儿子：约翰是诗人，克里斯托弗学习法律。……

诗人约翰，1608年12月9日早上约六七点，出生在其父位于布里德街斯普雷伊格的住地。他父亲显然十分关心其教育。起初由汤姆斯·杨格任他的私塾老师。杨格后来成为汉伯格英国商界的牧师。我们有理由相信他很出色，因为他的学生认为，值得写一篇书信体挽歌怀念他。

弥尔顿被送到圣保罗学校,接受格利先生教育,十六岁后,到剑桥基督学院。1624年2月12日,他成为那儿的一名公费生。

这时他已有非常杰出的拉丁文语言能力。从首次写作标明的日期看,他自诩熟悉大诗人波利特便是一个例子。这也是他受到后世关注的早年文学创作才能的崭露头角。不过,他这些青春果实早被许多诗人超越,特别是与他同时代的考利。思想的力量不容易低估。许多人早年的写作虽超越弥尔顿,却从未有达到如他《失乐园》那样高度的作品。

从十五岁起到十六岁,他把两首拉丁文"颂诗"译为英韵文。他虽认为值得大众关注,却未得到很大的反响。这些作品在任何众多的学校里都能得到赞扬,却没能刺激好奇者。

许多挽歌写于他十八岁时。这些挽歌表明他阅读罗马作家作品时,有精致的判断力。汉普登先生——一位希腊史学家波利比乌斯著作的翻译者——告诉过我,在散文书信体复兴后,弥尔顿是第一位以古典文雅的拉丁文写诗歌的英国作家。即使有些例外诗作,它们也是凤毛麟角。哈登和阿希玛是伊丽莎白时代的骄傲。他们也许在散文上有所成就,可在写诗上的所有尝试很快就引起嘲笑。如果说在弥尔顿之前,有什么值得注意的诗作,那也许是威廉姆·阿拉巴斯特的《罗克珊》[1]。

那些根据大学规定写就的习作,有些在他成年后出版,自然引起赞赏,因为仅有少数人能展现出这样的才华。然而,有理由怀疑,他对自己的大学生活没有特别的迷恋。他没有得到

---

1. *Alabaster's Roxana*,1632年出版。

奖学金，这件事已确定。他被不友好对待不仅仅是个负面影响而已。提及这些我虽内疚，可我担心是真的，弥尔顿在大学受到肉体处罚和公开羞辱，成为最后这类学生中的一个。

正是有争议的敌对暴力，他受到人们反对，被大学开除。这件事，他本人一直否认。确实，证据不足。……

他正常取得学位。1628年，取得文学学士；1632年，取得硕士学位。他离开母校，对其没有好感并疏远——也许因为受他导师严厉的伤害，也许因为他反复无常的挑剔。真实原因无法获知，可这个校园影响终反映在其作品里。……

离开大学后，他回到父亲身边，住在白金汉郡霍尔顿，在那里度过五年。在这期间，据说他读遍希腊文和拉丁文作家的作品。谁能告诉我们，这个对世界的广泛阅读理解会有什么局限性呢？……

1638年，他离开英格兰，首先来到巴黎。在斯丘达莫尔领主的帮助下，他有机会拜访格罗蒂乌斯。作为来自瑞典的基督教大使，他寓居法国宫廷。紧接着他从巴黎匆忙到了意大利，以特别勤奋的精神学习语言和文学。尽管有计划赶快游遍这个国家，他却在佛罗伦萨居住了两个月。他在那儿加入研究院，写出受到称赞的作品。这些作品不仅展示了其高尚的思想，还证实其所希望："通过创作和集中学习思考，我要在生活中占据一个位置，以强烈的自然倾向参与其中。"他"也许要写的东西暂留到以后，却不愿让作品无声息沉寂"……

他由一位隐士陪同，从罗马前往那不勒斯。虽对这位同伴没有多大期待，但通过其介绍，他认识了维拉侯爵曼索。曼索过去一直是塔索的赞助人。曼索很高兴以抱歉措辞来恭维他的创作成就，除宗教外，称道他的一切。弥尔顿以拉丁文诗歌回敬他。这首诗必定引起人们对英国文学精美绝伦的高度评价。

他计划去西西里岛和希腊。当听说国王与国会主教间发生冲突时，他认为，在这个他的同胞们正为权力斗争的期间，应赶紧回国而不是在外国游乐中度过时光。……

我们虽敬仰弥尔顿，却不应限制我们的观察，应以某种欢欣审视他伟大的许诺和卑微的工作。他匆忙回家，因为全国同胞正为自由斗争。在置身其中后，他的爱国热情便在一间私校里蒸发了。对他这段生活时期，几乎所有传记作家都不愿着墨渲染。他们不愿意看到弥尔顿被降格为一位小学老师。确实，不可否认，他这时在教孩子们读书。有人发现，他什么也没教；有人揣测，他的动机是热心宣传知识和美德。所有人都会说自己不知道真实的情况，却原谅他的做法。没有智者会认为他这样做是可耻的。他父亲此时虽还活着，得到的补贴却很少。为弥补不足，他靠诚实和有用的工作来维持生活。……

在四十七岁那年，意识到自己对外部的干扰束手无策，他似乎唤起从前的愿望，开始恢复他先前计划的未来工作，写三部大书：一部史诗，一部他国家的历史，一部拉丁文词典。

处于眼盲状态[1]中，编纂词典成为他所有写作中最不切实际的一项，因为这要依靠持久和耐心的查验以及材料收集。虽失明后，他不可能着手，可这之前他总是在准备。菲利普斯说："几乎到他去世。草稿如此分散和不完整，不适合出版。"拉丁文词典最终在剑桥出版，编辑本使用过他收藏的三大本集子。

---

1. 弥尔顿 36 岁开始逐渐失明，44 岁完全失明。

其后命运如何，已不可知。

编一部历史书，要参考各类作者，他只能靠其他人的眼睛来咨询。这既不容易也不太可能。除要借助比通常所能获得的更多技术和集中汇编的帮助外，依然存在参考和比较的困难。这些困难阻止了弥尔顿的叙述。在此时期，这件事虽非十分复杂，却没有很多作者要参与其中。

对于史诗创作的主题，经过更多的思考、"长期的选择，迟来的开始"，他定格于"失乐园"上。一个如此全面的设计，只有成功才能做出公正判断。他考虑以诗赞颂亚瑟国王，曾在诗文中向曼索暗示过。不过据芬顿说，亚瑟已被安排另一个命运。……

弥尔顿的文学才能无疑是伟大的。他读几乎所有语言的文字，无论是高雅的还是粗俗的。他不但熟读希伯来语的两种方言，还精通希腊文、拉丁文、意大利文、法文和西班牙文。在拉丁文领域，他名列一流文学家和批评家之中，并非常勤奋地获得意大利文化知识。

他最喜爱的书籍，通常是女儿读给他听。他几乎能背诵全部的《荷马史诗》，其次是奥维德的《变形记》和欧里庇得斯的悲剧。他的一本《欧里庇得斯文集》，为克拉多克先生友好赠送，现在我手上。在书页边缘空白，虽有些他写的边注眉批，我却未见其特别处。

英国最伟大的诗人，他认为是斯宾塞、莎士比亚和考利。斯宾塞显然是他的最爱。莎士比亚我们很容易知道他会喜爱，就像其他读者一样。我没想到，考利这样一个对卓越之见与其迥然不同的人，会得到他更多的赞许。德莱顿有时拜访他，而在弥尔顿心目中,他虽是优秀的韵律者,却不是诗人。

他的宗教思想据说来自加尔文教派。也许在他开始憎恨长老会教徒后,他试图接近阿米纽教派。在神学与统治关系上,他从不认为,自己可以远离天主教或基督教。然而,鲍迪乌斯[1]对伊拉斯莫斯[2]的评语可适用于他——"他在奔跑而非跟随"。他重在谴责而非认同。他与新教徒的名堂没有任何联系。人们所了解的弥尔顿,知其不是什么而非他是什么。他既不是罗马教堂的教徒,也不是英国教堂的信众。

不到教堂做礼拜是危险的。宗教,得其奖赏很遥远,而得其活力则靠信仰和意愿。信仰会在某种程度上轻易地从我们头脑中闪过离去。保持宗教,需要外在仪式,使其充满活力和感染力,要明确的礼拜,同时需要榜样教益的影响。弥尔顿显然有对基督真实的看法,有对《圣经》最为深刻的敬仰,不受任何异端邪说影响玷污。他的一生证实其有天国直接或偶然代理人的信仰。只是一直到老,他也没有进行任何可见的宗教礼拜仪式。在打发的时光里,他没有一小时做祈祷,不管是单独的还是与家人的礼拜。他不仅忽略公众场合的祈祷,还忽视一切祷告。

寻求他忽视的理由实无必要。一个人应生活在他自己的喜好下,根据自身去判断他的行为。祈祷肯定不会被他认为是多余的。说他生活中无祈祷,难以证实,因为他学习《圣经》,沉思默想本身就是一个习惯性祈祷。在其家庭中,忽视祈祷也许是一个错误,他为此过错责备过自己,试图纠正。

---

1. 鲍迪乌斯(Baudius),法国拉丁文学者。
2. 伊拉斯莫斯(Erasmus),荷兰学者。

他的政治观代表那些尖酸刻薄的共和党人的看法。为此，他不知道是否给出比这个更好的理由，即"人民政府最清廉；只要推翻君主制，就能建立普通联邦政府"。这是个非常狭隘的政策，仅支持钱是最好的东西。即便在这方面，也没有去考虑，法庭的建立和开销，其最大部分，仅是一种特殊的运转。钱经此运转后，并没有对民族发展有任何改进。

我担心，弥尔顿的共和主义是建立在对伟大的嫉恨和对独立的愤懑渴望之上，建立在不耐烦控制的暴躁和不屑于优越感的骄傲之中。他憎恨国家的君主和教堂的主教。他恨所有要求他服从的人。值得怀疑的是，他占主导思想的渴望是要毁灭而非建设。他像是厌恶权威，而非更多地热爱自由。

据观察，呼喊自由声调最高的人，并不轻易给予人自由。我们所知弥尔顿在家庭关系上的个性，十分严厉并独断专行。他的家庭多由女人们构成。在其书中，有像土耳其人那样蔑视女人，把她们视为顺从者和低等人的。这方面他对自己女儿也未能破除不平等的等级。他让她们缺乏基本教育而承受沮丧无助的苦恼。他认为，女人一生仅是屈从，而男人是反叛。……

在检验弥尔顿的诗作时，我应在一定程度上对他少年时代的作品给予重视。在他早年作品中，便有一种不值得称颂的喜好：他把已经写的诗作，决心保存起来，给大众一个未完成的诗作。他中止继续写下去，因为"他不满意他所写的"，假设他的读者比他自己还苛刻。这些揭开他未来意大利文、拉丁文和英文创作的序幕。我不能假装自己是一个意大利语批评家，可我听到过一个有这方面资质的人对他这方面的价值做出的判断。拉丁诗文虽甜美优雅，他所提供的欢悦却不过是对古代作家的精湛模仿，其措辞的纯洁和韵律的和谐，胜于任何人的创新能力和情绪的活力。无人与之有等同的价值。挽歌胜于颂歌，而有些火药味的叛国的作品，也许是多余的。

而其早年的英语诗歌，尽管尚未达到《失乐园》的高度，却已有证据显示其杰出。它们都是原创，不模仿，特性尚不突出。若论与其他诗歌的不同，它们之间分歧更大，常以过于强烈的排斥性而突出。词语的组合是新的，可不能使人愉悦。韵律和用词是那么特意组织，强力安排。

这些弥尔顿所写早年生活的作品，从其手稿可见，它们精心构思，幸运地保存在剑桥大学。在这些手稿里，有不少小诗是他早年之作，随后加工修订。这些遗存表明卓越成就是如何获得的。人们希望诗文写得行云流水，先要学习他如何勤勉推敲。

出于对这位伟大诗人的美丽诗篇的敬佩，有人有时迫使自己对他的小诗做出虚假的肯定，让自己先想到这个敬佩是独一无二的。所有短篇诗作，通常所能得到的是精巧和文雅。弥尔顿从不学习以优雅方式作小诗的艺术。他忽视柔和舒适这类中庸的优秀。他是一头"狮子"，对走来走去的"小家伙"无计可施。……

批评家通常认为，写史诗的作家最有才华，最值得人们称赞。因为它要求组合安排所有的能力，而仅其中一种能力，就足以充分地写好其他类别的诗作。诗歌是娱乐与真实结合的艺术，以形象辅助理性。史诗通过最愉悦人的概念，教导人们最重要的真实，因而以最感人的方式，叙述某些重大事件。历史提供给作家叙述的线索，而他要以高尚的艺术来改进和升华，以戏剧性能力赋予活力，以反省和预言方式表达多样化。道德家教他邪恶与美德的确切范围和不同差别。从处世原则和生活实践中，诗人必须学习区别人物个性和情绪倾向，不管是单一还是复合的人格。医学、生理学给他提供人心解释和躯体影像。把所有这些学科放入诗歌创作，被要求有描绘自然和完成虚构的想象力。此时他还不是诗人，还要获得完整的语言运用能力，在所有短语的精巧上、在所有语词的色彩上出类拔萃，还有学会把不同的韵律调出不同的声响。做到这一切，他才是个合格的诗人。

波索[1]有这样的看法，诗人的首要任务是发现一个道德主旨，然后以传奇人物的故事解释并证实。这个过程似乎仅是弥尔顿一人所为。其他诗人的道德观是偶然结果，而弥尔顿则是根本和固有的。其最有用最艰巨的目的是"向人类表明上帝的公正"，表明宗教合理性和服从神圣法则的必要性。

要传递这个道德，需要一个传奇故事，一个由技巧构造的叙述，以便刺激好奇者，惊醒期盼者。在其长诗部分，弥尔顿被认为可媲美其他任何诗人。他随事件展开，叙述人的败落和那些附庸之流。他把整个神学系统交织在一起，十分恰当，以至于每个部分看起来都很有必要。几乎无人希望，仅为人的快速行动过程而有必要将诗人的任何叙述缩短。

史诗的主题自然与重要"伟大"的事件关联。弥尔顿不是要毁灭一个城市、规划一个殖民地或建立一个帝国。他的主旨是世界的命运、天堂的革命和人间的改革。根据上帝最高指令，

---

1. 波索（René Le Bossu，1631—1680），法国批评家。

抗拒反叛霸道的国王，推翻他们的霸权，惩罚他们的罪恶，创造一个合理生存的全新人类。他们有初始的幸福和纯真，他们丧失了永生，他们恢复了希望和平静。

伟大的事件仅能被一个高尚尊严的人快速地完成或被其阻碍。在弥尔顿的诗展示出的伟大面前，所有其他伟大都变得渺小。他最虚弱的代理人，却是人类最高贵最雄伟的代表、人类原始的祖先。他的理论受到人类行动的认同。在这些原理中，意愿的正直或偏差，不仅决定了地面自然的状况，还有所有未来全球居民生存的条件。

诗歌的其他代理人，主要人物若是轻描淡写，会很不敬重。其他的角色仅有微弱的能力。

> 最微弱者挥舞这些能力，
> 用整个领地的力量武装自己。

全能上帝所控制的能力，可以限制他们夷为平地的废墟，填补毁灭和迷乱造成的巨大延伸的空间。他要展现人类如此超能的动机和行为，以至人类理性能检验它们或人类想象能表现它们。这个任务，这位伟大诗人已进行并顺利完成。

在检验史诗时，更多的关注通常集中在人物的个性上。要检验《失乐园》，有个性的是那些天使和人类。天使有善良和邪恶，人类有无辜和原罪。

在天使中，拉斐尔极具美德，温和沉着、平易谦虚和自由交流，迈克尔则庄严和高傲。许多人视他为只关注个性尊严的天使。神仆阿布迪尔和加百列，显然偶尔以每个事件要求的身份出场。阿布迪尔的孤独忠诚,也被描写得非常亲切可爱。

邪恶天使的个性,在诗中最多样化。据艾迪生观察,撒旦的情绪被给予"最高尚和最卑鄙的人性"。克拉克谴责弥尔顿的不虔诚,有时借撒旦之口说出。对这类思想,如他公正指出的,只有根据人物个性的观察,才能做出判断,因为没有好人愿意允许坏人经过自己的口说出想法,哪怕仅持续片刻。让撒旦以反叛者身份说话,而任何这类表达又不玷污读者的想象,这确实是弥尔顿创作的最大困难之一。我只能说,他以极大的幸运使自己解脱。撒旦的演讲,很少能给一个敬畏神的耳朵以痛苦之声。反叛的语言,不会与不屈服的语言同类。撒旦的狠毒在傲慢和固执中冒起泡沫。他的演讲表现很一般,除他们的邪恶之外,尚无其他的冒犯。

天国反叛者的其他首领人物,在卷一卷二诗中被清晰地区别。魔罗的凶猛个性,无论出现在战场还是议会上,都保持确切的连贯一致。

亚当和夏娃在他们天真无辜时被赋予的情绪,是无辜者才能具有和呈现出来的。他们的爱纯洁仁慈、相互尊重,他们的饮食毫不奢华,他们勤勉无须辛劳。他们祷告上帝,充满更多敬仰和感激的声音。他们有留下的果实,无须索取什么;他们纯洁天真,没有什么可惧怕的。

伴随愧疚,他们才有怀疑和不安,才有相互的指责和固执的自我防卫。他们以疏远的思想彼此相待。他们敬畏他们的上帝,把他看作他们犯下罪恶的复仇者。最终他们在他的仁慈下得到庇护,服软悔改,化解仇恨于恳求。在其倒下之前,亚当的优势一直得到特意保持。

"可能性"和"奇异性"是普通史诗的两个部分，批评者对此常给以深思熟虑。《失乐园》几乎无须特别地评说。它包含神迹的历史、创世和救赎的历史。它展示至高无上的力量和宽悯。这种"可能性"很快转为"奇异性"，"奇异性"就是"可能性"。叙述的本质是真实。因为真实不允许选择，就像必要性，真实优先于规则。对意外或偶然的情况而言，诗歌里这些人类的事，有些例外可以允许，可是，支持真实的主要结构是不可改变的。

艾迪生公正地评价，称这首诗主题的性质，使它优于其他所有诗人，它有普遍和持久的趣味性。所有人，经历过所有世纪，都会有亚当和夏娃那样的感受，必须分享那延及自身的善与恶。

"结构"，亚里士多德所称的术语，意味着超能力的偶然介入。这是另一个批评家评论的丰富题目，这里却无讨论的空间，因为每件事都在天国的明示下立即办成。规则迄今被遵从，没有行动能用任何其他方式去完成。

"插曲"，我认为仅有两种，一种包含在拉斐尔关于天国战争的看法中，一种是迈克尔预示这个世界发生变化的叙说。两个插曲都与伟大行动紧密联系。一个对亚当是必要的警告，另一个是对他的慰藉。

诗歌"全面性"或"完整性"的设计，没有什么问题可提出来加以反对。这首诗非常清晰地呈现了亚里士多德所要求的"开头、中间和结尾"。也许没有同等长度的诗歌，在被裁短一些后，不会导致其没有明显的损害。这里没有墓地葬礼的游戏，也没有对一个盾牌的冗长叙述。简短的偏题出现在卷三、卷七和卷九的开头，无疑有些多余，可谁会把这些美丽的多余剔除呢？谁不希望《伊利亚特》作者多说点自己来满足未来时代的读者呢？也许没有什么能比那些外在多余的文字段落更经常受到阅读或关注。由于诗歌的目的是愉悦，让所有人都感到愉快的诗歌，不会没有诗性。

无论诗的行动是否应被严格限制在一个主旨方面，这类诗是否可以被适当地界定为英雄史诗，问题的关键是，读者会提出谁是英雄的质疑。因为他们的判断原则，来自书本而非理性。弥尔顿仅以《失乐园》为题写诗，却称之为"英雄的颂歌"。德莱顿有些任性和草率地否认亚当是英雄，因为他被战败。可是，除了建功立业外，没有什么理由认为英雄不应该是倒霉的。因为成功和美德不会必然地结合在一起。"卡图"是卢坎诗歌的英雄，可卢坎的权威不会因昆体良[1]的评判而遭到打击。无论如何，如果成功是必要的，亚当受的欺诈最后会被粉碎。亚当还原复生受到造物主的宠信，因而能确保他回归与人类为伍。

讨论诗的"计划"和"结构"之后，应当检验它的构成部分——"情绪"和"措词"。

在"情绪"以人类方式或适合其人物个性的方式表达出来时，大部分是合理的、无可置疑的。

那些包含道德教训和谨慎原则的精彩段落很罕见。此诗的原始结构是，亚当、夏娃"堕落"之前，没有人类的方式能给人类的行为任何帮助。它的目的是提升思想，超越人间的关怀喜爱，赞扬不屈不挠。亚必迭以此坚持他特有的美德，反对大众的嘲讽。这些美德能适用于所有的时代。拉斐尔对亚当在行

---

1. 昆体良（Quintilian，35—100），古罗马修辞家。

星运转之后的好奇的责备以及亚当的回答，也许信心十足地反对所有诗人要传递的任何生活规则。

思考常在情景进展中出现。这些思考只能由在最高程度的热心行动中的想象而产生。这些素材要靠不断学习和无穷的好奇心去提供。弥尔顿的思想热度使他的学问升华，使他随手把其知识和精神写进诗里，与粗俗部分划清界限。

弥尔顿从整体范围考虑创世纪，因而他的描写有渊博的学识。他习惯于不受限制的放任想象，因而他的观念是宽泛的，他的诗性品质是崇高的。他有时醉心于优雅，可他的基本能力是描写伟大。他有时精心掩饰，可他的自然港湾是崇高巨大。他能在读者要求欢愉时提供欢愉，但让读者惊讶才是他的特殊本事。

他似乎对自己的天赋非常了解，知道什么是自然赋予他的比其他人更多的慷慨。他有展现巨大、光辉耀眼、忧郁深沉、恐慌的种种能力，因而，他选择的主旨太大，难以言尽。在这个主题上，他的幻想也许被厌恶，可他的夸饰炫耀却不受责怪。

自然的状态和生活的发展，不能满足他的伟大的奢求。画一个物体，要求细心观察，用记忆而非想象。弥尔顿的喜悦，是在尽可能宽广的地区游戏。现实对他的思想来说是太狭窄的场景。他要让自己的能力去发现、进入一个仅有想象才能旅行的世界。他开心地构造一个全新的存在方式，给超人神灵提供情绪和行动，追溯地狱的忠告，陪伴天国的合唱。……

如同任何人的作品都有错误和缺陷，发现《失乐园》的缺陷和错误，是公正批评家的任务。在展现弥尔顿的美丽杰出时，我没有做大段长篇的摘引，因为要选择优美段落会没有尽头。

同样我也应以一般方式提到那些看起来值得批评的诗句的失误。如果会有损弥尔顿的名誉，在某种程度上贬低我们国家的声望，有哪个英国人会高兴看到这些摘录的段落句子呢。

我的批评原则不放过那些频繁出现的用语的不准确。贝特利[1]也许比诗人有更好的语法规则能力，他常发现这些不准确，有时也会忽视不见。他将之归咎于修订者的蓄意所为，因为弥尔顿的失明迫使其雇用修订者。如果他认为这是真的，这个假设是草率而无根据的。据说他私下里允许其用语不当虚假，这是卑鄙而有害的。

《失乐园》的构思有它的缺陷。其构成既不是人类的行动，也不是人类的方式。其男人和女人的行为和苦难的状况，是人间其他男人和女人所根本不了解的。读者既看不到能与他进行的交流，也不能关注他通过想象的努力来安置自己的条件，因而，他的人物很少有自然的好奇心和同情心。

确实，我们都能感觉到亚当的不服从，我们都有像亚当那样的原罪，都有像他一样，被冒犯后必有的悲伤痛楚。在天使落败之后，我们有不安分和阴险狡诈的敌人；在祷告的精神下，我们有监护人和朋友；在人类的救赎中，我们希望自己被包括在其中；在天堂和地狱的描述中，当我们都寓居在这个不是恐怖就是福祉的区块时，这些肯定能够引起我们极大的兴趣。

可是，这些真实太重要，难以称之为新颖。有人在我们婴幼儿时已教给我们，有人把我们孤独的思想与人间常见的谈话混合在一起，习惯性地把它们交织于整个生活组织结构。由于

---

1. 贝特利（Richard Bentley, 1662—1742），英国哲学家和古典学者，《失乐园》编辑者。

不是新的，人们心中不会引起不习惯的情绪：我们所知新的东西，常是在未学习它们之前，而那些什么都不新奇的东西，不会让我们惊讶。

这些恐怖场面所暗示的观念，有些方面我们敬而回避，除非规定的时间要求与它们进行联系。从其他方面，我们畏缩恐惧，承认它们，仅是看作有益的行为，平衡一些我们的兴趣和热情。这类恐惧形象阻止幻想的事业而非激励它们。

愉悦和恐惧确实是诗歌天才的资源。诗的愉悦至少要人类的想象才能构思和接受，而诗性的恐惧，只有人类的力量和韧性才能抵制。永恒的善良和邪恶，对智慧之翅膀太沉重。思想下沉到它们之下，被动无助，满足于平静的信仰和谦卑的爱慕。

了解真实要采取不同的形式，通过一些新的中间形象来传达思想。这个弥尔顿已经尝试，特别是以其丰富和生动的思想来表现。无论谁考虑到，《圣经》提供给他的仅是极少的激进方式，他肯定会被作者构想的巨大行为所惊叹。诗人扩展行动到如此广大的范围，让它们分叉成如此多样，仅是敬畏宗教，才限制其想象的放纵。

这部诗充分体现了学习和天赋结合的力量。大量积累的材料，经过了判断的消化与幻想，被艺术地结合在一起。弥尔顿能够随心所欲地选择。这些选择不是来自自然就是来自故事，不是来自古代传奇就是现代知识。无论什么他都能用来解释和修饰其思想。通过学习的提炼，通过想象的高飞，积累的知识已植入他的大脑中。

据说，他的陪伴者之一并不过分地夸耀他：我们读《失乐园》，就像在读一本宇宙知识的大书。

其原本的缺陷不能避免，而其缺少人间的趣味，总是能被人感到。《失乐园》是这样一部书，读者敬佩之后放下，便忘记要拿起来再读它。没有人希望它比实际长度还要长。阅读它是一种责任而非愉悦。我们捧读弥尔顿为教益，离手后颇感疲惫和沉重，要找其他令人愉快的事物。我们离开这位导师，寻找同伴。

译者补充：这篇传记写于1779年1月，六周后完成。约翰生曾对马龙编辑提到，已有太多过于甜腻的《弥尔顿传》，他这篇传记会有些不同的特性。这导致考珀认为，约翰生对弥尔顿太"不仁慈"。帕蒂森干脆称约翰生为"文学土匪"，合谋"扫荡弥尔顿的名望"。兰顿却辩护，说未见约翰生对弥尔顿有"任何抱怨不公"。 当年弥尔顿如日中天难有阴影，情形如"文革"中对鲁迅批评不得，借以联想其古今中外相见相通相同之人文世故。

考利

亚伯拉罕·考利的生平，尽管在英文传记里比较少见，但还是由斯普拉特博士写过。这位作者想象之丰富和语言之优雅，理当享有较高的文学地位，可他却凭着友谊的热情或雄辩的志向，写出了一篇葬礼的致辞而非一部历史。他虽展示出考利的个性，却不是考利的一生。由于他的写作没有提供多少细节，以致任何事都难以让人清晰明了。因为在颂词这片薄雾之下，一切都显得困惑和零散。

考利出生在1618年。他的父亲是一位批发商。关于他的情况，斯普拉特博士只以普通公民的身份叙说。也许是要特意地隐瞒，把他在圣邓斯坦教区注册的名字删去。这让人有理由怀疑，他是一位新教徒。无论其父如何，他在孩子考利出生前就死了。其后考利由母亲抚养。伍德描述过他母亲如何真挚地努力让他接受教育。她活到八十岁，看到她儿子成名，得到付出的回报。我希望，她看到他的幸福，分享他的富有。我们至少从斯普拉特的传记里了解到，他总是提到母亲的关怀，恰当地表达自己对母亲应有的孝顺和感恩。

在他母亲公寓的窗台前，放着斯宾塞的《仙后》。他一直受到诗的魅力的感染，很早就有读它的兴趣。如他所说，他无可避免地成为一名诗人。这样的巧合，有时能记在心里，有时也许就全忘了。若导致思想的偏向，从而专注于某个种类的研究或工作，通常称这类心无旁骛者为天才。真正的天才，其思想有极大的普遍能力，在偶然中就确定了某些特定的方位。当代伟大的画家乔舒亚·雷诺兹爵士，最早偏爱艺术的倾向，就是因为熟读理查德斯的文论并受其激发而形成的。……

如同其他用狭隘视角写作的诗人一样，考利不是在人类的心灵里显示智力的愉悦，而是致力于向暂时的偏见献殷勤，这导致他在一个时期得到过太多的赞美，而在另一个时期又受到太多的忽视。

才智如同其他事物，受到人们选择它的本性支配，有它的流行趋势，在不同的时代有不同的形式。大约在17世纪初，出现了一类作家，可以用术语称之为"玄学派诗人"。在对考利作品的评论里，给这类诗人的一些评价并没有不恰当的。

玄学派诗人是一些有学问的人，要表现他们的学问是这些人的全部努力。然而，不幸的是，他们决意要用韵律去表现它们。他们不是在写诗而仅是在写韵诗，这样的韵诗常常经得起数手指头的句读却经不起耳朵的聆听。因为其韵律语调太不完美，唯有靠计数音节才能把它们看成韵诗。

如果批评之父[1]命名诗歌为"模仿的艺术"是恰当的，那这些作家恐怕要失去诗人之名了，因为他们不能说自己模仿过任何事物。他们既不模仿自然，也不复制生活，既不描绘事物的形状，也不表现智力的活动。

然而，否认他们是诗人的人，却承认他们有才智。德莱顿

---

1. 指亚里士多德。

坦承他自己和他同时代的人，在才智上落后于多恩，可坚持他们在诗歌上超越了他。

如果才智由蒲柏做了适当的表达，它就是"一直在思考而从未被充分地表达出来的东西"。他们肯定从不能得到它，也不会寻找它，因为他们热衷的是他们思想的独一无二，却忽略了他们的措辞。蒲柏对才智的看法无疑是有误的。他不但打压了才智的自然尊严，还把它从思想的力度降低到语言表达的愉悦。

如果用更崇高和更适当的概念，才智应被视为"自然和新颖"，尽管它们不很明显，可第一次出现时，对其认可却是公正的。如果才智就是这个样子，那它虽然从不能找到，却也让人惊讶它怎么会消失。诸如此类的才智，玄学派诗人很少升华。他们的思想通常"新颖"，可很少"自然"。若他们这些表现不太明显，就会有不恰当。读者远非奇怪自己会错过他们，更常惊讶地发现他们的努力违背常情。

才智，把它对听者的影响抽象出来，可以更严肃和更具哲理地考虑它是一种"不一致的和谐"[1]，一个相异的意象的组合，或一个在明显不同的事物中隐藏着相似点的发现。这样去定义才智，已完全足够了。最异类的思想被粗暴地连接在一起。穷尽自然和艺术只是为了例证、比较和暗示，让它们的学问得以展示，使它们的微妙令人惊奇。可是，读者通常认为自己的进步是昂贵的代价换来的，虽然有时会钦佩，却很少有愉悦。

从这个关于他们创作的叙述中，很容易推断出他们在表现

1.discordia concors，拉丁文"与不和谐和谐"，中文"和而不同"。

和渲染情绪上不成功。由于他们全部专注于意外和惊奇的事物，他们不重视情绪一致。这情绪相同，才能使我们形成并刺激其他心灵的痛苦和愉快。他们在任何机遇下都从不会探究他们应说和应做些什么。比起人类自然的参与者来说，他们只是写作的旁观者。他们作为只看到善良和丑恶的人，冷漠且从容。他们作为享乐主义之神的信奉者，对人类的行为和生活的波折起伏，不涉利益不带感情地做出评论。他们的求爱是空虚的爱好，他们的悲哀是无用的悲痛。他们的愿望仅是说出那些他们希望以前从未有人说过的东西。

比起悲悯，崇高也从不在他们要达到的范围之内，因为他们从不尝试理解和扩展思想。这些思想一旦充满心灵，所引起的最初效果是突然的惊奇，其次是理性赞美。崇高因累积而达到，卑微因分散而形成。伟大的思想总是普遍的，它们所构成的看法不受例外的限制，所呈现的描述也不会递减至微小。微妙原本的意思是指很纤细的粒子，把它作为比喻，指细小的差别。这样说微妙是极为恰当的。对那些着眼于新奇的作家来说，他们中很少人有伟大的希望。因为伟大的事物绝不可能逃脱前人的观察。他们总是尝试解析，把每个形象打破成碎片。他们用微妙的奇思妙想和谨慎的细节描写，如同那些用棱镜分析阳光的人，虽展示夏季午后的无限光辉，却不能更多地表现自然的景观和生活的场面。

然而，对于所要的崇高，他们尽力用修辞夸张法去支撑。他们的夸大是没有限制的。他们不仅把理性，而且把幻想也抛诸脑后。其所产生的令人困惑的富丽堂皇的组合物，不仅不可信还令人无法想象。

伟大能力指导下的宏伟创作是从不会完全丧失其意义的。如果他们经常把才智扔到虚假的概念上，同样，他们有时也会敲打出未预料到的真实。尽管他们的奇思妙想难以触及，却也常值得去把它搬运回来。要根据他们的计划写作，至少读书和思考是必备的。没有人天生就能成为玄学派诗人。靠从描述中复制来的描述、从模仿中借来的模仿，或是传统的形象、世袭的明喻、现成的韵律、流利的音节，都不能得到作家的尊严。

在细读这类作家的作品后，思想会被回忆和质问激发，有些学习过的知识会被重新找回，有些新的东西会进一步得到查证。他们很少能增加"伟大"，他们的"敏锐"却常让人惊叹。如果想象力不总是能够得到满足，至少反思和比较的能力是要派上用场的。在大量的材料中，机巧的荒谬被扔到一起；真实的才智和有用的知识，有时能从被掩埋在粗疏的表现中找到，也许只是对那些知道他们价值的人有用。在这样的思想下，当他们的描述变得清晰、文字磨炼得更雅致时，他们能给那些更得体的作品以光彩，虽然很少有丰富的情绪。

我认为，这类写作借鉴于马里奥和他的追随者，以多恩和本·琼森为例，受到推崇。多恩知识渊博，而本·琼森的创作方式与多恩在他的诗行的粗野方面类似，而不是在他表达情绪的形式上。

当他们的名声高涨时，他们无疑有更多的效仿者，其数量远比后世留名的要多得多。他们的直接继承人，任何回忆起来都能记得的作者，有萨克林、沃勒、德纳姆、考利、克利夫兰和弥尔顿。德纳姆和沃勒以改进我们韵律的和谐去寻求另一种方式出名。弥尔顿只在他写"驿站老板霍布森"的诗行里进行玄学诗风格的实验。考利比弥尔顿改进了更多,使其有更多的情绪和音乐感。萨克林既没有改进诗律,也没有充满奇思巧喻。时尚的风格主要由考利来保持,萨克林不能达到它,弥尔顿鄙视它。

关于批评的看法,没有例句是不容易理解的。因此,我收集了这类诗人写作范式的例子。这些被他们自己和他们的崇拜者所称赞的诗人及其作品,自有其显著的特色。

由于这类诗人也许更希望被崇敬而不是被理解,他们有时从学问的深奥处提取他们的奇思妙想,曲高和寡,普通诗歌读者不会经常碰到。(《考利评传》全文详见《传记奇葩》一书)

德莱顿

约翰·德莱顿（1631—1700）也许可以恰当地被看作英国文学批评之父，因为他是教我们依据规则去判断文学价值的第一位作家。在我们以前的诗人中，有位伟大的戏剧家[1]。他没有什么规则，仅依据生活和自然写作。他的天才罕会误导人，也罕会被人抛弃。其他诗人虽懂得遵从适当的法则，却忽视了传道授业。

在伊丽莎白时代，韦伯和普特翰各自写过《英国诗人的艺术》。人们不但可以从他们那里学到一些这类规则，还可以从本·琼森和考利的暗示中得到一些。然而，德莱顿的《论戏剧诗》是第一部论写作技巧的系统、有价值的著作。

一个人在对当前时代的英国文学形成自己的看法后，他返回头来细读德莱顿这个对话，不可能发现太多的知识和太多的教益新奇，可他能记住，批评的原则掌握在少数人手里。汇总的这些规则，部分来自古代，部分来自意大利和法国。戏剧诗的结构，通常不为人所了解。观众欢呼鼓掌靠直觉，而诗人受欢迎靠机遇。

一个实现他完整目的的作家，会在光芒中失去自己。这个

---

1. 指莎士比亚。

看法不必再引起怀疑，证据也无须再去检验。对于一种普遍实践的艺术，它的第一位老师已被遗忘。学问一旦流行普及，便不再是学问。当露珠从清新的田野里呈现时，我们显然能得到一些特别的外观形象。

要公正评价一位作家，我们要设身处地于他的时代，检验什么是他同时代人缺少的，什么是他能提供给他们的方式。这在现今极为容易，而在过去却十分困难。德莱顿至少输入他的知识，供给他国家之前所缺乏的，或者说，他仅输入材料，用其技巧加工制造。

《关于诗剧的对话》，是他最早的一篇评论。写作时，他是一个胆小地追求名誉的候选人，因而，他相当勤奋，努力得到回报。当出名有地位后，他对公众的敬畏度降低了——部分因为习俗，部分因为成功。在我们所有丰富多彩的语言文字中，很难找到一个论说，能如此技巧多样地持续表现出彼此对立看法的可能性，如此充满活力的形象，如此充满光辉的解说。他以极大的精神和勤奋去锻造英国戏剧家的形象。他对莎士比亚的评价，确立了作为热情批评家的永恒范式，既无琐细的精确，又没夸耀的辉煌。朗吉弩斯对德摩斯梯尼关于马拉松英雄的证词予以奢华赞美，可是，这些赞美在德莱顿的评论前都已褪色，不再散发光芒。仅用少数几行，德莱顿便展示出一个人物的个性。其理解力是如此广博，其对极限如此好奇，几乎没有什么可以添加、裁剪和重塑的。在所有争相赞颂莎士比亚的文字中，莎士比亚的编辑者和敬仰者也未见有什么更值得夸奖的论述，他们只不过是对这个优秀"对话"进行扩大和改写，把德莱顿的金块改换为便宜金属，虽然它更大块，价值却很低。

在这方面，在所有其他同样主题的文章里，德莱顿的批评是以一个诗人眼光进行的批评。它不是一个呆板的理论合集，也不是一个粗陋的错误检查器，即便严格审查也不可能做到。它是一篇愉快而有生气的评论，愉悦与教益结合，作者以他的创造能力去证实他判断的正确。……

散文是德莱顿偶尔创作的作品，仅得到中等的评价。他的名字被每个英语文学的培育者熟知而敬仰，因为他在精炼诗歌语言、改善精细情绪和调谐英国诗歌的韵律方面达到优秀。

在经历大半个世纪的强迫思索和韵律参差后，沃勒和德纳姆已让诗歌在接近自然与和谐方面有些进步。他们表明，当语句被分解为对偶句时，即使长篇诗的韵律也能让人愉悦。诗歌不仅要韵律，还要安排音节。

尽管他们做的不少，可谁能否认他们还是留下了许多未竟之业呢？他们的作品不多，他们思想的丰富理解力也不多。为建立规则、恰当地介绍词语和思想，需要创作更多范式和更多样板。

每个博学的民族，有必要把其语言划分为学究语和通俗语，有庄重和平易、文雅和粗鲁之分。相当大部分的俏丽风格，是从这个细致的区别中产生的。我们仅有少数诗人有思想，赞同自然，而且他们原始正确的自然观都在规则之内，可是，我们的作家们几乎不知这些选择的精致。我们的语言表达方式，在他们面前呈现为一团困惑。每个诗人仅采取那些偶然机会所能提供给他的用语，满足其表达目的。

在德莱顿时代之前，没有诗歌的用词法，没有一个体系，把日常用的俗语加以提炼，避免那些适合特别艺术的生硬术语。

这些过于粗俗和生疏的词语,挫败了诗人构思的用意。对那些在小场合或喧闹中听到的声音,我们不容易接受其强烈的印象和欢愉的意象。对那些几乎陌生的词,无论它们如何出现,若要引起人们对其关注,它们应能够清晰地表达事物。

那些能和谐组合的语词,很少有人尝试把它们从散文与诗歌中清晰地区别开来。我们过去几乎没有文雅用词,或者说,没有说话的花朵,如同玫瑰还没有从荆棘中被采摘下来,又如不同的色彩尚未加入生动的描写场景中。

值得怀疑,沃勒和德纳姆的偏见是否过分且长期流行,而这些在考利的捍卫下得到庇护。新的韵律学,一如所称的,其建立要归功于德莱顿。从他的时代开始,英国诗歌显然没有复归到从前野蛮的倾向。

我们语言的影响和理解力,出色地体现在我们对古代作家诗歌的翻译上。法文的译著似乎在绝望中放弃,因为我们一直不能以灵巧手法来翻译。本·琼森认为,有必要"词对词"地直接译出贺拉斯的诗歌。他同时代的对手费尔姆却说,以"行对行"翻译,是不可或缺的必要条件。据说德莱顿称桑迪斯[1]为上个世纪把散文改为韵文的最好译者,因为他曾十分努力以原作同样的诗歌韵律,来组编他英译版《变形记》的每一卷。霍利丹没有其他评价,仅表明他了解原著作者,很少关注用词的堂皇富丽或韵律的肆意发挥。他翻译的这些韵诗难以被称为诗歌。不会有人出于自愿去读,也不会有人通过理解分析它们可以得到满足。考利说,这类"复制者是奴性的种族"。他声称,

---

1. 桑迪斯(George Sandys),奥维德《变形记》译者。

坚持他的自由，如此冒失地伸展他的翅膀，以便远离他的原作者[1]。德莱顿这种要保留并规定对诗歌自由翻译的限制的看法，给我们翻译提供了合理规则和典范。

当语言被不同原则形成时，同样的表达模式不可能在双语中总是达到同等的精准典雅。当它们并列在一起时，最贴切的翻译被认为是最好的。当它们有分歧时，应取其自然的轨道。当交流不可沟通时，应有必要满意于那些相似对等的存在。因此，德莱顿说："翻译不应该如'意译'（paraphrase）那样松散无形，也不应该如'直译'（metaphrase）那样死板。"

所有提炼的文字自会有它们不同的风格：或简洁，或冗长；或高雅，或粗俗。在适当选择风格时，应注重其构成的相似。德莱顿原则上要求译者保持相似性。译者要以作者修饰语词的方式来显示作者的想法，如同作者使用的是英语一般：粗犷雄伟处不应用词柔软，夸张的表象不应被降低遮掩，感性情感也不应表现出十分迟钝。总之，一个译者应该像他的作者，超越作者不是译者的任务。

这些翻译规则的合理性，似乎得到充分的证实。观察它们所产生的有效性是令人欣喜的。我不知是否它们被反对过，除了爱德华·舍伯恩爵士[2]外。这个人的学问比他诗歌上的能力大，更适合传递其内容而不是塞涅卡[3]的精神，以介绍他的三部悲剧译本来为"直译"辩护。贺拉斯的译著权威[4]，新译者会引用他来捍卫他们的翻译。爱德华爵士通过合理解释，已从

---

1. 考利译品达的《颂诗》，以"模拟（imitation）"译法自由发挥。
2. 爱德华·舍伯恩爵士（Sir Edward Sherburne），英国诗人，塞涅卡作品译者。
3. 塞涅卡（Seneca），古罗马悲剧作家。
4. 指本·琼森，提倡直译。

他们那里吸取到一些技巧，可支持它的理由不是作者贺拉斯本人。……

据说蒲柏评价德莱顿的作品，"比起任何其他英语作家所能提供的范例，他能从其作品中选出每种诗歌的最好范本"。也许没有一个民族能产生这样一个作家，他以各种范式来丰富我们的语言。我们感激他，不仅是我们在改进措辞，也许还因为我们完善诗律，精炼用语，更多是因为我们能细腻地表达情绪。我们依靠他，学会自然地思考，强烈地表达。尽管戴维斯对在他之前的押韵诗有猜测，却坚持德莱顿是参与争辩诗歌原则的第一人。他向我们表明一个译者自由的真实界限。关于罗马帝国的一个说法，这个被奥古斯都确认的一句简洁比喻，可用来比作由德莱顿最初想让英国诗歌更精美的前景：他以小砖块建立起地基，却留下了大理石建筑。

艾迪生

约瑟夫·艾迪生于 1672 年 5 月 1 日生在米尔斯顿。他的父亲兰斯洛特·艾迪生，当时在威尔特郡附近安布罗斯本教区任主教。他出生时体质虚弱，几乎不可能生存，当天就接受了基督洗礼。在接受通常的家庭教育之后，他先是在安布罗斯本受到奈什先生的指教，后来在索尔兹伯里得到泰勒先生的关怀。在早年教育中，他父亲的个性也给他虔诚方面留下强烈印象。这种假设是合情理的。

对一位著名文学家，不提到他的学校或老师是一种历史的错误，这个错误会令人惋惜地抹杀掉真实的名誉。因此，我要追溯他受教育的全过程。在 1683 年，他刚满十二岁。他父亲成为利奇菲尔德（约翰生的家乡）的主教，全家随父亲自然都搬迁到了新地区。我认为，有段时期，可能不很长，他从学于萧先生，也就是当时利奇菲尔德学校的校长，已故彼得·萧博士的父亲。关于他的传记没有提到这段间隔期，我仅是从一个"把门"的故事中得知的。当我还是孩子时，什罗普郡的安德鲁·科贝特告诉了我这个故事。他又是从他叔叔皮戈特先生那儿听说的。

"把门"是很荒诞的行为。许多学校都有这种习惯，直到上个世纪才取消。男孩子们在学期快结束的放假前，显得无拘无束，多了些使坏的性情。有些天，在正常下课时，他们会占据学校，守住学校的大门，从窗口向他们的老师发布挑战。在这种情况下，老师们只会一笑了之。如果传统习俗可靠的话，老师常会尽力压制或袭击这种调皮捣蛋的守卫部队。当皮戈特是学生时，老师被阻拦在校门外。他说，整个恶作剧是由艾迪生一手计划和操纵的。

为了更好地判断这个故事的可靠性，我已了解到他是什么时候进入查特学校的。由于他并不在那些对建校有贡献的人之中，所以注册记录没有收录他的名字。他可能是从索尔兹伯里或利奇菲尔德转到查特学校的。青少年时期，他在埃利斯博士的指导下进行学习。理查德·斯蒂尔伯爵在与艾迪生创办《旁观者》时建立亲密友情，他们一起合作，合作成果也有很完整的记录。

这个值得特别赞美的友谊应归功于斯蒂尔。爱一个对自己无威胁的人并不困难。艾迪生从不把斯蒂尔作为自己的竞争对手。可斯蒂尔承认，他习惯于生活在艾迪生这位天才的支配下，总是极为尊重地提到他，卑恭地奉承他。

艾迪生知道自己的名誉，并不总是克制自己，有时向他的崇拜者表现自己，可他不会有遭到反驳的危险。他的嘲笑能让人容忍，没人加以抵制或怨恨。

这类打趣讥笑还不是最糟糕的。斯蒂尔慷慨轻率，十分虚荣，总是不能摆脱贫困。他常在十分紧急且最倒霉的一刻向朋友借一百英镑，也许根本没有还钱的打算。可是，艾迪生似乎对这一百英镑另有想法，为拖欠感到急躁不安，会通过法律效力追回他的欠款。斯蒂尔敏锐地感觉到他债主的冷酷无情，但他的情绪是懊恼而不是愤怒。

1687年，艾迪生进入牛津女王学院学习。1689年，他偶然熟读一些拉丁文诗歌，得到兰开斯特博士的赏识赞助。兰开斯特博士后来成为牛津女王学院的院长。通过学院的推荐，艾迪生被选为莫德林学院拿津贴的学生。这是当时社会对那些在其他地方被称为学者的一类人的命名：年轻人享有建校者的恩惠，以便能成功地继承那些退休前辈的空缺位置。

在那里，他继续学习诗歌和文学批评，首先在拉丁创作中渐露头角。这方面确实值得特别赞扬。他没有限制自己去模仿任何古代的作家，而是从一般的语言中形成自己的风格，例如，认真地细读那些偶然得到的不同时代的作品。

他的拉丁文创作似乎在很多方面都表现出他的个人喜好。他出版了一个两卷本的《拉丁文诗歌选》。也许是为了方便，他把自己所有的拉丁文诗歌都放了进去，《和平的诗》排放在首位。他后来把诗歌集献给布瓦洛。据蒂克尔说，布瓦洛"当时正为英国诗歌天才构思一种概念"。最为人熟知的是布瓦洛曾浅薄粗暴地攻击现代拉丁文。因此，人们对布瓦洛的职业成就肯定，与其说是认可他，不如说肯定他这些行为方式的影响。

艾迪生有三首拉丁文诗：《矮人和起重机的搏斗》《气压计》《保龄绿》。就主题而言，他也许不敢用自己的语言[1]来写。当事情很微小或一种死去的语言很贫乏时，在这种情况下，没有什么是平庸的，因为没有什么是熟悉的，用拉丁文写作却能提供极大的方便。借助于罗马人那些醒目崇高的音节，作家常常对读者，也对自己隐瞒了贫乏的思想和创新的缺陷。

---

1. 指英语。

在二十二岁那年，他向德莱顿献出几首诗，第一次表明他英语诗歌的创作能力。后来，他把《第四田园诗：蜜蜂》的绝大部分翻译出版。在这之后，德莱顿说："我后来的蜂巢难以成为蜂房了。"

与此同时，他为德莱顿所译的维吉尔的几部书作了有争议的序言，写了《论田园诗》。这些文字幼稚、肤浅、无教益，既无学者的智慧，也无批评家的深刻。

他接下来创作的诗歌富有英国诗人的重要个性，题献给亨利·萨谢弗雷尔。艾迪生此时如果不是一个诗人，也是一个写韵文的作者，正如他所表现出来的那样，他在《杂记》上发表了关于维吉尔的田园诗的部分评论，和关于女王玛丽的拉丁文赞颂词。这些诗文反映了对所有友谊的赞美，可后来这些友谊，在一个方面或另一个方面，因为集团派系斗争，显得相当脆弱。

他的诗歌反映出一种很自信和很有特色的斯宾塞风格，可他从未读过斯宾塞的作品。因此，批评家的判断有时对他几乎没有任何影响。有必要让读者知道的是，这时康格里夫把他介绍给蒙塔古——一个财政部的大臣，艾迪生开始学习官场术，把蒙塔古作为诗人列入考利和德莱顿的名单中。

根据蒂克尔说法，受蒙塔古先生的影响，同时结合他自己自然中庸的本性，艾迪生改变了最初进入神职工作的自我打算。蒙塔古认为，从事公民服务业的人腐化堕落，是因为他们没有受到开明教育。蒙塔古还宣称，尽管他是教会的一个敌人，但除了制止艾迪生加入，他不会做任何损害教会的事。

不久之后，1695年，艾迪生写了一首诗献给威廉国王，同时用韵诗向萨默斯伯爵做了介绍。威廉国王对典雅文字或文学不感兴趣，他关心的只是战争。然而因大臣们的推举——这些大臣的偏爱与他很不同，国王在没任何其他意图之下表现出自己对诗歌的慷慨赞助，艾迪生同时得到了萨默斯和蒙塔古的关照。

1697年，他的拉丁文诗歌，出现在《里斯维克条约》签署的和平时期，他将之题献给蒙塔古。史密斯后来称之为"自《艾尼德》[1]以来最好的拉丁文诗歌"。对这个称颂虽不必严格地去检查，可它活泼有力和典雅精致的出色表现却是不能否认的。

由于没有在公共部门任职，他在1699年得到了每年三百镑的津贴。因此，他有能力并有机会去旅行。他在布卢瓦居住了一年，也许为了学习法语。他之后又继续到意大利，用诗人的眼光观察那里的一切。

他以轻松的方式旅行时并不算偷懒。他不仅收集对这个民族观察的资料，而且抽空写了《勋章的对话》和《卡图》的前四幕。至少，据蒂克尔所说是如此。或许，他只是收集材料，构思他的计划。

无论他在意大利做了其他什么事情，他给哈利法克斯伯爵写了一封信。这封信被认为在他诗意的创作里，如果不是最崇高也是最文雅的作品。两年之后，他发现有必要赶紧回家。如斯威夫特告诉我们的，他当时因为没有收到汇寄来的津贴，穷困潦倒，被迫成为一个旅游团的导游。

艾迪生返回后，出版了他的《旅行记》，把它题献给萨默斯伯爵。由于他停留在国外的时间很短，他的观察仅是根据匆忙的巡视，主要是把国家目前表面的现象与罗马诗人的描写做

---

1. 维吉尔创作的史诗。

一比较。从罗马诗人那儿，他做了事先收集的准备。如果他知道这类集子早已被意大利作家出版过两次，他便能排除这些写作困难。

在他书里，最引人注目的篇章是关于圣马力诺共和国的详细描写。许多章节，说起来没有提出非常严厉的批评，也许是回国后才写的。他以语言的文雅和散文诗歌的多样性赢得了读者。他的书尽管有一阵被忽视，却适时地受到公众的喜爱。在它重印以前，原书价升了五倍。

他在1702年返回英格兰，开始表现出吝啬，证实了他那已减轻的生活困难依然存在。因为他发现，他的老赞助人已失去了权力。他因此有一段时间完全自由自在，酝酿自己的思考。一个人的思想如此活跃，给人理由相信，他没有损失任何时间。

他受到忽视或无所事事的时间不算太长。布伦海姆的胜利（1704）把喜讯和自信传遍了全国。戈多尔芬伯爵责备哈利法克斯伯爵，这场胜利还未用其他方式进行同等的庆贺，希望他找最好的诗人去写作。哈利法克斯伯爵答复他，说国家确实没有对天才给予鼓励，公共的钱支持了一些无用人的无价值作品，没有做任何努力去寻找或雇佣那些显然能为国家增添荣耀的人。为此，戈多尔芬伯爵做出保证，这样的滥用行为应及时加以纠正。如果能找到适合这项任务的人，请提出来，他不会吝啬付最高的酬谢。之后，哈利法克斯伯爵提名艾迪生，要求财政部部长把他申请为自己的工作人员。戈多尔芬伯爵通过博伊尔先生送出信息，后来传给卡尔顿伯爵。艾迪生接受了工作，与财政部部长取得联系，同时提前完成了《天使的明喻》，立即受到继位的仲裁委员会的洛克先生的嘉奖。

第二年他到汉诺威，与哈利法克斯伯爵一起工作。之后，他成为国务秘书长助理，先服务于查尔斯·赫奇斯爵士，几个月后，转向森德兰伯爵。

大约这个时期，受到流行的意大利歌剧的影响，他试图用自己的语言去写音乐剧，试探它会产生什么影响。他写了歌剧《罗莎蒙》，在舞台演出后，或是出现轻蔑的嘘声，或是被忽略，可他仍相信，如果出版它，读者能给予他更公正的判断。他将之题献给马尔巴勒公爵夫人。这位夫人在诗歌或文学上既无技巧也无炫耀处。他的题词是一个卑躬屈膝的荒谬例子，只有乔舒亚·巴恩斯题献希腊剧《阿纳克里翁》给公爵才能与之相比。

他的名望在某些方面因为《温柔的丈夫》有所增加。这是斯蒂尔题献给他的一部喜剧，并向艾迪生承认，在几个最成功场景方面得到他的帮助。为这个戏的演出，艾迪生作了序。

当沃顿侯爵被任命为爱尔兰总督后，艾迪生跟随他做秘书。他也得到伯明翰城堡档案记录员的工作，每年工资三百英镑。工作只是象征性的，所要求的工资是为了支付他的住宿费用。

利益和派系很难允许人们表达特别倾向或个人意见。沃顿与艾迪生个性相反，加上他们本来意见不同，更不容易走到一起。沃顿无信仰，放荡不羁，不知羞耻，不在乎或根本没有对错观念。无论怎么说，他的对立面便是艾迪生。可是，作为同一个党的代表，两个人必须联合在一起。他们怎么处理其他情理问题，我们不知道。

然而，人们对艾迪生不应匆忙地加以谴责。没必要拒绝一个坏人给予人们的好处，只要这种接受没有暗示要认可这坏人的犯罪行为。除非他受到邪恶的指使，下级官员也没有义务，去检查舆论或检查他根据上级指示做出的行为。人们合理地假设，艾迪生对总督的恶劣和破坏性的影响，尽其可能地做了抵制。至少由于他的干预，做了一些好事，阻止了一些错误。

他在任公职期间给自己做出规定，如斯威夫特所说，他绝不以回礼方式，把自己正常的经费支出寄给他的朋友。他说："我也许有一百个朋友。如果我的经费是两个基尼，我在离任后会失去两百个基尼。没有朋友能从我那得到两个以上的基尼。因此，在好的赠予和坏的忍受之间没有适当比例。"

当艾迪生在爱尔兰时，斯蒂尔没有任何关于他工作计划的通信交流，便开始出版《闲谈者》。斯蒂尔没过多久就被人知道了。因为通过发表艾迪生给他的关于维吉尔的评论，他暴露了自己。确实，任何写作或叙述普通生活的人，不容易使自己不为那些他很容易就与之交流的人所熟悉，因为这些人了解他的系列研究、他喜欢的题目、他特别的关注和习惯的语言。

斯蒂尔渴望这样秘密地写作下去，然而他不幸地在一个月后就被人发现了。斯蒂尔《闲谈者》的第一篇出版于1709年4月22日，而艾迪生的文章出版在5月26日。蒂克尔做出这样的评论：《闲谈者》从创办到结束都没有与艾迪生合作。无疑，这在字面上说是真的。尽管这些写作没有因为创办时的无意识或在停刊时他不在场而受太多影响，可是，艾迪生一直给予帮助，直到12月23日。《闲谈者》在1711年1月2日停办。艾迪生写的作品不能通过任何签名来区分。我不知道当这些文章汇集出版后，他的名字是否就不再是秘密。

在《闲谈者》停刊两个月后，《旁观者》[1]成功接替出版，

---

1. 艾迪生与斯蒂尔1711年3月共同创办。

发表同类的系列文章，但写作上比较沉闷，按条条框框来计划，属日报性质。这样的安排，表明作家并非不信任自己丰富的材料或创作的敏捷。他们的写作足以证明他们的自信。然而，他们在编辑出版过程中发现许多都是附加的辅助性文章，写单篇文章并不是厌倦可怕的劳动。他们邀请许多撰稿，也接受许多投稿。

艾迪生有十足的党派热情，而斯蒂尔在当时却对此几乎全无兴趣。《旁观者》最早的一些文章表明作者的政治原则，但很快就做出改变的决定，采用普遍的话题和主题，如文学、道德和日常生活，这样党派就不能煽动分歧的情绪。为这个要求，他们坚持不懈，很少有分歧。斯蒂尔为赞扬马尔巴勒曾爆发出强烈情绪。当弗利特伍德博士在布道词前言中加上他带有辉格党主义的看法时，这个看法也许女王安妮读过，《旁观者》也给予转载。

最早介绍了卡萨的《礼节》，后来是卡斯提利尔的《奉承者》，去试图教育人注意细微礼节，执行谦卑的义务，管束日常的谈话，纠正相当激进而不是犯罪的堕落，排除那些不是持久灾难所引起的时刻忧虑的悲痛。这两本意大利文写作的书，都因为它的纯洁和文雅受到赞扬。如果现在人们很少去读它们，这种被忽略仅是因为它们的作用，因为作者意图表明的改革和它们的规则都不再被需要了。它们的创作有益于时代，可以从翻译作品中得到证明。几乎所有欧洲国家都在急切地盼望获得它们。

这类教诲书继续出版，也许在法国作者中发扬光大。其中，布鲁的《时代的礼节》，尽管被布瓦洛评论说它的写作不连贯，但在描写生动和观察恰当方面确实值得大力赞扬。

在《闲谈者》《旁观者》之前，如果排除那些写戏剧的作家，英格兰没有写普通生活的大师。在无知的野蛮或文明的鲁莽方面，没有作家要进行改革。没有人表明什么时候该说话，什么时候该沉默，如何去拒绝或怎样去适应。我们有许多书教导我们更重要的责任，让我们在哲学或政治上明确观念，可我们缺少区分雅俗和中庸处事的书。人们应了解每天的生活对话，摆脱棘手问题的约束。这些棘手问题会戏弄过客，尽管不一定伤害他。

为了达到这个目的，没有什么比经常发表短的文章更为恰当了。人们读它，不是为了研究而是为了娱乐。如果题目很轻松，论述也同样简短，就能让忙的人有时间看，懒的人也有耐心读。

这类传达通俗简单文化知识的文体，源于"国内战争"期间（1642—1651），特别是这个时期党派双方都有极大兴趣，提倡和强化人民的偏见。在当时，出现了《宫廷信使》《乡村信使》《公民信使》等几种刊物。据说，任何好题目开始流行，就会有对手剽窃。借这种策略，对手把它的观念灌输给那些没有读到的人，如果表面上不会使朋友厌恶的话。在那些动乱的不幸日子里，所有人都很少有空闲去珍惜这些即兴的创作。它们几乎被遗忘，以至任何地方也无法找到一部汇编的全集。

这类"信使"刊物，后来由埃斯特的《观察家》（1681—1687）和莱斯利的《试演》所接替，也许还有其他杂志。后来，这类开放的形式不能给人民传递任何信息，只宣传教会或国家有争议的问题。他们教许多人去说服一些人，而他们都不能教自己如何去判断教会或国家的问题。

有人认为，英国皇家学会是在"王朝复辟"(1660) 不久后建立的，目的是转移人们公开的不满。《闲谈者》《旁观者》有同样的倾向。它们出版的时候，两个党都在吵闹、不安和搞暴力，每方都发表似是而非的宣言，也许双方都没有任何明确的观点，却煽动民族情绪。他们想用政治斗争来使发热的头脑清醒，越如此，越反映出适得其反的效果。据艾迪生说，后来的文章对当时的谈话问题产生过显而易见的影响，教那些嬉闹和快活者注意把善良和嬉笑结合在一起。这种效果是他们绝不会完全失去的，而他们继续要成为这其中的第一本书。这些书最早由男女两性用文雅的笔调写作。

《闲谈者》《旁观者》，如同作家卡萨一样，用适当和文雅的方式调整了日常交往的礼节，如拉布吕耶尔[1]在《品格论》中所展现的那样。这些文章介绍的人物不仅仅是想象的，而且都是当时有名且地位显著的人。斯蒂尔在他《闲谈者》最后一篇文章中强调这一点，巴杰尔在《旁观者》发表《提奥夫拉斯图斯[2]》序言时也持有同样看法——艾迪生曾推荐过这部书。有人怀疑，即使他没有参与写作，至少也修订过它。这些文章中的描写，我们假设有时修饰得体，有时令人恼火。现在它的原作有些部分被人记得，有些部分已被忘却。

除了一小部分文章使他们赢得了赞扬外，他们的刊物还团结了两三个杰出作家。他们强调了文学和批评，有时远远超过他们的前辈。他们用雄辩的正义争论和高雅的语言，教给人们最重要的责任和最崇高的真实。

所有这些文章以各种雅致的虚构、精炼的寓言和轻松的表

---

1. 法国作家、哲学家，主要作品为《品格论》。
2. 希腊植物学奠基人，人的类型描写大家。

现，用不同的风格和创作的技巧，加以阐明。

据巴尔杰的回忆，在《旁观者》中，正是罗杰·得·科弗利爵士，这个艾迪生虚构的人物，最为艾迪生推崇。艾迪生借助罗杰爵士的形象，形成了某些细微和特别的观念。他不愿让这种观念受到亵渎，因此，当斯蒂尔叙说罗杰在坦普尔地区无辜地携带一女子到小酒馆后，艾迪生表示非常同情他朋友的愤怒，以致他被迫去安慰自己，承诺要限制罗杰爵士的出现。

那些劝说塞万提斯把其英雄主角带到坟墓的理由——"堂吉诃德只是为我而生，我也为他而生"，让艾迪生以不适当的热烈情绪宣布，他会杀死罗杰爵士。他的理由是他们生来为了彼此，其他任何人插手都会委屈他。

令人怀疑的是，艾迪生是否充分完成了他最初的构思。他用有些扭曲的想象去描写他的骑士，可他没有发挥这种曲解作用。罗杰爵士的无规则行为，与其说是由于某种压倒性思想的长期压抑，使他的思想偏离了生活轨道，不如说是来自习惯性的质朴，以及独处时自然产生的那种疏忽。

思想遭受气象风云变化的影响，起初疯狂会飞天蒸发。这些时不时被云雾笼罩着的理性，从不黯然失色。艾迪生似乎被阻止去实践他自己的设想。情形是否如此，需要我们确切地加以分析。

作为一个乡村绅士，罗杰爵士显然是托利党人，或根据一般的表现，他拥护土地主的利益，与安德鲁·弗里波特爵士是敌对的。安德鲁是新生代富裕商人，热心金钱利益，是一个辉格党人。当报纸不去考虑党的利益而做出决定时，这些观念的对立，与它们可能产生的结果相比，可能它们最初的意图显得更重要。安德鲁爵士虽做了一些事但很有限，可这些有限的事，似乎没有让艾迪生高兴。当把他从俱乐部解雇后，艾迪生改变了他的看法。在真实无情的商业精神下，斯蒂尔让安德鲁爵士宣布，他"不会为懒人建医院"。可最后，他买了土地在农村置业，不是建工厂，而是为十二个农夫建了一所医院，虽然作为一个商人，他与这些人几乎不认识，平时也很少关心他们。

这类如此文雅、如此有教益、如此广泛传播的文章，很自然地假设它们得到大众认可，销量很大。我曾听人评论说，销量根据税收多少来计算。在期刊的最后时期，一周交税超过二十多英镑，因此，就按二十一英镑来算，即每天三英镑十先令，根据一份刊物征收半个便士，每天发行量大约应为一千六百八十份。

这个销量不算很大，如果斯威夫特说的可信，这可能还是个减少之后的数字。因为他声明，《旁观者》在他退出之前已经让读者厌倦了。他曾无数次奚落这个刊物的"公正性"。

第二年（1713），《卡图》出现在舞台上，是艾迪生声望的一个重要转折时期。据说，正当政治家卡图去世这段时间，他在旅途中就计划写这出悲剧。几年后才完成了前四幕，这部分已经表明有可能受到人们的赞扬。蒲柏和西伯都读过。西伯提到，当取回剧本时，斯蒂尔以适当的虚伪之言对他提到，无论他朋友的精神如何表现在作品里，他仍怀疑艾迪生是否有足够的勇气暴露现实，让英格兰观众进行谴责。

然而，这样的时机到来了。一些想到自由会导致危险效应的人，同样认为舞台剧能保护自由。艾迪生被强求以神圣大不列颠保护人的名誉完成他的创作，表明他的勇气和热情。

重写他的剧本，他似乎有固执和难言的不情愿。有人要求休斯先生增写第五幕。他希望这样的要求被拒绝。可休斯很认真地支持他，几天后，写出增写部分，并带给他看；而他此时也在独自写作，写出一半，后来完成全部。这一半很简短，与以前的部分不成比例，就像不情愿地干一件事情，匆忙弄出个结果交差。

　　《卡图》在与公众见面前，是否根据作者意图做出任何修改令人怀疑。批评家丹尼责备他有偏见，用事先假定的批评原则支持自己的喜好，违背《旁观者》所建立起的诗的公正性的规则，"毒害全城"。原因是他的英雄主角和所有美德都屈服于暴君。事实如此，动机却需要我们去猜测。

　　我认为，艾迪生做出充分安排，让所有道路都来制止发生危险。蒲柏为他写前言，切合剧本的实际，有这样一句话："大不列颠，站起来，这样的行为是值得肯定的。"它所要表示的意义不过是，大不列颠，站起来，尽自己能力认可公众美德。艾迪生有些害怕，为避免被人想到是起义的煽动者，改换这一句为"大不列颠，请注意"。

　　现在，"浓黑的乌云出现在这天，这是伟大而重要的一天"。[1] 艾迪生经受了剧场的风险。然而，这风险可能只是出现在演出的第一夜，后来几乎完全没有争议。斯蒂尔作为一个观众看了演出后提到这点。蒲柏说，这个效果已首次出现在支持斯蒂尔的《忧伤的母亲》中，现在更有效地表现在《卡图》的演出里。

---

1. 语出《卡图》。

危险期很快就结束了。当时整个民族各党派争论火爆。辉格党赞扬每一行中提到自由的字眼,把它作为对托利党的讽刺,而托利党以掌声回应,表明这类讽刺不存在。博林布鲁克说过一个故事为人熟悉。他叫售票员到他包厢去,给他五十基尼去为自由事业叫好,更好地反对永久的独裁者。蒲柏说,辉格党设计出支持的方式,即只要出现好句子时就鼓掌。

剧本受到互相竞争的党派这样争相赞扬和支持,每晚都上演。我认为,其持续时间之长,超出公众以前所允许的任何戏剧,如演员波特女士后来提到,在演出期间,作者在幕后徘徊,兴奋得无法平静。

有人建议,如果将印发出版的剧本题献给女王,女王会很高兴,可正如蒂克尔说:"艾迪生心中自有其他想法,一方面是他自己的义务,一方面是他的荣誉,他觉得自己有必要把它奉献给世界,而不必给任何人题词。"……

艾迪生这光辉的一生行将结束。他多年来深受气喘病痛的折磨,之后因水肿加剧。感知自己生命垂危的迫近,他要依据自己的戒律和本分准备安逸地死去。

在这缓慢消失的衰弱时期,蒲柏告诉我们,他通过沃里克伯爵[1]给盖伊先生传话,渴望见他一面。盖伊[2]已有些时间未见他,立即应召前往,受到他的热情接待。访问的目的被探究后发现——艾迪生说,他伤害过盖伊。若身体康复,愿给予补偿。什么伤害他未解释,盖伊也从不清楚,也许是因为盖伊有些升迁的机会因艾迪生的干预被阻拦了。

---

1. 艾迪生的妻子与前夫所生的孩子。
2. 盖伊(John Gay,1685—1732),英国剧作家和诗人。

沃里克伯爵是个没有什么生活规律的年轻人，甚至有些不着边际的思想。艾迪生并不缺少他的尊敬，尽力教导他谨慎行事。然而，他的争执和抗议都不起任何作用。有件事仍须实践。艾迪生知道生命将终结，把年轻伯爵叫到身旁，以宽厚温柔之心，渴望他听到最后的告诫，亲自对他说："我派人叫你来，是让你看一个基督徒如何死亡。"这个恐惧场面对伯爵有何影响我不知道，只是伯爵在不久后也去世了。

蒂克尔为他朋友所写的一篇杰出墓志铭有这几行：

> 他教我们如何去生。哎！
> 付出太高代价的知识，
> 教我们如何去死。

在这些诗行中，他告诉过扬格博士，暗示出这次感人的访问。

在病床前，他直接指示蒂克尔先生出版他的全集，并题献给他朋友克拉格先生。他于1719年6月17日在柯兰房舍逝世，仅留下一个女儿。

关于他的美德，充满怨恨的党派人也没有指控他任何罪行，这就是充分的证据。他不属于那类只有死后才得到称赞的人，因为他的才能早已广为人知。斯威夫特曾注意到，他在选举中无须竞争便获得成功，又补充说，要是他能提议自己为国王，恐怕不会遭到任何拒绝。

他热心于自己的辉格党派，却不抑制自己对有思想价值的对立派党人的友好，如他在爱尔兰任秘书长期间，便拒绝中断与斯威夫特的联系。

他的习惯和外在的方式,常被人称为小心翼翼或阴郁寡言。他的朋友用了一个比较温和的说法,称其谦卑。斯蒂尔以极温情的态度称他"相当羞怯,是个藏裹着珠宝的'披风'",他还告诉我们,"他的能力仅是被其谦卑所遮掩,一旦暴露更倍增其美,所有深藏不露的信誉和尊严都格外注目"。切斯特菲尔德证实,"艾迪生是他所见最怯懦最怪异的人"。艾迪生曾说到自己谈话的缺陷,可是若涉及智力财富,他说"尽管口袋里一个基尼也没有,他却能开出一千英镑的支票"。

他需要钱作为每天的生活支出。因为缺钱常受到困惑和压抑。他被不适当和不能带来名誉的怯懦所压迫,每个证词都能得到确认,仅是切斯特菲尔德的说法无疑过于夸张了。他这个人,没有好运气和同盟,仅靠自己的有用和巧智成为国家秘书,凭此便不能假设其在每个谈论问题和生活实践中非常不在行。他死时才四十七岁,不仅长期在文学智慧上占据最高地位,还填补了国家外交大臣这个最重要职位的空缺。

他所生活的时代,人们有理由痛惜他的沉默固执,如斯蒂尔所说,"因为他是在所有称之为幽默天才的人之上,我常思考人们欣赏他是因为他如此完美。在一个晚上,与他在一起,远离所有世界的尘嚣,我似乎与这位罗马诗人特伦斯、卡图卢斯的密友,进行一段愉快的谈话。艾迪生有他们所有的智慧和天性,并表现出其拥有更精致和欢愉的幽默"。这是一个朋友的喜爱之言,让我们听一下他的竞争对手是如何告诉我们的。蒲柏说:"艾迪生的谈话,有些更迷人的魅力,是我难以在其他人那里见到的,这仅是当他在熟人面前时。在许多生人或单个陌生人面前，他以严肃的沉默保持其尊严。"

这种卑谦绝不意味与对他的价值有很高评价的看法不一致。他在现代智者中是第一个被强烈需要的名字。他与斯蒂尔一起响应，常贬低德莱顿，而蒲柏和康格里夫为德莱顿辩护，反对他们。不需理由去质疑，他因蒲柏的诗歌流行承受了太多痛苦，也没有强有力的理由怀疑，靠一些不坦率的举止，他尽力去诋毁蒲柏。蒲柏不是他唯一要暗中伤害的，却是他唯一会惧怕的。

他的才能可能伴随思想意识特异而使其自我满意。他的广博学问，确实没有得到确认。他似乎对科学所知不多。除拉丁文和法文外，所读不多。他的"勋章对话"，表明其以极大的勤奋和技巧精读作家著作。他思想的丰富，使他无须借助冒险的情绪。他的智慧总是为其应对急需的写作场景。他以批判的眼光读人类生活的重要卷册，从用计的深处到伪装至外表的人类心灵。

凡其所知，他都能轻松自如地交流。斯蒂尔说："这是他作为一位作家的特别之处。当为其所写的书拟订方案或制订计划后，他在一个房间里走动，把思考口述出来，如同任何一位写作人那样轻松自主地写下，并注意连贯性和他所加强的语法。"

蒲柏很少怀疑自己值得夸耀的记忆力，却声称他虽写得流畅，可在修改上十分缓慢和犹豫不决。艾迪生在《旁观者》中的许多文章却写得非常快，写后立即送给出版社，看起来他也有这个无须时间去做过多修改的特长。

蒲柏说："在出版前，为取悦朋友，艾迪生会做任何修改，可一经出版之后，便不再碰触。我相信，《卡图》没有任何一句话，我做出反对后，其能再立足。"

这《卡图》最后一行是蒲柏的，原始诗句是这样写的："啊！正是这个才结束卡图的生命。"

这结尾的六行诗句蒲柏可做出更多反对。在第一联对句"因此之故"两词不恰当，第二联对句取自德莱顿的"维吉尔用语"。接下一个对句，第一行已包括在第二对句里，因而，它没有什么作用。第三联对句的"不和谐"导致了"冲突"。

艾迪生在结婚前的平常日子，蒲柏已有详细的叙说。他有个房间，与巴杰尔，也许还有菲利普斯住在一起。他主要的同伴是斯蒂尔、巴杰尔、菲利普斯、凯里、达文纳、布雷特上校。他总是与他们其中一人吃早餐。他整个上午都在学习，到小酒馆吃饭，之后回到巴顿的咖啡店。

巴顿曾是沃里克女伯爵家里的一个仆人。在艾迪生的赞助下，他在拉塞尔大街南边开了一家咖啡店，离考文特花园有两门之隔。这里曾是智者的聚会地。据说，当艾迪生受女伯爵[1]恼怒的伤害后，他领同伴一起离开巴顿的咖啡店。

他从咖啡店又回到小酒馆。在这里，他常酗酒到大半夜。从酒瓶中，不满的心情得到安慰，怯懦的心思获得勇气，羞涩的心绪得到自信。这很有可能。艾迪生一经解脱就被诱惑到不能节制自己，摆脱他酒醒时刻那些卑躬屈膝的胆怯。他感受到一种来自他眼前人的压力，知道自己优越于这些人，而他们渴望他的谈话能力肆无忌惮，他却求助酒神巴克斯之力：怎能免于被其低等之人支配呢？

---

1. 艾迪生1716年娶女伯爵为妻。

在这些朋友中，艾迪生显示出他口语能力的精致。这很容易假设，蒲柏能代表他们与之抗衡。与艾迪生相伴过一个晚上的曼德维尔评论说，他所穿虽非神职人员的服饰，却几乎无法损害其名誉。他总是对陌生人很拘谨，不会被如曼德维尔那样有个性的人激起反常的滥情。

对他了解的任何方式及其细节个性，因距离他过世已有六十年之久，让我们对他很陌生。斯蒂尔曾答应康格里夫，出版一本完整描写他个性的书。可作者的承诺如同情人的誓言一般，斯蒂尔从未多想他的计划，或常想到便忧虑，最后感到厌烦，结果把他这位朋友交到了蒂克尔手里。

斯威夫特已保留他个性的微小轮廓。这是艾迪生的一个做法，当他发现任何人有难以避免的错，他顺从其错来奉承，同时让他自己陷入最低下的荒唐行为。这种恶作剧手法，为斯特拉女士所敬仰。斯威夫特似乎认可她的敬佩。

他的著作可提供有用知识。这些来自他了解世界的各种画面，归因于他能与各阶层的大量杰出人士交谈，勤奋不懈地观察他们，极为敏锐地做出有效的判断。他是这样一个人，没有任何可产生危害的事物能逃脱其谴责。他迅速地发现什么是错误或荒谬，毫不犹豫地暴露它们。斯蒂尔说："在其作品中，他对这个时代一些文坛巨擘有旁敲侧击。"他的愉悦更多激起的是欢愉而非憎恨，他发现的是愚昧而非罪恶。

如果根据他的著述，对其做出道德个性的判断，人们除了发现他的纯洁和优秀外，别无他言。确实，很少有人能像艾迪生那样贡献巨大的人类知识。这表明成为作家是一件事，而生活是另一件事，两者非常不同。许多称赞美德的人，不会在称赞之外做更多。这应是一个合理的看法：艾迪生的文学创作与实际生活没有很大的不同。在派系的风暴中，他度过了大半生。尽管这个状态，使他引人注目；他的活跃，也令人钦佩。他的朋友描述其个性，却从不与其对手的看法相悖。他不仅受到那些与他兴趣和观点相同的人的尊敬，而且友好待之。对于那些受对立倾向影响，反对他的人，尽管他也许会失去他们的敬爱，却留下他们的尊重。

蒂克尔公正地评价说，艾迪生在美德和宗教方面善用才智。他不仅适当运用智慧，而且传授给其他人。自他的时代以来，人们已对理性和真实的原因普遍地顺从。他已消除那长期以来的偏见，即误认为欢愉必与邪恶相连，舒适方式必与松弛的原则有关。他恢复了美德的尊严，教天真者不要以纯洁为耻。这是一种文人品质的提升，"超越古希腊古罗马一切美名"。没有伟大的喜悦能真正得到，除了纯洁智力的愉悦。欢笑远离猥亵，智慧脱离淫荡，除非教导一个成功的作家，带着精致和快乐去帮助善行。如果我可以用一个更显敬畏的词表达，他让许多人成为"正直的人"。

蒲柏[1]

亚历山大·蒲柏1688年5月22日出生于伦敦。他父母的地位或家史从来就模糊不清，只知道他们有"贵族血统"。他父亲的家族以唐纳伯爵为首领。他母亲是威廉·特纳的女儿。这位约克区的特纳绅士还有三个儿子，一个被杀害后得到名誉，一个在为查尔斯一世服务时病死，一个成为西班牙的官员。

蒲柏唯一告诉我们的就是这些点滴。我已听人评论，与其说他父亲是怎样一个人，他更愿意表明他父亲不是这样的人。人们了解到他父亲通过经商变得富有，可到底是经营一个店还是交易所却一点不清楚。直到后来，泰尔先生根据拉克特太太的话告诉我们，蒲柏的父亲是斯特兰德区的布料商，他和妻子都是天主教徒。

蒲柏出生后有柔弱并敏感的体质。据说他小时候非常懂礼貌，令人喜爱。他身体虚弱，持续终生，而他思想的温和也许童年后就结束了。他小时候声音很甜美，人们喜欢叫他"小夜莺"。

由于没有很早送他到学校，姑妈就教他读书。七八岁以后，他就成了书本嗜好者。他最初靠模仿印刷书体学写字。他一生

---

[1] 蒲柏（Alexander Pope，1688—1744），英国18世纪最伟大的古典主义诗人。

都很擅长一种特别书法，尽管他的普通书写很一般。

大约八岁时，在天主教牧师塔弗尔的监护下，蒲柏到了汉普郡。牧师用一种罕见的方法，教他希腊文和拉丁文基础知识。他首先经常精读奥格比翻译的《荷马史诗》和桑迪斯的奥维德译作。他从未对奥格比的帮助表达过任何感激，可对桑迪斯，他在《伊利亚特》的笔记中写道：目前英国诗歌的美，在很多方面要归功于桑迪的译著。桑迪斯很少写原创作品。

在塔弗尔的关心下，蒲柏的进步很明显。他转到温切斯特附近的特怀福德学校，后来又到海德公园街角的一家学校。在这里，他常常漫步到剧场，喜欢上戏剧表演。于是，他借鉴奥格比的《伊利亚特》写出一个剧本，加上自己的一些韵诗。他劝同学们一起表演，还叫上他老师的一个园艺工扮演大埃阿斯。

在这两所学校，他丢弃了塔弗尔所教的部分知识。在特怀福德，他写过讽刺他导师的诗文。然而，在这些导师的指导下，他翻译长诗《变形记》超过四分之一的篇幅。

他在诗中说"他说不清数字"。他经常说，他写诗时容易忘记时间。人们可以说，他具有品达[1]的想象风格。当蒲柏还躺在他的摇篮里时，"蜜蜂云集于他口中"。

大约在革命时期，蒲柏的父亲对繁荣昌盛的天主教皇制度突然衰败这件事感到很失望，于是中止了他的商业活动，携带着两万多英镑，退休回到温莎林的宾菲尔德，决定不再信任任何政府。他发现钱最好还是锁在柜里，用时才取出所需要的部分。这笔钱的一部分便足够维持他们的生活，直到他儿子继承

---

1. 品达（Pindar），希腊抒情诗人。

遗产。

蒲柏大约十二岁时，他父亲常叫他"宾菲尔德"。蒲柏在那个地方待了几个月，受到另一个牧师迪恩的指导，向牧师学习分析马尔库斯·图利乌斯·西塞罗的《论义务》的方法。迪恩先生如何与一个翻译了奥维德不少作品的学生在一起，如何花几个月时间读一小部分《论义务》，现在已无法了解清楚。

对于一个年轻人是怎么获得如此巨大的进步和成功，人们自然渴望得到一个细致的观察记录。可这类好奇心的满足也会让人困惑，感到不完美，甚至感到这是一种难以置信的聪明才智。当蒲柏觉得不再能从外界得到多少有利的帮助时，决心走自己的路。在十二岁时，他制定出自己的学习计划。他不靠其他刺激，仅是渴望优秀的念头便使他完成了任务。

蒲柏起初的梦想便是成为一个诗人。他父亲偶然想到，提出这个建议，责成他多次修正他的诗作，这位老绅士会在自己满意后说："这是好韵诗。"

精读英国诗人诗歌后，蒲柏很快就能区分德莱顿的诗律，把他作为学习的样板，并十分敬重这位导师。他请一些朋友带他到德莱顿经常去的咖啡店，为见到这位诗人感到十分喜悦。

德莱顿在1701年5月1日去世，当时蒲柏不到十三岁。因此可以说，他很早就感觉到协调的力量和天才的热情。德莱顿早就知道蒲柏对其敬意的价值——谁不希望预见到这位年轻崇拜者的伟大？

蒲柏最早的诗作是《孤独颂》，写于他十二岁以前。这首诗作并没有比其他孩童创作所取得的成就更出色，也不能等同于考利同年龄时写下的诗歌。

他把所有时间都花在读书和写作上。他读古典作品，并翻译它们来娱乐自己。在十四岁时，他翻译了拉丁文的希腊诗歌《底比斯战纪》的第一本书，做了一些修改。书后来得以出版。

蒲柏试图用自己的技巧，给诗人乔叟刻画出一个更现代的面貌。他把现代英语放进《一月和五月》《巴思妻子的序言》中。同时他译完了奥维德的《莎孚的书信》，为一些不完整的章节补写一些段落，后来也印刷出版。

蒲柏有时模仿英国诗人。他承认在十四岁时，继罗奇的《无有》之后，写了《沉默》。此时他形成了自己的诗律风格，很多轻松愉快的韵诗超过了他早期的作品，可对他的赞扬远非如此。对于人类生活和公众事务两方面，他表现出如此深刻的了解。很难设想，一个在温莎林生活的十四岁孩子能够做到这些。

第二年，他渴望自己去寻找新的知识源泉，让自己熟悉现代语言。有一段时间他到伦敦居住，学习法语和意大利语。他只求能读懂这两门语言，而这勤奋的计划很快就被中断。他的意大利文在他后来的生涯中显然没有派上多大用场。

他返回宾菲尔德，陶醉于自己的诗歌创作。他尝试各种风格、各类题材。他不但写喜剧、悲剧和史诗，而且附上颂词献给欧洲所有的王子。他承认，"曾想过自己是有史以来最伟大的天才"。自信是进行伟大事业的第一步。确实，他独自形成了自己的见解，不知道还有其他权威的意见。这种过失他得自己负责，可正是蒲柏评价自己的恰当方式，表现出了他真正的价值。

他最不成熟的作品要算《阿尔坎德》。他后来根据自己成熟的判断把它剔除。

专注于自己研究的同时，他翻译了西塞罗的《论老年》。除了西塞罗的诗歌和批评著作外，他还读了坦普尔的《论文集》和洛克的《论人类的理解力》。尽管我们不知道他最喜爱的作者是谁，但他的阅读却已充分显示出广泛性和多样性。从早年的创作表现出他具有丰富的书本知识。

他对自己拥有的丰富的想象力很满意。这种想象力也使他能让其他人满意。维廉·特鲁博爵士曾是英国驻君士坦丁堡大使、国务大臣，他退休后定居在靠近宾菲尔德边界的地区。蒲柏当时还不到十六岁，被人介绍认识了这位六十岁的政治家。蒲柏在他们友好的交谈和通讯中展示出自己的优秀。蒲柏整个一生，都有认识光辉人物的愿望，可他似乎并不需要靠特意或成功来吸引伟大人物的注意，因为他很早便进入这个世界，并被那些有地位或身份显著的人物所熟悉和承认。

蒲柏的作家生活从十六岁起，可作为一个恰当的开始时期。他这时写了《田园组诗》，为当时的诗人和批评家展现出他的文采。人们崇敬地阅读它们，许多人赞扬这些诗和前言，因为它们表现出很高程度的精美和智慧。然而，它们在五年后才正式出版。

考利、弥尔顿和蒲柏都因他们早年才华出众而在英国诗人中享有盛名，可是，仅有考利的作品是在其童年就出版的，因此，人们确定，考利那些孩子气的作品在其成年后的学习中并没有得到改进。

在这个时期，蒲柏认识了威彻利。威彻利似乎在他同时代的人中享有盛誉，是个缺少美德却受人尊敬、缺乏幽默却受人爱戴的人。蒲柏很自豪能得到他的赞誉。威彻利写了赞扬诗，丹尼批评他是自我吹捧。威彻利和蒲柏有一段时间都愿意互相奉承。蒲柏很快就熟悉了这个作者的行话，尽管还没有受到任何的伤害，但已开始用蔑视的态度对待他。

威彻利的喜好太强烈却难以持久。出于对蒲柏的尊敬，他拿出一些诗歌请他修正。也许是过于骄傲，蒲柏大胆地加以批评，毫无顾忌地进行改稿，使这位老文人因为看到自己的文稿被涂抹太多而愤怒。被发现错误的痛苦多于被纠正错误的愉快，两人从此分手。但蒲柏一直友好地对待他，在他临死前不久还去看望过他。

另一位蒲柏早年联系的人，是克伦威尔先生。我对他不是特别了解，只知道他经常戴假发骑马打猎。出于虚荣心，他有时很喜欢用诗歌和评论来娱乐自己，有时他会送他的诗作给蒲柏。蒲柏没有耐心去评论那些在当时或现在都不受欢迎的作品。相反，他把自己年轻时写的诗歌《斯塔提乌斯》交给克伦威尔修改。

他们的联系为读者展现了蒲柏写书信的文字功底。他的书信由克伦威尔交给托马斯太太，几年后，她卖给柯尔，柯尔把它们都收入到自己的《杂记》里。

沃尔什在名不见经传的诗人中，是最早给予蒲柏鼓励的。在蒲柏写《田园组诗》获得赞誉后，沃尔什提过意见，蒲柏接受并据此规范自己的学习。沃尔什对他说，英国诗人迄今都被忽视，他应为写田园诗歌而自豪，并推荐他写一部田园喜剧，如那些在意大利大受欢迎的剧本。对这个建议蒲柏可能没有认同，随后也没有去写。

蒲柏此时自称诗人，认为自己有资格进行诗歌的对话。在十七岁时，他经常去威尔——一个位于考文特花园拉塞尔街北边的咖啡店。那是一个体现时代智慧的地方，德莱顿在世的时候一直在那里主持谈话活动。

在这段时期，蒲柏勤奋用功，好奇心永不满足。人们求健康，是为了狂欢的力量；要金钱，是为了奢侈的快乐。他在某种特别的刺激下，强烈地渴望自己成为智慧大师。他花很多时间在书上，表现出不加区别的贪婪和急于求知而不求完美的特点。然而，在这样的头脑中，所有能力都会不自觉地得到改进。他读许多书，一定会把一种意见或风格与其他的做比较。比较时，他必然有区别，有反对，有喜欢。根据蒲柏对自己学习的叙述，从十四岁到二十岁，他读书只为娱乐；从二十岁到二十七岁，则是为了求得改进和获得教益。在第一阶段，他只渴望求知；在第二阶段，他尽力去判断。

《田园组诗》有个时期在诗人和批评家中流传，最后于1709年在汤森的《杂记》上正式排印出版。这部诗集的首篇是菲利普的《田园诗》，最后是蒲柏的诗。

在同一年，他写了《批评论》。这部作品展示了他广泛的理解力和准确的判断力，以及对古代和现代知识的了解，这即使是那些最年长和生活经历最丰富的人也无法做到。两年之后，它正式出版。

蒲柏有一个不十分完美的形体。在其《小俱乐部》的叙述里，他把自己比作"小蜘蛛"。据说他婴孩时很英俊，可他自幼虚弱多病。柔软的骨架因压力容易畸形，这可能影响了他整个体形。他身材矮小，坐到普通的台桌上，要垫高座椅。他的脸上微有笑容，眼睛却炯炯有神。

自然的损伤或意外的畸形,影响他身体的重要功能,让他的生活"长期受病痛"折磨。他最致命的病症是头疼。为此,他要靠吸收咖啡的热气来缓解,常要有咖啡机在身边。

牛津伯爵的仆人讲述了许多关于蒲柏的怪癖。她认识蒲柏是在他中年之后。蒲柏身体孱弱,要站起来时几乎离不开女仆的搀扶。他敏感怕冷,穿双层皮衣,内有温暖的粗布长袖衬衣。当站起来时,他披上上衣,因随时担心站不稳,要用带子绑紧。他还穿法兰绒马甲,仅有一边被系紧。他双脚纤细,要穿三双袜子来使其粗大一些,穿上脱下都要仆人帮助。没有人帮忙,他不能穿衣脱衣,也不能上床下床。虚弱的体质使他连清洗身体保持卫生亦十分困难。

他的头发几乎脱光,散落一地。他有时与牛津伯爵吃饭,私下里戴一顶天鹅绒帽。他的礼服正装是一身黑色,戴飘带和假发,配一把小剑。

他的疾病所导致的放纵和拘谨,都是体弱者常见的忧郁和孤僻。他期待每件事都能让他放松和幽默。就像对孩子一样,当父母不想听他哭喊时,就会在护理上施加无法抗拒的管制权。

当困倦时,他会"在同伴面前打瞌睡"。有一次,威尔士王子在谈论诗歌时,他竟然在桌前呼呼大睡。

他喜欢交友,而且因为名声大振,常接到很多邀请。可他是个给主人添麻烦的朋友。因为他不带仆人,所需要的关照甚多,人少的话便难以照顾周全。主人全家都要为他忙碌。他差使人太频繁和任意,以致男仆故意回避和忽视他。牛津伯爵曾解雇了一些仆人,理由是他们坚决拒绝蒲柏的指令。女仆们玩忽职守时,会借口说她们在为蒲柏做事。他最常提的要求是,夜间给他煮咖啡。

他还有其他怪癖,如那些受病痛折磨的人一样,他享受着无论想要什么都能得到的愉悦。他太放纵自己的食欲,喜爱吃重口味的肉食。在饭桌上菜的间隔期,他喜欢吃饼干和其他干果,悠然自得。每次坐下后,面对丰盛的菜肴,他会硬塞进胃里,吃个死撑。如果仅给他一些威士忌,他看起来很生气,却依然不会克制自己,照常喝下。他的朋友知道哪些方式合他心意,用奢侈礼品来惯坏他,而他不会有忍受站立被人忽视之苦。伟人之死不总是与他们的生命辉煌成正比的。蒲柏的死归咎于他的一些朋友给他的银器皿,他常喜欢用此来加热罐装七鳃鳗。

他过于嗜好美食是确定无疑的。但要说因为他感官的享受而使他的生命缩短,也不应匆忙下此结论。不应忘记,尽管勤于学习和思考,一个身体如此畸形的人还是活到了六十五岁。

在他与人交往时,他对伎俩有很大的兴趣——"若不讲点技巧,他几乎不喝茶"。如果在一个朋友家,他不会用直截了当的语言去要求任何事,而会以生僻词语提到它是个什么方便的东西。他缠住奥利伯爵,直到得到一个屏风。他在这类场合玩这类小技巧,博林布鲁克夫人常用一个法语短语说,"他就大白菜和小圆红萝卜向政治家唠叨个没完"。

关于他社交能力的看法,人们如果只从他的书信中便做出评价,不容易恰如其分。书信反映出他在仁慈和特殊喜好方面的永久和明亮的光辉,除了慷慨、感激、忠诚和仁爱外,别无其他。长久以来,人们一直都相信,一个人的真实性格能从他的书信中发现,因为给朋友写信总是敞开心扉的。然而,事实上,这只是过去"黄金时代"的简朴友谊,是孩子才有的友谊。

在当下，已很少有人敢于把心灵敞开，也很少有人无论在哪种情境下都不隐瞒自己清晰和固有的看法。确实，我们自己要隐瞒的事是不会告诉朋友的。比起书信体的交流，的确不存在其他有效的交换方式更能诱发谬论和诡辩。在热情的谈话中，情绪会先于思考而率先表达。在生意的争夺中，利益和感情会产生真正的效果。可是，那些友好的信件通常是处在冷静的安逸、孤独的宁静中，很沉着并有所准备后才写出来的。显然，没有人特意坐下来写信贬低他自己的人格。

友谊并不能确保诚实。人们会问，一个人靠友谊被认可，比靠仁慈更好吗？面向世界的写作很少有局限，作者不与他的读者发生直接的利害冲突，因此，在不同倾向的人中，他能得到认同的机会。可是，一封写给熟人的信，如果必须令人满意，即使不去赞美也应克制自己对他人的偏见和偏爱的批评。

批评那些受到赞扬的人或事，私下总比公开承认的要更尖锐。因为人们在公开场合，通常都怀着虚假的内疚发表自己的意见。作家往往都是自信的。每个人的思想，就其普遍性来说，几乎都是正确的。大多数的心灵，脱离诱惑后都是纯洁的，私下里很容易被唤醒丰富的情绪，就像没有危险时去蔑视死亡，没有东西施舍时去表现仁慈。当这类思想形成并被感受到时，美德的光芒便只是幻想的流星。

如果蒲柏的书信仅仅被认为是一种"创作"的话，它们似乎是有预谋的。一方面想写一件事，因为脑海里总想解决这件事；另一方面想获得想象力，出于礼仪或虚荣心，都要求作家能写出一些东西。蒲柏承认，他早年的书信因为"做作和野心"而使真实受损。要知道，他是否能从这些变形的书信中显示真我，他的书和他的生活是否完整一致，我们必须在比较中才能做出判断。

蒲柏最喜欢谈论的一个话题是，他蔑视自己的诗歌。如果确实如此，他就不值得人们去评论了。在这个方面，他确实不够诚实。他一向自诩，早已为人所知。除了诗歌外，他还有什么能引以为荣呢？他说，他写诗，因为"没其他事可做"。可是，斯威夫特常抱怨他没空闲谈话，因为他"脑子里总是想着写诗的计划"。他起床前，写作用的文具必须摆放在床前几乎已成了刻板的要求。牛津伯爵的仆人谈起，在40年代一个寒冷的冬天，她一个晚上有四次被叫起来拿纸给他，以免他失去灵感。

对指责和批评，他装作若无其事，可所有认识他的人都知道，每个小评论都让他内心不安。他特别急躁，暴露出他难以消除的苦恼，可他总想自己能够蔑视批评，因此，他确实希望自己能做到蔑视它们。

不巧的是，他生活的两个朝代，王室都几乎不关心诗歌．为此，他内心萌发出对国王的愚蠢蔑视，声称"他自己从未到过宫廷"。然而，威尔士王子对他稍加尊重，就融化了他冷酷的心。当皇室家族成员问起"他不喜欢国王怎么会喜欢王子"时，他无言以对。

他经常说，他讨厌这个世界，表达自己对人世的旁观态度。有时他表现出冷漠的放肆，如对小丘下的蚁群般不屑一顾。有时他郁闷愤怒，如对巨大怪物般憎恨而不是怜悯。这些显然是一种虚伪的性情。他怎么能蔑视给他生活带来快乐的人？怎么能蔑视那些已经认可他自尊的人？他为什么要憎恨那些他应感激并支持他给他荣耀和安慰的人？世界会对那些在人类生活中终止的事做出恰当的判断。如果它是可能发生的，蔑视它存在就不公正；反之，如果它是公正的，就不可能蔑视它。蒲柏本人完全没有这种不合情理的脾气。他完全是一个"有名的傻瓜"。他错在假装忽视。他的欢乐和郁闷只表现在书信文字里，而在现实生活中，他有时忧虑，有时欢乐，与一个有自然情感的普通人没两样。

关于他嘲讽伟人的事，由于重复得太多，难以称为真实。没人会过多地想到他在这方面的蔑视。

事实上，他思想里有最明显的傲慢自负。他害怕写信，担心邮局的工作人员发现他的秘密。他树敌很多，并认为自己受到嫉妒的包围。他说："在许多人死亡和许多人离别之后，我们中的两三人，如果高兴，会始终聚在一起，不是密谋，而是娱乐自己，娱乐世人。"他还说，他们能生活在一起，"尽管人人在这世界上很愚蠢，可朋友却表明他们多么聪明智慧"。所有这些都不是事实：邮局的人可能根本不认得他的书写体，如他这样一个要尽力表现自己的公众人物，他肯定没有很多对手，至于智者们要在何种程度的友谊下才能生活，很少有人会愚蠢地这样质问。

他有一部分的假装不满是从斯威夫特那儿学来的。我认为，他与斯威夫特的通信经常表现这方面的情形。斯威夫特的怨恨虽无道理，却是真诚的。蒲柏仅是模仿他的朋友。这部分虚假，在他还未形成自己个性前就开始了。他刚满二十五岁时就说，"过分的学习和隐居把他抛到社会"，同样存在另一种危险，"物质丰富的世界把他抛回学习和隐居中"。鉴于此，斯威夫特做出极恰当的回答：蒲柏在这世界上，既没有任何行为也没有任何受苦使他变得厌倦。确实，一定要有很强的理由才能让他回到孤独，因为他一直是非常喜欢愉快的社交生活的。

在斯威夫特和蒲柏的通信里，显然有一种狭隘的思想，让他们对那些与自己没有密切联系的任何优秀事物都表示出冷漠。他们所尊重和认可的人及事物在数量上很有限。任何人要从他们体现的时代里形成自己的看法，应先假设，自己生活在无知和野蛮之中，非但不能从他们的同时代人中发现美德和智慧，而且还会遭到那些不理解他们的人的迫害。

当蒲柏埋怨世界，公开蔑视名望，用满不在乎的冷漠，大谈富有和贫困、成功和失望时，他肯定没有表现他本身习惯和固有的情绪，仅是任意地把自己的个性伪装起来，或者，很有可能用临时表现出的性情来遮蔽掩盖，说些带着目前状态色彩的俏皮话。无论是他的希望和恐惧，还是他的欢乐和悲痛，都从他的思想中强烈地反映出来。如果他要与众不同，他要精心策划。他脾气火爆易怒，如他对菲利普的恶意攻击，起先对他嘲笑，后来愤怒，甚至憎恨，持续了很长时间。他想让本特利声名狼藉却白费心机。我从未听说过其有任何充分的理由。他有时放肆攻击，可在钱多斯、沃利女士和希尔面前，他的退却又是很卑鄙的。

友谊的慷慨和忠诚，似乎是他最偏爱的美德。在这些美德面前，并不能反映出他有别于自己描述过的另一类人。他的财富不会让他的慈善事业十分辉煌和引人注目，可他帮助多斯利，给他几百英镑，足以让他开个店铺。他为萨维奇每年募捐四十英镑，其中有他自己捐出的二十英镑。人们谴责他爱钱，可他爱的是热心获利，而不是寻求储蓄。

他热心和持久地维持和朋友之间的友谊。他思想早熟，经常与那些比他年龄大的人保持联系，因此，无须多么长寿，他便看到年轻时结交的很多同伴已作古。显然，他没有因为冷酷或伤害失去一个朋友。那些爱他的人，仍继续维持同他的友谊。在遗嘱里，他虽不友好地提到艾伦，但这也是他要保持一贯友谊的结果。因为他认识艾伦已很长时间，并且自然地对他有十分敬爱的心情。他背弃与博林布鲁克建立的信任关系，与他最热烈的爱没有矛盾的动机。要么他心想，这样的行为几乎无关紧要，他给忘了；要么，他这样做值得称赞，期待朋友给予赞同。

据说，有个可靠到几乎迫使人相信的看法：在给遗嘱执行人的书上，有一份关于《斯威夫特传》的诽谤书。他准备好报复性文字，万一发生任何挑衅就用它来对付。我为此事问过马奇门伯爵。他向我保证，蒲柏的遗物中没有这份东西。

他愿为之生为之死的宗教是罗马天主教。在与拉辛的通信中，他承认自己是个真诚的信仰者。他在这方面有一段不太谨慎和虔诚的生活经历，可以从他引用《圣经》里许多无聊的句子中看得出来。在他快乐的方式中，好人恐惧他亵渎，而智者蔑视他的轻佻和粗俗。可无论他表现出何等程度的轻浮，他的原则看来没有堕落，或者，他没有失去对上帝的信仰。他似乎不了解自己从博林布鲁克那儿转变后的立场，却为一些解释感到欣喜。这些解释使他们保守，维护正统。

一个如此夸耀自己优越又很少注意举止适当的人，自然使他所有的错误和坏毛病都被人注视和加重。那些不否认他是如此优秀的人会高兴地指出，他并非完美无缺。

也许这能归咎于一种不情愿。在这种不情愿下，同样一个人可以拥有许多优势，而他的学问会因此受到轻视。一个人对文字有浓厚的兴趣，肯定是在他早年的生活时期形成的。蒲柏如此年少便写出《批评论》[1]，表明他已广泛阅读了各类书籍。当他进入活生生的世界时，似乎他也如许多人那样，很少关心已经死去的大师。他在帕拉西拉斯研究院学习，把人间作为他喜爱的画卷。他从现实中吸取新鲜的概念。他不从其他作家作品中抄袭，而是得益于自然的创意。即使如此，人们无理由认为，他失去了对文学的热爱。他总是承认自己喜欢阅读。多布森翻译他的《人论》，有段时间住在蒲柏家里。我问多布森，他发现蒲柏拥有什么知识。他回答说"超出他的期待"。蒲柏经常参考历史书，引用各种知识，观察思想的形成和生活的方式，选用来自艺术和自然的形象，表现自己如展翅飞翔般的智慧。他漫不经心、生机勃勃、勤劳不倦、热切地追求知识，并专心记住它们。

对知识的好奇使他渴望旅行。他在赠杰维斯的诗文中提到这个愿望。尽管他从未有机会真正满足这个要求，却始终不忘，直到身体衰竭。

他的智慧个性表现其具有"判断力强"这一重要和基本的天性。他敏捷和本能地感知韵律和音以及它是否恰当。他很快就能确定自己的看法，什么应该选择，什么应该放弃。同时，他很快就能从其他作品看出，什么应该避免，什么应该借用。

"判断力强"本身具有沉稳和确定的特质。它能控制好拥有的知识，却不能增加它们。它能为写作收集材料并安全地贮藏起来，却不能达到最高境界。蒲柏有同样的天才：他思想活跃，

---

1. 蒲柏二十三岁时的成名作。

野心勃勃，敢于创新，总是在探索，总是热忱不减。在他最广泛的寻找中，总是渴望继续向前。在他高飞时，总是希望飞得再高些，总是想象比已知的东西更大的事物，总是要尽力超出他能做的范围。

据说蒲柏有很准确的记忆力，助其发挥创作才能。他能记住所听或所读的东西，过目不忘。他不仅表达出自己的沉思默想，而且还引用其他作家说明自己的目的。

他一直不疲倦地勤奋努力，对这些自然的天赋加以促进。他求助于任何智慧的资源，不失去得到信息的机会，他不论生者或死者都加以请教。他为朋友读他的作品，若能达到优秀，他便从不满足于平庸。他把诗歌作为自己生命的事业。尽管他可能会悲叹这个职业，却坚定不移地做下去。写诗是他最初的劳动，修改它们是他最后的努力。

他从未转移过对诗歌的注意力。如果从谈话中能得到有助于改进诗性的任何想法，他会写在纸上。如果一个观念或一个表达，比一般的说法更令人愉快，能引起他的注意，他会认真地记下来。对于一个单独的句子，他保留它并找机会插入使用。有些零散的小片段，含有有用的诗行或部分诗行，他会在其他时间里给予加工精炼。

他是那些把修改过程视为娱乐的少数人之一。他从不恃才傲物，也从不为急躁情绪而厌烦。他既不因忽视不加修改而留下错误，也不因丧失信心而放弃努力。他努力写他的作品，开始是要得到名誉，以后却要保持它们。

世上有不同的创作方式。有些人一旦有印象，产生构思后，几乎不用借助于媒介的笔纸，继续思考，不断构思和推敲，直到他们用自己的观念完成思考后,才动笔写出它们来。维吉尔就属于这类人。他习惯在早上构思出很多段诗行,然后在删除多余和改正错误中度过余日。蒲柏的方法可以从他的翻译中看出,他最初想到一点写一点,之后慢慢地扩充、修饰、改正和精炼它们。

有如此的能力和个性,使他在"诗性的审慎"方面比其他作家都出色。他用这种方式写,也许会让他少些冒险,因为他几乎总是运用韵诗的相同结构进行创作。确实,他在其他形式方面写得很少,不能扩大其声誉。这些专注于一致性的创作所导致的某些结果,必是诗性的流畅自然和灵巧活脱。由于坚持不懈地写作,语言在他脑海里有一种系统一般的排列组合。由于总是用同样的语词,他选用和结合的词组,能随时听任他安排。这个能力的增强,能从其翻译的进步中看到。

可是,还有更重要的方面,他总是流露出自然的情感,总是自己做出题材的选择。他的特立独行确保他避免为一个任务做苦工,在一个无聊的题目上花时间。他从不为钱而交换赞誉,也不开写吊唁同情或庆贺恭喜的文书生意店。因此,他的诗歌很少有即兴的。他不出席加冕仪式和皇家婚礼,甘心忍受不为他们写诗歌带来的冷漠。他既不从当前事件中谋取机会,也不从他的读者偶然的情绪中迎合趋附。他从不屈从于自己,为一个生日恳求太阳闪耀,为一个婚礼呼唤优美和美德,或说那些大众在他面前说过的话。若没有新意可写,他会自然沉默。

基于同样的理由,他从不匆忙出版作品。据说,他要把稿件留两年后做出修订才出版。至少这确实是真的,没有细致审核,他不会贸然拿出。他经历过从想象力的混乱到衰退,从创新的新奇到陈旧的痛苦。他知道，人的思想总会迷恋于自己的作品，因而他不信任自己最初的印象。他咨询朋友，极为虔诚地听取批评意见。更重要的是，他拷问自己，决不放过违背自己判断的问题。

他承认，他向德莱顿学习诗歌，只要一有机会就请教。他整个一生中，持久不变、慷慨大方地赞扬德莱顿。如果把他与他的导师做一比较，也许能解释蒲柏的一些个性。

就拥有理解的全面和辨别的细腻而言，德莱顿这些能力不比蒲柏少。德莱顿思想的正直，可从他敢于否定自己诗歌的偏见，反对不自然的观念和粗糙的韵律方面充分地反映出来。可德莱顿从不渴望运用其所有的价值判断。他承认，他写作仅仅是为大众。只要能娱乐他人，他就很满意。他根本不考虑花时间，尽力去发挥潜在的能力。对已经足够好的作品，他不再试图让它更好。即使知道他也不经常修订其文字的错讹。如他告诉我们的那样，他写作时很少深思熟虑。只在偶然或必要写作时，他抓住那些当前发生的事一吐为快。一旦发表或出版后，便弃置不顾。因为出版过后，再无金钱利益考虑，他不再为之顾虑劳神。

蒲柏即使满足也不满意。他渴望优秀，因此总是尽力做到最好。他不追求公正，却敢于挑战读者的判断。他不指望其他人迁就，而是因此封闭自己。他一丝不苟地检查每一行诗每一个词语，用不知疲倦的努力再三推敲每个部分，直到完全没有遗憾为止。

因为这样，他把文稿长时间地留在手里，以便再三检查它们。只有两首讽刺诗，可能是在出版社的催促下，因为时间紧迫而匆忙写出来的。多斯利告诉我，蒲柏把这些诗歌交给他时，是相当整洁的抄写稿。他说："几乎每一行都改写了。我把誊清的稿交给他，几天后，他又送给我出版。这些稿几乎每一行又再次改写过。"

他声明，作品出版后他就不再关心了。严格地说，这不真实。他如慈爱的父母那样从未放弃对文稿的关心。在初版书里他若发现错误，在再版书时，他会默默地加以改正。他显然修订了《伊里亚特》，免除了一些瑕疵。《批评论》出第一版之后，他做了许多修订。人们经常看到，他所做的修改都会使作品增加清晰、文雅和生动。蒲柏也许有德莱顿的判断能力，但德莱顿肯定缺少蒲柏的刻苦勤奋。

在获得知识方面，必须承认德莱顿是优秀的。他受到的教育远不止在学院方面。在成为作家之前他有很多时间读书，得到超过一般程度的知识。他思想开阔，从更广泛的知识领域获得他的形象和例子。德莱顿对人类的普遍特性知道得更多，而蒲柏则了解当地民俗。德莱顿从理解思考中形成观念，而蒲柏靠细致观察。德莱顿的学识更多地显示价值，而蒲柏更多表现精确。

诗歌不是他们两人唯一得到赞扬的方面，他们的散文创作同样杰出。蒲柏写散文从不借用前人的东西。德莱顿的风格反复无常、变化多姿，而蒲柏谨小慎微、始终如一。德莱顿顺从他思想的情感，而蒲柏规范他的思想，服从他自己写作的规则。德莱顿有时激烈和草率，蒲柏却总是轻松、均衡和柔和。德莱顿的文章是自然的田野，高低不平，散布着各类丰富茂盛的植物；而蒲柏的文章是天鹅绒的草地，像用镰刀割过那样整齐，用碌子碾过那样平顺。

创作诗歌需要天才的能力和品质，没有它们，判断就会失去知觉，知识会变得迟钝。要变得优秀必须具备的搜集、综合、发挥和生气勃勃的能量，以及伴随着的犹豫不决，这些都为德莱顿所具备。但不能就此推论，因为德莱顿表现出很多诗性的气质，蒲柏就贫乏可怜。要知道，自弥尔顿之后，所有作家都要给蒲柏让位。即使对德莱顿，人们也必须说，虽然他有光辉段落，却无美好完整的诗歌。或者受一些外界影响，或者因生活必需品的逼迫，德莱顿的创作总是急就的。他没有过多思考就下笔，不做什么修改就出版。在写作有需要时，那些在他脑里浮现的事，或者一次旅行所能收集的物，就几乎全是他所寻求的和他所能给予的。沉着谨慎的蒲柏，能够精炼他的情绪，扩充他的形象，累积所有学习可能导致的结果或所有可能得到的机会。如果德莱顿达到的高度因此比较高，那蒲柏则靠双翅飞得更高更远。如果德莱顿的火焰四散，那蒲柏的巨大热量则更稳定更持久。德莱顿经常超出人们的期待，蒲柏从不会降低自己的期待。德莱顿的作品经常令读者惊讶，蒲柏则永远让读者心旷神怡。

我希望，这些经过周密思考的平行比较是公正的。如果读者怀疑我对德莱顿有某些偏向，如同我怀疑自己一样，那就请他不要草率地批评我。也许进一步思考和探索之后，可见我的判断是恰当合理的。

现在我要对蒲柏的作品一一进行清晰的检验，不注重微小的失误或细小的美丽，而注意每个作品所表现出的一般特色和效果。

一个年轻诗人从写田园诗开始，看起来是很自然的。写田园诗，不必公开声称模仿真实的生活，不需要经验，仅是展现单一的纯洁的热情，表现非微妙的理性或非深刻的探索。然而，蒲柏的《田园组诗》，是经过细致思考写出来的。它们与每天的时间、全年的季节和人类生活的时期都密切相关。诗歌最后把注意力转到老年和死亡，这是作者的钟爱。叙说失望和不幸，加重未来黑暗的色彩，让不确定的迷宫更加困惑，这一直是诗人乐此不疲的任务。他的偏好也许是公正的。然而，我希望，他的溺爱不会使他忽视每一行带着"沉默悲哀"的"西风"。

批评这些《田园组诗》缺乏创造性，是强求作者写他从未打算写的东西。他经常雄心勃勃地表现模仿，以致作者明显是为了表现他的文采而不是智慧。这已经不能再好了，对一个十六岁的少年作者，不仅能够复制古代的诗歌并给予明智的选择，而且还掌握充分的语言能力和韵律技巧，从而把一系列的诗律表达完美。这在英国诗人中没有先例，之后也没有人能模仿。

萨维奇[1]

据观察，在所有的时代，无论是天生的优越还是幸运的得意，对增进幸福感几乎微乎其微。那些地位荣耀或能力超凡的人，虽处在人类生活的顶峰，却常常不能给予恰当的机会，去羡慕那些仰望他们的下层人士。无论那明显强大的优势能否促成伟大的计划，而这些伟大计划易于遭受致命的失败。也无论如何说大多数人是普遍不幸的，而只有那些自身卓越且备受瞩目的杰出人物的不幸，才会被关切地记录下来。这是因为他们的不幸虽不会比其他人来得更经常或更严重，在实际上却会更引人注目。

财富和权力，外在和偶然，这些易于从那些拥有它们的人中区分开来的优势，常常使人自鸣得意，心中充满预期的快乐。这应是很合理的期许：智力出众的人，应能创造最优秀的成果；头脑里计划好得到巨大财富的人，应尽力让自己先受益；而那些最能教人幸福之道的人，应该最能顺其道而行。

然而，这种期待不论貌似多么合理，却往往让人失望。文学中的英雄和文明的历史记录，经常让人们特别关注英雄伟人所经历的苦难，更甚于他们所取得的成就。大量的书本文字，

---

1. 萨维奇（Richard Savage，1697—1743），英国诗人、剧作家。

也只写智慧者的不幸，谈论他们的命运多舛和死于非命。

在这些悲剧性的叙述中，我要把理查德·萨维奇添加进去。这个人的创作足以为他赢得文学上的杰出地位，而他的不幸也应得到某种程度的同情。这种同情并非出于这种不幸本身，因为他的不幸常常是他人的罪恶所致，而不是他自己的原因。

1697年，麦克莱斯弗伯爵夫人安妮，有一段时间与她的丈夫关系不和谐，于是她想到公开承认通奸这个最常见的权宜之计，以便获得她的人身自由。为此，她宣布腹中孩子的父亲是里弗斯伯爵。这个结果，就如人们所想象的，她的丈夫急于分开的愿望与她一样强烈，于是他采取了最有效的行动，不是上教会法庭申请离婚，而是到议会要求设立一个法案。他凭借这个法案解除婚姻，废除婚约，把他妻子所生的孩子判为私生子。尽管有些人认为婚姻应由教会法庭来审理而加以反对，经过常规的商议程序后，这个法案还是通过了。在次年3月3日，他正式与妻子分开。他们的财产很多，伯爵夫人得到赔偿。她和她丈夫都有另觅良缘的自由，她很快就与陆军上校布雷特结婚了。

正当麦克莱斯弗伯爵将此事诉至议会时，其妻在1607年—1608年[1]1月10日生了一个儿子。里弗斯伯爵显然视之如己出，使人对孩子母亲宣称通奸一事深信不疑。又因为他是孩子的教父，里弗斯伯爵给他取了个自己的名字，并要求把名字写进霍尔本的圣安德鲁教区注册档案里。不幸的是，他把孩子留给他的母亲照顾，而此时他的母亲已与丈夫分开并获得了自由。里

---

1. 原文如此，应为1697或1698。

弗斯伯爵可能认为，母亲会无微不至地照顾这个孩子，正因为这样，她才在离婚一事上十分高兴。确实，是什么动机让一位母亲的自然亲情失去平衡，或说她这样忽视或残酷地对待孩子有什么好处，这是难以了解的。那些对羞辱或贫穷的恐惧感，导致一些可怜人因一时冲动遗弃或杀害自己的孩子，对这位母亲不应有什么影响，因为她已公然宣布了她的罪过并恳求责备。对她来说，立法机构已经异常宽大地给予了她大笔财产，而她需要负担照顾孩子的开销，不会让她这些财产有任何明显减损。因此，她不可能在没有诱惑下变得如此邪恶。可孩子一出生，她便带着某种怨怒和憎恨来对待这个孩子，不仅不给予抚养、帮助和保护，反而乐见孩子在痛苦中挣扎，或者利用一切机会加重他的不幸，切断他的财源，继续她对孩子从一出生到生命最后的无休止的残酷迫害。

然而，无论她的动机如何，在孩子出生前，她就找到了与他断绝关系的办法。她很快就让这个孩子从自己眼前消失，把他交给一个贫穷的妇人抚养。她指示这妇女，把他当作她自己的孩子来教育，责令绝不能告诉他真实的父母是谁。

这就是理查德·萨维奇生活的开始。他出生于一个从法律上说荣耀和富有的家庭，可两个月后就被议会宣布为私生子，遭到他母亲的遗弃，注定了贫困和平庸，抛向也许只能被流沙吞噬或被岩石撞死的汪洋大海般的生活中。

事实上，萨维奇母亲不可能让其他人同她一样残忍。由于无法逃避家人们对她这个孩子的好奇和关切的询问，她被迫透露了安置孩子的一些措施。她的母亲梅森夫人，不管是在她女儿计划的许可下，还是要防止罪恶进一步发展，为孩子找了一个养母,商谈付钱让她去照顾,并监督萨维奇的教育。

在这仁慈的帮助下,孩子的教母劳埃德夫人伸出了援手。劳埃德夫人总是亲切慈爱地关心萨维奇。他母亲的暴行使这种慈爱更显得弥足珍贵,可在他十岁那年,这位教母去世。这是他童年的又一个不幸。尽管她慷慨地要给他三百镑遗产来试图减轻他的痛苦,可是他无法去申领这笔财产使自己免于压迫,也得不到法律的正义支持。她的遗嘱被执行人回绝,结果他什么也没有得到。

然而,萨维奇还没有完全被抛弃。梅森夫人继续关照他,把他送到靠近圣奥尔本地区的一所小学。在那儿人们按他养母的姓叫他,没有任何线索暗示他还有其他身份。

在那儿他开始学习文学。他上过几个年级,进步多大或怎样受到称赞,我们现在已无法知道。他总是尊重地谈起他的老师。很可能,当时卑微的身份并没有妨碍他成为杰出的天才,也没有阻止他因勤奋用功而受到奖励。在如此卑微的状况下,若非靠他的天赋和勤奋,他不会那样出类拔萃,获得嘉奖。

这是一个非常合理的推测:他的表现与他的能力相当,因为从比例上说,他的进步比他享有的机遇更大。这也不容怀疑:如果他早年的作品能够保存下来,如那些幸福快乐的学生一样,我们很可能在部分作品中发现那使《出租作者》与众不同的轻松幽默,而在其他作品中发现他描写《流浪汉》中严肃场面时所使用的敏锐的想象力。

正当他磨炼自己的才干时,他的父亲里弗斯伯爵得了犬热病,生命即将走到尽头。他曾打听他儿子的下落,对那些不合逻辑和闪烁其词的答复十分困惑。可到了临终时刻,他认为,自己有责任将他像其他亲生孩子一样抚养。因此，他一再要求孩子的母亲告知孩子的真实情况，坚决不允许她顾左右而言他或否认实情。他的母亲，无法再拒绝这个问题，决定至少提供一个答案，让萨维奇彻底失去继承权及其所提供的幸福感。于是她宣布萨维奇早已死掉。也许这是有史以来第一次，一个母亲制造谎言来剥夺她儿子继承他人特意给予的财产的权利。尽管萨维奇可能失去这些财产，可她自己也得不到。

因此，这是一种不会被识破的邪恶行为，因为不会令人起疑心。连那个伯爵也无法想象，人间竟存在着这样一位损人不利己的母亲，即使在不会令自己得益的情况下，也不惜全力去毁掉自己的儿子。伯爵最后把遗嘱中留给萨维奇的六千英镑赠予了其他人。

这种促使她母亲从中作梗使他应得遗产落空的残忍，让这位母亲很快地投入另外一项颇费周章的计划。她处心积虑地暗中谋划，要把他送去美国的种植园。

这个阴谋因谁的仁慈而受阻，或者说何人的介入导致她放弃这一计划，我无从得知。有可能是梅森夫人劝说或者强迫她终止计划，也有可能是她很难找到志同道合的帮凶，邪恶到可以和她狼狈为奸进行如此残忍的一个行动。可以想象，即使是那些长年陷于罪恶泥潭中而变得心肠坚硬、对普遍的恶行无动于衷的人，对这位母亲无利益驱使、无嫉恨愤怒却让儿子遭受奴役或贫穷的计划，也会感到震惊。也许这一次，萨维奇会从长年在罪恶泥沼中打滚、从未萌生恻隐之心的人们中，找到靠山和支持者。

无论受何种因素影响，把萨维奇流放到国外的计划受阻。

他母亲很快又酝酿了另一个阴谋,要把他埋没在贫困和卑微中。于是,她命人把他送去霍尔本区一个鞋匠家。在那儿经过一段试用期,他成了鞋匠的学徒。

据说,这个计划在一段时期内很成功。萨维奇在皮革锥子上工作的时间,比他愿意承认的还长。他从这个劳作中也得不到任何有利于自己发展的条件。最终是一个意料之外的发现,让他决定放弃这个职业。

大约这个时候,那位总是把他当作自己儿子照顾的养母死了。对他来说,他自然要去处理养母辞世后将由他继承的东西。于是,他进入了她的房间,打开各个箱子,检阅信件,发现其中有些信是梅森夫人写给这位养母的。他从中得知了自己的身世,以及身世一直被隐匿的缘由。

他现在已不再满意那份指派给他的工作了,而是想他有权分享他母亲的财富,因此,萨维奇毫不犹豫地要向她表明自己是她的儿子。他试图用所有技巧唤醒她的亲情,引起她的关心,可是,不管是他的书信,还是因其优秀或痛苦赢得同情的朋友们的介入,一切都无济于事。尽管她不能再否认他,却始终断然疏远他。

他经常恳求她允许自己去看望她,却毫无效果。她总是保持高度警惕地回避他,命令手下,无论是谁引荐他,也不论他给出什么理由要求进入,都要驱赶他离开她的住宅。

与此同时,萨维奇为得知自己的身世而激动不已,以至于在深夜他常徘徊在母亲的大门外,长达几个小时。希望她偶然走到窗前或手拿蜡烛穿过房间时,他或许能远远见她一面。

他所有的坚持不懈和柔情都不起作用,因为他既不能使她的心柔软,也不能令她伸出手。当他尽力唤醒一个母亲的慈爱时,他因穷困潦倒而陷入极度的愁苦中。因此,他被迫寻找其他维持生活的方式。由于没有其他技能,他成了一位作家。

格雷[1]

托马斯·格雷于1716年11月26日生于科尼希。父亲菲利普·格雷在伦敦任专职抄写员。在伊顿,他在舅舅安特·罗伯斯先生的指教下接受语文教育,得到乔治博士的协助。1734年,他离开学校后,以跟班身份进入剑桥彼得学院。

对大多数年轻学子来说,从中学进入大学的转变时期,是一个标志着成年、自由和幸福的时期,可格雷似乎对这种学术的满足没有多少愉悦。他喜欢剑桥,既不是因为它的生活模式,也不是因为它的学习风气。当不必要求再去听课后,他郁闷不快地生活了一段时间。他打算学习法学判例法,却没有得到文凭。

他在剑桥的五年,霍勒斯·沃波尔先生邀请他作为伴侣去旅行。他和沃波尔从前在伊顿已结下友谊。他们的旅程经法国到意大利。格雷的信件表明他们大部分的行程都很愉快。可是,不平等的友谊很容易破裂。在佛罗伦萨,他们两人争吵后分手。说起来,沃波尔先生现在很得意这是他的错。无论如何,我们在这个世上如果不带偏见就能发现,那些意识到自己价值的人,会超越顺从的奴颜婢膝,倾向于用自豪的态度看待自己名誉;

---

1. 格雷(Thomas Gray, 1716—1771),英国18世纪抒情诗人。

他们受到讨厌和谨小慎微的人的嫉妒，热衷于独立自主，要求一种他们自己都不会给予的关注。不管争论什么，他们确实分开了。他们后来的旅途，无疑双方都不尽愉快。格雷用适合他自己小经费开支的方式继续旅行，只有一个临时的仆人伴随。

1741年9月，他回到英格兰。大约两个月后，他埋葬了父亲。他父亲不明智地把钱浪费在一间新房上，造成大量的钱财损失。格雷想到自己太穷，难以学习法律。他因此回到剑桥，在那儿很快就得到了公民法方面的文凭。他并不喜欢这个地方或喜欢作为居民住在这里，或者说，他不公开承认喜欢它们。可除了短暂住在伦敦一段时间外，他生命中的其他时光都在这里度过。

大约这段时间，他失去了韦斯特先生这个朋友，一个爱尔兰大臣的儿子。格雷显然对这位朋友表示极高的景仰。这反映在梅森先生保留的他的信和《五月颂》中，以及他送给他一部分《阿格里帕拉》稿件的致谢词中。这是格雷刚开始从事写作的一部悲剧。韦斯特先生给他提出意见，也许阻止了写作进展。每个读者都能对它做出肯定的判断。这当然不是英国舞台的损失，因为《阿格里帕拉》从未完成。

这一年（1742），格雷似乎第一次让自己严肃地考虑诗歌创作，因为这年他写了《春天颂》《伊顿的美景》《逆境颂》。他同时写了拉丁文诗歌《思考的原则》。

根据梅森先生的回忆，格雷最早的抱负是精通拉丁文诗歌。也许这是合理的希望，他已实现了他的设想。尽管他的用词当时看来有些困窘，抒情诗有些粗糙，可他语言的丰富是很少人能拥有的。他的诗行即使不完美，人们也能发现，这位作家的实践很快就能使它们变得技巧成熟。

他此时住在彼得，很少热心于其他人怎么做或怎么想。他培养自己的思想，开阔自己的视野，没有任何其他目的，只是为了改进和娱乐自己。当梅森被选为彭布罗克会堂的理事后，把一个同事介绍给他，那人后来成为他作品的编辑者。编辑的喜好和忠诚激发起他对格雷敬佩的热情。这种热情若从一个陌生人的中立态度，从一个批评家的冷酷严峻中，是无法合理期待得到的。

他隐居后，于1747年写了一首关于《宠猫挽歌》[1]的颂诗。一年后，试图写一首更为重要的关于政府和教育的诗歌。尽管这首诗留下未完成的片段，却有许多诗行表现很优秀。

他接下来的作品是声名远扬的《墓园挽歌》，它最初是在杂志上发表的。我认为，这部作品让他为大众熟知。

这时应科布韩女士邀请，他偶然写了一首即兴的诗《一个长篇故事》，为他的风格增添了一些色彩。

1753年，他的几首诗歌附上插图，由本特利先生出版。这些诗按理说能以一种或其他多种形式出版成为一本书，可还是印成单页出版。我认为，诗歌和插图互相映衬得很好。所有印刷品很快就销售一空。这一年他失去了母亲。

自1756年后，学院里有些年轻人住得离他很近，为娱乐自己经常搞出令人讨厌的声音，干扰了他的平静。据称，这是一种带有冒犯和侮辱性质的恶作剧。这样的傲慢无礼，他忍了一段时间，把它反映给协会的董事。也许在协会里他没有朋友，知道自己的抱怨无济于事，于是搬迁到了彭布罗克会堂。

---

1. *The Death of Mr. Walpole's Cat*，直译为《沃波尔先生猫之死》。

他于1757年出版了《诗歌的进程》和《吟游诗人》。诗歌读者对这两首诗，开始只是沉默惊愕，满足于注视着它们的出现。有些人试图读下去，承认自己没能力去理解它们，尽管沃伯顿说过，了解它们以及弥尔顿和莎士比亚的作品都是一种时髦的尊重。加里克写了几行诗赞美它们。有些勇敢的支持者要挽救它们被忽视的命运。在一个短暂时期，许多人因被指出它们的美妙而满意，而他们自己却看不出来这种美妙。

格雷此时名望很高，以致在西伯死后，他因为拒绝接受诗人桂冠一事而享盛誉。这个桂冠后来给了怀特黑德先生。

离开剑桥后，他很快就寄宿于一个靠近博物馆的地方，在那里居住了三年，从事读书和抄写工作。目前人们发现，他的《淹没》和《隐匿》两首颂诗，几乎很少受此时影响。在这些颂诗里，他的抒情诗因为表现出更多的轻蔑和灵活性而受到嘲弄。

当剑桥现代历史教授去世后，他"如斗鸡者，精神为之一振"，恳求巴特伯爵为他谋此职，伯爵客气地回绝了他。这个职位给了布罗克先生，他是詹姆斯·劳瑟爵士的助教。

他身体虚弱。据称，靠多锻炼和换地方住，他增强了体质。他在1765年去了一趟苏格兰旅行。根据他的记录，对他来说这是最远的一次旅行，他感觉到新奇和美丽，因为他的理解力十分丰富，他的好奇心延伸到所有的艺术作品中，所有自然的风貌上和所有过去事件的遗迹里。他与贝蒂博士自然地结交为朋友。格雷认为，他是个诗人、哲学家和善良的人。在阿伯德，曼斯查学院授予他法学博士学位。由于疏忽没有把它交给剑桥大学，他认为拒绝接受它是恰当的。

他从前白费心机所恳求的职位，最后还是不必争取就给了他。当历史教授的职位又一次有了空缺时,他从格拉夫顿公爵那儿接受了这个职位(1768)。任职后,他保持这一工作直到去世。他总是设计演讲,却从不念稿,他对自己职责的疏忽感到不安,想用他设计的改革来减轻内疚。他下决心十分果断,如果他发现自己不能解雇人,也相信自己已经事实上把人给辞退了。

由于身体不好,他又进行了一次必要的旅行,参观了威斯特摩兰和坎伯兰(1769)。那些读他的书信体描写希望去旅行和讲述他旅行故事的人,需要花费大量的精力和时间,可是,通过在家学习研究,我们也能得到旅行中的智慧和进步的能力。

他的旅行和学习现在都接近了尾声。他受痛风折磨,一直很虚弱,疾病又进入他的肠胃,导致强烈痉挛,无药可治,于是他在1771年7月30日结束了一生。

格雷的个性,我愿引用梅森先生的话加以说明,它来自牧师坦普尔先生写给我朋友鲍斯威尔的一封信。坦普尔在康沃尔的圣格鲁斯任教区长,我也像他一样真诚地希望这个说法是真实的。

"他也许是欧洲最有学问的人。他同样熟悉一部分精确和严谨的科学,不仅仅浮于表面,而是深入其中。他知道每条历史分支、自然或文明的历史,他读过英格兰、法国和意大利所有历史学家的原著,是个伟大的古文物研究者。文学批评、形而上学、道德、政治是他重要的研究对象。各类航海旅行是他喜欢的娱乐活动。他在绘画、印刷、建筑和园林方面有很高的鉴赏能力。因为有着如此丰富的知识,他的谈话同样令人受益和愉快。他也是个善良的人,具有美德和人道主义。凡人都会有缺点，不完美。我认为，他最大的缺点是精致的伪装，或相当女人气，在学问见解上反映出一种可见的刻板、藐视和轻蔑的弱点。他在某些方面也有偏见，这种偏见就像康格里夫先生排斥伏尔泰一样。尽管他似乎主要根据取得知识进步来评价一个人，可他却无法接受自己仅是个文人的评价。尽管没有高贵出身、财富和爵位，他渴望被人看作是个缄默独立的绅士。这些人常为娱乐而读书。也许应该这样问，当知识所创造的东西甚微时，如此多的知识又有何用？除了少数几首诗，什么诗歌值得付出如此多的痛苦代价而不被人记住？格雷先生至少是以纯真态度进行诗歌创作的，对他而言，知识肯定使他受益。他的时光过得很愉快，他每天都获得新知识。他思想开放，心地善良。他的美德很有力量。世界和人类在他面前表露出真实的面貌。他被教导去考虑每件事都不重要，不值得一个聪明人去关心，除非追求知识和实践美德，这是上帝交给我们的任务。"

对他个性的评价，梅森先生还特别强调了格雷在动物学方面的才能。他评论说，格雷的女性气质影响那些"他并不希望取悦的人"。当他不对那些他不相信是善良的人给予尊敬时，人们不公正地指责他以个人喜好的理由做判断。

我进行这项评论工作时，初步阅读了他的书籍信件，感到他有很强的思想理解力、无止境的好奇心、良好的判断能力。他是这样一个尽可能热爱一切的人，可又是一个很挑剔难以被取悦的人。我希望这将会得到证实——他蔑视怀疑主义，憎恨虚伪。我这里介绍他关于沙夫茨伯里的短评。

"你说你不理解沙夫茨伯里伯爵如何成为一个时髦的哲学家，我能告诉你。首先，他是个伯爵；其次，他如同任何一个他的读者那样自负；第三，男人总是倾向于相信那些他们不理解的事情；第四，假如他们在无义务去相信一件事的情况下，那么他们对任何事都会相信无疑；第五，他们喜欢走新路，即使是条死路；第六，一旦确认他是优秀作家，就意味着他能说很多言外之意。你还有别的更多的理由吗？一个四十多年的间隔期，已能很好地摧毁其迷人的魅力。一个死去的伯爵与平民一样，虚荣不再值得注意，因为新路已成为一条旧道了。"

梅森先生根据他的了解补充说，尽管格雷贫穷，他却不热衷于钱。他若有点钱，便非常愿意帮助有需求的人。

作为一个作家，他有自己的个性。尽管他从不潦草地写下第一稿，然后再做改正，可在有很多文章要写的情况下，他还是会对每一行进行认真修改。他有自己的一个不算很特别的想法：除非在特定的时间或很愉快的时刻，他才会拿笔写作。这是个古怪习气。在这种怪癖下，我友好地对待这位既有学问又有美德的人，希望他是优秀的人。

格雷的诗歌现在受到重视。如果我指出，他的作品之文采不如他的个人生活有趣多彩，希望这个看法不会被看作是对他名字的敌视。……

说他的诗歌不美丽是不公正的。一个如他那样学问渊博和极为勤勉的人，不可能不写出些有价值的作品。当他的诗歌几乎不能愉悦人时，只能说好的构思被编写破坏了。

他翻译的北部和威尔士诗歌值得称赞，形象不但保留，还有所改进，只是不像其他诗人的语言。

对他的挽歌，我与普通读者有同样的欣喜。读者的常识未被文学偏见腐蚀，在考虑所有精巧的锤炼和学问的执着之后，他能符合所有作者声称的诗歌荣誉。《墓园挽歌》充满影像：每个心灵都如明镜高悬，充满情绪；每个胸襟都有它的婉转回声。由"即使这些骨骸"开始的四个诗节，在我看来是原创的。我从未在其他任何地方见过这个概念。然而，读到它们的人总会告诉自己，他能感觉到蕴含在它们之中的情绪。

译者补充：这篇写于1781年，仅在格雷去世十年后，格雷尚有许多朋友粉丝健在。因以不同态度对待格雷的诗歌，立即在诗坛引起强烈抗议。麦克·亚当和米尔恩在其主编的文选《约翰生读者》（1966）中指出，《宠猫挽歌》是英语文学最优秀的自我嘲讽诗歌，约翰生与之失之交臂。同时，他也有失误，如评论《吟游诗人》和《致命的姐妹》，他仅认可旧歌谣的复兴，却认为这类取材对现代诗歌来说是滑稽可笑的。

游记

苏格兰西部群岛旅行记（节选）

我一直渴望访问赫布里底群岛或苏格兰西部的岛屿。日子太久，我已不记得这个愿望最初是如何萌发出来的。那是在1773年秋季，我被劝说进行这次旅行。鲍斯威尔先生作为我的同伴，他的敏锐给我的观察提供了很大帮助。他的愉快谈话和文雅谦恭，也足以抵消旅途的不方便，特别是我们途经一些环境险峻的地区时。

在8月18日，我们离开爱丁堡，一个很出名而无须再费笔去描写的城市。我们沿着苏格兰的东海岸线，朝北部方向行进。第一天，有位绅士陪同，他和我们在一起的时间虽短，却足以让我们感觉，与他分别我们将会有多么大的损失。

当我们穿过佛斯伏时，因寸·基思这个小岛吸引了我们的好奇。我的同伴们都从未来过这里。小岛视野开阔，以其自身的活力吸引人们注意。在这里，我们很艰难地爬过那些高低不平的峭壁后，第一次有了到一个人迹罕至海岛的经历。这个岛不过是一块大岩石，覆盖着一层薄土，可岛上并非全都是贫瘠的杂草，那里蓟草生长得很茂盛。一小群牛每年夏季都到这里吃草。看起来这里从未成为当地人或野兽的永久居住地。

我们只看到一个被损坏的小堡垒。看来岁月对它的损坏不算太糟糕，也许很容易就能恢复它原来的面貌。它不像打算用来加强武装防御的地方，也不像是为了抵抗围攻的建筑，只不过是为少数士兵提供便利住宿的场所。这些士兵也许在这里负责炮架，或住在这里在发生危险时发出警报信号。尽管春季很快就到来，但周围墙根没有排水的设施，流水极易闭塞不通。有块石头上面刻写着："玛丽皇家地，1564"。在那个所有岛都同属于一个国王的年代里，这个岛很可能一直都这么荒废着。

我们离开这个小岛时，心里同时想着：如果这个地方在伦敦，如果有同样的距离，同样交通便利，它会变得如何，又该出现什么不同面貌。比如，一块几英亩的岩石地，能拍卖出什么价格，要靠什么挣钱的工业把它们建设和装饰起来。

我们一上岸，就看到为我们准备好的一辆马车。我们乘车经过金霍恩、柯卡尔迪和考珀。这些地方多少有点像英格兰那些狭小或散乱的市镇。那里的商业和工业都还没有使人富裕起来。

尽管我们已置身在苏格兰一个人口最多的地方，离它的首都距离很近，却见不到太多行人。

道路既不粗糙也不肮脏，交通很通畅便利，没有收通行费的干扰，给从南部来旅行的陌生人某种新鲜愉快的感觉。路面是砾石，看来苏格兰的道路普遍如此。这样平坦的大道，确实需要很多劳力去建造。之后，便无须再维护。在部分道路中，靠外地运来材料是必需的。地面一旦坚固之后，就很少破裂。因为内地商业不发达，大量的物质除水运外，很少经陆地运输。通常使用的马车是小型的，由一匹小马拉着。一个人驾驶着拥有两匹马的车，似乎象征着一定程度的尊严和地位。

圣·安德鲁斯

大约一个小时之后，我们到了圣·安德鲁斯，一个大主教曾经居住过的城市。大学依然存在，布坎南以前在这里教过哲学。由于现代拉丁语界推崇，他的名字被公认为不朽。比较本国语言对他的不确定性评价，这个推崇对他更公正些。

我们觉得，主人为阻止一些陌生人干扰，特地把我们安置在教授的住所里。教授们随和知礼，使我们很快就忘了自己是陌生人。在我们居留的所有时间里，我们满意每一次友好的款待，为所有文雅而有修养的举止感到愉快。

早上，我们起来巡游这个只有历史才能证明它曾经繁盛一时的城市，观察古代奇观的废墟。除非有些措施来维护它们，否则这些残迹再也看不到了。不过，保存这样悲哀的记忆，又能引起什么愉悦呢？直到最近它们还是被如此忽视，导致人们突发奇想，考虑需要它们时，便从这里搬走石块。

一个大教堂，其地基还有迹可寻。一小部分墙依旧竖立着。看得出，它原是一个宽敞雄伟的建筑，与皇家的大主教区相匹配。它的建筑风格，它留下的这些残垣，即使对艺术家来说，也很难看出一个完整的模式。众所周知，它是在诺克斯主张的"宗教改革"的暴力骚乱中被摧毁的。

离大教堂不远，在水边有个残颓废弃的城堡。古代大主教曾住在那里。它不太大，其建造意图更注重安全而不是娱乐。据说，枢机主教比汤雇佣了许多工人，改进它的防御性能，而就在这一时期，他被改革运动的流氓杀害。诺克斯本人曾把这种改革的方式，称为"欢快的故事"。

苏格兰宗教改革一直是激进和激烈的，有类似流行病那样的热情，混合着沉郁的严谨和尚武的残暴。在这些变化中，那些懒惰的人已放弃了他们自己的信仰。仅有那些能沟通的人，没有因逐步地接受新思想而淡化自己热情的人，他们渴望进行一个从陈旧到全新的转变。可是，由于与英格兰的贸易交往的中断，他们过于迅速地屈服于那些懒散的实践和冷漠无情的固有观念。在这种观念下，人们无法充分地接受指导，寻找合适的中间道路，只能为了寻求庇护而出走，避免受到严厉约束的伤害。

圣·安德鲁斯这座城市，在失去卓越大教堂之后逐步衰落。其中一条街道现在也消失了。遗留下来的只是沉默孤独、穷困怠惰和沮丧失望的人。

这里的大学几年前还是由三个学院组成，现在已减少到两个。圣·伦纳德学院最近被变卖房产后解散，把部分钱用来供养其他两个学院的教授。小礼拜堂还在，它把学院隔开。这是一个从外部结构看还算雅观的建筑。因为一些民事的理由，我总是被阻拦进入。有人告诉我，它曾一度被设想改造成花园，在周围种上丛树。但这个新园林的尝试没有成功，所种植物至今都不茂盛。对它的前景，我很灰心。幸好，它目前的状态至少没有被明显地暴露出来，说不定将来会再成为美德之地。

圣·伦纳德学院的解散无疑是无法避免的，但人们也有理由去质疑。一个民族的商业每日都在发展，可财富的增加却不能使文化教育社团受益于它的繁荣。当商人或贵族盖起宫殿时，它的大学却倒塌成土。对其予以谴责应该说是公正的。

现存的两座学院，有一座是专门为神学建立的机构，据说可容纳五十个学生，可每个房间都要给至少两个人去使用。后来建造的图书馆，尽管地方不是很宽敞，却不失雅致明亮。

有位博士对我说，在英格兰我们没有这样宏大的藏书馆，显然他希望能激发或征服我这英格兰人的虚荣心。

圣·安德鲁斯看来是个很特别的接受教育和学习的地方，是个人口多而消费低的城镇。它灌输给年轻人的思想和生活方式，既没有一个大都市的轻浮散漫，也没有一个商业城的豪华奢侈。在那些地方，自然对学习不利。人们要不很容易为追逐享乐而放弃渴求知识，要不就是处在屈从于追求金钱的伤害之中。

学生不论怎么走来走去，人数也不会超过一百。也许学院没有主教礼拜堂，影响了学生人数的增加。我看不出来，有什么理由把学生人数少归咎于在职的教授。那些用于学术教育的经费，也不应有什么理由被拒绝支付。最高年级的学生，坚持上年度课程，如英国人称之为"学期"，一个课程持续七个月，要支付大约十五镑，低年级的学生只须支付不到十镑，这些钱已包括膳食、住宿和学费。

大学的主要管理者，相当于我们的副校长，或欧洲大陆的校长，通常被称为院长伯爵。现任校长在开学典礼上被称为"院长先生"，这已失去了其过去荣耀的仪式。伯爵，这由祖辈代代相传的称号，已自由地给予任何地区有名望的人。他们用"大领主""侯爵大使"，我们还是用"我的伯爵"来称呼这个圈子的人，但保留着"伯爵理事会"的仪式。

绕着教堂废墟散步，我们碰到两个拱顶房，这里从前是修道院副院长的住所，其中一个拱顶房由一个老妇人居住。她声称自己有合法居住在这里的权利。她是一个寡妇，她丈夫的祖先曾拥有这座阴暗的楼房已超过四代。不管是怎么开始的，合法居住权是建立在法律之上的，老妇人的生活不受干扰。她认为，她要求得到的要比其在容忍下得到的多。由于她丈夫的姓是布鲁斯，她便与皇族有了联系。她告诉鲍斯威尔先生，从前这个地方有贵族居住，她受人关注并身份高贵。确实，她现在已被人遗忘了，可她还在做些纺织手工活，有一只猫做伴，不给任何人惹麻烦。

这座古代城市满足了我们许多好奇，并给我们十分愉快的满足感。离开它时，我们都对它怀着美好的祝愿。无论是谁观察世界，都会看到许多令人痛苦的事。尽管教授们热心善良，也无法让人忘却大学衰落、学院被隔离和教堂被亵渎毁坏的不愉快记忆。

圣·安德鲁斯，从前确实遭受到许多残暴的掠夺和强横的破坏，而最近的不幸事件对它也有很大的影响。我们比较能接受大教堂被毁灭的情景。这些灾难离现代比较远，似乎排除了我们思想上的联系或同情。早已过去的事情很少有人知道，也不被人关心。如同我们读到诺克斯和他同伙的暴力事件，几乎毫不动情，就像对待阿拉里克和哥特人入侵一样。如果大学早在两百年前就被毁坏，我们是不会为它感到遗憾的，可现在看着它被衰败围困并在苦苦挣扎求生，心里不免充满悲伤的画面和无用的希望。

艾伯布拉斯

我们知道，哀伤和希望都无用，当务之急是继续前行。对旅行者来说，苏格兰道路没有特别的风景，既遇不到奇特的冒险也碰不到意外，一路没什么好看的，不是一望无际的单调，就是被松散的石墙隔开。沿特威德到圣·安德鲁斯的路上，我没看见一棵树，很怀疑更遥远的时代此地是否生长过树木。不时看到个别绅士房子，坐落在一小片植物园内，苏格兰人称它为"家园"。路上很少见到这些家舍，见到的也是比较新的。阳光和阴影的变化，这里完全感觉不到。没有树可用来遮阴或搭棚架。橡树和荆棘同样长着怪模样。整个地区都在整齐的光秃秃中一路延伸下去，只有柯卡尔迪和考珀之间道路有所不同。我在两个篱笆之间走了几步。一棵树能在苏格兰做展览，如同一匹马在威尼斯做表演。在圣·安德鲁斯，鲍斯威尔先生只发现一棵树。他指给我看时引起过我的注意。我告诉他，这棵树又粗又矮，看起来就像我所想象的那样。他说，前面几英里后还可见一棵树，此外全是这样光秃秃的。听到另一棵树不可能在附近后，我心里一直郁闷不快。一位站在旁边的绅士说，除这里和那里之外，这个地区就这两棵树。

苏格兰低地在过去无疑与其他地区一样，被同等数量的森林覆盖。由于人口增长和技艺提高，农业和其他养殖业占据了土地，森林逐渐消失。可我认为，只有少数地区被农作物占用，几千年来土地一直荒废，根本没人想到它们能供给将来的人类使用。戴维斯在他关于爱尔兰的介绍中说，爱尔兰人没有种过一棵果树。这种忽视，可以从他们不固定的生活状态和不稳定的财产中得到原谅。可苏格兰人不同，他们的财产一直有保障且被有规律地继承，因此，人们也许有理由质疑，在"联合"（1707）之前，爱丁堡与英格兰之间的所有低地是否种植过树。

这种目光短浅的行为，没什么理由可以解释，可能从骚乱时代就开始了。由于早已形成，也就持续了下去。已经建立的习惯，不容易改变，除非有一些重大的事件动摇整个体系，生活才会在新的原则上重新开始。在"联合"之前，苏格兰很少有贸易，但贫穷不是正当的借口。因为，种植是所有改善生活的方式中花费最少的投资。人们在地面撒下种子，不用什么开销，保护管理好这些嫩苗，直到它们脱离危险期，也不应有很大问题。尽管我们承认，在这些地方植树确实有困难，因为既没有木板作木栅，也没有刺藤作篱笆来扶持幼树。

我们来到了泰河湾口。尽管河不太长，我们还是为马车过河的轮渡费支付了四先令。在苏格兰，生活的必需品很容易得到，奢侈品至少与英格兰同等价格，因此，也可以认为很昂贵。

我们在杜迪休息了一会儿。没有留下什么特别印象，又上了马车。在这天结束前的傍晚，来到艾伯布拉斯镇。

艾伯布拉斯修道院在苏格兰历史上很有名气，其被毁灭后的遗迹，提供了它在古代曾经辉煌的充分佐证。我假设，修道院长度可以参考墙根长出来的花草，很容易一眼就看出来，而其高度则可凭部分残留建筑物一眼得知。所有拱门中只有一个保存完好，其他都显得颓废不成样。一个纵深的四方形住宅还保留着。我无法猜测其用途，因为它的高度与整个地方不合比例。在角落的两个塔楼，尤其引起我们的注意。鲍斯威尔先生积极行动，满足了他的好奇。他在一个高大窗台上，刮了刮其尘土，看到里面有断裂的楼梯，人不能爬上去。有人告诉我们，当地居民有时爬上另一个塔楼。因夜色临近，我们不能立即发现进入塔楼的门口，只好适当抑制好奇的情绪。有建筑设计能力的人，会做我们不敢尝试的事。他们也许能为这个古老废墟画出一个清晰的平面结构图，根据部分残留建筑物，也能猜测出其整体面貌，把它与同种类同时代的建筑物做比较，得到一个非常接近真实的概念。如果旅途提供的仅仅是艾伯布拉斯这些景观，我也绝不会后悔这次旅行。

书信
日记
祷词

致切斯特菲尔德伯爵

最尊贵的切斯特菲尔德伯爵大人：

最近承《世界》杂志主编奉告，劳伯爵大人您亲自撰写两篇文章，把我编纂的词典推荐给大众读者。这个荣耀如此耀眼，因为几无接受来自伟人赞誉的习惯，我确实不知该如何接受或以什么言语表达谢意。

回想当初受微小的鼓励初次拜访您，我像其他人一样，深为伯爵您演讲的魅力折服，竟抑制不住自己的渴望，发誓要成为"地球征服者的征服者"。我也许能得到这个荣誉，因为我了解争得它的世界。可是，我发现我的来访几乎不受欢迎，以至于无论是骄傲或自卑都不能让我再容忍下去。当我公开地为伯爵您致辞时，我倾尽所有令人欣喜的赞美词汇，这实为一位离群索居、不愿谄媚的学者能拥有的全部能力。总之，我尽我努力去做了一切。要知道，没有人愿意自己的一切被忽视，哪怕只是一点点。

我的伯爵大人，自从我在您的门外等候，或者说被拒绝进入您的大门，已经过去七年了。在这段时间，我克服困难，努力工作，知道任何抱怨都无济于事。尽管没有任何一个帮助的行为、一句鼓励的话语，甚至一个同情的微笑，可我仍坚持不懈，终于有了今日词典的出版。由于我从未有过赞助人，也就没有期待过这样的关爱。

在维吉尔诗中，成长的牧羊人终于得到爱，可是已倒在故土的岩石上。

伯爵大人，赞助人眼看着一个人在水里为生命挣扎却漠不关心，当他奋力游上岸后，才让他去承受帮助的负担，这还是赞助人吗？您乐于对我的工作给予关注，若早些时候，会很感人，可惜，这个关怀拖到此时才出现。我已麻木，不再欣赏它；我已习惯孤独，不再在乎它；我已成名，不再需要它。

我想，拒绝承认这个我并没有接受过的帮助，或者不愿意让公众认为我已得到过赞助人的恩惠，这不应是非常粗暴的鄙视。全是上帝帮我做了自己的事。

我的工作进行到现在，几乎从未对任何学识高深的赞助人尽义务。尽管如果可能，我应早些完成它。可我决不感到失望，因为我早已从曾经让我炫耀自负的希望之梦中清醒过来了，我的伯爵大人。

> 您的最卑微最恭顺的仆人
> 塞·约翰生
> 1755 年 2 月 7 日

译者补充：这封信被称为"赞助人的墓志铭"。信中说伯爵从没有给过他丝毫帮助，与有学者考证他编纂词典前接受过伯爵十英镑这一事实不合。如果仅就"事"不对"人"，这封信表达的情理，还是值得称道的。

致詹姆斯·麦克弗森

詹姆斯·麦克弗森：

　　收到了你愚昧和放肆的简短来信。不管对我怎么侮辱，我都会尽最大努力去抵抗，如果我自己做不到，法律会帮助我。我不会因为一个流氓恶棍的威胁，就宣布放弃我所认定的欺骗行为。

　　你要我撤回看法。我怎么能撤回呢？我从一开始就认为你的书造假。我认为，有确凿的理由证实欺骗存在。为这个看法，我向公众说明我的理由，我也敢于接受你的反驳。

　　可是，不管我再怎么讨厌你，我都尊重真实。如果你能证明这部著作是真的，我愿承认错误。我蔑视你的狂怒、你的能力，因为你的《荷马》并没有那么可怕。我想知道，你用道德怎么谴责我。我关注的不是你怎么说，而是你怎么去证明它。

　　如果你愿意的话，任你公布这封信。

塞·约翰生
1775 年 1 月 20 日

致希尔·布思比

尊敬的夫人：

　　我祈求你尽力地活下去。我已还给你"法"书（指《唤起神圣的使命》），不过，我还是热情地恳请你把它送给我。我现在有极大的困难。若你能写三句话给我，请写下来。当我最亲爱的人处在病危中，我恐怕说得太多，亦难以再说什么了。愿仁慈上帝怜悯你的一切，夫人。

我是你的

塞·约翰生

1756年1月8日

致乔治·斯特拉恩

亲爱的乔治：

　　叙述苦恼总是痛苦的。很抱歉，我在这种时刻打扰你，希望你一切都轻松愉快。你的不安，在你这方面来说是毫无理由的，因为你已做到经常给我写信了。而我之所以忽视答复你这件事，是因为不能对你的学习提出什么新建议，不能为你提出新的方向或鼓励。可是，如果情形是这样的话，你已忽视了你不该忽视的事，那就是，我曾不止一个小时或一周，甚至更长的时间，想到自己把你给全忘了，因为现实中一些忙碌的事，有时还是会干扰人的。你不会认为，我们的友谊会轻易地被初次掀起的一阵大风吹走，或者我的友情和善良是系在一根头发上，能被感觉不到重量的一些小冒犯所扯断吧？我爱你，并希望永远想念你。因此，你绝没做任何事去损害我的期待。

　　我这样写基本上是根据一种猜测，即认为你已经让自己的思想承受了痛苦。因为在年轻时，我们都会倾向于对自己的期望太苛刻，假定生活的责任能靠永远的正确和有规律性来完成，可是在亲历了生活的过程后，我们被迫降低了要求。交朋友，是要交那些我们能找到而不是能改变他们的朋友。

　　每个聪明有才智的人，都会乐意把这些想法告诉他人，因为他知道，为了自己他常常需要一些朋友。当他在维持或培养自己的最好朋友上经常疏忽大意时，他也会假定，他的朋友反过来也会忽视他，可却没有任何冒犯他的意图。

因此，事情可能会发生，如同必将发生那样，你或我都有一种互相期待而得不到的失望。你不应假设你已失去了我，或我打算放弃你。什么也不可能发生，只有改正错误，一切都自然照常下去，正如事情从未发生过一样。

我是你亲爱的仆人
塞·约翰生
1763年7月14日 星期四

致詹姆斯·鲍斯威尔

亲爱的先生：

为什么对我这样不客气呢？除了一件事之外，我没有忘记任何为你好或让你愉快的事情，我是克制住自己才不告诉你我对于《科西嘉游记》的看法。如果你好好考虑我的判断，我相信，我的看法能给你带来愉快。可是，当考虑受到赞扬而诱发虚荣心时，我没把握，这对你来说是好还是不好。你的历史故事，与其他的历史故事没有不同，可你的游记在很大程度上还是令人好奇和愉快的。历史和游记之间的不同，总是表现在概念是借来的还是内在产生的。你的历史从书本中借鉴，而你的日记却来自你的经验和观察。你表现出的形象，极强烈地反映出你自己，并让读者对它们有强烈的印象。我不知道，我是否能指出一些叙述的例子。在这些叙述中，好奇能得到更强烈的刺激或更容易满足。

我很高兴你就要结婚了。我希望你在一些小事上做好，希望你在生活中有危机感时能保持相应的热情。若我能帮你得到幸福，我会不遗余力的。因为我总是爱你和尊重你，一直如此。尤其你的生活更有规律，你也更有能力之后，肯定会获得一个幸福的婚姻。

我觉得我不会很快离开这个地方，也许我将停留两周以上。

两周对一个离开他的妻子的爱人来说是很长的时间。两周的时间能有结果吗？

亲爱的先生，我是你最敬爱最虔诚的仆人。

塞·约翰生
1769年9月9日

致鲍斯威尔夫人

亲爱的夫人：

尽管我很愉快地接受甜食的美味，可对你送来的橘子果酱却难以诱发食欲和欣赏。我接受它，把它看作友谊的象征，当作我们和解的一个证明。这件事比甜食还要甜蜜。出于这个考虑，我退还你这些甜品。亲爱的夫人，我诚心诚意地感谢你。由于你的友善，我想，我已得到与鲍斯威尔先生继续交往的双重保证。特别当一个有影响力的夫人，是如此强烈如此公正地反对他时，没有人不期待这样的交往能长久地维持下去。鲍斯威尔先生会告诉你，我总是忠诚于你们的利益，总是尽力让他尊重你。你现在应对我做同样的事。我们必须互相帮助。你现在应该把我看作，亲爱的女士，你最感激最虔诚的仆人。

塞·约翰生
1777 年 7 月 22 日

致思罗尔夫人

夫人：

如果我对你的信理解得对，你已不光彩地结婚了。如果这事还没发生，让我们在一起再谈谈。如果你放弃你的孩子们和你的宗教，上帝会原谅你的缺德。如果你已损害了你的名誉和你的国家，希望你的愚昧不会导致更多伤害。

如果还未做出最后的行动，作为爱你的人、尊重你的人、钦佩你的人、服务你的人，我一直将你视为最重要的人之一，在你的命运不可挽回之前，向你恳请，能否再次见你一面。夫人，我是，曾经你最信任的人。

塞·约翰生
1784 年 7 月 2 日

如果你允许的话，我会来见你。

日记

1753 年 4 月 22 日

当我打算星期一去见一个新的爱人时,不想对我亲爱的特蒂的思念有任何的贬损。我设法今早在圣事上,以她对上帝的崇高敬意,允许我离开特蒂。[1]

1753 年 4 月 29 日

我不知自己是否太沉迷于徒劳的对爱情的渴望之中,可我希望心灵受其软化,当我死时,就像特蒂一样,这段爱情能在幸福的会面中得到认可,其间我能被其激起虔诚之心。然而,我不会太偏离普遍的常识,乐意接受忠诚的方式。

1775 年 4 月 14 日 复活节

鲍斯威尔进来时,我还没起床。我们一起吃早餐。我只喝茶,没有喝牛奶吃面包。我们到教堂,见韦瑟雷尔博士坐在教堂长椅上,他希望我们带他一起回家。他没有很快就离开,而鲍斯威尔留了下来。我有些顾虑,恰好迪里和米勒叫我走。晚间鲍斯威尔和我很迟才去教堂。我们喝茶时,因鲍斯威尔的劝说,

---

1. 特蒂死于 1752 年 3 月 28 日。"新爱人"最可能的是希尔·布思比,死于 1756 年,见书信部分。

我吃了一个小十字面包。为此我想自己在禁食上可能做得没有太过分。鲍斯威尔与我坐至深夜。我们有严肃的交谈。他走后，我交给弗兰克一些书信。这个庄重的日子就这样度过了。

祷 词

全能的上帝，最慈悲的父亲，现在看来，这是最后一次，用人类的眼睛注视你耶稣基督儿子之死，我们的救世主。伟大的上帝啊，我全部的希望和自信都在他的鼓励之下，靠他的怜悯，让我忏悔。请接受我不完美的忏悔，让这个仪式能够坚定我的信念，充满我的希望，扩大我的博爱，使你儿子耶稣的死亡能帮我赎罪。怜悯我吧，原谅我的许多冒犯，为我的朋友祈福，对所有人心怀慈悲。你圣灵的精神支撑着我，在病重的日子，在死亡的时刻，请接受我，死亡之后永恒的幸福，为了耶稣基督，阿门。[1]

---

1. 这首约翰生最后的祷词写于1784年12月5日，距离他12月13日去世仅八天。

译后记

当我把这本旧译作重新校正修订并加入十余篇译文形成所谓新书后，欣慰之余，自然会思考其命运，尽管这部书的原作者早已给译者许多忠告，书出版后便属于大众而非任何私有物了。只要认真做事，自应接受任何的批评，继续一起努力把原作者的意义完美呈现出来。我们需要译出更多约翰生美文，去认识这位"文学的伟大冠军"。无须提到编辑出版原著者（《约翰生全集》），要历经几代学人齐心协力考证校勘才终成正果。新时代版本仍可继续去完善。如果有神迹让约翰生走出来敲门，我自会请他原谅，虽译文不当缺失恭敬，有他在我的生活中却是一种荣幸和快乐。

如同其一生，约翰生作品里总是跳动着焦虑、不安，总是力求"自我检查"，得到"理性的安宁"，因为生与死、痛苦与幸福、虚荣与诚实、妒忌与荣耀、邪恶与正义、恐惧与信念、狠毒与仁慈、谬误与真实、轻信与自信、观念与实践、现实与理想、过去与未来，种种纠缠不清的矛盾和情境，也是各时代人的共同困惑或共通困境。我们同在一条命运之船，被其困扰联系在一起，随其起伏风浪走过人生。然而，无论我们多早就已经知道这些前人留给后人的箴言，"所有判断都是比较而言的"，终要经历过才能理解，尝试过才知味道，正如"在欣赏春天花开的芬芳时，没人要放弃而等待尝试秋天的果实"（《拉赛拉斯王子漫游记》）。面对人类易于偏向的或疯狂的幻想或极度的恐惧两个极端，约翰生总是以怀疑的理性和带着勇气的智慧，从容应对。鉴于深刻认识"人的局限性"，他总是保持"对人类失败的同情心"，帮助后进者，鼓励先进者。如果"他的偏见是固执的，他的原则却是坚定的"。他总是让人成为真正的人，让文学成为真正的人学，让生活成为真正的充满乐趣的人生。如果我们相见太迟，何不随时寻找，心胸开阔，乐于接受这些智力的刺激和思想的愉悦呢？这正是笔者不揣冒昧学习、认识、翻译、宣传约翰生的初衷。走进约翰生这座高山大林已有时日，虽未能说已见全貌，现在也该有个歇息。真心期待后来者居上，继续攀登。落花流水，春泥护花。约翰生的园林，自会满目翠绿，永远常青。

如同其一生，约翰生一直活在一代代人的心中。读了刚收到的近期《约翰生通讯》（*Johnsonian Newsletter*，2019年9月），似乎直接冲击我要休息放下约翰生的念头。这里有不同时代人的感人故事，都与约翰生有关。

女诗人弗格森（Graeme Fergusson）生活在美国战争期间，因丈夫支持英军，在美国的土地被没收，归还后土地失收被迫卖掉，丈夫离弃她而返回英国，养女又因病早逝，生活困苦，前景黯淡。在她最艰难的时候，她读到《绅士杂志》（1785年7月）的文章，介绍约翰生家乡有棵古老苍劲的大柳树，于是萌发信念。此时约翰生去世仅半年。

她结合读《诗人评传》所留下的"一个奇才之人"的崇仰印象，激发灵感，想象从伊甸园开始的知识，到古希腊和古罗马的智慧，再流转到利奇菲尔德池塘大柳树下的文人，有作家约翰生、表演艺术家加里克和女诗人安娜·西沃德，薪尽火传。她写下两首《颂柳树诗》（共有149行），不但赞扬约翰生传播知识的功业，还歌颂他是天才诗人和人道主义楷模，一生对弱势群体和黑奴给予仁慈慷慨的帮助，如同后世作家在高墙与鸡蛋间选择站在鸡蛋旁。她这两首诗虽未公开发表，却通过教会修女和家族成员而保留下来。她虽不是伟大的诗人，可是，约翰生的人格和作品、生活勇气和希望，却不仅使她受益，还使后人受益。约翰生对英国女作家奥斯汀的影响更是明显，她不仅声称在散文方面崇拜约翰生，而且其小说题目《傲慢与偏见》也直接借用了《懒散者》第5期里的术语。

另一位约翰生迷是美国著名心脏病专科医生卡森（John C.Carson），他于2019年4月在加利福尼亚州的家中病逝，终年92岁。他19岁参军，短暂奔赴即将结束的第二次世界大战战场。退役后，到大学先学了文学，后学医，从事医学工作，直到87岁才完全退休。西方的医学、法律专业常为最优秀学生的梦想，至今依然如此，而文学，特别是古典文学，几成优秀生的先决条件。通过文学，卡森喜欢上了18世纪英国文学中的约翰生——如同笔者导师伯恩（John W.Byrne）在大学学法律，因选修文学作品《拉赛拉斯王子漫游记》而热爱约翰生一样——他业余收藏约翰生作品，成为一代大藏书家。卡森生前是南加利福尼亚州约翰生学会（西部）和纽约约翰生学会会员，也是洛杉矶藏书俱乐部和纽约爱好书俱乐部的成员。卡森晚年致力于提供基金给学生们参加学会活动和学习研究约翰生。他是个风趣的老人，常把名片挂在右边，因为他认为握手时人们先看右边。在临终前，他让家人和朋友到家里坐，任何所见喜欢的东西都可以顺手拿走。他对最后的来访者说："看你有什么喜欢的？拿走它，原谅我不能替你拿了。"事先他也安排邮寄物品给朋友。《约翰生通讯》主编德马利教授是我未曾面见的导师，感谢其在刊物发表我的文章和关于我的译著的介绍评论。这一次，他在编者"前言"告诉大家，他近来接到卡森三封邮件：一封告知他病危，要把德马利教授亲自签名给他的几本书送给一个学院；一封牛皮纸信封，装有一本杂志，内有德马利教授发表的文章；第三封是个小盒子，有德马利教授朋友的一份藏书书目。从与他的接触中，德马利教授说，当年70岁的卡森与50岁的他一样健康，在池里游泳时间卡森甚至更长。令他感受最深的是，卡森让你感觉自己伟大，鼓励人前行。网上报道，卡森爱社交活动，看起来不像是专科医生而像是个政治活动家，喜欢结交朋友。另一位撰稿人在《约翰生通讯》中提到，鲍斯威尔在《约翰生传》里写约翰生"在医生的陪伴下一般都特别开心"，特别称道牛津的沃尔医生是个"博学、真诚和幽默的绅士"。这句话移评卡森恰如其分，可见人性相同又相传，真可谓"性相近，习也不相远"。卡森的逝世不仅对约翰生爱好者们来说是个遗憾，对整个人类社会来说，也失去了一位给我们带来愉快和智力刺激的好同伴。

第三个故事,由英语文学教授克林汉(Greg Clingham)在《约翰生通讯》里讲述。克罗(Antjie Krog)是南非当今最杰出的女诗人和作家之一,获得无数国际文学大奖,自是一位潜在的诺贝尔文学奖获得者。她被邀请到美国一些大学读诗歌做演讲。克林汉和同事邀请她吃饭,谈到他们对约翰生的共同爱好时,她虽不知道约翰生其人却表示出了极大兴趣。在接到小说《拉赛拉斯王子漫游记》和其他文集选本后,克罗给他写来电子邮件,提到她读小说前三章,已让她的"文学喉咙如冰块凉口那般爽快"。我们不知道,她会不会如前辈诗人弗格森那般为约翰生写出新诗,但这件事却表明,无论什么时候,读不读看不看大家的作品并不重要,重要的是,"任何有知识的人从不会去贬低知识"(约翰生语)。只要阅读,愿意开卷,就能在共同人性价值方面,刺激想象的空间,开阔思维的视野,涌出创作的才思。经典名著如萝卜白菜,各有所好,可是,蔑视经典,绝不应成为一个作家自以为是的自豪。不读经典可以成为作家,可要成为经典的作家却绝不能远离经典。有那么多热爱约翰生的故事(参看笔者《国外约翰生学概况》),眼前有景何必寻。趁便提到英国文学教授马丁(Peter Martin)在其编选文集(2009)前言时提到,英国作家凯瑟琳·塔尔伯(Catherine Tallbot)、美国艺术评论家约翰·拉斯金(John Ruskin)、爱尔兰诗人、1995年诺贝尔文学奖得主谢默斯·希尼(Seamus Heaney)、美国医生、诗人奥利弗·温德尔·福尔摩斯（Oliver Wendell Holmes）、美国文学批评家哈罗德·布鲁姆（Harold Bloom）等都是地道的约翰生迷（Johnsonian）。

这里十分感谢出版社出版本书，给予我激励，能借机会修旧增新。悉尼许德政先生曾阅读我五本译作并附文字勘误表，此次改过后对他表示致谢。藏书家伯恩先生从西澳大利亚州退休到维多利亚州时，曾赠予我他藏书室的额外选集藏本，此次用上并录入参考书目，深表感激。对我的家人、师长、亲朋好友，此前已有书证言词，虽不再一一具名，但心中永远有他们，谨此表示十分感谢。我与兄长李冠煌博士在两首长诗方面几经讨论推敲。他费精力给予修订指教完善诗韵，特此感谢。后浪出版公司在支持协助编辑出版本书方面竭尽全力，还有其他参与此书编辑出版工作者，同样值得我和读者铭记在心。最后感谢妻子王萍，她提出今后要与我一起参加澳大利亚约翰生学会的活动。

这次借重版机会对原版（2009年版）做了全面校订修改，增补《漫步者》9篇（第6、19、21、31、106、134、144、183、208期）、《懒散者》3篇（第10、41、97期），诗歌《伦敦》1篇，《诗人评传》节选3篇（《弥尔顿》《考利》《德莱顿》）；书信部分增加"日记和祷词"；原诗歌部分移至本文集开篇；增加"约翰生年表"。期待旧书也有新模样。

2019年12月13日于珀斯

参考书目

Bate,W. J. and other (eds) (1968).*Selected Essays from the "Rambler", "Adventurer" and "Idler" (Yale Edition of the Works of Samuel Johnson)*,Yale University Press.

Bronson,Bertrand.H. "Introduction",in Bronson (ed.) (1952). *Samuel Johnson: Selected Prose and Poetry*, Rinehart.

Chapman,R.W. (ed.)(1922). *Johnson: Prose & Poetry with Boswell's Character,Macaulay's Life and Raleigh's Essay*, Oxford at the Clarendon Press.

Clingham,G.(ed.) (1997).*The Cambridge Companion to Samuel Johnson*, Cambridge University Press.

Clingham,Gregand and Swallwood,Philip.(ed.)(2009). *Samuel Johnson After 300 Years*,Cambridge University Press.

Engell,J.(ed.)(1984).*Johnson and His Age (Harvard English Studies 12)*, Harvard University Press.

Greene,Donald. "Introduction",in Greene(ed.) (1984). *The Oxford Authors:Samuel Johnson*, Oxford University Press.

Hardy, J.P. (ed.) (1968). *The Political Writings of Dr. Johnson*, Routledge & Kegan Paul.

Hilles, F.W. "Sir Joshua's Prose", in Lewis, W. S. (ed.) (1949). *The Age of Johnson*, Yale University Press.

Levi, P. "Introduction", in Levi (ed.) (1984). *A Journey to the Western Island of Scotland and The Journal of a Tour to the Hebrides*, Penguin Books.

Martin, Peter. (ed.) (2009). *Selected Writing—Samuel Johnson, A Tercentenary Celebration*, The Belknap Press of Harvard University Press.

McAdam, E.L. Jr and Milne, George. (ed.) (1964). *A Johnson Reader*, Random House, Inc.

Reid, Stuart J. "Introduction", in Reid (ed.) (2014). *The Essays of Samuel Johnson. Selected from The Rambler, 1750—1752; The Adventurer, 1753; and The Idler, 1758—1760*, The Walter Scott Publishing Co., Ltd.

Wimsatt, W.K.W. (1941). *The Prose Style of Samuel Johnson*, Yale University Press.

Womersley, David. "Introduction", in Womersley (ed.) (2003). *Samuel Johnson: Selected Essays*, Penguin Books.

约翰生年表

1709 年　9 月 18 日，出生于斯塔福塞郡利奇菲尔德

1719 年　就读于利奇菲尔德小学

1725 年　在斯托布里奇语法学校读书

1728 年　10 月 31 日，进入牛津彭布罗克学院

1729 年　秋，付不起学费退学，没有得到文凭

1731 年　12 月，父亲去世；在马克特·博斯沃思学校任校工，几个月后辞职

1733 年　在伯明翰翻译由洛伯牧师撰写、格兰德译为法文的《阿比西尼亚旅行记》，1735 年出版

1734 年　回家乡，筹办《拉丁文诗歌集》，未能如愿

1735 年　7 月 9 日，与寡妇伊丽莎白·波特在德比郡结婚

1736 年　在利奇菲尔德附近的艾迪尔办了一所私校，因招收学生少，不久关闭

1737 年　弟弟病死；3 月，和学生加里克一起到伦敦；夏天写作悲剧《艾琳》；与妻子移居伦敦

1738 年　在《绅士杂志》工作；5 月，出版著名长诗《伦敦》

1739 年　在《绅士杂志》写虚拟的国会议事录和辩论文章

1742 年　撰写"出版哈利艾纳的藏书书目即牛津厄尔图书分类目录"建议书

1744 年　2 月，出版《萨维奇评传》

1745年	4月，提出编辑《莎士比亚戏剧集》计划，因出版社之间有利益冲突未能着手
1746年	签合同编纂《英文词典》
1747年	为加里克戏剧写序幕词；9月15日在季节演出时，由他人宣读其论英国戏剧发展史的序幕词
1748年	租高夫广场17号（现为约翰生博士伦敦故居），居住11年，在此完成编词典等重要工作，直到1759年搬迁
1749年	1月，出版重要长诗《人类希望的幻灭》；2月，悲剧《艾琳》首次演出，连续上演八场
1750年	3月20日，开始为报纸写专栏"漫步者"，到1752年3月14日为止，汇集出版十二辑
1752年	3月17日，妻子去世
1753年	开始写"冒险者"定期专栏，到1754年为止
1755年	4月，出版《英文词典》；获牛津大学荣誉硕士学位
1756年	编辑《文学杂志》，写反对战争和其他评论文章；6月，提交出版《莎士比亚戏剧集》建议书
1758年	4月25日，开始写"懒散者"专栏，到1760年4月5日为止
1759年	1月，母亲去世；4月，出版小说《拉赛拉斯王子漫游记》
1762年	春，接受皇家奖励他文学成就的退休金，每年三百英镑
1763年	5月16日，在戴维书店遇见鲍斯威尔
1764年	春，与朋友共建文学俱乐部，主要成员有画家雷诺、诗人戈德史密斯、蓝顿、霍金斯、伯克等
1765年	认识酒商家亨利·思罗尔夫妇；被都柏林三一学院授予法学荣誉博士；10月，出版《莎士比亚戏剧集》
1766年	到牛津大学协助钱伯斯教授撰写法律学讲稿；忧郁症严重复发

1767 年	2 月，在图书馆会见乔治三世国王
1770 年	1 月，发表小册子《虚假的警惕》
1773 年	8—11 月，和鲍斯威尔一起去苏格兰旅行
1774 年	与思罗尔夫妇到威尔士旅行；11 月，发表《爱国者》
1775 年	1 月，出版《苏格兰西部群岛旅行记》；3 月，发表《征税不是暴政》；3 月 30 日，接受牛津大学荣誉博士学位；9—11 月，和思罗尔夫妇访问法国
1779 年	出版《诗人评传》
1781 年	亨利·思罗尔先生去世
1783 年	在埃塞克斯成立俱乐部
1784 年	12 月 13 日病逝，终年 75 岁，安葬于威斯敏斯特教堂
1791 年	5 月 16 日，鲍斯威尔《约翰生传》出版

《约翰生全集》目录

2018年《约翰生全集》(23卷)由耶鲁大学主编,历时60年出版(1958—2018),各卷如下:

第1卷:《日记、祷词和年书》

第2卷:《懒散者》和《冒险者》

第3—5卷:《漫步者》

第6卷:《诗歌》

第7—8卷:《论莎士比亚》

第9卷:《苏格兰西部群岛旅行记》

第10卷:《政治文章》

第11—13卷:《国会辩论文》

第14卷:《布道词》

第15卷:《阿比西尼亚旅行记》(约翰生英译本)

第16卷:《拉赛拉斯王子漫游记》和其他传奇

第17卷:克劳萨斯的《论蒲柏的"论人"》(约翰生英译本)

第18卷:《论英语》

第19—20卷:《评传、序言和相关写作》

第21—23卷:《诗人评传》

Samuel Johnson

图书在版编目（CIP）数据

人的局限性：约翰生作品集 /（英）塞缪尔·约翰生著；蔡田明译 . — 成都：四川文艺出版社，2021.6
ISBN 978-7-5411-6015-8

Ⅰ . ①人… Ⅱ . ①塞… ②蔡… Ⅲ . ①英国文学－近代文学－作品综合集 Ⅳ . ① I561.14

中国版本图书馆 CIP 数据核字（2021）第 100011 号

REN DE JUXIANXING: YUEHANSHENG ZUOPINJI

人的局限性：约翰生作品集

[英]塞缪尔·约翰生 著
蔡田明 译

出 品 人	张庆宁
选题策划	后浪出版公司
出版统筹	吴兴元
编辑统筹	尚 飞
责任编辑	邓艾黎 周 轶
责任校对	汪 平
特约编辑	王亚伟
装帧制造	墨白空间·Yichen
营销推广	ONEBOOK

出版发行	四川文艺出版社（成都市槐树街2号）
网　　址	www.scwys.com
电　　话	028-86259287（发行部） 028-86259303（编辑部）
传　　真	028-86259306

邮购地址	成都市槐树街2号四川文艺出版社邮购部 610031
印　　刷	北京天宇万达印刷有限公司
成品尺寸	143mm×210mm　开　本　32开
印　　张	19.25　　　　　　字　数　420千字
版　　次	2021年6月第一版　印　次　2021年6月第一次印刷
书　　号	ISBN 978-7-5411-6015-8　定　价　88.00元

后浪出版咨询（北京）有限责任公司 常年法律顾问：北京大成律师事务所
周天晖 copyright@hinabook.com

未经许可，不得以任何方式复制或抄袭本书部分或全部内容
版权所有，侵权必究